Johann Nepomuk Nestroy, geboren am 7. Dezember 1801 in Wien, ist am 25. Mai 1862 in Graz gestorben.

Nach Grillparzer und Raimund ist Nestroy der Dritte im Bunde der großen österreichischen Stückeschreiber des 19. Jahrhunderts. Bis heute blieb sein dramatisches Werk lebendig. Zuschauer wie Schauspieler, Leser wie Schriftsteller zehrten und zehren von ihm und seinem entdeckungsfreudigen Spiel mit der Sprache, seiner scharfsichtigen Beobachtungsweise, mit der er Doppelgesichtiges entlarvt, vom Spielerisch-Arabeskenhaften, von der hintergründigen Ironie und der beißenden Satire. Mit Witz und Komik gelingt es ihm, die derart wehrlos gemachten Objekte: Dummheit, Schlechtigkeit und Schwäche in ihrer Lächerlichkeit vorzuführen. Die meistgespielten Stücke Nestroys sind in der vorliegenden Ausgabe versammelt.

»In Nestroy«, schreibt Karl Kraus, »ist so viel Literatur, daß sich das Theater sträubt, und er muß für den Schauspieler einspringen. Er kann es, denn es ist geschriebene Schauspielkunst.«

Und über den Satiriker bemerkt er: »Nestroy ist der erste deutsche Satiriker, in dem sich die Sprache Gedanken macht über die Dinge. Er erlöst die Sprache vom Starrkrampf, und sie wirft ihm für jede Redensart einen Gedanken ab.«

insel taschenbuch 1742

Nestroy

Komödien

Johann Nepomuk Nestroy
Komödien

Mit einem Vorwort
von Siegfried Diehl

Insel Verlag

insel taschenbuch 1742
Erste Auflage 1995

Hinweise zu dieser Ausgabe am Schluß des Bandes
Vertrieb durch den Suhrkamp Taschenbuch Verlag
Umschlag nach Entwürfen von Willy Fleckhaus
Druck: Nomos Verlagsgesellschaft, Baden-Baden
Printed in Germany

1 2 3 4 5 6 – 00 99 98 97 96 95

Inhalt

Siegfried Diehl

Johann Nestroys pessimistische Possen

Am 11. April 1833 begann im Alt-Wiener Volkstheater eine neue Zeitrechnung. Premiere hatte in der Vorstadt an der Wien – nach einigen eher verstört als bewundert zur Kenntnis genommenen Vorarbeiten – eine Zauberposse des einunddreißigjährigen Sängers und Schauspielers Johann Nestroy, die Publikum und Kritik gleichermaßen aus dem Biedermeierhäuschen trieb. Natürlich konnte man auf manche Vorbilder hinweisen, unter denen kein Geringerer als der »Zauberflöten«-Schikaneder das Motiv des fröhlichen Landstreichers auf der Volksbühne eingebürgert hatte. Totzdem spürte man in *Der böse Geist Lumpazivagabundus oder Das liederliche Kleeblatt* sofort das Neue, die realistische Zeichnung des Milieus, die satirische Schilderung trostloser Verhältnisse, die mit einem Mal die Unzulänglichkeitskomik der bewährten Lustigmacher Hanswurst, Kasperl und Thaddädl ablöste. Die Begeisterung für das unerhörte Stück entwuchs aber auch einem wunderlichen Mißverständnis: Es wurde gerade das als positives Weltbild des Autors gefeiert, was nur in ironischer Schlußmoral vorlag.

Allmählich begann man jedoch, dem überwältigenden Erfolg der Posse zu mißtrauen, und so entdeckte man schließlich sogar ihren »zersetzenden« Charakter. Zunächst allerdings auf Grund eines weiteren Mißverständnisses. Nestroys Ziel, hieß es, liege in der Vernichtung des Bühnenwerks seines unglücklichen Kollegen Ferdinand Raimund. Noch der alte Lustspieldichter Eduard von Bauernfeld beschäftigte sich in seinem Erinnerungsbuch *Aus Alt- und Neu-Wien* am Ende des Jahrhunderts mit der Premiere von 1833: »›So einen gemeinen Titel hätt' ich nicht niederschreiben können!‹ bemerkte mir Raimund kopfschüttelnd, als wir damals den Anschlagzettel miteinander lasen ... Da, vor den satirischen und ironischen Spiritus- und Branntweingeistern, vor ›Robert der Teuxel‹ und seinem ›Nur Böses!‹ erblaßte der harmlose, etwas bornierte ›Geisterkönig‹ Raimunds wie sein unschuldiger ›Ajaxerle‹, auch die ›Jugend‹ entfloh, die ›Phantasie‹ blieb gefesselt und die alte allegorische Zufriedenheit fand keinen Anklang mehr – dafür traten die Skepsis, die Weltverachtung und der krasse Egoismus im Bunde mit der gröbsten Sinnlichkeit gewissermaßen als handelnde Personen auf, und das Publikum wie sein Lieblingsdichter

waren immer bereit, jede bessere Empfindung, jeden freien, edlen Gedanken zu verspotten, zu verhöhnen, in den Staub zu ziehen.«
Die heftigen Vorwürfe betreffen freilich nur die Nebenwirkungen eines neuen, aggressiven Bühnenstils. In der Hauptsache aber ging es Nestroy nicht um die Zerstörung von Raimunds Idealwelt, ja es ging ihm nicht einmal so sehr um einen Angriff auf die reale Umwelt, auch wenn sie uns noch heute als drastisches Spiegelbild von der Kehrseite der »Backhendlzeit« erschrecken kann. Das Besondere am *Liederlichen Kleeblatt* ist dessen eigensinniger Weg jenseits der goldenen Mittelstraße bürgerlichen Glücks, die gänzlich illusionslose, an höheren Werten desinteressierte Sicht menschlicher Möglichkeiten. Eine trotz momentaner Daseinslust grundsätzliche Verachtung des Lebens, ein hoffnungsgloses Herumirren inmitten eines drolligen Possengeschehens – das war es, was schockierte. Bei allen sprachlichen Albereien und szenischen Witzen ist keiner der drei Handwerksburschen wirklich lustig; voll innerer Unruhe oder einfach stumpf abwartend laufen oder saufen sie »halt mit, solang's geht« (I,6). Sie sind keine direkten Nachfahren der Volkstheater-Brüderl, keine Abkömmlinge der romantischen Taugenichtse, über ihnen stehen nicht die beruhigend aus der Ewigkeit grüßenden Sterne, sondern ihnen droht der Komet als einziges, schreckliches Zeichen des Himmels.
Der Schuster Knieriem leidet am meisten darunter. »Wann ich mir meinen Verdruß nit versaufet«, sagt er, »ich müßt' mich grad aus Verzweiflung dem Trunk ergeben« (I,6). Natürlich waren auch versoffene Schuster schon lange in der Alt-Wiener Volkskomödie bekannt, aber Knieriems Trunksucht wurzelt nicht allein in der Tradition. Er hat seine astronomischen Beobachtungen gemacht, die ihm nichts Gutes verheißen. Der Komet verurteilt alle bürgerlichen Glücksvorstellungen zur Lächerlichkeit, die letzten Tage seiner Menschheit möchte der Schuster daher nach eigenem Geschmack gestalten: »Ich brauch' kein Weib und kein G'werb'. Zu was soll ich mich noch plag'n im letzten Jahr. Es rentiert sich nicht mehr« (III,7). Am deutlichsten zeigt sich dieser Fatalismus im bald berühmten Kometenlied (III,8), obwohl es so für die Zensur geändert werden mußte, daß die ins Überirdische weisenden Mutmaßungen wegfielen. Immerhin, kurz vor Schluß, zieht Knieriem-Nestroy die

Summe aus einer traurigen Schicksalsrechnung. Ein heruntergekommener Mensch, ein Außenseiter der Gesellschaft, verkündet als betrunkener Prometheus den Zerfall des Kosmos – wenige Jahre bevor Georg Büchner im *Woyzeck* zur großen Märchenparabel von der toten Welt ausholt.

Eine Komödie? Gewiß. Am Ende wird geheiratet, und alle scheinen mit ihrem Los zufrieden. »In der Welt ist es anders«, meint der Graf in Goethes *Wahlverwandtschaften* (I,10); »da wird hinten immer fortgespielt, und wenn der Vorhang wieder aufgeht, mag man gern nichts weiter davon sehen noch hören.« Zu einem realistisch-sarkastischen Lumpengemälde gehört es, daß hinten fortgespielt wird, und so erschien schon bald nach dem *Lumpazivagabundus* eine Fortsetzung, die unsere stets auf Komödiensuche befindlichen Theater bis heute hartnäckig ignorieren: *Die Familien Zwirn, Knieriem und Leim oder Der Weltuntergangs-Tag* (1834). Wer noch einen Zweifel hatte an Nestroys fundamentaler Verzweiflungs-Dramaturgie, der bekam ihn mit diesem Stück endgültig ausgetrieben. Die drei Burschen sind jetzt zwar äußerlich in Biedermeiers Alltag integriert – aber unglücklicher als zuvor. »Ich wollt', der Komet wär' nit aus'blieb'n vor zwanzig Jahr'«, seufzt Knieriem, »so hätt' alles schon ein End« (I,21). Und wie ernst es dem Schuster ist mit seiner Privat-Apokalypse, das zeigt sich in einer umstürzlerischen Anwandlung, wie sie dem Haus-, Hof- und Staatskanzler Metternich in einem donaumonarchischen Theater bis dahin nicht zu Ohren gekommen sein dürfte: »Der Unterschied der Stände hat aufgehört; Herrschaft, Bedienter, gnädiger Herr, Bettelmann, Fräul'n und Schuster, das is irzt alles eine Kategorie« (II,15).

Aber der Weg Nestroys, der sich mit diesem Stück von der Zauberposse verabschiedete, ging nicht in die plane Gesellschaftskritik. Sein Ziel lag weiter, bei der Weltregierung. Programmatisch also tritt das allmächtige Schicksal nun noch leibhaftig vor die Versammlung der Geister und damit auch vor das Tribunal der Menschen. Herbeigerufen wird das »Fatum«, »der mächtigste Geist der hohen Regionen« (I,4), vom Feenkönig, damit es endlich Ordnung schaffe im Himmel und auf Erden. Und als es tatsächlich erscheint, stellt sich heraus, daß das Fatum ein eingeschlafener Onkel ist, ein unwissendes, faules, selbstgefälliges Monstrum, das sich sehr wundert über die

Achtung, die ihm von allen Seiten zuteil wird, wo es doch nur schläft. Damit ist die metaphysische Berechtigung, ja die Notwendigkeit für eine Lebensführung à la Knieriem oder Zwirn gegeben. Die kurzsichtigen Geister allerdings wollen das noch nicht ganz begreifen, und so fragt der Feenkönig die Frage des Menschen: »Dürfen wir noch hoffen?« Er erhält von dem schon wieder sanft entschlummernden Fatum die höhnische Antwort: »Ja, ja, hofft nur zu!« Die höchste Instanz hat abgewirtschaftet, das Feenreich wird aufgelöst, der Mensch bleibt auf sich allein gestellt.

»Gestorben ist der Herrgott oben / Und unten ist der Teufel tot«, dichtete Heinrich Heine um dieselbe Zeit (*Die Heimkehr*, Nr. 39). Nestroys Abschied von der Allegorienmaschinerie der Wiener Wunderbühne bedeutete freilich nicht, daß er auf Himmel- und Höllengeister fortan verzichten mußte. Sie wechselten nur Kostüm und Namen, taten den letzten Schritt in die Vermenschlichung und erscheinen nun als rein irdische Intriganten oder geheime Wohltäter, denen der Aberglaube ihrer Mitbürger sehr zustatten kommt. Technik und Tendenz des Märchenspiels können dabei ohne Schwierigkeiten übernommen werden. So steht am Anfang von *Die beiden Nachtwandler* (1836) die Wette zweier spleeniger Engländer in der Frage, ob ein Mensch auf dieser Welt glücklich gemacht werden könne. Da der einfältige Seiler, den sich die beiden »Zauberer« für ihr Experiment ausgesucht haben, seine unbekannten Gönner für Geister hält, verlangt er von ihnen die unmöglichsten Dinge, bis die Engländer das Spiel abbrechen müssen. Wo aber dergleichen verborgene Beistände fehlen, diktiert ein Faktotum à la Schnoferl (*Das Mädl aus der Vorstadt*) das Geschehen, fordert ein an seiner mittelmäßigen Existenz leidender Handlungsdiener übermütig das Schicksal heraus (*Einen Jux will er sich machen*), oder ein vom Weltekel geschundener Kapitalist hält sich selbst zum Narren, um etwas »Senf für das Rindfleisch des Lebens« zu bekommen (*Der Zerrissene*). Komisch maskierte Verzweifelte kokettieren, besessen von Zerstörungswut, mit Unglück und Tod, nur um der Leere eines Daseins zu entgehen, in dem sie – wie Büchners Leonce, ihr Bruder im Geiste – keinen rechten Sinn mehr sehen.

All diese Magier, Feen, echten und unechten Geister, geheimnisvollen Lords, pfiffigen Intriganten und Schicksalspieler wider den Horror vacui besitzen nun zwar die *Papiere des Teufels* (so der Titel eines Stücks von 1842), mit denen sie die Geschicke der Menschen beeinflussen können, aber hinter ihnen steht als gebietender Regisseur: der Zufall. Bezeichnenderweise ist es immer das Faktotum, sein irdischer Sekundant, das auf ihn aufmerksam macht. Dem Zufall sei alles zu danken, bekennt der Schreiber Federl (*Die Papiere des Teufels* III,14), »dem seelenguten Kerl, dem der menschliche Eigendünkel fast immer das Verdienst abstreit't« – und Schnoferl (*Das Mädl aus der Vorstadt* II,15) stellt fest: »Ah, ich sags, der Zufall muß ein bsoffner Kutscher sein – wie der die Leut zsammführt, 's is stark!« Tatsächlich erhält der Barbiergeselle Titus Feuerfuchs seinen *Talisman* von einem rätselhaften Marquis, den ein »bsoffner Kutscher« in den Graben gefahren hat (I,9–12); und die Menschen von *Zu ebener Erde und erster Stock* verdanken ihren Platzwechsel nur den Launen dieses unsichtbaren Zauberers, der allein die vollkommene soziale Revolution herbeizuführen vermag. »Wenn der Zufall nicht wär'«, doziert Schlankel, der gute Geist im *Haus der Temperamente* (II,4), »wie viel gelinget denn in der Welt? Der Zufall ist die Muttermilch, an der sich jeder Plan vollsaugen muß, wenn er zum kräftigen Erfolg heranreifen soll.«

Nestroy setzt den Zufall nicht als verstecktes Movens seiner Possen ein, sondern hebt dessen spielgestaltende Rolle provozierend hervor. Dieser moderne Zauberer vertritt nicht nur die alten Allegorien, um die Handlung in Gang und zum guten Ende zu bringen; er ist auch etwas anderes als der Zufall Eichendorffs oder Brentanos, der gewissermaßen als rechte Hand Gottes einem weisen Schöpfungsplan gehorcht, auch wenn das nicht immer sofort einleuchtet. Der Mensch als Spielball übernatürlicher Mächte, das war freilich auch eine barocke Vorstellung – entscheidend ist aber jetzt die Identifizierung des platten Zufalls mit diesen Mächten. Der Zufall tritt an die Stelle Gottes oder, wie es aus Zensurgründen heißen muß, des Schicksals. Setzt das schon allein im Grunde ein nichtchristliches Weltbild voraus, so betont Nestroy noch besonders die Ungerechtigkeit, Dummheit und Launenhaftigkeit seiner ad absurdum geführten Vorsehung: »Man is rein nur dem Schicksal sein Narr«, lautet der Refrain eines Couplets in *Die beiden Herren Söhne* (II,9). Freilich versucht der Mensch immer wieder, den Schleier vom Geheimnis der Weltregierung zu lüften, die »Papiere des Teufels« selbst in die Hand zu bekommen, das Schicksal zu meistern – aber: »das ist ein Kampf, wo an keinen Sieg zu denken; mit einem blauen Auge davonkommen, ist da schon der höchste Gewinn« (*Nur Ruhe* I,2). Trotzdem eröffnet Nestroy in jedem seiner gut achtzig Stücke das Gefecht aufs neue.

Exemplarisch wurde dieser Kampf in der 1849 entstandenen Posse *Höllenangst*. Der vom Teufelswahn besessene Wendelin inszeniert da nicht nur in seinem erschreckenden Schicksalscouplet (I,7) eine Art Naturrevolution sämtlicher Elemente der Körperwelt, sondern er nennt im folgenden Monolog auch klar den Adressaten für seinen Unmut. »Revolutionairs stürmen in der Regel gegen die irdischen Regierungen an«, erläutert der desperate Schuster(!)-Sohn. »Das ist mir zu geringfügig, ich suche das Übel tiefer oder eigentlich höher, ich revoltiere gegen die Weltregierung, das heißt gegen das, was man eigentlich Schicksal nennt ...« Natürlich sind es die Mißstände in der Welt, die ungerechte Verteilung der Glücksgüter, der immer wieder festzustellende Sieg von Bosheit und Beschränktheit, die zu dieser Empörung Anlaß geben, aber auf Beseitigung der Not besteht hienieden ebensowenig Hoffnung wie auf eine ausgleichende Gerechtigkeit im Jenseits. Diesen Zustand kann man demütig ertragen oder, wie Nestroys immer von ihm selbst gespielte Räsoneur-Helden, hartnäckig beklagen. Ihre Form der Resignation ist die absolute Skepsis gegen jede Verheißung irdischer oder überirdischer Seligkeit, als letzter Geist aus Nestroys Zauberreich bleibt der Zweifel. »Ich zweifle noch immer«, sagt der *Höllenangst*-Wendelin, »na ja, warum soll ich denn nicht zweifeln, wenn's mir eine Erleichterung verschafft? Zweifeln kann man an allem, und unter zehnmal zweifelt man neunmal gewiß mit vollem Recht« (I,14). Im Nachlaß des Dichters fand sich das Fragment einer Posse, die den Titel *Zweifel* tragen sollte; die Rolle Nestroys ist darin als die eines »sarkastischen Durchblickers« gekennzeichnet.

Dieser Durchblick – man muß es beharrlich betonen gegen diejenigen, die für Nestroy immer noch die Anzengrube graben – erschöpft sich nicht in der Horizontalen. »Zweifel, der eremitische Wurm«, wie er im Nachlaß genannt wird, frißt weiter. Daß der Abbau der spätbarocken Weltbühne dabei in skurrilen

Bildern und vorsichtigen Vergleichen erfolgt, darf nicht über den trostlosen Ernst des Unternehmens hinwegtäuschen. Deutlicher konnte Nestroy nicht werden; er »zweifelt im Stillen und deshalb gut«, heißt es im Fragment *Zweifel.* So wird der Rahmen des traditionellen Weltbilds zwar im wesentlichen beibehalten, doch immer wieder augenzwinkernd versichert, daß die einzige Gewähr für seinen Halt in den Bestimmungen der Zensur liegt. »Der Himmel ist allerdings eine herrliche Idee (!)«, steht in einem Entwurf zum *Höllenangst*-Monolog. Aber wenn »da droben kein Ohr zu hören meine Klage, kein Herz, wie meines, sich zu erbarmen des Bedrängten« (Nachlaß), dann gibt es wirklich keinen Ort mehr für die lustige Hoffnung. Ohne den Ausweg in ein besseres Jenseits befindet sich der Mensch Nestroys in derselben Situation wie die Maus in Kafkas *Kleiner Fabel*, die nur noch wählen kann zwischen dem langen Weg in die Falle und dem raschen Ende im Maul der Katze.

Das Leben, »nix anders als ein an seinem Geburstag gefälltes, auf unbestimmte Zeit sistiertes Todesurteil« (*Mein Freund*, Vorspiel 3), ist unter diesem Gesichtspunkt nicht gerade lebenswert, und so bliebe nur der Selbstmord, wenn eben damit ein schönerer Seinszustand gewonnen werden könnte. Das aber bezweifeln Nestroys Figuren am heftigsten. »Ja, Tod«, sinniert der arme Gottlieb im *Schützling* (I,6), »du bist eine eigene Sache, du Tod, du! – Schauerlich durch Rätselhaftigkeit, und wärst vielleicht noch schauerlicher, wenn das Rätsel gelöst wär'; aber die Würmer können nicht reden, sonst verrateten sie's vielleicht, wie gräßlich langweilig dem Toten das Totsein vorkommt.« Natürlich gehört in diesen Zusammenhang die manische Todesfurcht Nestroys, die sich zuletzt in einem grotesken Testament manifestierte – mit detaillierten Anweisungen zum Schutz vor der Möglichkeit des Lebendigbegrabenwerdens. Denn bei aller Weltverachtung zieht der Satiriker doch die sicheren Leiden dieses Lebens einem geahnten Nichts entschieden vor; er ist ständig in der Situation des melancholischen Magiers Schmafu (*Der konfuse Zauberer* I,10), der eine Kutsche besteigt mit den Worten: »Ich wünsch' mir nichts als den Tod! Acht geben, Fiaker, daß du nicht umwirfst.«

Der Zweifel hat Nestroy den festen Boden des Volkstheaters entzogen und damit die Bretter, die bis dahin in Wien die

Welt bedeuteten. Von dieser abgründigen Bühne können keine erbauenden Botschaften mehr ausgehen; die guten Geister sind ausgezogen, am Eingang wurde ein neues Schild befestigt: »Nichts ist das Wahre, weil gar nichts wahr is. Nihilismus« (Nachlaß). Damit bewegen sich Nestroys Possen schon in einem Rahmen, wie ihn erst das Theater unseres Jahrhunderts unfreundlich absteckte. Die Welt ist hier nicht mehr mit bewährten Maximen zu erklären, Ursprung und Ziel des Menschen sind zu einem Rätsel geworden, für das sich keine vernünftigen Lösungen anbieten. »Aber in einem Universum«, schreibt Albert Camus im *Mythos von Sisyphos*, »das plötzlich der Illusionen und des Lichts beraubt ist, fühlt der Mensch sich fremd. Aus diesem Verstoßensein gibt es für ihn kein Entrinnen, weil er der Erinnerungen an eine verlorene Heimat oder der Hoffnung auf ein gelobtes Land beraubt ist. Dieser Zwiespalt zwischen dem Menschen und seinem Leben, zwischen dem Schauspieler und seinem Hintergrund ist eigentlich das Gefühl der Absurdität«. Wenn dieser Mensch Theater spielt, kann er nur »absurdes« Theater machen, dem Martin Esslin in seinem Standardwerk *Das Theater des Absurden* einen doppelten Zweck nachsagt: die satirische Betrachtung einer lächerlich unechten Lebensführung in der »Wirklichkeit« und die Enthüllung »der Absurdität menschlichen Daseins« im Hinblick auf den Verfall der Jenseitsgewißheit.
Was fehlte noch zum Bild des »modernen« Nestroy? Franz H. Mautner legte (zuletzt in der dreibändigen Nestroy-Ausgabe des Insel Verlags 1970 und 1987) einen ganzen Katalog von Übereinstimmungen mit dem Drama unserer Tage vor: die dominierend intellektuell-ironisch-objektive Haltung, das skeptische Weltbild, das satirische Temperament, die betonte Abneigung gegen Pathos und Sentimentalität, die Mittel der »Verfremdung«. Am wichtigsten aber scheint Nestroys exzessive Verwendung der Groteskkomik zu sein, der er in all seinen Stücken eine bestimmende Funktion zuweist. Noch in seinem letzten Werk, der indianischen Faschings-Burleske vom *Häuptling Abendwind*, versteigt sich die Satire in ein verzerrtes Spiel mit Paradoxen, werden scheinbar ganz natürliche Situationen im Unsinn aufgelöst, wird die Ordnung einer entfremdeten Welt aufgehoben im Labyrinth einer karikierten Diplomatensprache. Der Mensch ist dem Menschen ein Menschenfresser –

drastischer kann man das blindwütige Schicksal am Abgrund des Nichts nicht mehr spazierenführen.

Vor dem Sturz in die Tiefe freilich bewahrte den Philosophen wie den Komödianten in Kunst und Leben allein die Liebe in den verschiedensten Gestalten. So fügte es sich zu einer zusammenfassenden Selbstdarstellung, als Johann Nestroy am 29. April 1862, vier Wochen vor seinem Tod, zum letzten Mal auftrat – im Rahmen einer Wohltätigkeitsveranstaltung für den »Grazer Frauenverein aller christlichen Konfessionen«. Er spielte an diesem Abschiedstag die Rollen des skeptischen Schülers Willibald (*Die schlimmen Buben in der Schule*) und des desillusionierten Schauspielers Pizzl (*Umsonst*). »Firmament«, definierte da der freche Willibald noch einmal, das sei doch nur »der leere Raum über uns«. Aber Pizzls letzte Worte auf der Bühne sind ein Scherz und das Programm dazu: »Umsonst! – Mit einem Wort: die Liebenden haben sich, alles Übrige rein umsonst!«

Der böse Geist Lumpazivagabundus
oder
Das liederliche Kleeblatt

Zauberposse mit Gesang in drei Akten

Personenverzeichnis

STELLARIS, Feenkönig
FORTUNA, Beherrscherin des Glücks, eine mächtige Fee
BRILLANTINE, ihre Tochter
AMOROSA, eine mächtige Fee, Beschützerin der wahren Liebe
MYSTIFAX, ein alter Zauberer
HILARIS, sein Sohn
FLUDRIBUS, Sohn eines Magiers
LUMPAZIVAGABUNDUS, ein böser Geist

<table>
<tr><td>LEIM, ein Tischlergesell,
ZWIRN, ein Schneidergesell,
KNIERIEM, ein Schustergesell,</td><td>vazierende Handwerksburschen</td></tr>
</table>

PANTSCH, Wirt und Herbergsvater in Ulm
FASSEL, Oberknecht in einem Brauhause
NANNETTE, Tochter des Wirts

<table>
<tr><td>SEPHERL,
HANNERL,</td><td>Kellnerinnen</td></tr>
</table>

EIN HAUSIERER
EIN TISCHLERGESELL
STRUDL, Gastwirt »Zum Goldenen Nockerl« in Wien
HOBELMANN, Tischlermeister in Wien
PEPPI, seine Tochter
ANASTASIA HOBELMANN, seine Nichte
EIN FREMDER
GERTRUD, Haushälterin in Hobelmanns Hause
RESERL, Magd daselbst
HACKAUF, Fleischermeister in Prag
EIN MALER

<table>
<tr><td>ERSTER
ZWEITER</td><td>Bedienter</td><td rowspan="2">bei Zwirn</td></tr>
<tr><td>ERSTER
ZWEITER</td><td>Gesell</td></tr>
</table>

HERR VON WINDWACHEL
HERR VON LÜFTIG
SIGNORA PALPITI

Pantsch: den Wein *pantschen* = wässern.

CAMILLA,
LAURA, } ihre Töchter

WIRT
WIRTIN } in einer Dorfschenke unweit Wien

EIN REISENDER (Stellaris)

ZAUBERER, MAGIER und ihre SÖHNE, NYMPHEN und GENIEN, GÄSTE, VOLK, BAUERN, HANDWERKSLEUTE verschiedener Zünfte usw., usw.

(Die Handlung spielt teils in Ulm, teils in Wien, teils in Prag, teils im Feenreich.)

Der böse Geist Lumpazivagabundus wurde zum ersten Mal am 11. April 1833 als »Benefiz-Vorstellung« für Nestroy aufgeführt. Er spielt den Knieriem, Wenzel Scholz den Zwirn. Die Musik war von Adolf Müller.

Erster Akt
Wolkenpalast des Feenkönigs

Erste Szene

Mehrere alte ZAUBERER *und* MAGIER, *darunter* MYSTIFAX, *treten auf und stellen sich im Halbkreis, jeder führt einen erwachsenen Sohn an der Hand, darunter* HILARIS *und* FLUDRIBUS. – STELLARIS *sitzt auf dem Throne.*

CHOR DER ALTEN ZAUBERER
Wir werden euch schon Mores lehren,
Ihr liederlichen Bursche, ihr!
Was nun geschehn wird, sollt ihr hören,
Der Feenkönig richtet hier.
Ihr kehrt im nächsten Augenblick
Zur Ordnung wiederum zurück.

STELLARIS Was versammelt euch so zahlreich an meines Wohnsitzes goldner Pforte? Was verlangt ihr von mir?

MYSTIFAX Mächtiger Beherrscher! Wir flehen um deine Hilfe. Es treibt sich ein böser Geist im Zauberland herum.

STELLARIS Wie heißt er?

MYSTIFAX Lumpazivagabundus.

STELLARIS Was tat euch dieser böse Geist?

MYSTIFAX Er hat sich der Herzen unserer Söhne bemächtigt und sie vom Pfade der Ordnung gelockt. Sie verabscheuen jetzt jede Beschäftigung, sie spielen, trinken, stürzen sich in tolle Liebesabenteuer – mit einem Wort: sie sind verloren, wenn du den bösen Geist nicht bannst.

STELLARIS Lumpazivagabundus, erscheine!

(Musik fällt ein. Lumpazivagabundus steigt im Vordergrunde aus der Versenkung.)

Zweite Szene

DIE VORIGEN; LUMPAZIVAGABUNDUS. *Später* FORTUNA, BRILLANTINE *und* NYMPHEN

LUMPAZIVAGABUNDUS (*nach der Musik*) Da bin ich! Was steht zu Befehl?

STELLARIS Du bist Lumpazivagabundus?

LUMPAZIVAGABUNDUS Der bin ich und zugleich Beherrscher des Lustigen Elends, Beschützer der Spieler, Protektor der Trinker etc. etc.; kurzum, ich bin ein Geist aus 'n F.

STELLARIS Verwegener, der du's wagtest, in das Feenreich zu dringen, ich verbanne dich von diesem Augenblick auf ewige Zeit.

LUMPAZIVAGABUNDUS Ha, ha, ha, ha, ha! (*Versinkt lachend.*)

STELLARIS (*ehe Lumpazivagabundus noch ganz versunken ist*) Halt!

LUMPAZIVAGABUNDUS (*kommt wieder auf der Versenkung in die Höhe*) Haben mir Eu'r Herrlichkeit noch was zu sagen?

STELLARIS Du hast meinen Urteilsspruch mit Hohngelächter erwidert?

LUMPAZIVAGABUNDUS Natürlich, weil er nichts nutzt. Ob ich da bin oder nicht, diese jungen Herren bleiben auf alle Fäll' meine getreuen Anhänger; denn meine Grundsätze leben in ihnen fort.

STELLARIS (*zu den Söhnen*) Wie? Ihr seid nicht ernstlich entschlossen, zur Ordnung zurückzukehren?

FLUDRIBUS (*vortretend*) Ich nehme im Namen meiner Kameraden das Wort. Wir haben den größten Teil unseres Vermögens durchgebracht, ob wir das Restel haben oder nicht, das ist uns gleichviel; darum wollen wir das auch noch verjuxen.

ALLE SÖHNE Ja, wir wollen es verjuxen.

DIE VÄTER Entsetzlich!

STELLARIS Und wenn ihr nichts mehr habt, was dann?

FLUDRIBUS Dann machen wir Schulden.

DIE SÖHNE Wir machen Schulden!

STELLARIS Und wenn ihr nicht bezahlen könnt, was dann?

FLUDRIBUS Dann lassen wir uns einsperren.

DIE SÖHNE Ja, ja, wir lassen uns einsperren.

FLUDRIBUS Da gibt sich hernach die Ordnung von selbst.

LUMPAZIVAGABUNDUS (*sich triumphierend die Hände reibend*) Das sind meine Grundsätze.

MYSTIFAX (*zu Stellaris*) Was sagen Euer Herrlichkeit nun dazu?

STELLARIS (*zu den Söhnen*) Wenn ihr aber wieder bekämet, was ihr liederlicherweise verpraßt habt, würdet ihr dann ordentlich mit dem Eurigen haushalten?

HILARIS Der macht uns wieder reich.

FLUDRIBUS (*zu Stellaris*) Ja, wenn wir wieder reich würden, würden wir auch wieder brav.

DIE SÖHNE Ja, dann würden wir brav.

STELLARIS Nun denn, Fortuna, nahe dich!

(*Musik fällt ein. Mehrere Nymphen mit Füllhörnern treten auf, zuletzt Fortuna, ihr folgt ihre Tochter Brillantine.*)

STELLARIS (*nach geendigter Musik*) Fortuna, diese jungen Männer haben ihr Vermögen vergeudet; gib ihnen den verlornen Reichtum wieder.

FORTUNA Beherrscher des Feenreiches! Befehlen lasse ich mir nichts, auch nicht von dir; doch weil ich gerade guter Laune bin (*zu Lumpazivagabundus*) und dir, Elender, zum Trotze, mag es sein. (*Zu den Söhnen.*) Ich schütte mein Füllhorn über euch.

DIE SÖHNE Tausend Dank!

LUMPAZIVAGABUNDUS Ha, ha, ha, das ist zum Totlachen! Durch die Fortuna will *der* mir meine Anhänger entreißen! Da werden grad noch ärgere Lumpen draus.

HILARIS Ich will aufrichtig sein; Reichtum wird mich nie bessern.

MYSTIFAX Wie!? Was!? Mein Sohn, du wärst der Inkurabelste von allen?

HILARIS Nur *ein* Mittel gibt's, das mich festhalten wird auf dem Pfade der Tugend, es ist Brillantinens Hand.

ALLE Was?

HILARIS Wir lieben uns.

FORTUNA (*entrüstet*) Tochter!

BRILLANTINE Verzeihung, Mutter!

LUMPAZIVAGABUNDUS (*auf Hilaris zeigend*) Den geb' ich auf; die anderen alle aber sind und bleiben in meiner Macht.

STELLARIS Warum, Unhold?

LUMPAZIVAGABUNDUS Weil die Fee Fortuna nicht imstande ist, mir einen Anhänger abwendig zu machen; aber der (*auf Hilaris zeigend*) – der steht unter dem Schutz meiner größten Feindin, die mich einzig und allein überall vertreibt.

FORTUNA (*stolz*) Wer ist die Fee, die mächtiger ist als ich?

LUMPAZIVAGABUNDUS Amorosa ist's, die Beschützerin der wahren Liebe.

STELLARIS Amorosa! (*Musik fällt ein, Amorosa schwebt in einer lichten Wolke mit zwei Genien hernieder.*)

LUMPAZIVAGABUNDUS Sie naht schon, die Mächtige, die mir oft

meine fidelsten Brüderln entreißt! – Jetzt empfehl' ich mich! Aber noch einmal, Madame Fortuna, Sie fürcht' ich nicht; denn was meine wahren Anhänger sind, die machen sich nicht so viel aus Ihnen. Kommt 's Glück einmal, so werfen sie's beim Fenster hinaus, und kommt's zum zweitenmal und will sich ihnen aufdringen auf eine dauerhafte Art, so treten sie's mit Füßen. – So behandeln meine echten Brüderln das Glück! – Gehorsamer Diener allerseits. (*Tritt auf die Versenkung und versinkt unter Musik.*)

Dritte Szene

DIE VORIGEN *ohne* LUMPAZIVAGABUNDUS. AMOROSA

AMOROSA (*Hilaris und Brillantinen an der Hand fassend und sich Fortuna nähernd*) Fortuna! Ich vereine meine Bitte mit dem Flehen dieser beiden, beselige durch günstigen Ausspruch zwei Herzen, die sich der wahren Liebe geweiht.

FORTUNA (*zu Amorosa*) Wie, Törichte, du hoffst, ich werde mich deinem Wunsche fügen, in einem Augenblick, wo eben ein frecher Unhold zu deinen Gunsten mich erniedrigte und du mit stolzem Blick auf mich herniedersiehst? Ich zerreiße das Band, das du um diese Herzen geschlungen.

BRILLANTINE *und* HILARIS Weh' uns!

STELLARIS Halt ein, bedenk' erst, was du sprichst. Des Feenreiches unumstößliche Gesetze erlauben dir nicht, Hilaris' Antrag unbedingt zu verwerfen; nur eine schwere Bedingung festzusetzen, deren Erfüllung die Liebenden trennt, deren Nichterfüllung aber sie auf immer vereint, nur dies ist dir gestattet.

FORTUNA Nun, denn, so sei's! Ich will eine Bedingung setzen, die zugleich jenem Frechen, der meine Macht verspottet und glaubt, nur du (*zu Amorosa*) allein sei'st ihm gefährlich, das Gegenteil beweisen soll. – Ich wähle unter den Sterblichen drei seiner Anhänger, lockere Gesellen, jedoch nur solche, welche schon der Armut drückend Los gefühlt. Diese will ich mit Reichtum überschütten; werfen sie, wie er gesagt, das Glück zum Fenster hinaus, so dringe ich es ihnen zum zweiten Male wieder auf; treten sie es dann mit Füßen, so erkenne ich mich als besiegt, und Hilaris werde meiner Tochter Gemahl; doch, wenn sie, wie kaum zu zweifeln ist, das Glück mit Dank empfangen und aus Furcht vor neuer Dürftigkeit mit weiser Mäßigung es sich fürs ganze Leben bewahren und ich sie so dem Lumpazivagabundus entreiße, dann bin ich Siegerin, und Hilaris werde auf immer von meiner Tochter getrennt.

STELLARIS Wohlan! Nur eines hab' ich noch hinzuzufügen, es gilt für beide Teile gleich. – Gelingt es dir, dem Lumpazivagabundus von den drei lockeren Gesellen auch nur zwei zu entreißen, so hast du schon gewonnen; treten hingegen auch nur zwei von ihnen das Glück mit Füßen, so hast du verloren. Dies beschwöre hier vor meinem Thron.

FORTUNA (*geht an die Stufen des Thrones und erhebt die Hand zum Schwur*) Ich schwöre!

(*Drei kurze starke Akkorde.*)

STELLARIS Dein Schwur ist angenommen.

MYSTIFAX (*zu Amorosa*) Und für die andern verlornen Söhne hier ist keine Rettung aus den Krallen des Lumpazivagabundus zu hoffen?

AMOROSA Nicht eher, als bis wahre Liebe in ihren Herzen Eingang gefunden.

HILARIS (*Brillantinen umarmend*) So leb' denn wohl auf ewig! Unmöglich kann die Bedingung zu unserm Besten sich erfüllen.

AMOROSA Verzweifelt nicht, baut auf die Beschützerin wahrer Liebe. (*Sie besteigt ihren Wolkenwagen. Kurze Musik fällt ein, alle ziehen sich zurück.*)

CHOR

So ist in dunkler Zukunft Schoß
Verborgen unsrer Söhne Los.

(*Mit den letzten Worten des Chores fällt die nächste Dekoration vor.*)

Verwandlung

Kurze freie Gegend, die Landstraße vorstellend, links eine hölzerne Bank unter einem Meilenzeiger

Vierte Szene

LEIM, *dann* KNIERIEM, *dann* ZWIRN

LEIM (*mit einem Felleisen, tritt gleich nach der Verwandlung auf*) Da wär' ich beim Tor. Das is aber, so viel ich merk', eine ungefällige Stadt, denn wenn 's gefällig wär', so wär' s' mir auf halbem Weg entgegengekommen. Im Grund betracht't, ist's a Schand', ich bin ein ausgelernter Tischler, und es gehn mir ordentlich d'Füß' aus 'n Leim. Ist's denn aber auch anders möglich? Die Wirt' auf der Straßen haben ja Herzen so hart als ein Ast in ein' buchsbaumenen Pfosten. Woher kommt das aber? Weil die Leut' keine Bildung haben auf'n Land. Und warum haben s' auf 'n Land keine Bildung? Weil s' lauter eichene Möbel haben, drum kennt das Volk keine Politur; und wer keine Politur kennt, ist ein Socius. – Jetzt will ich halt ein bisserl ausrasten da und nachher um d'Herberg' frag'n. (*Setzt sich auf die Bank. Das Ritornell des folgenden Liedes beginnt.*)

KNIERIEM (*ein Ränzchen auf dem Rücken, tritt auf*)

Es kommen d'Stern', es wird schon spat,
Zeit is, daß s' einmal da is, d'Stadt,
Ich brauch' ein' Guld'n jetzt zum Verhau'n,
Da muß i gleich zum Fechten schau'n.
Und wie i ein' Gulden z'samm'bettelt hab',
Da laßt's mir drei Maß Bier hinab,
A drei Maß Bier laßt's mir hinab.
Mein' Rausch hab' i jahraus, jahrein,
Es wird doch heut' kein' Ausnahm' sein.

(*Er setzt sich auf die Bank rechts. Die Musik verändert sich.*)

(*Zwirn tritt von derselben Seite ein, abgeschaben, aber dennoch so viel wie möglich geputzt, und trägt ebenfalls den Wanderbündel auf dem Rücken.*)

ZWIRN (*äußerst lustig*)

D'Stadt ist in der Näh',
Drum schrei' ich Juheh!
Juheh! Juheh! Juheh!
Wer d'Madeln gern hat,

Politur: auch »Höflichkeit« (fz. *poli*).
Socius: Grobian.
Fechten: betteln.

Find't g'nug in der Stadt,
Juheh, find't g'nug in der Stadt.
Blauer Montag is alle Tag',
Darum lass' ich nicht nach,
Bis die Sonn' morgen scheint,
Grad so lang' tanz' i heunt;
Ich tanz' mir doch nit g'nu',
Drum gib ich kein' Ruh',
Spring' wie a Gas in d'Höh'
Und schrei': Juheh!

Was sitzen denn da für ein paar Maner?

LEIM Ich bin a Tischler.

KNIERIEM Und i bin a Schuster.

ZWIRN Seid's ös schon so weit gangen heut', daß's so müd' seid's?

LEIM Das just nit, aber mit 'n Essen hat's schlecht ausg'schaut. Ich hab' nit mehr als zwei Meilen g'macht.

KNIERIEM Und ich hab' mir a halbe Stund' von hier ein' Rausch ausg'schlafen, das war aber schon ein Millionshaarbeutel, das – und was hab' i trunken? Neun Halbe Bier; aber seit dem letzten Kometen greift mich alles so an.

ZWIRN Pfui Teuxel! Schamt's euch nit? Auf so ein' Trümmerl Weg rasten s' aus! Ich geh' heut' schon meine drei Stationen und kann den Augenblick nit erwarten, wo ich zum Tanzen komm'.

LEIM Hör' auf, Brüderl, du schneid'st auf. Ich bin g'wiß nit schlecht auf die Füß'; aber drei Stationen gehn und noch tanzen woll'n, das is g'log'n. Jetzt schau'n wir halt, daß wir g'schwind auf d'Herberg' kommen.

KNIERIEM Ich hab' einen enormen Durst.

LEIM Zuerst gehn wir fechten. *(Das Betteln parodierend.)* Euer Gnaden, ein armer, reisender Handwerksbursch' bitt' gar schön um a bissel was auf a Musik; nachher wird's a Leben werden heut' nacht.

ZWIRN Fidel muß's zugehen.

KNIERIEM Ich dudl' mir heut' ein' an, wie ich seit'n letzten Kometen kein' g'habt hab'.

Gas: Geiß.
Maner: Männer.
Trümmerl: Stückchen.

LEIM Also frisch in die Stadt marschiert!

ALLE DREI (*mit verschlungenen Armen*)

Lied

Wir wollen in die Stadt marschieren
Und drinnen unser Glück probieren.
Der Weg wird uns zur Herberg führen,
In der Herberg nacher, da geht's an.
Was uns 's Fechten g'winnt,
Durch die Gurgel rinnt,
Und is all's vertan,
Liegt uns a nix dran;
Darum nicht lange spekulieren,
In der Herberg' zeigt sich, was man kann.

(*Gehen Arm in Arm ab.*)

Verwandlung
Schenkstube in der Herberge

Fünfte Szene

FASSEL, *mehrere* BRÄUKNECHTE *und* HANDWERKSBURSCHEN *verschiedener Professionen.* PANTSCH, NANNETTE, SEPHERL, HANNERL, *dann* ZWIRN, LEIM *und* KNIERIEM

(*Alle sitzen teils an den Tischen und trinken, teils tanzen sie mit Hannerl und Sepherl, Fassel tanzt mit Nannetten.*)

ALLE Vivat! Der Herr Bestgeber soll leben!

FASSEL (*im Tanzen*) Ein Glas her! (*Pantsch gibt ihm während dem Tanzen eine Flasche.*) Die ganze Gesellschaft Vivat! (*Er trinkt im Tanzen die Flasche aus, wirft sie dann zur Erde und tanzt weiter.*)

(*Zwirn, Leim und Knieriem treten ein.*)

ZWIRN Halloh! Da hab' ich a Musik g'hört!

KNIERIEM Herr Vater! A Halbe G'mischts. (*Setzt sich links.*)

LEIM Mir a Halbe und a Portion Nierndln.

HANNERL Wie schaffen Sie's denn?

LEIM Mit Semmelbröseln oder mit Sagschaten, das is ein' hungrigen Tischler alles eins. (*Setzt sich. Die Kellnerinnen bringen das Verlangte.*)

Sagschaten: Sägespäne.

ZWIRN (*zu einem Musiker*) Da sein acht Groschen, jetzt macht's mir einen saubern Walzer auf. (*Gibt ihm Geld.*)

FASSEL (*beiseite*) Das ist ein fideler Kerl.

ZWIRN (*zu Fassel, neben welchem Nannette sitzt*) Sie erlauben schon eine Tour? (*Nannetten auffordernd.*) Mein Fräulein, darf ich so frei sein? (*Ein Ländler beginnt, Zwirn haut auf und schlägt ungeheure Fußtriller.*)

LEIM Ah wart', Schneider, du sollst mich nicht spotten. (*Nimmt Hannerl, welche ihm das Bier bringt, und tanzt mit ihr ein paarmal herum, endlich sieht er einen Handwerksburschen sehr ärmlich und traurig dasitzen – er hört zu tanzen auf und spricht zu ihm.*) Ich glaube gar, das ist ein Tischler? (*Die Musik hört auf.*)

HANDWERKSBURSCH Ja, leider.

LEIM Wo fehlt's denn?

HANDWERKSBURSCH Überall.

LEIM Mir auch; aber wer wird denn deswegen traurig sein? – Heda! Eing'schenkt da für den eine Halbe Wein auf meine Rechnung.

FASSEL Nix, das laß' ich nit angehn, heut' geht alles aus mein' Sack. Ich hab' tausend Taler g'wonnen in der Lotterie, heut' traktier' ich ganz allein.

KNIERIEM Tausend Taler? – A Halbe G'mischts!

LEIM Ah, schön! Da werd'n wir schon so frei sein und werden's uns schmecken lassen.

ZWIRN Das wird ein schön's Glück sein; wenn ich das hätt', ich setzet mich gar nicht mehr nieder, da ging's alleweil a so. (*Er haut auf.*) Ah, verdammt! Ich hab' mir den rechten Wadel überstaucht – ich muß mich schon niedersetzen.

FASSEL Warum setzt's euch denn nicht zu unserm Tisch, Kameraden?

LEIM *und* ZWIRN Mit Verlaub. (*Setzen sich zu Fassel und den Bräuknechten.*)

KNIERIEM Noch ein G'mischts! (*Gibt der Kellnerin das leere Ziment und setzt sich ebenfalls an den Tisch.*) Ein schlechter Zeitpunkt war's halt doch, jetzt was z' g'winnen.

FASSEL Warum?

KNIERIEM Weil man's nicht mehr anbringen kann. Aufs Jahr kommt der neue Komet, der die Welt z'grund richt't, nachher ist der Herr pfutsch mit samt sein' Treffer.

Aufhauen: übermütig sein, tanzen, springen, viel Geld ausgeben.
Ziment: Gefäß zum Ausschänken.

LEIM Red' nit so dumm, gar nichts g'schieht, mir hat's ein Professor g'sagt.

KNIERIEM Ich werd's doch besser verstehn als ein Professor? Ich hab' die Astronomie aus 'n Büchel g'lernt und mach' alleweil meine Beobachtungen, wenn ich hamgeh' in der Nacht.

LEIM Ja, wenn du besoffen bist.

ZWIRN Mit'n Tanzen ist's heut' schon Feierabend bei mir.

FASSEL So singen wir eins, weil wir so in caritatibus beisammen sitzen.

KNIERIEM Gut is! Ich hab' ein superbes Lied g'macht.

LEIM Heraus damit!

KNIERIEM Ös müßt's aber alle mitsingen. Der Text ist von mir nach einer Rittergeschichte frei bearbeitet.

FASSEL Das ist recht. O, ich hab' die romantischen Sachen so gern.

KNIERIEM Schaut's mir aufs Maul und singt's alle mit mir zugleich: *(Singt.)*

Eduard und Kunigunde,
Kunigunde und Eduard,
Eduard und Kunigunde,
Kunigunde und Eduard,
Eduard und Kunigunde,
Kunigunde und Eduard.

FASSEL Das ist wirklich einzig.

LEIM Ordentlich rührend.

KNIERIEM A G'mischts! – Also jetzt singen wir die zweite Strophe, die is noch schöner.

Eduard und Kunigunde,
Kunigunde und Eduard,
Eduard und Ku –

LEIM Hört's auf! Das ist ja allweil 's Nämliche.

KNIERIEM Ihr wißt nicht, was schön ist.

FASSEL Halt! Ich weiß, was schön ist. Wir ziehen alle da ins Kaffeehaus hinüber, und ich zahl' dort ein' jeden ein Glasel Punsch. Wer mitgehn will, geht mit. He, Musikanten! Auf-g'rebellt!

CHOR

Das ist heut' ein Leben, 's geht alles nach Wunsch,
Bier und Wein hab'n wir trunken, jetzt trink'n ma ein' Punsch.

in caritatibus: freundschaftlich, gemütlich.

Ich sag's, unser Bestgeber is halt ein Mann,
Er geht in der Mitten, die Musik voran.
(Chor und alle ab bis auf:)

Sechste Szene

ZWIRN, LEIM, KNIERIEM, PANTSCH, KELLNERINNEN

LEIM Dem sähet man's auch nicht an, daß er tausend Taler gewonnen hat.

KNIERIEM Warum? Er schaut dumm genug aus.

ZWIRN *(zum Wirt)* Wer ist er denn?

PANTSCH Der Oberknecht in der Bräuerei da darneben.

ZWIRN Da haben wir's, so ein ungebildetes Volk hat ein Glück! Ein Schneider gewinnt in seinem Leben nichts.

PANTSCH Ich bin ihm drum gar nicht neidig, ich dank' Gott, daß ich die tausend Taler nicht g'wonnen hab'.

LEIM Ist der Herr verruckt?

PANTSCH Könnt's nit sagen. Morgen vormittag ist die Hauptziehung, da gewinnt man hunderttausend Taler, und das wär' so meine Passion.

LEIM Na, die Passion wär' freilich nicht schlecht.

PANTSCH Ich g'winn' s' auch; denn meiner Frau Ahnl hat ja 's Numero traumt.

LEIM Ah, nachher ist's schon g'wiß. – Weil aber der Herr heut' noch kein Kapitalist ist, so macht's uns ein Stroh herein, daß wir uns niederlegen, es wird so bald Tag.

PANTSCH Recht gern. O, mich macht 's Glück nicht stolz. *(Zu den Kellnerinnen.)* He! Laßt's Stroh bringen. *(Ab mit Hannerl und Sepherl.)*

LEIM Das ist ein recht ein rarer Mann, der Wirt, er ist gar nicht stolz auf den Treffer, der noch gar nicht gezogen ist.

KNIERIEM Hunderttausend Taler! Das gibt über eine Million Maß G'mischts – die kann der Mensch nicht versaufen, mit'n besten Willen nicht.

ZWIRN Schuster, du bist ein gemeiner Kerl.

KNIERIEM *(auffahrend)* Du Schneider, trau' mir nicht!

LEIM *(sie beruhigend)* Seid's ruhig – schamt's euch! – Schaut's, wenn ich mir's recht überleg', glücklich – so was man sagt, recht glücklich machet mich halt doch das viele Geld nicht, wenn nicht noch etwas dabei wär' – *(seufzend)* ein Etwas –

KNIERIEM Da bist du ein Nimmersatt.

ZWIRN *(zu Knieriem)* Aber merkst denn nicht, er ist ja verliebt.

KNIERIEM Schwachheit!

ZWIRN Ja wohl, Schwachheit, in meiner Gegenwart von Madeln und Verliebtsein sprechen. Da müßt's mich erzählen lassen, ich könnt' euch meine Amouren bataillonsweis' aufmarschieren lassen.

LEIM Ich war nur in eine einzige verliebt.

ZWIRN In eine einzige? Brüderl, das ist ja gar nicht der Müh' wert, daß man davon red't. Wie ich in der Lehr' war, war ich schon in Zehne verliebt. Mein erster Meister, zu dem ich als G'sell kommen bin, hat ein schöns jungs Weiberl g'habt, das Weiberl hat mir g'fallen, und ich ihr auch, denn ich war damals ein sehr ein liebenswürdiger Jüngling. – Einmal gibt mir das Weiberl ein Bussel, da kommt der Meister dazu, und der Esel halt' sich drüber auf, daß mir sein Weib ein Bussel geb'n hat, und jagt mich auf der Stell' davon. – Mein zweiter Meister hat fünf Töchter g'habt – das waren Zwilling' – da war ich dir aber in alle fünfe zugleich verliebt. – Einmal haben wir Pfänder g'spielt – no, du weißt, das geht auch mit 'n Busselgeben aus –

KNIERIEM Allemal.

ZWIRN Wie wir die Pfänder ausg'löst haben, kommt der Meister dazu – der geht her und gibt mir für eine jede Tochter zwei Watschen und jagt mich fort.

KNIERIEM Zwei Watschen? Das ist zu viel.

ZWIRN Nicht wahr? Ich wär' ja hinlänglich zufrieden gewesen, wenn er mir für eine jede Tochter *eine* Watschen gegeben hätte, aber *zwei* Watschen, das ist ja ein offenbarer Luxus. – Mein dritter Meister, der hat ein G'schwisterkind g'habt von einundzwanzig Jahren – aber hörst, Schuster, so ein schöns G'schwisterkind hab' ich in meinem ganzen Leben nit g'sehen. Da hab' ich aber hernach eine saubere Köchin kennen g'lernt, mit der bin ich durch'gangen, und 's G'schwisterkind hab' ich sitzen lassen.

KNIERIEM Meine G'schicht' is nicht so lang, aber äußerst tragisch. Erstens ist mir meine Profession z'wider, ich hab' nur Sinn für die Astronomie – und dann hab' ich nichts als unverschuldete Unglücksfälle g'habt. – In Budweis hab' ich mein' Meister g'haut.

LEIM Warum denn?

KNIERIEM Weil ich ein' Rausch g'habt hab', also kann ich nix davor. In Altbrünn hätt' ich bald ein' Lehrbuben zerrissen.

LEIM So was ist aber auch abscheulich.

ZWIRN Aber was soll denn ein zerrissener Lehrbub anfangen? Und gar ein Schusterlehrbub – kann es denn etwas Zarteres geben als einen Schusterbuben?

KNIERIEM Ich hab' damals einen unsinnigen Haarbeutel g'habt, also kann ich nix davor. Ich sag' euch, ich hab' schon so viel Malheur g'habt, und allzeit durch meine Räusch'. Wann ich mir meinen Verdruß nit versaufet, ich müßt' mich grad aus Verzweiflung dem Trunk ergeben.

(Zwei Hausknechte kommen mit Stroh und bereiten die Schlafstellen.)

LEIM Sie, machen S' mir mein Bett etwas in Entfernung von den andern, denn ich schlag' furchtbar herum bei der Nacht.

ZWIRN Warum denn?

LEIM Das ist alles mein Herzenskummer. Ihr werdet mir's nicht glauben – ich seh' einem lustigen Kerl gleich, aber das ist alles nur auswendig, inwendig schaut's famos aus bei mir. Wie ich trink', glaub' ich, ein jeder Tropfen ist Gift – wie ich iß, so ißt der Tod mit mir – wenn ich spring' und tanz', so ist mir inwendig, als wenn ich mit meiner Leich' ging' – wie ich ein' Kameraden seh', der nix hat, so gib ich ihm gleich alles, obwohl ich selber nix hab', und das bloß, weil ich in Gedanken alleweil mein Testament mach'.

ZWIRN Ja, Brüderl, wer ist denn deine Geliebte, daß sie dich gar so enderisch macht?

LEIM Sie ist eine Tischlermeisterische.

KNIERIEM Hat s' Laschi?

LEIM Was?

KNIERIEM Knöpf'?

LEIM Wie?

ZWIRN Nein, nein, – er fragt, ob sie Batzen hat.

LEIM Geld? – Freilich hats' Geld. Sie ist die Tochter vom reichen Meister Hobelmann in Wien.

ZWIRN Von dem? – Schuster, den reichen Tischlermeister Hobelmann mußt ja kennen.

Enderisch: unheimlich.

KNIERIEM Ich bin ein Schuster, was geht mich ein Tischler an. Beleidigt's mich nicht.

ZWIRN Wart', ich werd' dir gleich draufhelfen. Der reiche Tischler Hobelmann logiert in – in Wien logiert er – du kennst den reichen Tischler Hobelmann nicht?

KNIERIEM Nein.

ZWIRN Ich kenn' ihn auch nicht.

KNIERIEM (*zu Leim*) Da weiß ich dir ein' Rat – schau', daß du s' kriegst.

LEIM Das hätt' ich selber g'wußt; aber da ist's zu mit'n Kriegen, ich glaub', es hat s' schon ein anderer.

KNIERIEM So nimm du dir auch eine andere.

LEIM Das bring' ich nicht übers Herz. O, meine Peppi!

ZWIRN Ja, mag sie dich, oder mag sie dich nicht?

LEIM Das ist's eben, was ich nicht weiß. Ich hab' drei Jahr' bei ihrem Vater gearbeitet –

ZWIRN Und weißt nicht, ob dich 's Madel mag? Tischler, du hast ja Hobelschaten im Kopf!

LEIM Der Vater ist reich, er lebt in Pracht und Herrlichkeit, er war zwar selber immer beim Geschäft, aber die Tochter haben wir Gesellen kaum alle Monat' einmal zu sehen kriegt. Einmal bringt meine himmlische Peppi ihrem Vater eine Schale Kaffee in die Werkstatt – ich schau' sie zärtlich an, sie laßt ihre Blicke auf mich und die Schalen auf die Erd' fallen – der Vater, der gähzornigste Patron von der Welt, wirft 's Stemmeisen auf sie – ich erseh' das, halt' mich vor, und das Stemmeisen fahrt mir zolltief in die Achsel hinein.

ZWIRN Ah, Spektakel! (*Setzt sich aufs Stroh.*)

KNIERIEM Hast 'n nit g'haut, den Alten? – Wann mir das g'schehn wär'!

LEIM Warum nicht gar! Ich bin umg'fallen, und wie ich wieder zu mir kommen bin, war der Alte und die Peppi bei meinem Bett. Der Alte hat g'sagt, ich möcht' das nicht übelnehmen, es war nicht so bös' gemeint.

KNIERIEM Bedank' mich.

LEIM Es wird Sein Schaden nicht sein, hat er g'sagt, Er hat meiner Tochter das Leben gerettet; bis Er wieder gesund ist, wollen wir weiterreden über Sein künftiges Glück. (*Mittler-*

Hobelschaten: Hobelspäne.
Spektakel: Lärm, Sensation; »unerhört!«.

weile hat Zwirn sich mit einem zerrissenen Tüchel den Kopf eingebunden und sich auf das Stroh gelegt.) Ein paar Wochen darauf, wie ich schon wieder hergestellt war, hör' ich auf einmal, der dicke, reiche Strudl, der Wirt vom »Goldenen Nokkerl«, heirat't – ich frag': wem? – so heißt's, die Hobelmannische. – Das hat mir den Gnadenstoß geben; denn der Meister Hobelmann hat keine andere Tochter g'habt als meine Peppi.

KNIERIEM Na, da wirst aber doch aus Verzweiflung g'red't hab'n?

LEIM Nein – es war grad Samstag, der Meister hat uns aus'zahlt – da bin ich den andern Tag in der Fruh aufg'standen, hab' auf ein' Zettel g'schrieben: »Adieu, Peppi, aus Bosheit heirat' ich jetzt auch« – und dann bin ich fort über Berg und Tal, ohne B'hüt-dich-Gott und ohne allem; und so flankier' ich jetzt schon über zwei Jahr' in der Welt herum.

KNIERIEM Ich hätt' den Alten und den Wirt g'haut, und 's Mädel hätt' ich g'heirat't.

LEIM *(legt sich nieder)* Mit mir ist's aus, ich hab' nichts mehr zu hoffen. Ich lauf' halt so mit, solang's sein muß.

KNIERIEM Und ich sauf' halt so mit, solang's geht. *(Zieht den Rock aus.)* Ich hätt' jetzt ein' Gusto zu astronomischen Beobachtungen; denn mich hat 's G'mischte ein wenig duslich g'macht. *(Gähnt.)*

LEIM Ich hab' schon seit ein paar Jahren kein' Schlaf mehr. *(Gähnt.)*

KNIERIEM *(löscht das Licht aus und legt sich nieder)*

ZWIRN Werd't's nit bald still sein? *(Schläft ein.)*

LEIM *(einschlafend)* Peppi – Pep – pi –

KNIERIEM *(ebenso)* Noch – ein – G'mischtes – denn der Komet –

(Leise Musik beginnt. Wolken senken sich über den Hintergrund. Nach einer Weile teilen sich die Wolken, Fortuna wird sichtbar mit einem Füllhorn, daraus kommt die transparente Zahl 7359. Der Schlaf der drei Gesellen wird unruhig. Die Wolken erheben sich wieder.)

LEIM *(sich nach und nach ermunternd)* Ah – ah –! *(Gähnt).* Das war ein kurioser Traum – 7359! – Wenn ich's nur nicht vergiß. – Ah, ich merk' mir's schon bis morgen. *(Will wieder schlafen.)* Es laßt mir keine Ruh', ich muß – he, Schneider, Schneider! – Der schlaft fest! – Landsmann!

ZWIRN *(sich ermunternd)* Was ist's denn?

Herumflankieren: umherstreichen.

LEIM Hast keine Kreiden?

ZWIRN Ich glaub' nit. – Zu was denn?

LEIM Mir hat ein Numero traumt!

ZWIRN (*ihm eine Kreide gebend*) Ein Numero hat dir traumt?

LEIM Ja, Nro. 7359.

ZWIRN Und mir hat auch ein Numero traumt – es war Nro. 7359.

LEIM Was? Das nämliche Numero? – Bruder, das hat was zu bedeuten. Nur g'schwind aufg'schrieben. (*Schreibt das Numero auf den Tisch. Es wird von außen stark geklopft.*)

STIMMEN (*von außen*) Heda! Aufg'macht! Aufg'macht!

Siebente Szene

DIE VORIGEN; HANNERL, SEPHERL; *dann mehrere* MAURER, ZIMMERLEUTE, MARKTWEIBER *usw.*

HANNERL Ich komm' schon! (*Öffnet die Türe.*)

SEPHERL Gar keine Ruh' hat man.

ZWIRN Kellnerin! Bring' Sie mir ein' Spiegel und ein Kölnerwasser.

SEPHERL Vor drei Uhr kommt man in kein Bett und um halber Sechse soll man schon wieder auf'n Füßen sein. (*Sie wischt das Numero aus.*)

LEIM Unglückliche! Was hast du getan?

SEPHERL (*erschrocken*) Was sein denn das für Dummheiten?

(*Die Eintretenden haben Schnaps usw. verlangt und setzen sich an die Tische.*)

LEIM Schneider, da schau' her, 's Numero hat sie ausg'wischt.

ZWIRN Wär' nicht übel! – (*Zu Sepherl.*) Sie ist eine unüberlegte Person, ein von der Natur vernachlässigtes Geschöpf.

LEIM Weißt du das Numero noch?

ZWIRN Freilich weiß ich's. Schreib' auf das Numero. Es war 87tausend –

LEIM Das war's nicht.

HANNERL (*Knieriem aufweckend*) Aber, hör' der Herr, schlaft man denn bis Mittag? Sieht Er denn nicht, daß schon wieder Gäst' da sein!

KNIERIEM (*sich halb im Schlaf erhebend, lallt*) Siebentausend – dreihundert – neunundfufzig.

LEIM (*schnell auf ihn losfahrend*) Brüderl, was hast g'sagt?

KNIERIEM Mir war im Traum, als wenn in einem ganzen Nebel von G'mischtem – ist auf einmal erschienen – Nro. 7359.

LEIM Nein, das geht nicht natürlich zu, alle drei den nämlichen Traum!

ZWIRN Auf d' Letzt ist uns gar das Glück bestimmt.

LEIM Wie können wir denn was g'winnen, wenn wir kein Los haben?

KNIERIEM Wenn's Glück will, braucht man kein Los.

Achte Szene

DIE VORIGEN; *ein* HAUSIERER

HAUSIERER (*mit seinem Anhängetrüherl, worin verschiedene Waren sind, eintretend*) Guten Morgen, allerseits. Kaufen die Herren Hosenträger, Brieftaschen, Pfeifenröhrln, Tabaksbeuteln – auch noch einige Lotterielose hab' ich – die Ziehung geht schon in einer Stunde vor sich. Kaufen Sie, vielleicht gewinnen Sie heut' das große Los, probieren Sie Ihr Glück.

LEIM Laß anschau'n, was sein's denn für Nummern?

HAUSIERER (*zeigt die Lose*) Nro. 439.

LEIM Das kann ich nicht brauchen.

HAUSIERER Nro. 8521.

KNIERIEM Das ist ein alt's Numero.

HAUSIERER Nro. 7359.

ZWIRN (*auf ihn losspringend*) Der hat unser Numero!

KNIERIEM (*zu Leim*) Frag' ihn, was's kost't.

LEIM (*zum Hausierer*) Was kost't das Los?

HAUSIERER Sechs Gulden Silber.

LEIM (*zu seinen Kameraden*) Sechs Gulden Silber, hat er g'sagt.

ZWIRN Das bringen wir nit z'samm'. – Wißt's, was wir tun? – Schlag'n wir 'n tot.

LEIM Ah, wer wird denn so grob sein? Ein' Menschen, den wir 's erste Mal sehn – wir wurden ausg'richt't –.

KNIERIEM Ja, hing'richt't wurden wir! – Ich hab' da in mein' Brustfleck ein' Taler eing'naht. (*Trennt ihn heraus.*)

LEIM Ich hab' auch sechs neue Zwanziger.

ZWIRN Da sein fünf Zwanziger – und zwei Zehnerln.

Sein: sind.

HAUSIERER Na, wie ist's? Kaufen's die Herrn?

LEIM (*legt den Taler auf das Trüherl*) Da ist ein Taler vom Schuster – und da sein sechs neue Zwanziger von mir. (*Wendet sich zum Schuster.*)

KNIERIEM Der Taler ist von mir, daß keine Irrung g'schieht.

ZWIRN (*zum Hausierer*) Der Taler ist vom Schuster – und die sechs Zwanziger sein vom Tischler. (*Steckt den Taler in die Westentasche und tritt beiseite.*)

HAUSIERER Ja, wo ist denn der Taler?

KNIERIEM Der Taler ist von mir.

LEIM Da hab' ich ihn hergelegt.

HAUSIERER Er ist aber nicht da.

LEIM (*zieht den Zwirn herbei*) Du hast g'sehn, daß ich den Taler da herg'legt hab'.

ZWIRN (*verlegen*) Ja – ja – der Taler ist eh'nder da g'leg'n.

HAUSIERER Aber wo ist er denn jetzt?

ZWIRN Wo er jetzt ist, wollen S' wissen? – Eh'nder ist er da g'leg'n.

KNIERIEM Du, mach' mich nicht fuchtig!

LEIM (*beiseite, zu Knieriem*) Sei still, ich hab' schon ein Mittel, den Täter zu entdecken. (*Laut zu den Anwesenden.*) Meine lieben Leut', es ist ein Taler wegkommen, halten Sie daher alle, wie Sie hier im Zimmer sind, die Händ' in die Höh'.

(*Alle tun, wie Leim gesagt.*)

LEIM Haben alle die Händ' in der Höh'?

ALLE Ja!

LEIM Der auch, der den Taler g'nommen hat?

ZWIRN Ja! (*Bemerkt in diesem Augenblick, daß er sich verschnappt hat, und schlägt sich mit der Hand an die Stirn.*) O je!

KNIERIEM Haben wir dich erwischt?

ZWIRN (*den Taler zurückgebend*) Nur nit kindisch – ich hab' den Taler nur wechseln wollen.

KNIERIEM Ja, du bist der, der's Geld wechselt.

LEIM (*zum Hausierer*) Also, da ist der Taler vom Schuster – da sein die sechs Zwanziger von mir – und da sein fünf Zwanziger und zwei Zehnerln vom Schneider. Jetzt her mit 'n Los.

HAUSIERER Da haben Sie's. Ich wünsch', daß Sie damit gewinnen. Schaffen S' ein andermal. (*Ab.*)

Eh'nder: früher, vorher.
fuchtig: zornig.

Neunte Szene

DIE VORIGEN *ohne* HAUSIERER

SEPHERL Das ist stark, wie ich 's Geld so hinauswerfen könnt'!

LEIM Das wird sich kurios rentieren.

ZWIRN Aber Sie reden ja schon wieder drein!

LEIM Um wieviel Uhr ist denn die Ziehung?

SEPHERL Gleich nach sechs Uhr fangt s' an, grad da drüben, und dauert den ganzen Tag. (*Man hört trommeln.*)

LEIM Was trommeln s' denn?

ALLE WEIBER Die Ziehung geht schon los.

EIN ZIMMERMANN Weiß man nicht, wer's g'winnt?

SEPHERL G'wiß wieder einer, der's nicht braucht.

ZWIRN Das könnt' man von uns nicht sagen, wenn wir's gewinneten.

LEIM (*steht traurig und tiefsinnig*)

KNIERIEM (*zu Leim*) Was machst denn du wieder für trübselige Faxen? Das ärgert mich von dir.

LEIM Meine Peppi ist mir eing'fallen. (*Wieder heiter.*) Aber es macht nur ein' Bremsler, s' ist gleich vorbei.

Zehnte Szene

DIE VORIGEN; PANTSCH

PANTSCH (*rabiat hereinstürzend*) Das ist entsetzlich!

ALLE Was ist's denn?

PANTSCH Das ist unbegreiflich! Ich hab' den Haupttreffer nicht!

ALLE Ist er schon da?

PANTSCH Auf 'n ersten Zug war er heraus. Nro. 7359.

LEIM, ZWIRN, KNIERIEM (*außer sich vor Freude*) Mich trifft der Schlag! (*Alle drei fallen um.*)

ALLE Was ist denn das? Zu Hilf'!

LEIM, ZWIRN, KNIERIEM (*springen jubelnd auf*) Den Treffer haben wir! Den Treffer haben wir! Juheh!

ALLE Was! Nicht möglich!

LEIM Da ist 's Los, was wir grad kauft haben. – Wir wollen uns lustig machen. Alle Tischler von der ganzen Stadt sind eing'laden.

Bremsler: »nervöse Erschütterung«.

KNIERIEM Herr Wirt! Alle Schuster vom ganzen Land!

ZWIRN Alle Schneider von der ganzen Welt.

ALLE Juheh! Juheh! Juheh! (*Alle ab.*)

LEIM (*indem er mit Zwirn und Knieriem vortritt*) Jetzt sagt's mir aber, Kameraden, was fangen wir mit unserm Reichtum an? Ich hab' meinen Plan.

ZWIRN O, ich auch. Aber nur nobel!

KNIERIEM Ich hab' ganz eine eigene Idee.

LEIM Ich reis' nach Wien, morgen in aller Früh'; find' ich meine Peppi noch ledig, so bin ich der glücklichste Mensch auf der Welt; ist sie verheiratet, dann nutzt mich mein ganzer Reichtum nichts – da geh' ich dann nach Haus, bau' ein Spital für unglückliche Tischlergesellen, und da leg' ich zuerst mich selber hinein und stirb auch drin.

ZWIRN Nein, dieser Plan ist mir zu traurig. Ich werde von nun an mehr Don Juan als Schneider sein.

KNIERIEM Und ich hab' keine Leidenschaft als die Astronomie, drum g'wöhn ich mir 's Biersaufen ab und verleg' mich von heut' an bloß auf 'n Wein. Aufs Jahr geht so die Welt zugrund, da zieh' ich halt heuer noch von einem Weinkeller in den andern herum und führ' so ein zufriedenes häusliches Leben.

LEIM Mir ist leid, daß wir auf die Art nicht beisammen bleiben können.

ZWIRN Wir haben jeder unsre aparte Passion.

KNIERIEM Auseinander müssen wir.

LEIM Aber wie einer vom andern hört, daß er im Unglück ist –

KNIERIEM Von Unglück ist gar keine Red' nicht, wenn der Mensch einen Treffer macht.

ZWIRN Wenn's halt aber doch der Fall ist, so wollen wir einer dem andern beistehn.

LEIM Die Hand drauf!

ZWIRN *und* KNIERIEM Gilt allemal! (*Reichen sich die Hände.*)

LEIM Und heut' übers Jahr, am heutigen Tag, an dem Gedächtnistag unsers Glücks, kommen wir alle drei in Wien zusammen beim Meister Hobelmann, dort bin ich entweder glücklich, oder ihr erfahrt, wo ich in meinem Unglück zu finden bin.

ZWIRN *und* KNIERIEM Gilt detto! (*Reichen sich die Hände. Pantsch und viele Männer und Weiber treten ein.*)

ALLE Wir gratulieren!

LEIM Danke, danke! – Herr Wirt!

PANTSCH Euer Gnaden!

KNIERIEM Wir geben eine Tafel bei ihm.

PANTSCH Euer Exzellenz –

ZWIRN Heute ist bei mir bal paré.

PANTSCH Euer Durchlaucht – mein' Saal in der Vorstadt hab' ich aufs prächtigste neu arrangieren lassen, es kann alle Stund' der Ball anfangen.

LEIM Und jetzt aufg'rebellt, Musikanten! Jetzt marschieren wir im Zug zu der Ausspielung, um unser Geld z' holen, und nachdem geht's gleich ans Essen, Trinken und Tanzen bis morgen Fruh!

CHOR

Es kommt halt das Glück
Auf einmal oft dick;
Die Hüt' werft's in d' Höh',
Schreit's Juheh! Juheh!

(Unter dem Chor alles jubelnd ab.)

Der Vorhang fällt.

Aufrebellen: durch Lärm aus der Ruhe oder aus dem Schlaf bringen.

Zweiter Akt

Die Bühne stellt die Tischlerwerkstätte des Meisters Hobelmann in Wien vor. Mittel- und Seitentüren

Erste Szene

EIN FREMDER, *dann* GERTRAUD

FREMDER (*die Werkstätte musternd*) Hat wirklich eine schöne Werkstätte, der Meister Hobelmann.

GERTRAUD (*kommt aus der Seitentüre rechts, im schwäbischen Dialekt*) Euer Gnaden, ich hab's dem Meister Hobelmann schon gesagt, er wird gleich da sein. Da kommt er schon. (*Geht durch die Mitteltüre ab.*)

Zweite Szene

DER FREMDE, HOBELMANN

HOBELMANN Untertänigster Diener, Euer Gnaden! Mit was kann ich zu Diensten stehn?

FREMDER Ich etabliere mich hier und habe ein großes Möbelgeschäft mit Ihnen abzumachen, lieber Meister.

HOBELMANN Ist mir eine Ehr'. Aber dürft' ich nicht bitten, wenn's möglich wär', die Sach' auf morgen zu verschieben? Heut' kann ich nicht, und wenn ich tausend Gulden profitieret, denn ich hab' heut' eine Hochzeit im Haus.

FREMDER Nach Gefallen, ich bin nicht pressiert.

HOBELMANN Dann hab' ich aber noch eine Bitt'. Der Hochzeitsschmaus ist zwar schon zu End', aber ein Schalerl Kaffee, wenn Euer Gnaden bei uns zu sich nehmen wollten – die Ehr' müssen Euer Gnaden der Braut antun.

FREMDER Mit Vergnügen, lieber Meister.

HOBELMANN (*ruft zur Türe hinein*) Peppi, richt' den porzellanenen Weidling zum Kaffee für den gnädigen Herrn. (*Beide ab.*)

Weidling: Küchengefäß.

Dritte Szene

LEIM, *etwas später* GERTRAUD

LEIM (*im schlechten, zerrissenen Rock, den Wanderbündel auf dem Rücken, tritt ein*) Ich weiß nicht, was das ist, kein Mensch fragt mich, zu wem ich will. In der Kuchel hab' ich eine Menge Dienstboten g'sehn, die jubeln, was 's Zeug halt, und einer sitzt vor der Tür, dem muß übel sein. (*Umhersehend.*) Da wär' ich halt wieder in meiner lieben Werkstatt. – Das sind Erinnerungen für mich! Auf dem Platz hab' ich einen Tisch g'macht und hab' d' Füß' vergessen, denn meine Gedanken waren bei der Peppi – an dem Platz hab' ich ein Kastenb'schläg' an ein Spucktrüherl g'nagelt, denn meine Gedanken waren nicht bei der Arbeit. – O, ich war ein Stockfisch, daß ich nie g'red't hab', und mir g'schähet recht, wenn sie schon längst den Wirt g'hei –

GERTRAUD (*zur Mitte eintretend*) Wie kommt denn Er da herein?

LEIM No, wie jeder andere Mensch, bei der Tür.

GERTRAUD Wann Er Arbeit suche tut, so komm' Er morge, heut' ist's nix, heut' hanne wir Hochzeit.

LEIM (*erschrocken*) Wer hat g'heirat't?

GERTRAUD Der Herr Strudl, der Wirt im goldenen Nockerle, hat g'heirat't – Vormittag war die Kopulation.

LEIM Wen hat er g'heirat't?

GERTRAUD Die Mamsell Hobelmann.

LEIM (*führt auf sie los*) Schwabin! Ich bring' dich um!

GERTRAUD (*schreit, indem sie abläuft*) Zu Hilfe! Zu Hilfe! Er will mich verschlage!

Vierte Szene

LEIM, HOBELMANN

HOBELMANN He! He! Was gibt's denn da?

LEIM Meister Hobelmann –

HOBELMANN (*erfreut*) Was seh' ich! Leim, Er ist wieder da? Na, freut mich! (*Ruft in die Türe.*) Peppi! Peppi! G'schwind, komm, der Leim ist da!

Kuchel: Küche.
Spucktrüherl: Spucknapf.

LEIM Um alles in der Welt, nein! Ich will sie nicht sehen – ich kann sie nicht sehen.

Fünfte Szene

DIE VORIGEN; PEPPI

PEPPI (*heraushüpfend, einen weißen Kranz auf dem Kopf, ganz weiß gekleidet*) Ach, Vater – wo – wo ist er? Endlich kommt er wieder zurück. Ist das auch recht, daß Er so lange auf sich warten ließ? (*Faßt ihn sanft am Arme.*)

LEIM (*sie in heftiger Bewegung, aber nicht unsanft, abwehrend*) Zurück, junge Frau!

PEPPI Vater, was ist ihm denn?

HOBELMANN Das wird sich geben.

PEPPI Ach, Gott, Johann, ich bin so froh, daß Er wieder da ist, so froh. Das muß ich gleich dem Strudl erzählen. (*Ins Seitenzimmer ab.*)

Sechste Szene

LEIM, HOBELMANN

LEIM O Strudl! – Der Strudl liegt mir im Magen wie ein Knödel.

HOBELMANN Er schaut etwas abg'schaben aus, mein lieber Leim, Er hat nicht viel aufg'steckt in der Fremd'. Sei Er froh, daß Er wieder bei mir ist, ich hab' mit Ihm einen Plan.

LEIM O, jetzt geht der Leim aus 'n Leim, für mich plant sich nichts mehr! – Meine Peppi!

HOBELMANN Ah! Ist es das? Sieht Er, mein lieber Johann, wie Er mir damals so unverhofft davongegangen ist, hat Er ja geschrieben, Er wird aus Bosheit heiraten.

LEIM Das hab' ich nur aus Bosheit g'schrieben; aber ich bin so ledig, als nur was sein kann.

HOBELMANN Ich hätt' vor zwei Jahren durch einen gähzornigen Wurf meine Tochter um'bracht, wenn Er nicht gewesen wär', für diese Tat hat Er sich 's Madel verdient; aber Er hat ja nix g'red't – oder hat Er glaubt, daß ich Ihn um Gottes willen bitten soll, daß Er 's Madel heirat't?

LEIM (*verzweifelnd*) O, ich war ein Esel! So was kommt nur alle Jahrtausend einmal auf d' Welt.

Siebente Szene

DIE VORIGEN; STRUDL, ANASTASIA, PEPPI, DER FREMDE

HOBELMANN (*auf Leim zeigend*) Da, meine Freunde, seht's, da ist er!

ALLE Willkommen! Willkommen!

STRUDL (*gutmütig zu Leim*) Das war nicht schön von Ihm, daß Er uns so abg'fahren ist.

LEIM (*beiseite, grimmig*) Der Dickwanst foppt mich noch? Das ist zu viel! (*Grob zu Strudl.*) Sie haben's nötig, daß S' mich aufziehn wollen. Pfui Teufel! Ich schamet mich, heiraten mit *dem* Bauch. Sie sollten sich lieber zwischen Ihre Weinfässer setzen, von denen keins so dick ist als Sie, und so lang trinken, bis Sie liegen bleiben im Keller unten, das wär' g'scheiter, als auf der Welt heroben einem ehrlichen Kerl seine Lieb' abfischen.

ALLE Was?

HOBELMANN Leim, jetzt sei Er still! Wie kann Er einen ehrenfesten Mann in meinem Haus so traktieren?

LEIM Ja, ehrenfester Mann –

HOBELMANN Da geh' Er her; ich muß Ihn ja erst bekannt machen mit der ganzen Gesellschaft.

LEIM O, ich kenn' alle.

HOBELMANN (*auf Strudl zeigend*) Das ist mein Freund Strudl, der Bräutigam, jetzt eigentlich schon Eh'mann – das (*auf Peppi zeigend*) ist meine Tochter Peppi, die Kranzeljungfer.

LEIM (*froh überrascht*) Kranzel – Jungfer?

HOBELMANN (*Anastasia vorführend*) Das ist Anastasia Hobelmann, die Tochter von meinem verstorbenen Bruder, gegenwärtig ehrenfeste Strudl.

LEIM (*in höchster Freude*) Also die Peppi ist nicht seine Frau? Sie ist noch frei? (*Zu Peppi eilend.*) Du bist also noch mein, Peppi? – Bist keine Strudl? (*Anastasia die Hand küssend.*) O, meine Gnädige! Erlauben Sie, daß ich Ihnen die Hand küsse. (*Zu Strudl.*) Und Sie, mein bester, liebster, schönster, goldener Herr von Strudl, jetzt hab' ich Ihnen so lieb, weil Sie nur die Peppi nicht g'heirat't haben. Verzeihen Sie, ich war ein Flegel – ich begreif' gar nicht, wie ich hab' schimpfen können über Ihre respektable Westengegend. – (*Dreht ihn um*

Kranzeljungfer: Begleiterin der Braut bei der Trauung.

und streicht über seinen Rücken.) Sie sind so schön, so proportioniert – gar kein' Bauch – lassen Sie sich umarmen! (*Umarmt ihn.*) Und Sie, Herr Schwiegerpapa –

HOBELMANN Was? Schwiegerpapa? Er hat ja noch nicht einmal mit 'n Madel Richtigkeit g'macht, Sein Wort angebracht, bei mir gar nicht angehalten um sie.

LEIM O Peppi! Himmlische Peppi!

PEPPI Ich sollt' bös' sein, Johann.

LEIM Ja, ich verdien's.

PEPPI Du hast mir viel Kummer verursacht.

LEIM Und das bloß durch meine Dummheit, weil ich nix g'red't hab'.

PEPPI (*ihm die Hand reichend*) Du hast mir das Leben gerettet, ich bin dein.

HOBELMANN Halt! Da hab' ich auch ein Wort dreinzureden. Dem ersten besten Hasenfuß, der nix ist und nix hat, kann ich meine Tochter nicht geben. Indessen, das ist mit Ihm anders geworden, Er ist ein Mann, der seine Batzen hat.

LEIM Was? Wie weiß denn der Meister das?

HOBELMANN Nu, wenn ich's nicht wüßt', wer sollt's denn hernach wissen? – Ich hab' für Ihn damals, wie Er den Wurf aufg'fangt hat, der meine Tochter getroffen hätt', fünfhundert Dukaten angelegt, die g'hören samt Interessen Sein. Jetzt fang' Er halt Sein Meisterstuck an, in drei Wochen ist Er Meister, und dann soll Er's Madel haben.

ALLE Wir gratulieren!

LEIM Bester, großmütigster Herr Schwiegerpapa! Ich nehm's an; aber jetzt müssen auch Sie und die Peppi erlauben, daß ich das auch dazuleg', was ich hab'.

HOBELMANN Hat Er sich auch was erspart?

LEIM Was man sich halt so erfecht't auf der Straßen. Ich werd' gleich die Kisten hereintragen lassen. (*Läuft zur Türe.*) Heda, Leut'! Nur herein! (*Vier Träger tragen eine große Kiste herein.*)

ALLE Was ist das?

LEIM (*den Deckel aufreißend*) Das gehört alles meiner Braut.

HOBELMANN Lauter Geldsäck'? – Was Tausend!

LEIM Nix tausend – über dreißigtausend Taler sind da drin. Ich hab' s' in der Lotterie gewonnen, ich bin jetzt ein Mandel mit Kren.

Mandel mit Kren: Mann, der »auftreten« kann (Kren = Meerettich).

ALLE (*ganz verwundert*) Ah! Ah!

LEIM Der alte zerrissene Rock da war nur Verstellung, ich hab' dich nur prüfen wollen, ob du mich noch liebst.

PEPPI Johann! Mein Johann! Ich verlang' mir nichts als dein Herz. (*Sinkt in seine Arme.*)

HOBELMANN Das Geld gehört also alles Sein? – Jetzt muß er 's Madel nehmen! (*Vereinigt ihre Hände.*) Heut' vier Wochen ist die Hochzeit, da soll die ganze Stadt reden davon.

LEIM Das Geld g'hört mein – die Peppi g'hört auch mein, jetzt nimm ich mein' ganze Bagage zusamm' und zieh' aus. (*Er hebt Peppi in die Kiste auf die Geldsäcke, die Träger tragen sie ab, er geht nebenbei, alle andern folgen.*)

Verwandlung

Elegantes Zimmer in Zwirns Wohnung mit Mittel- und Seitentüren. Im Vordergrunde rechts und links Tische und Stühle

Achte Szene
Zwirn

ZWIRN (*allein, tritt in einem modernen Palmenschlafrock auf*) Jetzt bin ich schon über ein Vierteljahr hier in Prag etabliert – ist das ein Leben in dem Prag, wenn der Mensch ein Geld hat! Ich betreib' zwar mein Handwerk auf eine noble Manier, aber es bleibt halt doch Schneiderei, und mich hat die Natur zu etwas Höherem bestimmt, alles zeigt, daß ich nicht zum Schneider geboren bin.

Neunte Szene
ZWIRN, *mehrere* BEDIENTE *und* GESELLEN

ERSTER BEDIENTER (*aus der Mitteltüre*) Eu'r Gnaden, es ist eine Kundschaft da!

ZWIRN Ich bin heut' nicht mehr zu sprechen.

ERSTER BEDIENTER Sehr wohl, Eu'r Gnaden. (*Ab.*)

ZWIRN Die Leut' glauben grad, ein Schneider ist nur wegen ihnen auf der Welt.

ERSTER GESELL (*aus der Seitentüre links*) Herr von Zwirn!

ZWIRN Was gibt's?

ERSTER GESELL Der Herr von Fidibus hat seinen Konto bezahlt. (*Will ihm Geld geben.*)

ZWIRN (*ihn stolz zurückweisend*) Das geht den Buchhalter an. (*Der Gesell will gehen.*)

ZWEITER GESELL (*ebenfalls von links kommend*) Herr Meister –

ZWIRN Grobian! Weiß er meinen Titel nicht?

ERSTER GESELL (*leise zum zweiten*) »Herr von Zwirn« mußt sagen.

ZWIRN Noch einmal das Wort Meister, und du hast ausgerungen.

ZWEITER GESELL Herr von Zwirn, der Konto da is nix nutz g'schrieben.

ZWIRN Man trage ihn schleunigst noch einmal in die Kopiatur und melde dem Kanzleipersonale meinen Zorn. (*Beide Gesellen ab.*)

ERSTER BEDIENTER (*durch die Seitentüre links*) Euer Gnaden, es ist Samstag, die Gesellen wollen ihr Geld.

ZWIRN Sie sollen zu meinem Kassier gehen, ich bekümmere mich nicht um solche Gemeinheiten.

ERSTER BEDIENTER Das hab' ich ihnen auch g'sagt, aber sie sagen, sie sei'n überall vom Meister aus'zahlt worden.

ZWIRN Zum Kassier, hab' ich g'sagt! Hinaus, Filou! (*Erster Bedienter ab.*)

ZWEITER BEDIENTER (*durch die Mitte*) Euer Gnaden, der Maler ist da.

ZWIRN Herein mit 'n Maler.

ZWEITER BEDIENTER Sehr wohl. (*Ab.*)

Zehnte Szene

ZWIRN, MALER

MALER (*mit vielen Verbeugungen, zur Mitte eintretend*) Wenn es gefällig wäre, mir nur noch gütigst auf ein Viertelstündchen die Ansicht Ihrer höchst interessanten Physiognomie zu verstatten. (*Richtet seinen Apparat auf dem Tisch.*)

ZWIRN Na, ein Viertelstündchen hab' ich grade noch Zeit. (*Setzt sich.*) Aber Sie dalken lang' herum mit mein' Porträt.

Herumdalken: sich umständlich und ungeschickt anstellen.

MALER Heut' wird der Dalk fertig.

ZWIRN Was? – Wie meinen Sie das?

MALER Ich meine meine eigne Wenigkeit – ich werde heute fertig mit Hochdero Porträt.

ZWIRN Ah so!

MALER (*indem er malt*) Dieselben hätten sich aber doch sollen gefälligst in Öl malen lassen.

ZWIRN Wegen meiner, wenn wir wo ein gutes Öl kriegen. – Schau'n S' nur, daß S' mich gut treffen, es wär' schad' um jeden Zug, der daneben geht.

MALER Ihre Nase ist sehr schwer zu treffen.

ZWIRN Meine Nasen? Gar nicht. Schau'n S', mir hat voriges Jahr im Bierhaus einer ein Halbeglas ins G'sicht g'haut, der hat meine Nasen sehr gut getroffen, sag' ich Ihnen.

Elfte Szene

DIE VORIGEN; HACKAUF

HACKAUF (*zur Mitteltüre eintretend, im böhmischen Dialekte*) Ale Gagramente, was wär' denn das? Sie sein's nit auf zu Haus und sitzen S' da und lassen S' Ihne paladatschete G'fries mal'n?

ZWIRN Hinaus!

HACKAUF Ah, da muß ich bitten! Ich bin ich Kundschaft, die zahlt gleich! Gleich af der Stell' meßt Er mir ein' Rock an.

ZWIRN Hinaus!

HACKAUF Was? Ich soll hinaus gehn? – (*Er packt Zwirn und drängt ihn auf den Sessel, worauf der Maler das Bild gelegt. – Bediente treten ein und drängen Hackauf zur Mitteltüre hinaus.*)

MALER Wo ist denn mein Porträt?

ZWIRN Das hat gewiß der Fleischhacker mitgenommen. (*Geht an die Türe; das Porträt klebt an seinem Schlafrock.*)

MALER An Ihrem Schlafrock klebt's.

ZWIRN (*besieht sich*) Ah, verflucht, jetzt hab' ich mich auf mein Miniaturg'sichtl g'setzt.

Ale Gagramente: (tschechisch) »Aber Sakrament!«.
Paladatschete: lächerlich, häßlich.
G'fries: Gesicht (»Fresse«).

MALER Das ist hin, doch es macht nichts, Sie zahlen um fünfzig Dukaten mehr, und ich mach' es Ihnen von neuem.

ZWIRN Aber heut' kann ich nicht mehr sitzen, ich bin zu alteriert.

MALER (*hat seine Sachen zusammengepackt*) So werd' ich morgen die untertänigste Ehre haben. (*Mit Verbeugung ab.*)

Zwölfte Szene

ZWIRN (*allein, sehr erschöpft*) Den Fleischhacker klag' ich – ich muß Satisfaktion haben. Ich arbeit' einmal für keine Kundschaft, die mir meinen Respekt nicht gibt, und wenn s' mich zehnfach bezahlt.

Dreizehnte Szene

ZWIRN, WINDWACHEL, LÜFTIG

WINDWACHEL Teurer Freund! Hier hab' ich das Vergnügen, dir einen Dutzbruder von mir vorzustellen, Herrn von Lüftig.

LÜFTIG Herr von Zwirn, ich hatte schon lange den Wunsch, den berühmten Mann kennen zu lernen –

ZWIRN (*geschmeichelt*) Ich bitte, die Ehre ist meinerseits.

WINDWACHEL Mein Freund will sich Verschiedenes bei dir machen lassen.

ZWIRN O, ich bitte, mein ganzes Magazin steht zu Befehl. Belieben Sie sich nur nach Gusto auszusuchen.

LÜFTIG Ich brauche aber ziemlich viel.

ZWIRN Je mehr, desto besser.

LÜFTIG Bin aber für den Augenblick nicht bei Kassa, um gleich bezahlen zu können.

ZWIRN Tut nichts, ich hab' Geld genug; übrigens kennt Sie mein Freund Windwachel, und das ist genug. – Spazieren Sie nur in mein Magazin.

LÜFTIG Ihr untertänigster Diener, Herr von Zwirn. (*Im Abgehen zu Windwachel.*) Der Schneider kriegt keinen Kreuzer von mir. (*Ab.*)

ZWIRN Jetzt sag' mir, Freund, kommt die Frau von Palpiti?

WINDWACHEL Ich war heute vormittag bei ihr, sie nahm deine Einladung samt ihren beiden Töchtern mit Vergnügen an.

ZWIRN Du hast doch nichts merken lassen, daß ich ein Schneider bin?

WINDWACHEL Keine Silbe.

ZWIRN Hast g'sagt, daß ich ein Kapitalist bin aus – aus – aus Particulier?

WINDWACHEL Freilich. – Nun hätt' ich aber eine Bitte an dich. In deinem Magazin ist nicht ein Stück, was mir paßt; du mußt schon die Güte haben und mir selbst das Maß nehmen.

ZWIRN (*sehr bereitwillig*) Ja, Freund! Mit dir mach' ich eine Ausnahm'. (*Läutet. Erster Bedienter tritt ein.*) Johann, geh' Er hinüber und hol' Er mir eine Schneidermaß. (*Bedienter ab.*)

WINDWACHEL Du wirst finden, daß ich seit einiger Zeit etwas schlanker geworden bin.

ZWIRN Es ist wahr, du bist bedeutend mägerer geworden, du brauchst auf ein' Frack jetzt nicht mehr als anderthalb Achtel Kasimir. (*Der Bediente hat das Maß gebracht.*) Was willst denn haben?

WINDWACHEL Einen modernen Anzug.

ZWIRN (*ihm Maß nehmend*) Was nehmen wir denn für eine Farb'?

WINDWACHEL Ich denke, kastanienbraun.

ZWIRN Die Hand halt so, daß wir die Armlänge kriegen. – (*Nimmt ihm die Länge zu einem Schlepp.*) Was nehmen wir denn für einen Kragen?

WINDWACHEL Schwarzblauen Samt.

ZWIRN G'fallt mir nicht – Ich glaubet, pomeranzengelb.

WINDWACHEL Ah, was fallt dir ein!

Vierzehnte Szene

DIE VORIGEN; FRAU VON PALPITI, LAURA, CAMILLA *treten, von beiden unbemerkt, ein.*

PALPITI Wir haben die Ehre –

ZWIRN So, jetzt die Mitte.

PALPITI Wir haben die Ehre –

ZWIRN (*sie bemerkend, wirft das Maß weg*) Mich trifft der Schlag!

PALPITI Wir haben gestört –

ZWIRN (*sehr verlegen*) O nein – es war – ich hab' nur –

WINDWACHEL Ein Scherz, weiter nichts.

ZWIRN Ja, nur ein G'spaß – wir wollten sehen, wer dicker ist um die Mitte. – Ich bin noch ganz im Negligé. Sie erlauben schon – ich werd' gleich mein Sonntagskleid anleg'n. Windwachel, unterhalte die Damen indes.

(Ab in die Seitentüre rechts.)

Fünfzehnte Szene

DIE VORIGEN *ohne* ZWIRN

CAMILLA Ah, das ist ein kurioser Mensch! } *zugleich*
LAURA Was ist denn das? }

PALPITI (*zu Windwachel*) Sie haben uns gesagt, daß der Herr vom Haus ein gebildeter Weltmann ist. Weh' Ihnen, wenn Sie meine Töchter durch eine ignoble Bekanntschaft blamieren.

CAMILLA Ich hab' schon geglaubt, Sie haben uns in eine Schneiderwerkstatt geführt.

WINDWACHEL Was fällt Ihnen ein? Der Herr vom Haus ist ein Mensch, der von seinem Geld lebt und viel Geld hat; ist Ihnen das nicht genug?

LAURA Freilich, wenn ich an die brillantenen Ohrringe denke –

WINDWACHEL Dann finden Sie, daß er eine scharmante Bildung hat.

CAMILLA (*zu Windwachel*) Wir sind Ihnen verbunden für die Connaissance, zu der Sie uns verholfen haben.

PALPITI O, nicht ihm habt ihr das zu danken, sondern nur mir; denn erst seitdem ihr nach meiner Idee euch für Italienerinnen ausgegeben, habt ihr einigen Anwert.

LAURA Es liegt doch in unserm interessanten Benehmen, daß man es uns glaubt.

CAMILLA (*zu Laura*) Meine wällische Aussprach hat schon manchen irregeführt, bei dir aber wird er sich bald auskennen, daß du nur eine Burkersdorferin bist.

LAURA Das könnte wohl bei dir der Fall sein.

WINDWACHEL Nur keinen Streit, meine Damen – da kommt der Herr vom Haus.

CAMILLA Jetzt will ich gleich Eindruck auf sein Gemüt machen.

Wällisch: italienisch.
Burkersdorf: Purkersdorf, Ortschaft in der Nähe von Wien.

Sechzehnte Szene

DIE VORIGEN; ZWIRN (*nach dem neuesten Journal, aber karikiert gekleidet*)

CAMILLA (*sich stellend, als ob sie weine*) O, ich Unglückliche! Freund, weinen Sie mit mir.

ZWIRN Was ist denn geschehn?

CAMILLA Ich habe meinen Mopperl verloren.

ZWIRN Ha, ha, ha! Ist nicht schad' um so ein Viecherl!

CAMILLA O, ich bin untröstlich! Jetzt erst hab' ich den Verlust bemerkt.

ZWIRN Er kann ja noch nicht weit sein.

CAMILLA Das Hunderl ist sicher nach Italien geloffen.

ZWIRN Lassen wir'n anschlagen. Ich zahl' zwanzig Dukaten, wer ihn bringt. – Windwachel! – Windwachel! Hörst denn nicht, wenn ich dich ruf'?

WINDWACHEL (*der mit Frau von Palpiti gesprochen, wendet sich zu ihm*) Was willst denn?

ZWIRN Schreib' eine Annonce.

WINDWACHEL Schreib' sie selbst.

ZWIRN (*leise zu ihm*) Ich kann nicht schreiben.

WINDWACHEL Ah so! (*Setzt sich an den Tisch.*)

ZWIRN (*diktiert*) Verlorner Hund –

CAMILLA Halt! Das geht nicht; die Annonce muß italienisch sein, sonst versteht's dort niemand.

ZWIRN (*beiseite*) Jetzt kocht's. (*Leise zu Windwachel.*) Kannst du wällisch?

WINDWACHEL Kein Wort.

ZWIRN Italienisch auch nicht?

WINDWACHEL Ebensowenig.

ZWIRN (*für sich*) Ich hab' vier Wochen in Triest gearbeitet, da ist so manches hängen geblieben. Probier'n wir's. (*Zu Windwachel.*) Schreib' italienisch. (*Diktiert.*) Cane perduto – non avete veduto – cane perduto. (*Zu Camilla.*) War der Mopperl ein Mandel oder ein Weibel?

CAMILLA Er war männlichen Geschlechts.

ZWIRN (*diktiert*) Questo Mopperl – un Signore. (*Zu Camilla.*) Was für einen Charakter hat er gehabt?

CAMILLA Je nun, wie alle Mopperln.

Mopperl: Kleiner Mops.

ZWIRN (*nachdenkend*) Aha! (*Diktiert.*) Carattere – calfacteristico. (*Zu Camilla.*) Wie alt?

CAMILLA Drei Jahr'.

ZWIRN Drei Jahr' – wie heißt denn das – (*Diktiert.*) Tre cento anni vecchio. (*Zu Camilla.*) Hatte er keine besonderen Kennzeichen?

CAMILLA Er trug ein schwarzes Halsband.

ZWIRN (*diktiert*) Portate un nero cravattel. (*Zu Camilla.*) Hatte er abgeschnittene Ohren?

CAMILLA Natürlich, er war ja ein Mopperl.

ZWIRN (*diktiert*) Gestutzte orecchi. (*Zu Camilla.*) Wie hat's denn mit dem Gebiß ausg'schaut?

CAMILLA Er hatte fast gar keine Zähne.

ZWIRN So? (*Nachsinnend, für sich.*) Keine Zähn', wie heißt denn das auf wällisch? – Hab's schon. (*Diktiert.*) Zani kani. – War er klein oder groß?

CAMILLA Ein ganz kleines Hunderl.

ZWIRN (*diktiert*) Piccolo Viech mit quattro Haxen. – Recompenza zwanzig Zechini in buona moneta. (*Läutet.*) He, Bediente!

ERSTER BEDIENTER (*eintretend*) Euer Gnaden!

ZWIRN Das kommt in die Buchdruckerei. (*Gibt ihm das Blatt.*)

ERSTER BEDIENTER Wo wird's denn ang'schlagen?

ZWIRN In ganz Italien.

ERSTER BEDIENTER (*für sich*) Mein Herr ist ein Narr. (*Ab.*)

CAMILLA (*zu Zwirn*) Ich dank' Ihnen vielmals.

ZWIRN O, Sie schöne Signora, es ist gern geschehen. (*Sich zu Laura wendend.*) Haben Sie vielleicht auch etwas verloren?

LAURA Und wenn ich mein Herz verloren hätte?

ZWIRN (*entzückt für sich*) Die geht scharf drein, ganz das italienische Feuer.

WINDWACHEL Die Gesellschaft kommt.

Siebzehnte Szene

DIE VORIGEN; *mehrere geputzte* HERREN *und* DAMEN, *unter ihnen* LÜFTIG (*im neuen Frack*)

CHOR DER GESELLSCHAFT

Geladen haben Sie uns, Herr von Zwirn,

Calfacteristico: von *Kalfakter* = Schöntuer, treuloser Hund.

Wir tun von Ihrer Güte profitier'n.
Wer Ihre Gastfreiheit und Freundschaft kennt,
Macht Ihnen auch ein tiefes Kompliment.

ZWIRN (*nachdem er sie begrüßt*) Das ist wahr, die ganze schöne Welt von Prag hab' ich da versammelt.

LÜFTIG Herr von Zwirn, eine schönere Wohnung als Sie kann man hier nicht mehr haben, hier fehlt nur eines zur vollständigen Eleganz.

ZWIRN Wie? Bei mir fehlte noch was?

LÜFTIG Sie müssen die Gasbeleuchtung einführen.

ZWIRN (*beleidigt*) Gasbeleuchtung? – Ich kann beleuchten, mit was ich will, das geht Ihnen gar nichts an.

LÜFTIG (*erstaunt*) Ich meinte nur –

ZWIRN Trau'n Sie mir nicht – wenn ich meine Scher' erwisch' – – (*sich korrigierend*) will ich sagen, meinen Degen, wenn ich erwisch' –

LÜFTIG Sie sind ein Narr!

ZWIRN Marschieren Sie, sonst wirf ich Ihnen ein Bögeleisen nach!

LÜFTIG Adieu, Sie Herr Zwirn, Sie. (*Mit Windwachel ab.*)

CAMILLA (*zu Zwirn*) Sie haben Verdruß gehabt.

ZWIRN (*sich fassend*) Das eben nicht, aber –

LAURA Kann teilnehmende Freundschaft Sie wieder erheitern?

ZWIRN Freundschaft? – Nein, die Liebe könnte das viel besser.

CAMILLA Die Liebe, glauben Sie?

LAURA Je nun –

ZWIRN (*beide in die Wangen kneipend*) O, Ihr seid beide ein paar liebenswürdige Schnecken!

Quodlibet. Terzett mit Chor

CAMILLA

Wie mich der Mann betrachtet,
Ach, das ist stark, auf Ehr'.

LAURA

Auf mich allein er schmachtet,
Es ist kein Zweifel mehr.

ZWIRN

Allen zwei'n möcht' ich zugleich ein Bussel geben,
Ich weiß nicht, wie mir g'schieht,
Ich fühl' mein Herz erbeben.

Ich möcht' ein kleines Hüttchen nur
Wo hab'n auf einer stillen Flur,
Bei diesem Hüttchen fließt ein Bach,
Und diesem Bach fließt Liebe nach.

CAMILLA

Der Gesang zart und still,
Weckt Liebesqual;
Daß ich für ein' Mann was fühl',
Is 's erstemal.

LAURA

O fließt, ihr Tränen,
Ertönt, ihr Klagen,
Vergeblich Sehnen
Nach sel'gen Tagen,
Des Herzens Bangen,
Kennt kein Verlangen
Als nur den Tod allein.

ZWIRN

Welch ein Reiz in ihren Tönen,
Tränen selbst sie noch verschönen,
Neu entflammt der Liebe Glut.

LAURA

Für dich allein
Neu entflammt der Liebe Glut.

CAMILLA

Wo die Donau brav rauscht
Und kein Stadtherr nit plauscht,
Viel' Meil'n weit von hier
Möcht' ich schmachten mit dir. *(Dudeln.)*

ZWIRN

Wenn mir dein Auge strahlet,
Ist mir so leicht, so gut.

LAURA

Und meine Wangen malet
Noch nie gefühlte Glut.

CAMILLA

O weile!

ZWIRN

Laß mich!

plauscht: schwätzt.

CAMILLA

Weile!

ZWIRN

Laß mich!
Dort hinten bei der Linden
Sitzt ein unbekanntes Reh,
Das schaut kerzengrad in d'Höh.
Auf der G'stetten
War's a Metten,
Auf der G'stetten sitzt a Mann,
Der hat ein' Pudel und ein' Hahn;
Und weil's dort gar so zieht,
Hat der Pudel d'Strauchen kriegt,
Da wird desparat der Mann,
Frißt g'schwind seinen Hahn.

CAMILLA

Willst du kalt mir widerstreben,
Ach, dann ende auch mein Leben,
Kannst du mir nicht Liebe geben,
Ja, dann weihe mich dem Grab.

LAURA

Ei! –
Nun, Schwester, was sagst du denn?
Er kann nicht länger widerstehn,
Er find't mich einmal gar zu schön.

CAMILLA

Du glaubst, es sein alle Leut'
In dich verliebt, na, da hat's Zeit,
Versteht sich, da hat's Zeit.

ZWIRN

Halt!
In diesen heil'gen Hallen,
Kennt man die Rache nicht,
Es könnt' a Mensch hier fallen,
Das wär' a wilde G'schicht'.

LAURA

O caro, caro mio!

G'stetten: Platz (»Stätte«).
Metten: lärmende Unterhaltung Betrunkener.

CAMILLA

Con te felice son io.

ZWIRN

Nehmt's mir's nit krumm,
Ich bin nit so dumm,
Die wällische Sprach'
Bringt mi a no nit um.
Cara ade atendi mi,
Prove soave palpiti,
Ch' esprimere non sò, non sò,
Non sò, non sò, non sò.

CAMILLA

Es ist doch ein Glück,
Ein Berliner zu sein.

CHOR

Ja, ja, ein Berliner zu sein.

LAURA

Wir sind mit den Männern
Stets pfiffig und fein.

CHOR

Ja, Berliner sind pfiffig und fein.

(Laura dudelt.)

CHOR

Es geht ihm die Arbeit
So flink wie das Maul,
Auch ist er beim Essen
Und Trinken nicht faul.

CAMILLA, LAURA

Lasset jeden Streit uns enden,
Mag er sich zu einer wenden,
Räumt die andre dann gern das Feld,
Viel tausend Männer gibt's auf der Welt.

CHOR

Wie die Schwestern sich versöhnen,
Ha, das rührt mich fast zu Tränen,
Dieser Zug zermalmt mein Herz
Z'samm' auf einen Grammelsterz.

Grammelsterz: Sterz = Mehlspeise, Grammeln = Grieben.

CAMILLA, LAURA
Ja, es wird mir doch gelingen,
Ihn gewiß ins Netz zu bringen.
Einen reichen Mann zu fangen,
Darnach gehet mein Verlangen.

ZWIRN
Ja, es wird mir schon gelingen,
Eine in mein Netz zu bringen,
Eine von die zwei zu fangen,
Darnach stehet mein Verlangen.

CHOR
Einer wird es doch gelingen,
Ihn gewiß ins Netz zu bringen,
Einen reichen Mann zu fangen,
Darnach stehet ihr Verlangen.

zugleich

CAMILLA, LAURA
Welche Freude wird das sein,
Nicht lange währt's, so ist er mein.

ZWIRN
Welche Freude wird das sein,
Heut' wird noch sicher eine mein.

CHOR (*fällt mit ein*)
Täuschet uns nicht leerer Schein,
So nennet er bald eine sein.

zugleich

Der Vorhang fällt.

Dritter Akt

Die Bühne stellt ein nobles Zimmer im Erdgeschoß in Meister Hobelmanns und Meister Leims Hause in Wien vor, mit Mittel- und Seitentüren und zwei praktikablen Fenstern im Hintergrunde, durch welche man auf die Straße sieht.

Erste Szene

GERTRAUD, RESERL

GERTRAUD Also heut' ist der g'wisse Jahrestag, wo s' zusammekommen solle, alle drei Brüderln.

RESERL Ich hör' einen Wagen, mir scheint, es kommt schon einer ang'fahren.

GERTRAUD Ja, mir scheint auch. (*Beide eilen an das Fenster rechts im Hintergrund und schauen rechts in die Szene.*)

RESERL Nein, das ist der gnädige Herr, der daneben wohnt im ersten Stock.

Zweite Szene

DIE VORIGEN; ZWIRN (*kommt ärmlich und abgerissen, aber wohlgemut zur Mitteltüre herein*)

ZWIRN Schön guten Abend wünsch' ich. Logiert da nicht der Meister Hobelmann?

GERTRAUD Ja. Und was will Er?

ZWIRN Sagen S' nur, der Zwirn ist da wegen dem Jahrestag.

BEIDE Wie? Was?

ZWIRN Ja, so schaut ein Zwirn aus, dem der Zwirn aus'gangen ist.

GERTRAUD Sie machen ein' Spaß. – So ein reicher Herr, der so viel g'wonnen hat, in *der* Maskerade.

ZWIRN O, nix Maskerade, das ist mein schönster, mein einziger Anzug, denn ich hab' gar kein' andern.

RESERL Hören S' auf.

ZWIRN Auf Ehr', wenn ich auf einen Baum steig', so hab' ich nix zu suchen herunt' auf der Erd'.

GERTRAUD O, du blau's Herrgottle, das ist kaum zum Glauben.

ZWIRN Unter anderm, war noch kein Schuster da?

Zwirn aus'gangen: Zwirn = Geld.

KNIERIEM (*von außen*) Fixstern, Kometen! Wenn ich nicht bald ein' Schnaps krieg', so –

ZWIRN Ah, da kommt er schon!

Dritte Szene

DIE VORIGEN; KNIERIEM

KNIERIEM (*ebenfalls zur Mitte eintretend, sehr abgeschaben*) Ist das die Boutique, wo der Herr Hobelmann logiert?

ZWIRN Brüderl, kennst mich nicht?

KNIERIEM Halloh! Der Zwirn! (*Umarmen sich.*)

ZWIRN (*betrachtet ihn von oben bis unten*) Armer Mensch, wie siehst du aus!

KNIERIEM Du hast Ursach', daß dich wunderst, wie ein anderer ausschaut.

ZWIRN Kamerad, mir scheint, wir sein alle zwei mit unsern Kapitalien in Ordnung. – Du, mir ist's noch schlecht gangen.

KNIERIEM Mir ist's auf die Letzt' gar nimmer gangen; denn ich bin g'sessen, zwei Monat' in Arrest.

ZWIRN Aber nobel hab' ich das Meinige durchgebracht, das braucht einmal nix!

KNIERIEM Ich hab' a Reis' am Rhein g'macht – da sind gar kuriose Weinkeller – so oft ich zu viel trunken hab', allemal war meine Brieftaschen weg. Unbegreiflich! Dann hab' ich im Rausch immer Händel ang'fangt, Straf' zahlen müssen, wie ich nix mehr g'habt hab', haben s' mich eing'sperrt – mit einem Wort, nichts als unverschuldete Unglücksfälle!

ZWIRN Wir sein halt jetzt alle zwei betteltutti.

KNIERIEM Bei uns heißt's: gleiche Brüder, gleiche Kappen.

ZWIRN Aber dabei immer allegro und fidel.

KNIERIEM Allemal!

Vierte Szene

DIE VORIGEN; HOBELMANN

HOBELMANN (*ist schon früher aus der Seitentüre rechts getreten*) No, brav, da hör' ich ja recht auferbauliche Sachen.

ZWIRN (*sein Kompliment machend*) Hab' ich die Ehr', den Herrn von Hobelmann zu sprechen?

KNIERIEM Sein Sie der, der seiner Tochter einmal 's Stemmeisen nachg'worfen hat?

HOBELMANN Der bin ich. – Ihr habt es aber weit gebracht mit eurem Geld.

ZWIRN Grad so weit, als das Geld g'lengt hat.

HOBELMANN Ihr habt euer Glück zum Fenster hinausg'worfen.

ZWIRN Deswegen wird aber doch der Jahrestag zelebriert.

KNIERIEM Geben S' nur ein' Schnaps her.

ZWIRN Vor allem andern, was macht denn der Bruder Leim?

HOBELMANN Da müßt's mich nicht drum fragen.

KNIERIEM Ist er nicht Ihr Schwiegersohn?

HOBELMANN Lassen wir das. Mit einem Wort, er ist nach und nach um alles kommen –

ZWIRN Ich kann nicht begreifen, wie der Mensch so liederlich sein kann.

HOBELMANN Und wie 's Geld weg war, bis auf zweihundert Taler, da hat er hundert Taler bei mir zurück'lassen, und mit der andern hundert ist er aufs Geratewohl fort in die weite Welt. Heut' hab' ich glaubt, er wird sich wieder einfinden, aber statt seiner ist der Brief da kommen, an euch zwei adressiert.

ZWIRN An uns zwei? Ah, da bin ich neugierig. (*Nimmt den Brief und öffnet ihn.*) Du, Schuster, bist du auch neugierig?

KNIERIEM Freilich bin ich neugierig.

ZWIRN No, da hast, lies!

KNIERIEM Weißt – ich les' nicht gern.

ZWIRN Ich leset wieder für mein Leben gern, aber ich kann nit lesen.

KNIERIEM Bei mir ist das der nämliche Fall.

ZWIRN Mir fallt was ein, ich probier's! (*Geht zu Hobelmann.*) Herr Hobelmann, Sie scheinen ein vernünftiger Mann zu sein – obwohl der Schein manchmal trügt.

HOBELMANN Nein, nein! Diesmal trügt er nicht.

ZWIRN Sie werden wissen, ein Unterschied der Stände *muß* sein. – Sie sind Meister, wir zwei Gesellen – (*ihm den offenen Brief reichend*) lesen Sie!

HOBELMANN Recht gern will ich euch den Gefallen tun. (*Liest.*) »Liebe Freunde und Brüder! Wie gern wär' ich heute bei euch – aber –«

G'lengt: gelangt.

ZWIRN Ehre, dem Ehre gebührt.

HOBELMANN No ja, ich les' ja recht gern, ich fühl' mich auch geehrt. (*Liest.*) »Wie gern wär' ich heute bei euch –«

ZWIRN Das werden Sie gar nie erleben, daß ich in Ihrer Gegenwart lesen werd'.

HOBELMANN Wann Er's so fortmacht, so wird auch Er nicht erleben, daß ich in Seiner Gegenwart lesen werd'. Also – (*liest*). »Wie gerne wäre ich heute bei euch, aber –«

ZWIRN (*murmelt etwas vor sich*)

HOBELMANN Was murmelt Er denn da?

ZWIRN Jetzt, Schuster, sei einmal still.

KNIERIEM Ich hab' kein Wort g'red't.

HOBELMANN Der Schuster red't ja gar nichts.

ZWIRN O, Sie kennen ihn nicht so, wie ich ihn kenn'.

HOBELMANN Aber er hat ja gar nichts g'red't.

ZWIRN Aber er hätt' was reden können. – Das kommt grad so heraus, als wenn Sie unser Narr wären.

HOBELMANN Jetzt sei Er einmal still, sonst leg' ich den Brief nieder, nachher kann Er lesen.

ZWIRN Nachher kann ich lesen, wenn Sie den Brief niederlegen?

HOBELMANN Ich mein', daß Er hernach gar nicht erfahrt, was in dem Brief steht, weil Er selber nicht lesen kann. – Kann Er denn nicht zwei Minuten still sein?

ZWIRN O, auch noch länger.

HOBELMANN Also schweig' Er! (*Liest.*) »Wie gern wär' ich heute bei euch, aber –«

ZWIRN Herr von Hobelmann, ich werd' Ihnen einen Vorschlag machen. Damit Sie im Lesen nicht mehr können unterbrochen werden, so lesen Sie uns den Brief g'schwind vor, und wir zwei gehen derweil hinaus. (*Geht gegen die Türe.*)

HOBELMANN Aber wie dalket! Wie kann Er denn hör'n, was ich da herin les', wenn Er draußt ist?

KNIERIEM Dableiben müssen wir.

ZWIRN Richtig – das hab' ich nicht überlegt.

HOBELMANN Jetzt sei Er einmal ruhig. (*Liest.*) »Wie gern wär' ich heute bei euch, aber meine traurige Lage macht es unmöglich. Ich bin krank –«

ZWIRN Da sollten S' doch mit ein' Doktor reden.

HOBELMANN Warum denn?

ZWIRN Sie sagen ja, Sie sein krank.

HOBELMANN Das schreibt ja der Leim, der ist krank!

ZWIRN Ja, von wem ist denn der Brief?

HOBELMANN Von Leim.

KNIERIEM Von Leim.

ZWIRN Ah so – von Leim.

HOBELMANN (*liest weiter*) »Ich bin krank und liege in Nürnberg im Spital –«

ZWIRN Herr Hobelmann, foppen müssen S' mich nicht! Ich kann auch grob sein. Wie können Sie denn sagen, Sie liegen in Nürnberg im Spital, und stehen da neben meiner?

HOBELMANN Aber den Brief schreibt ja der Leim.

KNIERIEM Der Leim.

ZWIRN Ah so – der Leim.

HOBELMANN (*liest*) »Ich habe vor vier Monaten, wie ich von Wien fort bin, Herrn Hobelmann hundert Taler zurücklassen –«

ZWIRN Wer?

HOBELMANN No, der Leim.

KNIERIEM Der Leim.

ZWIRN Aha, der Leim.

HOBELMANN (*liest*) »Herrn Hobelmann hundert Taler zurücklassen –«

ZWIRN Also zweihundert Taler.

HOBELMANN Nein, nur einhundert Taler.

ZWIRN Verzeihen Sie, Sie haben vorhin gelesen: »Ich habe Herrn Hobelmann hundert Taler zurücklassen« – dann haben Sie wieder g'lesen: »Ich habe Herrn Hobelmann hundert Taler zurücklassen« – sein also zweihundert.

HOBELMANN Wie ich das erste Hundert gelesen hab', hat Er mich unterbrochen, dann hab' ich's repetiert, und so ist das zweite Hundert herausgekommen.

ZWIRN Das müssen Sie sich abgewöhnen.

HOBELMANN So muß Er mich nicht immer unterbrechen. (*Liest.*) »Herrn Hobelmann hundert Taler zurückgelassen –«

ZWIRN Jetzt sein's drei.

HOBELMANN (*böse*) Es gilt nur einhundert Taler, ich halte mich an das, was in dem Brief steht.

KNIERIEM Nein, nein, es gilt nur hundert Taler.

ZWIRN So müssen Sie also nicht mehr herauslesen, als drin steht, Sie stürzen sich sonst in eine Schuldenlast.

HOBELMANN Jetzt lass' Er mich einmal zum Schluß kommen. (*Liest.*) »zurücklassen für den Fall, daß Ihr ebenfalls nichts mehr haben solltet und ein Reisegeld braucht. Ich hoff' Euch daher vor meinem Ende noch zu sehen. – Euer Bruder

Johann Leim.«

ZWIRN Herr Hobelmann, jetzt geben S' nur g'schwind die hundert Taler her.

HOBELMANN Da könnt's euch einen frohen Tag drum antun.

ZWIRN Ja, das wollen wir auch.

KNIERIEM Aber auf eine andere Art, als der Herr Hobelmann glaubt. Wir bringen dem Leim das Geld ins Spital, und nichts wird davon versoffen.

ZWIRN Wir wollen unterwegs Erdäpfel essen, daß uns der Staub bei die Ohren herausfahrt.

Fünfte Szene

DIE VORIGEN; LEIM

LEIM (*gut gekleidet, aber häuslich, stand schon etwas früher unter der Türe und stürzt auf sie zu*) Brüderln! Laßt's Euch umarmen! (*Umarmt beide.*) Ihr seid's Lumpen, aber treue Seelen, wahre Goldkerls.

ZWIRN Was – was ist denn das?

KNIERIEM Ist da drin dein Spital?

LEIM Der ganze Brief ist erlogen. Ich bin gesund, glücklich, und mein Reichtum hat sich noch um vieles vermehrt in dem Jahr. Den Brief hab' ich nur geschrieben, um zu sehen, ob bei Euch 's Herz auf 'n rechten Fleck sitzt, und davon hab' ich mich jetzt vollkommen überzeugt. Daß sich bei euch das Geld nicht halten wird, das hab' ich im voraus g'wußt, aber es freut mich, daß ich jetzt in der Lag' bin, euch dauerhaft glücklich zu machen. (*Zu Gertraud und Reserl, die nach Leim herausgetreten sind.*) Geht's und holt's Wein und Braten. (*Die Mädchen ab.*)

KNIERIEM Ich trink' keinen Wein mehr, ich trink' jetzt nur Schnaps – A propos! Wie ist's mit der Peppi? Hast du s'?

LEIM Freilich hab' ich s'.

KNIERIEM Führ' sie uns auf.

LEIM (*öffnet die Türe rechts*) Peppi, Peppi!

Aufführen: vorstellen.

Sechste Szene

DIE VORIGEN; PEPPI

LEIM Da schau' her, das sind meine Kameraden, die das große Los mit mir g'wonnen haben – reiche Kerls, man sieht's ihnen an.

PEPPI Es freut mich herzlich, die alten Freunde meines Mannes kennen zu lernen.

ZWIRN (*sehr galant*) Erlauben Sie mir, Ihre schöne Hand zu küssen – und daß die andere Hand nicht böse wird – und daß das liebe Goscherl da nicht böse wird – (*Will sie küssen.*)

HOBELMANN (*springt dazwischen*) He, Schneider!

LEIM Zwirn! Was treibst denn?

ZWIRN Sei nicht kindisch, Bruder, wir sein ja Kameraden.

LEIM (*zu Zwirn*) Du, Zwirn, mit dir hab' ich aparte eine Menge zu reden. (*Zu Gertraud und Reserl, welche mittlerweile Braten und Wein gebracht haben.*) Bringt's uns die Sachen in mein Zimmer. – Komm, Zwirn, komm mit mir!

ZWIRN (*zu Reserl, die er in die Backen kneipt, indem er mit Leim in die Seitentüre links abgeht*) O, du lieber Schneck, du! (*Die Mädchen tragen Wein und Braten links hinein, kommen zurück und gehen rechts ab.*)

HOBELMANN (*zu Peppi, auf Knieriem zeigend*) Mach' ihn nur gleich vorläufig mit unserm Plan bekannt. (*Rechts ab.*)

PEPPI Schon recht, Vater.

Siebente Szene

PEPPI, KNIERIEM

(*Peppi schenkt ihm Rosoglio in ein Gläschen und reicht es ihm.*)

KNIERIEM Ich bitt', haben S' kein anders Glas?

PEPPI Warum denn? Das gehört ja zum Rosoli.

KNIERIEM Ah nein – da seh' ich ein' Stutzen. (*Nimmt ein großes Glas vom Tisch.*) Bei die klein' Gläser plagt man sich mit 'n Einschenken z'viel. (*Schenkt sich ein und trinkt.*)

PEPPI Nun, mein lieber Freund, ich hoffe, daß Er von nun an ein beständiger Freund unsers Hauses sein wird. Er muß sich hier ansässig machen, muß Meister werden.

KNIERIEM Meister soll ich werden?

Goscherl = Mündchen.

PEPPI Freilich. – Wie schmeckt der Liqueur?

KNIERIEM Gut, recht gut. Aber eine Bitt' hätt' ich halt.

PEPPI Was denn?

KNIERIEM Wenn Sie mir einen Zwanziger schenken möchten, daß ich ins Branntweinhaus gehn könnt'.

PEPPI Wozu denn das? Er bekommt ja bei uns alles viel besser.

KNIERIEM Madame, das verstehn Sie nicht. Im Haus schmeckt einem der beste Trunk nicht; im Wirtshaus muß man sein, das ist der Genuß, da ist das schlechteste G'säuf ein Hautgout.

PEPPI (*gibt ihm Geld*) Nun, da hat Er. Ich muß Ihm aber sagen, daß mich das recht verdrießt von Ihm.

KNIERIEM (*nimmt das Geld*) Ich küss' die Hand.

PEPPI Er muß solid werden, Er muß sich bessern.

KNIERIEM Nein, das tu' ich nicht. – Es ist nicht der Müh' wert wegen der kurzen Zeit. In ein' Jahr kommt der Komet, nachher geht eh' die Welt z'grund.

PEPPI Hör' Er auf mit solchen Albernheiten. – Ich weiß schon ein Mittel, Ihn auf andere Gedanken zu bringen: Er muß heiraten. Da ist zum Beispiel die Witwe Leist, eine recht hübsche Frau, mit der bekommt Er gleich das G'werb'.

KNIERIEM Ich brauch' kein Weib und kein G'werb'. Zu was soll ich mich noch plag'n im letzten Jahr. Es rentiert sich nicht mehr.

PEPPI Mit Ihm ist nichts anzufangen. Er ist und bleibt ein Bruder Liederlich.

KNIERIEM Madame, denken Sie an den Kometen –

PEPPI Hör' Er auf mit sein' dalketen Kometen. (*Im Abgehen für sich.*) Über den muß ich meinen Vater schicken, der bringt ihn doch noch zur Räson. (*Ab rechts.*)

KNIERIEM Madame, der Komet –

Achte Szene

KNIERIEM (*allein*) Die glaubt nicht an den Kometen, die wird Augen machen. – Ich hab' die Sach' schon lang' heraus. Das Astralfeuer des Sonnenzirkels ist in der goldenen Zahl des Urions von dem Sternbild des Planetensystems in das Universum der Parallaxe mittelst des Fixstern-Quadranten in die Ellipse der Ekliptik geraten; folglich muß durch die Diagonale der Approximation der perpendikulären Zirkeln der nächste Komet die Welt zusammenstoßen. Diese Berechnung ist so klar wie Schuhwix. Freilich hat nicht jeder die Wissenschaft so im klein' Finger als wie ich; aber auch der minder Gebildete kann alle Tag' Sachen genug bemerken, welche deutlich beweisen, daß die Welt nicht lang mehr steht. Kurzum, oben und unten sieht man, es geht rein auf 'n Untergang los.

Lied

1.

Es is kein' Ordnung mehr jetzt in die Stern',
D' Kometen müßten sonst verboten wer'n;
Ein Komet reist ohne Unterlaß
Um am Firmament und hat kein' Paß;
Und jetzt richt't a so a Vagabund
Uns die Welt bei Butz und Stingel z'grund;
Aber lass'n ma das, wie's oben steht,
Auch unt' sieht man, daß's auf 'n Ruin losgeht.

(In verändertem Tempo.)

Abends traut man ins zehnte G'wölb sich nicht hinein
Vor Glanz, denn sie richten s' wie d' Feentempel ein;
Der Zauberer Luxus schaut blendend hervur,
Die böse Fee Krida sperrt nacher 's G'wölb' zur.
Da wird einem halt angst und bang,
Die Welt steht auf kein' Fall mehr lang.

2.

Am Himmel is die Sonn' jetzt voll Capriz,
Mitten in die Hundstag' gibt s' kein Hitz';
Und der Mond geht auf so rot, auf Ehr',
Nicht anderster, als wann er b'soffen wär'.
Die Millichstraßen, die verliert ihr'n Glanz,
Die Milliweiber ob'n verpantschen s' ganz;
Aber lass'n ma das, herunt' geht's z' bunt,
Herunt' schon sieht man's klar, die Welt geht z'grund.

(In verändertem Tempo.)

Welche hätt' so ein' g'schecketen Wickler einst mög'n,

Butz und Stingel: (= Gehäuse und Stengel): ganz und gar.
nácher: nachher.
Verpantschen: Wasser beimischen.
G'schecket: scheckig.
Wickler: Damenmantel.

A Harlekin is ja grad nur a Spitzbub' dageg'n;
Im Sommer trag'n s' Stiefel, à jour-Strümpf' im Schnee,
Und statt Haub'n hab'n s' gar Backenbärt' von tull anglais.
  Da wird einem halt angst und bang,
  Ich sag': D'Welt steht auf kein' Fall mehr lang.

3.

  Der Mondschein, da mög'n s' einmal sag'n, was 's woll'n,
  Ich find', er is auf einer Seiten g'schwoll'n,
  Die Stern' wer'n sich verkühl'n, ich sag's voraus,
  Sie setzen sich zu stark der Nachtluft aus.
  Der Sonn' ihr G'sundheit ist jetzt a schon weg,
  Durch'n Tubus sieht man's klar, sie hat die Fleck';
  Aber lass'n ma das, was oben g'schieht,
  Herunt' schon sieht man, 's tut's in d' Länge nicht.

(In verändertem Tempo.)

Sie hab'n Zeitungen jetzt, da das Pfennig-Magazin,
Da is um ein' Pfennig all's Mögliche drin;
Jetzt kommt g'wiß bald a Zeitschrift heraus, i parier',
Da krieg'n d' Pränumeranten umsonst Kost und Quartier.
  Da wird einem halt angst und bang,
  Die Welt steht auf kein' Fall mehr lang.

Repetition

  Die Fixstern', sag'n s', sein alleweil auf ein' Fleck',
  's is erlog'n, beim Tag sein s' alle weg;
  's bringt jetzt der allerbeste Astronom
  Kein' saub're Sonnenfinsternis mehr z'samm'.
  Die Venus kriegt auch ganz ein' andere G'stalt,
  Wer kann davor, sie wird halt a schon alt;
  Aber wenn auch ob'n schon alles kracht,
  Herunt' is was, was mir noch Hoffnung macht.

(In verändertem Tempo.)

Wenn auch 's meiste verkehrt wird, bald drent und bald drüb'n,
Ihre Güte ist stets unverändert geblieb'n;
Drum sag' i, aus sein' G'leis' wird erst dann alles flieg'n,
Wenn Sie Ihre Nachsicht und Huld uns entzieh'n.
  Da wurd' ein' erst recht angst und bang,
  Denn dann stund' d' Welt g'wiß nicht mehr lang.

(Ab.)

Sich verkühlen: sich erkälten.
Parier': wette.

Neunte Szene

ZWIRN, *gleich darauf* RESERL

ZWIRN (*aus der Seitentüre links*) Der Leim gibt mir nichts als lauter gute Lehren – gute Lehren hab' ich in der Schul' schon kriegt, wenn ich s' hätt' befolgen wollen.

RESERL (*aus der Seitentüre rechts und will zur Mitte hinaus*) Gleich den Augenblick. – (*Für sich.*) Das ist doch ein beständiges Befehlen in dem Haus.

ZWIRN (*hält sie auf*) Dageblieben, liebenswürdiger Dienstbot'!

RESERL Ah, gehen S', Ihnen ist auch nicht zu trau'n.

ZWIRN Was fällt dir ein! Die Treu' von ein' Schneider halt fester als eine doppelte Naht.

RESERL *(kokett)* Ja, wenn ich mich drauf verlassen könnt'!

ZWIRN Ein Mann, ein Wort – schlag ein! (*Hält die Hand hin.)*

RESERL (*einschlagend*) Na, meinetwegen.

ZWIRN Jetzt sein wir in Ordnung bis aufs Durchgehn. – Ich muß dir aufrichtig sagen, mich hätt's ohnehin nicht lang gelitten in dem Haus.

RESERL Nicht wahr, das is ein fades Leben da?

ZWIRN Da tun s' nix als arbeiten, essen, trinken und schlafen – is das eine Ordnung? Da wird nicht an'geign't, nicht aufg'haut, nicht Zither g'schlag'n.

RESERL O, ich kenn' das – ich war ja selbst einige Jahr' Kellnerin.

ZWIRN (*entzückt*) Kellnerin warst du? – Jetzt hab' ich dich nochmal so lieb, jetzt sein unsre Herzen zusamm'g'naht, kein Teufel trennt sie mehr auf. – Morgen fruh, wenn du 's Obers holst, paschen wir ab miteinander.

RESERL Warum denn abpaschen? Sie können ja Ihrem Freund, dem Herrn Leim sagen, daß Sie mich mitnehmen.

ZWIRN Das mag ich nicht. Laß mir diese Grille, ich will dich entführen.

RESERL Hören S' auf, Sie sein doch ein rechter Vokativus. (*Ab durch die Mitte.)*

ZWIRN Jetzt geh' ich gleich hinein zum Leim und sag' ihm, daß ich nicht da bleib'. – Ah, da ist er selbst.

Abpaschen: heimlich abfahren.
Vokativus: pfiffig-liebenswürdiger Mensch.

Zehnte Szene

ZWIRN, LEIM (*von links*)

LEIM Du bist ein Lump in Folio. Du trittst dein Glück mit Füßen. Wegen meiner, wenn du die guten Tag' nicht ertragen kannst, so geh hin, wo der Pfeffer wachst.

ZWIRN Bruder Leim, du mußt nicht bös' sein, ich blieb' gern bei dir, aber ich halt's nicht aus. Ich hab' eine Herzensangst in mir, eine Bangigkeit – mit einem Wort, Bruder, ich halt's nicht aus.

LEIM Schau', damit du siehst, daß ich dein wahrer Freund bin, so leg' ich für dich hundert Dukaten an; die kriegst aber nicht eher, als bis du dich fest und ordentlich wo ansässig machst. Außer dem hast du keinen Groschen von mir zu erwarten.

ZWIRN Wann krieg' ich die hundert Dukaten?

LEIM Wenn du ordentlich und fleißig geworden bist.

ZWIRN (*für sich*) Da krieg' ich mein Leben keinen Kreuzer. (*Laut.*) Ich will dir einen Vorschlag machen: gib du mir jetzt vier oder fünf Dukaten, das ist mir lieber, als wenn du mir nachher tausend gibst.

LEIM Keinen Kreuzer eher, als bis du brav und ordentlich geworden bist!

ZWIRN Na, so b'hüt' dich Gott. (*Für sich.*) Jetzt weiß ich nicht, soll ich ihm sagen davon, daß ich ihm seinen Dienstboten entwend'? – Nein – zu was braucht er das zu wissen! (*Laut.*) Bruder Leim, der Abschied von dir fallt mir schwer – aber – ich halt's nicht aus.

LEIM Du kriegst alles, wenn du fleißig, brav und arbeitsam geworden bist.

ZWIRN Das halt' ich nicht aus. (*Läuft ab.*)

Elfte Szene

LEIM, *gleich darauf* KNIERIEM

LEIM Er halt's nicht aus, sagt er. Hätt' der Kerl alles bei mir, was sein Herz verlangt, er kann's aber nicht erwarten, bis er wieder draußen im Elend ist.

KNIERIEM (*sehr betrunken, kommt von außen ans Fenster*) Bruder – mach' die Tür auf.

LEIM Da ist die Tür. – Nu, der hat schön aufg'laden, sieht der 's Fenster für die Tür an!

KNIERIEM (*tritt ein*) Kamerad – laß dich umarmen.

LEIM Du hast schwer g'laden.

KNIERIEM Bruder, gib mir die Hand!

LEIM Na, da – da ist meine Hand.

KNIERIEM Einen Kuß – Bruder, meinst du's auch ehrlich mit mir? – Bru –

LEIM Du bleibst bei mir, solang du lebst, was willst denn mehr?

KNIERIEM Du mußt es aber auch aufrichtig mit mir meinen, sonst geh' ich fort. (*Wankt zur Türe.*)

LEIM (*ihn aufhaltend*) Wo willst denn hin?

KNIERIEM Ins Wirtshaus. Ein' Brannt – wein muß ich haben.

LEIM (*setzt ihn auf einen Stuhl*) Da bleibst – da drin hast ein Schaffel Wasser, da kannst trinken. (*Versperrt die Türe.*) So – jetzt geh ins Wirtshaus, wenn du kannst.

KNIERIEM Er hat mich eing'sperrt!

LEIM Astronom, schau', daß bei dir einmal ein trockenes Viertel eingeht. (*Ab in die Seitentüre rechts.*)

Zwölfte Szene

KNIERIEM

KNIERIEM (*allein*) Was ist das? Er hat – hat – mich eing'sperrt? – Das hat er nicht nötig – ich war schon eingesperrt – wie er noch Lehrbub' war, war ich schon eingesperrt. Bruder, das ist schä – schändlich von dir. (*Es blitzt und donnert.*) Ich weiß, was ich tu' – ich steig' beim Fenster hinaus. (*Er schlägt das Fenster ein.*) Ich muß ein' Branntwein haben. (*Steigt hinaus.*)

(*Einige Takte Gewittermusik fällt ein, bis Knieriem gänzlich vom Fenster verschwunden ist.*)

Verwandlung

Beleuchtete Bauernwirtsstube

Schaffel: Bottich.

Dreizehnte Szene

WIRTIN, STELLARIS (*als Reisender*)

WIRTIN (*indem sie den Fremden hereinführt*) Ich hab' leider kein anderes Zimmer als das da daneben, und da wird's halt unruhig sein, denn die Bauern kommen vom heutigen Wettrennen zurück, sie werden bald kommen, und da gibt's Lärm.

STELLARIS Das macht nichts. (*Beiseite.*) Diese Gestalt hab' ich gewählt, um mich von dem Treiben der drei lockeren Gesellen zu überzeugen. Fast fürchte ich, Fortuna möchte Siegerin in dem Kampfe bleiben. (*Die Wirtin geht mit einem Licht in die Seitentüre rechts ab.*)

Vierzehnte Szene

STELLARIS, KNIERIEM

KNIERIEM Ein armer reisender Handwerksbursch tät bitten um eine kleine Unterstützung.

STELLARIS Da hat Er ein paar Kreuzer. (*Gibt ihm Geld.*) Er sieht ja elend aus.

KNIERIEM Ich küss' die Hand – ich werd' fleißig drum beten. Frau Wirtin, ein' Schnaps!

STELLARIS Da hat Er auch eine Weste und ein Hemd von mir.

KNIERIEM O, ich küss' 's Kleid, das ist alles zu viel. (*Stellaris geht in die Seitentüre rechts ab, tritt aber bald darauf, die Handwerksbursche beobachtend, aus der Türe.*)

Fünfzehnte Szene

VORIGE *ohne* STELLARIS, *gleich darauf* BAUERN, MUSIKANTEN *und* ZWIRN

WIRTIN Aha, da kommen die Bauern schon.

ALLE BAUERN Juhe! Das Wettrennen ist heut' prächtig aus-g'fallen.

KNIERIEM Ah, Musik, jetzt wird's erst fidel da.

ZWIRN (*welcher tanzend hereinkommt, erblickt Knieriem*) Was Teuxel, Brüderl, machst denn du da?

KNIERIEM (*sein Glas Schnaps nehmend*) Juhe, der Zwirn! Du, ich geh' jetzt betteln.

ZWIRN Ich auch. – Aber du, im G'meinhaus drüben geht's fidel zu.

KNIERIEM Gehen wir hinüber.

ZWIRN Wenn ich da zahl', kann ich drüben nicht zahl'n.

KNIERIEM Da zahl' ich. (*Zur Wirtin.*) Wir haben kein Geld bei uns, da nehmen S' die Weste, das ist für uns zwei miteinander. (*Gibt ihr die Weste, die er von Stellaris bekam.*)

WIRTIN (*sie nehmend*) Das werden doch ein paar schöne Lumpen sein!

ZWIRN Ein' Tanz möcht' ich haben!

KNIERIEM (*wirft den Musikanten das Hemd hin*) Aufg'haut, Musikanten! Da ist bezahlt! (*Musik beginnt, Zwirn und Knieriem wollen tanzen, zwischen ihnen und den Bauern im Hintergrunde fällt eine Wolkendekoration vor.*)

Sechzehnte Szene

ZWIRN, KNIERIEM, STELLARIS *im Ornat*

STELLARIS (*mit starker Stimme*) Halt!

ZWIRN *und* KNIERIEM (*erschrocken*) Was ist das?

STELLARIS Unglaublich schien mir der Grad der Liederlichkeit, den ihr beide erreicht habt. – Verfallen seid ihr ganz dem bösen Geist Lumpazivagabundus – nun denn, so verbann' ich euch zur Strafe eures Wandels in den Abgrund, wo der ganze Troß der bösen Geister haust. (*Er winkt, Musik fällt ein, die beiden Seitenversenkungen öffnen sich, auf jeder Seite kommen zwei Furien herauf.*)

ZWIRN (*in größter Angst zu Stellaris' Füßen*) Gnade! Barmherzigkeit!

KNIERIEM (*ebenfalls zu seinen Füßen*) Ich werd' mich bessern.

ZWIRN Ich bin schon gebessert.

STELLARIS Es ist zu spät. Fort mit beiden! (*Musik fällt ein, die Furien packen Zwirn und Knieriem und versinken zu beiden Seiten mit ihnen.*)

Siebzehnte Szene

STELLARIS, FORTUNA, AMOROSA, HILARIS *und* BRILLANTINE
(treten aus den Wolken hervor)

FORTUNA Ich bin besiegt. Amorosa, ich erkenne deine Macht für höher als die meine; du bist die Siegerin. Hilaris werde meiner Tochter Gemahl. (*Sie fügt die Hände der Liebenden zusammen.*)

HILARIS (*Brillantinen umarmend*) Ich bin überglücklich!

AMOROSA (*zu Stellaris*) Mächtiger Herrscher! Auch die verirrten Söhne des Feenreichs habe ich auf den rechten Pfad zurückgeführt, und so ist Lumpazivagabundus gebannt auf immerdar.

STELLARIS Nimm meinen Dank!

AMOROSA Hab' ich ihn verdient, so überlasse mir die beiden lockeren Gesellen, die du zu streng bestraft.

STELLARIS Es sei!

AMOROSA Wohlan, so folget mir, ich will sie euch durch meine Macht nun gebessert und glücklich zeigen. (*Alle ab.*)

Verwandlung

Der Wolkenprospekt erhebt sich, man sieht im Hintergrunde in einer sich öffnenden, etwas tieferen Wolkengruppe das Haus, welches LEIM, ZWIRN *und* KNIERIEM *bewohnen. Zu ebener Erde ist die Tischlerwerkstätte, in welcher Leim mit den Gesellen ihre Arbeit beendigen. Leim zur Seite steht* PEPPI. *Im ersten Stockwerke sieht man durch das offene Fenster Knieriem auf dem Dreifuß arbeiten, indem er dabei immer zärtlich nach einem ihm zur Seite stehenden jungen Weibe in bürgerlicher Hauskleidung blickt. An dem anderen Fenster des ersten Stockwerkes sieht man Zwirn, wie er mit großem Fleiße bügelt und dazwischen immer ein neben ihm nähendes junges Weib umarmt. In beiden Zimmern sieht man mehrere Kinder*

KNIERIEM (*zu seinem Weibe*) Ist das ein Glück, Weib, der Komet is aus'blieb'n, d' Welt steht alleweil noch, und wir stehen mitten drauf mit unserer unsinnigen Familie.

ZWIRN (*ruft aus dem Fenster hinüber*) Du, Knieriem, wir sind eing'laden beim Bruder Leim; bist bald fertig?

KNIERIEM Den Augenblick; die Tischler machen eh' gleich Feierabend unt'.

ZWIRN Ich muß nur noch mit der Meinigen die klein' Kinder einschlafern.

(Es schlägt sieben Uhr.)

ALLE GESELLEN Feierabend! Feierabend!

LEIM Kommt's herunter, Kameraden! Nach vollbrachtem Tagewerk schmeckt ein' der Feierabend. Die Lustbarkeit geht los!

ALLE Juhe! (*Die Gesellen und Hausmädchen reihen sich zum Tanz, Knieriem und Zwirn mit ihren Weibern und Kindern kommen herab.*)

CHOR

Jeder hat nun seine Arbeit getan,
Jetzt bricht ein fröhlicher Fei'rabend an.
Häuslich und arbeitsam – so nur allein
Kann man des Lebens sich dauernd erfreu'n.

(Tanz beginnt.)

(Unter passender Gruppe und Beleuchtung mit griechischem Feuer fällt der Vorhang.)

Die beiden Nachtwandler
oder
Das Notwendige und das Überflüssige

Posse mit Gesang in zwei Akten

Personenverzeichnis

LORD WATHFIELD
MALVINA, seine Tochter
LORD HOWART, ihr Bräutigam
SEBASTIAN FADEN, ein armer Seiler
FABIAN STRICK, sein Geselle
FRAU SCHNITTLING, eine Kräutlerin
BABETTE, ihre Tochter, Fadens Geliebte
PUMPF, ein Bandelkramer
HANNERL, seine Schwester, eine Wäscherin, Stricks Geliebte
HERR VON BRAUCHENGELD, ein zu Grund gegangener Rentier
MATHILDE, EMILIE, } seine Töchter
THERES, deren Stubenmädchen
AMTMANN GEYER
KRALL, SCHNELL, PUFF, KNIFF, FINT, } Gauner
EIN WIRT
FRANZ, JAKOB, MICHEL, JOSEPH, } Kellner
JACKSON, Jäger, JOHN, Bedienter } des Lord Howart
RASCH, Schloßinspektor
ANTON, GEORG, } Bediente

BEDIENTE, EINWOHNER beiderlei Geschlechts, GÄSTE, WÄCHTER

Die Handlung spielt in einem Marktflecken und dem dazugehörigen herrschaftlichen Schlosse.

Sebastian und Fabian: Erscheinen in der Literatur oft als ein Paar. Haben denselben Namenstag (R.).
Pumpf: grober Mensch.
Bandelkramer: Straßenhändler mit Bändern, Zwirn u. dergl.

Die beiden Nachtwandler wurde als »Benefiz-Vorstellung« für Nestroy zum ersten Mal am 6. Mai 1836 aufgeführt. Er spielte den Seilergesellen Fabian Strick, Scholz seinen Meister Sebastian Faden. Die Musik war von Adolf Müller.

Erster Akt

Wohnzimmer in einem Wirtshause, rechts und links ein Tisch mit Lichtern, im Hintergrunde ein großes Fenster, rechts und links eine Türe

Erste Szene

KRALL, SCHNELL *und* PUFF *sitzen am Tische links,* FINT *und* KNIFF *am Tische rechts, alle trinken und sind mit den* VIER KELLNERN *im heftigsten Wortwechsel begriffen.*

Introduktion

DIE FÜNF GAUNER
Er soll uns traun, der dumme Wicht,
Der Wirt wird sehn, was ihm geschiecht,
Probiert's und kommt uns nur zu nah',
Wir sitzen hier, wir bleiben da,
Packt euch und macht euch auf die Sohl'n,
Sonst soll euch all' der Teufel hol'n.

DIE VIER KELLNER
Der hat gesagt, er leid't es nicht,
Sie werd'n schon sehn, was noch geschiecht;
Ich trau' mich ihnen nicht zu nah',
Sie sind erpicht, sie bleiben da,
Ich weiß nicht, was wir tuen soll'n,
Wir gehn, den Wirt herauf zu hol'n.

zugleich

KRALL Das ging' uns ab, um unser Geld werden wir uns aus dem Zimmer hinausschaffen lassen!

FRANZ Die Herren können ja aber unten in der Wirtsstuben trinken.

KRALL 's Maul gehalten!

JAKOB Das Zimmer gehört nur für Passagier', die über Nacht bleiben, ich hätt' die Herren gar nicht heraufl assen sollen.

FINT Warum war Er so dumm!

MICHEL Holen wir den Herrn herauf, der wird Ihnen's schon zeigen.

DIE KELLNER Ja, das tun wir. (*Alle durch die Türe rechts ab.*)

PUFF (*ihnen nachrufend*) Wenn mir nur um den Wein nicht leid wär', so flieget euch das Glas an die Köpf'!

Zweite Szene

DIE VORIGEN *ohne die* KELLNER

KRALL Ist also alles genau untersucht?

FINT Das Zimmer (*links deutend*) geht in Hof vom Nachbarhaus, da ist nichts zu machen.

KRALL Also von hier durchs Fenster herein!

PUFF Ich hab' die Fensterreiber schon ausgeschraubt, daß man s' von auswendig aufdrucken kann.

SCHNELL (*ängstlich*) Es kommt auf!

KRALL Schweig, dummer Bursch! (*Zu Fint.*) Ist es aber auch gewiß, daß er kommt?

FINT In Kornberg war er zu Mittag, sein Jäger hat Verschiedenes ausgeplauscht, und von dem weiß ich, daß er hier übernachten will. Da bin ich also geschwind mit unserm Steierwagerl herüberg'fahr'n, das Aviso zu bringen.

KRALL 's ist doch kurios, daß er nicht gleich in sein Schloß fahrt.

FINT Er hat zu seinem Jäger g'sagt, es ist immer gut, wenn ein neuer Gutsherr ein paar Tage früher, als man ihn erwartet, inkognito ankommt, um sich seine Leute anzuschauen.

KRALL Gut also, der Vogel fliegt uns ins Garn.

SCHNELL Es kommt auf!

KRALL Wir kennen also jetzt das Lokale. Eine Leiter in Bereitschaft gehalten!

SCHNELL Es kommt auf!

KRALL Und wenn wir merken, daß er sich schlafen legt, der englische Goldmann –

SCHNELL Es kommt auf!

KRALL (*zu Schnell*) Daß dich der Satan –!

PUFF Der Wirt kommt!

Dritte Szene

WIRT; DIE VORIGEN

WIRT Meine Herren, Sie machen mir hier Spektakel

KRALL Warum nicht gar, wir haben gezecht und gehn jetzt wieder unsere Wege.

WIRT Ah, das is was anderes!

KRALL Hier ist Geld! (*Gibt's hin.*)

WIRT Untertänigsten Dank – denn sehen Sie, es is nur, wenn Passagiere kämen –

KRALL Sie haben kein anderes Zimmer für Passagiere als diese zwei?

WIRT Nein!

SCHNELL (*ängstlich, beiseite*) Es kommt auf!

WIRT (*für sich*) Mir kommen diese Leut' so g'wiß verdächtig vor. (*Laut.*) Darf ich nicht fragen, mit wem ich die Ehre hab'?

KRALL Wir sind Viehhändler.

WIRT (*beiseite*) Ich glaub', es is kein Wort wahr, was die sagen.

KRALL (*zum Wirt*) Sie scheinen zu zweifeln?

WIRT O, ich bitte –

KRALL Es ist wirklich so, wir sind Viehhändler.

WIRT (*beiseite*) Da bin ich schon verkauft, wenn ich mich mit die einlasset.

SCHNELL (*beiseite*) Es kommt auf!

KRALL Also auf Wiedersehn, Herr Wirt! (*Man hört ein Posthorn.*)

WIRT Reisende sind da!

KRALL Na, da machen wir grad a tempo Platz.

KNIFF, FINT, PUFF Adieu!

SCHNELL (*für sich*) Es kommt auf! (*Alle bis auf den Wirt zur Türe rechts ab.*)

Vierte Szene

WIRT, *dann* FRANZ

WIRT Ich bin recht froh. Mir geschieht ordentlich leicht, daß die draußen sind beim Tempel.

FRANZ (*eilig zur Türe rechts herein*) Ein vierspänniger Postzug ist da.

WIRT Nur g'schwind heraufleuchten!

JAKOB (*eilig zur Türe herein*) Ein Engländer übernacht't bei uns, der Postknecht hat mir's g'sagt.

WIRT Ein Engländer?! O, Glück über Glück! Ein Engländer reißt einen Wirt auf ein Vierteljahr heraus.

MICHEL *und* JOSEPH (*mit Lichtern zur Türe rechts herein*) Der Passagier kommt!

WIRT (*zu Franz und Jakob*) Alles abräumen da! (*Die Kellner nehmen eilig Gläser und Flaschen von den Tischen.*)

Fünfte Szene

HOWART (*im Reiseanzug*), JOHN, JACKSON; DIE VORIGEN

HOWART Hier also werd' ich einquartiert? Wo ist der Wirt?

WIRT Euer Lordischen Gnaden belieben vorlieb zu nehmen.

JOHN (*mit dem Mantelsack*) Das übrige bleibt im Wagen, Mylord?

HOWART Ja.

JACKSON (*mit einer Schatulle*) Wo befehlen Mylord, daß ich –

HOWART (*auf den Tisch zeigend*) Nur hieher gestellt! (*Jackson hat die Schatulle auf den Tisch gestellt, John den Mantelsack abgelegt.*)

WIRT Was darf ich untertänigst in Rücksicht des Soupers –?

HOWART Sicher ist es doch in Ihrem Hause, Herr Wirt?

WIRT Seit ich hier bin, weiß ich von keinem andern Halunken hier im Haus, außer einem Kellner, den ich schon lang fortgejagt hab'.

HOWART Soupieren werd' ich nichts. Ich sehne mich nach Ruhe.

WIRT Wie es gefällig ist. (*Beiseite.*) Zahlen muß er doch das nämliche, ob er soupiert oder nicht. (*Laut.*) Dort ist das Schlafzimmer. (*Zeigt zur Türe links.*)

HOWART Ich bin sehr schläfrig.

WIRT Dafür ist gesorgt. Es sind zwei Betten drin, kann auch noch ein drittes Bett – (*laufend.*)

HOWART Damit ich noch mehr schlafen kann?

WIRT Nein, ich hab' nur geglaubt, wenn vielleicht dero Kammerdiener –

HOWART Nichts, ich will allein sein. Gute Nacht!

WIRT (*sich verbeugend*) Wünsche den besten untertänigsten Schlaf. (*Winkt den Kellnern und geht mit diesen ab. Jackson und John folgen, alles durch die Türe rechts ab.*)

Sechste Szene

HOWART

HOWART So wär' ich denn an dem Ort, den ich, ohne ihn zu kennen, zum künftigen Aufenthalt gewählt. Schön ist es hier, doch das gilt ja gleich, Malvinens Liebe würde mir ja auch eine Einöde zum Paradies schaffen. – Geliebte, nur wenige

Meilen trennen mich jetzt von dir. – Wie schwül doch die Luft in diesem Zimmer ist, ich muß das Fenster öffnen. (*Öffnet die Jalousien, man sieht den Vollmond am Himmel.*) Nach welcher Weltgegend soll ich jetzt schauen, um die Richtung zu erraten, wo meine Malvina weilt? Ich sehe in den Mond, er ist der Freund der Liebenden, vielleicht blickt sie jetzt auch nach ihm, und unsere Blicke begegnen sich in seinem lieblichen Silberstrahle! (*Sieht zum Fenster hinaus und tritt wieder zurück.*) Je länger ich in Deutschland bin, desto mehr billige ich des alten Wathfields Geschmack, daß er hier sich ankaufte, und freue mich, daß er mich bewog, ein Gleiches zu tun. Ich bin so müde heute (*setzt sich an den Tisch links*), die reine Bergluft wirkt sonderbar auf den, der jahrelang in London Steinkohlen- und Nebeldampf geatmet – morgen mit dem frühesten – wie glücklich – Malvina – (*Schlummert sitzend ein.*)

(*Im Orchester beginnt leise Musik und begleitet folgende Szene.*)

Siebente Szene

KRALL, PUFF, SCHNELL (*steigen leise zum Fenster herein*); DER VORIGE

KRALL (*ruft zum Fenster hinab*) Fint! Kniff! Geht zu die Fenster an den Wirtshausstuben und gebt auf alles gut acht!

SCHNELL (*äußerst ängstlich*) Es kommt auf!

PUFF (*Howart erblickend*) Da schlaft er!

KRALL Die Schatulle steht auf dem Tisch, das ist das, was wir brauchen, und dann schnell fort! (*Geht leise zum Tisch und will die Schatulle nehmen.*)

SCHNELL (*in der Angst zu laut*) Es kommt auf!

HOWART (*erwachend*) Was gibt's hier?

PUFF (*Howart packend und ein Messer ziehend*) Keinen Laut, oder das Messer – ! (*Plötzliche Verwandlung im Charakter der Musik, welche aber immer leise fortfährt.*)

Achte Szene

FADEN (*im ärmlichen Schlafrock und Schlafhaube steigt zum Fenster herein, er wandelt im Schlaf mit offenen Augen und allen eigentümlichen Bewegungen der Nachtwandler*); DIE VORIGEN

SCHNELL (*plötzlich furchtsam schreiend*) Ein Geist! Ein Geist!

KRALL, PUFF (*im ersten Augenblick betroffen*) Was ist das?

SCHNELL (*schreit immer ärger*) Ein Geist!

KRALL Still! Du stürzst uns ins Unglück!

SCHNELL (*fast ohnmächtig*) Ein Geist!

KRALL Auf das Geschrei werden Leut' kommen. – Geschwind fort! (*Macht Miene, die Schatulle schnell mitzunehmen.*)

HOWART (*hält sie fest*) Heda! Leute!

(*Die drei Gauner entfliehen eiligst durch das Fenster.*)

Neunte Szene

HOWART, FADEN

HOWART Die Schurken fliehen, Gott sei Dank! Diese sonderbare Erscheinung hat mich gerettet. (*Faden ist, ohne von allem, was um ihn her vorging, etwas zu bemerken, in seinem somnambülen Zustande ruhig nach vorne gewandelt.*) Das ist – ja, ja, ich täusche mich nicht, ein Nachtwandler. Einer der feigen Schufte hielt ihn für ein Gespenst.

FADEN (*im Schlafe sprechend und so spielend, als ob er wirklich alle die Gegenstände, von denen er spricht, vor sich sähe oder in den Händen hätte*) Ich bin ein reicher Mann – schöne Pfeifen, das is meine Hauptpassion – hier hab' ich eine – wie sich die anraucht, das is eine Pracht! – Ein wenig verstopft is s' – (*Tut, als ob er Feuer schlüge.*) Der Schwamm fängt so schlecht.

HOWART (*für sich*) Armer Schelm, du hast es wohl auch in deinem Leben zu keiner Meerschaumpfeife gebracht.

FADEN (*nachdem er immer pantomimisch Feuer schlug*) Endlich! (*Fängt, ohne etwas in Händen zu haben, zu rauchen an.*) Daß ich verheiratet bin, das g'fallt mir, wenn einem nur die Kinder nicht so viel Gall' macheten! – Rauft's schon wieder, ihr Bankerten! (*Als ob er ein Kind von dem andern abwehrte.*) Ob's du's gehn lassen wirst! Wart', ich will dich folgen lernen! (*Tut, als ob er einem Kinde einen Schilling gäbe.*) Du Nickel, du schlimmer! O, Vaterfreude, du bist süß!

HOWART (*für sich*) Er belustigt mich in seinem unheimlichen Zustande.

Bankert: schlimmes (ursprünglich: uneheliches) Kind, Fratz.
Schilling: Rutenstreiche.
Nickel: ungezogenes Kind.

Zehnte Szene

WIRT (*rechts hereineilend*); DIE VORIGEN

WIRT Euer Gnaden! Der Wächter und ein Kellner haben ein Bandel Spitzbuben g'fangt, die da hereinsteigen haben wollen. (*Faden erblickend.*) Alle guten Gei- (*Faden erkennend und sich sammelnd.*) Das is ja –

HOWART Wer ist der Mensch?

WIRT Ein armer Seilerer, der da 's dritte Haus von da logiert.

HOWART Vermutlich zahlreiche Familie und nichts zu leben?

WIRT Nein, das is das beste, daß er noch Jungg'sell is. Daß er aber nachtwandelt, das is das ärgste.

FADEN Bildschöne Madeln das – adieu, Peppi – adieu, Nettel – adieu! – Ich muß mein' Paraplui aufspannen, es regnet. *(Wandelt während leiser Musikbegleitung des Orchesters zum Fenster hinaus.)*

(Mit dem letzten Ton der Musik vernimmt man von außen ein Posthorn.)

WIRT Noch ein Postzug? – Das is mir noch nicht g'schehn, solang ich hier Wirt bin. (*Eilt rechts ab.*)

HOWART Mit der ersehnten Nachtruhe wird es in diesem Hause übel aussehen. Nun, was tut's –!

WIRT (*hereinstürzend*) Nein, das ist unglaublich! Ganz England kommt heut' in meinem Hotel zusammen.

HOWART Ein Landsmann?

WIRT Der reiche Lord is es, dem sechs Meilen von hier die Herrschaft Liliental gehört.

HOWART (*freudig überrascht*) Wär's möglich?

Elfte Szene

WATHFIELD, MALVINA; DIE VORIGEN

WATHFIELD (*etwas altmodisch gekleidet, mit einer Zopfperücke, rasch eintretend*) Seh' ich recht? Er ist's!

HOWART Lord Wathfield! (*Malvina erblickend.*) Meine Malvina! (*Umarmt sie.*)

MALVINA Eduard!

WIRT Die kennen sich allerseits!

HOWART Herr Wirt, Sie sprechen keine Silbe von dem, was Sie hier gesehen, hier im voraus der Lohn Ihrer Verschwiegenheit.

WIRT O, ich bitte –!

HOWART Lassen Sie uns allein!

WIRT Untertänigst! (*Geht mit einem tiefen Bückling rechts ab.*)

Zwölfte Szene

WATHFIELD, MALVINA, HOWART

WATHFIELD Jetzt vor allem, lieber Howart, erklären Sie uns Ihr früheres Eintreffen; nach ihrem letzten Schreiben sollten Sie erst in zwei Tagen –

HOWART (*mit einem Blick auf Malvina*) Die Liebe wird meine Eile auch ohne Erklärung begreiflich finden, Ihnen aber, Mylord, kann ich noch den Grund beifügen, daß ich in meinem neuen Besitztum unerkannt so manches erforschen will.

WATHFIELD Der Gedanke ist gut.

HOWART Wäre mir aber bald übel bekommen. Wissen Sie, daß hier vor wenig Minuten meine Geldschatulle, vielleicht auch mein Leben in Gefahr gewesen?

MALVINA Ist's möglich?

HOWART Spitzbuben stiegen hier ein, das Messer war schon über mich gezückt, da erscheint ein Nachtwandler, die Diebe halten ihn für einen Geist und fliehen.

WATHFIELD Ein Somnambül?

HOWART So ist's. Ohne es zu wissen, war er mein Lebensretter, dafür sei es aber auch morgen mein erstes Geschäft, ihn glücklich zu machen.

WATHFIELD Glücklich machen – was ist das wieder für ein übertriebener Ausdruck? Sie werden Ihren Retter belohnen, aber glücklich machen – wie können Sie wissen, ob Sie das imstande sind?

HOWART Sehr leicht. Ich bin reich, er ist ein armer Teufel!

WATHFIELD Das sagt noch nichts. Sie sind noch immer der, der Sie waren, der glaubt, mit seinem Gelde alles auszuführen, der seine Worte nicht mißt, sondern sie unbesonnen in den Tag hineinwirft.

HOWART Und Sie, Mylord, verzeihen Sie, sind noch immer so pedantisch, so rechthaberisch, als Sie waren.

WATHFIELD Ich wollte, Sie wären ein Pedant. Unbesonnene Menschen taugen nicht für die Welt, nicht für das Leben, nicht einmal für den Eh'stand.

HOWART Sie reizen mich zum Widerspruche.

WATHFIELD So versuchen Sie's, öffnen Sie der Begierde eines Menschen das Tor der Erfüllung, und Sie werden sehen, welch unabsehbares Heer von Wünschen er hineinsendet, und dann ist es erst noch die Frage, ob er sich dabei glücklich fühlt.

HOWART Sie halten der menschlichen Genügsamkeit eine schlechte Lobrede. Doch was den Vorwurf der Übereilung anbelangt, den geb' ich Ihnen zurück und beharre jetzt erst fest auf meinen Worten: ich will, was mir das Höchste ist, Malvina nicht eher meine Gattin nennen, bis ich meinen Retter vollkommen glücklich gemacht.

WATHFIELD Unbesonnener Mensch! Hüten Sie sich, daß ich Sie nicht beim Wort nehme.

HOWART Ich will, Sie sollen es.

WATHFIELD Malvina, begib dich zur Ruhe, meine Leute bewachen das Haus, du hast nichts zu fürchten.

MALVINA (*mit einem mißbilligenden Blick*) Gute Nacht, Eduard! – Sie setzen mich sehr leicht aufs Spiel. (*Geht mit einem Lichte in die Türe links ab.*)

HOWART (*ihr nachrufend*) Es ist kein Spiel, Malvina, ich bin meiner Sache gewiß.

WATHFIELD (*zu Howart*) Wir haben noch manch Ernstes zu besprechen. Kommen Sie, wir wollen sehen, ob hier die Ingredienzien zu einem ordentlichen Punsche aufzutreiben sind. (*Beide ab.*)

Verwandlung

Ein Teil des Marktfleckens, im Hintergrunde ein ärmliches Haus mit einem Giebeldache, nämlich das Wohnhaus des Meister Faden, an das Haus schließt sich eine halbeingefallene Gartenmauer. Rechts mehr im Vordergrunde das Haus, in welchem die Kräutlerin Schnittling, links das Haus, in welchem der Bandelkramer Pumpf wohnt. Es ist früher Morgen.

Dreizehnte Szene

STRICK (*allein*)

Mit der Verwandlung beginnt das Ritornell des folgenden Liedes. Strick kommt arbeitend rückwärts aus der Kulisse, spannt die Schnur über die vor dem Hause stehenden Pflöcke und tritt dann, indem er eine Pause in der Arbeit macht, vor.

Lied

1.

So viel is einmal wahr und g'wiß,
Daß für ein' Seilerer kein' Aussicht is,
Auch von Vorwärtskommen is ka Red',
Weil ein Seilerer allweil rückwärts geht,
Auch ist der Umstand noch dabei,
Ein Seiler find't nix fehlerfrei,
Denn worauf sein Blick gerichtet is,
Da hat's ein' Faden, so viel is g'wiß.

2.

Zu was – die Frag' möcht' ich erheb'n –
Hat uns d' Natur ein G'sicht gegeb'n?
's is traurig, jeder Seilerer siecht
Die Welt in ein' verkehrten Licht;
Kommt d' größte Schönheit der Natur,
Wir wenden ihr den Rücken zur.
Nur das hab'n wir voraus vor all'n,
Unsereins kann nie auf d' Nasen fall'n.

Die Welt is ab'draht als wie ein Strick – das is sehr natürlich, die Welt besteht aus einer Unzahl von Leben, jedes Leben is ein Faden und viel Faden machen ein' Strick. Wenn aber die Welt ab'draht is, warum soll ein Mensch, und noch dazu ein Seilerer, nicht auch ab'draht sein? Man will meinen Lebensfaden, mit Liebesgarn vermankelt, einfadeln und den Eh'standsknopf dranmachen, daß er gar nicht mehr auskann. Das wollen wir uns erst überlegen. Die Lieb' is a Spagat, der die Herzen, der Eh'stand ein Strick, der die Händ' zusamm'bind't. Der Spagat, der läßt sich noch zerreißen, aber der

Da hat's ein' Faden: Da gibt es eine Schwierigkeit, einen Fehler.
Ab'draht: »abgedreht«, verschlagen, verschmitzt.
Vermankelt: unordentlich vermengt, verwirrt.
Spagat: Schnur.

Strick – nein, nein! – da soll sich eher die schiefrige Rebschnur meines Herzens um den einschichtigen Spul'n der Junggesellenschaft wickeln, eh' mich in einer unüberlegten Heirat das Schiffseil der Desperation festhält. – Wo nur wieder der Meister bleibt! Der muß vor Tagesanbruch schon ausgegangen sein. Er vagiert immer herum, und auf mich kommt hernach der Verdacht. Der Meinigen hab'n d' Leut' schon g'sagt, daß s' mich öfters begegnen bei der Nacht – das war offenbar der Meister und nit ich. Sie hat mich einen Nachtschwärmer geheißen. Das ist wohl eine Schwärmerei! Ein Mensch, wie ich, der kaum in drei Wochen das Kapital auf eine Halbe Bier zusammenbringt, der liegt g'wiß immer um acht Uhr einundvierzig Minuten schon eine geraume Zeit im Bett. (*Man hört im Hause links einen Lärm.*) Was ist denn das für ein Gepolter im Bandelkramerquartier?

Vierzehnte Szene

FADEN, PUMPF, HANNERL, *dann* FRAU SCHNITTLING; DER VORIGE

PUMPF (*mit seinem Kram und den Hut auf dem Kopf, wirft Faden, welcher noch ganz in dem Anzug wie in der vorigen Szene, wo er als Nachtwandler erschien, zur Türe seines Hauses heraus*) Solche Stückeln werd' ich mir ausbitten in mein' Haus.

FADEN Aber, lieber Pumpf, ich weiß gar nicht, wie mir g'schieht.

HANNERL Ich kann mich gar nicht erholen von dem Schrecken.

PUMPF Wenn ich nach Haus komm', werd' ich dir ein' Balsam geben.

FRAU SCHNITTLING (*mit Butten und Körben, tritt von den übrigen unbemerkt aus ihrer Haustüre*)

HANNERL Aber, Bruder, du wirst doch nicht glauben –

PUMPF Nein, nix werd' ich glauben, wenn ich in der Fruh ein Mannsbild in dein' Zimmer find'.

HANNERL Ich bin aufg'standen, zieh' mich an, schau' mich eher gar nicht um, auf einmal kommst du ins Zimmer und schreist: »Donnerwetter! Wer sitzt denn da im Schlafsessel drin?« – Ich schau' und seh' den Seilerermeister fest schlafend sitzen.

Schiefrig: rauh.
Balsam: »Androhung von Prügeln als Heilmittel für eingebildete Leiden« (R.).

FADEN Ich hab' mich gestern um halber Neune z' Haus ins Bett g'legt, da is eine Hexerei vorgegangen.

PUMPF Redt's eng nit so dumm aus, sonst red' ich mit der Ellen drein.

HANNERL (*halb weinend*) Wenn das mein Geliebter hört!

STRICK (*mit einem strafenden Blick vortretend*) Der weiß's schon.

HANNERL (*erschrocken*) Ach!

FADEN Wenn das meine Geliebte erfährt!

FRAU SCHNITTLING Der werden wir's gleich sagen. (*Geht in das Haus zurück.*)

FADEN Ah, jetzt is's recht!

PUMPF (*zu Hannerl*) Der Mussi Strick hat recht, wenn er dich plantiert.

STRICK So a Partie könnt' ein' glücklich machen.

HANNERL (*zu Strick*) Aber, Fabian, ich bin unschuldig.

STRICK Ja, ungeheuer, ich g'spür's!

PUMPF Von mir wirst aus 'n Haus g'jagt.

STRICK Und von mir wirst du sitzen gelassen.

PUMPF Der ganzen Welt sag' ich's, was du für ein nichtsnutziges Ding bist.

STRICK Dem Zartgefühl deines Bruders verdank' ich meine Rettung.

HANNERL Ich bin eine unglückliche Person! (*Weint.*)

Fünfzehnte Szene

FRAU SCHNITTLING, BABETTE; DIE VORIGEN

FRAU SCHNITTLING Da, Töchterl, schau 'n an, dein' saubern Bräutigam!

FADEN Wettl, ich kann nix davor.

BABETTE Geh mir aus den Augen, du falscher Ding! Es is unglaublich!

FADEN Ich kann's selber nicht begreifen, aber ich kann nix davor.

HANNERL Ich muß durch einen unglücklichen Zufall 's Fenster offen 'lassen haben.

FRAU SCHNITTLING Und er ist durch einen unglücklichen Zufall hineing'stiegen, und meine Tochter kann unglücklicherweise diese Zufälle nicht ertragen. Mit einem Wort, die G'schicht' hat ein End', Sie sauberer Meister Faden.

STRICK Ich kann wohl sagen: bei meiner Braut hat's ein' Faden gehabt. (*Ab in den Hintergrund.*)

FADEN Ich steh' da wie a Damerl. Es ist schrecklich! Wenn ich nur was davor könnt', aber so kann ich nit einmal was davor.

BABETTE Jetzt war schon alles richtig, und der falsche Ding – ich muß weinen –

FRAU SCHNITTLING Komm an das Mutterherz! – Da, trag den Spenat, (*gibt ihr einen Korb*) setz' dich a paar Tag' mit mir zum Stand, die Zerstreuung der großen Welt wird wohltätig auf dich wirken, auf deine gekränkte Seele. Laß den Kren nit fallen in der Verzweiflung. A Madel, die einige echte Zwanziger hat, die kann leicht einen falschen Siebzehner verschmerzen. (*Geht mit der weinenden Babette im Hintergrund ab; im Abgehen.*) Das könnt' mich haben, weinen wegen ein Mannsbild, das wär' grad der Müh' wert. (*Beide ab.*)

FADEN Mir steht der Verstand still, ich betracht' die G'schicht' von allen Seiten, und ich kann halt nix davor.

PUMPF (*zu Faden*) Unsere Freundschaft hat von nun an ein End', Meister Sebastian!

FADEN Aber so laß dir nur sagen –

PUMPF (*zu Hannerl*) Und du marschierst ins Haus hinein. (*Hannerl weinend ab.*) Ich hätt' gute Lust (*greift nach der Elle*) – aber meine Amtsstunden fangen an. (*Schreit.*) Bandel Zwirn kauft's! (*Abgehend.*) Bandel Zwirn kauft's! (*Ab im Hintergrund.*)

FADEN (*allein*) Dahinter steckt eine klare Zauberei!

Sechzehnte Szene

FADEN, STRICK (*kommt aus dem Hause im Hintergrunde mit dem Reisebündel auf dem Rücken*)

STRICK Meister, ich geh'!

FADEN Fabian, willst mich also richtig verlassen?

STRICK Einen Meister, der die Liebe der Gesellen nicht ungeschoren läßt, den kann ich nicht brauchen.

Damerl: einfältiger, unbeholfener Mensch.
Siebzehner: Siebzehn Kreuzer-Münze.
falscher S.: hinterlistiger Mensch.

FADEN Aber es is nicht dem so. Schau', Fabian, du hast Kummer und Not mit mir geteilt, ich sag' dir's offen, mir geht's schlecht. Wenn du mich verlaßt, ich weiß mir in dieser Hinsicht keinen so guten Esel mehr aufzutreiben als wie dich.

STRICK Wenn Sie meinen Wert einsehen, warum haben Sie mich gekränkt?

FADEN Aber sag' mir, glaubst du denn wirklich, daß ich –

STRICK Ich glaube von jedem Menschen das Schlechteste, selbst von mir, und ich hab' mich noch selten getäuscht.

FADEN Wo willst du denn hin?

STRICK Ich such' mir einen Meister, der a Weib hat, um mich zu rächen für die Unbild, die ich hier erlitten habe. Ades, eing'steckt hab' ich nix.

FADEN Wär' bei mir eine reine Unmöglichkeit.

STRICK Also – der G'sell' geht, (*spöttisch das Haus zeigend, wo Hannerl wohnt*) der Meister genieße seinen Triumph! (*Ab im Hintergrund.*)

Siebzehnte Szene

FADEN

FADEN Jetzt steh' ich frisch. Ich hab' die Schnittlingische Wettl recht gern gehabt, ihr bissel Vermögen hätt' mich ein wenig herausgerissen aus mein' Elend, die Hochzeit war schon so viel als in der Ordnung, und jetzt auf einmal ist die Verbindung dieser beiden Häuser vernichtet. Die Geliebte verstoßt mich, der Freund verlaßt mich, 's Geld hat mich von jeher verlassen – ich steh' jetzt auf dem schönen Punkt, von dem schon viel' Leut' ins Wasser g'sprungen sein.

Achtzehnte Szene

WATHFIELD, HOWART (*ersterer etwas altmodisch, letzterer modern, beide aber ganz schwarz gekleidet*); DER VORIGE

HOWART (*noch im Hintergrunde*) Hier steht das Haus, so wie mir der Wirt beschrieben. (*Faden erblickend.*) Seh' ich recht –? Ja, der ist's –!

WATHFIELD Nun gut, ich will ihn ansprechen.

Steh' ich frisch: bin ich schön dran (in Verlegenheit).

FADEN (*beide bemerkend, für sich*) Was sein denn das für zwei schwarze Herren?

WATHFIELD Meister Faden!

FADEN Was?! Euer Gnaden wissen, wie ich heiße?

WATHFIELD Ich weiß alles.

FADEN Was? Da wird Ihnen also auch mein Malheur bekannt sein.

WATHFIELD Mir ist nichts unbekannt.

FADEN Nichts? Mir is wieder sehr viel unbekannt, und darunter gehören auch Euer Gnaden.

WATHFIELD Du verlangst zu wissen, wer ich bin? Wohlan, es sei! Ich bin ein mächtiges Wesen.

FADEN (*erstaunt*) Ein Wesen sein Sie? – Jetzt ist der ein Wesen!

WATHFIELD Ein Geist –!

FADEN Jetzt hören S' auf! Sie wären ein Geist?

WATHFIELD (*mit starker Stimme*) Ein Wink von mir, und es donnert über deinem Haupte.

FADEN Na, na, ich bitt', sich nicht zu inkommodieren. (*Beiseite.*) Es könnt' halt doch wahr sein. (*Laut.*) Was steht Euer Gnaden zu Befehl?

WATHFIELD Das sollst du erfahren. Ich diene einem noch höheren Wesen –

FADEN Also sein Sie halt doch nur ein Bedienter? Wie können Sie sich denn hernach »Euer Gnaden« titulieren lassen? Bei uns auf der Welt sagt man zu einem Bedienten nur schlechtweg »Herr von«.

WATHFIELD Schweig, Verwegener, und höre: Jenes Wesen, mächtiger als ich, hat Wohlgefallen an dir gefunden und will sich deiner Dürftigkeit erbarmen.

FADEN (*freudig überrascht*) Ist's möglich? Lieber Geist, reden Sie weiter!

WATHFIELD Du sollst selbst aussprechen, was du verlangst, um glücklich zu ein.

FADEN Ach, das wär' ja prächtig! Wo ist denn das Wesen?

WATHFIELD Dort. (*Zeigt auf Howart.*) Nun sage –

FADEN Erlauben Sie, ich muß erst die Hand küssen. (*Naht sich Howart und küßt ihm die Hand.*) Euer geistigen Gnaden, das is alles zu viel. (*Indem er auf Howarts Wink wieder vorwärts geht.*) Sieht mir halt auch keinem rechten Geist gleich.

WATHFIELD Nun sage ungescheut, was wünschest, was verlangst du, um glücklich zu sein?

FADEN Mein lieber Vizegeist, ich bin ein äußerst genügsamer Kerl, ich hab', solang ich denk', all'weil am Notwendigsten Mangel gelitten, darum verlang' ich mir auch nur das Notwendige, und ich bin der glücklichste Mensch.

WATHFIELD Was begehrst du also zunächst?

FADEN Na, – a bißl a menschlich's Quartier, denn bei mir regnet's an siebzehn Orten beim Dach hinein, und 's Tags a zwei Zwanziger zum Verzehren, sonst wüßt' ich wirklich für 'n Augenblick nix.

WATHFIELD Das sei dir gewährt. Auch deinen ferneren Wünschen sage ich Erfüllung zu; doch hüte dich, je das Überflüssige zu verlangen, denn du würdest dann auch das Notwendige verlieren und sänkest in deine vorige Armut zurück.

FADEN Ach Gott, ich bin mit 'n Notwendigen so glücklich, ich denk' an gar nix Überflüssiges. – Aber halten S' mich nicht bloß für ein' Narren? Is es denn auch wirklich wahr?

WATHFIELD Du magst dich allsogleich überzeugen. Komm und fahre mit uns.

FADEN Was fahren? Warum nit gar! Das wäre schon was Überflüssiges, ich geh' z' Fuß. Erlauben S' mir, daß ich mein' Rock anzieh', das is notwendig. (*Im Abgehen.*) 's Tags zwei Zwanziger zum Verzehren, ich bin der glücklichste Kerl auf der ganzen Welt. (*Geht in das Haus im Hintergrunde ab.*)

Neunzehnte Szene

DIE VORIGEN *ohne* FADEN

HOWART Nun, was sagen Sie, Mylord? Hab' *ich* recht oder *Sie?* Ist es nicht etwas Leichtes, so einen Menschen glücklich zu machen?

WATHFIELD Geduld! Geduld! Das wird sich erst zeigen.

HOWART Das ist der genügsamste Mensch unter der Sonne. Nein, nein, Schwiegerpapa, gestehen Sie lieber gleich ein, daß Sie unrecht haben. (*Lachend.*) Sie haben Ihre Wette verloren.

WATHFIELD Wer zuletzt lacht, lacht am besten. Wir führen ihn also jetzt, so wie wir verabredet, in das Haus, welches an den Park stößt, der zu Ihrem Schlosse gehört, der Inspektor ist ins Vertrauen gezogen, wir wollen sehen, wie sich die Sache gestaltet.

Zwanzigste Szene

FADEN (*in einem ärmlichen Kaput und mit einem schlechten Hut*); DIE VORIGEN

FADEN So, da bin ich schon. Sie sind doch nicht bös, meine wertgeschätzten Geister, daß ich Ihnen so lang hab' warten lassen?

WATHFIELD Folge uns jetzt! Wir haben ein kleines nettes Häuschen dem Eigentümer abgekauft, um es dir zu schenken, es ist dein.

FADEN (*außer sich vor Freude*) Das ist zu viel, das verdien' ich ja gar nicht! – Aber was hab ich denn sagen wollen – ja, eine Bitt' – eine Pris' Tabak hätt' ich gern, es ist notwendig, ich hab' so stark die Strauchen.

WATHFIELD Hier, mein Freund, hier! (*Präsentiert ihm die Dose.*)

FADEN (*nimmt Tabak*) Untertänigen Dank – (*will schnupfen*) erlauben Sie, da hab' ich zu viel genommen auf eine Pris', da kann ich die Hälfte zurückgeben. (*Gibt einen Teil des Tabaks in Wathfields Dose und schnupft den andern.*) Das wär' schon überflüssig, und ich verlang' nur das Notwendige.

HOWART (*leise zu Wathfield*) Was sagen Sie dazu?

FADEN Und noch was, wenn ich bitten dürft', ich bin heut' noch mit 'm nüchternen Magen –

WATHFIELD Du sollst sogleich mit einer Bouteille guten Wein und einem Stück Braten –

FADEN Warum nicht gar! Im Vorbeigehn wo ein Seidel Bairisch und um ein' Kreuzer a Glatte is genug für mich.

WATHFIELD So komm! (*Im Abgehen.*) Du bist ja gar ein genügsamer Mensch.

FADEN Ja, ich sag' all'weil: nur das Notwendige, mehr verlang' ich mir nicht. (*Ab mit Wathfield und Howart.*)

Einundzwanzigste Szene

HANNERL (*kommt aus dem Hause links*)

HANNERL Er ist fort, der abscheuliche Fabian, ohne Abschied zu nehmen, gibt er mir den Abschied. Was fang' ich jetzt an? Ich

Kaput: Überrock.
Strauchen: Schnupfen.
Glatte: Art Semmel.

ging' in die weite Welt, wenn ich ein Mannsbild wär'; ich ging' unters Militär, wenn ich kein Frauenzimmer wär'; ich ging' – was nutzt das alles, für ein plantiertes Mädel gibt es keine Ressource. Es ist wahr, es mag gehn, wie es will, ein weibliches Herz ist rein nur für den Schmerz geschaffen.

Lied

1.

Kaum zieht man die Kinderschuh' aus,
Schleichen d' Liebhaber auch schon ums Haus,
Das schmeichelt, man blinzelt nach all'n,
Und mancher, der könnt' ein' recht g'fall'n,
Doch der, den am liebsten man möcht',
Der is g'wiß den Eltern nicht recht;
  Das is weiter kein Schmerz
  Für ein weibliches Herz.

2.

Man heirat't dann, weil's schon sein muß,
Das is erst der wahre Verdruß,
Der galantest verliebteste Cher
Wird als Eh'mann ein brummender Bär,
Dann muß man auch sehn, wie der Mann
Auf a andere schaut dann und wann;
  Das is weiter kein Schmerz
  Für ein weibliches Herz.

3.

Und wenn erst man ledig muß bleib'n,
Diese Kränkung is gar nicht zum B'schreib'n,
Wenn d' Freundinnen Frauen schon sein,
Und man steht all'weil noch ganz allein,
Man hört dann das z'widere Wort
»Alte Jungfer!« bald da und bald dort;
  Das is der schrecklichste Schmerz
  Für ein weibliches Herz. (*Ab.*)

Verwandlung

Die Bühne stellt einen Teil des herrschaftlichen Parkes vor, rechts im Vordergrunde eine Rasenbank.

Plantiert: im Stich gelassen (fz. *planter*).
Cher: Liebhaber (fz. *cher*).

Zweiundzwanzigste Szene

HERR VON BRAUCHENGELD, MATHILDE, EMILIE, THERES
(*treten promenierend auf*)

HERR VON BRAUCHENGELD Recht schön is es da. Hierher wird jetzt täglich viermal spazieren gegangen. Der Lord, der das Gut gekauft hat, kommt übermorgen an, es muß sich also bald ein Haushofmeister, ein Sekretär oder so was zeigen, der sich in euch verliebt. Ich hab' so ein gewisses Vorgefühl, daß ich euch auf meiner dasmaligen Spekulationsreis' ausheirat'.

MATHILDE Und ich habe das Vorgefühl, daß wir wieder so ledig nach Haus kommen, als wir her'kommen sind.

EMILIE Es is gar nicht möglich, daß sich ein Bräutigam find't, der so viel zahlt, als ihm der Papa aufbürden will.

MATHILDE Ein Mädel muß heutzutag froh sein, wenn sie, ohne daß solche Lasten auf ihr haften, einen Mann kriegt, aber wir sind ja gar übel dran.

HERR VON BRAUCHENGELD Ob du still bist!

EMILIE Nein, die Schwester hat recht.

HERR VON BRAUCHENGELD Was? Auch du red'st so? Du, der ich diese besonders schöne Gestalt verliehn? Is das mein Dank? Hast du denn gar keinen Sinn für das Edle, für das Erhabne? Du bist ausersehen, deinen Vater schuldenfrei zu machen! Is das nicht eine herrliche Bestimmung? Ich bin so viel als versetzt; wer mich mit zehntausend Gulden auslöst, der wird dein Gemahl.

THERES (*zu Emilien*) Das ist doch äußerst schmeichelhaft, daß der Papa einen so hohen Wert auf Ihnen setzt. (*Zu Herrn von Brauchengeld.*) Ich aber für mein' Teil bin doch froh, daß ich eine Realität bin, auf der nichts haftet, daß ich meinem Freier meine Hand aus freier Hand vergeben kann.

HERR VON BRAUCHENGELD Red't Sie auch schon wieder drein? Überhaupt, ich weiß nicht, was Sie alleweil mitzugehen hat mit meine Fräulein Töchter?

EMILIE Wir hab'n s' aber gern, die Theres.

MATHILDE Wir woll'n sie bei uns.

HERR VON BRAUCHENGELD Und ich geb' sie euch zum Trotz aus 'n Dienst.

THERES In diesem Fall müßt' ich das zarte Stillschweigen brechen, was ich bisher über den rückständigen Lohn beobachtet habe; Euer Gnaden werden nicht leicht ein zweites Stubenmädchen finden, die so wie ich über ein halbes Jahr bloß der Ehre wegen dient.

HERR VON BRAUCHENGELD Ich leid' halt einmal das beständige Mitgehen nicht. *(Für sich.)* Im Anzug ist ohnedem kein Unterschied zwischen einem Stubenmädl und einer Fräule, die Gusto sind verschieden, wie leicht is es geschehn, daß ein' so eine Person eine Tochter verdunkelt. Ich begreif' überhaupt nicht, warum man nicht schon lang Stubenmädllivreen erfunden hat; so ein Stubenmädl mit Borten und Achselschnür', rote Aufschläg' – müßt' gar nicht schlecht stehn.

EMILIE (*zu Herrn von Brauchengeld*) Da kommt der reiche Amtmann, der seine Augen auf mich geworfen hat.

HERR VON BRAUCHENGELD Richtig, der Geizhals! Stell' dir vor, der will was herunterhandeln, ich lass' aber nix nach bei dir. Setzt euch dort auf die Bank und tut, als ob ihr ihn gar nicht bemerktet's. (*Sie setzen sich.*)

Dreiundzwanzigste Szene

GEYER; DIE VORIGEN

GEYER Na, wie steht's, Schwiegerpapa?

HERR VON BRAUCHENGELD Oho! So weit sind wir noch nicht.

GEYER Wir werden, lassen Sie nur ein gescheites Wort reden mit sich!

HERR VON BRAUCHENGELD Ich weiß, was Sie wollen, aber –

GEYER Aber, lieber Mann, Sie verlangen ja gar zu viel.

HERR VON BRAUCHENGELD Zu viel? Ein Spottgeld für so a Mädl.

GEYER Verzeihen Sie, man muß die Saiten nicht zu hoch spannen, am allerwenigsten, wenn man, wie Sie, lieber Mann, drei Töchter anzubringen hat.

HERR VON BRAUCHENGELD Drei Töchter? Sie irren sich, die mit 'n Hut g'hört noch mein, das andere aber is keine Tochter, sondern nur eine weibliche Bedienung. (*Zum Stubenmädl.*) Theres, schickt sich denn das, daß man sich zu die Fräulen setzt?

THERES (*aufstehend*) Die Fräulen hab'n 's g'schafft.

Vierundzwanzigste Szene

FADEN (*erscheint äußerst fröhlich im Hintergrunde*); DIE VORIGEN

FADEN Jetzt hab' ich mein Häusel g'sehn, das is a Pracht, ich bin so glücklich, so glücklich –

EMILIE (*ohne Faden bemerkt zu haben*) Ich weiß nicht, was der Papa mit der Theres immer zu kommandieren hat, wir hab'n s' einmal so gern, als ob sie unsere Schwester wär' –

HERR VON BRAUCHENGELD Ich leid's aber nicht!

FADEN (*Emilien bemerkend, für sich*) Ha, was ist das für ein Geschöpf! (*Ist von Emiliens Anblick ganz betroffen, und man sieht es ihm während des Folgenden an, daß er von der Liebe ergriffen wird.*)

GEYER (*zu Herrn von Brauchengeld*) Ereifern Sie sich nicht, lieber Mann –

FADEN (*immer unbemerkt im Hintergrunde*) Das is eine Schönheit!

GEYER (*zu Herrn von Brauchengeld*) Und lassen Sie uns wieder auf unsere Angelegenheit kommen!

FADEN (*wie oben*) Das is das höchste, was die Natur erzeugt hat.

HERR VON BRAUCHENGELD (*zu Geyer*) Ich hab' ausgered't. Entschließen Sie sich, eh' ein anderer kommt.

FADEN (*wie früher*) Es geht in das Unaussprechliche!

GEYER (*ärgerlich zu Herrn von Brauchengeld*) Nun, wenn Sie keinen billigen Vorschlag hören wollen – es muß ja nicht sein.

FADEN (*wie oben*) Diese Schönheit is zu arg!

HERR VON BRAUCHENGELD (*zu Geyer*) Wie es gefällig is!

GEYER (*höhnisch zu Herrn von Brauchengeld*) Wenn Sie die Fräulein Tochter noch ein paar Jahre herumführen, werden schon die Aktien fallen. Adieu, lieber Mann! (*Links ab.*)

FADEN (*geht sinnend, die Hand vor die Stirne haltend, im Hintergrunde rasch auf und ab*)

Fünfundzwanzigste Szene

DIE VORIGEN *ohne* GEYER

EMILIE (*aufstehend*) Da haben wir's! Er geht! Jetzt hat mich der Papa wieder um eine reiche Partie gebracht.

HERR VON BRAUCHENGELD O, um dich is mir nicht bang, Töchterl!

EMILIE Aber mir wird bang. Ich zähl' jetzt schon verschiedene Sommer, auf einmal wird ein Herbst kommen, mit welchem zugleich mein eigener Herbst beginnt.

MATHILDE Wenn's der Vater so macht, müssen wir verblühn und wissen nicht, warum.

THERES (*zu Herrn von Brauchengeld*) Und ich wär' auch schon lieber bei einer Frau im Dienst als bei zwei Fräul'n. Das sollte doch auch berücksichtigt werden.

FADEN Sie ist zu göttlich! Ich muß eine Annäherung riskieren. (*Vortretend.*) Gnädiges Fräulein, ich bitte –

EMILIE Theres, hat Sie kein' Groschen für den Bettelmann?

FADEN Bettelmann? – Doch ja, ich bin es, ich bettle um Ihre Gunst.

EMILIE (*erstaunt*) Was?

HERR VON BRAUCHENGELD Was untersteht sich der Vagabund?

FADEN Aus dieser Stichelei seh' ich, Sie stoßen sich an meinem Anzug, welcher freilich an einigen Stellen etwas a jour is. Allein, das Kleid macht nicht immer den Mann.

HERR VON BRAUCHENGELD Also wäre das etwan nur eine Verkleidung? (*Sehr höflich.*) Mit wem hab' ich die Ehre?

FADEN Ich bin nicht so arm, als ich ausschau'.

HERR VON BRAUCHENGELD Wie hoch beläuft sich Dero Vermögen?

FADEN Ich hab' halt grad das Notwendige.

HERR VON BRAUCHENGELD Und mit dem Notwendigen wagen Sie es, Ihre Augen zu meiner Tochter zu erheben?

FADEN (*mit Selbstgefühl*) Ich habe des Tags zwei Zwanziger zu verzehren.

HERR VON BRAUCHENGELD Und da wollen Sie –? (*Bricht in ein lautes Gelächter aus.*) Hahahahaha! (*Faden an der Hand fassend.*) Wissen Sie, wie hoch dieses Mädl kommt? Die väterliche Einwilligung zur Heirat kostet zehntausend Gulden.

FADEN (*wie vom Donner gerührt*) Zehntausend Gulden –!

HERR VON BRAUCHENGELD Jetzt lassen wir den Narren stehn und gehn ein wenig weiter.

MATHILDE Zahl' uns der Papa ein Frühstück!

HERR VON BRAUCHENGELD Töchterln, recht gern, aber es is euch nicht gesund. Wann ich euch seit ein paar Jahren nicht so wenig z'essen gäbet, wo hätt's denn die schlanken Taillen her?

A jour: durchsichtig.

FADEN (*wie aus einer Betäubung erwachend, zu Herrn von Brauchengeld*) Sagen Sie mir, wird denn nichts g'handelt?

HERR VON BRAUCHENGELD Kein Kreuzer!

FADEN Schaun S', Sie haben mehr Töchter, eine in d' andre sollten s' doch billiger sein.

HERR VON BRAUCHENGELD (*zu seinen Töchtern*) Jetzt gehn wir, da scheint die Sonn' zu stark, setzen wir uns dort (*rechts in die Szene deutend*) in Schatten. Wenn sich so a Madl nur ein wenig abbrennt, 's könnt' mir gleich a Schaden von a paar tausend Gulden sein.

FADEN (*für sich*) Zehntausend –! (*Zu Herrn von Brauchengeld.*) Schaun Sie, wenn Sie so a neuntausendachthundert und etliche siebzig nachlasseten –

HERR VON BRAUCHENGELD Er is ein Narr!

FADEN Ich sparet mir s' von meine zwei Zwanziger ab.

HERR VON BRAUCHENGELD Such' Er sich eine Braut unter Mädeln *bei* 'n Stand, aber nicht unter Mädeln *von* Stand. Kommt's, Töchterln, kommt's! (*Alle rechts durch den Vordergrund ab.*)

Sechsundzwanzigste Szene

FADEN

FADEN Da geht sie hin – dieser Gang – dieser interessante Zug in der Fersen –! Nein, das is das Non-plus-ultra in der Mädlerie! Und ich kann sie nicht besitzen! Das is ein verzweifelter Zustand! Diese Quantität Lieb' und nicht um ein' Groschen a Hoffnung!

Siebenundzwanzigste Szene

STRICK (*von links*); DER VORIGE

STRICK Meister!

FADEN O lieber Strick!

STRICK Sie haben mein Lebensglück vernichtet, Sie haben mir den inneren Frieden ruiniert, Sie haben schmafumäßig an mir gehandelt, doch eine edle Seele nährt keinen Groll – (*gerührt*) hier ist die Hand zur Versöhnung.

Eine in d' andre: als eine von mehreren.
Schmafumäßig: gemein.

FADEN (*seine Hand nehmend, ohne viel auf das zu hören, was Strick sagte*) O, Fabian, ich bin unglücklich.

STRICK Da geh' ich wieder. Ich bin bloß deswegen gekommen, weil ich g'hört hab', daß Sie glücklich sein.

FADEN Was du Glück nennst, das hab' ich; ich hab' recht gut zu leben.

STRICK Dann bleib' ich wieder da. Ich hab' die Not mit Ihnen geteilt, es ist jetzt meine heiligste Pflicht, auch in die guten Tag' Sie nicht zu verlassen.

FADEN Ganz etwas anders quält mich jetzt. Du weißt, ich hab' die Wettel geliebt, so wie man die Tochter einer Kräutlerin lieben kann –

STRICK Nichts von jener Zeit, Sie reißen in meinem Herzen halbvernarbte Wunden wieder auf.

FADEN Aber was die wahre Liebe ist, die reine Inflammierung des Gemüts, die echte, unverfälschte, herzkonservierende Magie der Natur – ich find' gar keine Ausdrücke, die verrückt genug wären, das zu schildern, was ich empfinde.

STRICK Wo wär' denn der Gegenstand?

FADEN Für mich so viel als gar nicht in der Welt, denn der Vater verlangt zehntausend Gulden für die bloße Einwilligung.

STRICK Das is ung'schauter zu teuer.

FADEN Nein, sie ist Millionen wert, aber wo hernehmen? – Ich hab' wohl so eine Art Schutzgeist, der mir versprochen hat, mich glücklich zu machen –

STRICK Im Ernst, sein Sie mit ein' Geist in Verbindung?

FADEN Und das mit was für ein'!

STRICK Na, da is ja g'holfen, so ein Geist muß Haar' lassen, wenn er sich mit ein' Sterblichen abgibt.

FADEN Ja, ich darf aber nur das Notwendige von ihm verlangen.

STRICK Na, das is ja genug, 's Madl is zu Ihrem Glück notwendig, 's Madl kost't zehntausend Gulden, also sind die zehntausend Gulden auch notwendig wie a Rub'n.

FADEN Fabian, du bist a g'scheiter Kerl! (*Im Hintergrunde erscheinen Wathfield und Howart.*) Laß dich umarmen, du hast mir ein Licht aufg'steckt.

STRICK Wir wer'n denen Geistern schon zeigen, was all's notwendig is.

FADEN (*sie erblickend*) Still, da sind s' schon!

STRICK Das sein s'? Richtig, man merkt's, die ganze Luft hat auf einmal so einen überirdischen Regionduft.

Achtundzwanzigste Szene

WATHFIELD, HOWART; DIE VORIGEN

WATHFIELD (*vortretend*) Nun, wie steht's? Du scheinst einen Wunsch auf dem Herzen zu haben?

FADEN O ja, einen unsinnigen! Ich brauch' notwendig zehntausend Gulden, weil ich nur um diesen Preis die Geliebte zur Frau krieg'. Ich sag' Ihnen, ohne ihr bin ich der unglücklichste Mensch auf der weiten Welt, ich müßt' mir was antun.

WATHFIELD Es ist viel, was du verlangst.

FADEN Ich bitt' Sie, für ein' Geist ist das ja a Bagatell!

WATHFIELD Indessen, wenn diese Heirat zu deinem Glücke notwendig ist – (*Geht zu Howart in den Hintergrund und spricht leise mit ihm.*)

FADEN Wie ein Bissen Brot.

STRICK (*im Vordergrund zu Faden*) Warum red't er denn jetzt mit dem andern?

FADEN Das ist der Hauptgeist.

HOWART (*schüttelt den Kopf und gibt Wathfield Geld*)

STRICK Er beutelt den Kopf.

FADEN Aber ausrucken tut er doch!

WATHFIELD (*gibt Faden das Geld*) Hier hast du, was dir zum Glücke notwendig, doch hüte dich, das Überflüssige zu verlangen! (*Geht mit Howart ab.*)

FADEN Ich küsse die Hand – ich bin außer mir – ich fall' in die Frais vor Freuden.

STRICK Das sind ein paar Mordgeister!

Neunundzwanzigste Szene

FADEN, STRICK, HERR VON BRAUCHENGELD, EMILIE, MATHILDE, THERES

HERR VON BRAUCHENGELD Schaun wir doch wieder a bissel daher! (*Zu Emilien.*) Du hast recht, der Amtmann Geyer geht mir nicht aus 'n Kopf. Vielleicht kommt er wieder zurück, und wenn ich etwas nachlasset –

FADEN (*vortretend*) Erzeuger meiner Angebeteten, nimm hier den pflichtschuldigen Tribut des Bräutigams (*gibt ihm das von Wathfield erhaltene Geld*) und erhöre seine Bitte um schleunige Verabfolgung der Liebreizenden.

HERR VON BRAUCHENGELD (*die Banknoten besehend*) Ich erstaune! Von Ihnen hab' ich das nicht erwartet.

THERES (*zu Emilien*) Greifen Sie zu, Fräulein Emilie; wer so viel dem Vater spendiert, was hat von dem erst die Geliebte, die Frau zu hoffen? Sie machen eine brillante Partie, wer weiß, was unter dem zerissenen Rock für ein heimlicher Kapitalist steckt.

HERR VON BRAUCHENGELD (*führt ihm Emilie zu*) Hier nehmen Sie sie hin, die teure Braut, und extra noch meinen väterlichen Segen als Zuwag'.

EMILIE (*Faden ihre Hand reichend*) Mein Herr, ich schätze mich glücklich –

FADEN (*entzückt*) Im Ernst? Ich geh' in d' Luft vor Freuden.

Dreißigste Szene

GEYER (*eilig auftretend*); DIE VORIGEN

GEYER (*zu Herrn von Brauchengeld*) Liebster Mann, ich habe mir die Sache reiflich überlegt, die Liebe ist ein närrisches Ding – hier ist die verlangte Summe. (*Will ihm das Geld einhändigen.*)

HERR VON BRAUCHENGELD (*erstaunt*) Ich bedaure, aber 's Mädel ist schon vergeben. (*Für sich.*) Das wär' jetzt ein Augenblick zu einer Lizitation.

GEYER (*ergrimmt*) Wie? Was? Wer ist mir zuvorgekommen?

HERR VON BRAUCHENGELD (*auf Faden zeigend*) Hier, dieser unbekannte Kavalier.

GEYER Was? Der miserable Pfuscher, der Seilerer?

HERR VON BRAUCHENGELD Er hat das Kapital mir zu Handen erlegt.

GEYER Er? Der povre Hungerleider? Der kann das Geld nur gestohlen haben, da wollen wir gleich ins klare kommen. (*Zu Herrn von Brauchengeld.*) Liebster Mann, Sie sollen Dinge hören, daß Ihnen die Haare zu Berge stehen. Der Mensch ist ein Lump. Ich gehe, doch bald komme ich wieder – ich bin außer mir vor Wut. (*Eilt grimmig links ab.*)

Einunddreißigste Szene

DIE VORIGEN *ohne* GEYER

HERR VON BRAUCHENGELD Was hat der alles g'sagt? (*Zu Faden.*) Er scheint kein guter Freund von Ihnen zu sein.

FADEN (*verlegen*) Neid, Neid, nichts als Neid!

EMILIE Ein Seilerer, hat er g'sagt, sind Sie gewesen?

FADEN Dilettantismus, nichts als Dilettantismus! Ich hab' öfters aus Unterhaltung Spagat gemacht – aus Kurzweil – Liebe zur Kunst –

Zweiunddreißigste Szene

PUMPF, NACHBARSLEUTE; DIE VORIGEN

PUMPF Bruder Faden, ich sollt' eigentlich noch bös sein auf dich, aber du hast ein unbegreifliches Glück gemacht, das g'freut mich in die Seele hinein, der Zorn is verschwunden, und da bin ich mit alle Nachbarsleut', dir herzlich zu gratulieren.

DIE NACHBARSLEUTE Wir gratulieren alle miteinand'!

FADEN (*verlegen*) Ich danke – wirklich – ich danke vielmals.

HERR VON BRAUCHENGELD (*zu seinen Töchtern*) Er muß halt doch was Gemeines sein.

Dreiunddreißigste Szene

HANNERL; DIE VORIGEN; WATHFIELD *und* HOWART (*erscheinen im Hintergrunde*)

HANNERL (*eilig von links auftretend, zu Strick*) Fabian! Fabian! Du verdienst es nicht, aber ich kann nicht anders, ich muß dich warnen. Dir droht Gefahr, der Amtmann red't dort mit die Wächter, ich hab' nichts als die Worte: »Einführen«, »Seilerer« und »Lump« verstanden, da hab' ich mir gleich 'denkt, das geht dich an, und lauf' daher –

STRICK O je! Das sein feuchte Masematten. Mein Meister is der Lump, von dem der Amtmann g'red't hat, das weißt du recht gut, tust aber, als wenn du mich warnen tät'st, red'st aber

Feuchte Masematten: faule Ausreden.

hübsch laut, damit er sich auch darnach richten kann. Entflieh, Schlange!

HANNERL (*weinend*) Entsetzlich! Ich bin das Opfer eines Mißverständnisses.

PUMPF Ja, ein Madl soll halt alleweil Fenster und Türen hübsch zusperren.

STRICK Meister, es könnt' halt doch Ernst werden mit 'n Einsperren, dort hinten stehn unsere zwei Geister, reden S' ein g'scheites Wort!

FADEN Du hast recht. (*Spricht mit Wathfield leise, dieser sagt dann während des Folgenden ein paar Worte zu Howart, welcher eine Schreibtafel aus der Tasche zieht und auf ein Blatt mit Bleistift schreibt.*)

EMILIE (*zu ihrem Vater*) Ich weiß nicht, was ich aus dem Menschen machen soll.

HERR VON BRAUCHENGELD Ich auch nicht. Übrigens, 's Geld hab' ich einmal, und folglich findet kein Rücktritt statt.

THERES (*zu Strick*) Was schaut mich denn der Herr gar so an?

STRICK Sie ist in Diensten meiner künftigen Gebieterin, ich bin in Diensten Ihres künftigen Gebieters, ich werfe das bloß so hin, weil sich daraus verschiedene Entspinnungen gestalten könnten.

THERES Kommt Zeit, kommt Rat!

Vierunddreißigste Szene

GEYER, WÄCHTER; DIE VORIGEN

GEYER (*zu den Wächtern, auf Faden zeigend*) Da steht der Verdächtige, der mit gestohlenen Geldern herumwirft. Aufs Amt mit ihm! (*Die Wächter wollen auf Faden los.*)

WATHFIELD (*gibt heimlich und schnell Faden den Zettel, welchen Howart geschrieben*) Gebt das dem Amtmann!

FADEN (*den Zettel nehmend*) Herr Amtmann, lesen Sie erst das!

GEYER (*den Zettel nehmend und durchschauend*) Das ist – (*erstaunt*) das ist die Schrift des neuen Gutsherrn, ich kenne sie von der Kaufurkunde aus. (*Liest leise.*) »Herr Amtmann Geyer, Meister Faden erfreut sich meiner unbegrenzten Gunst. Wenn ich ankomme und nicht höre, daß Sie ihm die größte

Achtung erwiesen haben, sind Sie Ihres Dienstes entlassen. Lord Howart.« (*Alle heften neugierig den Blick auf Geyer, dieser ist wie vom Donner gerührt.*) Ich erstarre! Da bleibt nichts übrig als Devotion.

HERR VON BRAUCHENGELD (*zu Emilien*) Jetzt wird sich's gleich zeigen.

GEYER (*nähert sich Faden ehrerbietig*) Mein Verehrtester – mein – ich weiß nicht, wie ich sagen soll – ich bitte um die Gunst, dero Hand – (*küßt Faden die Hand.*)

ALLE (*im höchsten Staunen*) Was ist das?

THERES (*zu Emilien*) Hab' ich's nicht g'sagt, er is ein großes Tier?

STRICK (*beiseite*) So ein Geist is a Passion.

FADEN (*für sich*) Ich weiß zwar nicht, wie ich zu solchen Ehren komm', aber (*laut*), Schwiegerpapa, geliebte Braut, folgen Sie mir allerseits in mein Haus zum Verlobungsfest!

STRICK Sämtliche Völkerschaften rufen: Es lebe Bräutigam und Braut!

ALLE Es lebe Bräutigam und Braut!

Quodlibet

CHOR

Wunderbar, was hier alles vorgegangen,
Licht darüber zu verlangen
Stehn wir zu befangen,
Zu fragen keiner waget.

STRICK

Kommt man auf a Falschheit bei seiner Amour,
Da ist es das Beste, man lacht nur dazur,
Verzweiflung und Seufzer kein' Kreuzer nit taug'n,
Es gibt ja noch Mad'ln g'nug mit schöne Aug'n;
Plantiert ein' die Katherl, was liegt an der G'schicht'?
Die Mariandel, die hat auch a bildsaubers G'sicht,
Na, und gift't sich die Urschel, is d' Sopherl in Wut,
Dafür is d' Lenerl halt wiederum gut.

THERES

Ach, was kann man Schöners finden,
Als wenn Herzen sich eng verbinden,
Rosenketten sie zart umwinden,
Ach, und ich steh' immer noch ganz allein!

FADEN

Mich umgaukeln süße Träume,
Fröhlich hebt sich meine Brust,
In die schönsten Himmelsräume
Zaubert mich der Liebe Lust.
Süß sind Mand'ln und Zibeben,
Gut für 'n Magen is a Sterz,
Doch der Liebe süßes Leben
Is die Leibspeis' für mein Herz.

HANNERL

Lalala etc.

(Jodler)

STRICK

Ich möchte ein Konsilium anstellen über mich.

FADEN

Sei Ritter ohne Furcht und Tadel und mach' kein solches G'sicht.

STRICK

Nein, so was bringt ein Vieh um, mein Herz klopft fürchterlich!

FADEN

Ein Reitpferd ohne Sattel is d' Lieb', traut man sich nicht.

THERES *und* HANNERL

Stets trösten Männer sich gar leicht,
Alle Kenner sagen,
Die Kenner sagen:
Sie sind seicht.

HANNERL

Welch Qual, welche Leiden!
Lieb' ihn noch, er will scheiden.

zugleich:

THERES

Leiden statt der Freuden
Man durch sie erreicht.

HANNERL

Er will scheiden,
Denn nichts sein Herz erweicht.

THERES

Herbe Qual nur und Leiden
Geben sie statt Freuden.

Sterz: Dicker Brei aus Mehl oder Kartoffeln.

CHOR
Was sich liebt, necket sich,
Heute trifft's dich, morgen mich,
Doch im Streit – schnell verzeiht
Man, wenn 's Herz gebeut.

STRICK
Ich hab' durchaus nicht den Mag'n –

HANNERL
Nein, du tust zu arg mich plag'n –

STRICK
Solche Sachen zu vertrag'n!

HANNERL
Scham dich, is das ein Betrag'n?

STRICK
Ha, ich quäle sie so, quäl' sie so –

HANNERL
Ha, er quälet mich so, quälet mich so –

STRICK *und* HANNERL
In einem fort, in einem fort,
Ja, ein Hieb ist jedes Wort;
Ja, ein Hieb sei jedes Wort.

CHOR
Hochzeit gibt's heut', ah, das is g'scheit!
Juche, Hochzeit gibt's heut', ah, das is g'scheit!

THERES
Süßer Trost, belebend, entzückend, erhebend,
Kehrt ins Herz zurück.
Flieht der Sehnsucht Leiden,
Bald blühen nur Freuden
Und himmlisches Glück,
Blüht mir, Gattenglück!

STRICK *und* FADEN
Gar nichts gleicht dem Glück der Neuvermählten,
Wenn die bunten Kränze Amor flicht,
Wandelt man am Arme der Erwählten
Stets auf Rosen und Vergißmeinnicht.

HANNERL
Kein Gedanke hat noch entweihet
Meines Busens reine Triebe,

Grausam lohnst du meine Liebe,
Nie verletzt' ich meine Pflicht.

STRICK

Möglich is's wohl, aber wahrscheinlich nicht,
No, möglich is's wohl, aber wahrscheinlich nicht.

THERES

Ha! Ha! Bei solchen Sachen
Da muß ich wirklich lachen.
Hahahahaha! –

PUMPF

Dieser Lacher is so spitzig, wie a Gabel,
Gleich der Elster in der Fabel
Wetzt sie überall den Schnabel,
Schau' d' Mamsell doch nur auf sich!

THERES *und* STRICK

Ha, die Impertinenzen
Sind ja über alle Grenzen,
Die Geduld wird mir zu knapp,
Zorn erfüllt die Herzenskammer,
Dieser kecke Bandelkramer,
So was ging' mir grad noch ab.

THERES

Doch, wozu soll ich hier streiten!

THERES *und* HANNERL

Wie sie zanken, wie sie streiten!
's schickt sich ja nicht vor den Leuten,
Ziehn wir auf die guten Saiten,
Da der Hochzeitsjubel winkt.

STRICK, FADEN *und* PUMPF

Lassen wir das dumme Streiten,
's schickt sich ja nicht vor den Leuten,
Ziehn wir auf die guten Saiten,
Da der Hochzeitsjubel winkt.

CHOR

Meidet jetzo alles Streiten,
Es schickt sich ja nicht vor den Leuten,
Ziehet auf die guten Saiten,
Da der Hochzeitsjubel winkt.
Lalalala etc. etc.

Der Vorhang fällt.

Zweiter Akt

Die Bühne stellt ein einfaches, aber nettes Zimmer vor mit zwei Seitentüren, im Hintergrunde eine verborgene Tapetentür, seitwärts im Hintergrunde ein großes Fenster, durch welches man die Aussicht auf einen prächtigen Palast hat.

Erste Szene

INSPEKTOR RASCH, *mehrere* BEDIENTE, *darunter* ANTON *und* GEORG

CHOR

Der gnäd'ge Herr kann sich verlassen
Auf unsre Pfiffigkeit,
Wir alle sind pflichtschuld'germaßen
Auf seinen Wink bereit,
Auch plaudert keiner etwas aus,
Man bringt aus uns kein Wort heraus.

(Nach der Musik.)

RASCH Ihr wißt also alles, was ihr zu tun habt?

ANTON Akkurat, der Herr Inspektor können ohne Sorgen sein.

RASCH Die Hauptsache ist, daß ihr euch so betragt, daß er euch für keine menschlichen Bedienten, sondern für dienstbare Geister hält.

GEORG Das treffen wir schon.

RASCH Und über die Ankunft des gnädigen Herrn –

ANTON Strengste Verschwiegenheit.

(Die Tapetentür im Hintergrunde öffnete sich, Wathfield und Howart treten ein, man sieht durch die Tapetentür in ein kleines, rotbehangenes, abenteuerlich geschmücktes Kabinett, in welchem sich ein Tischchen und ein Stuhl befindet. Die Bedienten entfernen sich, als Wathfield und Howart eingetreten sind, durch die Tapetentür.)

Zweite Szene

HOWART, WATHFIELD, RASCH

HOWART (*zu Rasch*) Ich bin mit Ihren Anordnungen sehr wohl zufrieden, Inspektor. Die Verbindung dieses Hauses mit einem Gartenhaus meines Parkes macht es mir leicht, den närrischen Meister Faden bei dem Glauben an eine zauberhafte Erscheinung zu erhalten.

WATHFIELD Halten Sie nur immer viel Geld in Bereitschaft, es wird von Nöten sein.

HOWART Ach, es wird nicht so arg werden, der Mensch ist genügsam, die Liebe hat ihn zu einer etwas großen Forderung getrieben, nun aber, hoffe ich, wird er zufrieden sein.

WATHFIELD Wir wollen sehen, ich nehme Sie fest beim Wort: was zu seinem Glücke notwendig ist, dürfen Sie ihm nicht verweigern.

RASCH (*hat durchs Fenster gesehen*) Da kommt er eben!

HOWART Dann entfernen wir uns, Inspektor! (*Howart und Rasch in die Tapetentür ab, welche sich wieder schließt.*)

Dritte Szene

WATHFIELD; FADEN (*tritt mit* STRICK *zur Türe links ein; man hört ihn früher aufsperren*)

FADEN Sie werden gleich da sein!

STRICK Ich g'freu' mich schon aufs Stubenmädl.

FADEN (*Wathfield erblickend*) Has, was is das? Wie is denn das möglich? Sie sein da herein und ich hab' zugesperrt, wie ich fort'gangen bin?

WATHFIELD Hast du vergessen, daß ich ein überirdisches Wesen bin? Versperrte Türen hindern mich nicht.

STRICK So ein Geist hätt's kommod, wenn er ein Dieb wurd'.

FADEN Is recht g'scheit, daß Sie da sein, ich hab' ein Anliegen. Sie werden einsehen, (*auf seinen Anzug deutend*) mit dem G'wand tut's es nicht als Bräutigam, ich brauchet halt –

WATHFIELD Ja, ja, das ist notwendig.

STRICK (*zu Faden*) Sie, wegen mir sagen S' auch was, mein Rock ist das Muster der Schleußigkeit.

FADEN (*zu Wathfield*) Ja, der muß doch auch als was erscheinen.

STRICK G'sell' kann ich nicht mehr sein, denn gearbeitet wird doch nix mehr werden unter solchen Verhältnissen.

FADEN Nein, Arbeit verlang' ich keine mehr, denn das wär' überflüssig, und ich darf nur das Notwendige verlangen. (*Zu Wathfield.*) Den da lassen wir halt als einen honetten Bedienten erscheinen.

WATHFIELD Gut, gut, das geht in einem hin. (*Schlägt an die Ta-*

petentür, welche sich öffnet, man sieht darin Howart am Tisch sitzen.)

FADEN (*erstaunt zurückprallend, zu Strick*) Du, da schau' her!

STRICK Das ist dem Geist sein Kaminett.

HOWART (*überreicht Wathfield eine Börse, die Tapetentür schließt sich mit einem seltsamen Geräusch*)

WATHFIELD (*Faden die Börse gebend*) Hier hast du, was du brauchst.

FADEN Ja, aber etwas hab' ich noch vergessen! Es schaut so schofel aus, wenn der Mensch keine Uhr hat, das is doch notwendig.

WATHFIELD (*klopft an die Tapetentür, welche sich wie früher mit Geräusch öffnet*)

STRICK (*zu Faden*) Sehen S', nur brav begehren, die Geister müssen schwitzen!

HOWART (*überreicht Wathfield seine Uhr*)

FADEN Da schau' her, die prächtige goldene Uhr!

WATHFIELD (*überreicht Faden die Uhr*) Hier hast du, was du verlangt.

STRICK (*zu Howart*) Wenn S' einmal a silberne haben mit einer Arbesketten, lassen S' mich rekommandiert sein! (*Die Tapetentür will sich wieder schließen.*)

FADEN Erlauben Sie, lassen S' die Tür noch ein wenig offen! (*Die Tür bleibt geöffnet, zu Wathfield.*) Sie werden mir da gewiß nicht unrecht geben, es muß doch in allem auf der Welt Harmonie sein, wenn der Mensch schon einmal so eine prachtvolle Uhr hat und hat kein' Ring, das steht so wild.

STRICK So g'wiß g'schleckt!

FADEN Um meiner Braut mit Anstand die Hand zu reichen, muß ich notwendig einen Ring am Finger haben, und wenn's auch nur ein brillantener wär', ich bin sonst in einer Verlegenheit, die mich völlig unglücklich macht.

WATHFIELD Wenn das ist, so will ich deinen Wunsch erfüllen. (*Geht zu Howart, welcher ihm schweigend einen Brillantring überreicht.*)

STRICK Ich hätt' wieder eine Passion auf eine Busennadel, aber mir gibt er nix, der Geist!

Kaminett: Kabinett.
Schofel: schäbig.
Arbesketten: Arbes = Erbsen.
Wild: häßlich.

WATHFIELD (*Faden den Ring gebend*) Bist du nun zufrieden?

FADEN O, ungeheuer! (*Die Tür schließt sich mit Geräusch.*)

STRICK (*zum Fenster sehend*) Die schwiegervaterische Familie kommt!

FADEN Meine Braut! Das gift't mich, daß ich jetzt mein neues G'wand noch nicht hab'.

Vierte Szene

HERR VON BRAUCHENGELD, MATHILDE, EMILIE, THERES; DIE VORIGEN

HERR VON BRAUCHENGELD (*mit einem sehr kleinen Bündel unterm Arm*) Da sind wir alle miteinand'.

FADEN G'freut mich unendlich! Mein Haus ist nicht groß, aber dafür is es klein und nett.

MATHILDE (etwas spöttisch) Ein äußerst bescheidenes Quartier!

EMILIE Beinah' zu bescheiden!

HERR VON BRAUCHENGELD Wir werden uns schon zusamm'separieren, daß wir Platz haben alle.

THERES (*zu Emilien*) Geben Sie acht, das Quartier is Verstellung so wie sein Anzug.

FADEN (*welcher Emilien zärtlich betrachtet*) Ich kann's halt noch gar nicht fassen, Sie sind mir zu schön! Mir geht's wie einer Fledermaus, die in der Sonn' fliegt. Wann Sie nur ein Alzel wilder wären, daß ich's aushalten könnt'.

EMILIE Schmeichler!

STRICK Ich find', sie is nicht übel, die Emilie, aber von zehntausend Gulden is da keine Spur.

HERR VON BRAUCHENGELD Ich hab' unsere Wohnung im Wirtshaus aufgegeben, wir sind da und loschieren uns gleich ein bei Ihnen mit Sack und Pack.

FADEN Wo haben Sie denn Ihre Bagage?

HERR VON BRAUCHENGELD Meine Kleider und meine Wäsch' hab' ich alles da in dem Binkel. (*Zeigt das kleine Bündel vor, das er trägt.*)

FADEN Und die Garderob' von die Fräulein Töchter?

HERR VON BRAUCHENGELD Die kommt bei Gelegenheit einmal nach.

Alzel: Kleinigkeit.

STRICK Mir scheint, die Madeln haben nix, als wie s' gehn und stehn.

FADEN (*Wathfield beiseiteziehend*) Sie, Geist, für die Familie werd' ich notwendig einiges brauchen.

WATHFIELD Ja, ja, das seh' ich.

FADEN Mit a paar tausend Gulden sein s' ja alle gehörig herausstaffiert.

HERR VON BRAUCHENGELD (*auf Wathfield zeigend*) Wer ist denn dieser Herr, wenn ich fragen darf?

FADEN Ein meiniger Spezi.

HERR VON BRAUCHENGELD Ah, freut mich!

FADEN (*heimlich zu Wathfield*) Bestellen wir jetzt derweil das Notwendige, das Geld holen wir nachher aus 'n Zauberkabinett, wenn wir allein sein, denn ich möcht' nicht, daß der Schwiegervater sieht, daß ich einen Geist hab'.

WATHFIELD Gut, gehen wir!

FADEN Ich bitt', sich indessen die Zeit nicht lang werden zu lassen, ich hab' einiges zu besorgen. (*Emilien die Hand küssend.*) Schöne Braut – adieu! (*Geht mit zärtlich schmachtenden Blikken mit Wathfield ab.*)

Fünfte Szene

DIE VORIGEN *ohne* WATHFIELD *und* FADEN

HERR VON BRAUCHENGELD Ich weiß nicht, mir kommt das alles so rätselhaft vor, als wie d' letzten Blatteln im Krakauer Kalender.

EMILIE Wenn aber nicht bald eine Auflösung erscheint, die sich hören läßt, so lös' ich die eingegangene Verbindung auf.

HERR VON BRAUCHENGELD Wär' mir nicht lieb, wenn ich 's Geld wieder hergeben müßt', übermorgen ist Hochzeit und bleibt Hochzeit, damit Punktum. (*Zu Strick.*) Aber Er, Freund, Er könnt' uns manche beruhigende Auskunft geben, wenn Er wollt'.

STRICK Ja, freilich, ich bin aber Dienstbot' und folglich verschwiegen.

EMILIE In dem Quartier bleib' ich auf kein' Fall. Ich hab' mir

Spezi: Kumpan.
Krakauer: Der »Krakauer Schreibkalender« hatte auf der letzten Seite Rätsel.

eingebild't, eine vornehme Frau zu werden, ich hab' mir Luftschlösser gebaut, so schön, als wie der Palast da drüben, und jetzt –

MATHILDE Ja, das wäre freilich was anders g'wesen. Na, vielleicht bekomm' ich einen, der mir einige Millionen zu Füßen legt.

HERR VON BRAUCHENGELD Versteht sich, ich bin froh, wenn du einen kriegst, der mir die Kost gibt.

EMILIE Theres, wenn meine Schwester ein größeres Glück macht als ich, das wär' mein Tod.

THERES Ruhig! Ruhig! (*Zu Strick*) Freund, ich seh' Ihm's in Gesicht an, Sein Herr hat heimliche Schätze.

STRICK Ja, wenn Sie mir's in Gesicht ansieht, dann laßt sich nix mehr leugnen. Wir haben eine unversiegbare Goldquelle.

EMILIE (*freudig überrascht*) Hör' ich recht? Ist's wirklich so?

STRICK Bei uns darf man nur Haferl sagen.

HERR VON BRAUCHENGELD Für diese Nachricht schenk' ich Ihm – (*Strick hält die Hand auf*) meine Freundschaft.

STRICK (*sehr gleichgültig*) Ich dank', es muß nicht gleich sein.

EMILIE Hör' Er mich an! Wenn sich meine Wünsche bis zu diesem Palais versteigen, würde er –?

STRICK Er liebt Sie inniglich, mit einer bedeutenden Glut.

EMILIE Das ist wahr!

STRICK Er halt't Ihnen für die erste Schönheit der Welt, also benutzen Sie diese Verblendung!

EMILIE (*ganz entzückt*) Wie ich herumstolzieren werde in die Prunkgemächer, die orientalischen Teppiche – die damastnen Tapeten – haushohe Spiegel – Papa, das Palais muß ich haben! (*Ihn zum Fenster führend.*) Da sehen Sie das prachtvolle Gebäude!

HERR VON BRAUCHENGELD Von der awigen Seiten muß es sich noch schöner ausnehmen. Schauen wir's von dem Zimmer aus an, und wenn's uns g'fallt, 's kost't ja nur ein Wort. (*Zeigt nach der Türe rechts.*)

EMILIE O kommen Sie, Papa!

HERR VON BRAUCHENGELD Siehst, Töchterl, wie ich für dein Glück besorgt war. (*Mit Emilien und Mathilden in die Tür rechts ab.*)

Haferl sagen: Einen Wunsch aussprechen, der sogleich erfüllt wird.
awigen: umgekehrten, entgegengesetzten.

Sechste Szene

STRICK, THERES

STRICK Man laßt uns allein!

THERES Und was folgt da draus?

STRICK Daraus könnte sehr viel folgen. Dieser Moment könnte die Grundsteinlegung sein zu einem Liebestempel, welcher für die Ewigkeit gebaut wär'.

THERES Eh' man sich auf einen solchen Riesenbau einläßt, muß man ja doch vorher das Terrain rekognoszieren.

STRICK So betrachte also vorläufig diese Umschlingung meiner liebenden Arme als die erste geometrische Ausmessung! (*Will sie umarmen.*)

THERES (*zurückweichend*) Oho, nicht so voreilig, ich werf' mich einem Mann nicht sogleich an den Hals, dazu schätz' ich mich zu hoch.

STRICK Na, ja, das ist – hm, schätzen kann sich ein Frauenzimmer so hoch sie will, aber es soll ja keine vergessen, daß sie drei Termine hat, den Termin der Jugend, den Termin der Hübschigkeit, welcher sich noch etwas über die Jugend hinaus terminiert, und den Termin des Altwerdens; geht sie bei die ersten zwei Termine nicht ab, so wird sie beim dritten unter dem Schätzungswerte hintangegeben.

THERES (*spöttisch*) Er hätt' wirklich sollen ein Schätzmeister werden!

STRICK Dieses können wir Männer alle, wir wissen eine jede zu schätzen, nur dann erst, wenn man s' hat, tritt der Fall ein, daß man s' nicht zu schätzen weiß.

THERES So weit wollen wir's also gar nicht kommen lassen.

STRICK Ich red' ja nur von die andern Männer, ich – ich bin ja eine Ausnahme.

Siebente Szene

FADEN, WATHFIELD, *dann* HERR VON BRAUCHENGELD, EMILIE *und* MATHILDE; DIE VORIGEN

FADEN (*in einem reichgestickten Kleide mit Wathfield zur Türe links zurückkommend*) Sachen haben wir jetzt b'stellt, das is schon eine Pracht.

EMILIE (*mit Herrn von Brauchengeld und Mathilde aus der Türe rechts kommend*) Ich höre die süße Stimme meines Bräutigams!

FADEN Ich sehe die Engelsgestalt der Geliebten!

EMILIE Ich fühle den zarten Druck seiner Hand!

FADEN Ich schmecke den Vorgeschmack von himmlischer Seligkeit!

EMILIE Und wie schön Sie aussehen!

FADEN Nicht wahr? Ja, wenn ich zusamm'g'stampert bin, da gib ich eine starke Anmahnung an den verstorbenen Adonis.

EMILIE Sebastian, können Sie Ihrer Braut eine Bitt' versagen?

FADEN Nein, Emilie! (*Für sich.*) Wie schön sich diese beiden Namen machen, Emilie und Sebastian!

STRICK (*für sich*) Paßt z'samm' als wie Vanili und Primsenkäs.

EMILIE (*zu Faden*) Ich fordere einen Beweis Ihrer Liebe.

FADEN Fordere kühn, sprich ohne Scheu, wie dir der Schnabel wuchs!

EMILIE Kaufen Sie mir den Palast dort drüben!

FADEN (*betroffen*) Emilie, das ist stark!

EMILIE Wie? Sie weigern sich?

FADEN Es ist unmöglich, die Paläst' sind in dieser Jahreszeit zu teuer, und meine stabilen Revenüen sind ja nur zwei Zwanziger des Tags.

EMILIE Sie wollen mich zum Besten haben – aber es wird Sie furchtbar gereuen. Der Gram wird meine Gesundheit untergraben, sie wird wanken und hinstürzen in den Abgrund des Todes. An das Fenster werd' ich mich hinsetzen alle Tag', mit weinenden Augen hinübersehen auf das Palais – und so sitz' ich eine Leiche eines Morgens da, nach dem Haus drüben noch das bleiche –

FADEN Halt ein, das is zu viel! Du sollst den Palast haben.

EMILIE (*freudig*) Gewiß? Kann ich darauf bauen?

FADEN Drauf bauen? Nein, er ist ja ohnedem drei Stock hoch. Geh jetzt ins Freie, Emilie, du bist angegriffen, lüfte dich ein wenig aus, und wenn du nach Haus kommst, so wird der Palast schon da sein.

EMILIE (*zärtlich*) Ich werde sehen, ob du Wort hältst, geliebter Bastiano! Kommen Sie, Papa! (*Zur Türe links ab.*)

Zusamm'g'stampert: mühevoll schön gekleidet, herausgeputzt.
Primsenkäs: Ordinärer Schafkäse.

MATHILDE Da bin ich doch neugierig. (*Folgt ihrer Schwester mit Theresen.*)

HERR VON BRAUCHENGELD (*zu Faden*) Sehen Sie, sie hat schon wieder keinen Groll mehr auf Ihnen, o, das is ein edles Herz! (*Emilien nachrufend.*) Lauf nicht so, Töchterl, lauf nicht so! (*Folgt ihr zur Türe links nach.*)

Achte Szene

FADEN, STRICK, WATHFIELD, *dann* HOWART

FADEN (*zu Strick*) Mir wird angst und bang'.

STRICK Kurasch! Die Macht der Geister kennen wir, jetzt heißt's halt probieren, was wir über die Geister für eine Macht haben. Nur keck!

WATHFIELD (*zu Faden*) Du hast vorschnell viel versprochen.

FADEN Reden S' nit lang und rufen S' Ihren Prinzipal!

WATHFIELD (*schlägt an die Tapetentüre, welche sich mit Geräusch öffnet, man sieht Howart wie früher am Tisch sitzend*) Dein Schützling, mächtiger Gebieter, hat einen Wunsch dir vorzutragen.

HOWART Sprich, was verlangst du?

FADEN Euer Exzellenz werden mir meine Freiheit nicht übelnehmen, weil Sie schon einmal einen Narren an mir g'fressen haben – ich brauchet halt notwendig den Palast da drüben.

HOWART (*etwas unwillig aufstehend und vortretend*) Wie? Was? Hast du vergessen, daß ich dir nur das zum Glücke Notwendige zugesagt?

FADEN Ich bitt' Sie, meine Braut stirbt, wenn ich ihr den Wunsch nicht erfüll'.

STRICK Folglich ist der Palast notwendig, drum machen S' keine langen G'schichten und fahren S' füra damit!

HOWART Was kümmern mich die übertriebenen Wünsche deiner Braut?

FADEN Der Wunsch is nicht übertrieben, ihre Reize verdienen noch viel mehr als das. Es is noch recht schön von ihr, daß sie sich mit dem Palast behelfen will. Sie haben mir versprochen, Sie werden mich glücklich machen (*halbweinerlich*), und jetzt

Fahren S' füra: »fahren Sie vor«, rücken Sie heraus.

machen Sie mich erst recht unglücklich durch Ihre Schmutzigkeit.

STRICK Schamen S' Ihnen, so G'schichten z' machen wegen ein bisserl Palast! Sein Sie ein Geist, der eine Ehr' im Leib hat?

HOWART (*zu Wathfield*) Finden Sie, daß das Begehren auch zum Notwendigen gehört?

WATHFIELD Bei seiner Liebe zur übermütigen Emilie, ja.

HOWART Ich kann aber doch nicht –

WATHFIELD Sie müssen, Sie haben Ihr Wort verpfändet, bei Malvinens Besitz haben Sie's geschworen, ihn glücklich zu machen.

HOWART (*mit unterdrücktem Ärger*) So sei's denn!

FADEN Jetzt deliberieren S' nicht lang, und sagen S' ja; mir wär' leid, wenn ich Ihnen da ein Reprament geben müßt'.

STRICK Wir wären auf d' Letzt' gezwungen, grob zu sein.

HOWART Dein Begehren ist erfüllt, ungenügsamer Mensch!

FADEN Räsonieren S' nicht, ich sag's Ihnen!

STRICK (*beiseite*) Wie er sich gift't wegen dem G'schloß, und es nutzt ihm nix.

HOWART Du wirst das gerichtliche Instrument erhalten, worin der neue Gutsherr, Lord Howart, das Schloß dir abtritt. (*Geht in sein Kabinett, die Türe schließt sich.*)

FADEN (*zu Wathfield*) Jetzt kommen S' nur g'schwind, sonst reut's ihn! Bringen wir schleunigst alles in Ordnung, daß sie nit früher nach Haus kommt.

WATHFIELD Du bist ungezähmt in deinen Wünschen, hüte dich, je das Überflüssige zu verlangen.

FADEN Hör'n S' auf, das fallt mir ja so nit ein. Ich bin ja zufrieden, wenn ich nur das Notwendige hab'. (*Mit Wathfield zur Türe links ab.*)

Neunte Szene

STRICK

STRICK Mein Herr hat ein Glück g'macht, das muß man sag'n; aber es is doch noch nicht das wahre! Daß seine Wünsche so erfüllt werden, das is eine scharmante Sach', aber daß er alles Überflüssige vermeiden muß, das is doch wieder ein g'waltiges Hakerl. Es gibt halt nichts Vollkommenes unter der Sonne, überall is ein Umstand dabei.

Reprament: Verweis (fz. *réprimande*).

Lied

1.

Es heiratet einer a Madl mit Geld,
Von der halben Million nit a Groschen ihr fehlt,
Ein jeder, der d' Sach' überhaps nur betracht't,
Wird sag'n: der Mensch hat a unsinnig's Glück g'macht.
Doch darf er vom Geld keinen Kreuzer anrühr'n,
Er darf ihr nur helfen, d' Interessen verziehr'n,
Für das muß er kuschen, sie übt Tyrannei –
So is überall halt a Umstand dabei.

2.

Ein andrer hat a Frau, wie die Venus so schön,
Wenn er mit ihr spazier'n geht, so bleibt alles stehn,
Die ganze Welt schaut mit Bewundrung sie an
Und alles schreit: »Das is ein glücklicher Mann!«
Doch sie steigt stets um kokettierenden Blicks.
Der Mann sagt: »Pfui, 's schickt sich nit!« s'nutzt aber nix,
Sie hat allweil Liebhaber zwei oder drei –
So is überall halt a Umstand dabei.

3.

Der hat a Quartier, das is völlig a Pracht,
Doch ein Eh'paar ober ihm zankt und rauft Tag und Nacht,
Der hat a brav's Weib, der könnt' sag'n: »Gott sei Dank!«
Doch sechs Monat' ist s' kränklich, a halb's Jahr ist s' krank.
Der hat ein' Freund, der ist ihm all's in der Welt,
Doch der Freund sagt in ein'fort: »Geh, leih mir a Geld,
Wenn ich amal zum Vermögen komm', zahl' ich dir's glei!« –
So is überall halt a Umstand dabei.

4.

Die hat einen Mann, wie a Lamperl so gut.
Den ganzen Tag hört man kein unfreundlich's Wurt,
Er ist fleißig beim G'schäft, macht kein unwillig's G'sicht
Und tut alles, was er ihr in d' Augen ansiecht,
Doch wenn's anfangt, Abend z' werd'n, geht er allmal aus
Und kommt in der Nacht als a B'soffner nach Haus,
Wie sie da nur ein' Muxer macht, prügelt er s' glei' –
So is überall halt a Umstand dabei.

5.

D' Leut wünschen sich Kinder, erreichen das Glück,
Da preisen s' das Schicksal mit dankbarem Blick,

Sie hab'n a paar Madln, wie d' Engel so schön,
Und Bub'n, die so schlank wie die Kerzen dastehn,
Doch d' Kinder werd'n groß, da hab'n d'Eltern a Not,
D' Bub'n kommen mit dreißig Jahr' noch zu kein' Brot,
Mit die Mädeln ist's wieder a andre Kei'rei –
So is überall halt a Umstand dabei.

6.

Es singt mancher au'm Theater so öfters a Lied,
Und wie er was singt, wird er stark applaudiert,
Der das hört, der sagt: »No, der Mensch kann glücklich sein,
Er hat einen Beifall, der is allgemein!«
Doch strengt man die Ohr'n mit Genauigkeit an,
Vernimmt man dazwischen manch anderen Ton,
Es zischen beständig a zwei oder drei –
So is überall halt a Umstand dabei.

7.

Jüngst steiget ein Paarl ganz nobel in Wag'n,
»In d' Brigittenau fahrst!« zum Fiaker tun s' sag'n.
Der Fiaker fahrt lustig und denkt in der Still':
»Das ist mir a Herrschaft, die handeln nit viel«,
Doch draußt bei der Au schreit der Herr: »Kutscher, halt!
Wir gehn jetzt, weil's schön ist, zu Fuß durch den Wald!«
Der Kutscher lacht heimlich und denkt: »Bei die zwei,
Da is doch gewiß auch a Umstand dabei!« (*Links ab.*)

Verwandlung

Saal im Schlosse mit Bogen

Zehnte Szene

MEHRERE BEDIENTE, GEORG, ANTON, *dann* HERR VON BRAUCHENGELD, MATHILDE, EMILIE, THERES, WATHFIELD, HOWART, FADEN

(*Die Bedienten treten aus den Bogen hervor.*)

ANTON (*aus der Seite rechts*) Sie kommen schon! Sie sind schon da!

GEORG (*zu den übrigen*) Nur tiefe Komplimente geschnitten!

Keierei: Schwierigkeiten, Verdruß.
Brigittenau: (Damals noch ländlicher) Wiener Bezirk jenseits der Donau.

(*Die Bedienten stellen sich alle an der Türe auf und verneigen sich.*)

HERR VON BRAUCHENGELD, FADEN, EMILIE, MATHILDE, THERES, WATHFIELD (*alle geputzt bis auf den letzteren, treten links ein; Howart erscheint im Hintergrunde; die Bedienten gehen ab*)

FADEN Nun, wie sind Sie zufrieden, schöne Braut?

EMILIE O, außerordentlich! Ich bin entzückt!

MATHILDE (*für sich*) Ein herrliches Schloß! Wie meine Schwester zu so einem Glück kommt – ich wollt' nichts sagen, wenn ich es wär'!

HERR VON BRAUCHENGELD Thildi, sei bescheiden, verleg' du dich auf die romantische Lieb', dann bist du mit einer Hütten zufrieden!

FADEN Wenn Sie die geringste Ausstellung haben, nur sagen, jedes Zimmer, was Ihnen nicht recht is, werf' ich bei der Tür hinaus.

EMILIE Sie sind zu gütig. Welchen Flügel des Schlosses werden Sie mir einräumen, den rechten oder den linken?

FADEN Nehmen Sie meinetwegen alle zwei Flügeln, ich bin mit einem Biegel zufrieden. Und was befehlen Sie in Rücksicht Ihrer Equipage? Haben Sie lieber Schimmeln oder Pferd'?

EMILIE O, das is ein Wunsch von mir, an dem mein ganzes Glück hängt.

FADEN (*zärtlich*) Ihr Glück ist das meinige, befehlen Sie!

EMILIE Apfelschimmeln hätt' ich gar so gern.

FADEN Apfelschimmeln? Sollen Sie haben von der besten Gattung! (*Zu Wathfield.*) Zwei Maschanskerschimmeln für meine Braut! Sie werden einsehen, es is notwendig, der Besitzerin eines solchen Schlosses kann man einen Lieblingswunsch nicht versagen.

WATHFIELD Gut!

EMILIE Jetzt will ich die übrigen Gemächer in Augenschein nehmen. Auf baldiges Wiedersehen! (*Mit Mathilde, Theres und Herrn von Brauchengeld ab zur Seite rechts.*)

FADEN Adieu! (*Sieht ihr nach.*) Ein Zimmer weit muß ich sie doch begleiten. (*Folgt ihr.*)

Biegel: (bei Geflügel) Schenkel.
Maschansker: eine Apfelart.

Elfte Szene

HOWART, WATHFIELD

HOWART Wenn ich dem Menschen noch durch acht Tage das Notwendige geben soll, so kann ich anfangen, meine Besitzungen in England zu verkaufen.

WATHFIELD Sehen Sie nun Ihre Unbesonnenheit ein, als Sie sagten, es wäre Ihnen ein Leichtes, diesen Menschen vollkommen glücklich zu machen?

HOWART Ja freilich, aber was soll ich jetzt tun?

WATHFIELD (*kalt die Achsel zuckend*) Abwarten, bis er das Überflüssige verlangt.

HOWART Auf das warte ich mit Ungeduld. Wie er sich unterfängt, etwas Überflüssiges zu verlangen, so habe ich schon veranstaltet, daß zwei Raketen als Blitze durch dieses Zimmer fahren, Trompeten und Trommeln ertönen und alle meine Bedienten, als Furien verkleidet, erscheinen, um ihn recht in Angst zu jagen – doch was nützt das alles, wenn Sie alle seine Wünsche für notwendig erklären?

WATHFIELD Bis jetzt hat er nur begehrt, was in seinen Verhältnissen zu seinem Glücke nötig war.

Zwölfte Szene

FADEN, *dann* GEORG; DIE VORIGEN

FADEN (*von rechts zurückkommend, zu Wathfield*) Unter andern, Geist, grad sagt mir die Emilie, wir müssen große Tafel haben, der Schwiegervater hat die Gäst' eing'laden, ich kann da nicht ausweichen.

WATHFIELD Das seh' ich ein; dein Wunsch wird erfüllt.

GEORG (*von links auftretend, zu Faden*) Es verlangt jemand, mit Euer Gnaden zu sprechen.

FADEN Wer?

GEORG Ein gemeiner Mensch mit seiner Schwester.

FADEN Ist sie auch gemein? Tut nichts, man lasse die beiden Gemeinen herein! (*Georg geht nach dem Bogen links und läßt Pumpf und Hannerl eintreten.*)

Dreizehnte Szene

PUMPF, HANNERL; DIE VORIGEN

PUMPF Grüß' dich Gott, Bruder Faden. (*Zu Hannerl.*) Komm nur, komm nur und sei nit so scheuch! (*Zu Faden.*) Eine Pracht hat's bei dir, 's Madel ist orndlich geblendet.

FADEN (*zu Hannerl*) Nicht wahr, es ist nicht übel, das Quartier?

HANNERL (*verlegen*) Außerordentlich nicht übel!

PUMPF Bruder, ich komm' in einer Angelegenheit –

FADEN Na, sag' nur: wo fehlt's?

PUMPF Mir fehlt gar nichts, aber der Seilerer Radl –

FADEN Der mich am Sonntag auf d' Nacht im Wirtshause so 'prügelt hat?

PUMPF Der nämliche.

FADEN Dem kann nix fehlen, denn nach die Schläg' zu urteilen, ist der Mann in seiner besten Kraft.

PUMPF Ja, g'sund is er wohl, aber es is gut g'standen für sein' Schwagern mit fünfhundert Gulden. Jetzt muß er zahlen, hat nix und soll halt eing'sperrt werden.

FADEN Ah, da werden wir gleich – (*zu Wathfield und Howart*), ich weiß nit, ob das in Ihrem Geisterland auch so is, aber ich bin ein geborner Wiener, uns ist das notwendig zum Glücke, daß wir einem armen Teufel was Guts tun. Nur g'schwind ausg'ruckt! (*Howart nimmt das Geld aus der Brieftasche.*) Jetzt muß ich wieder zu ihr; b'hüt' di Gott, Pumpf, such' mich bald wieder ham, und der Radl soll mir nur alleweil fleißig schreiben, wie der un'blachte Spagat im Preis is, das interessiert mich ungeheuer. (*Zur Seite rechts ab.*)

HOWART (*zu Wathfield*) Sein gutes Herz söhnt mich wieder aus mit seiner Ungenügsamkeit. (*Zu Pumpf.*) Hier, mein Freund! (*Gibt ihm das Geld und geht mit Wathfield im Hintergrunde ab.*)

Vierzehnte Szene

PUMPF, HANNERL

PUMPF Das ist der Kassierer von ihm! Siehst du, das ist der Unterschied zwischen reiche und arme Leut', reiche Leut' haben einen schwarzen Kassier, arme Leut' haben eine schwarze

Un'blacht: ungebleicht.

Kasse; aber ein guter Kerl ist er, der Faden! Wenn er mir nur nicht eing'stiegen wär', das kann ich ihm noch nicht –

HANNERL O, ich bin so unglücklich durch den Zufall.

PUMPF Ach was, Zufall! Jetzt werden wir halt schaun, daß wir den Strick finden und daß wir 'n wieder gut machen. Da kommt er! Wie schaut denn der aus?

Fünfzehnte Szene

STRICK (*von links, in einer Karikaturgalalivree mit gepudertem Haar*); DIE VORIGEN

STRICK Man hat mir eine Besuchvisite gemeldet.

PUMPF Lieber Strick, wie geht's Ihm denn?

STRICK Ah, sieh da, das ist ja, wenn ich nicht irre, der Bänderverkäufer Pumpf?

PUMPF Na, uns wird Er doch kennen!

STRICK Ich erinnere mich im dunkeln.

HANNERL Fabian, willst mich denn nicht mehr kennen?

STRICK (*pikant*) An Sie erinnere ich mich auch im dunkeln. Ist Sie nicht die, zu der einer einstieg, den man am Morgen fand, wie er im Lehnstuhl schlief, und ihn zur Türe hinauswarf?

HANNERL Fabian, ich leg' dir hundert Schwüre ab –

STRICK Wozu diese Schwierigkeiten! Mit jedem Wort häufen sich deine Vergehungen.

PUMPF Sei der Mussi Strick nit so hartherzig! Ich werd' Ihm was sagen, dann wird Er nit so unversöhnlich sein. Wir haben von unserm Vettern in Oberöstreich a paar tausend Gulden geerbt, also g'scheit, heirat's euch und seid's glücklich!

STRICK Man will mich durch ihren Mammon blenden, aber er blendet mich nicht, der Mammon! Ich kann den Flecken nicht dulden auf meiner Ehre, meine Kameraden würden nicht mehr dienen mit mir.

PUMPF Larifari! Ich war eigentlich der Dummkopf, daß ich einen solchen Lärm g'schlagen hab'. Ja, jetzt red't's euch aus miteinand', Liebesleut' muß man unter vier Augen lassen, wenn sie sich ausgleichen sollen. Ich geh'. (*Im Abgehen.*) Bandel Zwirn kauft's! (*Faßt sich.*) O, verdammt, ich mach' da ein G'schrei im Haus, ich bin halt in Gedanken alleweil bei mein' G'schäft. (*Geht links ab.*)

Sechzehnte Szene

STRICK, HANNERL

HANNERL Fabian, bist du denn ganz taub für meine Worte?

STRICK Versuch' es, mich zu erschüttern durch eitles Flehn! Du wirst aber sehen, ich steh' da wie der Fels im Meer.

HANNERL Solche Reden muß ich anhören!

STRICK Das sind die Folgen einer einzigen Einsteigung!

HANNERL Du bist ein Barbar!

STRICK Ich selbst stehe, mehreres abgerechnet, fleckenlos da, drum hab' ich auch keine Schonung für fremde Fehler.

HANNERL Schau', wir sind in einem Orte geboren, du bist im Hause meines Vetters erzogen –

STRICK Was kümmert mich die Geburt? Und was die Erziehung anbelangt – es ist mir ein Leichtes, zu beweisen, daß ich keine genossen habe.

HANNERL Wir haben uns geliebt – und jetzt diese Abneigung!

STRICK Abneigung nennst du es nur? Es ist mehr; was ich für dich fühle, das ist schon Nationalhaß.

HANNERL Fabian, du könntest unmöglich so sein, du hast mit einer andern eine Liebschaft ang'fangt!

STRICK Was nicht is, kann noch wer'n!

Siebzehnte Szene

THERES (*kommt aus der Seite rechts*) DIE VORIGEN

THERES Na, brav, Er unterhalt't sich ja da recht gut! Mir macht Er Liebesanträge und mit einer andern –

STRICK Das ist keine Geliebte, es ist eine gekränkte Wäscherin – sonst nichts!

THERES Ja, wer's glaubt!

STRICK (*sie beiseite führend*) Du zweifelst? Dann wird's es nicht tun mit uns; die mich liebt, die muß ein' starken Glauben haben.

Terzett

(*Im grandiösen italienischen Stil gehalten, von Seite des Strick parodierend vorzutragen.*)

(*Maestoso*)

HANNERL

Das ist also jene,
Nach der dein Herz begehrt?
Die wird deine Schöne?
Das ist der Mühe wert!
Die? Die? Das ist der Mühe wert!

THERES

Ich fange an zu munkeln,
's preßt mir ein Lachen aus,
D'Mamsell will mich verdunkeln,
Versteht sich, so schaun s' aus!

STRICK

Mich fangt schon an zu schauern
Bei dieser G'schicht', 's is wahr,
's wird gar nicht mehr lang dauern,
So fahr'n sie sich in d' Haar'.

HANNERL, THERES

Die Falschheit bringt mich noch in Wut,
Der Kuckuck zähme da sein Blut!

STRICK

Sie sind bedeutend in der Wut,
's ist jede eine schlimme Trud!

(Andante)

ALLE DREI

D' Männer } sind falsch, das ist bekannt,
D' Madeln }
Wie in der Stadt so auf 'n Land,
's kommt auf ein' Kuß
A Menge Verdruß,
D' Lieb' schafft nur Freud',
Ja, da hat's Zeit.

(Allegro stretto)

STRICK

Die Kränkung der Liebe
Macht 's Leben uns trübe
Und füllet den Busen
Mit Wahnsinn und Schmerz.

(Unisono)

HANNERL, THERES

Vergebliche Klagen!

Man muß es ertragen,
Warum schlägt im Busen
Ein zärtliches Herz?

ALLE DREI

Zerstört ist die Zukunft im süßesten Keime,
Vernichtet auf ewig die wonnigen Träume,
's glauben viele, d' Lieb' zaubert in Himmel uns hin,
Ja, d' Hand von der Butten, 's sein Weinbeerln drin.

(Jodler a tre)

(Theres rechts, Hannerl links, Strick durch den Hintergrund ab.)

Achtzehnte Szene

GEORG, ANTON, BEDIENTE, *dann die* GÄSTE

GEORG Nur g'schwind die Tafel g'richt't, die Gäst' sind schon alle beisamm'.

ANTON Ich werd's gleich melden. (*Rechts ab, während dem Ritornell des folgenden Chores wird eine elegant gedeckte Tafel vorgetragen; wenn dies geschehen, kommen die Gäste aus dem Hintergrunde.*)

CHOR DER GÄSTE

Geladen von dem Herrn vom Haus,
Erscheinen wir allhier,
Die Tafel winkt mit Saus und Braus,
Geschmückt in reicher Zier.
Es herrsche Frohsinn, Heiterkeit,
Der Jubel schalle weit und breit!

Neunzehnte Szene

DIE VORIGEN; FADEN, HERR VON BRAUCHENGELD, EMILIE, MATHILDE, WATHFIELD (*treten am Schluße des Chores ein; während dem Nachspiel des Chorstückes setzen sich alle Anwesenden zur Tafel, Wathfield am Ende links, die Bedienten servieren*). *Später kommt* STRICK.

HERR VON BRAUCHENGELD Das erste Glas auf das Wohlsein des Bräutigams!

D'Hand von der Butten . . .: Sie haben hier nichts anzurühren, nichts zu suchen.

ALLE Er lebe hoch! (*Tusch von innen.*)

STRICK (*seitswärts vortretend*) Kurios! Unsere Dienerschaft sind lauter dienstbare Geister, wenn man s' aber fressen sieht im Vorzimmer, man schwört, es sein Bediente von der irdischen Rasse. Mit genauer Not hab' ich ein paar Fasanbiegeln erwischt.

FADEN (*steht auf und tritt seitwärts ärgerlich gegen den Vordergrund*) Es ist wirklich was Unerträgliches! (*Hat immer die Blicke auf Wathfield geheftet.*)

STRICK Was denn?

FADEN Ach, es gift't ein', so oft man hinschaut.

STRICK Ja, was denn?

FADEN Das geht dich nix an!

STRICK Ach, das is es? Ja, das is aber auch was Ärgerliches!

FADEN (*setzt sich wieder an seinen Platz*)

HERR VON BRAUCHENGELD Auf mein Töchterl aber dürfen wir nicht vergessen, die müssen wir auch leben lassen.

ALLE Sie lebe hoch! (*Leeren die Gläser, Tusch von innen.*)

HERR VON BRAUCHENGELD (*zu Georg*) Bedienter! Gib Er mir noch a sechs Austern herüber, aber lauter Weibeln, die Mandeln sind bei weitem nicht so fett.

MATHILDE Der Papa ist ein ungeheurer Austernesser.

HERR VON BRAUCHENGELD (*beiseite, zu Mathilden*) Brav, Thildi, nur aufschneiden! Ich hab' mir mein Lebtag können keine spendieren.

WATHFIELD (*zu Herrn von Brauchengeld*) Welche Gattung Austern ziehen Sie vor?

HERR VON BRAUCHENGELD Ja, die besten sind auf alle Fäll' die g'schoppten.

FADEN (*steht auf und geht wieder ärgerlich vor*) Mir is 's ganze Essen ruiniert dadurch!

STRICK Aber, Meister, was is's denn?

FADEN Halt 's Maul!

EMILIE (*aufstehend und zu Faden gehend*) Was fehlt Ihnen, lieber Sebastian?

FADEN Es geniert mich etwas. Schaun S' da mein' schwarzen guten Freund an, in einer so noblen modernen Gesellschaft sitzt er mit einem altmodischen Haarzopfe da.

G'schoppt: gemästet.

STRICK Bis die Tafel aus is, werden alle Haarzöpf' haben.

FADEN Sei Er still!

EMILIE (*zu Faden*) Sie haben recht, das ist ein fataler Anblick!

FADEN Ach, so was Widerliches, so was Ärgerliches, so was Unausstehliches!

EMILIE Nun kommen Sie aber wieder zur Tafel, mir schmeckt nichts, wenn Sie nicht an meiner Seite sitzen. (*Geht wieder zum Tisch.*)

FADEN Sogleich, meine Holde! (*Für sich.*) 's ist schrecklich, was der Mensch auf dieser Welt für Unannehmlichkeiten ertragen muß! (*Setzt sich wieder an seinen Platz.*)

HERR VON BRAUCHENGELD Jetzt bemerk' ich aber erst, daß ich einen großmächtigen Bock geschossen hab'. In drei Tagen is schon die Hochzeit, folglich hätten die G'sundheiten nicht separiert getrunken werden sollen, den Fehler müssen wir verbessern. Es lebe das Brautpaar!

ALLE Das Brautpaar! Vivat! (*Leeren die Gläser.*)

FADEN (*mißlaunig*) Ich dank' – ich dank' –! (*Springt unwillig auf.*) Ich halt's nicht länger aus, es geniert mich zu stark!

ALLE Was ist geschehn?

FADEN Noch nichts, aber es muß etwas geschehn! (*Auf Wathfield zeigend.*) Der Haarzopfen muß herunter!

WATHFIELD Wie? Was?

FADEN Er geniert mich – ich leid' ihn nicht, und wenn Sie nicht gutwillig ihn hergeben, so werden meine Bedienten mit Gewalt –

STRICK Ich nehm's Transchiermesser –

WATHFIELD Was fällt Ihnen ein?

FADEN Nichts, als was ich das Recht hab', zu verlangen: Herunter mit dem Haarzopfen, ich will's, es is notwendig!

WATHFIELD (*mit starker Stimme*) Nein, Freund, das ist überflüssig! (*Er winkt, ein Blitzstrahl fährt durch den Saal, es donnert, im Hintergrunde verbreitet sich ein roter Schein, und Howart tritt vor. Die ganze Gesellschaft läuft, mit einem Schrei aufspringend, erschrocken zur Seite links davon, die Bedienten ziehen sich, wie der Blitzstrahl fährt, in die Kulissen rechts.*)

Haarzöpf': Rausch.

Zwanzigste Szene

HOWART, WATHFIELD, FADEN, STRICK

HOWART (*zu Faden*) Übermütiger Tor, der auch den kleinsten Wunsch sich nicht versagen kann, gedenkst du meiner Worte noch? Sie sollen in Erfüllung gehen! Du hast das Überflüssige verlangt, verliere nun selbst das Notwendige und kehre zur vorigen Armut wieder! (*Winkt und geht mit Wathfield durch den Hintergrund ab. Rauschende Musik fällt ein, Bediente, als Furien verkleidet, erscheinen von beiden Seiten, ziehen dem erschrockenen Faden und Strick schnell die eleganten Röcke aus, geben ihnen ihre ärmlichen Jacken wieder und treiben sie unter folgendem kurzen Chore, die Fackeln schwingend, zur linken Seite fort.*)

CHOR

Vernehmet ihr sein mächtig Wort?
Hinaus! Hinaus! Flieht diesen Ort!

(*Wie Faden und Strick fort sind, kommen Bediente von rechts und räumen lachend während dem Nachspiel des Chores die Tafel schnell fort.*)

Verwandlung

Die Bühne stellt wieder denselben Teil des Marktfleckens wie im ersten Akte mit den Häusern des Bandelkrämers, der Kräutlerin und des Seilerers vor. Es ist spät abends.

Einundzwanzigste Szene

FRAU SCHNITTLING *und* BABETTE (*kommen aus dem Hintergrunde und stellen die leeren Körbe, die sie zurückbringen, an ihrem Hause nieder*)

BABETTE Ich kann mich halt nicht trösten, ich mag tun, was ich will, jeder Korb, den ich anschau', erinnert mich an den Korb, den ich ihm hab' geben müssen, jedes grüne Blattel mahnt mich schrecklich daran, daß sich bei mir 's Blattel gewendet hat.

FRAU SCHNITTLING Es wird sich geben, es muß sich geben, es hat sich alles noch auf der Welt gegeben.

BABETTE O, d' Frau Mutter weiß nicht, was Liebe ist!

FRAU SCHNITTLING Versteht sich, als ob unsereins ein Eckstein wär'! A Kräutlerin hat etwan keine Empfindungen! Unter die Heringköpf' gibt es so gut schwärmerische Gedanken als unter die Gros de Naple-Hüt'.

BABETTE (*links in die Szene schauend*) Da kommt die, die an mein' Unglück schuld is.

Zweiundzwanzigste Szene

HANNERL (*traurig ihrem Hause zugehend*); DIE VORIGEN

HANNERL Ich geh' herum wie ein verlorenes Hendl; wenn nur der Bruder schon z' Haus wär', alleinig glaub' ich grad, es druckt mir 's Herz ab.

FRAU SCHNITTLING (*höhnisch zu Hannerl*) Das wird doch eine Betrübnis sein! Hat er sich also nicht beschwalbeln lassen von der Jungfer? Schau', schau', wie der Wind geht. Ich hab' schon a etliche kennt, die zwei haben woll'n, nachher haben s' gar keinen kriegt.

HANNERL Lass' mich d' Frau in Ruh! Ein Mädel ausspotten, die eh' unglücklich ist, das zeigt recht a schlechts Herz!

FRAU SCHNITTLING O, du Herzerl, du! Vom Herz ist da gar keine Red'. Ich hab' Ihr meine Meinung g'sagt; keine Kräutlerin behalt't ihre Meinung bei sich, und ich werd' wegen der Jungfer auch noch keinen neuen Brauch aufbringen.

HANNERL (*nach links deutend*) Ha, da kommen s' alle zwei! Was muß da g'schehn sein? Wie schaun die wieder aus?

FRAU SCHNITTLING (*verwundert hinblickend*) Ah, jetzt verschlagt's mir die Sprach'. (*Alle drei ziehen sich lauschend zurück.*)

Dreiundzwanzigste Szene

FADEN, STRICK; DIE VORIGEN

STRICK Da sein wir wieder bei unserm Stammschloß.

FADEN (*desperat*) Ich möcht' mir d' Haar' ausreißen.

STRICK Wenn der Meister a Lehrbub' wär', so tät' ich Ihm die Müh' ersparen.

Heringköpf': Strohhüte der Marktweiber.
Gros de Naple: schwere, glänzende Seide (R.).
Beschwalbeln: beschwätzen.

FADEN Wie hab' ich so übermütig sein können? Was hat mir der unschuldige Zopfen getan?

STRICK Ich hab' alleweil g'sagt, bescheiden sein im Glück, nur bescheiden! Aber der Meister hat schon so was Marogantes an sich.

FADEN Mehr als alles kränkt mich der Brief (*zieht ein kleines Blatt hervor*), den mir meiner Braut ihr Stubenmädel im Vorbeischusseln zug'steckt hat, wie wir daher'gangen sind. 's Glück hat ein End', schreibt sie mir, ihr war nur drum z' tun, a reiche Frau z' werden, es is alles aus. Es war nicht Liebe, es war nur Eigennutz von ihr.

STRICK Das ist schon der dritte Grad von Vernaglung, daß Sie das jetzt erst einsehen.

FADEN Ich hab' jetzt gar nix mehr, du wirst auch nit viel haben.

STRICK Ich bin nur einen halben Tag Bedienter g'west, was kann ein Anfänger viel machen? Ich hab' Ihnen halt um dreißig Gulden betrogen, die will ich jetzt ehrlich mit Ihnen teilen.

FADEN Das is edel, aber ich hab' eine andere Idee. Wir legen uns jetzt schlafen, morgen früh fangen wir zum arbeiten an, und wenn wir einen Strick fertig haben, so hängen wir uns alle zwei dran auf.

STRICK Ich weiß nicht, ob ich von der Partie sein werde. Der Meister kann sich leicht aufhängen, aber bei mir kommt's zu hoch. (*Ab ins Haus im Hintergrunde.*)

FADEN Das wird a traurige Nacht werden! O, Unglück ohnegleichen! Doch ich hab's verdient – um einen Zopfen hab' ich es verdient! (*Schlägt sich mit der Hand vor die Stirne und geht ebenfalls ins Haus ab.*)

Vierundzwanzigste Szene

FRAU SCHNITTLING, BABETTE, HANNERL

HANNERL Das is mir unbegreiflich!

FRAU SCHNITTLING Die Herrlichkeit hat nit gar z' lang gedauert!

BABETTE (*mitleidig*) Und wie s' ausg'schaut haben!

HANNERL Die armen Narren!

FRAU SCHNITTLING (*links in die Szene sehend*) Was kommt denn

Marogantes: Arrogantes.
Schusseln: sich farbig umherbewegen.

da für ein Quark? (*Ziehen sich zurück, der Mond fängt an aufzugehen.*)

Fünfundzwanzigste Szene

HERR VON BRAUCHENGELD, EMILIE, MATHILDE, THERES, GEYER; DIE VORIGEN

HERR VON BRAUCHENGELD Die zehntausend Gulden können mir also in keinem Fall mehr genommen werden?

GEYER In keinem Fall, liebster Mann, verlassen Sie sich auf mich, sub conditione, daß die Fräule Tochter –

EMILIE Ich werde die Ihrige –

HERR VON BRAUCHENGELD Sub conditione einer dem Vater zu verabreichenden lebenslänglichen Atzung.

EMILIE Der Abstand ist freilich groß.

THERES Sie werden halt doch eine reiche Frau!

MATHILDE (*für sich*) Die Schwester kriegt zwei Partien in einem Tag, und ich gar keine; wenn das gerecht ist, so weiß ich's nicht.

GEYER Gut ist es aber doch, wenn der Seilerer heute noch als freier Mensch allen seinen Rechten auf Ihre Tochter entsagt, wir wollen ihn gleich – denn morgen wird er arretiert, er muß Rechenschaft geben über die verdächtigen zwei Fremden, die einen solchen Rumor auf dem Schlosse angefangen haben, und über seine Verbindung mit ihnen.

HERR VON BRAUCHENGELD (*links in die Szene sehend*) Da kommen s' Ihnen grad in 'n Wurf! (*Alle treten etwas beiseite.*)

Sechsundzwanzigste Szene

WATHFIELD, HOWART, MALVINA; DIE VORIGEN

WATHFIELD Sie sind noch ziemlich gut weggekommen, mein lieber Howart!

HOWART Weil nur Malvina mir verziehen hat!

MALVINA Ich hoffe, Sie werden mich nie wieder aufs Spiel setzen, und nun reißen Sie den armen Menschen aus seiner verzweifelten Lage, jetzt erst müßte ihm seine Armut schrecklich sein.

sub conditione: unter der Bedingung.

HOWART Sogleich! (*Will durch das Haus im Hintergrunde ab.*)

GEYER (*ihm entgegentretend*) Halt! Wächter, herbei! (*Zwei Wächter, denen Geyer schon früher in die Szene zugewinkt, treten an und nehmen Howart in die Mitte.*)

HOWART Was will man von mir?

WATHFIELD *und* MALVINA (*erschrocken*) Was ist das?

GEYER Er ist verdächtig, lieber Mann! (*Zu einem dritten Wächter, welcher eben kommt, auf Wathfield zeigend.*) Der wird auch festgehalten! (*Der Wächter stellt sich mit der Hellebarde zu ihm.*) Die Dirne mag entlaufen! Haben wir euch, ihr saubern Vögel? Wir kennen euch schon, das hohe Amt munkelt von Falschmünzern, Räubern, Geisterbannern und diversen Filou-Gattungen.

WATHFIELD Wenn ich aber –

HOWART Ha, da ist er! (*Zeigt nach Fadens Haus, alle sehen hin und erschrecken.*)

Siebenundzwanzigste Szene

FADEN (*tritt unter leiser Musikbegleitung, welche durch einen Teil der folgenden Szene fortwährt, in seinem ersten Negligé aus dem Bodenfenster des Hauses und wandelt somnambül das Gesimse entlang*); DIE VORIGEN

ALLE Was ist das?

BABETTE (*in heftigster Bewegung*) Das is mein –

HOWART Still, still, nur ja nicht beim Namen nennen, bis er auf sicherem Boden ist! Die Mondsüchtigen fallen, wenn man ihren Namen ruft.

BABETTE Jetzt geht mir ein Licht auf – du bist unschuldig, er is unschuldig – das war ein schrecklicher Irrtum!

FRAU SCHNITTLING Sixtes, sixtes, jetzt wandelt der Nacht!

FADEN (*ist über die verfallene Mauer herabgestiegen, kommt nach dem Vordergrund und spricht im Schlaf*) Adieu! Adieu! Es ist doch gut, wenn man ein Seilerer is. (*Macht die Pantomime, als ob er sich eben aufhängen wollte.*) Die Emilie is eine falsche Katz – meine Wettel is ein Engel – und ich war ein Stockfisch –

BABETTE (*ihre Gefühle nicht mehr unterdrücken könnend*) Sebastian!

Sixtes: siehst du (es).

FADEN Ha! (*Erwacht und sinkt der herzueilenden Frau Schnittling in die Arme; in diesem Augenblick schweigt die Musik.*)

FRAU SCHNITTLING Erholen Sie sich, Herr Schwiegersohn, erholen Sie sich!

FADEN Was is denn vorgegangen mit mir? (*Babette erblickend.*) Du bist da? O, verzeihe mir! Wettel, sei kein obstinates Mädel!

BABETTE O, mein Sebastian!

(*Die leise Musik fällt wieder ein.*)

WATHFIELD Dort schaut hin! Dort schaut hin!

ALLE Da kommt noch einer!

Achtundzwanzigste Szene

STRICK (*kommt aus dem andern Bodenfenster, ebenfalls somnambül*); DIE VORIGEN

HANNERL (*im höchsten Staunen*) Das ist ja mein –

HOWART Still, um Himmels willen!

STRICK (*ersteigt den Giebel des Daches, macht von da einen Schritt auf den Rauchfang, nimmt aus demselben einen Schinken heraus, drückt ihn ans Herz und blickt dabei sehnsüchtig in den Mond*)

HANNERL (*sich in der Angst vergessend*) Fall nit, Fabian, fall nit!

STRICK Ha! (*Erwacht und fällt in den Rauchfang hinunter.*)

ALLE Ach! Zu Hilfe! Zu Hilfe!

HANNERL (*desperat ins Haus laufend*) Jetzt ist er weg, mein Fabian!

(*Frau Schnittling und Babette laufen ins Haus, Pumpf kommt mit vielen Nachbarsleuten.*)

DIE NACHBARN Was gibt's denn da? (*Einige davon gehen ins Haus ab.*)

PUMPF Was ist denn das für ein G'schrei? (*Ebenfalls in des Seilerers Haus ab.*)

WATHFIELD So ein Schornstein geht schräge, es kann ihm unmöglich viel geschehen sein.

FADEN (*Howart und Wathfield erblickend*) O je, da sein meine Geister!

HOWART Du irrst; die Täuschung mag entschwinden. Du bist als Nachtwandler zufällig mein Retter geworden, dafür gebe ich dir nun das Häuschen wieder, was du heute übermütig schon verschmäht.

WATHFIELD Und ich füge ein kleines Kapital zum besseren Betriebe seines Geschäftes hinzu.

FADEN Ist's möglich –?!

DIE NACHBARSLEUTE (*erstaunt auf Howart sehend*) Was is denn der Herr?

HOWART Euer neuer Gutsherr bin ich, Lord Howart.

ALLE Ah!

GEYER Mich trifft der Schlag! (*Howart zu Füßen sinkend.*) Euer Gnaden, ich erstarre!

HOWART Das dürft Ihr nicht, mein Amtnann muß rührig sein. Steht auf! (*Reicht ihm die Hand, welche Geyer mit devoter Zerknirschung küßt. Frau Schnittling, Pumpf, Babette, Hannerl und die Nachbarsleute bringen Strick, der vom Rauchfang ganz schwarz geworden ist, aus dem Hause.*)

PUMPF Da is er also ganzer.

STRICK (*auf den Faden zueilend*) Meister, jetzt hör' ich grad, daß wir Nachtwandler sein. Das war der ganze Verdacht! Hannerl, ich hab' dir Unrecht getan, zum Lohn will ich jetzt deine ganze Erbschaft mit dir teilen.

GEYER Nun gibt es ja Hochzeiten die schwere Menge.

HOWART (*Malvinas Hand ergreifend*) Ich selbst will euch mit gutem Beispiel vorangehen.

ALLE Vivat! (*Allgemeine Gruppe.*)

FADEN (*zu Hannerl und Babette*) Weiber, ihr dürft's achtgeben auf uns!

STRICK Es ist ein kurioser Zustand – übrigens, die Nachtwandlerei is auch ohne Mondsucht viel häufiger auf der Welt, als man glaubt.

Schlußgesang

STRICK

Der Verstand is das Licht unsers Lebens, darum:
Wer keinen hat, wandelt im Finstern stets um.
Auch 's Geld ist a wichtige Sach' heutzutag',
Und *der* Mensch, bei dem 's allweil schwarz ist im Sack,
Für den is das Leben dann, sei's, wie es sei,
Auch nichts als a b'ständige Nachtwandlerei.

CHOR (*wiederholt das Ende der Strophe*)

STRICK

Auch wir wandeln allweil auf d' Nacht da herum
Und reden dabei einmal g'scheit, einmal dumm,
Und soll dieser Zustand kein trauriger sein,
Brauchen *wir* statt 'n Mond einen anderen Schein,
Der Stern Ihrer Huld muß uns leuchten dabei,
Sonst tut's es nicht mit unsrer Nachtwandlerei.

CHOR (*wiederholt*)

Der Vorhang fällt.

Der Talisman

Posse mit Gesang in drei Akten

Personenverzeichnis

TITUS FEUERFUCHS, ein vazierender Barbiergeselle
FRAU VON CYPRESSENBURG, Witwe
EMMA, ihre Tochter
CONSTANTIA, ihre Kammerfrau, ebenfalls Witwe
FLORA BAUMSCHEER, Gärtnerin, ebenfalls Witwe, } im Dienste der Frau von Cypressenburg
PLUTZERKERN, Gärtnergehilfe, } im Dienste der Frau von Cypressenburg
MONSIEUR MARQUIS, Friseur
SPUND, ein Bierversilberer
CHRISTOPH, } Bauernbursche
HANS, } Bauernbursche
SEPPEL, } Bauernbursche
HANNERL, Bauernmädchen
EIN GARTENKNECHT
GEORG, } Bediente der Frau von Cypressenburg
KONRAD, } Bediente der Frau von Cypressenburg
HERR VON PLATT*
NOTARIUS FALK
SALOME POCKERL, Gänsehüterin

HERREN, DAMEN, BAUERNBURSCHE, BAUERNMÄDCHEN, BEDIENTE, GÄRTNER

Die Handlung spielt auf dem Gute der Frau von Cypressenburg, nahe bei einer großen Stadt.

* Auf dem Theaterzettel: Plütt

Der Talisman wurde zum ersten Mal am 16. Dezember 1840 aufgeführt, als Benefiz-Vorstellung für Nestroys Lebensgefährtin Marie Weiler. Sie spielte die Gärtnerin Flora Baumscheer, Nestroy den Titus Feuerfuchs. Die Musik war von Adolf Müller.

Titus: Anspielung auf die Frisurmode des »Tituskopfs« (kurz, vorn und hinten gleich lang geschnittenes Haar).
Plutzerkern: Kürbiskern.
Versilberer: Verkäufer, Händler.
Pockerl: Truthahn.

Erster Akt

Die Bühne stellt einen Dorfplatz vor. In der Mitte gegen den Hintergrund ein Brunnen mit zwei sich gegenüberstehenden Steinsitzen, links eine Gartenmauer mit einer kleinen offenstehenden Tür, welche in den Herrschaftsgarten führt.

Erste Szene

BAUERNMÄDCHEN, *darunter* HANNERL (*treten während dem Ritornell des folgenden Chores aus dem Hintergrunde links auf*)
BAUERNBURSCHE, *unter ihnen* CHRISTOPH, SEPPEL *und* HANS

Chor

DIE MÄDCHEN
Au'm Nachkirtag tanzt man schon in aller Fruh',
Dort kommen die Burschen und holen uns dazu.

DIE BAUERNBURSCHE (*von der Seite rechts auftretend*)
Wo bleibt's denn? Laßt keine sich sehn, das ist schön,
Au'm Tanzboden tut's drüber und drunter schon gehn.

DIE MÄDCHEN
Wir sind schon bereit.

DIE BURSCHE
So kommt's, es is Zeit.

ALLE
Es hat jeds sein' Gegenteil, die Wahl is nit schwer,
D' Musikanten, spielt's auf, heut' geht's lustig her.

CHRISTOPH (*zu einem Bauernmädchen*) Wir zwei tanzen miteinand'!

HANS (*zu einer anderen*) Wir zwei sein schon seit zehn Kirtäg' ein Paar.

HANNERL (*zu einem Burschen*) Ich tanz' auf der Welt mit kein' andern als mit dir.

CHRISTOPH (*nach links in den Hintergrund sehend*) Da schaut's, da kommt die Salome.

HANNERL Mit die baßgeig'nfarbnen Haar'!

CHRISTOPH Was will denn die auf 'm Kirtag?

HANNERL Eure Herzen anbrandeln, das ist doch klar!

Nachkirtag: Tag nach dem jährlichen Kirchweihfest; wurde manchmal in die Feier einbezogen.
Gegenteil: Partner.

Zweite Szene

SALOME; DIE VORIGEN

SALOME (*in ärmlich ländlichem Anzug, mit roten Haaren, kommt aus dem Hintergrunde links*) Da geht's ja gar lustig zu; wird schon auf 'm Tanzboden gangen, nit wahr?

CHRISTOPH (*kalt*) Is möglich!

SALOME Ös werd't's doch nix dagegen haben, wenn ich auch mitgeh'?

HANS No ja – warum nit – hingehn kann jeds.

CHRISTOPH (*mit Beziehung auf ihre Haare*) Aber 's is weg'n der Feuersg'fahr!

HANS (*ebenso*) 's is der Wachter dort –

CHRISTOPH (*wie oben*) Und der hat ein' starken Verdacht auf dich; du hast deine Gäns' beim Stadl vorbei'trieben, der vorgestern ab'brennt is.

HANNERL Und da glaubt man, du hast'n an'zund'n mit deiner Frisur.

SALOME Das is recht abscheulich, was ihr immer habt's über mich; aber freilich, ich bin die einzige im Ort, die solche Haar' hat. Für die Schönste wollt's mich nicht gelten lassen, drum setzt's mich als die Wildeste herab.

DIE MÄDCHEN Ah, das is der Müh' wert, die wollt' die Schönste sein!

CHRISTOPH (*zu Salome*) Schau halt, daß d' ein' Tänzer find'st.

SEPPEL (*ein sehr häßlicher Bursch*) Ich tanz' mit ihr, was kann mir denn g'schehn?

CHRISTOPH Was fallt dir denn ein? Ein Kerl wie du wird doch wohl eine andere kriegen?

SEPPEL Is auch wahr, man muß sich nit wegwerfen.

HANS Vorwärts! Brodelt's nit so lang herum!

ALLE Auf'n Tanzboden! Juhe! Zum Tanz! (*Alle rechts im Hintergrunde ab.*)

Dritte Szene

SALOME

SALOME Ich bleib' halt wieder allein z'ruck! Und warum? Weil ich die rotkopfete Salome bin. Rot ist doch g'wiß a schöne

Wild: häßlich.
Brodelt's . . . herum: herumbrodeln = die Zeit vertrödeln.

Farb', die schönsten Blumen sein die Rosen, und die Rosen sein rot. Das Schönste in der Natur ist der Morgen, und der kündigt sich an durch das prächtigste Rot. Die Wolken sind doch g'wiß keine schöne Erfindung, und sogar die Wolken sein schön, wann s' in der Abendsonn' brennrot dastehn au'm Himmel; drum sag' ich: wer gegen die rote Farb' was hat, der weiß nit, was schön is. Aber was nutzt mich das alles, ich hab' doch kein', der mich auf'n Kirtag führt! – Ich könnt' allein hingehn – da spotten wieder die Madeln über mich, lachen und schnattern. Ich geh' zu meine Gäns', die schnattern doch nicht aus Bosheit, wann s' mich sehn, und wann ich ihnen 's Futter bring', schaun s' mir auf d' Händ' und nit auf'n Kopf. (*Sie geht rechts im Vordergrunde ab.*)

Vierte Szene

FLORA *und* PLUTZERKERN (*kommen aus dem Hintergrunde links. Plutzerkern trägt einen bepackten Korb*)

FLORA (*ärgerlich*) Nein, das is wirklich arg! Das bisserl Weg von der Stadt fünf Viertelstund' herausfahren! Schamen soll sich so ein Stellwagen!

PLUTZERKERN Warum denn? Er heißt ja deßtwegen Stellwagen, weil er von der Stell' nicht weiterkommt.

FLORA Schad', daß du mit deiner Langsamkeit kein Stellwag'n worden bist.

PLUTZERKERN Dazu fehlet mir die Pfiffigkeit. Ein Stellwagen ist das pfiffigste Wesen auf der Welt, weil er ohne Unterschied des Standes jeden Menschen aufsitzen laßt.

FLORA Ich glaub', du hast wieder dein' witzigen Tag, da bist du noch unerträglicher als gewöhnlich.

PLUTZERKERN Schimpfen S' zu, lassen S' Ihre Gall' aus an mir! Lang wird's so nit mehr dauern.

FLORA Willst du etwa aus dem Dienst der gnädigen Frau gehn? Das wär' g'scheit.

PLUTZERKERN O nein; aber Sie werden gewiß bald heiraten, dann ist Ihrer Sekkatur ein neues Feld eröffnet, und ich bin nicht mehr der Spielraum Ihrer Z'widrigkeit.

Stellwagen: Omnibus.
Sekkatur: sekkieren = plagen, belästigen.

FLORA Dummer Mensch! Ich werd' mich nie mehr verheiraten, ich bleib' meinem Verstorbenen getreu.

PLUTZERKERN Vielleicht sieht er's ein nach sein' Tod; bei Lebzeiten hat er's nie recht glauben wollen.

FLORA Wenn ich die gnädige Frau wär', ich hätt' Ihn schon lang gejagt.

PLUTZERKERN (*mit Beziehung*) Wenn ich die gnädige Frau wär', blieb auch nicht alles im Haus.

FLORA Wer weiß, ob Er nicht bald springt! Ich hab' die Erlaubnis, einen flinken, rüstigen Burschen aufzunehmen.

PLUTZERKERN Das is recht, dann is doch die Plag' nicht mehr so groß! Ich gieß' den Winterradi, mehr Einfluß verlang' ich mir nit.

FLORA Geh' Er jetzt zum G'vatter Polz, der will mir einen Gartenknecht rekommandieren.

PLUTZERKERN Gut, vielleicht wird aus dem Knecht Ihr künftiger Herr.

FLORA Warum nicht gar! Von mir bekommt jeder einen Korb.

PLUTZERKERN Leider, das g'spür' ich! Jetzt müssen Sie ihn aber wieder nehmen, wenn ich zum G'vattern soll. (*Gibt ihr den bepackten Korb.*)

FLORA Mach' Er geschwind, langweiliger Mensch! (*Ab in die Gartentüre.*)

PLUTZERKERN (*allein*) Hm, hm! Der Garten ist doch nicht so verwahrlost, und wie's die treibt um den flinken, rüstigen Gartenknecht – hm, hm! (*Geht rechts ab.*)

Fünfte Szene

TITUS FEUERFUCHS (*tritt während des Ritornells des folgenden Liedes erzürnt von rechts vorne auf*)

Lied

1.

Der hat weiter nit g'schaut,
Beinah' hätt' ich'n g'haut;
Der Spitzbub', 's is wahr,
Lacht mich aus weg'n die Haar'!
Wen geht's denn was an,
Ich hoff doch, ich kann

Winterradi: Radi = Rettich.

Haar' hab'n, wie ich will,
Jetzt wird's mir schon z'viel!
Rote Haar' von ein' falschen Gemüt zeig'n soll'n?
's is's Dümmste, wann d' Leut' nach die Haar' urteil'n woll'n.
's gibt G'schwufen g'nug mit ein' kohlrab'nschwarzen Haupt.
Und jede is ang'schmiert, die ihnen was glaubt;
Manch blondg'lockter Jüngling is beim Tag so still
Und schmachtend – warum? Bei der Nacht lumpt er z' viel!
Und mit eisgraue Haar' schaun die Herrn aus so g'scheit
Und sein oft verruckter noch als d' jungen Leut'!
Drum auf d' Haar' muß man gehn,
Nachher trifft man's schon schön.

2.

(*Drohend in die Szene blickend, von woher er gekommen.*)
Mir soll einer traun,
Der wird sich verschaun,
Auf Ehr', dem geht's schlecht,
Denn ich beutl' ihn recht;
Der Kakadu is verlor'n,
Wenn ich in mein' Zorn
Über d' Haar' ein' kumm,
Der geht glatzkopfet um.
Die rothaarig'n Madeln, heißt's, betrüg'n d' Männer sehr;
Wie dumm! Das tun d' Madeln von jeder Couleur.
Die schwarz'n, heißt's, sein feurig, das tut d' Männer locken,
Derweil is a Schwarze oft d' fadeste Nocken.
Die Blonden sein sanft? O! A Blonde is a Pracht!
Ich kenn' eine Blonde, die rauft Tag und Nacht.
Doch mit graue Haar' sein s' treu, na, da stund man dafur,
Nit wahr is, die färb'n sich s' und geb'n auch keine Ruh' –
Drum auf d' Haar' muß man gehn,
Nachher trifft man's schon schön.

So kopflos urteilt die Welt über die Köpf', und wann man sich auch den Kopf aufsetzt, es nutzt nix. Das Vorurteil is eine Mauer, von der sich noch alle Köpf', die gegen sie ang'rennt sind, mit blutige Köpf' zurückgezogen haben. Ich hab' meinen Wohnsitz mit der weiten Welt vertauscht, und die weite

Kakadu: Haarschopf.
Nocken: Mehlkloß, »dumme Weibsperson«.

Welt is viel näher, als man glaubt. Aus dem Dorngebüsch z'widrer Erfahrungen einen Wanderstab geschnitzt, die Chiappa-via-Stiefel angezogen und 's Adje-Kappel in aller Still' geschwungen, so is man mit einem Schritt mitten drin in der weiten Welt. – Glück und Verstand gehen selten Hand in Hand – ich wollt', daß mir jetzt ein recht dummer Kerl begegnet', ich sähet das für eine gute Vorbedeutung an.

Sechste Szene

TITUS, PLUTZERKERN

PLUTZERKERN Der Weg war auch wieder umsonst! – (*Titus erblickend.*) Ein Fremder gestaltet sich vor meinem Blick?

TITUS (*für sich*) Schicksal, ich glaub', du hast mich erhört.

PLUTZERKERN (*Titus musternd*) Der B'schreibung nach, die mir der Herr Polz g'macht hat, könnt' das der sein, den er erwart't. Wuchs groß, Mund groß, Augen sehr groß, Ohren verhältnismäßig – nur die Haar' –? (*Zu Titus.*) Sucht der Herr hier ein Brot?

TITUS Ich such' Geld, 's Brot wüßt' ich mir nachher schon z' finden.

PLUTZERKERN (*für sich*) Er sucht Geld – und das verdächtige Aussehen – (*laut*) auf d' Letzt is Er ein Schatzgraber?

TITUS Wenn mir der Herr ein' Ort zeigt, wo einer liegt, so nimm ich gleich bei ein' Maulwurf Lektion.

PLUTZERKERN Oder is Er gar ein Rauber?

TITUS Bis jetzt noch nicht, mein Talent ist noch in einer unentwickelten Bildungsperiode begriffen.

PLUTZERKERN Versteht Er die Gartnerei?

TITUS Ich qualifiziere mich zu allem.

PLUTZERKERN (*für sich*) Er is es! (*Zu Titus.*) Er möcht' also bei unserer jungen, saubern Gartnerin-Witwe Gehilfe werden?

TITUS Gehilfe der Witwe? – Wie g'sagt, ich qualifizier' mich zu allem.

PLUTZERKERN Mit so einem G'hilfen wär' ihr schon g'holfen – wie die mich jaget, wann ich ihr das Florianiköpfel brächt'!

Chiappa-via-Stiefel: Durchgeh-Stiefel.
Florianiköpfel: Der hl. Florian ist auf den österreichischen Bauernhöfen oft als Retter aus Feuersnot dargestellt.

TITUS (*erzürnt*) Herr, diese Äußerung empört mein Innerstes.

PLUTZERKERN Fahrst ab, rote Rub'n? (*Geht stolz in die Gartentür ab.*)

Siebente Szene

TITUS (*allein, Plutzerkern mit stummen Ärger nachsehend*)

TITUS Ich bin entwaffnet! Der Mensch hat so etwas Dezidiertes in seiner Grobheit, daß es einem rein die Red' verschlagt. Recht freundlich, recht liebreich kommt man mir entgegen! In mir organisiert sich aber auch schon Misanthropisches – ja – ich hass' dich, du inhumane Menschheit, ich will dich fliehen, eine Einöde nehme mich auf, ganz eseliert will ich sein! – Halt, kühner Geist, solcher Entschluß ziemt dem Gesättigten, der Hungrige führt ihn nicht aus. Nein, Menschheit, du sollst mich nicht verlieren. Appetit is das zarte Band, welches mich mit der verkettet, welches mich alle Tag' drei-, viermal mahnt, daß ich mich der Gesellschaft nicht entreißen darf. – (*Nach rechts sehend.*) Dort zeigt sich ein Individuum und treibt andere Individuen in ein Stallerl hinein, Ganseln sind's – Ganseln! – O Hüterin, warum treibst du diese Ganseln nicht als a brat'ner vor dir her, ich hätt' mir eines als Zwangsdarlehen zugeeignet.

Achte Szene

TITUS, SALOME (*von rechts auftretend, ohne Titus zu bemerken, hat einen großen halben Laib Brot und ein Messer in der Hand*)

SALOME Ich muß trinken, mi druckt's im Magen. (*Sie geht zum Brunnen und trinkt.*)

TITUS (*für sich*) Die druckt's im Magen! O, könnt' ich dieses selige Gefühl mit ihr teilen!

SALOME (*ihn bemerkend, für sich*) Ein fremder junger Mensch – und die schönen Haar', grad wie ich!

TITUS (*für sich*) Bin neugierig, ob die auch »rote Rub'n!« sagt. (*Laut*) Grüß' dich Gott, wahlverwandtes Wesen!

SALOME Gehorsamste Dienerin, schöner Herr!

TITUS (*halb für sich*) Die findt't, daß ich schön bin, das ist die erste unter allen –

SALOME O, hören S' auf, ich bin die letzte hier im Ort, ich bin die Ganselhüterin, die arme Salome.

TITUS Arm? Ich bedaure dich, sorgsame Erzieherin junger Gänse! Deine Kolleginnen in der Stadt sind viel besser daran, und doch erteilen sie häufig ihren Zöglingen in einer Reihe von Jahren eine nur mangelhafte Bildung, während du die deinigen alle Martini vollkommen ausgebildet für ihren schönen Beruf der Menschheit überlieferst.

SALOME Ich versteh' Ihnen nit, aber Sie reden so schön daher – wer is denn Ihr Vater?

TITUS Er ist gegenwärtig ein verstorbener Schulmeister.

SALOME Das ist schön! Und Ihre Frau Mutter?

TITUS War vor ihrem Tod längere Zeit verehelichte Gattin ihres angetrauten Gemahls.

SALOME Ah, das is schön!

TITUS (*für sich*) Die find't alles schön, ich kann so dumm daherreden, als ich will.

SALOME Und darf man Ihren Namen wissen – wenigstens den Taufnamen?

TITUS Ich heiß' Titus.

SALOME Das is ein schöner Nam'.

TITUS Paßt nur für einen Mann von Kopf.

SALOME Aber so selten is der Nam'!

TITUS Ja, und ich hör', er wird bald ganz abkommen. Die Eltern fürchten alle, sich in Zukunft zu blamieren, wenn sie die Kinder so taufen lassen.

SALOME Und lebendige Verwandte haben Sie gar keine?

TITUS O ja! Außer den erwähnten Verstorbenen zeigen sich an meinem Stammbaum noch deutliche Spuren eines Herrn Vetters, aber der tut nix für mich.

SALOME Vielleicht hat er nix.

TITUS Kind, frevele nicht, er ist Bierversilberer, die haben alle was! Das sein gar fleißige Leut'; die versilbern nicht nur das Bier, sie vergolden auch ihre Kassa.

SALOME Haben Sie ihm vielleicht was getan, daß er Ihnen nit mag?

TITUS Sehr viel, ich hab' ihn auf der empfindlichsten Seite angegriffen. Das Aug' ist der heiklichste Teil am Menschen, und ich beleidige sein Aug', so oft er mich anschaut, denn er kann die roten Haar' nit leiden.

SALOME Der garstige Ding!

TITUS Er schließt von meiner Frisur auf einen falschen, heimtückischen Charakter, und wegen diesem Schluß verschließt er mir sein Herz und seine Kassa.

SALOME Das ist abscheulich!

TITUS Mehr dumm als abscheulich. Die Natur gibt uns hierüber die zarteste Andeutung. Werfen wir einen Blick auf das liebe Tierreich, so werden wir finden, daß die Ochsen einen Abscheu vor der roten Farb' haben, und unter diesen wieder zeigen die totalen Büffeln die heftigste Antipathie – welch ungeheure Blöße also gibt sich der Mensch, wenn er rote Vorurteile gegen die rote Farb' zeigt!

SALOME Nein, wie Sie g'scheit daherreden! Das sähet man Ihnen gar nit an.

TITUS Schmeichlerin! Daß ich dir also weiter erzähl' über mein Schicksal! Die Zurückstoßung meines Herrn Vetters war nicht das einzige Bittere, was ich hab' schlucken müssen. Ich hab' in dem Heiligtum der Lieb' mein Glück suchen wollen, aber die Grazien haben mich für geschmackswidrig erklärt. Ich hab' in den Tempel der Freundschaft geguckt, aber die Freund' sind alle so witzig, da hat's Bonmots g'regnet auf mein' Kopf, bis ich ihn auf ewige Zeiten zurückgezogen hab'. So ist mir ohne Geld, ohne Lieb', ohne Freundschaft meine Umgebung unerträglich word'n; da hab' ich alle Verhältnisse abg'streift, wie man einen wattierten Kaput auszieht in der Hitz', und jetzt steh' ich in den Hemdärmeln der Freiheit da.

SALOME Und g'fallt's Ihnen jetzt?

TITUS Wenn ich einen Versorgungsmantel hätt', der mich vor dem Sturm der Nahrungssorgen schützet –

SALOME Also handelt es sich um ein Brot? Na, wenn der Herr arbeiten will, da laßt sich Rat schaffen. Mein Bruder is Jodel hier, sein Herr, der Bäck, hat eine große Wirtschaft, und da brauchen s' ein' Knecht –

TITUS Was? Ich soll Knecht werden? Ich? Der ich bereits Subjekt gewesen bin?

SALOME Subjekt? Da hab'n wir auch ein' g'habt, der das war, der is aber auf 'm Schub fort'kommen.

Kaput: Überrock.
Jodel: Bäcker-Geselle.
Subjekt: Barbier- oder Apothekergehilfe.

TITUS Warum?

SALOME Weil er ein schlechtes Subjekt war, hat der Richter g'sagt.

TITUS Ah, das is ja nit so. Um aber wieder auf deinen Brudern zu kommen – (*auf den Brotlaib, den Salome trägt, deutend*) hat er dieses Brot verfaßt?

SALOME G'wiß war er auch dabei, wie der Laib – natürlich als Jodel.

TITUS Ich möcht' doch sehen, wie weit es dein Bruder in dem Studium der Brotwissenschaft gebracht hat.

SALOME Na, kosten Sie's! Es wird Ihnen aber nicht behagen. (*Sie schneidet ein sehr kleines Stück Brot ab und gibt es ihm.*)

TITUS (*essend*) Hm – es ist –

SALOME Mein' Ganseln schmeckt's wohl, natürlich, 's Vieh hat keine Vernunft.

TITUS (*für sich*) Der Stich tut weh: mir schmeckt's auch.

SALOME Na, was sagen S'? Nit wahr, 's is schlecht?

TITUS Hm! Ich will deinen Brudern nicht so voreilig verdammen. Um ein Werk zu beurteilen, muß man tiefer eindringen. (*Nimmt den Brotlaib und schneidet ein sehr großes Stück ab.*) Ich werde prüfen und dir gelegentlich meine Ansichten mitteilen. (*Steckt das Stück Brot in die Tasche.*)

SALOME Also bleiben S' doch noch ein' Zeit da bei uns? Das is recht! Den Stolz muß man ablegen, wenn man nix hat! Und 's wird Ihnen recht gut gehn da, wenn Ihnen nur der Bäck aufnimmt.

TITUS Ich hoffe alles vom Jodel seiner Protektion.

SALOME Es wird schon gehn. (*Nach links in den Hintergrund sehend und erschreckend.*) Sie, da schaun S' hin!

TITUS (*hinsehend*) Das Pirutsch? – 's Roß lauft dem Wasser zu – Million, alles is hin! (*Rennt im Hintergrund links ab.*)

Neunte Szene

SALOME (*allein*)

SALOME Er wird doch nicht gar? – Er rennt hin – wenn ihm nur nichts g'schicht – er packt 's Pferd – 's reißt ihn nieder! – (*Aufschreiend.*) Ah! 's Pferd steht still – er hat's aufg'halten

Pirutsch: leichter Einspänner.

– das is a Teuxelsmensch! Ein Herr steigt aus 'm Wagen – er kommt daher mit ihm. Ah, das muß ich gleich dem Bäcken erzählen! Wenn er das hört, nimmt er den Menschen g'wiß! (*Läuft rechts ab.*)

Zehnte Szene

MONSIEUR MARQUIS, TITUS

MARQUIS Ah! Der Schreck steckt mir noch in allen Gliedern.

TITUS Belieben sich da ein wenig niederzusetzen!

MARQUIS (*sich auf eine Steinbank setzend*) Verdammter Gaul, ist in seinem Leben noch nicht durchgegangen!

TITUS Belieben vielleicht eine Verrenkung zu empfinden?

MARQUIS Nein, mein Freund.

TITUS Oder belieben vielleicht sich einen Arm gebrochen zu haben?

MARQUIS Gott sei Dank, nein!

TITUS Oder belieben vielleicht eine kleine Zerschmetterung der Hirnschale?

MARQUIS Nicht im geringsten – auch hab' ich mich bereits erholt, und nichts bleibt mir übrig, als Ihnen Beweise meines Dankes –

TITUS O, ich bitte –!

MARQUIS Drei junge Leute standen da, die mich kennen, die schrien aus vollem Halse: »Monsieur Marquis! Monsieur Marquis! Der Wagen stürzt ins Wasser!«

TITUS Was? – Ein' Marquis hab' ich gerettet? – Das is was Großes!

MARQUIS (*in seiner Rede fortfahrend*) Aber hilfreiche Hand leistete keiner! Da kamen Sie als Retter herbeigeflogen –

TITUS Allgemeine Menschenpflicht!

MARQUIS Und gerade im entscheidenden Moment –

TITUS Besonderer Zufall!

MARQUIS (*aufstehend*) Ihr Edelmut setzt mich in Verlegenheit. Ich weiß nicht, wie ich meinen Dank – mit Geld läßt sich so eine Tat nicht lohnen –

TITUS O, ich bitt', Geld ist eine Sache, die –

MARQUIS Die einen Mann von solcher Denkungsart nur beleidigen würde!

TITUS Na, jetzt, sehen Sie – das heißt –

MARQUIS Das heißt den Wert Ihrer Tat verkennen, wenn man sie durch eine Summe aufwiegen wollte.

TITUS Es kommt halt drauf an –

MARQUIS *Wer* eine solche Tat vollführt! Es hat einmal einer – ich weiß nicht, wie er geheißen hat – einem Prinzen – ich weiß nicht, wie er geheißen hat – das Leben gerettet; der wollte ihn mit Diamanten lohnen, da entgegnete der Retter: »Ich finde in meinem Bewußtsein den schönsten Lohn!« Ich bin überzeugt, daß Sie nicht weniger edel denken als der, wo ich nicht weiß, wie er geheißen hat.

TITUS Es gibt Umständ, wo der Edelmut –

MARQUIS Auch durch zu viele Worte unangenehm affiziert wird, wollten Sie sagen? Ganz recht; der wahre Dank ist ohnedies stumm. Drum gänzliches Stillschweigen über die Geschichte!

TITUS (*für sich*) Der Marquis hat ein Zartgefühl – wenn er ein schundiger Kerl wär', hätt' ich grad 's nämliche davon.

MARQUIS (*Titus' Haare scharf betrachtend*) Aber, Freund, ich mache da eine Bemerkung – hm, hm – das kann Ihnen in vielem hinderlich sein.

TITUS Mir scheint, Euer Gnaden is mein Kopf nicht recht – ich hab' kein' andern und kann mir kein' andern kaufen.

MARQUIS Vielleicht doch – ich werde – ein kleines Andenken müssen Sie doch von mir – warten Sie einen Augenblick! (*Läuft im Hintergrunde links ab.*)

Elfte Szene

TITUS (*allein*)

TITUS Es hat nix g'fehlt, als daß er aus Dankbarkeit: »Rote Rub'n!« g'sagt hätt'. Das ist ein lieber Marquis! – Was tut er denn? (*In die Szene sehend.*) Er rennt zum Pirutsch – er sucht drin herum – »Andenken« hat er g'sagt? Auf d' Letzt macht er mir doch ein wertvolles Präsent! – Was is denn das? A Hutschachtel hat er herausg'nommen – er läuft her damit – er wird mir doch nicht für das, daß ich sein junges Leben gerettet hab', einen alten Hut schenken?

Schundiger: geiziger.

Zwölfte Szene

TITUS, MARQUIS

MARQUIS (*mit einer Schachtel*) So, Freund, nehmen Sie das, Sie werden's brauchen! Die gefällige äußere Form macht viel – beinahe alles – es wird Ihnen nicht fehlen. Hier ist ein Talisman, (*gibt ihm die Schachtel*) und mich wird's freuen, wenn ich der Gründer Ihres Glücks war. Adieu, Freund! Adieu! (*Eilt in den Hintergrund links ab.*)

Dreizehnte Szene

TITUS (*allein, etwas verblüfft die Schachtel in der Hand haltend*)

TITUS Glück gründen? – Talisman? – Da bin ich doch neugierig, was da drin steckt. (*Öffnet die Schachtel und zieht eine schwarze Perücke heraus.*) A Perücken –! Nix als eine kohlrabenschwarze Perücken! Ich glaub' gar, der will sich lustig machen über mich –! (*Ihm nachrufend.*) Wart', du lebendiger Perückenstock, ich verbitte mir alle Witzboldungen und Zielscheibereien! – Aber halt? War denn das nit schon längst mein Wunsch? Haben mich nicht immer nur die unerschwinglichen fünfzig Gulden, die eine täuschende Tour kost't, abgehalten? – Talisman, hat er g'sagt – er hat recht! Wenn ich diese Tour aufsetz', so sinkt der Adonis zum Rastelbinderbub'n herab, und der Narziß wird ausg'strichen aus der Mythologie. Meine Karriere geht an, die Glückspforte öffnet sich –! (*Auf die offene Gartentüre blickend.*) Schau, die Tür' steht grad offen da, wer weiß –? Ich reskier's; ein' schönen Kerl schlagt's nirgends fehl. (*Geht in die Gartentüre ab.*)

Vierzehnte Szene

TITUS, SALOME (*aus rechts vorne*)

SALOME (*kommend*) Ach, mein liebster Mussi Titus, das is ein Unglück!

TITUS (*sich umsehend*) Die Salome –! Was is denn g'schehn?

SALOME Der Bäck nimmt Ihnen nicht. Ich kann Ihnen nicht helfen, 's druckt mich völlig zum Weinen.

TITUS Und mich kitzelt's zum Lachen. Also is das gar so schwer, bei euch da ein Knecht zu wer'n?

SALOME Der Bäck hat g'sagt: er hat erstens Ihre Zeugnisse nicht g'sehn, und dann sind ihm so viele anempfohlen, er ist bei Vergebung dieser Stelle an Rücksichten gebunden –

TITUS Schad', daß er keinen Konkurs ausschreiben laßt! Meine liebe Salome, mir sind andere Aussichten eröffnet: ich bin aufs Schloß berufen.

SALOME Aufs Schloß? Das kann ja nit sein. O, wann Ihnen die gnädige Frau sieht, jagt sie Ihnen augenblicklich davon! (*Mit Beziehung auf ihre Haare.*) Darf ja ich mich auch gar nicht blicken lassen vor ihr!

TITUS Die Antipathien der Gnädigen sind Nebensache, seitdem sich bei mir die Hauptsachen verändert haben. Ich geh' mit kecker Zuversicht meinem Glück entgegen.

SALOME Na, ich wünsch' Ihnen viel Glück zu Ihrem Glück! 's is völlig nit recht, aber 's schmerzt mich halt doch, daß mir wieder a Hoffnung in' Brunn' g'fallen is.

TITUS Was denn für a Hoffnung?

SALOME Wenn Sie als meinesgleichen da'blieben wären, hätt's g'heißen, das sind die zwei Wildesten im Ort, das is der rote Titus, das is die rote Salome! Den Titus hätt' kein Madel ang'schaut, so wie die Salome keiner von die Burschen.

TITUS Der auf einen einzigen Gegenstand reduzierte Titus hätt' müssen eine Nolens-volens-Leidenschaft fassen.

SALOME Es wär' zwischen uns gewiß die innigste Freundschaft –

TITUS Und der Weg von Freundschaft bis zur Liebe is eine blumenreiche Bahn.

SALOME Na, jetzt so weit hab' ich no gar nit denkt.

TITUS Warum? – Gedanken sind zollfrei.

SALOME Ah, nein; es gibt Gedanken, für die man den Zoll mit der Herzensruh' bezahlt. Meine Plan' gehn mir nie aus.

TITUS Ja, der Mensch denkt, und – (*beiseite*) die Parucken lenkt, so heißt's bei mir. Also ades, Salome! (*Will ab.*)

SALOME Nur nit gar so stolz, Mussi Titus, Sie könnten ein' schon ein bißl freundlich bei der Hand nehmen und sagen: Pfürt dich Gott, liebe Salome!

TITUS Freilich! (*Reicht ihr die Hand.*) Wir scheiden ja als die besten Freund'.

Pfürt: behüte.

SALOME (*kopfschüttelnd*) Leben S' wohl! Vielleicht seh' ich Ihnen bald wieder.

TITUS Das is sehr eine ungewisse Sach'!

SALOME Wer weiß! Sie gehn so stolz bei der Tür hinein, daß ich immer glaub', ich werd's noch sehn, wie s' Ihnen bei der nämlichen Tür herauswerfen wer'n.

TITUS Du prophezeihst eine günstige Katastrophe.

SALOME (*auf die Steinbank zeigend*) Da werd' ich mich hersetzen alle Tag', auf die Tür hinschaun –

TITUS Und drauf warten, bis man mich in deine Arme schleudert. Gut, mach' dir diese Privatunterhaltung, pfürt dich Gott! Mein Schicksal ruft: »Schön herein da!« Ich folge diesem Ruf und bringe mich selbst als Apportel. (*Geht in die Gartentüre ab.*)

Fünfzehnte Szene

SALOME (*allein*)

SALOME Da geht er, und ich weiß nicht – ich hab' eh' kein Glück g'habt, und mir kommt jetzt vor, als wenn er noch was mitgenommen hätt' davon. Wenn ich mir's nur aus 'm Sinn schlagen könnt'! Aber wie denn? Mit was denn? Wär' ich a Mannsbild, wußt' ich mir schon z' helfen; aber so – die Mannsbilder haben 's halt doch in allen Stücken gut gegen uns.

Lied

1.

Wenn uns einer g'fallt und versteht uns nit glei',
Was soll man da machen, 's is hart, meiner Treu!
A Mann, der hat's leicht, ja, der rennt einer nach,
Und merkt sie's nit heut', so merkt sie's in vierzehn Tag',
Er tut desparat, fahrt mit 'n Kopf geg'n die Wand,
Aber daß er's nit g'spürt, macht er's so mit der Hand!
Und 's Madel gibt nach, daß er sich nur nix tut –
Ja, die Männer hab'n 's gut, hab'n 's gut, hab'n 's gut!

2.

Wenn uns einer kränkt, das is weiter kein Jammer,
Was können wir tun? Nix als wana in der Kammer!

Pfürt dich: behüt' dich.
Apportel: der dem Hund zum Apportieren hingeworfene Gegenstand.
Wana: weinen.

Kränken wir einen Mann, tut's ihn nit stark ergreifen,
Er setzt sich ins Wirtshaus und stopft si sei Pfeifen.
Wir glaub'n, er verzweifelt, derweil ißt er ein' Kas,
Trinkt ein' Heurigen und macht mit der Kellnerin G'spaß,
Schaut im Hamgehn einer andern glei hübsch unter'n Hut –
Ja, die Männer hab'n 's gut, hab'n 's gut, hab'n 's gut!

3.

Hat a Madel die zweite oder dritte Amour,
Is ihr Ruf schon verschandelt, und nachher is zur.
In dem Punkt is a Mann gegen uns rein a Köni,
Wann er fünfzig Madeln anschmiert, verschlagt ihm das weni,
Auf so ein' Halodri hab'n d' Madln erst Schneid,
Und g'schieht es aus Lieb' nit, so g'schieht es aus Neid,
Daß man sich um ein' solchen erst recht reißen tut –
Ja, die Männer hab'n 's gut, hab'n 's gut, hab'n 's gut.
(*Geht ab.*)

Verwandlung

Zimmer in der Wohnung der Gärtnerin, mit Mitteltür, rechts eine Seitentür, links ein Fenster

Sechzehnte Szene

FLORA (*zur Mitte auftretend*)

FLORA Das Unkraut Gall' und Verdruß wachst mir jetzt schon zu dick auf mein' Geschäftsacker, ich kann's nicht mehr allein ausjäten. Mein seliger Mann hat kurz vorher, als er selig worden ist, g'sagt, ich soll Wittib bleiben – wie kann ein seliger Mann so eine unglückselige Idee haben? Die Knecht' haben keine Furcht, kein' Respekt, ich muß ihnen einen Herrn geben, dessen Frau ich bin. Mein Seliger wird den Kopf beuteln in die Wolken! Wann er mir etwan gar als Geist erscheinet, wann's auf einmal so klopfet bei der Nacht – (*es wird an die Tür geklopft; ängstlich aufschreiend*) ah! (*Hält sich wankend am Tische.*)

Is zur: ist es zu.
Verschandelt: entstellt.
Halodri: leichtfertiger lustiger Mensch.
Schneid: Mut, Lust.

Siebzehnte Szene

FLORA, TITUS (*mit schwarzer Haartour zur Mitte hereinstürzend*)

TITUS Is ein Unglück g'schehn? Oder kirren Sie vielleicht jedesmal so statt 'm Hereinsagen?

FLORA (*sich mühsam fassend*) Nein, bin ich erschrocken!

TITUS (*für sich*) Seltenes Geschöpf, sie erschrickt, wenn einer anklopft! Sonst ist den Frauenzimmern nur das schrecklich, wann keiner mehr anklopft.

FLORA Der Herr wird sich drüber wundern, daß ich so schwache Nerven hab'?

TITUS Wundern über das Allgemeine? O nein! Die Nerven von Spinnengeweb', d' Herzen von Wachs und d' Köpferl von Eisen, das is ja der Grundriß der weiblichen Struktur.

FLORA (*beiseite*) Recht ein angenehmer Mensch – und die rabenschwarzen Haar'! – Ich muß aber doch (*laut und in etwas strengem Ton*), wer is der Herr und was will der Herr?

TITUS Ich bitt', die Ehr' is meinerseits! Ich bin Ihr untertänigster Knecht und empfehl' mich.

FLORA (*nickt ihm erstaunt ein kurzes Adieu zu, weil sie glaubt, er will fort; als er stehen bleibt, sagt sie nach einer Pause*) Na? Diese Red' sagt man, wenn man fortgehn will.

TITUS Ich aber sag' sie, weil ich dableiben will. Sie brauchen ein' Knecht, und als solchen empfehl' ich mich.

FLORA Was? Der Herr is ein Knecht?

TITUS Zur Gärtnerei verwendbar.

FLORA Als Gehilfe?

TITUS Ob Sie mich Gehilfe nennen oder Gärtner oder – das is alles eins; selbst – ich setz' nur den Fall – wenn es mir als Gärtner gelingen sollte, Gefühle in Ihr Herz zu pflanzen – ich setz' nur den Fall – und Sie mich zum unbeschränkten Besitzer dieser Plantage ernennen sollten – ich setz' nur den Fall – selbst dann würde ich immer nur Ihr Knecht sein.

FLORA (*beiseite*) Artig is der Mensch – aber – (*laut*) Seine Reden sind etwas kühn, etwas vorlaut!

TITUS Bitt' untertänig, wenn man sagt: »Ich setz' nur den Fall«, da darf man alles sagen.

FLORA Er ist also –

TITUS Ein exotisches Gewächs: nicht auf diesem Boden gepflanzt,

Kirren: durchdringend schreien.

durch die Umstände ausgerissen und durch den Zufall in das freundliche Gartengeschirr Ihres Hauses versetzt, und hier, von der Sonne Ihrer Huld beschienen, hofft die zarte Pflanze, Nahrung zu finden.

FLORA Da fragt es sich vor allem, ob Er die Gärtnerei versteht?

TITUS Ich habe Menschenkenntnis, folglich auch Pflanzenkenntnis.

FLORA Wie geht denn das zusammen?

TITUS Sehr gut! Wer Menschen kennt, der kennt auch die Vegetabilien, weil nur sehr wenig Menschen leben – und viele, unzählige aber nur vegetieren. Wer in der Fruh aufsteht, in die Kanzlei geht, nacher essen geht, nacher präferanzeln geht und nacher schlafen geht, der vegetiert; wer in der Fruh ins G'wölb' geht und nacher auf die Maut geht und nacher essen geht und nacher wieder ins G'wölb' geht, der vegetiert; wer in der Fruh aufsteht, nacher a Roll' durchgeht, nacher in die Prob' geht, nacher essen geht, nacher ins Kaffeehaus geht, nacher Komödie spieln geht, und wenn das alle Tag' so fortgeht, der vegetiert. Zum Leben gehört sich, billig berechnet, eine Million, und das is nicht genug; auch ein geistiger Aufschwung g'hört dazu, und das find't man höchst selten beisammen! Wenigstens, was ich von die Millionär' weiß, so führen fast alle aus millionärrischer Gewinnvermehrungspassion ein so fades, trockenes Geschäftsleben, was kaum den blühenden Namen »Vegetation« verdient.

FLORA (*beiseite*) Der Mensch muß die höhere Gärtnerei studiert haben! (*Laut.*) So dunkel Sein Kopf auswendig is, so hell scheint er inwendig zu sein.

TITUS Sind Ihnen vielleicht die schwarzen Haar' zuwider?

FLORA Zuwider? Er Schelm wird nur zu gut wissen, daß ein schwarzer Lockenkopf einem Mann am besten laßt.

TITUS (*für sich*) Die Peruck'n wirkt!

FLORA Er will also hier einen Dienst? Gut, Er is aufgenommen. Aber nicht als Knecht! Er zeigt Kenntnisse, Eigenschaften, besitzt ein vorteilhaftes Äußeres –

TITUS (*für sich*) Die Peruckenkraft wirkt heftiger!

FLORA Er soll die Aufsicht über das Gartenpersonale haben, Er soll den übrigen Befehle erteilen; Er soll nach mir im Garten der erste sein.

Präferanzeln: Kartenspiel (fz. *préférence*).
Am besten laßt: am besten steht, paßt.

TITUS (*beiseite*) Die Peruck'n hat gesiegt! (*Laut.*) Ich weiß so wenig, wie ich mich bedanken soll, als ich weiß, wie ich zu solchem Glück komme.

FLORA (*seine Haare betrachtend*) Nein, diese Schwärze, ganz italienisch!

TITUS Ja, es geht schon beinahe ins Sizilianische hinüber. Meine Mutter war eine südliche Gärtnerin.

FLORA Weiß Er aber, daß Er sehr ein eitler Mensch ist? Mir scheint, Er brennt sich die Locken. (*Will mit der Hand nach den Locken fahren.*)

TITUS (*zurückprallend*) O, nur net anrühren! Ich bin sehr kitzlich auf 'm Kopf.

FLORA Närrischer Mensch! – Unter anderm aber, in diesem Anzug kann ich Ihn der gnädigen Frau nicht vorstellen.

TITUS Also gilt bei Ihnen das Sprichwort: »Das Kleid macht den Mann«, das Sprichwort, durch welches wir uns selbst so sehr vor die Schneider herabsetzen und welches doch so unwahr ist! Denn wie viele ganze Kerls gehn mit zerissene Röck' herum.

FLORA Aber der Anzug hat so gar nix, was einem Gartner –

TITUS O, der Anzug hat nur zuviel Gärtnerartiges: er is übersät mit Fleck', er is aufgegangen bei die Ellbögen und an verschiedenen Orten. Weil ich nie ein Paraplü trag', wird er auch häufig begossen, und wie er noch in der Blüte war, hab' ich ihn oft wie eine Pflanze versetzt.

FLORA Das is dummes Zeug! (*Nach der Türe rechts deutend.*) Geh' Er durch das Zimmer in die Kammer hinein! In der Truhen, wo der Zwiefel liegt, find't Er den Hochzeitsanzug von mein' seligen Mann.

TITUS Das Hochzeitskleid des Verblichenen soll ich anziehen? – Hören Sie – (*fährt sich kokett mit der Hand durch die Lokken*) da kann ich nichts davor, wenn Gefühle erwachen, die –! (*Sieht sie bedeutungsvoll an und geht durch die Seitentür rechts ab.*)

Achtzehnte Szene

FLORA, *dann* PLUTZERKERN

FLORA Wirklich ein scharmanter Mensch! – Na, man kann nicht wissen, was geschieht. Ein Spaß wär's, wenn ich früher zur

Zwiefel: Zwiebel.

zweiten Heirat käm' als unsere Kammerfrau, die so spöttisch auf mich herabsieht, weil sie den Herrn Friseur zum Liebhaber hat. Mit der Hochzeit laßt er sich aber hübsch Zeit! Bei mir könnt' es rascher gehn, das wär' ein Triumph! – Vor allem muß ich aber die Leut' zusammenrufen. (*Geht zum Fenster.*) Ah, der Plutzerkern! (*Hinausrufend.*) Hol' g'schwind die Leut' alle zusamm', ein neuer Gärtner is aufgenommen, der in Zukunft anstatt meiner über sie befehlen wird.

PLUTZERKERN (*inner der Szene*) Das is g'scheit!

FLORA Was is das – die Kammerfrau? (*Zum Fenster hinausgrüßend.*) Gehorsamste Dienerin! (*Vom Fenster weggehend.*) Sie kommt zu mir, was hat das zu bedeuten? G'wiß wieder ein Verdruß! Die Leut' haben was versäumt, und ich kann 's Bad ausgießen.

Neunzehnte Szene

FLORA, CONSTANTIA

CONSTANTIA (*zur Mitte eintretend*) Frau Gärtnerin –

FLORA (*mit einem Knix*) Untertänigste! – Was steht zu Befehl?

CONSTANTIA Die gnädige Frau erwartet heute nachmittags Besuch aus der Stadt und wünscht, daß nicht wieder so schlechtes Obst wie das letzte Mal ins Schloß geschickt werde.

FLORA Ich hab' das allerschönste –

CONSTANTIA Die gnädige Frau ist überhaupt mit der ganzen Pflege des Gartens höchst unzufrieden.

FLORA Is nicht meine Schuld; die Leut' – aber das wird jetzt alles anders wer'n. Die gnädige Frau hat mir den Auftrag erteilt, einen geschickten Menschen aufzunehmen; na, und da hat sich's so geschickt, daß ein sehr geschickter Mensch –

CONSTANTIA Gut, ich werd' es der gnädigen Frau zu wissen machen.

FLORA Ich werde mir die Freiheit nehmen, ihn selbst der gnädigen Frau vorzustellen.

CONSTANTIA Was fällt Ihr ein? Der gnädigen Frau vorzustellen – so ein' Bengel!

FLORA O, ich bitte, Madame, diesen Menschen mit keinem gewöhnlichen Gartenknecht zu verwechseln; er ist – es ist sogar möglich – beinahe schon gewiß, daß ich ihn heirat'.

CONSTANTIA So? Diese Vermählung wird der gnädigen Frau so

uninteressant sein wie der ganze Mensch; ich finde es daher, wie schon gesagt, ganz unstatthaft, ihn der gnädigen Frau vorzustellen.

Zwanzigste Szene

TITUS; DIE VORIGEN

TITUS (*tritt in etwas altmodischem Gärtneranzuge, einen Bündel in der Hand tragend, ohne Constantia zu bemerken, aus der Seitentüre rechts*) So! Da wär'n wir; meine Sachen hab' ich in dem Bünkel z'samm'gebunden.

FLORA Die hätt' er gleich drin lassen können!

TITUS Gelingt es mir, in diesem Anzug das verblichene Bild ganz vor Ihre Seele zu zaubern?

CONSTANTIA (*für sich*) So ein schöner, schwarzer Krauskopf ist mir so bald nicht vorgekommen.

TITUS (*zu Flora, auf den Bündel zeigend*) Und diese G'schicht' da legen wir – wohin?

FLORA (*nach einem links stehenden Kasten zeigend*) Meinetwegen in den Kasten dort!

TITUS (*sich umwendend*) Gut – (*Constantia erblickend*) ah! – Jetzt gäbet ich kein' Tropfen Blut, wann man mir eine Ader lasset. (*Sich tief vor Constantia verneigend.*) Ich bitte untertänig – (*zu Flora*) warum haben Sie mir nicht gesagt? – (*zu Constantia, mit tiefer Verbeugung*) mir nicht zu zürnen, daß ich – (*zu Flora*) daß die gnädige Frau da ist – (*zu Constantia, mit tiefer Verbeugung*) nicht gleich die pflichtschuldigste Reverenz – (*zu Flora*) 's is wirklich schrecklich, in was Sie ein' für eine Lag' bringen!

CONSTANTIA Ich bin ja nicht die gnädige Frau.

FLORA (*zu Titus*) Was fallt Ihm denn ein?

CONSTANTIA Ich bin ja nur –

TITUS Nein, Euer Gnaden sind es und wollen mir nur die Verlegenheit ersparen.

FLORA Es ist die Kammerfrau der Gnädigen.

TITUS Hören Sie auf! – Diese Hoheit in der Stirnhaltung, diese herablassende Blickflimmerung, dieser edle Ellbogenschwung –

CONSTANTIA (*sich geschmeichelt fühlend*) Hm, ich bin doch nur die Kammerfrau der Frau von Cypressenburg.

Bünkel: Bündel.

TITUS Wirklich? – Ich glaub' es nur, weil ich es aus Ihrem eigenen Munde hör'. Also Kammerfrau? Meine Mutter war auch Kammerfrau.

FLORA Er hat ja gesagt, Seine Mutter war Gärtnerin?

TITUS Zuerst war sie Gärtnerin, dann ist sie Kammerfrau geworden.

CONSTANTIA (*beiseite*) Wirklich ein interessanter, gebildeter Mensch!

FLORA (*zu Titus, welcher Constantia fixiert*) So leg' Er nur die Sachen da hinein!

TITUS (*immer auf Constantia zurückblickend*) 's Schicksal weiß wirklich nicht, was 's tut, so eine Gestalt in die Antichambre zu postieren.

FLORA Hört Er denn nicht? Da in den Kasten!

TITUS Ja, gleich! – (*Mit Bewunderung auf Constantia sehend.*) Klassische Salonfigur! (*Er geht, auf Constantia sehend, zum Kasten, welcher neben der Tür steht.*)

FLORA (*für sich*) Wie sie kokettiert auf ihn, die aufdringliche Person!

Einundzwanzigste Szene

PLUTZERKERN; DIE VORIGEN

PLUTZERKERN (*durch die Mitte eintretend*) Die Leut' werden gleich alle da sein.

TITUS (*Plutzerkern erblickend, kehrt rasch um*) Verdammt! Wann der mich kennt! (*Wendet sich gegen Constantia, um Plutzerkern den Rücken zu kehren.*)

PLUTZERKERN (*zu Flora*) Das is also der neue Gartner? Da muß man sich ja zu Gnaden rekommandier'n. (*Tritt zwischen Titus und Constantia.*)

TITUS (*wendet sich gegen Flora, um wieder Plutzerkern den Rücken zu kehren*) Schicken S' den Kerl fort! Ich bin kein Freund von solchen Zeremonien.

FLORA Tu' Er nicht so schüchtern!

PLUTZERKERN (*indem er versucht, Titus die Vorderseite abzugewinnen*) Herr Gartner, der wohlverdienteste Mann im ganzen Personal –

TITUS (*in großer Verlegenheit in die Tasche fahrend*) Ich muß mir nur g'schwind ein Schnupftüchel vors G'sicht – (*zieht *statt eines Schnupftuches eine graue Perücke mit Zopf aus der Tasche und hält sie eiligst vors Gesicht.*)

PLUTZERKERN Aber Sie hab'n kuriose Schnupftücheln.

TITUS Was ist denn das?

FLORA (*lachend*) Das is die Perücke von meinem ehemaligen Gemahl.

TITUS Schaut sehr eh'malig aus! (*Steckt die Perücke in das Bündel, welches er noch in der Hand hält.*)

PLUTZERKERN Was Teuxel, der Gartner kommt mir so bekannt vor! – (*Zu Titus.*) Haben Sie nit an Brudern mit rote Haar'?

CONSTANTIA Was fällt Ihm ein?

TITUS Ich hab' gar kein'n Brudern.

PLUTZERKERN So? Nachher wird das der Bruder von wem andern sein.

FLORA Was will denn der Dummkopf?

PLUTZERKERN Na, ich hab' halt ein' g'sehn mit rote Haar', das is ja nix Unrechts.

Zweiundzwanzigste Szene

ZWEI GARTENKNECHTE; DIE VORIGEN

(*Die Gartenknechte treten zur Mitte ein, jeder zwei Körbe mit Obst tragend.*)

ERSTER KNECHT Da is das Obst!

FLORA Das hätt' gleich sollen ins Schloß getrag'n werden!

CONSTANTIA Das wäre eine saubere Manier, daß man das Obst nur so durch die Knechte hinaufschickt.

FLORA 's war ja immer so.

CONSTANTIA (*auf Titus zeigend*) Der Herr Gärtner wird die Früchte überbringen. Dies ist zugleich die schicklichste Gelegenheit, ihn der gnädigen Frau vorzustellen.

FLORA (*zu Constantia*) Vorstellen? Wie finden Sie es denn auf einmal nötig, ihn der Gnädigen vorzustellen? Sie haben ja grad vorher g'sagt, es is ganz unstatthaft, so einen Bengel der gnädigen Frau vor Augen zu bringen.

CONSTANTIA (*verlegen*) Das war – das heißt –

TITUS Bengel?

FLORA (*mit boshaftem Triumph über Constantias Verlegenheit*) Ja, ja!

TITUS Das ist arg!

CONSTANTIA (*sehr verlegen*) Ich habe –

TITUS Das is enorm –

FLORA Na, ich glaub's – es is ja –

TITUS Mir unbegreiflich, (*zu Flora*) wie Sie das Wort »Bengel« auf mich beziehen können!

FLORA 's waren die eigenen Worte der Madame!

TITUS (*zu Flora*) Erlauben Sie mir, es gibt außer mir noch Bengeln genug, und ich bin kein solcher Egoist, daß ich alles gleich auf mich beziehe.

CONSTANTIA (*sich von ihrer Verlegenheit erholend*) Ich wollte –

TITUS (*auf Constantia deutend*) Wenn diese Dame wirklich ihre Lippen zu dem Wort »Bengel« hergegeben, so hat sie wahrscheinlich einen Knecht, vielleicht einen von diesen beiden Herren (*auf die Gartenknechte zeigend*) gemeint, denn mich hat sie ja noch gar nicht gekannt und kennt mich selbst jetzt noch viel zu wenig, um über meine Bengelhaftigkeit das gehörige Urteil zu fällen. (*Zu Constantia.*) Hab' ich nicht recht?

CONSTANTIA Vollkommen!

FLORA (*sehr aufgeregt und ärgerlich*) Also will man mich zur Lügnerin machen?

TITUS Nein, nur zur Verleumderin.

CONSTANTIA (*zu Titus*) Also kommen Sie jetzt!

FLORA Er soll aufs Schloß kommen? Und warum denn gar so eilig? Die gnädige Frau is ausg'fahr'n.

CONSTANTIA Nun, und da wird es doch schicklicher sein, daß der Herr Gärtner auf die gnädige Frau wartet als sie auf ihn?

TITUS Das is klar. (*Zu Constantia.*) Sie weiß nichts von Etikette! Das Schicklichste auf jeden Fall is, daß ich bei Ihnen wart', bis der günstige Moment erscheint.

FLORA (*sehr ärgerlich, beiseite*) Zerreißen könnt' ich s', die Person, die!

TITUS Als Gärtner muß ich aber doch mit dem gehörigen Anstand – ah, da is ja, was ich brauch'. (*Eilt zum Fenster und reißt die Blumen aus den Töpfen.*)

FLORA Was is denn das? Meine Blumen!

TITUS Müssen zu einem Strauß herhalten! Ein Band brauchen wir auch. (*Zum Tisch eilend.*) Da liegt ja eins. (*Nimmt ein breites Atlasband und wickelt es um die Blumen.*)

FLORA Was treibt Er denn? Das neue Band, was ich mir erst aus der Stadt –

TITUS Zu so einer Feierlichkeit ist das Beste noch zu schlecht. (*Zu Constantia, auf Flora deutend.*) Die Gute, sie weiß nichts von Etikette!

Dreiundzwanzigste Szene

MEHRERE GARTENKNECHTE; DIE VORIGEN

DIE KNECHTE (*zur Mitte eintretend*) Wir machen alle unser Kompliment.

TITUS Aha, meine Untergebenen! Ihr tragt mir 's Obst nach!

DIE KNECHTE Zu Befehl!

CONSTANTIA (*zu Titus*) Bei dieser Gelegenheit müssen Sie sich bei den Leuten in Respekt setzen, etwas zum besten geben; ich finde es wenigstens am Platz.

TITUS Ich find' es auch am Platz – aber – (*in der Westentasche suchend*) es is ein anderer Platz, wo ich nichts find'.

CONSTANTIA Ich mache mir ein Vergnügen daraus, nehmen Sie hier –! (*Will ihm eine Börse geben.*)

FLORA (*es verhindernd*) Erlauben Sie, das geht mich an. (*Zu Titus.*) Hier, nimm der Herr! (*Will ihm Geld geben.*)

CONSTANTIA (*es verhindernd*) Halt! Das duld' ich nicht. Es ist eine Sache, die die Ehre des Hauses betrifft und folglich die gnädige Frau durch mich bestreitet.

FLORA Ich kann's auch der Gnädigen in Rechnung bringen, aber mir kommt es zu –

TITUS Erlauben Sie, diese Sache kann man rangieren, ohne daß jemand dabei vor den Kopf gestoßen wird. Ich bin so frei – (*nimmt das Geld von Constantia*) geben S' nur her! (*Nimmt das Geld von Flora.*) So! Nur in solchen Fällen niemanden beleidigen! (Zu den Gartenknechten.) Heut' werd't's alle traktiert von mir.

DIE KNECHTE Juhe!

TITUS Jetzt vorwärts aufs Schloß!

CHOR

Der neue Herr Gartner, der laßt sich recht gut an;
Sei' G'sundheit wird trunken, das is halt a Mann!

(*Titus geht während dem Chore mit Constanzen voran, die Knechte folgen mit den Obstkörben, Flora sieht ärgerlich nach, Plutzerkern betrachtet sie mit bedeutungsvollem Lächeln; unter dem Jubel des Gartenpersonals fällt der Vorhang.*)

Zweiter Akt

Die Bühne stellt einen Teil des Schloßgartens vor; vorne rechts die Wohnung der Gärtnerin mit praktikablem Eingang; im Vordergrunde links ein Tisch mit mehreren Gartenstühlen. Im Hintergrunde rechts sieht man einen Seitenflügel des Schlosses mit einem praktikablen Fenster.

Erste Szene

PLUTZERKERN, MEHRERE GARTENKNECHTE (*sitzen um den Tisch herum und trinken*)

CHOR

Man glaubt nicht, wie g'schwind
D' Krügeln aus'trunken sind!
Bei der Arbeit, da rast't man so gern,
Beim Wein tut sich keiner beschwer'n,
Der wird ein' nicht z'viel,
Man seufzt nach kein' Ziel.
Das Trinken is wirklich a Pracht,
Die Fortsetzung folgt auf die Nacht.

PLUTZERKERN Die Arbeit is heut' nicht pressant, wir hab'n noch über die Hälfte vom Geld, das muß noch vertrunken wer'n; also heißt's: zeitlicher Feierabend machen!

ERSTER KNECHT Bei so was kommt g'wiß keiner z' spat.

PLUTZERKERN Nur immer denken, ein Gartner ist die edelste Pflanze, drum muß er fleißig begossen werden, sonst welkt er ab.

ERSTER KNECHT Is aber ein rarer Mann, der neue Herr Gartner, und ein rüstiger Mann.

ALLE Das is wahr!

PLUTZERKERN O kurzsichtiges Volk! Ein fauler Kerl is er, glaubt's mir, ich versteh' das! Der wird uns von keiner Arbeit überheben, im Gegenteil, wir werden ihn noch bedienen sollen, den hergeloffenen Ding, und er wird d' Händ in Sack stecken, den gnädigen Herrn wird er spielen wollen, der aufgeblas'ne Tagdieb!

DIE KNECHTE Wär' nit übel!

ERSTER KNECHT Da soll ihm ja gleich –

PLUTZERKERN Ruhig jetzt! – Zu diesen und ähnlichen Schimpfereien haben wir heut' abend die beste Zeit. Wir können uns dann auch gleich z'sammreden, wie wir ihn wieder aus'm Haus vertreiben wollen.

ALLE Ja, das können wir!

PLUTZERKERN Also nur ruhig, alles zu seiner Zeit!

Zweite Szene

FLORA; DIE VORIGEN

FLORA (*kommt mit einem Korb, in welchem sich Teller und Tischzeug befinden, aus ihrem Hause*) Jetzt bitt' ich mir aber aus, daß einmal ein End' gemacht wird. Nehmt's engere Krügeln und geht's, den Tisch brauch' ich jetzt.

DIE KNECHTE Wir haben ohnedem grad gehn wollen.

PLUTZERKERN Es g'schieht ja alles dem neuen Gartner zu Ehren.

FLORA (*zu den Knechten*) Und daß was gearbeit't wird!

DIE KNECHTE (*im Abgehen*) Schon recht! (*Links im Hintergrunde ab.*)

Dritte Szene

FLORA, PLUTZERKERN

PLUTZERKERN Ich begreif' nicht, wie Sie's übers Herz bringen, diese guten Menschen in ihrem unschuldigen Vergnügen zu stören.

FLORA (*hat ein Tischtuch aus dem Korb genommen und es über den Tisch gebreitet*) Halt' Er 's Maul und hilf Er mir den Tisch da decken.

PLUTZERKERN Gleich! Diese Arbeit lass' ich mir nie zweimal schaffen. (*Nimmt Eßzeug und Teller aus dem Korbe.*) Das is ja aber nur für zwei Personen?

FLORA Freilich! Ich wüßt' nicht, zu was mehrere nötig wären?

PLUTZERKERN Also speist der neue Gartner im Schloß bei der Kammerfrau?

FLORA Dummkopf! Er speist hier bei mir.

PLUTZERKERN Er, Sie und ich – wir sind aber drei.

FLORA Er hat an meinem Tisch gespeist, weil's mir allein zu langweilig war. Jetzt wär' das überflüssig. Er hat Sein Kostgeld, drum wird Er, wenn aufgetragen ist, gehn.

PLUTZERKERN (*pikiert*) Das war die Zeit, wo ich sonst nie gegangen bin.

FLORA Räsonier' Er nicht und bring' Er die Suppen!

PLUTZERKERN (*boshaft*) Jetzt schon? Sie könnt' kalt wer'n! Wer weiß, wann der kommt!

FLORA (*ungeduldig nach dem Schlosse sehend*) Er muß den Augenblick da sein. (*Halb für sich.*) Ich begreif' ohnedies nicht, wo er so lang –

PLUTZERKERN Ah, ich fang's schon zum Begreifen an.

FLORA Schweig' Er und tu' Er, was man Ihm schafft!

PLUTZERKERN (*im Abgehen, als ob er für sich spräche, aber so, daß es Flora hören muß*) Der muß eine neue Blumasch' rangieren im Schloß, kann mir das lange Ausbleiben sonst gar nicht erklär'n. (*In die Gärtnerwohnung ab.*)

Vierte Szene

FLORA, TITUS

FLORA (*allein*) Der war mir zum letztenmal da droben! Und wie sich diese Madame Constanz den Männern aufdringt, das ist ausdruckslos!

TITUS (*erscheint im Schloß am Fenster mit vorgebundener Serviette, ein Fasanbiegel in der Hand*) Ah, Frau Gartnerin, gut, daß ich Ihnen seh' –

FLORA Wo bleibt Er denn? Ich wart' mit 'm Essen –

TITUS Ich nicht! Ich hab' schon gegessen.

FLORA Auf 'm Schloß?

TITUS Bei der Kammerfrau in der Kammer, sehr gut gespeist! Es war der erste Fasan, dem ich die letzte Ehr' angetan hab'! Mit diesem Biegel is seine irdische Hülle in der meinigen begraben.

FLORA Es is aber sehr unschicklich, daß Er dort schmarotzt! Ich werd' mir das verbieten.

TITUS *Sich* können Sie verbieten, was Sie wollen, aber *mir* nicht! Ich steh' nicht mehr unter Ihrer Tyrannei, ich hab' eine andere, eine bessere Kondition angenommen.

FLORA (*äußerst betroffen*) Was wär' das?

TITUS Warten S' a bissel, ich muß Ihnen was übergeben. (*Zieht sich zurück.*)

Biegel: Schenkel eines Vogels.

FLORA (*allein*) Kammerfrau, ich kenne dich, das ist dein Werk! Eine Witwe, die selbst einen Liebhaber hat, fischt der andern den ihrigen ab, das wird doch ein Witwenstückl ohnegleichen sein!

Fünfte Szene

PLUTZERKERN; DIE VORIGEN

PLUTZERKERN (*den Suppentopf auftragend*) Da is die Suppen.

TITUS (*am Fenster im Schloß erscheinend*) Da sind die ehemaligen Kleider, die ich gegenwärtig nicht mehr brauch'. Mein Kompliment! (*Wirft den Kleiderbündel herab, daß er Plutzerkern an den Kopf fliegt, und zieht sich zurück.*)

PLUTZERKERN Anpumpt! Was is das?

FLORA (*zu Plutzerkern*) Pack' Er sich zum Guckguck!

PLUTZERKERN Wird nicht gegessen?

FLORA Nein, hab' ich gesagt. (*Für sich.*) Wer da nicht den Appetit verliert, der hat keinen zu verlieren.

PLUTZERKERN (*pikant*) Ich hab' glaubt, jetzt is die große Tafel in zweien, bei der ich überflüssig bin?

FLORA Aus meinen Augen! (*Für sich im Abgehen.*) Boshafter Schlingel das! (*In ihre Wohnung ab.*)

PLUTZERKERN (*allein*) Also er speist nicht da, sie speist gar nicht, und ich, der Ausgeschlossene, ich speis' jetzt für alle zwei! Unerforschliches Schicksal! Diese Anwandlung von Gerechtigkeit hätt' ich dir gar nicht zugetraut. (*In Gärtnerwohnung ab.*)

Verwandlung

Saal im Schlosse mit einer Mittel- und zwei Seitentüren

Sechste Szene

TITUS (*allein, kommt aus der Mitteltür, er ist in eleganter Jägerlivree gekleidet*)

TITUS Die macht's wie die Vorige, offeriert mir die verstorbene Garderobe von ihrem überstandenen Gemahl und will, ich soll

Anpumpt: »fehlgeschossen«.
Wer da nicht ...: Lessing, Emilia Galotti, IV, 7: »Wer über gewisse Dinge den Verstand nicht verlieret, der hat keinen zu verlieren.«

Jäger sein. Ja, wenn die gnädige Frau von einem Jäger nichts anderes verlangt als 's Wagentürl aufmachen und aufs Brettl hupfen, so viel kann ich allenfalls leisten in der Forstwissenschaft. O, Parucken! Dir hab' ich viel zu danken. Die Kost hier ist delikat, der Trunk exquisit, und ich weiß wirklich nicht, ob mich mehr mein Glückswechsel oder der Tokayer schwindlich macht.

Siebente Szene

TITUS, CONSTANTIA (*von links*)

CONSTANTIA Ah, das lass' ich mir gefallen. Die Gärtnerkleidung hat so etwas Bauernhaftes, und Ihr Exterieur ist ja ganz für das edle Jagdkostüm geschaffen.

TITUS Wenn nur mein Extrerieur in der gnädigen Frau dieselben gnädigen Ansichten erzeugt! Ich fürchte sehr, daß ein ungnädiger Blick von ihr mir den Hirschfänger entreißt und mir Krampen und Schaufel in die Hände spielt.

CONSTANTIA Sie trauen mir sehr wenig Einfluß im Hause zu. Mein verstorbener Mann war hier Jäger, und meine Gebieterin wird gewiß nicht glauben, daß ich immer Witwe bleiben soll.

TITUS Gewiß nicht! Solche Züge sind nicht für lebenslänglichen Schleier geformt.

CONSTANTIA Gesetzt nun, ich würde mich wieder verheiraten, zweifeln Sie, daß die gnädige Frau meinem Mann einen Platz in ihrem Dienste verleihen würde?

TITUS Der Zweifel wäre Frevel.

CONSTANTIA Ich sage das nicht, als ob ich auf Sie Absichten hätte –

TITUS Natürlich, da haben Sie keine Idee –

CONSTANTIA Ohne etwas zu verreden, sage ich das nur, um Ihnen zu beweisen, daß ich die Macht habe, jemandem eine Stelle auf dem Schlosse zu verschaffen.

TITUS (*beiseite*) O rabenschwarzer Schädel, du wirkst himmelblaue Wunder!

CONSTANTIA Mein seliger Mann –

TITUS Hören sie auf, nennen Sie nicht *den* Mann selig, den der Taschenspieler Tod aus Ihren Armen in das Jenseits hinüberchangiert hat! Nein, *der* ist es, der sich des Lebens in solcher

Krampen: Spitzhaue.

Umschlingung erfreut! O Constantia! – Man macht dadurch überhaupt dem Ehestand ein sehr schlechtes Kompliment, daß man nur immer die verstorbenen Männer, die ihn schon überstanden haben, »die Seligen« heißt.

CONSTANTIA Also sind Sie der Meinung, daß man an meiner Seite –

TITUS Stolz in die unbekannten Welten blicken und sich denken kann: Überall kann's gut sein, aber hier ist's am besten.

CONSTANTIA Schmeichler!

TITUS (*beiseite*) Das sind die neuen metaphysischen Galanterien, die wir erst kriegt haben. (*Laut.*) Ich glaub', ich hör' wen im Vorzimmer.

Achte Szene

SALOME; DIE VORIGEN

SALOME (*schüchtern zur Mitte eintretend*) Mit Erlaubnis –

TITUS (*erschrocken, für sich*) O je, die Salome! (*Wirft sich nachlässig in einen Stuhl, so daß er das Gesicht von ihr abwendet.*)

CONSTANTIA Wie kommt Sie da herein?

SALOME Draußt war kein Mensch, so hab' ich glaubt, das wird 's Vorzimmer sein, jetzt seh' ich aber – o, ich bitt', Madam', kommen S' nur a bissel heraus, mir verschlagt's die Red', wenn ich so in der Pracht drinnen steh'.

CONSTANTIA Keine Umstände, was will Sie? Nur geschwind!

SALOME Ich such' einen, ich hab' ihn schon bei der Gartnerin g'sucht, dort hab' ich ihn aber nicht g'funden, jetzt bin ich da her.

CONSTANTIA (*Verdacht schöpfend*) *Wen* sucht Sie?

SALOME Wissen S', ich such' halt ein' mit rote Haar'.

CONSTANTIA (*beschwichtigt*) Nun, den wird Sie leicht finden, weil er Ihr auf hundert Schritte entgegenleuchtet.

TITUS (*für sich*) O nagelneuer Witz, du hast mich schon oft erfreut.

CONSTANTIA Hier im Schloß wird Sie sich aber vergebens bemühen, denn ich und die gnädige Frau würden einen solchen nicht dulden, wir haben beide Antipathie gegen rote Haare.

SALOME Wenn er aber doch kommen sollt', so sagen S' ihm, es haben ihn Leut' g'sucht, aus der Stadt, die haben mich so verdächtig um ihn g'fragt –

TITUS (*sich vergessend, springt erschrocken auf*) Und was hat Sie den Leuten g'sagt?

SALOME (*zusammenfahrend*) Was ist das –!? (*Titus erkennend.*) Ah! (*Sie wankt und fällt Constantia in die Arme.*)

CONSTANTIA Was hat denn die Person? – (*Zu Titus.*) So bringen Sie doch einen Stuhl, ich kann sie nicht halten.

TITUS (*einen Stuhl bringend*) Setzen wir s' nieder!

CONSTANTIA (*läßt Salome in den Stuhl sinken*) Sie rührt sich nicht, ist ganz bewegungslos. (*Zu Titus.*) Das ist höchst sonderbar. *Ihr* Anblick hat diese Wirkung auf sie hervorgebracht.

TITUS (*verlegen*) Das kann nicht sein, ich bin nicht zum Umfallen wild, und was meine Schönheit anbelangt, so is sie auch wieder nicht so groß, daß man drüber 's Gleichgewicht verlieren muß.

CONSTANTIA Sie sehen aber, daß sie sich gar nicht bewegt.

TITUS (*sehr verlegen*) Ja, das seh' ich.

CONSTANTIA Jetzt aber scheint mir – ja, sie bewegt sich!

TITUS Ja, das seh' ich auch. Ich werd' frisches Wasser holen. (*Will fort.*)

CONSTANTIA Nichts da, das wird nicht nötig sein, oder haben Sie vielleicht besondere Ursachen, sich fortzuschleichen?

TITUS Wüßte nicht, welche; ich kenn' die Person nicht.

CONSTANTIA Dann brauchen Sie ja ihr Erwachen nicht zu fürchten.

TITUS Gar nicht! Wer sagt denn, daß ich mich fürcht'?

SALOME (*sich erholend*) Ach, Madame – mir wird schon wieder leichter –

CONSTANTIA Was war Ihr denn eigentlich?

SALOME Der Herr –

CONSTANTIA Also kennt Sie ihn?

SALOME Nein, ich kenn' ihn nicht, gewiß nicht! (*Aufstehend.*) Aber wie er mich so scharf ang'redt't hat –

CONSTANTIA Darüber ist Sie –?

SALOME Nicht wahr, 's is a Schand', solche Stadtnerven für a Bauerndirn'? (*Zu Titus, der verblüfft dasteht.*) Sei'n S' nit bös, und wenn S' vielleicht den sehen mit die roten Haar', so sagen S' ihm, ich hab's gut g'meint, ich hab' ihn nur warnen wollen, ich werd' ihn g'wiß nit verraten an die Leut', die um ihn fragen, und sagen S' ihm, ich werd' auch g'wiß sein' Glück nicht mehr in Weg treten – (*Die Tränen unterdrückend.*) Sagen S' ihm das, wann S' den sehen mit die roten Haar'. (*Zu Constantia.*) Und jetzt bitt' ich nochmal um Verzeihung, daß ich umg'fallen bin in Zimmern, die nicht meinesgleichen sind, und b'hüt' Ihnen Gott alle zwei und – (*bricht in Tränen aus*) – jetzt fang' ich gar zum Weinen an – das g'hört sich schon gar net – nix für ungut, ich bin halt schon so a dalkets Ding. (*Eilt weinend zur Mitteltür ab.*)

Neunte Szene

TITUS, CONSTANTIA

CONSTANTIA (*ihr verwundert nachblickend*) Hm – dieses Geschöpf, ich muß gestehen, daß mir die Sache höchst verdächtig vorkommt.

TITUS (*sich nur nach und nach von seiner Verlegenheit erholend*) Was?

CONSTANTIA Sie war so bewegt, so ergriffen –

TITUS Über einen Rothaarigen, das haben S' ja g'hört.

CONSTANTIA Von dem sprach sie, aber über Ihre Person schien sie aufs heftigste –

TITUS Jetzt hören Sie auf! Was fallt Ihnen ein?

CONSTANTIA Sie werden mir doch nicht abstreiten wollen, daß sie in der heftigsten Bewegung war?

TITUS Was geht denn aber das mich an? Zuerst haben S' mich völlig ausg'macht, weil sie bewegungslos war, und jetzt fahr'n S' über mich, weil sie eine Bewegung hat – ich begreif' gar nicht –

CONSTANTIA Nun, werden S' nur nicht gleich böse, ich kann ja ganz unrecht haben. – Daß Sie in Verbindung mit einer so gemeinen Person – das wäre ja unglaublich.

TITUS Ich glaub's! Ich bin ein Jüngling, der Karriere machen muß! (*Mit Beziehung.*) Meine Ideen schweifen ins Höhere –

CONSTANTIA (*kokett*) Wirklich? 's war nur ein Glück, daß der unangenehme Auftritt in Abwesenheit der gnädigen Frau – die gnädige Frau haßt das Gemeine ungemein, sie hat für nichts Sinn als für geistige Bildung, so wie ich. Sie ist selbst Schriftstellerin.

TITUS Schriftstellerin?

Ausg'macht: ausgezankt.

CONSTANTIA Wenn einmal von etwas Literarischem die Rede sein sollte – Sie wissen doch was davon?

TITUS Nein.

CONSTANTIA Das ist schlimm.

TITUS Kinderei! Wenn ich auch nichts von der Schriftstellerei weiß, von die Schriftsteller weiß ich desto mehr. Ich darf nur ihre Sachen göttlich finden, so sagt sie gewiß: »Ah, der Mann versteht's – tiefe Einsicht – gründliche Bildung!«

CONSTANTIA Sie sind ein Schlaukopf! (*Für sich.*) Das ist doch ein ganz anderer Mensch als mein Friseur.

Zehnte Szene

MONSIEUR MARQUIS; DIE VORIGEN

MARQUIS (*zur Mitte eintretend*) Schönste Constanze –

TITUS (*für sich*) Das ist der erlauchte Peruckenspender, wenn der nur nicht plauscht! (*Zieht sich seitwärts.*)

MARQUIS Beinahe wäre mir nicht mehr das Glück zuteil geworden, diese reizende Hand an meine Lippen zu drücken. (*Küßt ihr die Hand.*)

TITUS (*für sich, erstaunt*) Diese Herablassung – ein Marquis – und küßt ihr die Hand, einer antichambrischen Person – das ist viel!

CONSTANTIA Es ist schon so spät, daß ich glaubte, Sie würden heute gar nicht kommen.

MARQUIS Sie können denken, daß nur ein außerordentlicher Zufall – was ist das? (*Bemerkt Titus, welcher ein auf einem Stuhl liegendes Tuch ergreift und emsig die Möbel abstaubt.*) Ein neuer Jäger aufgenommen?

CONSTANTIA Seit heute. Ein Mensch, der viele Anlagen besitzt.

MARQUIS Wie können Sie die Anlagen eines Jägers beurteilen? Hat er was getroffen? Und überhaupt, wozu ein Jäger im Hause einer Dame?

CONSTANTIA Sie sehen, daß er sehr fleißig ist und sich zu allem gebrauchen läßt.

MARQUIS (*sich bemühend, Titus im Gesicht zu sehen, welcher es aber durch komische Emsigkeit vermeidet*) Ja, ja, das seh' ich.

TITUS (*für sich*) Mein G'sicht zeig' ich ihm um kein' Preis.

Plauscht: (aus)plaudert.

CONSTANTIA Sie vergessen aber ganz, mir den Vorfall zu erzählen.

MARQUIS (*öfter nach Titus hinübersehend*) Es war mehr ein Unfall, der mit einem genickbrechenden Wasserfall geendet hätte, wenn nicht der Zufall einen Menschen gerade in dem Augenblicke, wo das abscheuliche Tier, mein feuriger Fuchs –

TITUS (*erschreckend*) Jetzt hab' ich glaubt, er nennt mich beim Nam'n.

CONSTANTIA Fuchs? Ich glaubte, Sie haben noch den häßlichen Rotschimmel?

TITUS (*für sich*) Wieder ein heimliches Kompliment!

MARQUIS Ich habe ihn umgetauscht, weil sein Anblick Ihnen so zuwider war. Dieser Mensch also – (*Titus scharf fixierend*) mein Retter – (*Titus umdrehend*) ich irre mich nicht – der ist's!

TITUS (*sich tief verneigend*) Ich bitt' – Euer Gnaden – Herr Marquis nehmen mich für einen andern! (*Will zur Mitte ab.*)

MARQUIS (*ihn zurückhaltend*) Wozu das Leugnen, edler Mann, Sie sind's, die Gestalt, die Stimme, die Farbe der Haare –

TITUS (*für sich, in ängstlicher Verlegenheit*) O je, jetzt kommt er schon über d' Haar'.

CONSTANTIA Gewiß, wer diese Haare einmal gesehen, der wird sie nicht vergessen. Wirklich bewundernswert sind diese Locken!

MARQUIS (*sich geschmeichelt fühlend*) O, ich bitte, zu gütig!

TITUS (*zu Constantia*) Der Herr Marquis bedankt sich anstatt meiner für das Kompliment, meiner Bescheidenheit bleibt also nichts mehr übrig –

CONSTANTIA (*zu Marquis*) Sie verstehen das: Ist Ihnen je so ein Glanz, so eine Krause – (*zeigt nach dem Kopfe des Titus, als ob sie ihm mit der Hand durch die Locken fahren wollte.*)

TITUS (*zurückprallend*) O, nur nicht anrühren! Ich bin da so heiklich –

MARQUIS (*halbleise, pikiert zu Constantia*) Sie scheinen übrigens besonderes Interesse an dem neuen Domestiken zu nehmen.

CONSTANTIA (*etwas verlegen*) Ich –? Hm – es ist eine Art von Kameradschaft, die –

MARQUIS (*wie oben*) Die meines Erachtens zwischen dem Jäger und der Kammerfrau nicht existiert.

CONSTANTIA (*halbleise zu Marquis*) Herr Marquis, ich danke für die Aufklärung. Was schicklich ist oder nicht, weiß ich schon selbst zu beurteilen.

MARQUIS (*für sich*) Ich habe sie beleidigt. (*Zu Constantia in einem sanften Ton.*) Verzeihen Sie, schönste Constanze, ich wollte nur –

CONSTANTIA Sie wollten die blonde À-l'enfant-Perücke der gnädigen Frau frisieren; im Kabinett dort (*nach rechts zeigend*) im großen Wandschrank werden Sie sie finden. Gehen Sie an Ihr Geschäft!

TITUS (*erstaunt*) Was is das? Das ist ja ein Friseur! – (*Zu Marquis.*) Ich hab' geglaubt, Sie sind ein Marquis, eine Mischung von Baron, Herzog und Großer des Reichs?

MARQUIS Ich heiße nur Marquis und bin Perruquier.

TITUS Ja, das ist ein anderes Korn! Jetzt füllt sich die Kluft des Respekts mit Friseurkasteln aus, und wir können ungeniert Freundschaft schließen miteinand'. (*Reicht ihm die Hand.*)

MARQUIS (*ihm ebenfalls die Hand reichend*) Ich bin Ihnen Dank schuldig, (*leise*) aber auch Sie mir, und es wird sehr gut für Sie sein, wenn wir Freunde bleiben!

TITUS Auf Leben und Tod!

CONSTANTIA (*für sich*) Monsieur Titus soll von meinem Verhältnis zum Marquis noch nichts erfahren, und des Friseurs eifersüchtiges Benehmen könnte leicht – das beste ist, ich entferne mich. (*Laut.*) Meine Herren, wichtige Geschäfte – ich lasse die beiden Freunde allein. (*Geht zur Mitte ab.*)

TITUS (*ihr nachrufend*) Adieu, reizende Kammeralistin!

Elfte Szene

TITUS, MARQUIS

MARQUIS Mein Herr, was sollen diese Galanterien? Ich sage Ihnen jetzt geradezu, ich verbitte mir das! Madame Constanze ist meine Braut, und wehe Ihnen, wenn Sie es wagen –

TITUS Was? Sie drohen mir?

MARQUIS Ja, mein Herr, ich warne Sie wenigstens. Vergessen Sie ja nicht, daß Ihr Schicksal am Haare hängt, und –

TITUS Und daß Sie so undankbar sein könnten, das Perucken-Verhältnis zu verraten.

A l'enfant: »mit kurzen, verwirrten Locken« (R.).

MARQUIS Und daß ich so klug sein könnte, mich auf diese Weise eines Nebenbuhlers zu entledigen.

TITUS Was? So spricht *der* Mann? Der Mann zu dem Mann, ohne den dieser Mann ein Mann des Todes wäre? Ohne welchen Mann diesen Mann jetzt die Karpfen fresseten?

MARQUIS Ich bin Ihnen zu großem Dank, aber keineswegs zur Abtretung meiner Braut verpflichtet.

TITUS Wer sagt denn, daß sie abgetreten werden soll? Ich buhle ja nicht um die Liebe, nur um die Protektion der Kammerfrau.

MARQUIS Ah, jetzt sprechen Sie vernünftig! Auf diese Weise können Sie auf meine Dankbarkeit und vor allem auf Bewahrung des Haargeheimnisses zählen. Hüten Sie sich aber, mir Anlaß zum Mißvergnügen zu geben, denn sonst – (*drohend*) denken Sie nur, Ihr Kopf ist in meiner Gewalt. (*Geht zur Seite rechts ab.*)

Zwölfte Szene

TITUS (*allein*)

TITUS Verfluchte G'schicht'! Heut' kommt viel über mein' Kopf! Wenn ich nur nicht auch so viel drin hätt'! Aber der Tokayerdunst – und das – daß die Madame Kammerfrau dem Friseur seine Jungfer Braut is, geht mir auch – (*auf den Kopf deutend*) da herum. (*Wirft sich in einen Lehnstuhl.*) Das wär' eigentlich Herzenssache, aber so ein Herz is dalket und indiskret zugleich. Wie's a bißl ein' kritischen Fall hat, so schickt's ihn gleich dem Kopf über 'n Hals, wenn's auch sieht, daß der Kopf ohnedies den Kopf voll hat. Ich bin ordentlich matt. (*Gähnt.*) A halb's Stünderl könnt's doch noch dauern, bis die gnädige Frau kommt – (*läßt den Kopf in die Hand sinken*) da könnt' ich mich ja – (*gähnend*) ein wenig ausduseln – nicht einschlafen – bloß ausduseln – a wenig – ausduseln – (*schläft ein.*)

Dreizehnte Szene

TITUS, MARQUIS

MARQUIS (*kommt nach einer kleinen Pause aus der Tür rechts*) Da drinnen ist ein Fenster zerbrochen. Ich kann den Zug nicht vertragen und habe daher die Spalettladen geschlossen. Jetzt

Spalettladen: Fensterladen aus verstellbaren Brettchen.

ist's aber so finster drin, daß ich unmöglich ohne Licht – der Jäger soll mir – wo ist er denn hin? – Am Ende ist er gar zu meiner Constanze geschlichen? Da soll ihm ja–! (*Will durch die Mitte abeilen und sieht den schlafenden Titus im Lehnstuhle.*) Ach, nein, ich hab' ihm unrecht getan, die Eifersucht – närrisches Zeug – ich muß das lassen! Wie ruhig er da liegt – so schläft kein Verliebter, der hat wohl keinen Gedanken an sie –

TITUS (*lallt im Schlafe*) Con-sta-sta-stantia –

MARQUIS Alle Teufel! Was war das? (*Tritt auf den Zehen näher.*)

TITUS (*wie oben*) Rei-zende – Gestalt – Co-Con-stantia –

MARQUIS Er träumt von ihr! Der Schlingel untersteht sich, von ihr zu träumen!

TITUS (*wie oben*) Nur – noch ein – Bu-Bu-Bussi –

MARQUIS Höllenelement, solche Träume duld' ich nicht! (*Will ihn an der Brust fassen, besinnt sich aber.*) Halt – so wird's besser gehen. Wir wollen doch sehen, ob sie dem Rotkopf ein Bububussi gibt! (*Nähert sich der Rückseite des Stuhles und macht äußerst behutsam die Perücke los.*)

TITUS (*wie oben*) Laß gehen – Sta-stantia – ich bin kitzlich – auf 'm Kopf –

MARQUIS (*nimmt ihm die Perücke weg*) Jetzt versuche dein Glück, roter Adonis! Den Talisman erhältst du nimmer wieder! (*Steckt die Perücke zu sich und eilt zur Mitte ab.*)

Vierzehnte Szene

TITUS (*allein*)

TITUS (*im Schlafe sprechend*) O – zartes – Ha-Handerl –! (*Man hört von außen das Geräusch eines in das Tor einfahrenden Wagens, gleich darauf wird stark geläutet, Titus fährt aus dem Schlaf empor.*) Was war das? Mir scheint gar –? (*Läuft zur Mitteltür.*) Ein Bedienter stürzt sich hinaus – die Gnädige kommt nach Haus – jetzt werd' ich vorgestellt. (*Richtet an seinem Anzug.*) Mein Anzug is ganz derangiert – 's Krawattel verschloffen – wo is denn g'schwind ein Spiegel?! (*Läuft zu einem an der Kulisse links hängenden Spiegel, sieht*

Verschloffen: (von verschliefen) = an einen falschen Platz geraten.

hinein und prallt zurück.) Himmel und Erden, d' Perücken is weg! – Sie wird mir im Schlaf hinunterg'fall'n – (*läuft zum Lehnstuhl und sucht*) nein, weg, verloren, geraubt! Wer hat diese Bosheit? – Da ist Eifersucht im Spiel! Othellischer Friseur! Pomadiges Ungeheuer! Das hast du getan! Du hast den gräßlichen Perückenraub begangen! Jetzt, in dem entscheidendsten, hoffnungsvollsten Moment stehe ich da als Windlicht an der Totenbahr' meiner jungen Karriere! Halt – er is da drin und frisiert die Tour der Gnädigen – der kommt mir nicht aus! Du gibst mir meine Perücken wieder, oder zittere, Kampelritter, ich beutl' dir die Haarpuderseel' bis aufs letzte Stäuberl aus 'm Leib! (*Stürzt wütend in die Seitentür ab.*)

Fünfzehnte Szene

FRAU VON CYPRESSENBURG *und* EMMA (*treten zur Mitte ein*)

FRAU VON CYPRESSENBURG Ich muß sagen, ich finde das sehr eigenmächtig, beinahe keck von der Constanze, daß sie sich untersteht, in meiner Abwesenheit Domestiken aufzunehmen, ohne durch meinen Befehl hierzu autorisiert zu sein.

EMMA Seien Sie nicht böse darüber, liebe Mutter, sie hat ja einen Jäger aufgenommen, und das war schon lang mein Wunsch, daß wir einen Jäger haben. Nimmt sich ja viel hübscher aus als unsere zwei schiefbeinigen Bedienten in der altfränkischen Livree.

FRAU VON CYPRESSENBURG Wozu brauchen Damen einen Jäger?

EMMA Und es soll ein recht martialischer Schwarzkopf sein, sagt die Constanze, der Schnurrbart zwar fehlt ihm, den muß ihm die Mama wachsen lassen, und auch einen Backenbart, ebenfalls ganz schwarz, daß aus dem ganzen Gesicht nichts heraussieht als zwei glühende schwarze Augen! So was steht prächtig hinten auf dem Wagen.

FRAU VON CYPRESSENBURG (*ohne Emmas voriger Rede besondere Aufmerksamkeit geschenkt zu haben*) Schweig! Ich werde den Menschen wieder fortschicken, und damit Punktum! Wo ist er denn? Titus, hat sie gesagt, heißt er? – He! Titus!

Perückenraub: Anspielung auf Alexander Pope's Gedicht »Der Lockenraub« (*The Rape of the Lock*, 1712).
Kampelritter: »*Kampel*« = Verkleinerungsform zu »Kamm«.

Sechzehnte Szene

TITUS; DIE VORIGEN

TITUS (*kommt in blonder Perücke aus der Seitentür rechts*) Hier bin ich und beuge mich im Staube vor der hohen Gebieterin, der ich in Zukunft dienen soll.

EMMA (*erstaunt beiseite*) Was ist denn das? Das ist ja kein Schwarzkopf?

FRAU VON CYPRESSENBURG (*für sich, aber laut*) Recht ein artiger Blondin!

TITUS (*hat das letzte Wort gehört, für sich*) Was? Die sagt Blondin?

FRAU VON CYPRESSENBURG (*zu Titus*) Meine Kammerfrau hat Ihm die Stelle eines Jägers gegeben, und ich bin nicht abgeneigt – (*zu Emma sich wendend*) Emma –! (*Spricht im stillen mit Emma fort.*)

TITUS (*für sich*) Blondin hat s' g'sagt? – Ich hab' ja doch – (*sieht sich verlegen um, so daß sein Blick in einen an der Kulisse rechts hängenden Spiegel fällt, äußerst erstaunt*) meiner Seel', ich bin blond! Ich hab' da drin aus lauter Dunkelheit a lichte Perücken erwischt. Wann nur jetzt die Kammerfrau nicht kommt!

FRAU VON CYPRESSENBURG (*im Gespräche mit Emma fortfahrend*) Und sage der Constanze –

TITUS (*erschrocken, für sich*) Uijeh, die laßt s' holen!

FRAU VON CYPRESSENBURG (*ihre Worte fortsetzend*) Sie soll meinen Anzug zur Abendgesellschaft ordnen.

TITUS (*aufatmend, für sich*) Gott sei Dank, da hat s' a Weil' z' tun.

EMMA Sogleich! (*Für sich im Abgehen.*) Die alberne Constanze hielt mich zum besten! Gibt einen Blondin für einen Schwarzkopf aus! (*Zur Mitte ab.*)

Siebzehnte Szene

FRAU VON CYPRESSENBURG, TITUS

TITUS (*für sich*) Ich stehe jetzt einer Schriftstellerin gegenüber, da tun's die Alletagsworte nicht, da heißt's jeder Red' ein Feiertagsg'wandel anziehn.

FRAU VON CYPRESSENBURG Also jetzt zu Ihm, mein Freund!

TITUS (*sich tief verbeugend*) Das ist der Augenblick, den ich im gleichen Grade gewünscht und gefürchtet habe, dem ich sozusagen mit zaghafter Kühnheit, mit mutvollem Zittern entgegengesehen.

FRAU VON CYPRESSENBURG Er hat keine Ursache, sich zu fürchten, Er hat eine gute Tournüre, eine agreable Fasson, und wenn Er sich gut anläßt – wo hat Er denn früher gedient?

TITUS Nirgends. Es ist die erste Blüte meiner Jägerschaft, die ich zu Ihren Füßen niederlege, und die Livree, die ich jetzt bewohne, umschließt eine zwar dienstergebene, aber bis jetzt noch ungediente Individualität.

FRAU VON CYPRESSENBURG Ist Sein Vater auch Jäger?

TITUS Nein, er betreibt ein stilles, abgeschiedenes Geschäft, bei dem die Ruhe das einzige Geschäft ist; er liegt von höherer Macht gefesselt, und doch ist er frei und unabhängig, denn er ist Verweser seiner selbst – er ist tot.

FRAU VON CYPRESSENBURG (*für sich*) Wie verschwenderisch er mit zwanzig erhabenen Worten das sagt, was man mit einer Silbe sagen kann! Der Mensch hat offenbare Anlagen zum Literaten. (*Laut.*) Wer war also Sein Vater?

TITUS Er war schülerischer Meister; Bücher, Rechentafel und Patzenferl waren die Elemente seines Daseins.

FRAU VON CYPRESSENBURG Und welche literarische Bildung hat er Ihm gegeben?

TITUS Eine Art Mille-fleurs-Bildung. Ich besitze einen Anflug von Geographie, einen Schimmer von Geschichte, eine Ahndung von Philosophie, einen Schein von Jurisprudenz, einen Anstrich von Chirurgie und einen Vorgeschmack von Medizin.

FRAU VON CYPRESSENBURG Scharmant! Er hat sehr viel, aber nichts gründlich gelernt! Darin besteht die Genialität.

TITUS (*für sich*) Das is 's erste, was ich hör'! Jetzt kann ich mir's erklären, warum's so viele Genies gibt.

FRAU VON CYPRESSENBURG Seine blonden Locken schon zeigen ein apollverwandtes Gemüt. War Sein Vater oder Seine Mutter blond?

Patzenferl: Stab, mit dem Schulkinder zur Strafe einen Schlag (»Patzen«) auf die Hand bekamen (Von lat. *ferula*, Gerte).
Mille fleurs: »tausend Blumen«-Parfum.

TITUS Keins von alle zwei! Es is ein reiner Zufall, daß ich blond bin.

FRAU VON CYPRESSENBURG Je mehr ich Ihn betrachte, je länger ich Ihn sprechen höre, desto mehr überzeuge ich mich, daß Er nicht für die Livree paßt. Er kann durchaus mein Domestik nicht sein.

TITUS Also verstoßen, zerschmettert, zermalmt?

FRAU VON CYPRESSENBURG Keineswegs. Ich bin Schriftstellerin und brauche einen Menschen, der mir nicht als gewöhnlicher Kopist, mehr als Konsulent, als Sekretär bei meinem intellektuellen Wirken zur Seite steht, und dazu ernenn' ich Sie.

TITUS (*freudig überrascht*) Mich? – Glauben Euer Gnaden, daß ich imstand' bin, einen intellektuellen Zuseitensteher abzugeben?

FRAU VON CYPRESSENBURG Zweifelsohne, und es ist mir sehr lieb, daß die Stelle offen ist. Ich habe einen weggeschickt, den man mir rekommandierte, einen Menschen von Gelehrsamkeit und Bildung. Aber er hatte rote Haare, und das ist ein Horreur für mich. Dem hab' ich gleich gesagt: »Nein, nein, mein Freund, 's ist nichts, adieu!« Ich war froh, wie er fort war.

TITUS (*für sich*) Da darf ich mich schön in Obacht nehmen, sonst endet meine Karriere mit einem Flug bei der Tür hinaus.

FRAU VON CYPRESSENBURG Legen Sie nur die Livree sogleich ab; ich erwarte in einer Stunde Gesellschaft, der ich Sie als meinen neuen Sekretär vorstellen will.

TITUS Euer Gnaden, wenn ich auch den Jäger ablege, mein anderer Anzug ist ebenfalls Livree, nämlich Livree der Armut: ein g'flickter Rock mit z'rissene Aufschläg'.

FRAU VON CYPRESSENBURG Da ist leicht abgeholfen! Gehen Sie da hinein (*nach rechts deutend*), dann durchs Billardzimmer in das Eckkabinett, da finden Sie die Garderobe meines verewigten Gemahls. Er hatte ganz Ihren Wuchs. Wählen Sie nach Belieben und kommen Sie sogleich wieder hierher.

TITUS (*für sich*) Wieder der Anzug von ein' Seligen. (*Sich verbeugend.*) Ich eile! (*Für sich, im Abgehen.*) Ich bring' heut' ein' ganzen seligen Tandelmarkt auf den Leib. (*Rechts in die Seitentüre ab.*)

Tandelmarkt: Trödelmarkt.

Achtzehnte Szene

FRAU VON CYPRESSENBURG, *dann* CONSTANTIA

FRAU VON CYPRESSENBURG (*allein*) Der junge Mann schwindelt auf der Höhe, auf die ich ihn gehoben! Wenn ich ihn durch Vorlesungen meiner Dichtungen in überirdische Regionen führe, wie wird ihm da erst werden!

CONSTANTIA (*aufgeregt durch die Mitte eintretend*) Übel, sehr übel find' ich das angebracht.

FRAU VON CYPRESSENBURG Was hat Sie denn?

CONSTANTIA Ich muß mich über das gnädige Fräulein beklagen. Ich find' es sehr übel angebracht, einen Spaß so weit zu treiben. Sie hat mich ausgezankt, ich hätt' sie wegen den Haaren des Jägers angelogen. Ich glaubte anfangs, sie mache einen Scherz; am Ende aber hat sie mich eine dumme Gans geheißen.

FRAU VON CYPRESSENBURG Ich werde sie darüber reprimandieren. Übrigens ist der Mensch nicht mehr Jäger. Ich habe ihn zum Sekretär ernannt, und man wird ihm die seinem Posten schuldige Achtung erweisen.

CONSTANTIA Sekretär!? Ich bin entzückt darüber, daß er vor Ihnen Gnade gefunden. Die schwarze Sekretärkleidung wird ihm sehr gut lassen zu dem schwarzen Haar.

FRAU VON CYPRESSENBURG Was spricht Sie da?

CONSTANTIA Schwarze Haare, hab' ich gesagt.

FRAU VON CYPRESSENBURG Mir scheint, Sie ist verrückt! Ich habe noch kein schöneres Goldblond gesehen.

CONSTANTIA Euer Gnaden spaßen!

FRAU VON CYPRESSENBURG Ist mir noch nicht oft eingefallen, mit meinen Untergebenen zu spaßen.

CONSTANTIA Aber, Euer Gnaden, ich hab' ja mit eigenen Augen –

FRAU VON CYPRESSENBURG Meine Augen sind nicht weniger eigen als die Ihrigen.

CONSTANTIA (*äußerst erstaunt*) Und Euer Gnaden nennen das blond?

FRAU VON CYPRESSENBURG Was sonst?

CONSTANTIA Euer Gnaden verzeihen, dazu gehören sich wirklich eigene Augen! Ich nenne das das schwärzeste Schwarz, was existiert.

FRAU VON CYPRESSENBURG Lächerliche Person, mache Sie Ihre Schwänke jemand anderm vor!

CONSTANTIA Nein, das ist, um den Verstand zu verlieren!

FRAU VON CYPRESSENBURG (*nach rechts sehend*) Da kommt er – nun? Ist das blond oder nicht?

Neunzehnte Szene

TITUS (*aus der Seitentür rechts kommend, im schwarzen Frack, kurzen Hosen, seidenen Strümpfen und Schuhen*);
DIE VORIGEN

TITUS Hier bin ich, gnädigste Gebieterin! (*Erblickt Constantia und erschrickt, für sich.*) O je! Die Constantia!

CONSTANTIA (*äußerst betroffen*) Was is denn das!

FRAU VON CYPRESSENBURG (*zu Constantia*) In Zukunft verbiete ich mir derlei –

CONSTANTIA Aber, Euer Gnaden, ich hab' ja –

FRAU VON CYPRESSENBURG Kein Wort mehr!

TITUS (*zu Frau von Cypressenburg*) Die Gnädigste sind aufgeregt! Was ist's denn? –

FRAU VON CYPRESSENBURG Stellen Sie sich vor, die Närrin da behauptet, Sie hätten schwarze Haare.

TITUS Das is schwarze Verleumdung.

CONSTANTIA Da möchte man den Verstand verlieren!

FRAU VON CYPRESSENBURG Daran wäre nichts gelegen, wohl aber, wenn ich die Geduld verlöre! Geh' Sie und ordne Sie meine Toilette!

CONSTANTIA Ich kann nur noch einmal versichern –

FRAU VON CYPRESSENBURG (*ärgerlich*) Und ich zum letzten Male sagen, daß Sie gehen soll.

CONSTANTIA (*sich gewaltsam unterdrückend und abgehend*) Das übersteigt meine Fassung! (*Durch die Mitte ab.*)

Zwanzigste Szene

FRAU VON CYPRESSENBURG, TITUS

FRAU VON CYPRESSENBURG Insolente Person das!

TITUS (*für sich*) Meine Stellung hier im Hause gleicht dem Brett des Schiffbrüchigen: Ich muß die andern hinunterstoßen, oder selbst untergehn. (*Laut.*) O, gnädige Frau, dieses Frauenzimmer hat noch andere Sachen in sich!

FRAU VON CYPRESSENBURG War sie etwa unhöflich gegen Sie?

TITUS O, das nicht, sie war nur zu höflich! Es sieht kurios aus, daß ich darüber red', aber ich mag das nicht. Diese Person macht immer Augen auf mich, als wenn – und red't immer, als ob – und tut immer, als wie – und – ich mag das nicht.

FRAU VON CYPRESSENBURG Sie soll fort, heute noch –!

TITUS Und dann betragt sich Dero Friseur auch auf eine Weise – er hat ein fermes Liaisonverhältnis mit der Kammerfrau, was doch ganz gegen den Anstand des Hauses –

FRAU VON CYPRESSENBURG Den dank' ich ab.

TITUS Mich verletzt so was gleich, diese Liebhaberei, dieses Scharmieren, ich seh' das nicht gern – (*beiseite*) ich tu's lieber selber.

FRAU VON CYPRESSENBURG (*beiseite*) Welch zartes, nobles Sentiment! (*Laut.*) Marquis hat mich zum letzten Male frisiert.

TITUS Und dann is noch die Gärtnerin – na, da will ich gar nichts sagen.

FRAU VON CYPRESSENBURG Sprechen Sie, ich will es!

TITUS Sie hat mir einen halbeten Heiratsantrag gemacht.

FRAU VON CYPRESSENBURG Impertinent!

TITUS Einen förmlichen halbeten Heiratsantrag!

FRAU VON CYPRESSENBURG Die muß heute noch aus meinem Hause!

TITUS (*für sich*) Alle kommen s' fort; jetzt kann ich blonder Jüngling bleiben. (*Laut.*) Mir ist leid, daß ich –

FRAU VON CYPRESSENBURG Schreiben Sie sogleich an alle drei die Entlassungsbriefe.

TITUS Nein, das kann ich nicht. Mein erstes Geschäft als Sekretär darf kein so grausames sein.

FRAU VON CYPRESSENBURG Nein, ein edles Herz hat der junge Mann!

Einundzwanzigste Szene

EMMA (*aus der Seitentüre links*); DIE VORIGEN

EMMA Mama, ich komme, die Constanze zu verklagen, sie hat mich durch ihr Benehmen gezwungen, sie eine dumme Gans zu heißen.

Ferm: fest (fz. *ferme*).

TITUS (*für sich*) Daß doch immer eine der andern was vorzurupfen hat!

FRAU VON CYPRESSENBURG Du wirst ihr sogleich den Dienst aufkünden, der Constanze mündlich, der Gärtnerin und dem Friseur schriftlich.

EMMA Schön, liebe Mama!

TITUS (*sich erstaunt stellend*) Mama?!

FRAU VON CYPRESSENBURG Ja, dies ist meine Tochter.

TITUS Ah! – Nein! – Nein! – Hör'n Sie auf! – Nein, das ist nicht möglich!

FRAU VON CYPRESSENBURG Warum nicht?

TITUS 's geht ja gar nicht hinaus mit die Jahre.

FRAU VON CYPRESSENBURG (*sich sehr geschmeichelt fühlend*) Doch, mein Freund!

TITUS So eine junge Dame – und diese große Tochter? Nein, das machen Sie wem andern weis! Das ist eine weitschichtige Schwester oder sonst eine himmelweit entfernte Verwandte des Hauses. Wenn ich Euer Gnaden schon eine Tochter zutrauen soll, so kann sie höchstens – das is aber schon das Höchste – so groß sein – (*zeigt die Größe eines neugebornen Kindes.*)

FRAU VON CYPRESSENBURG Es ist so, wie ich gesagt. Man hat sich konserviert.

TITUS O, ich weiß, was Konservierung macht. Aber so weit geht das Konservatorium nicht.

FRAU VON CYPRESSENBURG (*huldreich lächelnd*) Närrischer Mensch – ich muß jetzt zur Toilette eilen, sonst überraschen mich die Gäste! Du, Emma, begleite mich! – (*Zu Titus.*) Ich sehe Sie bald wieder.

TITUS (*wie vom Gefühle hingerissen*) O, nur bald! (*Tut, als ob er über diese Worte vor sich selbst erschrocken wäre, faßt sich, verneigt sich tief und sagt in unterwürfigem Tone.*) Nur bald ein Geschäft, wo ich meinen Diensteifer zeigen kann!

FRAU VON CYPRESSENBURG (*im Abgehen*) Adieu! (*Mit Emma zur Seitentür links ab.*)

Vorzurupfen: vorzuwerfen.

Zweiundzwanzigste Szene

TITUS (*allein*)

TITUS Gnädige! Gnädige! Ich sag' derweil nichts als: Gnädige! – Wie ein' das g'spaßig vorkommt, wenn ein' nie eine mögen hat, und man fangt auf einmal zum Bezaubern an, das ist nit zum Sagen. Wann ich denk': Heut' vormittag und jetzt, das wird doch eine Veränderung sein für einen Zeitraum von vier bis fünf Stund'! Ja, die Zeit, das is halt der lange Schneiderg'sell, der in der Werkstatt der Ewigkeit alles zum Ändern kriegt. Manchmal geht die Arbeit g'schwind, manchmal langsam, aber firtig wird's, da nutzt amal nix, g'ändert wird all's!

Lied

1.

's war einer von Eisen, hat wütend getanzt,
Dann mit 'm Gefrornen sich beim offnen Fenster auf'pflanzt,
Is g'rennt und g'sprengt zu die Amouren in Karriere,
Spielt und trinkt d' ganze Nacht, er weiß vom Bett gar nix mehr.
Nach zehn Jahren is d' Brust hektisch, homöopathisch der Mag'n,
Er muß im Juli flanellene Nachtleib'ln trag'n
Und extra ein' wattierten Kaput, sonst war's z' kühl –
Ja, die Zeit ändert viel.

2.

's hat einer a Braut, steckt den ganzen Tag dort,
Wenn die Dienstleut' ins Bett schon woll'n, geht er erst fort;
Dann bleibt er noch drunt', seufzt aufs Fenster in d' Höh',
Erfrört sich die Nasen vom Dastehn im Schnee.
A halb's Jahr nach der Hochzeit rennt er ganze Täg' aus,
Kommt spät auf die Nacht oder gar nit nach Haus;
Dann reist er nach Neapel, sie muß in die Brühl –
Ja, die Zeit ändert viel.

3.

A Sängerin hat g'sungen wie Sphärenharmonie,
Wann s' der Schnackerl hat g'stoßen, war 's Feenmelodie.
Diese Stimm', die is was Unerhörtes gewest,

Brühl: Sommerfrische in der Nähe Wiens.
Schnackerl: Aufstoßen, »Schluchzen«.

Aus Neid sein die Nachtigall'n hin wor'n im Nest;
Silberglocken war'n rein alte Häfen gegen ihr;
Sechs Jahr' drauf kriegt ihr' Stimm' a Schneid wie 's Plutzerbier.
Jetzt kraht s' nur dramatisch, frett't sich durch mit'm Spiel –
Ja, die Zeit ändert viel.

4.

Ah, das is a lieber Knab', artig und nett
Und schön und bescheiden und gar so adrett,
Er is still, bis man 'n fragt, nacher antwort't er drauf,
Wo man 'n hinnimmt, da hebt man a Ehr' mit ihm auf;
's machen d' Herren und die Frauen mit dem Knab'n a Spektakl!
Nach zehn Jahren is der Knab a großmächtiger Lackl,
A Löllaps, der keck in alles dreinreden will –
Ja, die Zeit ändert viel.

5.

A Schönheit hat dreizehn Partien ausg'schlagen,
Darunter waren achte mit Haus, Ross' und Wagen,
Zwa Anbeter hab'n sich an ihr'm Fenster aufg'henkt,
Und drei hab'n sich draußen beim Schanzel derträнkt,
Vier hab'n sich beim Dritten Kaffeehaus erschossen.
Seitdem sein a sieb'nzehn Jahrln verflossen,
Jetzt schaut s' keiner an, sie kann sich au'm Kopf stell'n, wenn s' will –
Ja, die Zeit ändern viel.

6.

Hat einst einer über ein' sein' Schöne was g'sagt,
Pumsti, hat er a eiserne Ohrfeigen erfragt,
Nach der Klafter haben s' kämpft, und gleich auf Tod und Leben!
Alle Daum'lang hat's blutige Fehde gegeben.
Jetzt nehmen die Liebhaber das nit a so,
Machen über ihr' Schöne selbst scharfe Bonmots,
Für ihr'n Bierhauswitz nehmen s' d' Geliebte als Ziel –
Ja, die Zeit ändert viel.

(*Durch die Seitentür rechts ab.*)

Häfen: Töpfe.
Plutzer: steinerne Flasche.
Lackl: ungeschlachter Mensch.
Löllaps: Schwachsinniger.
Schanzel: Obstmarkt am Donaukanal.
erfragt: erhalten.

Dreiundzwanzigste Szene

HERR VON PLATT; MEHRERE HERREN *und* DAMEN
(*treten während dem Ritornell des folgenden Chores ein*)

CHOR
's ist nirgends so wie in dem Haus amüsant,
Denn hier sind die Karten und Würfel verbannt,
Bei Frau von Cypressenburg in Soiree,
Da huldigt den Musen man nur und dem Tee.
(*Während dem Chor haben Bediente einen großen gedeckten Tisch gebracht und die Stühle gesetzt.*)

Vierundzwanzigste Szene

FRAU VON CYPRESSENBURG; DIE VORIGEN, *dann* TITUS

FRAU VON CYPRESSENBURG Willkommen, meine Herren und Damen!

DIE GÄSTE Wir waren so frei –

FRAU VON CYPRESSENBURG Sie befinden sich allerseits?

DIE HERREN Danke ergebenst!

DIE DAMEN (*untereinander*) Migräne, Kopfschmerz, Rheumatismus –

FRAU VON CYPRESSENBURG Ist's nicht gefällig?
(*Alle setzen sich zum Tee.*)

TITUS (*aus der Seitentür rechts*) Ich komme vielleicht ungelegen –?

FRAU VON CYPRESSENBURG Wie gerufen! (*Ihn der Gesellschaft präsentierend.*) Mein neuer Sekretär!

ALLE Ah, freut mich!

FRAU VON CYPRESSENBURG (*zu Titus*) Nehmen Sie Platz! (*Titus setzt sich.*)

FRAU VON CYPRESSENBURG Dieser Herr wird Ihnen in der nächsten Soiree meine neuesten Memoiren vorlesen.

ALLE Scharmant!

HERR VON PLATT Schade, daß die gnädige Frau nichts fürs Theater schreiben.

FRAU VON CYPRESSENBURG Wer weiß, was geschieht; es kann sein, daß ich mich nächstens versuche.

TITUS Ich hör', es soll unendlich leicht sein, es geht als wie g'schmiert.

HERR VON PLATT Ich für mein Teil hätte eine Leidenschaft, eine Posse zu schreiben.

TITUS (*zu Herrn von Platt*) Warum tun Sie's denn nicht?

HERR VON PLATT Mein Witz ist nicht in der Verfassung, um etwas Lustiges damit zu verfassen.

TITUS So schreiben Sie eine traurige Posse. Auf einem düsteren Stoff nimmt sich der matteste Witz noch recht gut aus, so wie auf einem schwarzen Samt die matteste Stickerei noch effektuiert.

HERR VON PLATT Aber was Trauriges kann man doch keine Posse heißen?

TITUS Nein! Wenn in einem Stück drei G'spaß und sonst nichts als Tote, Sterbende, Verstorbene, Gräber und Totengräber vorkommen, das heißt man jetzt ein Lebensbild.

HERR VON PLATT Das hab' ich noch nicht gewußt.

TITUS Is auch eine ganz neue Erfindung, gehört in das Fach der Haus- und Wirtschaftspoesie.

FRAU VON CYPRESSENBURG Also lieben Sie die Rührung nicht?

TITUS O ja, aber nur, wenn sie einen würdigen Grund hat, und der find't sich nicht so häufig. Drum kommt auch eine große Seele langmächtig mit ein' Schnupftüchel aus, dagegen brauchen die kleinen, guten Ordinariseelerln a Dutzend Fazinetteln in einer Komödie.

FRAU VON CYPRESSENBURG (*zu ihrer Nachbarin*) Was sagen Sie zu meinem Sekretär?

Fünfundzwanzigste Szene

FLORA; DIE VORIGEN

FLORA (*kommt weinend zur Mitte herein*) Euer Gnaden, ich bitt' um Verzeihung, daß ich –

ALLE (*erstaunt*) Die Gärtnerin?

TITUS (*betroffen, beiseite*) Verdammt!

FLORA (*zu Frau von Cypressenburg*) Ich kann's nicht glauben, daß Sie mich aus dem Dienst geben, ich hab' ja nix getan.

FRAU VON CYPRESSENBURG Ich bin über die Gründe, die mich dazu veranlassen, keine Rechenschaft schuldig! Übrigens –

Fazinettel: Schnupftuch.

FLORA (*Titus erblickend und erstaunt*) Was is denn das? Der hat blonde Haar'?

FRAU VON CYPRESSENBURG Was gehen Sie die Haare meines Sekretärs an? Hinaus!

Sechsundzwanzigste Szene

CONSTANTIA, EMMA; DIE VORIGEN

CONSTANTIA (*tritt weinend mit Emma zur Mitte ein*) Nein, das kann nicht sein!

EMMA Ich habe Ihr gesagt, was die Mama befohlen.

CONSTANTIA Ich bin des Dienstes entlassen?

ALLE (*erstaunt sich zu Frau von Cypressenburg wendend*) Im Ernst?

CONSTANTIA Euer Gnaden, das hätt' ich mir nie gedacht! Ohne Grund –

HERR VON PLATT Was hat sie denn verbrochen?

CONSTANTIA Die Haare des Herrn Sekretärs sind schuld.

FRAU VON CYPRESSENBURG Wie lächerlich! Das ist nicht der Grund. (*Zur Gesellschaft.*) Übrigens, was sagen Sie zu der Närrin? Sie behauptet, er wäre schwarz! Nun frag' ich Sie, ist er blond oder nicht?

CONSTANTIA Er ist schwarz.

FLORA Das sag' ich auch, er ist schwarz!

Siebenundzwanzigste Szene

MARQUIS; DIE VORIGEN

MARQUIS (*zur Mitte eintretend*) Und ich sage, er ist nicht schwarz und ist nicht blond!

ALLE Was denn, Herr Friseur?

MARQUIS Er ist rot!

ALLE (*erstaunt*) Rot?

TITUS (*für sich*) Jetzt nutzt nix mehr! (*Aufstehend und die blonde Perücke mitten auf die Bühne werfend.*) Ja, ich bin rot!

ALLE (*erstaunt vom Teetisch aufstehend*) Was ist das?

FRAU VON CYPRESSENBURG Fi donc!

Fi donc! (fz.) pfui!

CONSTANTIA (*zu Titus*) Ach, wie abscheulich sieht Er aus!

FLORA (*zu Titus*) Und die rote Ruben hat mich heirat'n woll'n?

FRAU VON CYPRESSENBURG (*zu Titus*) Er ist ein Betrüger, der meine treuesten Diener bei mir verleumdete! Fort, hinaus, oder meine Bedienten sollen –

TITUS (*zu Frau von Cypressenburg*) Wozu? Der Zorn überweibt Sie! – Ich gehe –

ALLE Hinaus!

TITUS Das ist Ottokars Glück und Ende! (*Geht langsam mit gesenktem Haupte zur Mitte ab.*)

CHOR DER GÄSTE

Nein, das ist wirklich der Müh' wert,
Hat man je so was gehört!

(*Frau von Cypressenburg affektiert eine Ohnmacht, unter allgemeiner Verwirrung fällt der Vorhang.*)

Ottokars Glück und Ende: parodistische Verwendung des Grillparzerschen Dramentitels.

Dritter Akt

Die Dekoration wie am Anfange des zweiten Aktes, ein Teil des Gartens mit der Gärtnerwohnung

Erste Szene

TITUS (*allein, kommt melancholisch hinter dem Flügel des Schlosses hervor*)

TITUS Das stolze Gebäude meiner Hoffnungen ist assekuranzlos ab'brennt, meine Glücksaktien sind um hundert Prozent g'fall'n, und somit belauft sich mein Aktivstand wieder auf die rundeste aller Summen, nämlich auf Null. Kühn kann ich jetzt ausrufen: Welt, schicke deine Wälder über mich, Wälder, laßt eure Räuber los auf mich, und wer mich um einen Kreuzer ärmer macht, den will ich als ein Wesen höherer Natur verehren! – Halt! Ich hab' ja doch was profitiert bei der G'schicht': einen sehr guten Anzug hat mir das Schicksal gelassen; vielleicht nur als aushienzendes Souvenir an eine g'stolperte und auf d' Nasen g'fallne Karriere. Also doch eine Ausbeute: dieser schwarze Frack –

Zweite Szene

TITUS, GEORG

GEORG (*welcher während der letzten Worte rasch hinter dem Schloß hervorgekommen ist, ihm in die Rede fallend*) Wird samt Weste und Beinkleid aufs Schloß zurückgeschickt.

TITUS O, lieber Abgeordneter, wissen Sie, daß Sie eine höchst unangenehme Sendung –

GEORG Nur keine Umständ' g'macht –!

TITUS Gesetzt, lieber Abgeordneter, ich wär' jetzt schon heidipritsch gewesen?

GEORG O, unser Wachter holt jeden Vagabunden ein.

TITUS Oder gesetzt, lieber Abgeordneter, ich vergesset das Völkerrecht und schlaget Ihnen nieder und laufet davon, was würden –

Aushienzendes: verhöhnendes.
Heidipritsch sein: auf und davon sein (aus dem Tschechischen).

GEORG Zu Hilf', zu Hilf'!

TITUS Wegen was schrein S' denn? Ich frag' ja nur, und a Frag' is erlaubt.

GEORG (*nach der Türe der Gärtnerwohnung rufend*) Plutzerkern!

PLUTZERKERN (*von innen*) Was gibt's?

GEORG (*die Tür der Gärtnerwohnung öffnend und hineinsprechend*) Der wird da sein Vagabundeng'wand wieder anziehen und die honetten Kleider da lassen.

PLUTZERKERN (*von innen*) Schon recht!

TITUS (*zu Georg*) Sie sind ein äußerst schmeichelhafter Mensch.

GEORG Keine Komplimente! In einer Viertelstund' müssen die Kleider da und Er muß wenigstens Gott weiß wo sein! Verstanden? (*Geht ab hinter dem Schlosse.*)

Dritte Szene

TITUS (*allein*)

TITUS O ja, ich versteh' alles. Das Unglück hat mich heimgesucht, ich hab' die Visit' im schwarzen Frack empfangen wollen, aber das Unglück sagt: Ich bin ja ein alter Bekannter, ziehen S' ein' schlechten, zerriss'nen Rock an, machen S' keine Umständ' wegen mir!

PLUTZERKERN (*von innen*) No, wird's werden?

TITUS Komm' schon, komm' schon! (*Ab in die Gärtnerwohnung.*)

Vierte Szene

SPUND, SALOME (*von links auftretend*)

SALOME Sie hab'n aber g'wiß nix Übles vor mit ihm?

SPUND Wann ich schon sag': Nein! Ich tu' ja nur das, was mir der Bräumeister g'sagt hat, denn das ist der einzige Mann, der auf meinen Geist Einfluß hat.

SALOME Und was hat denn der g'sagt?

SPUND Er hat g'sagt: »Das haben S' davon, weil S' Ihnen von Jugend auf net um ihn umg'schaut haben! Jetzt geht er durch und macht der Familie vielleicht Schand' und Spott in der Welt!« Drum bin ich ihm nach.

SALOME Und woll'n ihn etwa gar einsperren lassen?

SPUND Ich? Für mein Leben gern! Aber der Bräumeister hat gesagt: »Das wär' auch eine Schmach für die Familie.«

SALOME Ah, gengen S', auf'n leiblichen Vettern so bös –

SPUND O, es kann einem ein leiblicher Vetter in der Seel' z'wider sein, wenn er rote Haar' hat.

SALOME Is denn das ein Verbrechen?

SPUND Rote Haar' zeigen immer von ein' fuchsigen Gemüt, von einem hinterlistigen – und dann verschandelt er ja die ganze Freundschaft! Es sein freilich schon alle tot, bis auf mich, aber wie sie waren in unserer Familie, haben wir alle braune Haar' g'habt, lauter dunkle Köpf', kein lichter Kopf zu finden, soweit die Freundschaft reicht, und der Bub' untersteht sich und kommt rotschädlet auf d' Welt.

SALOME Deßtwegen soll man aber ein' Verwandten nit darben lassen, wenn man anders selber was hat.

SPUND Was ich hab', verdank' ich bloß meinem Verstand.

SALOME Und haben Sie wirklich was?

SPUND Na, ich hoff'! Meine Eltern haben mir keinen Kreuzer hinterlassen. Ich war bloß auf meinen Verstand beschränkt, das is eine kuriose Beschränkung, das!

SALOME Ich glaub's, aber –

SPUND Da is nachher eine Godl g'storben und hat mir zehntausend Gulden vermacht. Denk' ich mir, wann jetzt noch a paar sterbeten von der Freundschaft, nachher könnt's es tun. Richtig! Vier Wochen drauf stirbt ein Vetter, vermacht mir dreißigtausend Gulden, den nächsten Sommer steht ein Vetter am kalten Fieber ab, ich erb' zwanzigtausend Gulden. Gleich den Winter drauf schnappt eine Mahm am hitzigen Fieber auf und hinterläßt mir vierzigtausend Gulden; a paar Jahre drauf noch eine Mahm, und dann wieder eine Godl, alles, wie ich mir's denkt hab'! Na, und dann in der Lotterie hab' ich auch achtzehntausend Gulden g'wonnen.

SALOME Das auch noch?

SPUND Ja, man muß nit glauben, mit 'm Erben allein is es schon abgetan; man muß was andres auch versuchen; kurzum, ich kann sagen: was ich hab', das hab' ich durch meinen Verstand.

SALOME Na, so g'scheit wird der Mussi Titus wohl auch sein, daß er Ihnen beerbt, wann S' einmal sterben.

Schnappt . . . auf: stirbt.

SPUND Mir hat einmal ein g'scheiter Mensch g'sagt: ich kann gar nit sterben – warum, hat er nicht g'sagt – das war zwar offenbar nur eine Schmeichelei; aber wenn es einmal der Fall is, so werd' ich schon Leut' nach mein' Gusto finden für mein Vermögen, ich könnt' das nicht brauchen, daß mir a Rotkopfeter die Schand' antut und erweist mir die letzte Ehr'.

SALOME Also tun Sie weder jetzt, noch nach Ihrem Tod was für den armen Mussi Titus?

SPUND Ich tu' das, was der Bräumeister g'sagt hat. Ich kauf' ihm eine Offizin in der Stadt, das bin ich der verstorbenen Freundschaft schuldig; dann gib ich ihm a paar tausend Gulden, daß er dasteht als ordentlicher Mann; dann sag' ich ihm noch a paar Grobheiten wegen die roten Haar', und dann därf er sich nicht mehr vor mir blicken lassen.

SALOME (*freudig*) Also machen S' ihn doch vermöglich und glücklich?

SPUND Ich tu' das, was der Bräumeister g'sagt hat.

SALOME (*traurig für sich*) Ich g'freu mich d'rüber, und wann er nicht mehr arm is, is er ja erst ganz für mich verlor'n. (*Seufzend.*) Mir hat er ja so nix wollen!

SPUND Und als was is er denn im Schloß?

SALOME Das weiß ich nit, aber bordiert is er vom Kopf bis zum Fuß voll goldene Borten.

SPUND Das is Livree! O Schandfleck meiner Familie! Der Neveu eines Bierversilberers voll goldene Borten! Ich parier', die ganze Freundschaft hat sich um'kehrt im Grab! Skandal ohnegleichen! Führ' Sie mich g'schwind hinauf, ich beutl' ihn heraus aus der Livree – nur g'schwind! Ich hab' keine Ruh', bis die Schmach getilgt is und meine Freundschaft wieder daliegt im Grab, wie es sich g'hört.

SALOME Aber lassen S' Ihnen nur sagen –

SPUND (*äußerst agitiert*) Vorwärts, hab' ich g'sagt – Leuchter, voran! (*Treibt sie vor sich her hinter den Flügel des Schlosses.*)

Offizin: Barbierladen.

Fünfte Szene

FLORA, *dann* PLUTZERKERN

FLORA (*tritt von links auf*) He! Plutzerkern! Plutzerkern!

PLUTZERKERN (*aus der Gärtnerwohnung kommend*) Was schaffen S'?

FLORA Der Mensch ist doch schon fort, hoffe ich?

PLUTZERKERN Nein, er is noch nicht fertig.

FLORA Er soll sich tummeln!

PLUTZERKERN (*boshaft*) Wünschen Sie vielleicht ein Abschiedssouper in zweien, bei dem ich überflüssig bin?

FLORA Dummkopf!

PLUTZERKERN Ich hab' nur glaubt, weil Sie sich z' Mittag so um ihn g'rissen hab'n; jetzt wär' die Gelegenheit günstig, jetzt schnappt ihn Ihnen doch die Kammerfrau nicht mehr weg.

FLORA Halt' Er 's Maul und schick' Er ihn fort!

PLUTZERKERN (*in die Gärtnerwohnung rufend*) Mach' der Herr einmal, daß er weiterkommt!

TITUS (*von innen*) Gleich!

Sechste Szene

TITUS; DIE VORIGEN

TITUS (*in seinem schlechten Anzug wie zu Anfang des Stückes, aus der Gärtnerwohnung kommend*) Bin schon da!

FLORA Sehr gefehlt für einen Menschen, der schon fort sein sollt'!

TITUS Die Gärtnerin, die auch an meinem Haar ein Haar g'funden hat! Wollen Sie mir vielleicht gütigst was mitgeben auf 'n Weg?

FLORA Für die kecke Täuschung, die Er sich gegen mich erlaubt hat, wat mit*geben*? Ich will lieber nachschaun, ob Er nichts mitg'*nommen* hat. (*Geht, ihn verächtlich messend, in ihre Wohnung ab.*)

TITUS (*entrüstet*) Was –!?

PLUTZERKERN Ja, ja, man kann nicht wissen! (*Ihn ebenfalls verächtlich messend.*) Haariger Betrüger! (*Geht in die Gärtnerwohnung ab.*)

Siebente Szene

TITUS, *dann später* GEORG

TITUS (*allein*) Impertinentes Volk! – Das is wahr, recht liebreich behandeln ein' d' Leut', wenn ein' der Faden ausgeht. Im Grund hab' ich's verdient, ich hab' mich auch nicht sehr liebreich benommen, wie ich obenauf war – lassen wir das! Es wird Abend, in jeder Hinsicht Abend! Die Sonne meines Glücks und die wirkliche Sonne sind beide untergegangen im Okzident – wohin sich jetzt wenden, daß man ohne Kreuzer Geld ein Nachtquartier find't – das ist die schwierige okzidentalische Frage. – (*Das Schloß und die Gärtnerwohnung betrachtend.*) Zimmer gäbet's da g'nug, aber ich schein' eine Kost zu sein, die der Magen dieser Zimmer nicht vertragt.

GEORG (*kommt hinter dem Schlosse hervor und tritt Titus mit einem sehr artigen Kompliment entgegen*) Herr von Titus?

TITUS (*über diese Höflichkeit frappiert*) Ich bitt' mir's aus, mich nicht für einen Narren z' halten!

GEORG Ich weiß recht gut, für was ich Ihnen zu halten hab' – (*beiseite*) ich darf's aber nit sagen. (*Laut.*) Sie möchten aufs Schloß kommen.

TITUS (*erstaunt*) Ich?

GEORG Zu der Kammerfrau.

TITUS Ich? Zu der Madame Constantia?

GEORG Dann vielleicht auch zu der gnädigen Frau! Aber nicht gleich, erst in einer halben Stund'! Sie können derweil da im Garten spaziern gehn.

TITUS (*für sich*) Unbegreiflich! Aber ich tu's! (*Zu Georg.*) Ich werd' warten und dann erscheinen, wie befohlen. Wollten Sie aber nicht die Güte haben, dort – (*nach links deutend*) sind Gartenleut' – und ihnen sagen, daß ich mit herrschaftlicher Erlaubnis hier promeniere, denn nach dem Sprichwort: »Undank is der Welt Lohn« hab' ich Grund zu vermuten, daß sie zum Dank für das, daß ich s' heut' traktiert hab', jetzt Hinauswerfungsversuche an mir tentiereten.

GEORG O, ich bitt', Herr von Titus, das werden wir gleich machen. (*Geht, sich artig verneigend, ab.*)

Faden: Geld.
Okzidentalische Frage: die orientalische (!) wurde in Europa viel erörtert.
Tentiereten: tentieren = versuchen (fz. *tenter*).

Achte Szene

TITUS (*allein*)

TITUS Ich reim' mir das Ding schon zusamm': Die Gnädige wird in einem Anfall von Gnad' in sich gegangen sein, eing'sehen haben, daß sie mich als armen Teufel zu hart behandelt hat, und ruckt jetzt zum Finale mit einer Wegzehrung heraus. – Halt! (*Von einer Idee ergriffen.*) Um diesen Zweck noch sicherer zu erreichen, erweis' ich ihr jetzt eine zarte Aufmerksamkeit – (*in die Tasche greifend*) ich hab' ja da noch – sie kann die roten Haar' nit leiden – ich hab' da die graue Perücken vom eh'maligen Gartner im Sack – (*zieht sie hervor*) mit der mach' ich jetzt meine Abschiedsvisite, dann laßt s' g'wiß was springen. Ich probier's jetzt mit der grauen. Schwarze und blonde Haar' changieren sehr bald die Farb', so hat auch für mich bei beiden nur eine kurze Herrlichkeit herausg'schaut! Die grauen Haare ändern sich nicht mehr, vielleicht mach' ich mit die grauen ein dauerhaftes Glück. (*Geht links im Vordergrund ab.*)

Neunte Szene

FLORA, PLUTZERKERN

FLORA (*noch von innen*) Hab' ich's aber nicht g'sagt, daß wir so was erleben? (*Kommt ärgerlich aus ihrer Wohnung.*) O, ich kenn' meine Leut'! (*Zu Plutzerkern.*) Du laufst ihm nach!

PLUTZERKERN Es is aber nicht der Müh' wert.

FLORA Er hat die Perücken von mein' seligen Mann g'stohlen, die is für mich unschätzbar, wann ich will.

PLUTZERKERN Hören S' auf, 's sein Schaben drin.

FLORA Du laufst ihm nach, entreißt ihm den Raub!

PLUTZERKERN Da kriegt er keine zwei Groschen dafür.

FLORA Nachlaufen, hab' ich g'sagt, g'schwind!

PLUTZERKERN (*indem er langsam hinter der Gärtnerwohnung abgeht*) Ich werd' schaun, daß ich ihn einhol' – glaub' aber nit. (*Ab.*)

Zehnte Szene

FLORA, GEORG

FLORA (*sehr ärgerlich*) Ewig schad', daß's schon Abend is! Jetzt hat der Wachter schon sein' Rausch, sonst ließ' ich ihn einsperren, den impertinenten Ding, der sollt' denken an mich!

GEORG (*aus dem Vordergrund links auftretend*) Was is denn, Frau Gärtnerin, warum denn so im Zorn?

FLORA Ach, weg'n dem herg'loff'nen Filou!

GEORG Pst! Halt! Ehre, dem Ehre gebührt! Ich hab' ihn früher auch einen Vagabunden g'heißen, aber er hat einen steinreichen Herrn Onkel, der is an'kommen, nimmt sich an um ihn, kauft ihm in der Stadt die erste Offizin, denn er is ein studierter Balbierer, dann schenkt er ihm viele tausend und tausend Gulden.

FLORA (*äußerst erstaunt und betroffen*) Hörn Sie auf!

GEORG Wie ich Ihnen sag' – ich hab' ihn grad aufs Schloß b'stellen müssen, den Mussi Titus, er därf noch nix wissen, aber »Herr von« hab' ich doch zu ihm g'sagt, denn Ehre, dem Ehre gebührt! (*Geht hinter dem Schlosse ab.*)

Elfte Szene

FLORA, *dann* TITUS, *dann* SALOME

FLORA (*allein*) Diese Nachricht is auf Krämpf' herg'richt't, und ich hab' den Menschen so grob behandelt. Jetzt heißt's umstecken und alles dransetzen, daß ich Frau Balbiererin werd'! Es wär' ja nur auf 'm Land ein Unglück, in der Stadt kann man's schon aushalten mit ein' rotkopfeten Mann. Dort kommt er! (*Nach links sehend.*) Ich will mich stellen, als ob's mich reuet – was stellen! Ich bin ja wirklich vor Reu' ganz außer mir.

Quodlibet-Terzett

FLORA

Titus! Titus!

TITUS (*aus dem Hintergrunde links*)

D' Gartnerin ruft mich zu sich?

FLORA

Ach, Herr Titus, hören S' mich!

TITUS

D' Gartnerin ruft mich zu sich?

FLORA

Ach, Herr Titus, hören S' mich!
's laßt mir kein' Rast und keine Ruh'.

TITUS

Was S' z' sag'n hab'n, reden S', ich hör' zu.

FLORA

Bereuen kann man nie zu fruh!

TITUS

Der Abschied, hör'n Sie, war schmafu.

FLORA

's laßt mir kein' Rast und keine Ruh'! } *zugleich*

TITUS

Was S' z' sag'n hab'n, red'n S', ich hör' zu.

FLORA

Bereuen kann man nie zu fruh! } *zugleich*

TITUS

Der Abschied, hör'n Sie, war schmafu!

FLORA

Bereuen kann man, nein, das kann man nie zu fruh! } *zugleich*

TITUS

Der Abschied, hör'n Sie, der war wirklich sehr schmafu!

FLORA

Tun Sie nicht von mir sich wenden
Und mir Hasses Blicke senden!
Nicht vertrag' ich's!

TITUS

Na, was is denn?

FLORA

Ich vergehe –!

TITUS

Versteht si!

FLORA

Weh' mir!

TITUS

's magerlt ewige Zeiten,

Schmafu: geringschätzig, gemein (von fz. *je m'en fous*).
's magerlt: es ärgert.

Wird man von solchen Leuten
Malträtiert, das greift ans Herz;
Fern von eurem flachen Lande
Schließ' ich andre Liebesbande;
In d' Schweiz zieht der Verkannte,
Dort heilt a Kuhdirn den tief'n Schmerz.

FLORA
Meiner Gall' war ich früher nicht Meister,
Vergeben Sie und sei'n Sie nicht hart!
Es rächen sich doch große Geister
Ja immer nur auf edle Art.

TITUS
Es tobet in mir Rache,
Wie die Ehre, wie die Liebe sie fordert –

FLORA
Willst du schon wieder gehn?

TITUS
Ja, ich will gehn, froh und frei,
Nie deinen Tempel sehn.

FLORA
Ach, du kannst nicht begreifen, nicht fühlen,
Welche Qualen die Brust mir durchwühlen,
Diese Flammen, die nie mehr zu kühlen,
Wie von Reue das Herz mir bricht!
Ja, dich nenn' ich mein teures Leben,
Dich mein einziges, glühendes Streben!
Willst du grausam mir nimmer vergeben,
Erwidern die Tränen mit Hohn,
Willst du grausam mir nimmer vergeben,
Erwidern die Tränen mit Hohn –?

TITUS
Daß ich so g'schwind Lieb' konnt' erwecken,
Da muß was dahinterstecken,
Alles eins, ich sag': Beim Bäcken
Kriegt man d' Semmeln, mich aber nicht!
's nutzt nix, die G'schicht',
Bitt' fort a Jahrl,
Mich erwischst nicht,
Mir wer'n kein Paarl,

's is umsonst, hast nix davon,
's is umsonst, hast nix davon.

SALOME (*kommt*)
Ich hab' wahrlich keinen Grund,
Ein lustig's G'sicht zu machen,
Und doch öffnet sich mein Mund
Herzlich jetzt zum Lachen.
Wie der dicke Herr im Schloß
Sich benimmt, is g'spaßi,
Da hat er's gegeb'n ganz groß,
Droben is er dasi – hahaha!

FLORA
Was will denn die da?

SALOME (*Titus erblickend*)
Was is das? Jetzt bei der?
Das gehört auch zum Malheur.

TITUS
D' Salome,
Soll die mich hier als Flegel sehen?

FLORA
Titus! Grob därfen S' jetzt nit sein –

SALOME
Daß ich grad dazu muß kommen!

TITUS
Wenigstens zum Schein –

FLORA
Wir sind nicht mehr allein.

SALOME
Doch ich hab' mir vorgenommen –

TITUS
Will ich all's verzeihn.

FLORA
Ha, Worte, die sanft erklingen,
Vernehm' ich, es wird mir gelingen,
Mir wieder zu erringen, } *zugleich*
Was ich verlor,
Was ich verlor,
Und was mein Glück allein.

Dasi(g): kleinlaut.

TITUS
Wenn sanft die Worte klingen,
Brauchen S' vor Freud' nicht zu springen,
Schwerlich wer'n S' mich erringen.
Denn wohlgemerkt,
Ich hab' nur g'sagt: zum Schein!

SALOME
Nichts mehr z' sagen,
Mir es aus dem Sinn zu schlagen,
's soll nicht sein,
Nein, 's soll nicht sein.

zugleich

TITUS
Ach, sie im Netz zu sehen,
Ach, ich muß es gestehen,
Ja, leicht wär' es geschehen,
Doch nein, nein, nein, ich will das nicht,
Die Liebe, dideidldidum,
Erfüllet, dideidldidum,
Mich gar nicht, dumdidldidum,
Für sie, durchaus nein!
Ach, sie im Netz zu sehen,
Ich muß es gestehen,
Leicht wär' es geschehen,
Doch nein! Ihrer Liebe Sehnen
Stillbeglückt zu krönen
Darf ich nicht entbrennen, nein!

ALLE DREI
Man schmeichelt sich mit Hoffnung oft,
Zu Wasser wird, was man gehofft.

FLORA
Bei mir soll's nicht zu Wasser wer'n,
Das Glück hat halt die Witwen gern.

TITUS, SALOME
Das Glück, das foppt uns halt so gern!

ALLE DREI
Wenn man glaubt, man hat das Glück
Schon sicher in sein' Haus,
Husch, husch, husch, im Augenblick
Beim Fenster rutscht's hinaus.

Man schmeichelt sich mit Hoffnung oft,
Zu Wasser wird das, was man hofft –

FLORA

Mir soll's nit zu Wasser wer'n!

TITUS, SALOME

Warum soll's nit zu Wasser wer'n?

FLORA

Das Glück hat mich zu gern.

TITUS, SALOME

Das Glück, das foppt uns gern!

SALOME

Mein Bruder, der Jodl, singt so:
Ja, mit die Madeln da is richti, richti, richti
Allemal a rechter G'spaß,
Tun s' vor'n Leuten noch so schüchti, schüchti, schüchti,
Was man z' denken hat, man waß's!
Und ich bin a schöner Kerl, Kerl, Kerl,
G'wachsen wie a Pfeifenröhrl, Röhrl, Röhrl,
Unter den Männern schon die Perl', Perl', Perl',
Drüber laßt sich gar nix sag'n,
Ich hab' Rosomi im Schädel, Schädel, Schädel,
Drum bin ich stolz und bettel', bettel', bettel'
Nit erst lang um so a Mädl, Mädl, Mädl,
Obs d' nit doni gehst vom Wag'n, Wag'n, Wag'n,
Obs d' nit doni gehst vom Wag'n.

ALLE DREI

Bald wird's anders werden,
Kuraschiert auf den Weg,
Der zum Ziel uns führt,
Fortmarschiert, so lang, bis 's besser wird.
's Glück is rund,
Darum geht's auf der Welt so bunt,
Ohne Grund
Liegt man g'schwind öfters drunt'.

FLORA, SALOME

Wir sein nix als –

TITUS

Wir sein nix als – wir sein nix als –

Rosomi: Verstand (aus dem Tschechischen).
Doni: hinweg, hinunter.

FLORA, SALOME

Narren des Schicksals,

TITUS

Narren des Schicksals, Narren des Schicksals.

FLORA, SALOME

Wenn man sich all's, wenn man sich all's,

TITUS

Wenn man sich all's,
Wenn man sich all's,

ALLE DREI

Gleich zu Herzen,
Wenn man sich alles z' Herzen nimmt!
Wenn nur frohe Hoffnung glimmt,
Endigt alles gut bestimmt,
Ta, ta, ta, dum, dum, dum.

FLORA, SALOME

's laßt sich drüber nix sag'n
Mit ein' orndlichen Mag'n,

TITUS

Mit ein' orndlichen Mag'n –

ALLE DREI

Man kann alles ertrag'n,
Kann man alles ertrag'n.

(*Flora rechts, Titus hinter dem Schloß und Salome links gegen den Hintergrund ab.*)

Verwandlung

Gartensaal im Schlosse mit Bogen und Glastüren im Hintergrunde, welche die Aussicht auf eine Terrasse und den mondbeleuchteten Garten eröffnen, rechts und links eine Seitentür. Lichter auf den Tischen zu beiden Seiten

Zwölfte Szene

CONSTANTIA (*allein, aus der Seitentüre rechts*)

CONSTANTIA Wer hätte dem Friseur das zugetraut! Mit einem stolz hingeworfenen: »Adieu, Madame!« hat er sich für immer losgesagt von mir! Eine gewöhnliche Witwe könnte das außer Fassung bringen, mich, Gott sei Dank, kostet es nur einen Blick, und ein anderer Bräutigam, Monsieur Titus, liegt zu meinen Füßen. Wenn nur die gnädige Frau, die sich so gütig der Sache annimmt, den alten Spießbürger schon herumgekriegt hätte, daß er Titus als seinen Erben erklärt!

Dreizehnte Szene

CONSTANTIA, FRAU VON CYPRESSENBURG

FRAU VON CYPRESSENBURG (*aus der Seitentüre links kommend*) Constanze –

CONSTANTIA (*ihr entgegeneilend*) Euer Gnaden!

FRAU VON CYPRESSENBURG Es geht nicht!

CONSTANTIA Wär's möglich?

FRAU VON CYPRESSENBURG Ich habe mich eine halbe Stunde abgequält mit dem Manne, aber seine lederne, wasserdichte Seele ist undurchdringlich für den Tau der Beredsamkeit. Er will ihn etablieren, weiter nichts, auf Erbschaft hat er keine Hoffnung.

CONSTANTIA Hm! Sehr fatal! Ich glaubte, es würde so leicht gehen, habe schon den Notarius Falk, der heraußen seine Sommerwohnung hat, rufen lassen – versuchen wir es nochmal, gnädige Frau, setzen wir ihm beide zu!

FRAU VON CYPRESSENBURG Wenn du glaubst! Ich habe dich heute aus Übereilung sehr ungerecht behandelt und will das durch wahre mütterliche Sorgfalt wieder gutmachen.

CONSTANTIA (*ihr die Hand küssend*) Sie sind so überaus gnädig –

FRAU VON CYPRESSENBURG (*indem sie, von Constantia begleitet, in die Seitentüre links abgeht*) Ich habe aber wenig Hoffnung. Es müßte nur sein, daß das Wiedersehn seines Neffen –

CONSTANTIA Der muß jeden Augenblick hier sein. (*Beide in die Seitentür links ab.*)

Vierzehnte Szene

KONRAD (*führt* TITUS, *welcher die graue Perücke aufhat, durch die Glastür von der Terrasse in den Saal*)

TITUS (*im Eintreten*) Aber, so sag' Er mir nur –

KONRAD Ich darf nix sag'n! (*Ihn erstaunt anglotzend.*) Aber was is denn das? Sie haben ja eine graue Perücken auf.

TITUS Geht Ihn das was an? Ich bin herb'stellt, meld' Er mich, und damit Punktum!

KONRAD Na, gleich, gleich! (*Geht in die Seitentüre links ab.*)

Fünfzehnte Szene

TITUS (*allein*), *später* KONRAD (*zurück*)

TITUS (*allein, aufs Herz deutend*) Es wird mir a bißl an Stich da geben, wenn ich die Constantia sehe. Ach, nur dran denken, wie sie g'sagt hat: »Ach, wie abscheulich sieht er aus!« So eine Erinnerung is ein Universalmittel gegen alte Bremsler. Sie soll Kammerfrau bleiben, wo sie will, meine Herzenskammern, die bezieht sie nicht mehr, die verlass' ich an einen ledigen Jungg'sellen, und der heißt: »Weiberhaß!«

KONRAD (*tritt ein*)

TITUS (*zu ihm*) Hat Er mich angemeldet?

KONRAD Nein, die gnädige Frau diskuriert, und da darf man sie nicht unterbrechen.

TITUS Aber ich bin ja –

KONRAD Keine Ungeduld! Wart' der Herr da, oder – (*nach rechts deutend*) in dem Zimmer drin. In einiger Zeit werd' ich sehn, ob es Zeit sein wird, Ihn zu melden. (*Rechts ab.*)

Sechzehnte Szene

TITUS (*allein*)

TITUS Fahr ab, du bordierte Befehlerfüllungsmaschine! Das is auch einer aus der g'wissen Sammlung – das Leben hat eine Sammlung von Erscheinungen, die wahrscheinlich von sehr hohem Wert sind, weil sie den Ungenügsamsten zu der genügsamen Äußerung hinreißen: »Da hab' ich schon g'nur!«

Lied

1.

's kommt ein' einer ins Zimmer, man fragt, was er will?
»Ich bitt' um Unterstützung, hab' Unglück g'habt viel;
Such' Beschäftigung, doch 's is alles b'setzt überall,
Ich bin kränklich, war jetzt erst zehn Woch'n im Spital!«
Dabei riecht er von Branntwein in aller Fruh' –
Na, da hab' ich schon g'nur, na, da hab' ich schon g'nur!

Bremsler: nervöse Erschütterung.

2.

»Die G'schicht' wird mir z' auffallend schon!« schreit der Mann.
»Ich weiß nicht, was d' hast«, lispelt d' Frau, »hör' nur an,
Daß der Mensch mir so viel zarte Achtung erweist,
Das g'schieht aus Bewunderung nur für mein' Geist,
Das, was du für Liebe hältst, ist Freundschaft nur!« –
Na, da hab' ich schon g'nur, na, da hab' ich schon g'nur!

3.

A Madl hat ein' Burnus mit kirschrote Quasten;
Ich parier', sie hat battistene Wäsch' in ihr'm Kasten,
's Kleid is von Asphalt, nach dem neuesten Schnitt;
Drauf kommt s' zu ein' Lackerl, drüber macht s' einen Schritt,
Bei der G'leg'nheit geht ihr der Rock etwas vur –
Na, da hab' ich schon g'nur, na, da hab' ich schon g'nur!

4.

Ich vergaff' mi in a Madl, ganz einfach gekleid't,
Ich begehr's von die Eltern, war'n recht rare Leut';
Sie sag'n gleich: »Da hab'n Sie's, 's kann Hochzeit sein morgen,
Nur müssen Sie uns auch als d' Eltern versorgen,
Die elf G'schwistert, die brauchen S' ins Haus z'nehmen nur!« –
Na, da hab' ich schon g'nur, na, da hab' ich schon g'nur!

5.

Vor mir red'n zwei Fräul'n, war a g'spaßigs Gewäsch,
Ich hör': »Oui« und »Peut-être« – 's war richtig Französch:
»Allez vous aujourd'hui au théâtre, Marie?«
»Nous allons«, sagt die andre, »au quatrième galerie,
J'ai allée avec Mama au théâtre toujours« –
Na, da hab' ich schon g'nur, na, da hab' ich schon g'nur!

6.

»Ich geh' zum Theater!« hat mir einer g'sagt.
»Als was woll'n S' denn 's erstemal spiel'n?« hab' i g'fragt.
»Ich spiel' gleich den Hamlet, denn ich bin ein Genie.
Gib dann den Don Carlos als zweites Debut.
So wie ich hab'n sie kein' in der Burg, gar ka Spur!« –
Na, da hab' ich schon g'nur, na, da hab' ich schon g'nur!

(*Durch die Seitentür links ab.*)

Parier': wette.
Lackerl: kleine Lache, Pfütze.
Fünfte Strophe: Absichtlich fehlerhaftes Französisch.
Burg: Wiener Burgtheater.

Siebzehnte Szene

FRAU VON CYPRESSENBURG, CONSTANTIA, *dann* TITUS

FRAU VON CYPRESSENBURG Wo er nur so lange bleibt?

CONSTANTIA Georg sagte mir doch –

TITUS (*aus der Seitentür rechts*) Meinen Euer Gnaden mich?

FRAU VON CYPRESSENBURG Ah, da sind Sie ja – Sie werden staunen!

CONSTANTIA (*mit Verwunderung Titus' graue Perücke bemerkend und Frau von Cypressenburg darauf aufmerksam machend*) Gnädige Frau! Sehen Sie doch –

FRAU VON CYPRESSENBURG Was ist denn das?

TITUS (*auf seine Perücke deutend*) Diese alte Katherl war die einzige, deren ich mich bemächtigen konnte. Ich benütze sie, um die Ihre Nervensystem verletzende Couleur zu verdecken.

FRAU VON CYPRESSENBURG Hm, so arg ist es nicht, ich bin nur manchmal so kindisch.

TITUS Kindisch? Diese Eigenschaft sieht Ihnen der schärfste Menschenkenner nicht an.

CONSTANTIA Rote Haare stehen im Grunde so übel nicht!

TITUS (*erstaunt*) Das sagen Sie, die noch –?

FRAU VON CYPRESSENBURG Jetzt legen Sie aber schnell die Perücke ab, denn es wird jemand –

CONSTANTIA (*Spund bemerkend, welcher bereits aus der Seitentür links getreten ist*) Zu spät, da ist er schon!

FRAU VON CYPRESSENBURG (*zu Spund*) Hier Ihr Neffe, Herr Spund! (*Geht in die Seitentür links ab.*)

CONSTANTIA (*für sich*) Jetzt mag er sehen, wie er mit ihm zurecht kommt! (*Folgt der Frau von Cypressenburg.*)

Achtzehnte Szene

TITUS, SPUND; *später* KONRAD

TITUS (*erstaunt*) Der Herr Vetter! Wie kommen denn Sie daher?

SPUND Auf eine honnettere Art als du! Durchgehen is nicht meine Sach'!

TITUS Ja, freilich, wenn man einmal Ihre Dicken hat, dann geht man nicht so leicht wo durch!

Katherl: Perücke.

SPUND Du Makel der Familie, du! (*Kommt näher auf ihn zu und erblickt mit Staunen die grauen Haare.*) Was is denn das!? Graue Haare?

TITUS (*für sich, betroffen*) O je!

SPUND Du bist ja rotkopfet?

TITUS (*sich schnell fassend*) Ich war es.

SPUND Und jetzt?

TITUS Jetzt bin ich grau.

SPUND Das is ja nicht möglich –

TITUS Wirklichkeit is immer das schönste Zeugnis für die Möglichkeit.

SPUND Du bist ja erst sechsundzwanzig Jahr'?

TITUS Ich war es gestern noch! Aber der Kummer, die Kränkung, daß ich, verlassen von meinem einzigen leiblichen Herrn Vettern, als hilfloser Durchgänger in die Welt hab' müssen, hat mich um ein Jahrtausend älter gemacht: Ich bin über Nacht grau geworden.

SPUND (*verblüfft*) Über Nacht?

TITUS Schlag sieben bin ich fort von z' Haus, dreiviertel Stund' später schau' ich mich in den Spiegel der Unglücklichen, ins Wasser hinein, da war mir, als wenn meine Haare so g'wiß g'sprenglet wären. Ich schieb' das auf die Dämmerung, wähle den Linigraben zur Untertuchet, deck' mich mit die Nachtnebel zu, schlaf' ein – Schlag Mitternacht wecken mich zwei Frösch' auf, die auf meinem Halstüchel zu disputieren anfangen, da gibt mir ein Anfall von Desperation den klugen Einfall, mir einige Hände voll Haare ausz'reißen – sie waren grau! – Ich schieb' das auf den Silbersichelreflex der Mondscheibe, schlaf' weiter. Auf einmal scheucht mich ein ungeheures Milliweiberg'schnatter auf aus dem tiefsten Linigrabenschlummer – es war heller Morgen, und neben mir macht grad ein Rastelbinder Toilette, er schaut sich in ein' Glasscherben, der vielleicht einst ein Spiegel war, ich tu' desgleichen, und ein eisgrauer Kopf, den ich nur an dem beigefügten Gesicht für den meinigen erkenne, starrt mir entgegen.

SPUND Das wär' ja unerhört!

Linigraben: Graben entlang der »Linie«, der Umwallung der damaligen Vorstädte Wiens.
Untertuchet: Tuchet = Mit Federn gefüllte Bettdecke.
Rastelbinder: wandernde Gelegenheitsarbeiter, oft Zigeuner, die Geschirr reparierten.

TITUS O nein, die Geschichte spricht dafür. Da war zum Beispiel ein gewisser Belisar, von dem haben S' g'wiß g'hört?

SPUND Belisar? War das nit ein Bierversilberer?

TITUS Nein, er war römischer Feldherr. Dem hat seine Frau durch'n Senat d' Augen auskratzen lassen.

SPUND Das tun sonst d' Weiber selber.

TITUS Die hat aber den Kodex Justinianus z' Hilf' g'nommen. Das nimmt sich der Mann zu Herzen, und in dreimal vierundzwanzig Stund' is er grau! Jetzt denken Sie, Herr Vetter, das, wozu ein römischer Feldherr drei Täg' hat braucht, das hab' ich über Nacht geleistet, und Sie, Herr Vetter, sind der Grund dieser welthistorischen Begebenheit.

SPUND (*sehr ergriffen*) Titus, Bub, Blutsverwandter – ich weiß gar nicht, wie mir g'schieht – ich bin der Vetter einer welthistorischen Begebenheit! (*Schluchzend.*) Neunzehn Jahr' hab' ich net g'weint, und jetzt kommt das Ding völlig schußweis. (*Trocknet sich die Augen.*)

TITUS Is gut, wenn das alte Bier herauskommt!

SPUND (*die Arme ausbreitend*) Geh her, du eisgrauer Bub! (*Umarmt ihn.*)

TITUS (*ihn ebenfalls umarmend*) Vetter Spund! (*Prallt plötzlich heftig aus seinen Armen zurück.*)

SPUND (*darüber erstaunt*) Was springst denn weg als wie ein hölzerner Reif?

TITUS (*für sich*) Bei ein' Haar hätt' er mich beim Haarzopfen erwischt. (*Laut.*) Sie haben mich so druckt, mit Ihrem Ring, glaub' ich.

SPUND Sei nicht so heiklich! Her da an das Vetterherz! (*Umarmt ihn derb.*)

TITUS (*hält während der Umarmung mit der rechten Hand seinen Zopf in die Höhe, damit er Spund nicht in die Hände kommt*)

SPUND (*ihn loslassend*) So! – Übrigens, daß ich dich nicht mehr druck' mit dem Ring – (*Zieht einen dicken Siegelring etwas mühsam vom Finger.*)

TITUS (*währenddem beiseite*) Wenn der den Zopfen sieht, so is's aus; denn das glaubet er mir doch nicht, daß mir aus Kränkung ein Zopfen g'wachsen is.

SPUND (*ihm den Ring gebend*) Da hast du ihn! Du mußt wis-

Belisar ff.: Blendung unhistorisch, aber Stoff zeitgenössischer Theaterstücke.

sen, daß ich da bin, um dich als g'machten Mann in die Stadt zurückz'führen, daß ich dir eine prächtige Offizin kauf' – daß ich –

TITUS (*freudig*) Herr Vetter!

SPUND Aber wie du ausschaust, der Rock – ich muß dich der gnädigen Frau als meinigen Verwandten vorstellen, und dann is noch wer drin –

TITUS (*erschrocken*) Etwan der Friseur? –

SPUND Friseur? (*Lacht mit tölpischer Schalkhaftigkeit.*) Du Bub, du, stell' dich net so! Ich hab' schlechte Augen, aber der Person hab' ich's recht gut ang'sehn, auf was es abg'sehn is. Wenn nur der Rock –

KONRAD (*tritt aus der Seitentür rechts und will durch die Mitte ab*)

SPUND (*zu Konrad*) O Sie, sei'n S' so gut, haben S' keine Bürsten?

KONRAD A Bürsten? Ich glaub'. (*Sich an die Tasche fühlend.*) Richtig, ich hab' s' da im Sack bei mir. (*Gibt Spund die Bürste.*)

SPUND So, geben S' her! Können schon wieder gehn! (*Konrad zur Mitte ab.*)

SPUND (*zu Titus*) Jetzt geh her, daß ich dich a bißl sauber mach' –.

TITUS (*betroffen*) Was wollen S' denn?

SPUND Drah dich um –!

TITUS (*in großer Verlegenheit*) Sie wer'n doch als Herr Vetter nicht Kleiderputzerdienst' an dem Neffen üben?

SPUND Ich bedien' nicht den Neffen, ich bürst' einer Naturerscheinung den Rock aus, ich kehr' den Staub ab von einer welthistorischen Begebenheit, das entehrt selbst den Bierversilberer nit! Drah dich um!

TITUS (*in größter Verlegenheit, für sich*) Gott, wann der den Zopfen sieht –! (*Laut.*) Fangen S' vorn an!

SPUND Is a recht. (*Bürstet an Titus' Kleidern.*)

TITUS (*in höchster Angst, für sich*) Schicksal, gib mir eine Scher', oder ich renn' mir ein Messer in den Leib!

SPUND (*etwas tiefer bürstend*) Schrecklich, wie sich der Bub zug'richt't hat.

TITUS (*für sich*) Is denn keine Rettung? Es muß blitzen! (*Blickt nach der ihm gegenüberstehenden Seitentür links, welche sich etwas öffnet und aus welcher nur Constantias Arm mit einer Schere in der Hand sichtbar wird.*) Ha! Da blitzt ein blanker Stahl in meine Augen! Die Himmlische zeigt mir eine englische Scher'! –

SPUND Drah dich um, sag' ich!

TITUS Da stellen wir uns herüber! (*Geht, ohne seine Rückseite gegen Spund zu wenden, auf die linke Seite der Bühne, so daß er mit dem Rücken nahe an die Seitentür links zu stehen kommt.*) Da is die wahre Lichten! (*Langt zurück und nimmt aus Constantias Hand die Schere.*)

SPUND So drah dich um!

TITUS Nein, jetzt werden S' vorn noch a Menge Staub bemerken. (*Während Spund noch an den Vorderklappen des Rockes bürstet, schneidet er sich rasch den Zopf ab.*)

SPUND Nicht wahr is 's! Jetzt umdrahn amal! (*Wendet ihn herum.*)

TITUS (*zieht während dieser Wendung den abgeschnittenen Zopf mit der linken Hand vorne über den Kopf herab, so daß Spund, welcher den Rücken des Rockes ausbürstet, nichts bemerken kann. Für sich*) Habe Dank, Schicksal, die Amputation is glücklich vorüber.

SPUND (*indem er bald aufhört zu bürsten*) Schau, Titus, du bist a guter Kerl, du hast dich kränkt um einen hartherzigen Vettern! Und warum war ich hartherzig? Weil du rote Haar' hast g'habt! Die hast aber jetzt nicht mehr, es is also kein Grund mehr vorhanden, ich kann jetzt nit anders, ich muß weichherzig wer'n. Du bist mein einziger Verwandter, du bist – mit einem Wort, du bist so viel als mein Sohn, du bist mein Universalerb'!

TITUS (*erstaunt*) Was?

Neunzehnte Szene

FRAU VON CYPRESSENBURG, NOTARIUS FALK, CONSTANTIA; DIE VORIGEN

FRAU VON CYPRESSENBURG Universalerbe, das is das rechte Wort, welches wir von Ihrem Herzen erwartet haben.

CONSTANTIA Wir haben auch gar nicht daran gezweifelt, und zufällig ist der Herr Notarius da, welcher derlei Urkunden immer in Bereitschaft hat.

SPUND Nur her damit!

NOTARIUS (*zieht eine Schrift hervor und detailliert Spund im stillen die Hauptpunkte derselben*)

TITUS (*für sich, mit Beziehung auf Constantia*) Das geht ja über Hals und Kopf; die betreibt ja meine Erbschaft viel eifriger als ich selber!

FRAU VON CYPRESSENBURG (*zu Titus*) Sehen Sie, wie das gute Geschöpf (*auf Constantia deutend*) für Ihr Bestes sorgt? Ich weiß alles und willige gern in den Bund, den Liebe schloß und Dankbarkeit befestigen wird.

TITUS (*verneigt sich stumm*)

SPUND (*zum Notarius*) Schön, alles in bester Ordnung! (*Man führt Spund zum Tische, worauf Schreibzeug steht, und er setzt sich zum Unterschreiben.*)

TITUS (*für sich*) Daß er mir ein' Offizin kauft, das kann ich annehmen, er is mein Blutsverwandter! Aber durch einen Betrug sein Universalerb' wer'n, das mag ich doch nicht! (*Laut zu Spund, welcher eben die Urkunde unterzeichnen will.*) Halt, Herr Vetter! Erlauben S' –

SPUND Na? Bist etwa noch nicht z'frieden?

Zwanzigste Szene

FLORA (*zur Mitte eintretend*); DIE VORIGEN

FLORA Gnädige Frau, ich komm' –

FRAU VON CYPRESSENBURG Zur ungelegenen Zeit!

FLORA Um Rechnung zu legen –

FRAU VON CYPRESSENBURG Hab' ich Ihr nicht gesagt, daß ich Sie wieder behalte?

FLORA Ja, aber – es ist zwar noch nicht gewiß, aber es könnt' vielleicht sein, daß ich in die Stadt heirat' – warum soll ich's geheim halten, der Mussi Titus –

FRAU VON CYPRESSENBURG Was?

CONSTANTIA (*zugleich*) Impertinent!

SPUND Wie vielen hast denn du 's Heiraten versprochen in der Desperation?

TITUS Versprochen? Gar keiner.

SPUND Übrigens, das is Nebensach'! Heirat', wen du willst, du bist Universalerb'!

Einundzwanzigste Szene

SALOME; DIE VORIGEN

SALOME (*durch die Mitte hereineilend*) Mussi Titus! Mussi Titus! (*Erschrickt über die Anwesenden, ohne jedoch Flora zu bemerken, und bleibt unter der Tür stehen*)

FRAU VON CYPRESSENBURG, NOTARIUS *und* CONSTANTIA Was soll das?

SALOME (*schüchtern*) Ich bitt' um Verzeihn –

FRAU VON CYPRESSENBURG Was hat die Person hier zu suchen?

SALOME Den Mussi Titus! Die Frau Gartnerin hat g'schafft –

FRAU VON CYPRESSENBURG Die ist ja hier.

SALOME (*Flora gewahr werdend*) Richtig! Na, dann kann sie's selber sagen.

FRAU VON CYPRESSENBURG Was denn?

SALOME Nix! Sie winkt mir ja, daß ich nix sagen soll.

FRAU VON CYPRESSENBURG Heraus jetzt mit der Sprache!

SALOME Nein, solang die Frau Gartnerin dort so winkt, kann ich nit reden.

FRAU VON CYPRESSENBURG (*zu Flora*) Das werd' ich mir verbitten! (*Zu Salome.*) Also, was ist's?

SALOME (*verlegen*) Die Frau Gartnerin hat dem Plutzerkern g'sagt, und der Plutzerkern hat mir den Auftrag geben –

FRAU VON CYPRESSENBURG (*ungeduldig*) Was denn?

SALOME Der Mussi Titus soll die Perücken z'ruckgeben.

FRAU VON CYPRESSENBURG *und* CONSTANTIA (*erschrecken*)

SPUND Was für eine Perucken?

TITUS (*die graue Perücke abnehmend*) Diese da!

SPUND (*erzürnt, als er den Betrug merkt*) Was wär' das? Du Bursch, du –!

CONSTANTIA (*für sich*) Verdammt! Jetzt ist alles verloren!

FRAU VON CYPRESSENBURG (*leise zu Constantia*) Ruhig! (*Laut zu Titus.*) Sie haben sich einen etwas albernen Scherz mit Ihrem würdigen Herrn Onkel erlaubt! Sie werden aber doch nicht glauben, daß er sich wirklich äffen ließ? Er müßte der dümmste Mensch unter der Sonne sein, wenn er die plumpe Täuschung nicht augenblicklich gemerkt hätte! Aber als Mann von Geist und Verstand –

TITUS Hat er gleich alles durchschaut und nur mich aufsitzen lassen.

FRAU VON CYPRESSENBURG (*zu Spund*) Ist's nicht so?

SPUND (*ganz verblüfft*) Ja, freilich, freilich hab' ich alles durchschaut!

FRAU VON CYPRESSENBURG (*zu Titus*) An Ihnen ist es jetzt, seine Vergebung zu erflehen.

CONSTANTIA (*zu Titus*) Daß Ihnen der geistreiche Mann der Haare wegen die Erbschaft nicht entziehen wird, dürfen Sie mit Zuversicht hoffen. (*Zu Spund.*) Nicht wahr?

SPUND (*wie oben*) Freilich, freilich!

TITUS (*zu Constantia und Flora*) Daß ich aber auf die Erbschaft freiwillig Verzicht leiste, das werden Sie nicht hoffen. Mein guter Herr Vetter kauft mir ein G'schäft, mehr verlang' ich mir nicht. Dafür werd' ich ihm ewig dankbar sein! Erbschaft brauch' ich keine, denn ich wünsch', daß er noch a dreihundert Jahr' lebt.

SPUND (*gerührt*) So alt ist noch kein Bierversilberer wor'n! Bist doch a guter Kerl, trotz die rot'n Haar'!

TITUS (*mit Beziehung auf Flora und Constantia*) Daß ich nun ohne Erbschaft keine von denen heiraten kann, die die roten Haar' bloß an einem Universalerben verzeihlich finden, das ergibt sich von selbst. Ich heirat', die dem Titus sein' Titus nicht zum Vorwurf machen kann, die schon auf den rotkopfeten pauvre diable a bißl a Schneid g'habt, und das, glaub' ich, war bei dieser da der Fall! (*Schließt die erstaunte Salome in die Arme.*)

SALOME Was –! Der Mussi Titus –?

TITUS Wird der deinige!

FRAU VON CYPRESSENBURG (*welche still mit Constantia gesprochen, sagt dann laut*) Adieu! (*Geht unwillig in die Seitentür links ab; der Notarius folgt ihr.*)

CONSTANTIA Die gnädige Frau wünscht, daß man sie hier nicht ferner störe. (*Folgt ihr.*)

FLORA (*zu Titus, boshaft*) Ich gratulier' zur schönen Wahl. Da heißt's wohl: »Gleich und gleich g'sellt sich gern.« (*Durch die Mitte ab.*)

SPUND (*zu Titus*) Du tust aber, als wenn ich da gar nix dreinz'reden hätt'!

TITUS (*mit Beziehung auf Salome*) Ich weiß, Herr Vetter, die roten Haar' mißfallen Ihnen, sie mißfallen fast allgemein. Warum aber? Weil der Anblick zu ungewöhnlich is; wann's recht viel' gäbet, käm' die Sach' in Schwung, und daß wir zu dieser Vervielfältigung das unsrige beitragen werden, da kann sich der Herr Vetter verlassen drauf. (*Umarmt Salome.*)

(*Während einiger Takte Musik fällt der Vorhang.*)

Einen Jux will er sich machen

Posse mit Gesang in vier Aufzügen

Personenverzeichnis

ZANGLER, Gewürzkrämer in einer kleinen Stadt
MARIE, dessen Nichte und Mündel
WEINBERL, Handlungsdiener
CHRISTOPHERL, Lehrjung
KRAPS, Hausknecht
FRAU GERTRUD, Wirtschafterin
} bei Zangler
MELCHIOR, ein vazierender Hausknecht
AUGUST SONDERS
HUPFER, ein Schneidermeister
MADAME KNORR, Modewarenhändlerin in der Hauptstadt
FRAU VON FISCHER, Witwe
FRÄULEIN VON BLUMENBLATT, Zanglers Schwägerin
BRUNNINGER, Kaufmann
PHILIPPINE, Putzmacherin
LISETTE, Stubenmädchen bei Fräulein von Blumenblatt
EIN HAUSMEISTER
EIN LOHNKUTSCHER
EIN WÄCHTER
RAB, ein Gauner
ERSTER
ZWEITER
} Kellner

Die Handlung spielt im ersten Aufzug in Zanglers Wohnung in einer kleinen Stadt, dann in der nahegelegenen Hauptstadt, gegen Schluß wieder bei Zangler.

Die Uraufführung fand »zum Vorteile« Nestroys mit ihm als Handlungsdiener Weinberl und Scholz als Hausknecht Melchior am 10. März 1842 statt. Die Musik war von Adolf Müller.

Weinberl: Traube, Rosine; Kommis; wer sich gern einschmeichelt.
Kraps: krapsen: milde Bezeichnung für »stehlen«.

Erster Aufzug

Zimmer in Herrn Zanglers Hause; die allgemeine Eingangstüre im Prospekt, jedoch gegen die rechte Seite; links am Prospekt ein ziemlich breiter Ofenschirm, rechts und links eine Seitentüre, zu beiden Seiten Tisch und Stuhl

Erster Auftritt

ZANGLER, AUGUST SONDERS

ZANGLER Ich habe Ihnen jetzt ein für allemal g'sagt –

SONDERS Und ich Ihnen ein für allemal erklärt –

ZANGLER Daß Sie meine Nichte und Mündel nicht kriegen!

SONDERS Daß Marie die Meine werden muß!

ZANGLER Das werd' ich zu verhindern wissen!

SONDERS Schwerlich so sicher, als ich es durchzusetzen weiß!

ZANGLER Kecker Jüngling!

SONDERS Hartherziger Mann! Was haben Sie gegen mich? Meine Tante in Brüssel ist reich.

ZANGLER Gratulier'!

SONDERS Ich werde sie beerben.

ZANGLER Aber wann?

SONDERS Sonderbare Frage! Nach ihrem Tode.

ZANGLER Und bis wann wird sie sterb'n? Aha, da stockt die Antwort. So eine Tant' in Brüssel kann leben, so lang sie will.

SONDERS Das wünsch' ich ihr vom Herzen, denn ich weiß, daß sie auch bei Lebzeiten reichlich zu meinem Glücke beitragen wird.

ZANGLER Reichlich beitragen – wieviel is das in Brüssel? Reichlich beitragen is hier das unbestimmteste Zahlwort, was es gibt, und in unbestimmten Zahlen schließ' ich kein Geschäft. Und kurz und gut, ins Ausland lass' ich meine Mündel schon durchaus nicht heiraten.

SONDERS So heirate ich sie und bleibe hier.

ZANGLER Und derweil schnappt dort ein anderer die Erbschaft weg, das wär' erst gar das Wahre! Mit ei'm Wort, g'horsamer Diener! Plagen Sie sich auch nicht zu sehr mit unnötigem Herumspekulier'n um mein Haus! Meine Nichte is heut' früh an den Ort ihrer Bestimmung abgereist.

SONDERS Wie, Marie fort –?

ZANGLER Ja, nach Dingsda – logiert in der ungenannten Gassen, Numero soundso viel, im beliebigen Stock, rechts bei der zug'sperrten Türe, da können S' anläuten, so oft S' wollen, hineinlassen wer'n s' Ihnen aber nicht.

Zweiter Auftritt

GERTRUD; DIE VORIGEN

GERTRUD (*tritt zur Mitte ein*) Das geht gut, der neue Hausknecht is noch nicht da, und der alte sagt, er will nichts mehr tun.

ZANGLER Was ist's denn?

GERTRUD Die Koffer müssen ja vom Boden heruntergetragen werden, wenn die Mamsell Marie schon übermorgen in die Stadt zu Fräulein Blumenblatt soll.

ZANGLER (*verlegen und ärgerlich*) Es ist – Sie hat – geh' Sie zum Teufel –

SONDERS Also übermorgen erst? In die Stadt zu Fräulein Blumenblatt? Gehorsamer Diener! (*Geht zur Mitteltüre.*)

ZANGLER He, mein Herr – das wird Ihnen nix nutzen, daß – der Aufenthalt meiner – mit einem Wort –

SONDERS (*schon in der Türe*) Gehorsamer Diener! (*Ab.*)

Dritter Auftritt

ZANGLER, GERTRUD

ZANGLER (*sehr aufgebracht*) Da hab'n wir's – jetzt weiß er, daß sie noch da is und wo sie hinkommt – ich wollt', die Frau Gertrud wär' –

GERTRUD Was hab' ich denn getan?

ZANGLER Gar nix hat Sie getan, g'red't hat Sie. Das is, was die Weiber immer tun und nie tun sollten. Zur Unzeit hat Sie g'red't. Man sollt' gar nicht glauben, daß so eine überreife Person so unzeitig reden könnt'.

GERTRUD I hab' aber nit g'wußt –

ZANGLER Daß das der Liebhaber von meiner Mündel is? Aber jetzt weiß Sie's, weiß, daß ich morgen in aller Fruh' in die Stadt fahr', weiß, daß Sie jetzt mit hundertfacher Vorsicht über die Marie wachen muß, weiß, daß ich Sie zermalme, wenn während meiner Abwesenheit die zwei Leut' nur mit einem Aug' sich sehn. Wo is die Marie?

GERTRUD Im Garten bei den Bienen.

ZANGLER Da halt't sie sich immer auf, ich glaub', bloß deswegen, weil die Bienen schwärmen! Soll sich ein Beispiel nehmen, das sind nur Tiere und schwärmen auf eine so nützliche Weise – und Frauenzimmer, die sich einbilden, halbete Engel zu sein, haben eine so hirnlose Schwärmerei in sich. Sie soll heraufgehen, es fangt an, dunkel zu werden. Und der Herr Weinberl und der Christoph sollen auch heraufkommen, wenn sie 's G'wölb' zug'sperrt hab'n. Und meine Schützenuniform bring' Sie mir herein, der Kasten wird offen sein.

GERTRUD Gleich, Herr von Zangler, gleich! (*Zur Mitte ab.*)

Vierter Auftritt

ZANGLER, *dann* KRAPS

ZANGLER (*allein*) 's is zum Totärgern. Heut' großes Quartal-Souper der Schützengesellschaft, und der Schneider laßt mich sitzen. Ich als diesjähriger Schützenkönig muß in der alten Uniform erscheinen. O Schneider, Schneider! Wann werd't's ihr in eurer Sphäre bleiben und euch bloß aufs Kleidermachen und nicht aufs Maulmachen verlegen! Dreimal hab' ich schon g'schickt und –

KRAPS (*zur Mitte eintretend, bring einen dreieckigen Hut und Hirschfänger mit Gehänge*) Es war wieder umsonst. Da is der neue Hut und der neue Hirschfänger, aber der Schützenfrack wird nit fertig, hat noch keine Knöpf' und kein Futter. Wann S' 'n so anlegen woll'n –

ZANGLER Ich glaub', der Schneider is ein Narr, ich werd' doch kein' Frack ohne Futter anlegen –

KRAPS (*für sich, indem er Hut und Hirschfänger auf den Tisch links legt*) Ich glaub', wann er den Rock zu der Fresserei anlegt, wird Futter g'nug hineinkommen. (*Laut.*) Jetzt bitt' ich um mein' Lohn und um a Trinkgeld.

ZANGLER Was, Trinkgeld?

KRAPS Ich hab' heut' vor vierzehn Tagen aufg'sagt, aber um

G'wölb: Laden, Geschäftslokal.

acht Uhr in der Früh, Sie haben mich also jetzt schon eilf Stunden über die Zeit mißbraucht.

ZANGLER (*gibt ihm Geld*) Da hat Er! Übrigens irr' Er sich nicht, ich hab' Ihm aufg'sagt, nicht Er mir.

KRAPS Kann sein! Ich hab' aber z'erst durch Nachlässigkeit und Unwillen zu erkennen gegeben, daß mir der Dienst nit mehr g'fallt. Daß Sie dann g'sagt hab'n, ich kann mich in vierzehn Tagen zum Teufel scher'n, das war nur eine natürliche Folge davon.

ZANGLER Pack' Er sich, ich bin froh, daß ich Ihn los hab', ich hab' Ihn nur kurze Zeit g'habt, aber – ich will nicht sagen, was ich mir denk', aber –

KRAPS No, sein S' so gut!

ZANGLER Er ist ein ganz unverläßlicher Mensch, und –

KRAPS O, sehr verläßlich, ich verlass' alle drei Wochen ein' Dienst, das kann ich durch viele Zeugnisse beweisen. Empfehl' mich gehorsamst – ich bleib' nicht gern lang an ein' Ort. (*Mitte ab.*)

ZANGLER (*allein*) Der wird schon noch an ein' Ort kommen, wo er lang bleiben muß, das prophezei' ich ihm.

Fünfter Auftritt

ZANGLER, GERTRUD

GERTRUD (*zur Mitte eintretend*) Das is das Schützenkönig-g'wand. (*Legt einen grünen bordierten Rock, einen Hut und Hirschfänger auf den Tisch rechts.*)

ZANGLER (*unwillig*) Auf meine Mündel soll Sie Obacht geben, hab' ich g'sagt.

GERTRUD No ja, Sie hab'n aber auch befohlen –

ZANGLER Daß Sie der Marie nicht ein' Schritt von der Seiten geht! Hirschfänger und Hut war unnötig, ich hab' einen neuchen.

GERTRUD Na, so will ich den wieder – (*will zum Tisch, um Hirschfänger und Hut wieder fortzutragen.*)

ZANGLER (*heftig*) Zu der Marie soll Sie schaun, hab' ich g'sagt.

GERTRUD (*erschrocken zurückweichend*) Nein, man weiß wirklich nit, wo einem der Kopf steht. (*Im Abgehen.*) Jetzt hätt' ich bald vergessen – (*zu Zangler*) der neue Hausknecht is da.

ZANGLER Soll hereinkommen –

(*Gertrud zur Mitte ab.*)

ZANGLER (*allein*) Nichts als Odiosa, Geschäfte, Unwesen im Hauswesen, umgeben von albernen Wesen, langweiligen Wesen, schlechten Wesen, ich bin wirklich ein geplagtes Wesen. (*Es wird an der Türe geklopft.*) Herein!

Sechster Auftritt

ZANGLER, MELCHIOR

MELCHIOR (*schüchtern eintretend, zur Mitte*) Ich bitt', sein Euer Gnaden der G'würzkramer?

ZANGLER Eins zuwenig, 's andre zuviel, ich bin nicht Euer Gnaden, sondern nur Herr Zangler, ich bin aber kein Kramer, sondern vermischter Warenhändler.

MELCHIOR Ich hab' g'hört, daß der Herr vermischte Warenhändler einen Hausknecht g'habt hab'n, der ein reiner Lump war.

ZANGLER Ich hab' ihn fortgejagt.

MELCHIOR Und da, hab' ich g'hört, sind Sie in Desperation, daß Sie kein' Hausknecht haben.

ZANGLER In Desperation? Das is gar eine dumme Red', ich glaub', an solchen Schlingeln is keine Not.

MELCHIOR Das is wahr, eher wird's an Prinzipal' eine Not sein. Ein Hausknecht halt't lang, aber Prinzipal geht alle Augenblick' einer z'grund'.

ZANGLER Er is etwas vorlaut, scheint mir –

MELCHIOR Nein, das war nur so eine merkantilische Bemerkung.

ZANGLER Wo hat Er sein Dienstzeugnis?

MELCHIOR Im Sack.

ZANGLER So geb' Er's her.

MELCHIOR (*gibt ihm das Zeugnis, ein ganz zusammengeknittertes Papier*) Es ist etwas verkribelt, ich trag's schon vier Wochen herum.

ZANGLER Hat Er Kenntnisse in der vermischten Warenhandlung? (*Durchsieht das Zeugnis.*)

MELCHIOR O, sehr viel! Wir hab'n zwar da, wo ich war, nur

Odiosa: hassenswerte, lästige Angelegenheiten.
Sack: Tasche.
verkribelt: zerknittert.

einen Artikel g'habt, aber der war ungeheuer vermischt, ich bin aus einer Weinhandlung.

ZANGLER Hm! Sein Zeugnis lautet ja ganz vorzüglich gut.

MELCHIOR Ja, meine Aufführung war klassisch.

ZANGLER (*in dem Zeugnis lesend*) Treu, redlich, fleißig, willig, wachsam aufs Haus, obachtsam auf die Kinder –

MELCHIOR Ja, das waren klassische Bub'n, jeder in einer andern Klass' und doch jeder die dritte Klass', das wird man nicht bald finden.

ZANGLER Er ist aufgenommen.

MELCHIOR Ich küss' die Hand.

ZANGLER Sechs Gulden Monatslohn, Kost, Quartier, Wäsch!

MELCHIOR No jetzt, Wasch' und Quartier, das ist das geringste, aber die Kost, die war halt dort, wo ich war, klassisch.

ZANGLER Bei mir leid't auch niemand Hunger. – Suppen, Rindfleisch, Zuspeis und was drauf.

MELCHIOR Aber nur viel drauf. Und weg'n Fruhstuck – dort hab' ich halt immer Kaffee g'habt.

ZANGLER Das war bei mir nicht der Brauch, daß der Hausknecht Kaffee –

MELCHIOR Schaun S', Sie hab'n g'wiß auch einen Rosoli unter Ihren vermischten Sachen.

ZANGLER O ja, aber –

MELCHIOR Na, sehn Sie, dann is es ja unser beiderseitiger Vorteil, wann S' mir ein' Kaffee geb'n, denn Sie verleiteten mich ja sonst mit G'walt zu die geistigen Getränk'.

ZANGLER Na, da gäbet's schon noch Mittel – übrigens, wenn Er brav is –

MELCHIOR Klassisch!

ZANGLER So soll Er ein' Kaffee hab'n.

MELCHIOR Versteht sich, süß, und ein Kipfel. O, an dem Ort, wo ich war, das war ein klassischer Kaffee.

ZANGLER Was hat Er denn immer mit dem dummen Wort klassisch?

MELCHIOR Ah, das Wort is nit dumm, es wird nur oft dumm angewend't.

ZANGLER Ja, das hör' ich, das muß Er ablegen, ich begreif' nicht,

dritte Klass': schlechteste Note.
Rosoli: Rosoglio = Likör.
Kipfel: »Hörnchen«.

wie man in zwei Minuten fünfzigmal dasselbe Wort repetieren kann.

MELCHIOR Ja, das ist klassisch. Und dann bitt' ich mir zu sagen, was ich alles zu tun hab'.

ZANGLER Was wird Er zu tun haben? Was halt einem Hausknecht zukommt.

MELCHIOR Kisten und Fässer aus'n Magazin holen –

ZANGLER Botengänge machen, das G'wölb' rein halten, und im Haus –

MELCHIOR Wenn's in der Kuchel was gibt, kleins Holz machen, allenfalls Boden reib'n.

ZANGLER Und meine Person bedienen.

MELCHIOR Na ja, halt alles, was zur groben Arbeit gehört. Na, ich hoff', wir wer'n kein' Streit hab'n.

ZANGLER Das hoff' ich auch.

MELCHIOR Ich war immer sehr gut mit meinen Herrn, also wer' ich bei Ihnen keine Ausnahm' – und nicht wahr, wenn ich was aus Privatfleiß tu', zum Beispiel der Köchin Wasser trag'n, dem Herrn Kommis die Stiefel putzen, da krieg' ich extra ein Honorar –

ZANGLER Das mach' Er mit dem Kommis aus und mit der Köchin. Jetzt hilf Er mir anziehen, den Schneider soll der Teufel holen.

Siebenter Auftritt

HUPFER; DIE VORIGEN

HUPFER (*mit einem Pack unter dem Arm*) Da bin ich, das Meisterwerk is vollendet!

ZANGLER (*sehr freundlich*) Also doch fertig? Sie hab'n mich warten lassen, lieber Herr Hupfer.

MELCHIOR (*zu Zangler*) Ist das der, den der Teufel hol'n soll?

HUPFER Wie? Was?

ZANGLER (*zu Melchior*) Halt Er 's Maul! (*Zu Hupfer.*) Das is nur so eine Redensart ungeduldiger Erwartung.

MELCHIOR Freilich nur Redensart, und das weiß auch der Teufel recht gut. Wenn er gleich jeden Schneider holet, wie man's sagt, so möcht' der Teufel Schneider sein.

HUPFER (*indem er die Schützenuniform auspackt und das Um-*

schlagpapier von den Knöpfen und Borten reißt) Mit Hilfe zweier plötzlicher unverhoffter Schneiderg'sellen habe ich das Unmögliche möglich gemacht.

MELCHIOR Sind s' heut' erst an'kommen?

HUPFER Ja.

MELCHIOR Nicht wahr, einer is krump, der andere hat ein schwarzes und ein blaues Aug', das schwarze Natur, das blaue g'schlag'n?

HUPFER Kann schon sein.

MELCHIOR Die kenn' ich, sie hab'n g'fochten unterwegs.

HUPFER Das is so der Brauch.

MELCHIOR Ich hab' ihnen einen Silberzehner geb'n und g'sagt, daß s' mir sechs Groschen herausgeb'n soll'n, das hab'n s' aber in der Hitze des Gefechts überhört und sind weitergegangen. Wollen Sie ihnen nicht sagen –

HUPFER (*ohne auf Melchior zu hören, zu Zangler*) Jetzt bitt' ich nur gefälligst anzuprobieren.

ZANGLER (*hat seinen Überrock abgelegt und schlüpft mit Hupfers Hilfe in den Schützenfrack, indem er zu Melchior sagt*) Merk' Er auf, damit Er lernt, wie man eine Uniform – (*zu Hupfer*) etwas eng, scheint mir –

MELCHIOR Das is fesch –

HUPFER Freilich!

ZANGLER Unterm Arm schneid't das Ding ein, das tut weh.

MELCHIOR Macht sich aber fesch!

ZANGLER Und hinten gehn die Schößeln zu weit auseinand'.

MELCHIOR Das is gar fesch!

ZANGLER Wie gesagt, zu eng! Bei der Tafel wer'n mir alle Knöpf' aufspringen.

HUPFER Ich begreif' nicht –

ZANGLER Sie haben mir doch die Maß genommen.

MELCHIOR Mein Gott, das Maßnehmen is eine alte Gewohnheit, die die Schneider doch nicht hindert, jedes neue G'wand zu verpfuschen.

ZANGLER (*zu Melchior*) Nun, wie schau' ich aus?

MELCHIOR Ich derf's nit sag'n.

ZANGLER Wenn ich Ihm's befehl'! Wie schau' ich aus?

MELCHIOR Klassisch!

HUPFER Am Himmel hab'n s' ein Sternbild, das heißt der

g'fochten: fechten = betteln.

Schütz, das is aber bei weitem nicht so geschmackvoll wie dieser Schütz.

MELCHIOR Das is klassisch!

ZANGLER Für heut' tut's es, aber morgen müssen Sie mir den Rock weiter machen.

HUPFER Warum nicht gar, eine Uniform muß eng sein.

ZANGLER Aber ich erstick' ja.

HUPFER Macht nichts; Sie haben einmal von der Natur eine Art Taille erhalten, und es ist die Pflicht der Kunst, dieses Geschenk der Natur in das günstigste Licht zu stellen. Rekommandier' mich bestens. (*Zur Mitte ab.*)

Achter Auftritt

DIE VORIGEN *ohne* HUPFER

MELCHIOR Er hat halt allweil recht und gibt nicht nach. Man glaubet's nicht, wie so ein Schneider bockbeinig ist.

ZANGLER Jetzt, mein Lieber – wie heißt Er?

MELCHIOR Melchior.

ZANGLER Mein lieber Melchior, fahr' Er gleich wieder z'ruck in die Stadt!

MELCHIOR Was? Ich hab' glaubt, Sie haben mich aufg'nommen?

ZANGLER Freilich, aber ich fahr' morgen in aller Fruh' auch in die Stadt. Da steigt Er gleich bei der Linie im Gasthaus bei der Sonn' ab, sagt nur meinen Namen, daß das gewöhnliche Zimmer für mich herg'richt't wird, und erwart't mich. Da hat Er Geld – (*gibt ihm*) mach' Er aber g'schwind, in einer Viertelstund' geht der Stellwagen.

MELCHIOR Gut! Aber könnt' ich nicht vorher noch meinen übrigen Vorgesetzten, dem Kommis und dem Lehrbub'n, die Aufwartung machen?

ZANGLER Nix, Er versäumt sonst den Wagen.

MELCHIOR No, so geh' ich halt. Sie sind bei einer Tafel eing'laden, Herr von Zangler, geb'n S' acht auf 'n neuen Rock, daß S' Ihnen nicht antrenzen!

ZANGLER Was red't Er denn für dumm's Zeug –!?

Linie: Umwallung der inneren Vorstädte Wiens.
Antrenzen: beim Essen die Kleider beschmutzen.

MELCHIOR Schön 's Serviett' vornehmen und auseinand'breiten, die Bratlfetten geht hart heraus.

ZANGLER Glaubt Er denn, ich bin ein Kind? Er is wirklich zu dumm!

MELCHIOR Aber meine Aufführung is halt klass –

ZANGLER Mach' Er jetzt weiter!

MELCHIOR Das hat mein voriger Herr auch immer g'sagt: dumm, aber klassisch. (*Zur Mitte ab.*)

ZANGLER (*allein, den neuen Hirschfänger umschnallend*) Schon wieder?! – Nein, was ich die Sprichwörter nicht ausstehen kann! – Mich hat einmal ein Sprichwort abscheulich ang'setzt, nämlich das »Jung gefreit, hat niemand bereut«, das wird schier, wenn man alle Sprichwörter nach der Dummheit klassifiziert, 's erste Prämium kriegen. Und dem Sprichwort zum Trotz geh' ich jetzt als Alter wieder auf Freiersfüßen, und ich werd's g'wiß nicht bereuen. Wart' nur, Sprichwort, dich bring' ich noch ganz um den Kredit. (*Geht durch die Seitentüre links ab.*)

Neunter Auftritt

GERTRUD

GERTRUD (*allein, kommt mit Lichtern zur Mitteltüre herein*) Kaum viertel auf achte und schon völlig Nacht! (*Stellt ein Licht auf den Tisch links.*) 's fangt auf einmal zum Herbst'ln an. (*Geht mit dem andern Licht in die Seitentüre links ab.*)

ZANGLER (*nach einer kleinen Pause von innen*) Auf meine Mündel soll Sie schaun, hab' ich Ihr g'schafft.

GERTRUD (*von innen*) Das tu' ich ja so! (*Erscheint wieder unter der Türe, hineinsprechend.*) Wie kann ich denn schaun auf sie, wann ich kein Licht anzünd'! (*Kommt heraus.*) So ein großes Mädl könnt', glaub' ich, schon selbst auf sich schaun. Sie geht mir nicht herauf aus 'n Garten, und da soll ich ihre Schmiseln begeln! Ja, überall z'gleich kann ich nicht sein! (*Geht in die Seitentüre rechts ab.*)

Ang'setzt: betrogen.
Schmiseln: Vorhemd (von fz. *chemise*).
begeln: bügeln.

Zehnter Auftritt

WEINBERL *(allein, tritt während dem Ritornell des folgenden Liedes zur Mitte ein. Er ist dunkelgrau gekleidet, mit einer grünen Schürze)*

Lied

1.

Es sind gewiß in unsrer Zeit
Die meisten Menschen Handelsleut',
Und wer das Ding so observiert,
Muß sag'n: der Handelsstand floriert. –
's versetzt ein Vater sein' Kaput
Und führt drei Töchter auf d' Redout',
Damit er s' vorteilhaft bringt an,
Na, das ist doch ein Handelsmann!
»Sie krieg'n mein' Tochter, wenn S' vor all'n
Dem Vater seine Schulden zahl'n.« –
»Das kann ich nicht.« – »Dann sag' ich: nein.«
Das wird doch ferm gehandelt sein!
»Ich hab' dich g'wiß« – sagt eine Braut,
Indem sie so au'm Bräut'gam schaut –
»In zwanzig Jahr'n wie heut' so gern!« –
Da wird wohl auch was g'handelt wer'n.

2.

's Weib sagt zum Mann: »Du gehst jetzt aus
Und kommst vor neune nicht nach Haus!« –
»Ja«, sagt er – »wennst mir an Zwanz'ger gibst.«
So a Handel ist ja allerliebst. –
A alte Schachtel hat viel Geld,
's heirat't s' ein junger Guckind'welt,
Verkauft sein' Freiheit und sein' Ruh' –
Der Handel kummt gar häufig vur. –
's sagt eine' »I bin zwanzg'g Jahr'.« – »Oha,
Ich hab' ja Ihren Taufschein da.« –
»So?« sagt s' – und g'steht ein' Vierz'ger ein –
Das wird doch tüchtig g'handelt sein!
Es prahlet eine Schwärm'rin sich:
»Wenn ich nicht liebe, könnten mich

Kaput: Mantel.
Ferm: fest, tüchtig (von fz. *ferme*).

Zehn Millionen nicht betör'n«,
Da wurd' wohl auch was g'handelt wer'n.

(*Nach dem Liede.*)

Vor dem Handelsstand kriegt man erst den wahren Respekt, wenn man zwischen Handelsstand und Menschheit überhaupt eine Bilanz zieht. Schaun wir auf 'n Handelsstand, wieviel gibt's da Großhandlungen, und schaun wir auf die Menschheit, wie wenig große Handlungen kommen da vor! – Schaun wir auf 'n Handelsstand, vorzüglich in der Stadt, diese Menge wunderschöne Handlungen, und schaun wir auf d' Menschheit, wie schütter sind da die wahrhaft schönen Handlungen ang'sät! – Schauen wir auf 'n Handelsstand, diese vielen Galanteriehandlungen, und schaun wir auf d' Menschheit, wie handeln s' da oft ohne alle Galanterie, wie wird namentlich der zarte, gefühlvolle, auf alle Galanterie Anspruch machende Teil von dem gebildetseinsollenden, spornbegabten, zigarrozuzelnden, roßstreichelnden, jagdhundkaschulierenden Teil so ganz ohne Galanterie behandelt! – Jetzt, wenn man erst die Handlungen der Menschheit mit Gas beleuchten wollt' – ich frag', wieviel menschliche Handlungen halten denn eine Beleuchtung als wie eine Handlung auf 'n Stock-im-Eisen-Platz aus? – Kurzum, man mag Vergleiche anstellen, wie man will, der Handelsstand is was Erhabenes, wir haben einen hohen Standpunkt, wir von der Handlung, und ich glaub', bloß wegen dieser schwindelnden Höhe fallen so viel' von der Handlung! – Der Christopherl tandelt wieder mit 'n G'wölb'zusperr'n.

Elfter Auftritt

CHRISTOPHERL; DER VORIGE

CHRISTOPHERL (*zur Mitte hereinlaufend*) Mussi Weinberl, der G'wölb'schlüssel war voll Wachs, grad als wie wann ein Bandit einen Abdruck hätt' mach'n woll'n.

WEINBERL Dummer Pursch, du hast halt den Schlüssel wieder

Zigarrozuzelnd: zuzeln = saugen.
Jagdhundkaschulierend: kaschulieren =liebkosen (fz. *cajoler*).
Stock-im-Eisen-Platz: eleganter Platz im Zentrum Wiens.
tandelt: trödelt.
Mussi: vertrauliche, weniger respektvolle Form für »Herr« (*Monsieur*).

wohin g'worfen, ohne zu schaun, ob's sauber is. Von Rechts wegen unterliegest jetzt einer Straf'.

CHRISTOPHERL O, ein Lehrjung' unterliegt nicht so g'schwind, durch G'wohnheit vertragt man viel.

WEINBERL (*in etwas feierlichem Tone*) Die Verhältnisse haben indes eine andere G'stalt gewonnen. Der deutsche Handelsstand wird bald um einen Lehrjung' weniger hab'n.

CHRISTOPHERL No, sein S' so gut, bringen S' mich um!

WEINBERL Im Gegenteil, ich werde Sie bei einem freundschaftlichen Glas Wein leben lassen.

CHRISTOPHERL (*erstaunt*) Wie g'schieht Ihnen denn, Mussi Weinberl?

WEINBERL Nenn Sie mich in Zukunft Herr Weinberl, denn ich habe Hoffnung, zum Buchhalter zu avancieren, und Sie selbst werden von heut' an per Mussi tituliert.

CHRISTOPHERL Warum sagen denn Sie »Sie« zu mir?

WEINBERL Ahnen Sie nichts, glücklicher Kommerzzögling? Mit dem heutigen Schopfbeutler habe ich auf ewige Zeiten Abschied genommen von Ihrem Kakadu.

CHRISTOPHERL Darum war Ihre Hand so heftig bewegt, als wenn sie sich gar nit trennen könnt'.

WEINBERL Sie sind unter meiner fünfthalbjährigen Leitung g'waltig ausgebildet worden, haben das Kommerz von seinen verschiedenen Seiten kennengelernt und haben kritische Perioden mitgemacht. Wenn die Geschäfte stocken, 's G'wölb' leer is und der Handel- und Wandelbeflissene bloß dasteht, a paar Stanitzln macht und gedankenlos auf die Gass'n hinausschaut, da is es leicht! Aber plötzlich tritt neues Leben ins Merkantilische, in fünf Minuten steht 's ganze G'wölb' voll Leut', da will eins anderthalb Lot Kaffee, da eins um zwei Groschen Gabri, der ein' frischen Aal, die ein' g'faulten Lemonie, da kommt ein zartes Wesen um ein' Bärnzucker, da ein Kuchelbär um ein Rosenöl, da lispelt ein brustdefekter Jüngling: »Ein' Zuckerkandl«, da schreit ein kräftiger Alter: »A Flaschel Schlibowitz!«, da will ein üppiges Wesen a Halstüchel, da eine Zaundürre Fischbeiner zu ein' ausg'schnittnen

Kakadu: Schopf.
Stanitzln: Tüten.
Gabri: Kapern.
Lemonie: Zitrone.
Kuchelbär: ungeschlacht, derb auftretende Köchin.

Leibel hab'n; da geht a Alte auf 'n Kas los und schreit: »Mir ein' halb'n Vierting Schweizer!«, da kommt ein gemeiner Dienstbot' ein' Haring austauschen, den ihr ihre noble Frau ins G'sicht g'worfen hat, weil's kein Milchner war – in solchen Momenten muß der Kommis zeigen, was ein Kommis is, d' Leut' z'samm'schrein lassen, wie s' woll'n, und mit einer ruhigen, ans Unerträgliche grenzenden Gelassenheit eins nach 'n andern bedienen.

CHRISTOPHERL Jetzt weiß ich aber noch allweil nicht, was is's denn eigentlich mit mir?

WEINBERL Ruhig, der Prinzipal wird es Ihnen notifizieren.

Zwölfter Auftritt

ZANGLER; DIE VORIGEN

ZANGLER (*zur Seitentüre links kommend*) Ah, Sie sind schon da!

WEINBERL Der Herr Prinzipal haben befohlen –

CHRISTOPHERL Befohlen –

WEINBERL Wir sind daher in corpore erschienen.

CHRISTOPHERL (*leise zu Weinberl*) In was sind wir erschienen?

WEINBERL (*zu Christopherl*) Halten Sie 's Maul, in corpore!

ZANGLER Ich muß Sie von einer Veränderung, mein Haus betreffend, in Kenntnis setzen. Sie haben bis jetzt nur einen Herrn gehabt, bald werden Sie auch eine Frau bekommen.

CHRISTOPHERL Eine Frau? Ich bin ja noch viel zu jung.

WEINBERL (*zu Christopherl*) Reden Sie nicht so albern, der Herr Prinzipal wird sich verehelich'n, und seine Frau wird auch die unsre sein, unsre Prinzipalin, unsre Prinzipal-Gebieterin.

ZANGLER Ganz recht!

CHRISTOPHERL Ah, so is das!

ZANGLER Dieses wichtige Ereignis will ich nun durch Beförderungen in meinem Personale verherrlichen. Sie, Mussi Christoph –

CHRISTOPHERL (*für sich*) Der sagt auch »Sie« und »Mussi« –

ZANGLER Sie haben aufs G'wand gelernt, müßten daher eigentlich noch ein halbes Jahr Lehrjung' bleiben! Diesen Zeitraum schenk' ich Ihnen und ernenn' Sie zum Kommis.

In corpore: (lat.) »als Körperschaft«; persönlich, gemeinsam.
Auf's G'wand gelernt: der Lehrling, der von seinem Meister auch die Kleidung erhielt, hatte eine längere Lehrzeit.

WEINBERL So eine Auszeichnung wird wenigen zuteil. (*Zu Christopherl.*) Bedanken Sie sich doch!

CHRISTOPHERL (*küßt Zangler die Hand*) Die Gunst des Prinzipals zu bestreben, ferneres Benehmen, würdig zu sein, Fleiß und Ausdauer zu erringen –

ZANGLER Schon gut, ich wünsch', daß das nicht bloß schöne Worte sind –

WEINBERL Nein, das sind sie gewiß nicht, ich glaube mit Grund, daß er sowohl Ihnen, Herr Prinzipal, und mir, seinem unmittelbaren Vorgesetzten, wie auch dem Kontinentalhandel überhaupt Ehre machen wird.

ZANGLER (*zu Christopherl*) Sie waren immer fleißig.

WEINBERL Passabel.

ZANGLER (*zu Christopherl*) Ehrlich, das ist die Hauptsach'.

WEINBERL Das is wahr, er hat in der Lehrzeit manche Watschen kriegt, aber keine auf Veranlassung einer Watschen, die er der Budel gegeben hätt'.

ZANGLER (*zu Christopherl*) Es fehlt Ihnen nichts, als daß Sie sich mehr Manier gegen die Kundschaften aneignen.

WEINBERL (*zu Christopherl*) Darüber hab' ich Ihnen oft Lehren gegeben.

CHRISTOPHERL (*sich mit der Hand durch den Kakadu fahrend*) Ja, sehr oft.

WEINBERL (*zu Christopherl*) Hübsch mit »Euer Gnaden« und »Gnädige Frau« herumwerfen, die War' mit Anstand überreichen, zu jedem Rammel »Schatz« sag'n, 's kleine Geld zierlich mit Zeigefinger und Daum' herausgeben, die andern drei Finger werden bloß auf Händedrücke für Köchinnen verwend't.

ZANGLER Das wird sich hoffentlich geben.

CHRISTOPHERL O ja, so was begreift ein junger Kommis sehr g'schwind.

ZANGLER (*zu Weinberl*) Ihnen, Herr Weinberl, der schon seit Jahren mein ganzes Zutrauen besitzt, der seit Jahren das Geschäft zu meiner vollsten Zufriedenheit leitet, Ihnen ernenn' ich zu meinem Associé.

WEINBERL (*äußerst überrascht*) Ich Associé?

ZANGLER Bei meiner Rückkunft werden wir den nötigen Kon-

der Budel (= Ladentisch) *eine Watschen* (= Ohrfeige) *geben:* unterschlagen.
Rammel: schmutzige Person.

trakt auf- und der neuen Firma »& Kompanie« beisetzen. Ich verreise nämlich auf drei Tag', teils meiner Heiratsangelegenheit wegen, teils anderer Angelegenheiten halber. Unter dieser Zeit übergebe ich Ihnen das ganze Geschäft, schaun Sie auf alles, daß weder Unordnungen in den Magazinen noch in der Korrespondenz –

CHRISTOPHERL Seit drei Wochen hab'n wir kein' Brief kriegt, wie leicht könnt' grad diese Tag' –

ZANGLER (*ohne auf Christopherl zu hören, zu Weinberl*) Mit einem Wort, Sie sind ein solider Mensch, ich weiß, daß ich mich auf Ihnen verlassen kann. Jetzt muß ich zum Schützensouper. (*Setzt den neuen bordierten Hut auf.*) Morgen früh um vier Uhr fahr' ich fort –

CHRISTOPHERL Sollten wir also nicht mehr die Ehre hab'n, den Prinzipal zu sehn, so wünschen wir jetzt glückliche Reis' –

WEINBERL (*noch ganz perplex*) Associé –!

ZANGLER Ja, ja! Fassen Sie sich nur, mein lieber Weinberl! Sie sind vom Tage meiner Verheiratung an mein Associé. Adieu! Also nochmals: während meiner Abwesenheit strenge Ordnung und Pünktlichkeit!

CHRISTOPHERL (*indem er ihn an die Türe begleitet*) Wir machen unser Kompliment, Herr Prinzipal!

Dreizehnter Auftritt

DIE VORIGEN *ohne* ZANGLER

WEINBERL (*wonnetrunken und stolz sich mit einer Hand am Tische stützend*) Associé! Hast du's gehört, Gremium von Europa! Ich bin Associé!

CHRISTOPHERL Unser Herr heirat't, Sie wer'n Kompagnon, nachher haben wir zwei Prinzipal', eine Prinzipalin, und ich allein bin der ganze Personalstand.

WEINBERL Buchhalter, das war immer der Chimborasso meiner Wünsche, und jetzt blickt der Associé wie aus einem Wolkenthron mitleidig auf den Buchhalterstandpunkt herab.

CHRISTOPHERL Ich mach' meine Gratulation.

WEINBERL Und sonderbar! Gerad jetzt – jetzt –

CHRISTOPHERL Jetzt sind Sie's ja noch nicht, erst bis der Prinzipal heirat't.

WEINBERL Gerade jetzt, wo das Berufsglück sein ganzes Füllhorn ausschütt't über mich, werden in mir Wünsche roglich wie Kisten, die auf einem Schubkarren schlecht auf'packt sind.

CHRISTOPHERL Aha! Ich g'spann', was der Associé wünscht.

WEINBERL Eine Associéin? O nein! Das irritiert mich nicht, so was kommt von selbst, und wenn es nicht kommt, so ist es auch noch kein Unglück.

CHRISTOPHERL Also das is es nicht? Na, nachher gib ich 's Raten auf. Mein Kopf is von der Lehrzeit her zu sehr angegriffen, als daß ich mir'n jetzt gleich zerbrechen möcht'.

WEINBERL Glauben Sie mir, junger Mann! Der Kommis hat auch Stunden, wo er sich auf ein Zuckerfaß lehnt und in süße Träumereien versinkt. Da fallt es ihm dann wie ein Fünfundzwanzig-Pfund-Gewicht aufs Herz, daß er von Jugend auf ans G'wölb' gefesselt war wie ein Blassel an die Hütten. Wenn man nur aus unkompletten Makulaturbüchern etwas vom Weltleben weiß, wenn man den Sonnenaufgang nur vom Bodenfensterl, die Abendröte nur aus Erzählungen der Kundschaften kennt, da bleibt eine Leere im Innern, die alle Ölfässer des Südens, alle Heringfässer des Nordens nicht ausfüllen, eine Abgeschmacktheit, die alle Muskatblüt' Indiens nicht würzen kann.

CHRISTOPHERL Das wird jetzt ein anders G'sicht kriegen als Kompagnon.

WEINBERL Weiß nicht. Der Diener ist Sklav' des Herrn, der Herr Sklav' des Geschäfts. Erhaben ist die zweite Sklaverei, aber so biglem mit Genuß begabt als wie die erste. – Wenn ich nur einen wiffen Punkt wüßt' in meinem Leben, wenn ich nur von ein paar Tag' sagen könnt': da bin ich ein verfluchter Kerl g'wesen – aber nein! Ich war nie verfluchter Kerl. Wie schön wär' das, wenn ich einmal als alter Handelsherr mit die andern alten Handelsherren beim jungen Wein sitz', wenn so im traulichen Gespräch das Eis aufg'hackt wird vor dem Magazin der Erinnerung, wenn die G'wölb'tür der Vorzeit wieder aufg'sperrt und die Budel der Phantasie voll ang'ramt wird mit Waren von ehmals, wenn ich dann beim lebhaften Ausverkauf alter G'schichten sagen könnt': »Oh! Ich war auch

Roglich: locker, wacklig.
Blassel: beliebter Name für Hofhund.
Biglem: selten, schwer zu bekommen.
Ang'ramt: angeräumt.

einmal ein verfluchter Kerl, ein Teuxelsmensch, ein Schwerack!« – Ich muß – ich muß um jeden Preis dieses Verfluchtekerlbewußtsein mir erringen.

CHRISTOPHERL Von mir aus hätten Sie dieses Bewußtsein schon lange; sooft Sie sich in meine Frisur verkrampelt haben, hab' ich mir denkt: »Das is ein verfluchter Kerl, den holt –«

WEINBERL Was Sie denken, geht mich nix an, *ich* muß es denken, muß es fühlen.

CHRISTOPHERL So beuteln S' Ihnen selber den Schopf.

WEINBERL (*von einer Idee ergriffen*) Halt! Ich hab's –!

CHRISTOPHERL Na, was denn?

WEINBERL Ich mach' mir einen Jux.

CHRISTOPHERL Ein' Jux?

WEINBERL Grad jetzt auf der Grenze zwischen Knechtschaft und Herrschaft mach' ich mir einen Jux. Für die ganze Zukunft will ich mir die leeren Wände meines Herzens mit Bildern der Erinnerung schmücken – ich mach' mir einen Jux!

CHRISTOPHERL Wie wer'n Sie aber das anstellen?

WEINBERL Woll'n Sie dabei sein, Mussi Christoph?

CHRISTOPHERL Warum nicht? Ich bin freig'sprochen worden: kann man die Freiheit schöner als durch ein' Jux zelebrieren?!

WEINBERL Wir sperr'n 's G'wölb' zu, während der Prinzipal aus ist! Sind Sie dabei?

CHRISTOPHERL 's G'wölb'zusperr'n war immer meine Leidenschaft, solang ich bei der Handlung bin.

WEINBERL Wir fahren in die Stadt und suchen fidele Abenteuer auf! Sind Sie dabei?

CHRISTOPHERL Freilich! Ich riskier' nix. Sie sind Kompagnon; indem ich Ihnen folg', erfüll' ich nur meine Pflicht. Jetzt, was Sie riskier'n, das tuschiert mich nicht. Ich bin dabei.

WEINBERL Halt, Jüngling! Sie setzen mir da einen Floh ins Ohr, den ich erst fangen und töten muß. Kann es der Prinzipal erfahren? Er kommt nie mit die Nachbarsleut' zusamm', er sitzt immer in der Schreibstub'n, disk'riert nie mit die Kundschaften, geht an keinen öffentlichen Ort, außer alle Quartal' zu der Schützengesellschaft. Er kann es nicht erfahren –

CHRISTOPHERL Wenn uns aber zufällig der Prinzipal in der Stadt sieht?

WEINBERL Er ist ein alter Herr, der heirat't, folglich mit Blind-

Schwerack: gewandter, gerissener Mensch.

heit g'schlagen. Und wissen wir denn auch, ob er in die Stadt fahrt? Und dann geht er auch Geschäften, wir bloß dem Vergnügen nach; sein Weg geht tschihi, unserer dahott, wie die Seeleute sagen, sprich ich, wie die Fuhrleute sagen.

CHRISTOPHERL Wenn uns aber die Fräul'n Marie verrat't?

WEINBERL Die hat Liebesaffären, is folglich froh, wann sie nicht verraten wird.

CHRISTOPHERL Wann aber die alte Gertrud plauscht?

WEINBERL Das Hindernis is unübersteiglich, sie is ein altes Weib, sie muß plauschen. – Aber wenn wir – halt – so geht's – die Alte muß gerade die Assekuranz sein bei unserer Unternehmung. Helfen Sie mir g'schwind in dem Herrn seine Schützenuniform hinein! (*Kleidet sich während des Folgenden schnell mit Christopherls Beihilfe in die auf dem Tische liegende alte Schützenuniform Zanglers, schnallt den Hirschfänger um und setzt den Hut auf.*)

CHRISTOPHERL Wegen was denn?

WEINBERL Weil ich den Herrn Zangler vorstellen will! Damit s' die Stimme nicht kennt, stell' ich mich bös, und Sie sagen ihr den Auftrag, den ich als Zangler geb' und den sie dann an mich ausrichten muß, wenn ich wieder Weinberl bin.

CHRISTOPHERL Ich bin mir nicht g'scheit g'nug.

WEINBERL Stellen Sie 's Licht auf den Tisch hinüber!

CHRISTOPHERL Gleich. (*Nimmt eilig das Licht vom Tische links und stellt es auf den Tisch rechts.*)

(*Weinberl wirft sich in den am Tische links stehenden Stuhl und läutet heftig mit der Tischglocke.*)

Vierzehnter Auftritt

GERTRUD; DIE VORIGEN

GERTRUD (*aus der Seitentüre rechts kommend, für sich*) Das is wieder eine Läuterei, als ob alles taub wär'. (*Laut.*) Was schaffen S', Herr von Zangler? (*Beiseite.*) I war schon froh, hab' glaubt, er is fort.

CHRISTOPHERL (*welchem Weinberl leise etwas erklärt hat, zu Gertrud*) D' Frau Gertrud hat den Herrn wieder kurios bös g'macht.

Plauscht: plaudert (aus).

GERTRUD Ich weiß aber nicht –

(*Weinberl hustet und brummt ärgerlich einige unverständliche Worte.*)

CHRISTOPHERL Hat'n d' Frau g'hört? Er will gar nicht reden mit Ihr, drum gibt er Ihr durch mich den Auftrag, Sie soll morgen in aller Fruh' dem Herrn Weinberl sagen –

GERTRUD Der Christopherl wird doch heut' noch selber den Herrn Weinberl sehn, folglich kann ihm ja der Christopherl –

CHRISTOPHERL Mussi Christoph, bitt' ich mir aus.

(*Weinberl hustet und brummt noch heftiger als früher. Gertrud erschrickt.*)

CHRISTOPHERL Hat'n d' Frau g'hört? Der Herr hat mir andere G'schäft' gegeben, die meinen ganzen Hirnkasten in B'schlag nehmen. Weil ich also drauf vergessen könnt', so soll durchaus die Frau Gertrud –

(*Weinberl hustet und brummt wie vorher.*)

CHRISTOPHERL Hat'n d' Frau g'hört? – Die Frau Gertrud soll also morgen in aller Fruh dem Herrn Weinberl sagen, der Herr Zangler läßt ihm strengstens anbefehl'n, daß er während seiner Abwesenheit durch zwei Tag' das G'wölb' ja nicht aufsperren soll. Verstanden?

GERTRUD Na freilich, 's G'wölb' darf nicht aufg'sperrt wer'n, das wird doch nicht schwer zu verstehn sein.

(*Weinberl murmelt etwas zu Christopherl, welcher sich seinem Stuhle etwas genähert hat.*)

CHRISTOPHERL Frau Gertrud soll schaun, daß s' weiter kommt, und soll ihm nicht mehr vor Augen –

GERTRUD Na ja!

(*Weinberl hustet und brummt noch ungestümer als vorher.*)

CHRISTOPHERL Hat'n d' Frau g'hört?

GERTRUD (*erschrocken zur Seitentüre rechts gehend*) Der Mann is heut' in einer Laune, das is schon aus der Weis'. (*Ab.*)

Fünfzehnter Auftritt

DIE VORIGEN *ohne* GERTRUD

WEINBERL (*lachend vom Stuhl aufstehend*) Sehn Sie, jetzt sind wir gedeckt. Erfahrt im schlimmsten Fall der Prinzipal, daß's

Aus der Weis': ungewöhnlich, arg.

G'wölb' zug'sperrt war, so berufen wir uns auf seinen Befehl, den wir durch die Frau Gertrud erhalten haben.

CHRISTOPHERL Dann glaubt er, die Alte is verruckt.

WEINBERL Das verschlagt ihr nix, denn für g'scheit hat er s' nie g'halten.

CHRISTOPHERL Meiner Seel', pfiffig ausspekuliert! Na, Sie sind ja auch einmal Lehrjung' g'west, sonst könnt' das G'wixte nicht in Ihnen stecken.

WEINBERL Richten Sie sich jetzt das Sonntagsg'wand! Was zur Eleganz fehlt, Krawattel, Schmisel, Handschuh' und Schnopftüchel werd' ich Ihnen leihn.

CHRISTOPHERL Juchhe, das wird ein Jux wer'n morgen! (*Geht zur Mitte ab.*)

(*Man hört von außen Zangler räuspern und husten.*)

CHRISTOPHERL (*erschrocken zurückprallend*) O Jegerl, der Alte kommt!

WEINBERL (*erschrocken*) Der Herr Zangler – wann er mich in dem Aufzug sieht –

CHRISTOPHERL Ich retirier' mich zu der Frau Gertrud hinein.

WEINBERL Aber was tu' denn ich? Ich kann mich so weder vor der Frau Gertrud noch vor 'n Herrn Zangler zeigen.

CHRISTOPHERL Ich geh' zu der Frau Gertrud, ich riskier' nix, aber ich bin dabei. (*Geht zur Seitentüre rechts ab.*)

WEINBERL Mir bleibt nix übrig – (*löscht schnell das Licht aus und eilt hinter den Ofenschirm links im Hintergrunde.*)

Sechzehnter Auftritt

ZANGLER, WEINBERL (*hinter dem Schirm*)

ZANGLER (*zur Mitte eintretend*) Ich hab' mir das Ding anders überlegt, zur Schützentafel komm' ich später auch noch z'recht. Wie leicht könnt' der saubre Herr Sonders diesen Abend zu einem Rendezvous benützen wollen. Ich werd' an meinem Fenster ein wenig aufpassen. Wir haben Vollmond, da seh' ich's prächtig, wenn er allenfalls ins Haus hereinschleichen wollt'! Der saubere Herr Sonders, der! (*Geht in die Seitentüre links ab.*)

Siebzehnter Auftritt

WEINBERL, *dann* MARIE *und* SONDERS

WEINBERL (*kommt hinter dem Schirm hervor*) Er is drin, jetzt kann ich mich ausg'schirren.

SONDERS (*von außen*) Nein, nein Marie! So geh' ich nicht von dir.

WEINBERL (*erschreckend*) Verdammt, da kommt wieder wer – ich komm' als Associé in die Sauce – ich muß abermal – (*läuft wieder hinter den Schirm.*)

MARIE (*mit Sonders zur Mitte eintretend*) Aber, August –

SONDERS Versprich mir, in meinen Plan zu willigen.

MARIE Ich soll dem Vormund durchgehn –?

SONDERS Fliehen sollst du mit mir.

MARIE Das schickt sich nicht.

SONDERS Marie!

MARIE Fliehen, durchgehen und auf und davonlaufen is eins, und das schickt sich nicht!

SONDERS Du hierbleiben, mir entrissen werden und ich mir eine Kugel vor den Kopf brennen, ist auch eins, und das schickt sich so gewiß, wenn du nicht Mut hast –

MARIE August, du bist ein fürchterlicher Mensch.

SONDERS Des Alten Eigensinn läßt uns nichts anderes übrig.

MARIE Wenn ich dir aber sage, es schickt sich nicht! Du sollst eigentlich schon lang fort sein, ich hab' dir nur erlaubt, bis es Abend wird, und hier ist nicht einmal Licht.

SONDERS Haben Liebende je eines andern Lichtes bedurft als des Mondes, der eben freundlich durch die Fenster blickt?

MARIE Der Mondschein schickt sich nicht. Du gehst entweder sogleich fort oder gehst mit mir zur Frau Gertrud hinein, die hat Licht.

SONDERS Die darf ja nicht erfahren –

MARIE Warum nicht? Machen wir sie zur Vertrauten unserer Liebe.

SONDERS Ich traue alten Weibern nie. (*Nach der Türe rechts horchend.*) Da hör; ich jemand an der Türe!

MARIE Am End' gar der neugierige Christoph –

SONDERS Wir wollen einen Augenblick uns hier verbergen.

(*Nimmt Marie bei der Hand und geht mit ihr von der rechten Seite hinter den Schirm.*)

Ausg'schirren: entkleiden.

MARIE (*indem August sie nach sich zieht*) Ach Gott, das schickt sich nicht!

(*Weinberl, der hinter dem Schirm steht, drückt sich soviel als möglich gegen die linke Seite, ohne sich zu getrauen, sein Versteck zu verlassen.*)

Achtzehnter Auftritt

GERTRUD; DIE VORIGEN (*hinter dem Schirm*)

GERTRUD (*aus der Seitentüre rechts kommend*) Was ist das? Kein Licht da? Ah, das wird der Herr ausg'löscht haben, wie er fort is. Ich muß schaun, daß ich dem Mussi Weinberl heut' noch den Befehl ausrichten kann, daß 's G'wölb' zug'sperrt bleibt, bis morgen könnt' ich vergessen, da wär's nachher wieder ein Lärm! O, der Alte – das ist ja ein – (*geht zur Mitte ab.*)

Neunzehnter Auftritt

WEINBERL, SONDERS, MARIE

SONDERS (*Weinberl hervorziehend*) Da hat uns einer belauscht, nur hervor!

MARIE (*ebenfalls vorkommend, erschrickt, indem sie Weinberl der Schützenuniform wegen für Zangler hält*) Himmel, der Vormund –!

SONDERS (*betroffen*) Herr Zangler –

MARIE (*Weinberl zu Füßen fallend*) Lieber Herr Onkel-Vormund, sein Sie nicht bös, ich kann nichts davor, ich weiß, daß es sich nicht schickt, aber –

SONDERS Ich habe Marien gegen ihren Willen bis in die Stube verfolgt, zürnen Sie daher mir doppelt und dreifach, wenn Sie wollen, doch Marien dürfen Sie keine Schuld zumessen.

MARIE Nein, gar nichts zumessen! – Verzeihung, lieber Herr Onkel und Vormund! – Sie schweigen? Diese schauerliche Stille verkündet einen furchtbaren Sturm.

WEINBERL (*welcher in größter Verlegenheit dagestanden, indem er jeden Augenblick fürchtet, trotz der Dunkelheit von Marien erkannt zu werden, weiß sich nicht anders zu helfen, nimmt zuerst Mariens, dann Sonder's Hand und fügt ihre beiden Händen segnend ineinander*)

SONDERS (*auf höchste erstaunt und freudig überrascht*) Ist's möglich –!? Diese Sinnesänderung –? Sie segnen unsern Bund –?

MARIE Ach, lieber, göttlicher Herr Onkel und Vormund!

WEINBERL (*hebt die noch immer kniende Marie empor und legt sie in Sonders' Arm*)

MARIE August! } *zugleich*
SONDERS Marie! }

(*Weinberl benützt den Moment, während die Liebenden sich in den Armen halten, und eilt leise und mit großen Schritten zur Mitteltüre hinaus.*)

Zwanzigster Auftritt

DIE VORIGEN *ohne* WEINBERL

SONDERS Jetzt bist du meine Braut –

MARIE (*sich aus Sonders' Armen erhebend*) Wie soll ich Ihnen danken, Herr Onkel?

SONDERS (*beinahe zugleich mit voriger Rede*) Vortrefflicher, herrlicher Mann –! (*Beide bemerken mit Staunen, daß niemand mehr da ist.*)

MARIE Was is denn das?

SONDERS Er ist fort!

MARIE Wo ist er denn hin?

SONDERS Ohne Zweifel auf sein Zimmer. Der gute Mann will das erste Entzücken beglückter Liebe nicht stören. Marie, komm in meine Arme!

MARIE Von Herzen gern, jetzt schickt es sich ja.

SONDERS (*sie umarmend*) Liebes, teures Mädchen!

Einundzwanzigster Auftritt

ZANGLER, *später* WEINBERL *und* CHRISTOPHERL; DIE VORIGEN

ZANGLER (*kommt mit Licht aus der Seitentüre links*) Was gibt's denn da –? Ich glaub' gar – (*ergrimmt*) Himmel-Mordtausend-Element –! Herr, Sie unterstehen sich –

MARIE (*wie aus den Wolken gefallen*) Aber, lieber Herr Onkel – Sie haben ja selbst –

ZANGLER Entartetes Mädel! (*Sie zur Seitentüre links schleudernd.*) Da hinein!

SONDERS Haben Sie nicht erst in diesem Augenblick –

ZANGLER (*wütend*) Verwegener Landstreicher! (*Auf die Mitteltüre zeigend.*) Da hinaus!

(*Weinberl tritt, bereits wieder umgekleidet, zur Mitte ein und sieht, im Hintergrunde rechts stehend, dem Auftritte zu, ebenso Christopherl, welcher auf den Lärm neugierig aus der Seitentüre rechts tritt; beide stehen so, daß Sonders ihnen das Gesicht nicht zuwendet.*)

MARIE Das kann Ihr Ernst nicht sein!

ZANGLER (*immer wütender*) Hinein!

SONDERS Entweder Sie halten uns jetzt zum besten oder haben früher –

ZANGLER (*wie oben*) Hinaus!

MARIE (*weinend zur Seitentüre links gehend*) Der Vormund is verhext! (*Ab.*)

ZANGLER (*ihr nachrufend*) Hinein!!

SONDERS Sie sind verrückt, Herr, aber Geduld, ich werde –

ZANGLER (*mit den Füßen stampfend*) Hinaus!

SONDERS Es ist zu arg! (*Geht in großer Aufregung zur Mitte ab.*)

ZANGLER (*indem er in die Seitentüre links abgeht*) Wart', ungeratenes Geschöpf, dich wird meine Schwägerin koramisieren! (*Ab.*)

WEINBERL (*vortretend*) Das is eine Historie –!

CHRISTOPHERL (*in ausgelassener Freude springend*) Ich vergönn' ihr's! Warum heißt s' mich immer einen dalketen Bub'n!

WEINBERL Mir scheint, ich fang' schon an, verfluchter Kerl zu sein! Das is der Vorgeschmack vom Jux.

(*Im Orchester beginnt heitere Musik.*)

Der Vorhang fällt.

Koramisieren: unter vier Augen den Kopf zurechtsetzen (lt. *coram*).

Zweiter Aufzug

Straßendekoration, nur zwei Kulissen tief. Der Prospekt stellt die gerade über die Bühne laufende Häuserreihe einer Gasse vor, ohne alles Perspektiv. An dem mitten im Prospekt sich befindenden Hause ist das Tor offen, so daß man weiter hinten eine praktikable Stiege sieht; in der Einfahrt rechts ist eine Türe, die zur Hausmeisterwohnung führt. Über dem Haustore ist eine Tafel mit großer Aufschrift: »ANNA KNORRS MODEWAREN-VERLAG«

Erster Auftritt

WEINBERL, CHRISTOPHERL

(*Christopherl in seinem Sonntagsanzug von grauem Tuche mit roter Krawatte und blauem Schal geschmacklos geputzt. Weinberl in blauem Frack, weißen Pantalon, aber in geschmackloser Gala, treten von links auf.*)

CHRISTOPHERL Das wär'n Abenteuer? Ich dank' –

WEINBERL Ja, lieber Freund, ich kann Ihnen die Abenteuer nicht herzaubern. Glauben Sie, mir is das ang'nehm, da herumz'gehn wie a Waserl, mir, dem obendrein noch jedes offene G'würzg'wölb einen heimlichen Gewissensbiß macht?

CHRISTOPHERL Den ganzen Vormittag is uns nix unter'kommen, nix aufgestoßen.

WEINBERL Wir wollen die Hoffnung nicht sinken lassen – vielleicht stoßt uns jetzt Nachmittag was auf. Arg wär' das, wenn wir vier Stund' weit herfahreten, einen ganzen Tag in der Residenz zubrächten, ohne einen Jux 's Geld verjuxt –

CHRISTOPHERL Das wär' a Jux! Vor allem andern müssen wir doch wieder unter die Leut' gehn! In dem öden Gassel da wer'n wir nix erleb'n.

WEINBERL O Freund, in die öden Gasseln erlebt man allerhand! Das is ja grad' das Abenteuerliche! Wie oft hab' ich gelesen in die Bücher: »Er befand sich, ohne zu wissen wie, in einem engen, abgelegenen Gäßchen, plötzlich gewahrte er an der Ecke einen Mann in einem Mantel, ihm war's, als ob er ihm gewunken – an der andern Ecke sieht er auch einen Mann,

Waserl: hilfloses Wesen (von *Waise*).

ihm deucht', als hätt' er ihm gewinkt, unentschlossen steht er da, er weiß nicht, soll er dem folgen, der ihm gewinkt, oder dem, der ihm gewunken – da öffnen sich plötzlich die Fenster –«

(*A tempo öffnet Philippine das Fenster im Hause der Madame Knorr im Prospekt.*)

WEINBERL (*ohne dies zu bemerken, fährt fort*) »Und eine zarte weibliche Hand –«

(*Philippine hat eilig am Fenster ein Glas mit Wasser ausgespült, schüttet es, ohne herabzusehen, auf die Straße und schlägt sogleich wieder das Fenster zu.*)

WEINBERL (*den es beinahe getroffen, erschrocken zur Seite springend*) Na, sein S' so gut –

CHRISTOPHERL Das ging' mir grad noch ab –

WEINBERL Wenn ich jetzt einen halben Schritt weiter links g'standen wär', so könnt' ich sagen, daß ich in der Residenz überschüttet worden bin, mit was, das braucht kein Mensch z' wissen.

CHRISTOPHERL Was logiert denn für ein Völkel da drob'n?

WEINBERL (*liest das Schild*) »Anna Knorrs Modewaren-Verlag« –

CHRISTOPHERL Das is eine schöne Mod', daß man d' Leut' anschütt't.

WEINBERL (*nach rechts in die Szene sehend*) Sieh, dort steht ein Mann.

CHRISTOPHERL Winkt uns aber nicht!

WEINBERL Er kommt näher – er bleibt wieder stehn – das is ja –

CHRISTOPHERL Meiner Seel' –

WEINBERL Das is der Herr von Brunninger –

CHRISTOPHERL Der öfters zu unserm Prinzipal kommt?

WEINBERL Der kennet uns gleich –

CHRISTOPHERL Fahr'n wir ab! –

(*Beide wollen links ab.*)

WEINBERL Halt! (*Bleibt wie vom Donner gerührt stehen.*) Das is Blendwerk, das kann nicht sein! – (*Zeigt erstarrt in die Szene links.*)

CHRISTOPHERL (*erschrocken*) Der Herr Zangler!

WEINBERL Der Prinzipal! –

CHRISTOPHERL G'schwind da ins Haus hinein –

WEINBERL Dem Abenteuer weichen wir aus!

(*Beide eilen in das offene Haustor mitten im Prospekt und bleiben unter der Einfahrt, sich links drückend, stehn.*)

CHRISTOPHERL Er wird gleich vorbei sein.

WEINBERL Nur ruhig!

Zweiter Auftritt

HAUSMEISTER; DIE VORIGEN

HAUSMEISTER (*aus der Türe rechts unter dem Tore wegtretend*) Was gibt's da?

CHRISTOPHERL Nix, gar nix.

WEINBERL Wir wollen –

CHRISTOPHERL Nix, gar nix.

HAUSMEISTER Wieder passen auf d' Weibsbilder? – Weiter um a Haus! –

CHRISTOPHERL Nit um a G'schloß! –

WEINBERL Wir müssen da hinauf –

HAUSMEISTER Zu wem?

WEINBERL (*im Zweifel, was er sagen soll*) Zu – zu – na, was da draußt auf der Tafel steht –

CHRISTOPHERL Madame Knorr, Modewarenverlagsniederlagverschleißhändlerin –

HAUSMEISTER Die logiert im ersten Stock und nit unter der Einfahrt.

CHRISTOPHERL Eben deßtwegen gehen wir ja hinauf.

WEINBERL (*zum Hausmeister*) Ja, hab'n Sie glaubt, daß wir nit hinaufgehn? –

HAUSMEISTER Ersten Stock, rechts die Tür!

WEINBERL Dank' Ihnen. (*Geht zögernd die Stiege hinauf.*)

CHRISTOPHERL Also gehn wir! (*Indem er Weinberln folgt.*) Wir können nit fehl'n, rechts die Tür!

(*Man sieht beide die Stiege hinaufgehen.*)

HAUSMEISTER (*nach einer kleinen Pause*) Denen geh' ich nach, i muß sehn, ob's mi nit ang'logen hab'n. (*Geht ebenfalls die Stiege hinauf.*)

Nit um a G'schloß: um keinen Preis (»nicht um ein Schloß«).

Dritter Auftritt

ZANGLER, *dann* BRUNNINGER

ZANGLER (*von links kommend*) Das wär' getan – das auch – zur Schwägerin hab' ich hing'schickt, also – (*geht in das Haus, wo Christopherl und Weinberl hineingegangen sind.*)

BRUNNINGER (*eilig von rechts kommend*) Herr von Zangler! Herr von Zangler!

ZANGLER (*bereits unter dem Torweg, sich wieder umwendend*) Wer ruft denn?

BRUNNINGER (*auf ihn zueilend*) So hab' ich halt doch recht g'sehn! –

ZANGLER Herr von Brunninger! Freut mich!

BRUNNINGER Seit wann in der Stadt? Kommen wie gerufen, müssen gleich jetzt mit mir zum Advokaten, es is wegen der Krüglischen Sache.

ZANGLER Freund, das lassen wir bis später – jetzt muß ich –

BRUNNINGER Nein, Freund, ich lass' Ihnen nicht aus, die Krüglische Sache –

ZANGLER Liegt mir bei weitem nicht so am Herzen als wie –

BRUNNINGER Hat sich aufs vorteilhafteste gestaltet, wir kommen alle zwei zu unserm Geld. –

ZANGLER Ich weiß –

BRUNNINGER Die Krüglische Sache –

ZANGLER Muß jetzt, aufrichtig, g'sagt, einer Herzenssache nachstehn.

BRUNNINGER Was?!

ZANGLER Ich heirat'!

BRUNNINGER Wem? –

ZANGLER Noch weiß es kein Mensch und doch steht's mit großmächtige Buchstaben ang'schrieben auf der Gassen.

BRUNNINGER Wo?

ZANGLER (*auf die Tafel über dem Haustor deutend*) Da – Madame Knorr –

BRUNNINGER Is das die Erwählte? Gratulier', aber –

ZANGLER (*eilig*) Ich muß jetzt zu ihr –

BRUNNINGER Da vergessen S' mir ganz auf die Krüglische Sache – nix da, ich lass' Ihnen nicht aus –

ZANGLER Aber, Freund –

BRUNNINGER In zehn Minuten is es abgetan.

ZANGLER Aber g'wiß nit länger?

BRUNNINGER (*ihn unter dem Arm nehmend*) Nein, sag' ich, kommen S' nur g'schwind!

ZANGLER Meinetwegen, aber –

BRUNNINGER (*mit Zangler abgehend*) Sie werden sich wundern, Freund, ich sag' Ihnen, die Krüglische Sache –

ZANGLER Länger als zehn Minuten kann ich nicht –

(*Beide ab.*)

Verwandlung

Zimmer bei Madame Knorr, mit Mittel- und Seitentüren

Vierter Auftritt

PHILIPPINE, WEINBERL, CHRISTOPHERL

PHILIPPINE Wollen die Herren da hereinspazieren? Ich werd's gleich der Madame sagen. (*Geht in Seitentüre links ab.*)

WEINBERL Da wär'n wir! Sehn Sie, das sieht schon ein' Abenteuer gleich.

CHRISTOPHERL Was sagen wir denn aber, wenn die Madame kommt?

WEINBERL Was uns einfallt!

CHRISTOPHERL Wenn uns aber nix G'scheits einfallt?

WEINBERL So sagen wir was Dumms. Unsere Lag' erfordert mehr Hardiesse als G'scheitheit.

CHRISTOPHERL Freilich, ein g'scheiter Mensch laßt sich auf so Sachen gar nicht ein –

WEINBERL Sie kommt! –

Fünfter Auftritt

MADAME KNORR, PHILIPPINE; DIE VORIGEN

PHILIPPINE (*mit Madame Knorr aus der Seitentüre rechts kommend*) Das sind die Herren! (*Geht zur Mitte ab.*)

(*Weinberl und Christopherl machen Madame Knorr stumme Komplimente.*)

CHRISTOPHERL (*zu Weinberl, leise*) Wenn Sie nit zum Reden anfangen, ich fang' nit an.

Hardiesse: Keckheit (fz.).

WEINBERL Nur Geduld! –

MADAME KNORR Was steht zu Diensten, meine Herren?

WEINBERL Hab' ich die Ehre, Madame Knorr –?

MADAME KNORR O, ich bitte, die Ehr' ist meinerseits!

CHRISTOPHERL (*beiseite*) Der Anfang ist sehr ehrenvoll.

MADAME KNORR Wünschen die Herren vielleicht in meinem Warenlager eine kleine Auswahl zu treffen?

CHRISTOPHERL (*leise zu Weinberl*) Sie, das tut's nit, 's könnt' uns 's Geld z'wenig wer'n.

WEINBERL Wir kommen eigentlich weniger, um zu kaufen –

CHRISTOPHERL Noch eigentlicher, um gar nix zu kaufen.

WEINBERL Sondern vielmehr, gekaufte Sachen zu bezahlen.

MADAME KNORR (*sehr freundlich*) O, ich bitte! –

CHRISTOPHERL Das heißt eigentlich nicht zu bezahlen –

WEINBERL Sondern eigentlich nur, um uns über eine Rechnung zu informieren, wieviel sie betragt, und dieser Tage dann zu bezahlen.

MADAME KNORR Wie es gefällig ist, aber was für eine Rechnung meinen Sie denn eigentlich?

WEINBERL Die Rechnung von – (*beiseite zu Christopherl*) sie wird doch eine Kundschaft haben, die Schmidt heißt. (*Laut*) Die Rechnung nämlich von der Frau von Schmidt –

MADAME KNORR Das muß ein Irrtum sein, ich habe keine Kundschaft, die Frau von Schmidt heißt.

WEINBERL Jetzt is's recht. (*Laut.*) Ich habe mich nur versprochen, Frau von Müller, hab' ich sagen wollen. – (*Beiseite.*) Da wird's doch eine haben? –

MADAME KNORR Verzeihn Sie, ich hab' auch keine Frau von Müller zu bedienen.

WEINBERL (*beiseite*) Da soll doch der Teufel –! (*Laut.*) Ich bin aber heut' so zerstreut, Frau von Fischer heißt diejenige –

MADAME KNORR Ah, Frau von Fischer, ja, das ist was anders, ja, die Frau von Fischer meinen Sie? –

WEINBERL (*leise zu Christopherl*) Sehn S', jetzt hab' ich's halt doch troffen.

CHRISTOPHERL (*leise zu Weinberl*) Es is aber unbegreiflich, wie man nicht gleich Frau von Fischer sagen kann; das gibt doch die Vernunft.

MADAME KNORR Aber wie kommt das? Frau von Fischer ist mehr meine Freundin als bloß Kundschaft –

WEINBERL Bitte, wenn die Freundin was kauft, is sie Kundschaft und muß zahlen; wenn das nicht wär', so hätten die Kaufleut' lauter Freund' und gar keine Kundschaften.

MADAME KNORR Aber es pressiert ja nicht. Frau von Fischer verrechnet sich alle Jahr' mit mir – und jetzt muß ich mir schon die Freiheit nehmen, zu fragen, wer Dieselben sind und wie Sie dazu kommen, für die Frau von Fischer bezahlen zu wollen? –

WEINBERL Sie ist also Ihre Freundin? –

MADAME KNORR Das glaub' ich; noch wie ihr seliger Mann gelebt hat, und gar jetzt die drei Jahr', als sie Witwe ist. –

WEINBERL (*leise zu Christopherl*) Jetzt geben Sie acht, was ich der Sach' für eine Wendung geb'! – (*Laut.*) Drei Jahr' war sie Witwe, ganz recht, aber seit drei Täg' ist sie's nicht mehr.

MADAME KNORR (*erstaunt*) Wieso?

WEINBERL Ich bin ihr Gemahl!

MADAME KNORR (*aufs äußerste überrascht*) Was!? –

CHRISTOPHERL (*für sich*) Ah, das is ein kecker Ding! –

MADAME KNORR Wär's möglich! Vor drei Tagen hat meine Freundin Fischer geheirat't!?

WEINBERL Ich bin der Glückliche von drei Täg'!– (*Leise zu Christopherl, triumphierend.*) Sehn Sie, das heißt halt Geist.

MADAME KNORR (*hat etwas von diesen Worten gehört*) Wer heißt Geist? –

WEINBERL Geist? – Ich heiße Geist. (*Für sich.*) 's is all's eins, ich kann heißen, wie ich will.

MADAME KNORR Ich bin so überrascht, Herr von Geist –

CHRISTOPHERL (*für sich*) Man sähet ihm's nicht an.

MADAME KNORR Und dieser junge Herr? (*Auf Christopherl zeigend.*)

WEINBERL Ein meiniger Verwandter.

MADAME KNORR Aber warum hat man so eine wichtige Sach' vor einer intimen Freundin verheimlicht? –

WEINBERL Sie sollen alles erfahren! Aber wollen Sie jetzt nur wegen der Rechnung nachschaun.

MADAME KNORR Gleich, gleich! (*Will Seitentüre rechts ab, zögert aber.*)

WEINBERL (*leise zu Christopherl*) Derweil fahr'n wir ab! –

CHRISTOPHERL (*leise zu Weinberl*) Recht, dem Alten begegnen wir jetzt nicht mehr.

MADAME KNORR Nein, ich kann mich noch gar nicht erholen von dem Erstaunen und der Überraschung.

Sechster Auftritt

PHILIPPINE; VORIGE

PHILIPPINE (*zur Mitte eintretend*) Madame, die Frau von Fischer is da, sie will aber nicht herein, weil Herren da sind.

CHRISTOPHERL (*für sich*) Jetzt geht's z'samm'!–

WEINBERL (*ganz verblüfft*) Wer is da –?

MADAME KNORR Ihre liebe Frau. (*Zu Philippine.*) Sie soll nur hereinkommen, es is ja ihr Gemahl –

WEINBERL (*verlegen*) Nein, sagen Sie ihr –

MADAME KNORR Zu was diese Sachen? (*Zu Philippine.*) Sie soll kommen, ihr Gemahl, ihr lieber Geist is da.

(*Philippine geht zur Mitte ab.*)

WEINBERL (*in großer Verlegenheit, für sich*) Ich wollt', ich wär' ein Geist, daß ich verschwinden könnt'.

MADAME KNORR Ich begreif' nicht – wozu diese Zurückhaltung, dieses geheimnisvolle Wesen –?

WEINBERL Meine Frau, die hat das, Sie werden sehn, sie wird jetzt noch tun, als ob ich ihr ein fremder Mensch wär'.

CHRISTOPHERL (*für sich*) Ja, sie wird so dergleichen tun.

MADAME KNORR Am End' is sie obstinat und bleibt draußten.

WEINBERL (*für sich*) Das wär' a Glück! –

MADAME KNORR Da muß ich gleich – wär' nicht übel –! (*Geht zur Mitteltüre.*)

WEINBERL (*zu Christopherl*) Ich bin sehr gespannt auf meine Frau.

MADAME KNORR (*Frau von Fischer unter der Türe empfangend*) Nur her da, komm' in meine offenen Arme, du Verschlossene!

Siebenter Auftritt

FRAU VON FISCHER (*tritt befremdet zur Mitte ein*); DIE VORIGEN

PHILIPPINE (*zu Frau von Fischer*) Jetzt sehn Sie, daß ich kein' Spaß hab' g'macht.

MADAME KNORR Nein, es is Ernst, da steht er, dein Gemahl, der Herr von Geist –

FRAU VON FISCHER Mein Gemahl –? Und er hat dir selbst gesagt –?

MADAME KNORR Daß du seit drei Tagen die Seinige bist – jetzt nutzt keine Verstellung mehr. – (*Zu Philippine.*) Philippine, lassen Sie g'schwind Kaffee machen und dann soll – (*gibt ihr leise mehrere Aufträge.*)

(*Frau von Fischer betrachtet Weinberl scharf. Weinberl zieht sich verlegen immer mehr links zur Seite.*)

FRAU VON FISCHER (*nach einer Pause vortretend, für sich*) Das ist entweder eine exzentrische Art, den Anbeter machen zu wollen, oder der Mensch erlaubt sich einen Scherz mit mir; im ersten Fall verdient die Sache nähere Erwägung, im zweiten Fall verdient die Keckheit Strafe; in jedem Fall aber muß ich ins klare kommen, und das kann ich am besten, wenn ich in seine Idee einzugehen scheine, vor meiner Freundin seine Frau spiele und die Gelegenheit abwarte, ihn in die Enge zu treiben.

PHILIPPINE (*zu Madame Knorr*) Schon recht, Madame! – (*Geht zur Mitte ab.*)

MADAME KNORR (*zu Frau von Fischer*) Und jetzt zu dir, du garstige Freundin –

WEINBERL (*leise zu Christopherl*) Die garstige Freundin ist eigentlich sehr sauber.

CHRISTOPHERL (*leise zu Weinberl*) Was nützt das, wir kommen doch in eine wilde G'schicht'. –

MADAME KNORR (*zu Frau von Fischer*) Wie hast du das übers Herz bringen können, zu heiraten, ohne daß ich was weiß? –

FRAU VON FISCHER Es war ein Grund – den dir mein lieber Mann sagen wird.

WEINBERL (*verblüfft für sich*) Sie sagt »lieber Mann« – sie tut richtig so –

MADAME KNORR Nun, Herr von Geist?

WEINBERL (*verlegen*) O, den Grund, den kann Ihnen meine liebe Frau ebensogut sagen.

FRAU VON FISCHER Nein, lieber Mann, sag' du es nur.

WEINBERL (*wie oben*) Ah, geh, liebe Frau, sag' du's!

FRAU VON FISCHER Es war eine Laune von meinem lieben Mann –

WEINBERL (*sich mehr und mehr fassend*) Und zugleich auch eine Laune von meiner lieben Frau –

Sauber: hübsch.

MADAME KNORR Es is aber unerklärbar –

WEINBERL Daß zwei Leut' wie wir bei Laune sind, das is gar nicht unerklärbar.

MADAME KNORR Die Bekanntschaft muß aber doch schon viel länger –

FRAU VON FISCHER Ach, das nicht, wir kennen uns erst sehr kurze Zeit.

WEINBERL Unglaublich kurz! Die G'schicht' war so über Hals und Kopf.

CHRISTOPHERL (*leise zu Weinberl*) Jawohl is s' uns über 'n Hals kommen, den Kopf aber heißt's jetzt aus der Schlinge ziehn.

MADAME KNORR Da kann man sehen, die Ehen werden im Himmel geschlossen.

WEINBERL Richtig bemerkt, im Himmel werden s' g'schlossen, darum erfordert dieser Stand auch meistens eine überirdische Geduld.

FRAU VON FISCHER Sehr unrichtig bemerkt, denn du hast dich hoffentlich nicht über mich zu beklagen.

WEINBERL O nein! –

FRAU VON FISCHER Hab' ich dir schon ein einziges Mal widersprochen?

WEINBERL Nein, das is wahr.

FRAU VON FISCHER (*mit Beziehung*) Suche ich nicht in deine Ideen einzugehn – selbst wenn ich keinen stichhaltigen Grund herausfinde?

WEINBERL Das ist auch wahr! –

CHRISTOPHERL (*leise zu Weinberl*) Das is a feine Kundschaft, fahr'n wir ab!

WEINBERL (*zu Frau von Fischer*) Weil du mir nie widersprichst, so wirst du auch nix dagegen haben, wenn ich dich jetzt bei deiner Freundin lass' und meinen Geschäften nachgehe.

FRAU VON FISCHER O, da würd' ich sehr viel dagegen haben. Du hast für heute kein Geschäft mehr, als für unser Vergnügen zu sorgen! Zum ersten Male muß es jetzt nach meinem Willen gehen.

WEINBERL Aber ich muß –

FRAU VON FISCHER (*imponierend*) Für diesmal unbedingt den Befehlen der Frau gehorchen!

WEINBERL (*verblüfft*) Ja, ja, gehorchen, sag' nur, was du eigentlich schaffst?

CHRISTOPHERL (*leise zu Weinberl*) Aber was treiben S' denn?

WEINBERL (*leise zu Christopherl*) Ich trau' mich nicht zu widersprechen.

CHRISTOPHERL (*wie zuvor*) Zwei Minuten stellen S' jetzt ein' Ehmann vor und sind schon Simandl, Sie haben eine großartige Anlag'.

MADAME KNORR (*welche leise mit Frau von Fischer gesprochen*) Scharmant, dort fahren wir hin, der Garten is prächtig, die Bedienung ist einzig –

FRAU VON FISCHER Mein Mann soll uns dort traktieren.

MADAME KNORR Da hinaus eine Partie zu machen, das ist eine Idee von dir, die wirklich einen Kuß verdient, den dir dein Mann auch allsogleich –

WEINBERL (*zu Madame Knorr*) Glauben Sie? Ja, ich bin der Mann, der niemandem sein Verdienst abstreiten will. Wenn Sie also der Meinung sind, daß sie ein' Kuß verdient –

MADAME KNORR Ohne weiteres! (*Zu Frau von Fischer.*) Nur keine Umständ' g'macht vor einer Freundin!

WEINBERL So geh, Gemahlin! (*Küßt Frau von Fischer, welche verlegen zögert.*)

MADAME KNORR So seh' ich's gern von junge Eheleut'.

WEINBERL (*für sich*) Das is ein Götterweib. (*Zu Frau von Fischer.*) Gemahlin, wenn du recht bald wieder eine Idee hast, die einen Kuß verdient, so gibt ich dir gleich ein paar à conto auf deine nächsten Ideen.

MADAME KNORR Ein Schalerl Kaffee müssen wir aber noch trinken, eh' wir ausfahren. Der Herr Cousin kann gleich um ein Wagen gehen, und Sie (*zu Weinberl*) spazieren indessen (*nach rechts zeigend*) in mein Zimmer hinein, ich muß Ihrer Frau im Atelier draußen eine neue Form von Hauberln zeig'n, von Hauberln –! Wir werden Ihnen nicht zu lang warten lassen, Sie verliebter Gemahl, Sie. (*Geht mit Frau von Fischer und Christopherl durch die Mitte ab.*)

Achter Auftritt

WEINBERL

WEINBERL Ich muß sagen, ich und die Meinige, wir leben sehr gut miteinand'. Es rentiert sich kurios, wenn man a verfluchter Kerl is. – Den Wagen wird wohl die Madame Knorr zah-

Simandl: Pantoffelheld.

len – ah, freilich, sie hat ja drum g'schickt. Übrigens, daß ich jetzt da so aus dem Stegreif einen Gemahl vorstell', das is a verruckte Idee! – Macht nix, ich bin ja nicht der einzige, es gibt mehr Leut', die verruckte Ideen haben.

1.

A Mann führt sein' Frau 's ganze Jahr nirgends hin,
Unterhalt't sich auf andre Art, ganz nach sein' Sinn,
Prätendiert aber, wenn er geht, soll s' freundlich sein,
Weil s' ihm sonst den Humor verdirbt im vorhinein,
Wenn er heimkommt, soll s' lächeln, recht heiter und mild,
Er wird Flegel, sobald sie sich unglücklich fühlt,
Sie soll höchst zufrieden sein in dieser Eh':
Das is a verruckte Idee!

2.

Ein' eitle Mama hat a Tochter wie a Perl',
Der Tochter ihr Amant ist a pfiffiger Kerl.
So wie 'n Haushund der Dieb mit Savlati besticht,
Wer'n von ihm an d' Mama a paar Flatusen gericht't,
Und d' Alte is selig, die Aug'n tun ihr funkeln,
»Ach Gott«, denkt s', »ich tu' meine Tochter verdunkeln,
Für mich tut sein Herz nur schlagen unterm Gilet«:
Das is a verruckte Idee!

3.

»Den Herrn seh' ich täglich zu Ihrer Frau gehn!«
Ja wissen S', das macht nix, es is ihr Cousin.« –
»In der Dämmrung, da sieht man s' oft beieinand' stehn!« –
»Was schad't denn die Dämmrung, 's is ja ihr Cousin!« –
»Sie tut ihm die Hand drucken und tut ihm schön.« –
»Warum soll s' ihn nit drucken, 's ja ihr Cousin!
Wär er *nit* ihr Cousin, ließ' ich ihr 'n g'wiß nit in d' Näh'«:
Das is a verruckte Idee!

4.

's is jetzt fast Auszeichnung, wenn man sagen kann dahier:
»Mein Sohn is zwölf Jahr' und spielt gar nicht Klavier!«
Wer nicht ferm Doktor-Faust-Stückeln jetzt machen kann,
Sondern nur Virtuos is, den hört man kaum an,
Und doch liest man »Klavierkonzert« fast alle Tag'

Savlati: Zervelatwurst.
Flatusen: Schmeicheleien (fz. *flatterie*).
ferm: fest, fest, schneidig (von fz. *ferme*).

An allen Ecken, aber im Preis geben s' dem Liszt nit viel nach,
Drei Gulden Münz' für ein'n Sperrsitz, zwei Gulden Entree:
Das is a verruckte Idee!

5.

's hat einer ein'n kleinen Gehalt, kommt nicht draus,
Verliebt sich romantisch und rechnet sich's aus:
Als a Lediger kommt mich 's Kaffeehaus hoch,
Da kommt mich ja d' Frau etwas billiger noch!
Denn 's Kinderernähren, meint er, wird sich schon finden.
Das Rechnungsexempel is schön g'fehlt vorn und hinten,
A Familie und sechshundert Gulden W. W.:
Das is a verruckte Idee!

(*In die Seitentüre rechts ab.*)

Verwandlung

Eleganter Gartensalon in einem Gasthausetablissement außer der Stadt. Im Prospekt ist ein großes Fenster, links eine große Glastüre, beide nehmen beinahe den ganzen Prospekt ein, so daß man durch selbe die Aussicht in den Garten hat, wo man an mehreren Tischen Gäste sitzen sieht. Von außen, ganz nahe an dem Fenster am Prospekte, sieht man einen geschlossenen Wagen stehen, dessen Pferde in der Kulisse angenommen werden. Im Gartensalon rechts und links ein Tisch und Stühle, links ein Fenster

Neunter Auftritt

ZANGLER, MELCHIOR

ZANGLER (*erzürnt in den Salon mit Melchior eintretend*) Das also hier is der Ort? –

MELCHIOR Wenn Euer Gnaden recht verstanden hab'n, was der Herr dem Kutscher zug'ruft hat –

ZANGLER Ob ich ihn verstanden hab'! Es war grad in dem Moment, wie er 's Wagentürl zug'schlagen hat, ich schrei': »Halt!« –

MELCHIOR Aber man war nicht so dumm, Ihnen zu gehorchen.

ZANGLER Ich stürz' in mein Gasthaus –

MELCHIOR Ich stürz' Ihnen entgegen, und nach kurzer Erklärung stürzen wir all' zwei fort, stürzen in ein' Wagen, und wenn

W. W.: Wiener Währung.

der Wagen *auch* g'stürzt wär', wären wir noch nicht da. Jetzt denken Euer Gnaden, wenn Sie mich nicht hätten – –

ZANGLER So wär' ein anderer mit mir heraus.

MELCHIOR Es ist ein wahres Glück, daß Euer Gnaden mich haben.

ZANGLER Das Frauenzimmer war offenbar sie.

MELCHIOR Und der Mann war offenbar er.

ZANGLER Durchgehen!

MELCHIOR Das is klassisch!

ZANGLER Schändlich is es, aber ich will ihr zeigen –

MELCHIOR Wenn eine Mündel so den Mündelgehorsam verletzt, wenn eine Nichte so die nichtigen Pflichten vergißt, da muß man –

ZANGLER Da muß man nicht viel reden, sondern schaun, daß man sie kriegt.

MELCHIOR Nur kein Aufsehen! Es is ein wahres Glück, daß Euer Gnaden mich haben.

ZANGLER Meine Mündel will ich haben, Tölpel!

MELCHIOR Gut, aber was täten Euer Gnaden, wenn Sie mich nicht hätten?

ZANGLER Einen G'scheiteren tät' ich schicken, daß er augenblicklich jeden Saal, jedes Salettel, jeden Salon, jede Salaterie durchsucht und mir die Überzeugung bringt, daß sie da sind.

MELCHIOR Aber nur kein Aufsehen! Wir müssen zuerst –

ZANGLER (*den Wagen vor dem Salonfester erblickend*) Ha, das is der Wagen – jetzt haben wir s', sie sind da!

MELCHIOR Das is klassisch! 's ist ein wahres Glück, daß Euer Gnaden mich haben.

ZANGLER (*ruft*) He, Kutscher! He! (*Will ab.*)

MELCHIOR (*ihn zurückhaltend*) Schreien Sie nit so – bleib'n Sie!

ZANGLER Lass' Er mich, oder ich schlag' mein spanisches Rohr an Ihm ab!

MELCHIOR Vermeiden Sie das Aufsehen! Sie entkommen uns ja nicht. Die Pferd' nehmen hier Erfrischungen zu sich, das dauert a Weil'.

ZANGLER (*ruft noch lauter*) He, Kutscher! He!

KUTSCHER (*von außen*) Was schaffen S'?

MELCHIOR Na sehn S', er kommt schon, es is ein wahres Glück, daß Euer Gnaden mich –

Salettel: Gartenhäuschen.

ZANGLER (*grimmig*) Halt' Er 's Maul oder –

MELCHIOR Kein Aufsehen! –

Zehnter Auftritt

KUTSCHER; DIE VORIGEN

KUTSCHER (*tritt ein*) Euer Gnad'n!

ZANGLER Geh' Er her!

KUTSCHER Ich hab' schon a Fuhr.

ZANGLER Eben deine Fuhr will ich –

KUTSCHER Sein denn Euer Gnaden a Kutscher?

ZANGLER Er versteht mich nicht –

MELCHIOR (*zu Zangler*) So reden S' ordentlich mit ihm; ich seh' schon, da hab'n Euer Gnaden kein' Begriff –

ZANGLER Du hast einen Herrn und ein Frauenzimmer geführt?

KUTSCHER Ja, die sitzen im Garten.

ZANGLER Und weißt du, in welcher Absicht dieser Herr und dieses –

KUTSCHER Was geht denn das mich an!

MELCHIOR Wenn a Kutscher in das eingehen wollt'! Ah, da hab'n Euer Gnaden kein' Begriff –

ZANGLER (*zum Kutscher*) Weißt du, Helfershelfer, daß du kriminalistisch bist?

KUTSCHER Lassen S' Ihnen nit auslachen!

MELCHIOR (*zu Zangler*) Sehn S', jetzt lacht er Ihnen aus, Euer Gnaden hab'n keinen Begriff –

ZANGLER (*zum Kutscher*) Hier hat Er zehn Gulden.

MELCHIOR Der Kutscher wird jetzt gleich ein' Begriff krieg'n.

KUTSCHER Euer Exzellenz!

ZANGLER (*zum Kutscher*) Er führt diese zwei Leut', wenn sie wieder einsteigen, nicht wohin *sie* wollen, sondern wohin *ich* Ihm sagen werde.

KUTSCHER Wenn s' mich aber nachher verklag'n?

ZANGLER (*ihm einen Zettel gebend*) Das is die Adress' von meiner Schwägerin, da führst du sie hin, und um dir zu zeigen, daß die Sache im Wege Rechtens vor sich geht, geh' ich jetzt zum Wachter, der muß hint' aufstehen und Gewalt brauchen, wenn sie nicht gutwillig in das Haus wollen, wo ich sie hinbringen lass'. Dem Wachter werd' ich schon erklären –

MELCHIOR (*mit Beziehung auf das Trinkgeld*) O, der Wachter begreift ebenso wie der Kutscher.

ZANGLER (*zum Kutscher*) Bleib' Er jetzt beim Wagen. Er muß jeden Augenblick in Bereitschaft sein.

KUTSCHER Euer Gnaden können sich verlassen. (*Ab.*)

ZANGLER (*grimmig*) Ich fahre dann nach, und hab' ich den kecken Burschen im Haus meiner Schwägerin, dann lass' ich ihn durch einen Herrn Kommissarius ohne Aufsehen –

MELCHIOR Das is ja das, was ich immer sag': ohne Aufsehen! Sehn Euer Gnaden jetzt ein, was das für ein Glück is, daß Sie mich haben?

ZANGLER (*wie zuvor*) Unerträglicher Kerl, ich zerreiß' Ihn!

MELCHIOR Gehn S', Sie machen schon wieder ein Aufsehn.

ZANGLER Schad', daß ich mich ärger', denn Er ist so dumm, so –

MELCHIOR Da haben Sie gar keinen Begriff, wenn Sie sagen –

ZANGLER Daß Er ein Stockfisch ist, den ich zum Teufel jag', wie wir nach Hause kommen, das sag' ich. (*Geht wütend ab.*)

Elfter Auftritt

MELCHIOR, *dann* SONDERS *und* MARIE

MELCHIOR (*allein*) Der wird es nie einsehn, mit dem Mann plag' ich mich umsonst. Er halt't mich partout für einen Stockfisch, und man glaubt gar nicht, was das is, wenn man einmal auf ein' Menschen einen Verdacht hat. – Ich könnt' mich aber doch durch was in Respekt setzen bei ihm: wenn ich die Liebenden, die ich in meinem Leben nicht g'sehen hab', entdecket, ihre Gespräche und Pläne belauschet und so – da kommen zwei –! (*In den Garten hinaussehend.*) Er red't in sie hinein, sie seufzt aus sich selbst heraus – das sind Liebende, jetzt fragt's sich nur, ob es die unsrigen sind, ob's die sind, die wir suchen? (*Zieht sich rechts gegen das Fenster zurück.*)

SONDERS (*mit Marie zur Glastüre eintretend*) Sei doch nicht so ängstlich, liebe Marie!

MARIE (*trägt einen Burnus und Hut mit Schleier*) Ach Gott, die vielen Leut' –

SONDERS Kennen uns nicht, wir sind hier beide fremd.

MARIE Ich glaub', jeder Mensch sieht mir's im G'sicht an –

MELCHIOR (*für sich*) Das is klassisch.

MARIE Und bei jedem Schritt glaub' ich, der Vormund steht vor mir.

MELCHIOR (*für sich*) Sie hat einen Vormund, die sind's schon!

SONDERS Hier ist der Sammelplatz der eleganten Welt, gerade hier sind wir sicher, so einem Spießbürger, wie er ist, nicht zu begegnen.

MARIE Ach, August, wozu hast du mich verleitet?! Und ich hab' dir doch immer gesagt, es schickt sich nicht.

MELCHIOR (*für sich*) Das is klassisch.

SONDERS Mache dir deshalb keine Vorwürfe, dein Vormund ist ein Tyrann.

MELCHIOR (*für sich*) Was? Auf die Art sind die's doch nicht. – Unserer ihr Vormund is a G'würzkramer und der ihrer is a Tyrann. Das sind Liebende, die uns gar nix angehen.

SONDERS Er selbst hat uns gezwungen zu diesem Schritt.

MELCHIOR (*für sich*) Die sind dazu gezwungen worden, und die unsrigen sein freiwillig fort, ja, das sind ganz andere Verhältnisse.

MARIE Du wirst sehen, August, mir geht's im Geist vor –

SONDERS Beruhige dich, liebes Mädchen, wir haben nichts zu befürchten.

MELCHIOR (*für sich*) Die haben nichts zu befürchten, und die unsrigen haben sehr viel zu befürchten – wie gesagt, das sind hier ganz andere Verhältnisse.

MARIE Daß ich aber mit dir in der Welt herumlauf', das schickt sich nicht.

MELCHIOR (*für sich*) Das is klassisch.

SONDERS Dafür ist gesorgt, ich erwarte hier nur die Antwort von einem Freunde, dessen Schloß zwei Stunden von hier gelegen; bei seiner Gattin findest du ein freundliches Asyl, bis ich, nach Beseitigung aller Hindernisse, dich als Gattin in die Arme meiner Tante führe.

MELCHIOR (*für sich*) Die gehen zu einer Tant', und die unsrigen kommen von ein' Onkel – na, ja, das sind ja ganz andere Verhältnisse.

SONDERS (*Melchior bemerkend*) Wer spricht hier?

MELCHIOR Nein, nein, sind Sie ruhig – Ihnen tun wir nix.

SONDERS Er hat uns behorcht!

MELCHIOR Kein Gedanken!

SONDERS Was will Er also hier?

MELCHIOR Sie müssen wissen, sowohl Sie als das Fräulein müssen wissen, ich bin da mit mein' Herrn!

SONDERS Was geht das uns an?

MELCHIOR Na ja, wenn Sie *die* wären, *die* – dann ging's Ihnen wohl sehr viel an, aber wie gesagt, bei Ihnen sind es ganz andere Verhältnisse. –

SONDERS Ich glaube, Er ist betrunken.

Zwölfter Auftritt

EIN KELLNER; DIE VORIGEN

KELLNER Die Schokolade ist serviert.

SONDERS Wo hast du für uns gedeckt?

KELLNER Wo Euer Gnaden früher gesessen sind, in der Laube.

SONDERS Komm, liebe Marie!

MARIE Ach, August, es schickt sich nicht. (*Beide ab, der Kellner folgt.*)

Dreizehnter Auftritt

MELCHIOR

MELCHIOR (*allein*) Die sagt immer: »Es schickt sich nicht«, geht aber doch wieder in die Laube, das is klassisch! (*Ab.*)

Vierzehnter Auftritt

MADAME KNORR, FRAU VON FISCHER, WEINBERL, CHRISTOPHERL

(*Frau von Fischer, von Weinberl, Madame Knorr, von Christopherl geführt, treten ein; Frau von Fischer trägt Hut und Burnus von derselben Farbe, wie Marie hatte.*)

FRAU VON FISCHER (*zu Weinberl*) Ich begreife nicht, mein Lieber, was dir eingefallen ist, daß du den Wag'n fortfahren ließest?

MADAME KNORR Hier bekommen wir ja wieder Wägen, soviel wir wollen.

CHRISTOPHERL O ja, wenn man kein Geld anschaut.

WEINBERL (*leise zu Christopherl*) Ich werd' sehr bald kein Geld anschauen, denn ich werd' gleich keins mehr haben. (*Laut zu

Frau von Fischer.) Weißt du, Liebe, ich hab' geglaubt, es ist angenehmer, wenn wir zu Fuß nach Hause gehen.

FRAU VON FISCHER Zu Fuß?

MADAME KNORR Aha, im Mondenschein mit dir dahinschlendern und schwärmen hat er wollen.

WEINBERL Ja, schlendern und schwärmen.

CHRISTOPHERL (*zu Madame Knorr*) Und wir hätten auch das Unsrige geschwärmt.

MADAME KNORR O, Sie schlimmer Cousin!

WEINBERL Ja, ja, gehen wir zu Fuß, das is so schwärmerisch – (*beiseite*) und so billig!

FRAU VON FISCHER Warum nicht gar, der Abend ist kühl, willst du mich morgen krank wissen?

MADAME KNORR In der Hinsicht soll man wohl nicht sparen. Eine Krankheit kommt höher als zehn Fiaker.

WEINBERL (*für sich*) Mich kommt wieder ein Fiaker höher, als wenns' morgen zehn Krankheiten kriegt.

FRAU VON FISCHER (*zu Weinberl*) Ohne Widerrede, wir fahren.

MADAME KNORR (*zu Frau von Fischer*) War das aber ein guter Rat von mir, daß ich g'sagt hab', du sollst um den Mantel nach Haus schicken.

FRAU VON FISCHER Jawohl, aber hier will ich doch ablegen. (*Geht zu einem am Fenster stehenden Stuhl und legt den Burnus ab, wobei ihr Madame Knorr behilflich ist.*)

WEINBERL (*im Vordergrund zu Christopherl*) Christoph, Sie haben doch etwas Geld bei sich?

CHRISTOPHERL Nein, gar keins.

WEINBERL Sie sind ein – auf Ehr', wenn Sie nicht schon Kommis wären, jetzt beutlet ich Ihnen, daß –

CHRISTOPHERL Und wenn S' mich noch so beuteln, so fallt kein Kreuzer heraus! Ich hab' mich auf Ihnen verlassen, wie viel haben S' denn?

WEINBERL Ich hab' mir von z' Haus zehn Gulden mitg'nommen.

CHRISTOPHERL Und mit zehn Gulden hab'n Sie wollen ein verfluchter Kerl sein?

WEINBERL Hab' ich das ahnen können, wie ich in der Fruh' so ledig aus'gangen bin, daß ich gegen Abend a Frau hab'? Sonst sagt man: 's Unglück kommt über Nacht, mir is es über Mittag kommen! – Und daß ich alles zahlen muß, hab' ich mir auch nicht denkt – jetzt hab' ich grad noch zwei Gulden.

CHRISTOPHERL Und jetzt brauchen wir a Jausen auf vier Person', Wagen nach Haus und unser' Ruckreis' –

WEINBERL Da schaut offenbar a Krida heraus.

FRAU VON FISCHER (*mit Madame Knorr vorkommend*) Nun, lieber Mann, du vergißt ja, den Kellner zu rufen?

WEINBERL Nein, ich hab' grad drauf denkt. – (*Zögernd.*) Du glaubst also wirklich, daß wir hier jausnen sollen?

FRAU VON FISCHER Was sonst?

WEINBERL (*verlegen*) Nein, nein, sonst nix – (*Beiseite.*) Mir is das z'viel!

FRAU VON FISCHER So rufe doch –

WEINBERL (*mit unsicherer Stimme*) He, Kellner!

FRAU VON FISCHER So wird dich niemand hören.

WEINBERL Ich hab' so was Erschöpftes in mir – gar nicht das rechte Organ, ein' Kellner zu rufen. (*Ruft wie früher.*) He, Kellner!

CHRISTOPHERL (*laut*) Kellner!

FRAU VON FISCHER (*zu Madame Knorr*) Mein Mann macht sich öfters den Spaß, den Knickrigen zu spielen, die Jause soll dich vom Gegenteil überzeugen. (*Für sich.*) Ich glaube, der Mensch wollte mich zum besten halten, das soll er mir büßen.

Fünfzehnter Auftritt

KELLNER; DIE VORIGEN

KELLNER Was schaffen Euer Gnaden?

WEINBERL Sie sind der Kellner? Haben Sie die Gewogenheit, nehmen Sie es nicht ungütig, daß wir Sie hieher bemühen –

KELLNER Euer Gnaden scherzen –

WEINBERL O nein, warum soll ich Ihnen nicht mit Achtung behandeln –

CHRISTOPHERL (*leise zu Weinberl*) Was treiben S' denn?

KELLNER (*zu Weinberl*) Bitte, Euer Gnaden, so zart geht kein Gast mit ein' Kellner um.

WEINBERL O, ich bitte –! (*Leise zu Christopherl.*) Jetzt hab' ich doch Hoffnung, daß er mit mir auch zart umgehen wird, wenn es zum Äußersten kommt.

FRAU VON FISCHER (*welche indes mit Madame Knorr gesprochen*): Nun, was ist denn angeschafft worden?

KELLNER Bis jetzt noch nichts.

WEINBERL Wir deliberieren grad, ich glaube, zwei Schalen Kaffee –

FRAU VON FISCHER Kaffee haben wir ja schon bei meiner Freundin getrunken. Du mußt eine Jause bestellen, die gleich als Souper dienen kann.

WEINBERL Aha –! (*Zum Kellner.*) So bringen Sie uns Butter und Rettig und drei Seitel Bier, zwei für uns und eins für die Damen. (*Für sich.*) Das kommt billig.

FRAU VON FISCHER Was wär' das? Du willst uns so ordinär –?

MADAME KNORR Ich trinke nie Bier –

WEINBERL (*zum Kellner*) Also nur für uns Bier, für die Damen Wasser. (*Für sich.*) Das is noch billiger.

FRAU VON FISCHER Aber, Mann!?

MADAME KNORR Ich darf nicht kalt soupier'n.

WEINBERL Also was Warmes? (*Zum Kellner.*) Haben Sie kein Beuschl?

CHRISTOPHERL Oder ein halbes Gulasch?

KELLNER Das möcht' ich nicht raten, es ist schlecht.

WEINBERL (*für sich*) Das wär' eigentlich gut, da esseten s' nicht viel. –

FRAU VON FISCHER (*ernst zu Weinberl*) Mann, jetzt sag' ich dir zum letztenmal –

WEINBERL (*mit Resignation zum Kellner*) Also bringen Sie zwei Schnitzel, für uns Bier und für die Damen ein Seitel Achter. (*Für sich.*) Die zwei Gulden sind überschritten–die Krida geht an.

FRAU VON FISCHER (*zu Madame Knorr*) Heut' hat mein Mann wieder seinen närrischen Tag. (*Zu Weinberl.*) Herr Gemahl, jetzt hab' ich's satt!

WEINBERL (*für sich*) Das wär' ein Glück –

FRAU VON FISCHER So schafft man nicht an, wenn man Damen ausführt. Kellner, Sie bestellen uns ein' Fasan –

KELLNER Den Augenblick kommt einer vom Spieß.

FRAU VON FISCHER Dazu Kompott, dann Torte und sonstiges Dessert, zuerst Rheinwein, am Schluß Champagner.

KELLNER Sehr wohl, Euer Gnaden. (*Ruft, indem er abgeht.*) Anton, vier Gedeck' im Salon. (*Ab.*)

Seitel: ca. ein Drittel-Liter.
Beuschl: Lunge (In Wien eine der billigsten Fleischspeisen).
Achter: Wein für acht Kreuzer, ein ganz billiger Wein.

Sechzehnter Auftritt

DIE VORIGEN *ohne* KELLNER

FRAU VON FISCHER (*zu Madame Knorr*) Nun, hab' ich deinen Gusto getroffen?

MADAME KNORR 's ist aber zu viel.

CHRISTOPHERL (*zu Weinberl*) Wie g'schieht Ihnen denn?

WEINBERL Mir g'schieht gar nicht mehr, ich bin stumpf.

CHRISTOPHERL Und ich bin scharf aufs Abfahr'n bedacht.

WEINBERL (*von dieser Idee ergriffen*) Abfahren? – Sie haben recht, Krida ist da, also verschwinden – das kommt im Merkantilischen häufig vor!

CHRISTOPHERL Der Kellner soll sich dann mit der Zech' an die Frauen halten.

WEINBERL Recht so, wir lassen alles auf die Frauen schreiben, das is wieder merkantilisch.

CHRISTOPHERL Warum stürzen s' uns so in Depensen, diese Weiber!

WEINBERL Das sind ja Verschwenderinnen, reine Gourmaninnen.

CHRISTOPHERL Aber nur kein' Verlegenheit g'spür'n lassen und Cour gemacht aus Leibeskräften!

(*Zweiter Kellner kommt und deckt den Tisch rechts, rückt ihn aber vorher etwas gegen die Mitte der Bühne.*)

WEINBERL (*zu Frau von Fischer*) Du glaubst nicht, meine Liebe, wie wohl mir jetzt ist, es ist ein Vorgefühl in mir –

MADAME KNORR Daß Sie noch viele solche frohe Tage an der Seite Ihrer Frau – das nenn' ich eine Lieb' –

CHRISTOPHERL (*zärtlich zu Madame Knorr*) Können Sie bei diesem Anblick gefühllos bleiben?

MADAME KNORR Junger Mensch, ich hab' Ihnen schon gesagt, daß ich eine Braut bin, ich lebe nur für diesen einen Mann.

CHRISTOPHERL Daß Sie für einen Mann leben, gibt Ihnen das das Recht, einen Jüngling zu töten?

MADAME KNORR Hören Sie auf, Sie sind ein schlimmer Cousin!

Siebzehnter Auftritt

KELLNER; DIE VORIGEN, *dann* MELCHIOR

KELLNER (*Fasan und Rheinwein bringend*) Wenn es Euer Gnaden gefällig ist. (*Stellt alles auf den Tisch.*)

FRAU VON FISCHER O ja! (*Zu Madame Knorr.*) Komm liebe Freundin!

WEINBERL (*zum Kellner*) Sie können auch einen wällischen Salat bringen.

CHRISTOPHERL Überhaupt, was gut und teuer ist –

WEINBERL Uns is das egal, was es kost't, Sie werden sehn, wir binden uns an keinen Preis. (*Für sich.*) Wart't's, Gourmaninnen!

KELLNER Sehr wohl, Euer Gnaden! (*Geht ab.*)

MELCHIOR (*tritt mit dem zweiten Kellner, welcher ein Gedeck trägt, ein*) Was is denn das? Ich will da für mein' Herrn aufdecken lassen und jetzt setzen sich andere herein –

WEINBERL Ich glaub', an einem öffentlichen Ort hat jeder das Recht –

MELCHIOR Ah, das is indiskret!

ZWEITER KELLNER In dem Salon hab'n ja zwanzig Personen Platz.

MELCHIOR Mein Herr will aber allein sein.

CHRISTOPHERL Dann soll er an keinen öffentlichen Ort gehn.

MELCHIOR Ah, das is indiskret! Sie können sich ja hinaus in den Garten setzen.

FRAU VON FISCHER Das kann Sein Herr auch tun.

MELCHIOR Mein Herr muß von hier aus jemand beobachten, und mit einem Wort, mein Herr wird sich nicht wegen Ihnen vieren genieren.

WEINBERL Und wir viere werden uns noch weniger wegen Sein' Herrn genieren.

MELCHIOR Ah, das is aber indiskret. Da muß mein Herr sitzen wegen der Aussicht auf die Tür. – (*Rückt den Tisch, welchen der Kellner deckte, von links gegen die Mitte ziemlich nahe an den Tisch der Gesellschaft.*)

MADAME KNORR Das gilt uns gleich.

MELCHIOR Wenn der dumme Salon nur in der Mitte eine Abteilung hätt' –

WEINBERL Na, ja, Sein Herr soll halt gleich eine Mauer aufführen lassen, wenn er wo einkehrt.

ZWEITER KELLNER Man könnte allenfalls – es zieht manchmal den Gästen zu stark, da wird dann (*auf die zwischen Fenster und Türe lehnende zusammengelegte spanische Wand zeigend*) – die spanische Wand gebraucht. Wenn man die in der Mitte aufstellt, so wäre ja die gewünschte Absonderung geschehn.

FRAU VON FISCHER Machen Sie das, wie Sie wollen! (*Zu Madame Knorr.*) Legen wir unsere Hüte ab und setzen wir uns! (*Geht mit Madame Knorr zu einem Stuhl rechts, wo sie während des Folgenden ihre Hüte ablegen.*)

CHRISTOPHERL (*zu Weinberl*) Das sieht kurios aus, das können wir uns vor den Frauen nicht antun lassen.

WEINBERL (*zu Melchior, welcher die spanische Wand aufstellen will*) Wenn Er mit der spanischen Wand nicht weitergeht, so werf' ich Ihn an die wirkliche! –

MELCHIOR Ah, das is klassisch!

WEINBERL Wir werden uns da wie die wilden Tier' in einer Menagerie absperren lassen!

MELCHIOR Na, warten S', das sag' ich meinem Herrn!

CHRISTOPHERL Was kümmert uns Sein Herr?

WEINBERL Er soll nur kommen, wir werden ihm zeigen –

MELCHIOR Da kommt er grad die Allee herauf. (*Drohend zu Weinberl und Christopherl.*) Warten S'!

WEINBERL (*hinsehend und heftig erschreckend*) Kontinent, tu dich auf! –

CHRISTOPHERL (*der ebenfalls hingesehen*) Auweh! – und verschling' uns! –

WEINBERL *und* CHRISTOPHERL (*zugleich*) Der Prinzipal!

WEINBERL (*zu Melchior*) Lieber Freund, Sie haben erst recht mit der spanischen Wand –

CHRISTOPHERL Ja, 's besser, stell'n wir s' auf.

WEINBERL Aber nur g'schwind, Kellner, helfen S'!

(*Der Kellner, Christopherl, Weinberl und Melchior stellen mit vieler Eile, wobei einer dem andern hinderlich ist, die Wand auf.*)

MELCHIOR Jetzt sehen Sie's ein und eher haben S' so G'schichten – nein, wie Sie indiskret sein!

MADAME KNORR (*zu Frau von Fischer*) Aber schau nur her, was sie da für Umständ' machen!

WEINBERL (*zu den Frauen*) Es ist, wissen Sie – es zieht hier so stark nach der Luft –

FRAU VON FISCHER Ich spüre nichts.

MADAME KNORR Wir sind ja nicht rheumatisch.

WEINBERL (*zu Christopherl*) Aber uns reißt's ungeheuer.

CHRISTOPHERL Setzen wir uns!

(*Alle vier setzen sich zu Tisch, die spanische Wand ist aufgestellt und teilt die Bühne in der Mitte ab. Der Tisch der Gesellschaft und der für Zangler bestimmte Tisch sind ziemlich nahe und nur durch die Wand getrennt.*)

Achtzehnter Auftritt

ZANGLER; DIE VORIGEN

ZANGLER (*eintretend*) Alles in Ordnung! Melchior!

MELCHIOR Euer Gnad'n?

ZANGLER Der Wachter steht schon draußen auf der Pass'. Wie meine Mündel mit ihrem Entführer in Wagen steigt, steigt der Kutscher auf den Bock und der Wachter hint' auf.

MELCHIOR Das ist klassisch!

MADAME KNORR Sehr ein gutes Kompott!

WEINBERL (*mit gedämpfter Stimme*) Ich werd' den Fasan transchieren.

CHRISTOPHERL (*ebenfalls mit gedämpfter Stimme*) Und ich werd schau'n, ob der wällische Salat noch nicht bald kommt. –

MADAME KNORR Ach ja!

ZANGLER Was is denn das mit der spanischen Wand?

MELCHIOR Da darneben sind indiskrete Leut', zwei Weibsbilder mit ihre Liebhaber, damit Euer Gnaden nicht geniert sind.

ZANGLER Gut!

(*Zweiter Kellner bringt Wein und Aufgeschnittenes, stellt es auf den Tisch. Zangler setzt sich.*)

MELCHIOR (*mit dem Finger darauf zeigend*) Das hab' ich für Euer Gnaden ang'schafft.

ZANGLER Gut!

MELCHIOR Gott, was wären Euer Gnaden ohne mich!

ZANGLER Die Zeitung! (*Für sich.*) Wer weiß, wie lang das noch dauert. –

(*Kellner bringt Zangler die Zeitung und geht ab.*)

MELCHIOR Ich werd' patrouillieren. (*Geht in den Garten hinaus.*)

Steht auf der Pass': »paßt . . . ab«, »lauert . . . auf.«

FRAU VON FISCHER Der Fasan scheint sehr gut zu sein. –

WEINBERL (*mit gedämpfter Stimme*) Die Zähigkeit abgerechnet, delikat –

MADAME KNORR Kommt der Kellner noch nicht?

CHRISTOPHERL (*mit gedämpfter Stimme*) Nein, das ist ein langsamer Kerl.

MADAME KNORR Warum reden denn die Herren so still, so heiser?

WEINBERL (*wie oben*) Die Zugluft hat das gemacht.

CHRISTOPHERL (*wie oben*) Es is ein wahres Glück, daß die Wand aufg'stellt is.

WEINBERL (*wie oben*) Ja, sonst hätt's uns die Sprach' gänzlich verschlagen.

MADAME KNORR Nein, wie die Herren jetzt heiklich sind –

MELCHIOR (*hereinlaufend*) Euer Gnad'n! Euer Gnad'n!

ZANGLER Was ist's? –

MELCHIOR Ich seh' noch nichts –

ZANGLER Dummkopf!

MELCHIOR Früher waren zwei da herin, das waren aber andere.

ZANGLER Die ich such', sitzen draußen, ich hab' sie von weitem gesehn. Geh hinaus, stell' dich in einige Entfernung vom Wagen, und wie sie fortfahren, sagst du mir's, wir fahren dann gleich nach. –

MELCHIOR Das wird klassisch! (*Geht ab in den Garten.*)

CHRISTOPHERL (*hat während der letzten Reden schnell den Burnus der Frau von Fischer umgenommen und ihren Hut aufgesetzt*) So kann ich neben unserm Alten vorbeipassier'n.

FRAU VON FISCHER (*zu Weinberl*) Du schenkst ja unserer Freundin gar nichts ein?

WEINBERL (*welcher bemerkt hat, wie Christopherl sich ankleidet, zu Frau von Fischer*) Aber, Liebe, ich kann ja nicht transchieren und einschenken zugleich.

(*Christopherl hat den hinteren Teil der spanischen Wand geöffnet und schlüpft so in die andere Hälfte der Bühne hinüber, wo Zangler sitzt, welcher, in die Zeitung vertieft, ihn nicht bemerkt.*)

ZANGLER (*in der Zeitung lesend*) »Verwegener Kleiderdiebstahl durch einen jungen Purschen.« (*Spricht.*) Nein, was man jetzt alles liest, die Halunken werden immer pfiffiger.

(*Christopherl hat sich an der Rückwand zur Glastüre hin in den Garten hinausgeschlichen.*)

MADAME KNORR Wo ist denn der Cousin hin'kommen?

WEINBERL (*Madame Knorr den Fasan offerierend*) Bitte sich zu bedienen! (*Läßt, indem er nach dem Fenster sieht, eine Gabel von der Schüssel und auf das Kleid der Frau von Fischer fallen.*)

FRAU VON FISCHER Himmel! Mein neues Kleid!

WEINBERL Pardon! Es wird nichts machen als einen fetten Fleck.

FRAU VON FISCHER Der nie mehr herausgeht.

MADAME KNORR Nur gleich mit der Serviett' reiben. (*Ist Frau von Fischer dabei behilflich.*)

(*Christopherl steigt außerhalb dem Glasfenster in Sonders' Wagen.*)

WEINBERL (*dies bemerkend, steht auf und sagt für sich, indem er sich dem Fenster nähert*) Der steigt in den Wagen, da is ein g'scheiter Einfall, der Kutscher muß uns fahren bis aufs Feld hinaus, dann geb' ich ihm einen Gulden und lass' ihn umkehren. – Wie komm' ich aber hinaus? Dort der Prinzipal, da die Frauen – Gott sei Dank, der Fleck is so fett, daß die mich nicht bemerken.

FRAU VON FISCHER Das geht nie mehr aus. –

WEINBERL (*einen raschen Entschluß fassend*) Aber was anders geht aus! – (*Steigt zum Fenster hinaus.*)

MADAME KNORR (*Weinberl bemerkend*) Freundin, da schau her, was dein Mann –

FRAU VON FISCHER (*betroffen*) Er ist aus dem Fenster gestiegen!?

MADAME KNORR Und steigt in den Wagen ein.

(*Man sieht Weinberl in den Wagen steigen.*)

FRAU VON FISCHER (*will hinausrufen*) Mein Herr –!

(*Man sieht den Wächter in Uniform hinten auf den Wagen steigen.*)

MADAME KNORR Was is das, der Ortswachter –!? Er stellt sich hinten auf –

FRAU VON FISCHER Eine Arretierung –!

(*Man hört schnalzen, der Wagen fährt ab.*)

MADAME KNORR Fort ist er!

(*Beide Frauen bleiben erschrocken an ihren Stühlen stehen indem sie starr dem abgefahrenen Wagen nachblicken.*)

MELCHIOR (*zur Glastür eintretend*) Das is klassisch! Wir haben s' schon, der Kutscher und der Wachter lassen s' nimmer aus.

ZANGLER Wir fahren gleich nach. Kellner, zahlen!

Neunzehnter Auftritt

SONDERS, MARIE; DIE VORIGEN

SONDERS (*mit Marie zur Glastüre hereintretend, ohne Zangler zu bemerken*) Kellner, zahlen! Wo stecken denn die Schlingel?

ZANGLER (*springt wütend auf*) Höllen-Element! Da sind s'!

MARIE Ach, der Vormund! – (*Wankt und sinkt Sonders in die Arme.*) } *zugleich*
SONDERS Verdammt! }

MADAME KNORR (*über Zanglers Ausruf betroffen*) Was für eine Stimm'!? – } *zugleich*
FRAU VON FISCHER (*über den daneben entstandenen Lärm erschrocken*) Was geht da vor!? – }

MELCHIOR (*zu Zangler*) Das sind ja die andern! –

ZANGLER Meine Mündel! – Der Teufel soll – (*Will vorstürzen, schiebt den Stuhl wütend zurück, so daß die spanische Wand umfällt. Die beiden Frauen springen, laut schreiend, auf die Seite.*)

ZANGLER (*indem er hinübersieht, äußerst erstaunt, als er Madame Knorr erkennt*) Meine Braut!?

MADAME KNORR (*erschrocken und verlegen*) Zangler –

MELCHIOR (*verblüfft*) Seine Braut – seine Mündel – das die Mündel, das die Braut – das is klassisch!

(*Die zwei Kellner sind hereingekommen. Allgemeine Gruppe des Erstaunens und der Verwirrung, die im Garten sitzenden Gäste haben sich lachend dem Eingang des Salons genähert – im Orchester fällt passende Musik ein.*)

Der Vorhang fällt.

Dritter Aufzug

Elegantes Zimmer im Hause des Fräuleins von Blumenblatt mit zwei Mitteltüren, rechts und links eine Seitentüre. Es ist Abend, Lichter stehen auf dem Tisch.

Erster Auftritt

LISETTE, SONDERS

SONDERS Es war also ein guter Genius, der mir den Gedanken zuflüsterte, ganz unbekannterweise das Stubenmädchen des alten Fräuleins zur Vertrauten zu wählen. Nimm einstweilen diese Börse, mehr noch wird folgen.

LISETTE Sehr verbunden! Übrigens hätte ich auch aus gutem Herzen zwei Liebende in meine Provision genommen, denn wenn es herzlose Väter, Mütter, Tanten, sogar herzlose Liebhaber in Menge gibt, von herzlosen Stubenmädln, glaub' ich, kommt kein Beispiel vor.

SONDERS Wenn nur deine Gebieterin –

LISETTE Hoffen Sie das beste! Sie ist durchaus nicht das, was man sich gewöhnlich unter dem Ausdruck »alte Jungfer« vorstellt. Wo ist aber jetzt Ihre Geliebte?

SONDERS In den Krallen ihres Vormunds, der sie mir auf eine impertinente Weise entrissen und sie vielleicht heute noch hieher bringen wird. – Doch nein, selbst bringen wird er sie kaum, der alte Narr ist, wie ich gesehen, in eine grimmige Eifersuchtsgeschichte mit seiner Braut verwickelt, hat geschworen, ihr nie mehr von der Seite zu gehen. Darum vermut' ich, er wird sein Mündel bloß in sicherer Begleitung euch übersenden.

LISETTE Sei dem, wie ihm wolle, entfernen Sie sich nicht weit vom Hause und überlegen Sie, auf welche Weise Sie sich, wenn Ihre Marie einmal hier ist, bei meiner Gebieterin introduzieren wollen.

SONDERS Ich werde mich sogleich in ein Hotel in der Nähe einlogieren und von dort aus die nötigen Erkundigungen einziehn.

LISETTE (*nach der Türe rechts horchend*) Ich glaube – ja, ja, meine Gebieterin kommt – gehen Sie jetzt!

Provision: »Vorsehung«, Obhut.

SONDERS Auf baldiges Wiedersehn, du liebes, dienstfertiges Wesen! (*Zur Mitte links ab.*)

Zweiter Auftritt

FRÄULEIN VON BLUMENBLATT, LISETTE

FRÄULEIN VON BLUMENBLATT (*aus der Seitentüre rechts kommend*) Wer war denn hier, Lisette?

LISETTE Niemand, Euer Gnaden.

FRÄULEIN VON BLUMENBLATT (*Tabak schnupfend*) Niemand? Und ich hätte darauf geschworen, es war jemand. Wie doch unser ganzes Leben aus Täuschungen besteht! So glaubte ich auch nach dem gestrigen Brief meines Schwagers, das Mädchen würde sicher heute ankommen, ich freute mich, das liebe Kind nach zehn Jahren wiederzusehen – Täuschung, nichts als Täuschung. (*Schnupft.*)

LISETTE Nun, es ist ja noch nicht so spät, wer weiß –

FRÄULEIN VON BLUMENBLATT Die Arme! Mein Schwager Zangler irrt sich, wenn er glaubt, ich werde sie mit Strenge behandeln. Sie hat ja ganz mein Schicksal: ihr Herz ist schwach, ihre Liebe stark, die Hoffnung klein, die Hindernisse groß – ganz mein Schicksal! (*Schnupft.*)

LISETTE Bei Ihrer Liebe, Euer Gnaden, war es aber doch ganz anders.

FRÄULEIN VON BLUMENBLATT Weshalb schickt man sie? Aus keinem andern Grunde, als daß sie ferne vom Gegenstand ihrer Neigung schmachten soll. Ist das nicht ganz mein Schicksal? (*Schnupft.*)

LISETTE Bei Ihnen, Euer Gnaden, ist ja, wie Sie mir erzählt, der Gegenstand Ihrer Neigung von Ihnen geflohn.

FRÄULEIN VON BLUMENBLATT Das ist wahr, aber es kam doch auf eins hinaus, wir waren getrennt, und drum will ich das Mädchen sanft und mit Nachsicht behandeln, wenn auch, wie in dem Briefe steht, ihr Liebhaber sie mit dem obstinatesten Eifer verfolgt, denn das erinnert mich ja wieder an mein Schicksal. (*Schnupft.*)

LISETTE Der Liebhaber von Ihnen, Euer Gnaden, scheint aber sehr eifrig gerade die entgegengesetzte Richtung verfolgt zu haben.

FRÄULEIN VON BLUMENBLATT Wenn auch, Verfolgung war es doch! – Wie gesagt, ganz mein Schicksal. (*Schnupft.*)

LISETTE Euer Gnaden, ich glaube – ich höre Leute im Vorzimmer – am Ende bringt man sie.

FRÄULEIN VON BLUMENBLATT Sieh doch nach!

(*Lisette will zur Mitteltüre links.*)

Dritter Auftritt

WEINBERL, CHRISTOPHERL, KUTSCHER, WACHTER; DIE VORIGEN

(*Christopherl hat von Frau Fischer den Burnus um und den Hut auf dem Kopfe.*)

WACHTER (*von außen*) Nur keine Umständ', ich weiß schon, was ich zu tun hab'! (*Öffnet die Türe und läßt Weinberl und Christopherl vor sich eintreten.*)

WEINBERL Aber erlauben Sie –

WACHTER Hier hat niemand was zu erlauben!

FRÄULEIN VON BLUMENBLATT Ausgenommen ich, drum frag' ich, was der Herr sich hier erlaubt?

WACHTER Da sind zwei Leut', die müssen dableiben.

KUTSCHER Bald hätten wir nicht herg'funden! Was wir umg'fahr'n sein!

FRÄULEIN VON BLUMENBLATT Mit Wache und in männlicher Begleitung – das kann doch nicht – Freund, das ist offenbar ein Irrtum in der Wohnung.

WEINBERL Ich sag', es is auch ein Irrtum in die Personen.

CHRISTOPHERL Ich will den Herrn Wachter nicht beleidigen, aber es scheint hier ein Rausch im Spiel zu sein.

WEINBERL Gewiß, man hält uns für ein Menschenpaar, welches wir nicht sind.

WACHTER (*zu Weinberl*) Das wird sich zeigen, in dem Briefe steht alles drin. (*Gibt Fräulein von Blumenblatt einen Brief.*)

FRÄULEIN VON BLUMENBLATT Ein Brief – (*die Adresse besehend*) an mich –? (*Erbricht den Brief und sieht nach der Unterschrift.*) Von meinem Schwager –? (*Liest still.*)

CHRISTOPHERL Na, also, jetzt wird sich alles aufklären.

WEINBERL Man wird uns freien Abzug bewilligen.

CHRISTOPHERL Auf d' Letzt' krieg'n wir noch eine Entschädigung, daß wir nach Haus fahren können.

WEINBERL Die klettenartige Anhänglichkeit der Damen, die Größe der Zech', die Nähe des Prinzipals, das waren Gefahren! Das hier is eine Kinderei, das hab' ich ja gleich g'sagt, ein wachterischer Balawatsch. (*Zum Wachter.*) Freund, Sie haben uns mit Bedeckung hieher gebracht und sich selbst eine bedeutende Blöße gegeben.

KUTSCHER (*zum Wachter*) Wann das nicht der rechte Ort is, wo krieg' ich dann meine fünf Gulden?

FRÄULEIN VON BLUMENBLATT (*nachdem sie gelesen*) Ah, jetzt bin ich im klaren.

WEINBERL Na also –

KUTSCHER (*zu Fräulein von Blumenblatt*) Euer Gnaden, ich soll fünf Gulden kriegen.

FRÄULEIN VON BLUMENBLATT Lisette, bezahle den Mann!

KUTSCHER (*zum Wachter*) Jetzt is es halt doch der rechte Ort! (*Mit Lisetten links ab.*)

WEINBERL (*zu Fräulein von Blumenblatt*) Nehmen's Euer Gnaden nicht ungütig.

CHRISTOPHERL Wir können nix davor. (*Wollen beide ab.*)

WACHTER (*ihnen entgegentretend*) Halt!

FRÄULEIN VON BLUMENBLATT (*zu Christopherl und Weinberl*) Sie bleiben, beide!

WEINBERL (*erstaunt*) Was –?!

FRÄULEIN VON BLUMENBLATT (*zu Weinberl*) Sie, mein Herr, sind eigentlich der Schuldige, doch auch das Mädchen (*auf Christopherl zeigend*) ist nicht minder strafbar.

CHRISTOPHERL (*verblüfft zu Weinberl*) Ich bin ein strafbares Mädchen?!

WEINBERL (*verblüfft zu Christopherl*) Und ich ein schuldiger Herr?

FRÄULEIN VON BLUMENBLATT (*zum Wachter*) Für das Mädchen steh' ich –

WACHTER Und für den Herrn steh' ich Schildwacht vor der Haustür auf der Stiegen draußt. (*Im Abgehen zu Weinberl.*) Gibt sich so leicht keine Blöße, der Wachter! (*Geht zur Mitteltüre links ab.*)

Balawatsch: Durcheinander, Verwirrung.

Vierter Auftritt

FRÄULEIN VON BLUMENBLATT, WEINBERL, CHRISTOPHERL

CHRISTOPHERL Euer Gnaden!

WEINBERL Wollen Euer Gnaden nicht die Gewogenheit haben –

CHRISTOPHERL Uns mitzuteilen –

WEINBERL Was eigentlich in dem Briefe steht.

FRÄULEIN VON BLUMENBLATT Das können Sie sich wohl denken, was ein Onkel schreibt, dem man die Nichte entführt.

WEINBERL Ja, warum hat der Mann nicht besser acht geben, aber ich seh' nicht ein, warum wir –

CHRISTOPHERL So ein alter Schliffl ist halt meistens sekkant, bis es einem Mädl z'viel wird.

FRÄULEIN VON BLUMENBLATT Mamsell, in welchem Tone sprechen Sie von Ihrem Onkel? Nachdem Sie sein Haus auf eine Weise verließen –

CHRISTOPHERL Ja so, ich bin also die Nichte, die durch'gangen is?

WEINBERL Und ich bin der, der dieses Frauenzimmer (*auf Christopherl deutend*) auf Abwege gebracht hat?

FRÄULEIN VON BLUMENBLATT Wollen Sie mich mit dieser Frage zum besten halten?

WEINBERL Kein Gedanke, aber wir sind einmal hier in einer Art Gefangenschaft, und da möcht' man halt doch gern wissen, warum. (*Leise zu Christopherl.*) Soll'n wir ihr sagen, wer wir sind?

CHRISTOPHERL (*leise zu Weinberl*) Das wär' riskiert, der Teufel könnt' sein Spiel hab'n, daß der Prinzipal durch die dritte Hand was erfahret. (*Laut zu Fräulein von Blumenblatt.*) Der Onkel wird wohl nicht lang ausbleiben?

FRÄULEIN VON BLUMENBLATT Er soll jeden Augenblick hier sein.

WEINBERL (*leise zu Christopherl*) So lang können wir warten.

CHRISTOPHERL (*leise zu Weinberl*) Da kommt dann die Konfusion von selbst ins reine.

WEINBERL (*zu Christopherl*) Freilich, wie dieser Onkel uns sieht, hat die G'schicht' ein End'.

FRÄULEIN VON BLUMENBLATT (*welche die letzten Worte gehört hat*) Und ich sag' Ihnen: nein, sie soll kein Ende haben! Ich kann ja nicht grausam sein, wenn ich Liebende sehe, das Bündnis Ihrer Herzen soll nicht zerrissen werden! (*Schnupft.*)

Schliffl: Grobian.

WEINBERL Es kann eigentlich nichts zerreißen, weil –

FRÄULEIN VON BLUMENBLATT Weil ich, obschon Ihr hartnäckiges Leugnen meine Güte nicht verdient, alles vermitteln und den Zorn meines Schwagers besänftigen will.

WEINBERL Also haben Sie einen Schwager, der zornig is?

FRÄULEIN VON BLUMENBLATT Wie können Sie fragen? Doch fassen Sie Mut, junger Mann!

WEINBERL Wenn Sie erlauben –

FRÄULEIN VON BLUMENBLATT Hoffen Sie, liebes Mädchen!

CHRISTOPHERL Was soll ich denn eigentlich hoffen?

FRÄULEIN VON BLUMENBLATT Das Beste! Ihr seid Flüchtlinge, euer Schicksal rührt mich, denn es ist ja ganz wie mein Schicksal. (*Schnupft.*) Auch ich hab' einst geliebt.

CHRISTOPHERL Das kann ich mir denken.

FRÄULEIN VON BLUMENBLATT Und der Mann, der mich liebte –

WEINBERL (*beiseite*) Das kann ich mir nicht denken.

FRÄULEIN VON BLUMENBLATT War auch fürs Entfliehen eingenommen wie Sie, nur mit dem Unterschied, daß er allein geflohen ist. (*Schnupft.*)

WEINBERL (*für sich*) Ah, jetzt kann ich mir's denken.

FRÄULEIN VON BLUMENBLATT Flucht war es einmal, das ist gewiß. Und wie gesagt, ich will nicht ruhen, bis ich so mit euch (*nimmt beider Hände*) vor den versöhnten Oheim hintreten, eure Hände ineinanderfügen (*tut es*) und ein glückliches Paar segnen kann. (*Macht eine segnende Attitüde.*)

WEINBERL Christopherl!

(*Christopherl kichert laut.*)

FRÄULEIN VON BLUMENBLATT (*zu Weinberl*) Was für ein Scherz? Wie können Sie in einem so ernsten Augenblick zu Ihrer Braut Christopherl sagen?

(*Christopherl platzt in lautes Gelächter aus.*)

FRÄULEIN VON BLUMENBLATT (*sehr ernst zu Christopherl*) Lachen Sie nicht, Mamsell!

Fünfter Auftritt

LISETTE, MELCHIOR; DIE VORIGEN

LISETTE (*mit Melchior zur Mitteltüre links eintretend*) Euer Gnaden, der Mensch läßt sich nicht abweisen. (*Zu Melchior, auf ihre Gebieterin zeigend.*) Hier ist das gnädige Fräulein. (*Geht zur Mitteltüre links ab.*)

MELCHIOR Das is ein Fräule? Das is klassisch.

FRÄULEIN VON BLUMENBLATT Was will Er?

MELCHIOR Mein Herr schickt mich her, ich soll der Euergnadenfräul'n sag'n –

WEINBERL (*sich der Person Melchiors besinnend*) Christopherl, das is ja –

MELCHIOR (*Weinberl und Christopherl betrachtend*) Sie sein 's? Ah, das is stark.

FRÄULEIN VON BLUMENBLATT (*zu Weinberl*) Ist Ihnen der Mensch bekannt, Herr von Sonders?

WEINBERL Das heißt, ich hab' ihn wohl g'sehen. – (*Leise zu Christopherl.*) Herr von Sonders hat s' zu mir g'sagt, wenn ich mich nicht irr' – ich kenn' ihn zwar nicht –

CHRISTOPHERL (*leise zu Weinberl*) Ich auch nicht.

WEINBERL (*leise zu Christopherl*) Aber so heißt ja der –

CHRISTOPHERL (*leise zu Weinberl*) Der unsrer Fräuler z' Haus nachsteigt –

MELCHIOR (*zu Weinberl*) Schamen Sie sich! Das is eine Aufführung!

FRÄULEIN VON BLUMENBLATT Wie kommt Er dazu, diesem Herrn ein Reperement –

MELCHIOR Weil mein Herr dem Herrn seine Zech' hat müssen zahl'n.

FRÄULEIN VON BLUMENBLATT Eine Zeche?

MELCHIOR Ja, sonst hätt' der Kellner die Damen pfänd't.

FRÄULEIN VON BLUMENBLATT Was für Damen?

MELCHIOR Nicht eigentliche Damen, sondern nur, was man so sagt. Dieser Herr – (*zu Weinberl*) schamen Sie sich! – (*zu Fräulein von Blumenblatt*) war in einem Garten mit zwei Frauenzimmern, die ich anfangs für Weibsbilder g'halten hab', wo sich's aber nachher gezeigt hat, daß es Witwen waren. (*Zu Weinberl.*) Schamen Sie sich!

FRÄULEIN VON BLUMENBLATT Wer soll aus diesem Gewäsch klug werden?

MELCHIOR (*in verächtlichem Tone zu Weinberl*) Mit Damen wohin gehen und nicht zahlen! Schamen Sie sich!

Reperement: Zurechtweisung (fz. *réprimande*).

FRÄULEIN VON BLUMENBLATT (*zu Melchior*) Werd' ich jetzt erfahren –?

MELCHIOR (*wie oben zu Weinberl*) Mit Damen und nicht zahlen, das is klassisch!

FRÄULEIN VON BLUMENBLATT (*ärgerlich zu Melchior*) Jetzt frag' ich Ihn zum letztenmal –

MELCHIOR (*wie oben zu Weinberl*) Schamen Sie sich!

FRÄULEIN VON BLUMENBLATT (*wie oben*) Wer ist Sein Herr?

MELCHIOR Der Herr von Zangler.

FRÄULEIN VON BLUMENBLATT Und kommt Sein Herr zu mir?

MELCHIOR Euergnadenfräuler, da hat er nix g'sagt.

WEINBERL (*für sich*) Gott sei Dank!

CHRISTOPHERL (*leise zu Weinberl*) Wenn er aber doch –?

FRÄULEIN VON BLUMENBLATT Was ist also eigentlich Seine Sendung?

MELCHIOR Der Herr von Zangler laßt Ihnen sagen, er hat Ihnen da zwei Leut' g'schickt –

WEINBERL *und* CHRISTOPHERL (*erschrocken*) Der Prinzipal hat uns –?

MELCHIOR Er hat nämlich den (*auf Weinberl zeigend*) für 'n Herrn von Sonders und diese (*auf Christopherl zeigend*) für seine durchgegangene Mündel gehalten; sie sein's aber nicht, drum soll'n s' die Euergnadenfräuler fortlassen.

WEINBERL *und* CHRISTOPHERL Das is g'scheit!

FRÄULEIN VON BLUMENBLATT Wie? Das ist ja das Gegenteil von dem, was in dem soeben erhaltenen Briefe steht. (*Zu Weinberl und Christopherl.*) Ich lasse Sie nicht fort.

CHRISTOPHERL Was?

FRÄULEIN VON BLUMENBLATT Dieser Mensch da scheint mir unter der Maske der Dummheit einen schlauen Plan zu verbergen; scheint mit Ihnen einverstanden, Sie von hier fortzubringen. Draus wird aber nichts, Vermittlerin will ich sein, aber –

MELCHIOR Aber, Euergnadenfräul'n, das is ja der, der sich schamen soll –

CHRISTOPHERL Wenn der Alte selbst sagen laßt –

FRÄULEIN VON BLUMENBLATT Zum letzten Male, Marie, schweigen Sie!

Sechster Auftritt

LISETTE; DIE VORIGEN

LISETTE (*zur Mitteltüre eintretend*) Euer Gnaden, es is ein Herr Weinberl draußen.

WEINBERL Was, draußt is ein Weinberl?

FRÄULEIN VON BLUMENBLATT Und was will der Mensch?

LISETTE Der Mensch kommt von Herrn von Zangler.

MELCHIOR Ich komme von Herrn von Zangler. Das is ja Widerspruch!

FRÄULEIN VON BLUMENBLATT (*zu Lisetten*) Mein Schwager also hat mir den Menschen geschickt?

MELCHIOR (*zu Fräulein von Blumenblatt*) Der Schwager hat *mich* geschickt, und die sagt, er hat einen Menschen geschickt, das ist ja Widerspruch!

LISETTE Euer Gnaden möchten ihm Zutritt in Ihrem Hause gestatten, denn sein Auftrag ist, das Benehmen des Fräulein Zangler (*auf Christopherl zeigend*) zu beobachten und darüber Herrn von Zangler zu rapportieren.

FRÄULEIN VON BLUMENBLATT (*sich besinnend*) Weinberl –? Ach, jetzt erinnere ich mich, das ist ja sein Kommis, den er mir oft als ein Muster von Solidität gerühmt, auf den er sich verlassen kann wie auf sich selbst – o, nur herein, er ist mir willkommen.

(*Lisette geht zur Mitteltüre links ab.*)

WEINBERL (*zu Christopherl*) Jetzt kommt's auf, wie solid ich bin; aber auf den Weinberl bin ich begierig.

MELCHIOR Das sind ja aber lauter Widersprüche!

FRÄULEIN VON BLUMENBLATT (*böse zu Melchior*) Kein Wort mehr! (*Zu Weinberl.*) Für meine Vermittlungspläne ist es mir lieber, daß der Herr Weinberl kommt, als wenn Schwager Zangler selbst gekommen wäre.

WEINBERL Das wär' auf alle Fäll' das Unangenehmste gewesen.

Siebenter Auftritt

SONDERS, LISETTE; DIE VORIGEN

SONDERS (*von Lisetten hereingeführt, zu Fräulein von Blumenblatt*) Gnädiges Fräulein –

FRÄULEIN VON BLUMENBLATT (*zu Sonders*) Ich bin sehr erfreut, Ihre persönliche Bekanntschaft – (*präsentiert dem Weinberl, den sie für Sonders hält, diesen als Herrn Weinberl, und dem wirklichen Sonders, den sie für Weinberl hält, den Weinberl als Herrn von Sonders, folglich verkehrt.*) Hier Herr Weinberl, hier Herr von Sonders – doch die Herren kennen sich wohl?

(*Sonders und Weinberl machen sich gegenseitig sehr befremdet das Kompliment.*)

SONDERS Ich hab' nicht die Ehre, *den* Herrn von Sonders –

WEINBERL Und ich hab' nicht die Ehre, *den* Herrn von Weinberl zu kennen.

MELCHIOR (*welcher links steht, Sonders, der auf der rechten Seite steht, betrachtend*) Den soll ich – das is ja –

SONDERS (*für sich*) Da hat sich einer für mich ausgegeben! Wie kommt er aber dazu, Begleiter meiner Marie zu sein? (*Auf den verschleierten Christopherl hinübersehend.*) Sie gibt mir kein Zeichen –!

FRÄULEIN VON BLUMENBLATT (*zu Sonders*) Wird mein Schwager Zangler zu mir kommen?

SONDERS Ich glaube, nicht so bald. (*Für sich.*) Ich hoffe es wenigstens!

FRÄULEIN VON BLUMENBLATT (*sich zu Weinberl wendend*) Nun sehen Sie, Herr von Sonders – (*spricht leise mit Weinberl weiter.*)

MELCHIOR Ah, das wär' zu keck! (*Schleicht näher zu Sonders.*)

SONDERS (*benützt den Augenblick, wo Fräulein von Blumenblatt mit Weinberl spricht, und ruft mit unterdrückter Stimme auf den an der linken Ecke der Bühne stehenden Christopherl, den er für Marien hält, zu*) Marie! (*Gibt durch Zeichen zu verstehen, daß er nicht wisse, wie sie zu dieser Begleitung gekommen.*)

CHRISTOPHERL (*der dies bemerkt, für sich*) Ich rühr' mich nicht.

SONDERS (*für sich*) Wenn sie nur den Schleier wegtäte, daß ich in ihren Blicken lesen könnt'!

MELCHIOR (*Sonders anpackend*) Das is der Eigentliche! Entdekkung, Betrug, falsche Vorspieglung!

SONDERS (*Melchior zurückstoßend*) Was untersteht Er sich?

FRÄULEIN VON BLUMENBLATT (*über Melchiors Kühnheit entrüstet*) Was soll das?

MELCHIOR Euer Gnad'n! (*Auf Sonders deutend.*) Der hat mit Ihnen falsche Vorspieglung getrieben, hier ist von Weinberl keine Spur.

SONDERS Was will dieser Mensch? Wer ist Er?

FRÄULEIN VON BLUMENBLATT (*zu Sonders*) Was, Sie kennen ihn nicht? Und er hat sich für einen Diener des Herrn von Zangler ausgegeben! Da herrscht Betrug! Da herrscht Betrug! Lisette, schicke sogleich den Wachter herein!

(*Lisette geht zur Mitteltüre links ab.*)

WEINBERL (*zu Christopherl*) Da gibt's Spektakel, währenddem kriegen wir Luft.

MELCHIOR (*zu Fräulein von Blumenblatt*) Euer Gnaden lassen den Wachter holen, ich will doch nicht hoffen –

FRÄULEIN VON BLUMENBLATT (*erzürnt*) Seine Frechheit soll Ihm teuer zu stehen kommen.

MELCHIOR Wer is frech? (*Auf Sonders zeigend.*) Der is frech, denn da is von Weinberl keine Spur – (*auf Weinberl zeigend*) der is frech, denn da is von Zech'zahl'n keine Spur, aber ich –

Achter Auftritt

DER WACHTER; DIE VORIGEN, *dann* LISETTE

WACHTER (*tritt zur Mitteltüre links ein*) Ich soll wem hinauswerfen?

FRÄULEIN VON BLUMENBLATT (*auf Melchior zeigend*) Bemächtige Er sich dieses Betrügers!

MELCHIOR Was?!

WEINBERL (*leise zu Christopherl*) Bei der Gelegenheit fahr'n wir ab.

MELCHIOR Den Wachter schicken S' über mich! Hier wimmelt's von Frevlern, ich bin vielleicht der einzige Unschuldige im ganzen Zimmer, und mich führen s' ein – ah, das is klassisch!

WACHTER Nur nicht viel G'schichten g'macht!

MELCHIOR (*während ihn der Wachter gegen die Mitteltüre links führt*) Wenn das mein Herr sähet! Wachter – lieber Wachter!

(*Christopherl und Weinberl haben sich ebenfalls, um während des Tumultes zu echappieren, derselben Türe genähert.*)

LISETTE (*läuft zur Mitteltüre links herein*) Der Herr von Zangler is da!

WEINBERL, CHRISTOPHERL, SONDERS (*erschrocken, jeder für sich*) Der Zangler –!!? (*Alle drei stürzen a tempo, Sonders zur Mitteltüre rechts, Weinberl zur Seitentüre rechts, Christopherl zu Seitentüre links, ab.*)

MELCHIOR Das ist g'scheit!

LISETTE Aber, Fräul'n –! (*Eilt Christopherl nach.*)

FRÄULEIN VON BLUMENBLATT Mein Schwager – alles läuft davon – Herr Weinberl fort –?

Neunter Auftritt

FRÄULEIN VON BLUMENBLATT, MELCHIOR, WACHTER, *dazu* ZANGLER, MADAME KNORR, FRAU VON FISCHER, MARIE (*Frau von Fischer ist ohne Hut und Mantel in Häubchen und Schal*)

ZANGLER (*mit beiden Frauen am Arme, zur Mitteltüre links eintretend*) Schwägerin, da sind wir – was is das? Der Wachter hat mein' Melchior beim Schößel –?

FRÄULEIN VON BLUMENBLATT (*auf Melchior zeigend*) Also wäre das –?

MELCHIOR (*zu Zangler*) O, sagen S' ihr's, wer ich bin!

ZANGLER (*zu Fräulein von Blumenblatt*) Mein dummer Hausknecht.

MELCHIOR (*zu Fräulein von Blumenblatt*) Sehn Sie, Schwägerin meines Herrn? (*Zu Zangler.*) Hab'n Sie einen Kommis, der Weinberl heißt?

ZANGLER Ja.

MELCHIOR Und wo is der Weinberl?

ZANGLER Zu Haus, beim G'schäft.

MELCHIOR (*zu Fräulein von Blumenblatt*) Sehn Sie, Schwägerin meines Herrn?

ZANGLER (*zu Fräulein von Blumenblatt*) Aber jetzt sag' mir –

MELCHIOR (*zu Zangler, ihn unterbrechend*) Ruhig! War das nicht ein unrechts Paar Leut', die Sie herg'schickt hab'n?

ZANGLER Freilich!

MELCHIOR (*zu Fräulein von Blumenblatt*) Sehn Sie, Schwägerin meines Herrn?

FRÄULEIN VON BLUMENBLATT Ja, wenn's so ist –

ZANGLER (*zu Fräulein von Blumenblatt*) Jetzt muß ich dir aber vor allem hier meine Braut und hier ihre Freundin, Frau von Fischer, vorstellen.

FRÄULEIN VON BLUMENBLATT Ah, scharmant!

FRAU VON FISCHER *und* MADAME KNORR Freut uns unendlich, die Ehre zu haben.

ZANGLER Morgen ist Hochzeit.

FRÄULEIN VON BLUMENBLATT Du weißt, ich geh' zu keiner Hochzeit, denn mein Schicksal –! (*Schnupft.*) Aber wie kommt das so schnell?

ZANGLER Ja, ich geh' der Meinigen nicht mehr von der Seiten, es sind Gründe –

MADAME KNORR (*leise zu Zangler*) Blamieren Sie mich doch nicht!

ZANGLER (*zu Melchior*) Du fahrst jetzt gleich zu mir nach Haus, rebellst alles auf, daß schleunigst zu die Hochzeitsanstalten g'schaut wird. (*Zu den beiden Frauen.*) Wir soupieren bei meiner Schwägerin und fahr'n dann gleich nach. (*Zu Melchior.*) Mit Tagesanbruch kommen wir an.

MELCHIOR Wird alles besorgt, aber –

FRÄULEIN VON BLUMENBLATT (*zu Melchior*) Freund, nimm Er das, weil ich Ihm Unrecht getan. (*Reicht ihm Geld.*)

MELCHIOR Sie sehn es ein, das ist mir genug. (*Nimmt das Geld. Zu Zangler.*) Aber sagen Sie ihr nur das noch –

ZANGLER Daß du ein Esel bist.

MELCHIOR (*will Zangler etwas sagen, unterdrückt es aber*) Die Schwägerin sieht es ein, das ist mir genug! (*Geht zur Mitte links ab.*)

Zehnter Auftritt

DIE VORIGEN *ohne* MELCHIOR

FRÄULEIN VON BLUMENBLATT Aber wie ist denn das? Du hast mir also nicht deine Mündel geschickt?

ZANGLER (*auf Marien zeigend*) Nein, hier bring' ich dir die Mißratne und übergeb' sie deiner Obhut.

MARIE Gnädige Frau Tant' –! (*Küßt ihr die Hand.*)

FRÄULEIN VON BLUMENBLATT (*zu Zangler*) Was waren denn das hernach für Leute?

ZANGLER Das weiß ich nicht.

Rebellst auf: aufrebellen = durch Lärm aufwecken oder aus der Ruhe bringen.

FRÄULEIN VON BLUMENBLATT Sie sind noch hier.

ZANGLER So? Bei denen muß ich mich ja entschuldigen.

FRÄULEIN VON BLUMENBLATT Wie sie hörten, daß du kommst, sind sie, jedes zu einer andern Tür, hinausgestürzt.

ZANGLER Das is kurios!

Elfter Auftritt

LISETTE; DIE VORIGEN

LISETTE (*einen Schleier in der Hand, kommt aus der Seitentüre links*) Die Fräul'n Zangler ist in das gelbe Kabinett gelaufen und hat von innen zugeriegelt. Sie macht um keinen Preis auf; der Schleier von ihrem Hute ist an der Türschnalle hängengeblieben.

FRÄULEIN VON BLUMENBLATT (*zu Zangler*) Was sagst du dazu?

ZANGLER Hm! Hm! –

FRAU VON FISCHER (*den Schleier besehend*) Das ist der Schleier von meinem Hut.

MADAME KNORR (*ebenfalls den Schleier betrachtend*) Freilich, da ist der Rostfleck.

FRAU VON FISCHER Hat die Person nicht auch einen Mantel, gerade so (*auf Marie deutend*) wie die Fräul'n hier?

FRÄULEIN VON BLUMENBLATT Ja, braun quadrilliert, ganz so.

MADAME KNORR 's sind beide in meinem Magazin gekauft.

FRAU VON FISCHER (*zu Fräulein von Blumenblatt*) Sie müssen wissen, ich bin schändlich bestohlen worden.

ZANGLER Da müssen wir auf den Grund – (*zu Lisette*) Mamsell, sperr'n Sie die Türe, wo die Person drin is, g'schwind von auswendig zu.

LISETTE Sogleich. (*Eilt zur Seitentüre links ab.*)

ZANGLER Und dann – he, Wachter!

WACHTER Befehl'n?

ZANGLER Er holt Assistenz und sperrt von außen die Haustür' zu.

WACHTER Sehr wohl. (*Zur Mitteltüre links ab.*)

FRÄULEIN VON BLUMENBLATT Ich zittere.

ZANGLER Kommen Sie, meine Damen, hier gibt's eine Spitzbüberei, die ins Abnorme geht. (*Mit sämtlichen Frauenzimmern zur Seitentüre rechts ab.*)

Verwandlung

Garten im Hause des Fräuleins von Blumenblatt, im Hintergrunde zieht sich die Gartenmauer über die ganze Bühne. Rechts ist ein vorgebauter praktikabler Teil des Hauses, ein Stock hoch, mit Glasfenstern sowohl nach vorne als gegen die Seite. Durch die Fenster sieht man in das früher besprochene gelbe Kabinett, welches jedoch nicht erleuchtet ist; die Bühne ist ganz finster.

Zwölfter Auftritt

WEINBERL, *später* CHRISTOPHERL *am Fenster*

WEINBERL (*allein, aus dem Hintergrunde links auftretend*) Es ist umsonst, der Ort, wo der Zimmermann 's Loch g'macht hat, is nicht zu finden. Fluch dem Schlosser, der dieses Haustor vollendet, dreimal Fluch dem Maurer, der diesen Garten umzäunt, und hundertfünfzigmal Fluch denen anderthalb Zenten Leib'sg'wicht, die mich hindern, auf den Flügeln der Angst hinüber zu saltomortalisieren. In jedem Schatten seh' ich einen Zangler, in jedem Geräusch hör' ich einen Zangler, die ganze Natur hat sich für mich in ein Schrecknis aufgelöst, und das heißt Zangler! Diese Mauer muß eine weitschichtige Mahm von der chinesischen sein – ich muß doch noch amal (*versucht die Mauer zu erklettern*) – es ist zu hoch, ich kann nicht hinauf.

CHRISTOPHERL (*im Frauenzimmer-Mantel und Hut, wie früher, öffnet das Fenster und sieht heraus*) Es ist zu hoch, ich kann nicht herab.

WEINBERL Christoph, sind Sie's?

CHRISTOPHERL Ja, ich bin's. Herr Weinberl, sind Sie's?

WEINBERL Ja, ich bin's.

CHRISTOPHERL Helfen S' mir, ich riskier' jeden Augenblick, daß man die Türe einsprengt und mich vor den Prinzipal schleppt.

WEINBERL Mein Risiko ist dasselbe.

CHRISTOPHERL Wir sind also vorderhand verloren.

WEINBERL Wenn keine Leiter vom Himmel fällt, wenn nicht durch ein Wunder sich Sprisseln in der Luft gestalten, rettungslos verloren.

Sprisseln: Sprossen.

CHRISTOPHERL (*sich zum Fenster herausbeugend*) Da kommt wer –

WEINBERL (*erschrocken*) Der Zangler –! (*Verbirgt sich links hinter einem Gebüsch.*)

Dreizehnter Auftritt

SONDERS; DIE VORIGEN, *später* ZANGLER, WACHTER *und* MEHRERE LEUTE

SONDERS (*kommt mit einer Leiter aus dem Vordergrunde rechts*) Der Fund kam zur gelegenen Zeit, auf dieser Gartenleiter gelang' ich über die Mauer, dann heißt es wieder einen günstigen Moment, wo ich mich meiner Marie nähern kann, mit Geduld abwarten. Geduld – verdammtes Wort! – Im Wörterbuch der Liebenden ist's nicht zu finden. (*Will sich der Mauer nähern.*)

WEINBERL (*für sich*) Soll ich ihn anreden –?

CHRISTOPHERL Pst! Pst!

SONDERS Geht das mich an –? (*Sieht zum Fenster hinauf.*) Ein Frauenzimmer! – Täuscht mich die Dunkelheit –!? Nein, Marie, du bist's, meine geliebte Marie!

CHRISTOPHERL (*mit gedämpfter, verstellter Stimme*) Ja, ich bin's!

WEINBERL (*für sich*) Das is auf die Art niemand anderer als der Herr von Sonders.

SONDERS O, komm herab, die Leiter soll dich in meine Arme und dann uns beide ins Freie führen.

CHRISTOPHERL (*wie oben*) Wohlan!

SONDERS (*lehnt die Leiter an das Haus*) So steig nur mutig zum Fenster heraus.

(*Christopherl steigt herab.*)

SONDERS Zittre nicht, ich werde die Leiter halten. Und nicht wahr, liebe Marie, das Paket mit den Dokumenten, die wir zur Trauung brauchen, hast du?

CHRISTOPHERL Nein. (*Ist eben auf der untersten Sprosse angelangt.*)

SONDERS (*bestürzt*) Wo ließest du's?

CHRISTOPHERL (*auf das Fenster hinaufzeigend*) Dort –

SONDERS Vergessen dort oben? – Das muß ich holen. (*Eilt die Leiter hinan und steigt rasch zum Fenster hinein.*)

CHRISTOPHERL Auf'n Tisch rechts. (*Nachdem Sonders ins Fenster gestiegen.*) G'schwind, Weinberl, die Leiter is erobert!

WEINBERL (*hervorkommend*) Die Nächstenlieb' fangt bei sich selbst an.

CHRISTOPHERL (*indem er mit Weinberl die Leiter zur Gartenmauer trägt*) Ich bring' unser Fräuler Marie ihren Liebhaber in die Brisil, das is Satisfaktion für das, daß sie mich immer einen dalketen Bub'n heißt. (*Hat mit Weinberl die Leiter an die Gartenmauer gelehnt.*)

WEINBERL Ich steig' voran.

CHRISTOPHERL Nur g'schwind!

WEINBERL (*steigt sehr schnell die Leiter hinauf und schwingt sich von derselben auf die Mauer, auf welcher er in reitender Stellung sitzenbleibt*) Kraxeln S' nach, Christopherl!

(*A tempo tritt der Mond aus den Wolken, es wird heller auf der Bühne.*)

CHRISTOPHERL (*ebenfalls eilig die Leiter hinaufsteigend*) Da bin ich schon. (*Wie er oben auf der Leiter ist, nimmt er den Frauenzimmer-Mantel und Hut ab und wickelt beides in einen Knäuel zusammen.*)

WEINBERL Was machen S' denn?

CHRISTOPHERL Geduld, jetzt kann uns nix mehr g'schehen.

SONDERS (*ans Fenster kommend*) Marie! Ich kann das Paket nicht finden.

CHRISTOPHERL (*in natürlicher Stimme*) Nicht finden können Sie's? No, so nehmen S' das derweil. (*Wirft Mantel und Hut zum Fenster hinein und steigt von der Leiter auf die Mauer, auf welcher er in sitzender Stellung bleibt.*)

SONDERS Was seh' ich, ein Mann –?! Ich bin schmählich betrogen.

WEINBERL Jetzt ziehn wir die Leiter herauf und lassen s' auf der andern Seiten herunter. (*Tut es mit Christopherls Beihilfe.*)

SONDERS Die Leiter – wo ist die Leiter? (*Langt zum Fenster heraus und merkt, daß die Leiter fortgetragen ist.*) Verdammt! –

(*Man hört im Hause mehrere Stimmen untereinander.*)

SONDERS Man kommt –!

(*Man hört im Zimmer oben die Türe einbrechen, Zangler mit dem Wachter und noch ein paar Leuten erscheinen mit Lichtern im Kabinett.*)

ZANGLER Ein Mann ist's –!

Brisil: Verlegenheit.

WACHTER Nur angepackt!

ZANGLER Herr Sonders –! Teufel, jetzt wird's mir zu arg!

WACHTER *und die* ÜBRIGEN Angepackt! Nur angepackt!

CHRISTOPHERL Sie hab'n ihn schon. Das ist ein Jux!

(Im Orchester fällt passende Musik ein. – Weinberl und Christopherl verschwinden während dem im Kabinett statthabenden Tumulte außerhalb der Mauer.)

Der Vorhang fällt.

Vierter Aufzug

Straße vor Zanglers Haus – der Mond beleuchtet die Bühne; links im Vordergrunde ist Zanglers Haus, ein Stockwerk hoch. Vorne ein praktikables Glasfenster, unter dem Fenster sieht man die verschlossene Gewölbetüre, darüber die Tafel mit der Aufschrift: »B. ZANGLERS VERMISCHTE WARENHANDLUNG«. Etwas weiter zurück als die Gewölbetüre ist das Haustor.

Erster Auftritt

MELCHIOR, *dann* GERTRUD

MELCHIOR (*allein, tritt von der Seite rechts aus dem Hintergrunde auf*) Ah – den ganzen Weg hab' ich superb verschlafen – (*gähnt*) und bin jetzt so munter, als wann's hellichter Tag wär'. – Da is ja 's Haus – richtig – ich muß anläuten. (*Sucht an beiden Seiten des Haustores.*) Was is denn das –? Keine Glocken? – Ah, da hab' ich Respekt, hier hab'n s' noch keine Hausmeister, die werden doch schön z'ruck sein in der Kultur. (*Klopft an das Tor.*) He, aufg'macht! (*Klopft stärker.*) Aufg'macht! – Es hört kein Mensch. – Wenn ich nur die Wirtschafterin aufrebell'n könnt', das is die einzige Person, die mich kennt im Haus. Auf d' Letzt' lassen s' mich gar nicht hinein – ich werd' mit einem Sandkörndl ans Fenster werfen. (*Nimmt eines vom Boden auf und wirft an das Glasfenster vorn.*) Es hört mich niemand – ich muß ein Steinl nehmen. (*Nimmt eines vom Boden auf und wirft es ans Fenster.*) 's nutzt noch nix – ich muß's mit ein' größern Steinl probier'n. (*Nimmt einen Stein auf und wirft ihn ins Fenster, die Scherben fallen herab, man hört von innen einen Schrei von Gertrud.*) Jetzt, glaub' ich, hat mich wer g'hört. Frau Gertrud! – Frau Gertrud!

GERTRUD (*von innen*) Wo brennt's?

MELCHIOR Nirgends! Komm' d' Frau Gertrud nur zum Fenster!

GERTRUD (*eine Nachthaube auf dem Kopf, schaut zum Fenster heraus*) Was is's denn, um alles in der Welt!?

MELCHIOR Sein S' so gut, machen S' mir 's Tor auf.

GERTRUD Impertinenter Mensch, wer is Er?

Auf d' Letzt: »am Ende«.

MELCHIOR Der neue Hausknecht bin ich, der Melchior.

GERTRUD Den Tod könnt' man haben durch den Schrocken!

MELCHIOR Von Tod is gar kein' Red', Hochzeit is! Vor Tagesanbruch kommt der Herr.

GERTRUD Er hat einen Rausch.

MELCHIOR Den müßt' er sich erst trunken haben, ich hab' ihn alser nüchterner verlassen. Machen S' nur auf!

GERTRUD Mir is es in alle Glieder g'fahr'n! Das is doch gar entsetzlich! Was glaubt denn so ein Mensch? (*Entfernt sich brummend vom Fenster.*)

MELCHIOR (*allein*) Das sind die Folgen, wenn in ein' Haus kein Hausmeister is! Mir is das alles eins, ich zahl' die Fensterscheiben nicht. Mir scheint, ich hör' s' schon.

GERTRUD (*man hört sie von innen das Haus aufsperren und dabei brummen*) Das werd' ich dem Herrn sagen, ob das recht is, daß man jemanden so aus 'n Schlaf –

MELCHIOR (*von außen, am Haustor stehend*) Nur gelassen, Frau Gertrud!

GERTRUD (*von innen, wie oben*) Das ist keine Manier, das is keine Art, bei später Nacht dieser Schrocken!

MELCHIOR (*von außen*) Schaun S', der Zorn schad't Ihnen.

(*Das Haustor öffnet sich, Melchior geht hinein.*)

GERTRUD (*von innen, indem man sie wieder zuschließen hört*) Wer'n wir schon sehen, was der Herr dazu sagt, das lass' ich nicht so hingehn.

MELCHIOR (*von innen*) Ah, hör'n S' auf!

(*Man hört beider Stimmen immer schwächer, bis es ganz ruhig wird.*)

Zweiter Auftritt

CHRISTOPHERL *und* WEINBERL (*kommen rechts aus dem Hintergrund*)

WEINBERL Hab'n S' g'hört, Christoph? Wenn sich der Hahn nicht verkräht hat um a Stund', so geht's schon auf 'n Tag los.

CHRISTOPHERL Macht nix, wir sind einmal da, wir können sagen, wir haben das Ziel erreicht.

WEINBERL Ja, was denn eigentlich für ein Ziel, wenn man's recht betracht't?

Alser nüchterner: als einen Nüchternen.

CHRISTOPHERL No, wir hab'n uns ein' Jux g'macht und kommen im übrigen grad so g'scheit wieder z' Haus, als wir aus'gangen sein.

WEINBERL Jetzt frag' ich aber, zahlt sich so ein Jux aus, wenn man ihn mit einer Furcht, mit drei Schrocken, fünf Verlegenheiten und sieben Todesängsten erkauft? Is so a G'schäft nicht noch weit dümmer, als wenn man für a Lot Salami ein' Gulden, für ein Vierting Bockshörndl ein' Taler, für a halbete Sardellen ein' doppelten Dukaten zahlt? Wann wir aber das jetzt gehörig einsehn, dann kommen wir ja doch um ein Alzel g'scheiter nach Haus.

CHRISTOPHERL Ich bin ja noch zu jung, um das richtig zu beurteil'n.

WEINBERL Ah – ich bin ganz zerlext von die Gemütsbewegungen.

CHRISTOPHERL Ich auch! Und für mich ist das noch weit gefährlicher, weil ich so stark im Wachsen bin. Schaun wir, daß wir ins Bett kommen! Soll ich anpumpern beim Haustor?

WEINBERL Warum nicht gar! Wir schleichen uns ganz in der Still' ins Gewölb' und duseln ein bißl auf der Budel. In zwei Stund' wird's ohnedem Zeit zum Aufsperr'n sein. Ich hab' den G'wölb'schlüssel bei mir. (*Sucht in den Taschen.*) Da – nein, da – oder da – Teufel hinein, ich hab' den Schlüssel verlor'n.

CHRISTOPHERL Sein S' so gut!

WEINBERL Wie ich den Kutscher, der uns herg'führt hat, mit meiner silbernen Uhr aus'zahlt hab', muß er mir herausg'fall'n sein.

CHRISTOPHERL Na, das is ja keine dreihundert Schritt! Warten S', ich geh' z'ruck, ich weiß 's Platzl genau, werd' ihn gleich finden. (*Geht in den Hintergrund rechts ab.*)

Dritter Auftritt

WEINBERL (*allein*)

WEINBERL Jetzt habe ich das Glück genossen, ein verfluchter Kerl zu sein, und die ganze Ausbeute von dem Glück is, daß ich um keinen Preis mehr ein verfluchter Kerl sein möcht'. Für einen Kommis schickt sich so was nicht! Das kommt mir vor

Zerlext: erschöpft.

wie unser Fräule, die sagt auch immer: »Es schickt sich nicht«, und derweil – es g'schieht halt allerhand bei der Zeit, was sich nicht schickt.

Lied

1.

's hat einer a Geld herg'liehen ohne Interessen,
Der Schuldner tut aber aufs Zahl'n rein vergessen.
Der Gläubiger mahnt ihn stets mit Höflichkeit,
Doch der Schuldner, der find't sich beleidigt und schreit:
»Pressier'n Sie mich nicht, Sie wer'n 's Geld schon noch krieg'n,
Sie Esel, ich werf' Ihnen gleich über d'Stieg'n!«
Man glaubt nicht, wie häufig das g'schicht,
Und es schickt sich doch offenbar nicht.

2.

Man muß sehn im Kaffeehaus, wenn Karten g'spielt wird,
Wie s' zuschaun und dreinplauschen ganz ungeniert,
Schaun zwei'n in die Karten und raten dem dritten,
Ob er Karo oder Pick spiel'n soll – da muß i bitten!
Und tut sich bei ein' Spieler ein Ultimo zeig'n,
Dem tun d' Zuschauer völlig am Buckel auffisteig'n.
Diese Unart fast überall g'schicht,
Und es schickt sich doch offenbar nicht.

3.

A jungs und schlanks Töchterl, na, der steht es gut,
Wann s' auch wie a B'sessene umtanzen tut,
Doch was soll man sag'n, wenn d' Mama mit fufz'g Jahr'n
Umafludert mit frische Kamelien in Haar'n.
So a Frau wägt drei Zentner oft – Sie, das is viel! –
Hupft aber noch neckisch mit in der Quadrill'.
Man glaubt nicht, wie häufig das g'schicht,
Und es schickt sich doch offenbar nicht.

4.

's gibt Leut', die ein' gern nur was Unang'nehms sag'n:
»Ach, Sie schaun schlecht aus, Ihnen hat's schön beim Krag'n!« –
»Gestern hat auf ein' andern g'schmacht't Ihre Herzensdam'.« –
»Wer hat Ihnen den Rock g'macht, Sie, der steht infam!« –
»Der Wag'n, den Sie kauft hab'n, ach, das is a Karr'n!« –
»Ihr Stück hab' ich g'lesen, Sie, das is a Schmarn!«

Umafludert: tanzt mit fliegenden Röcken.
Steht infam: »paßt schändlich«.

So sagen s' alles den Leuten ins G'sicht,
Na, das schickt sich doch offenbar nicht.

5.

Das steht so gut, wann die gebildeten Herrn
Recht freundlich und zärtlich mit Dienstboten wer'n
Und ganz franchement rennen beim hellichten Tag
Wie die Windspiel' ein' schlampeten Kuchelbär'n nach
Und drucken ihr d' Bratzen und lassen s' nit aus:
»O Engel, sagen S' mir's, sein S' allein heut' zu Haus?«
Man glaubt nicht, wie häufig das g'schicht,
Und es schickt sich doch offenbar nicht.

6.

Bei einer Art G'schwufen is viel Witz jetzt zu Haus,
Sie lassen ihn sogar an Godscheberbuben aus,
Sie kaufen a Pomeranzen und stecken s' in Sack
Und sagen: »Wannst dein Geld willst, so rauch' erst Tabak!«
Der Bua raucht, die Herren lach'n und machen sich brad,
Bis ihr Witz dem Godscheber den Magen umdraht,
's soll erst unlängst g'schehn sein, so a G'schicht',
Und es schickt sich doch offenbar nicht.

(*Im Hintergrund rechts ab.*)

Vierter Auftritt

KRAPS *und* RAB (*kommen links aus dem Hintergrund. Rab trägt eine Blendlaterne, Kraps hat einen Mantel um und eine dunkle Larve vor dem Gesicht*)

RAB Mir scheint gar, Kerl, du zitterst?

KRAPS Nein, ich klappr' nur mit die Zähn'.

RAB Hasenfuß, da hättest du mich sehen soll'n, wie ich oft –

KRAPS Das will ich wohl glauben, aber – du, lassen wir's auf ein anders Mal –

RAB Schämst du dich nicht? Hat der Kerl den genial'n Einfall, den Schlüssel in Wachs abzudrücken, und bei der Ausführung verliert er die Courage!

Schmarrn: (eine Mehlspeise); wertloses Zeug.
Franchement: (fz.) freimütig, unbefangen.
Bratzen: große Hand.
G'schwuf: ordinärer, schein-eleganter junger Mann.
Godscheberbuben: Junge Männer aus Gottschee (Krain), in Gasthäusern Verkäufer von Obst und Erfrischungen.

KRAPS Es ist nur heut', schau, ein anders Mal –

RAB Nichts da! Nimm die Latern' und leuchte mir!

KRAPS (*zitternd die Laterne nehmend*) Schau, Brüderl –

RAB Frisch ans Werk! (*Sperrt während des Folgenden die Schlösser an den Gewölbestangen auf.*)

Fünfter Auftritt

WEINBERL *und* CHRISTOPHERL; DIE VORIGEN

(*Beide kommen aus dem Hintergrundstücke rechts und sehen, was an der Gewölbetüre vorgeht.*)

WEINBERL *und* CHRISTOPHERL (*erschrocken mit unterdrückter Stimme*) Was ist das –!?

RAB (*ohne die eben Angekommenen zu bemerken, in seinem Geschäft und in seiner Rede fortfahrend*) So leuchte doch daher! Siehst du denn nicht –? Aber, Narr – hahaha, wozu, Strohkopf, nimmst du denn eine Larve?

KRAPS Wann's schelch geht, es sehet uns wer, und wir müßten echappier'n – mein G'sicht ist zu bekannt in dem Haus!

RAB (*der immer fortgearbeitet hat, macht einen Flügel der Gewölbetüre auf*) Die Tür ist offen! Jetzt hinein und vor allem der Kassa eine Visit' gemacht! Gib mir die Latern' – die Schreibstube ist hinten links?

KRAPS (*ihm die Laterne gebend*) Ja.

(*Weinberl und Christopherl, die anfangs wie versteinert stehengeblieben sind, sich aber dann rechts nach dem Vordergrunde gezogen, zugleich*)

WEINBERL Christoph!

CHRISTOPHERL Weinberl!

KRAPS Aber, Brüderl, lassen wir's auf ein anders Mal!

RAB Wäre nicht übel! Umkehren auf halbem Weg! Du bleibst noch ein paar Minuten hier stehen und siehst dich um, ob nicht etwa über unser Geräusch sich irgendwo ein Licht zeigt, dann kommst du mir nach! Aber zittre doch nicht, du Hasenfuß! Klugheit im Kopf, Schnaps im Magen und Pistolen in der Tasche, da geht alles gut. (*Geht ins Gewölbe ab.*)

Schelch: schief.

Sechster Auftritt

DIE VORIGEN *ohne* RAB

KRAPS Ich hab' kein Wort g'hört, was er g'sagt hat. – Die Angst! Ich hab' glaubt, ich hab' Anlag', aber ich bin nix zu dem G'schäft – wenn er nur wenigstens – ich sag' halt, es wär' besser gewesen, ein anders Mal –

WEINBERL (*ihn an der Gurgel fassend*) Nein, jetzt is's am besten!

KRAPS Barmherzigkeit –!

CHRISTOPHERL (*hat ihn ebenfalls gepackt*) Still, oder –

WEINBERL Ich erdrossel' dich.

KRAPS Herr Weinberl – Mussi Christoph –

WEINBERL Das is ja –

KRAPS (*die Larve abnehmend*) Der Hausknecht, der Kraps.

WEINBERL *und* CHRISTOPHERL Du Spitzbub' –

KRAPS Ich will ein ehrlicher Mann wer'n.

WEINBERL Ich seh's, du bist grad auf 'n Weg dazu.

KRAPS Das war mein Anfang und mein B'schluß – so wahr als – Barmherzigkeit!

CHRISTOPHERL (*zu Weinberl*) Lassen wir'n laufen.

WEINBERL Das müssen wir jetzt wohl, sonst lamentiert er uns den andern heraus. (*Zu Kraps.*) Dein' Mantel, Hut und Larven her!

KRAPS Da, da is alles, mein bester, edelster, großmütigster Herr von Weinberl. (*Gibt ihm, was er verlangt.*)

WEINBERL Jetzt fahr ab!

KRAPS (*ihm die Hand küssend*) Sie glauben's nicht, aber ich werd' jetzt schrecklich ehrlich wer'n! (*Läuft im Hintergrunde links ab.*)

Siebenter Auftritt

DIE VORIGEN *ohne* KRAPS

WEINBERL Den ehrlichen Mann wer'n s' schon durch die Aussagen seines Spießg'sellen kriegen. – (*Hüllt sich in Kraps' Mantel ein und setzt sich dessen Hut auf.*)

CHRISTOPHERL Was tun S' denn da?

WEINBERL Den andern muß ich erwischen.

CHRISTOPHERL Sperr'n wir 's G'wölb' zu, so is er g'fangt!

WEINBERL Daß er drin eine Tür eintritt, wen totschießt und doch am Ende ein' Ausweg findet! Nix, ich weiß schon, was ich tu'. Wecken Sie nur derweil den Nachtwachter auf und machen S' g'schwind Arretierungsanstalten.

CHRISTOPHERL Gut! Aber is das a Glück – auf unserm Bodenkammerl hätten wir den Einbruch rein verschlafen.

WEINBERL Jetzt war der Jux doch zu was gut!

RAB (*von innen, sich der Tür nähernd*) Wo zum Teufel bleibst denn du so lang?

WEINBERL (*nimmt die Larve vor, wodurch sich seine Stimme ändert*) Ich komm' schon, ich komm' schon! (*Winkt Christopherl, daß er forteilen soll, und geht ins Gewölbe ab.*)

(*Christopherl läuft im Hintergrunde rechts ab.*)

Verwandlung

Zanglers Wohnzimmer, rechts eine Seitentüre, im Prospekt eine Tür, welche in das Gewölbe hinabführt. Rechts vorne steht ein Silberkasten, links vorne ein Fenster mit Vorhang. Am Prospekt ist Zanglers Bett.

Achter Auftritt

MELCHIOR (*allein, tritt mit Licht aus der Seitentüre rechts*)

MELCHIOR Da soll man Anstalten zur Hochzeit machen! Die Wirtschafterin sperrt sich ein in ihr Zimmer, gibt mir gar kein Gehör und schimpft so lang, bis s' zum Schnarchen anfangt! Die Köchin hab' ich g'funden, ah, das Weibsbild hat gar einen klassischen Schlaf! Ich muß sagen, das is mir noch nicht unter'kommen. Wenn ich mein Kammerl wüßt', ging' ich auch schlafen. Ich könnt' mich zwar da in'n Herrn sein Bett legen, aber wer weiß, wär's ihm recht, 's tut's ja da im Armsessel auch. (*Man hört ein Geräusch im Hintergrunde.*) Was war denn das? – Ah, ich weiß schon – nix wird's g'wesen sein. 's is völlig entrisch, allein wach sein in so ein' verschlafnen Haus. (*Das Geräusch wiederholt sich.*) Jetzt war's aber – ja, es war was! (*Nach dem Hintergrunde zeigend.*) Von da unten hört man's herauf! Mensch oder Geist, was steht mir bevor? –

entrisch: unheimlich.

Wenn es ein Mensch ist, o, da bin ich ein Kerl, der Courage hat, wann's aber a Geist – da wär's aus mit mir, Geist ist mir ein zu fremdartiges Wesen.

(*Ängstlich herumsehend.*) Wo kann ich denn –? Aha – (*läuft zum Fenster und setzt sich, während man außen dumpfe Stimmen hört, schnell auf das Fensterbrett, so daß ihn die herabhängenden Gardinen bedecken.*)

Neunter Auftritt

RAB, WEINBERL (*mit Mantel, Hut, Larve und Blendlaterne*);
DER VORIGE

(*Rab und Weinberl kommen auf den Zehen zur Mitteltüre herein.*)

MELCHIOR (*hinter den Fenstergardinen hervorguckend, schaudernd für sich*) Den leichten Tritt, man hört's gar nicht: es sind Geister!

RAB Wirklich, Bursche, das überrascht mich von dir, 's ist ein Wagstück, bis hierher zu dringen, und du hast's proponiert.

WEINBERL 's is wegen dem Silberkasten, dort is er!

RAB Ich meinesteils mache mich immer gleich aus dem Staub, wenn ich das Geld habe, denn nur Geld, Geld –

MELCHIOR (*für sich*) Sie gehn aufs Geld, es sind Menschen.

RAB Mit Pretiosen befass' ich mich nicht so gern. (*Nimmt von Weinberl die Laterne und nähert sich dem Silberkasten.*)

WEINBERL Ah was, Silber is auch nicht zu verachten, je mehr, desto besser, man hat nie genug.

MELCHIOR (*für sich*) Sie haben nie genug – es sind Menschen!

RAB Der Schlüssel steckt, räumen wir aus! (*Öffnet die Glastüre des Kastens.*) Da hab' ich aus dem Gewölb' einen Sack mit heraufgenommen, da pack' alles hinein! (*Wirft ihm einen Leinwandsack zu, nimmt während des Folgenden aus dem Kasten Kaffeemaschine, Leuchter, Löffel usw. heraus und gibt es Weinberl, welcher es in den Leinwandsack steckt.*)

MELCHIOR (*für sich*) Sie packen ein, es sind Menschen, aber was für eine!

RAB Nur schnell!

WEINBERL (*beiseite*) Nur langsam, sag' ich, ich muß ihn aufhalten, bis der Christopherl mit die Arretierer kommt.

RAB (*scherzend*) Einen Kaffeelöffel sollten wir ihm liegen lassen, als Souvenir de Silberkasten.

MELCHIOR (*für sich*) Der hat doch noch menschliches Gefühl.

WEINBERL Ah was, nur alles mitg'nommen! Im andern Zimmer drin wär' auch noch was!

MELCHIOR (*für sich*) Der mit der Larven is ganz Teufel.

RAB Nein, das wäre zu riskiert, mich überfällt schon eine Unruhe – und das ist immer ein Zeichen –

MELCHIOR (*für sich*) Bei dem is noch Besserung möglich.

WEINBERL Die Stockuhr da drin sollten wir nicht auslassen.

MELCHIOR (*für sich*) Der hat ein verhärtetes Gemüt!

RAB Nichts da, wir müssen fort! – (*Bleibt stehen.*) Hörst du? – (*Horcht gespannt.*)

WEINBERL Es is nix, es kann nix sein!

MELCHIOR (*über Weinberl erbost, die Faust ballend, für sich*) Wenn ich nur den – (*wirft durch seine unvorsichtige Bewegung einen Blumentopf vom Fenster herab.*)

RAB Man kommt zum Fenster herein – schnell das Fersengeld! (*Läuft zur Mitteltüre ab.*)

WEINBERL (*für sich*) Du därfst mir nicht auskommen! (*Läßt den Sack liegen und läuft Rab nach.*)

MELCHIOR (*springt aus seinem Versteck hervor und packt Weinberl, als er eben die Türe erreicht hat, am Genick*) Hab' ich dich?!

WEINBERL Au weh! Was ist das?!

MELCHIOR Weil ich nur den hab'! (*Zieht ihn mehr nach vorne.*)

WEINBERL Auslassen, sag' ich! Der andere is ja –

MELCHIOR Ein Schnipfer, der zu Hoffnungen berechtigt. Du aber bist ein Scheusal –

WEINBERL Er erwürgt mich – zu Hilf'! Zu Hilf'!

MELCHIOR Mir gehen vor Wut die Kräften aus – zu Hilf'! Zu Hilf'!

BEIDE Zu Hilf'! Zu Hilf'!

Schnipfer: schnipfen = milder Ausdruck für »stehlen«.

Zehnter Auftritt

ZANGLER, MADAME KNORR, FRAU VON FISCHER, CHRISTOPHERL, SONDERS, MARIE; DIE VORIGEN *ohne* RAB

CHRISTOPHERL (*mit einer Laterne*) Der Rauber is solo g'fangt, die Wachter hab'n ihn schon! (*Zündet auf dem Tische rechts Licht an.*)

MELCHIOR Ich hab' den wahren. –

ZANGLER Was gibt's denn da für ein' Rumor?!

WEINBERL (*hat die Larve abgenommen*) Herr Prinzipal –

ZANGLER (*Melchior, welcher Weinberl noch immer festhalten will, beiseite schleudernd*) Pack' du dich und nicht den da! (*Zu Weinberl.*) Der Christopherl hat mir alles gesagt – an mein Herz, edler Mann! (*Umarmt Weinberl.*)

MELCHIOR Der umarmt den entlarvten Bösewicht! Das is klassisch!

CHRISTOPHERL (*zu Madame Knorr, bittend*) Verschwiegenheit, Prinzipalin!

MADAME KNORR (*Christopherl erkennend*) Ah, das is stark –!

MELCHIOR (*zu Zangler*) Aber schaun S' nur, wie er Ihr Silber –

ZANGLER Durch dieses Silber hat er mir das Gold seiner Treue bewährt.

MELCHIOR Das is klassisch!

FRAU VON FISCHER *und* MADAME KNORR (*Weinberl erkennend*) Was is denn das –!? Das is ja –

ZANGLER (*der Madame Knorr und Frau von Fischer Weinberl vorstellend*) Mein ehemaliger Kommis, gegenwärtig mein Associé, Herr Weinberl, der während meiner Abwesenheit mein Haus so treu bewacht.

FRAU VON FISCHER *und* MADAME KNORR (*zu Zangler*) Erlauben Sie, das ist –

MELCHIOR (*zu den Frauen*) O, sag'n *Sie* ihm's, auf meine Reden gibt er nichts.

WEINBERL (*in ängstlicher Verlegenheit bittend, leise zu Frau von Fischer und Madame Knorr*) Verschwiegenheit und Schonung, meine Gnädigen!

FRAU VON FISCHER (*böse*) Was –? (*Zu Zangler.*) Das ist der Mensch, der es gewagt hat –

WEINBERL (*hat einen raschen Entschluß gefaßt und fällt ihr in die Rede*) Ja, ich bin der, der es gewagt hat, wie Sie, Herr

Prinzipal, mich einmal in die Stadt geschickt haben, hab' ich es gewagt, mich in diese reizende Witwe zu verlieben, und jetzt als Associé wag' ich es, ihr Herz und Hand zu Füßen zu legen.

FRAU VON FISCHER (*überrascht*) Wie –? Wenn das Ihr Ernst wäre –

WEINBERL So wahr ich Weinberl bin.

ZANGLER Na, das freut mich –

MELCHIOR (*zu Zangler*) Aber, Euer Gnaden!

ZANGLER Noch ein Wort und ich jag' Ihn aus 'n Dienst.

MELCHIOR (*bemerkt in dem Augenblick, als er sich wendet, Sonders, welcher Marien umschlungen hält*) O je, da schaun S' her!

ZANGLER (*auf die Liebenden deutend*) Aus diesem Grunde freut's mich doppelt, Herr Weinberl, daß Sie schon eine Wahl getroffen, denn Ihnen hab' ich meine Mündel zugedacht, aber 's Mädl hat sich in den Herrn vergafft, und grad, wie ich ihn als Entführer arretieren lassen will, klärt sich's durch den Herrn Kommissarius auf, daß seine Tante bereits gestorben und die große Erbschaft gerichtlich für ihn hier deponiert is. No, da hab' ich dann nicht anders können.

SONDERS Der liebe Herr Zangler! } *zugleich*
MARIE Der gute Vormund! }

WEINBERL Also hat sich der Fall schon wieder ereignet? Nein, was 's Jahr Onkel und Tanten sterben müssen, bloß damit alles gut ausgeht –!

MELCHIOR Das is klassisch!

ZANGLER (*Madame Knorr bei der Hand nehmend und auf die beiden Paare zeigend*) Mit einem Wort: es gibt eine dreifache Hochzeit.

WEINBERL Dreifache Hochzeit, das is der wahre Jux!

(*Unter einigen Takten fröhlicher Musik fällt der Vorhang.*)

Ende

Der Zerrissene

Posse mit Gesang in drei Akten

Zerrissene: zeitgenössischer Ausdruck für die Stimmung des »Weltschmerzes« in der ersten Hälfte des Jahrhunderts.

Personenverzeichnis

HERR VON LIPS, ein Kapitalist

STIFLER,
SPORNER, } seine Freunde
WIXER,

MADAME SCHLEYER

GLUTHAMMER, ein Schlosser

KRAUTKOPF, Pächter auf einer Besitzung des Herrn von Lips

KATHI, seine Anverwandte

STAUBMANN, Justitiarius

ANTON,
JOSEF, } Bediente bei Herrn von Lips
CHRISTIAN,

ERSTER
ZWEITER
DRITTER } Knecht bei Krautkopf
VIERTER

GÄSTE, BEDIENTE, LANDLEUTE

Die Handlung geht im ersten Akt auf dem Landhause des Herrn von Lips vor. Der zweite und dritte Akt spielt auf Krautkopfs Pachthofe um acht Tage später.

Der Zerrissene wurde zum ersten Mal am 9. April 1844 aufgeführt. Nestroy spielte den »Kapitalisten« Herr von Lips, Scholz den Schlosser Gluthammer. Die Musik war von Adolf Müller.

Erster Akt

Die Bühne stellt einen eleganten Gartenpavillon vor. Im Prospekte rechts und links Türen, zwischen beiden in der Mitte des Prospektes eine große Glastüre, welche nach einem Balkon führt. Seite links Glastüre, Seite rechts ein Fenster. Durch die Glastür, welche auf den Balkon führt, hat man die Aussicht in eine pittoresk-gigantische Felsengegend. Rechts und links Tische und Stühle. Hinter der Mitteltüre rechts ein Ruhebett.

Erste Szene

ANTON, CHRISTIAN, JOSEF (*kommen durch die Türe links aus dem Hintergrunde vor*)

ANTON (*zu Christian und Josef, welche jeder drei Champagnerbouteillen tragen*) So, tragt sie nur hinein, 's werden nicht die letzten sein! Wenn die einmal ins Trinken kommen –

JOSEF Is doch ein guter Herr, was der für seine Gäst' alles springen laßt.

CHRISTIAN Wer sagt denn, daß er nur für die Gäst' g'hört? Er trinkt schon selber auch sein honettes Quantum.

JOSEF Und is doch immer so übel aufg'legt dabei; unbegreiflich bei *dem* Wein!

ANTON Das versteht ihr nicht! Er hat ein zerrissenes Gemüt, da rinnt der Wein durch und kann nicht in Kopf steigen. Jetzt kümmerts euch nicht um Sachen, die euch nix angehn, und schauts zum Servieren!

CHRISTIAN (*indem er mit Josef abgeht*) Ein zerriss'nes Gemüt mit *dem* Geld!

JOSEF 's is stark!

(*Beide in die Türe nach dem Speisesalon Mitte rechts ab.*)

Zweite Szene

ANTON, *dann* GLUTHAMMER *und* EIN BURSCHE (*der einen Teil eines eisernen Geländers trägt*)

ANTON (*nach dem Balkon, Mitte des Hintergrundes, sehend*) Wenn s' nacher herauskommen, die ganze G'sellschaft, und der Herr sieht, daß die Altan' noch kein G'länder hat, da krieg' ich wieder d' Schuld.

GLUTHAMMER (*tritt durch die Mitteltüre links herein und trägt mit Anstrengung ein eisernes Balkongeländer; ein Bursche, der einen Teil des Geländers trägt, kommt mit und geht, nachdem er es auf den Balkon gestellt hat, sogleich ab*) Meiner Seel', so ein eisernes G'länder wägt über sieben Lot.

ANTON Na, endlich! Ich hab' schon glaubt, der Herr Gluthammer laßt uns sitzen.

GLUTHAMMER Von unserm Ort bis da herüber is 's über a halbe Stund', wenn man leer geht; jetzt, wenn man so ein G'wicht tragt und a paarmal einkehren muß, da is a halber Tag weg, man weiß nicht, wo er hin'kommen is.

ANTON Ja, das Einkehren, das hat mich auch schon oft in der Arbeit geniert.

GLUTHAMMER Wir werden gleich fertig sein. (*Öffnet die Balkontüre, tritt hinaus und stellt das Geländer auf.*)

ANTON Nicht wahr, das is völlig schauerlich, wenn man über die Altan' ins Wasser hinunterschaut?

GLUTHAMMER 's Wasser is halt immer ein schauerlicher Anblick.

ANTON Und was 's da draußt für ein' Zug hat!

GLUTHAMMER Mir scheint, von dem Zug hat der Fluß so 's Reißen kriegt, das Ding schießt als wie a Wasserfall!

ANTON Ich hätt' eher das Fenster, was da war, zumauern lassen, unser Herr aber laßt's zu einer Tür ausbrechen und eine Altan' baun, wegen der Aussicht! Lauter so verruckte Gusto!

GLUTHAMMER So, jetzt werden wir gleich – (*fängt an, tüchtig draufloszuhämmern.*)

ANTON Aber, Freund, was fallt Ihm denn ein, so einen Lärm zu machen! Da drin is Tafel!

GLUTHAMMER Ja, glaubt denn der Mussi Anton, ein eisernes Geländer pickt man mit Heftpflaster an?

ANTON Da darf jetzt durchaus nicht klopft werd'n!

GLUTHAMMER Na, so lassen wir's halt derweil stehen, bis später. (*Läßt das unbefestigte Geländer auf dem Balkon stehen und verläßt denselben.*)

(*Man hört im Speisesalon, Mitte rechts, den Toast ausbringen: »Der Herr vom Hause lebe hoch!«*)

GLUTHAMMER Da geht's zu! Ihr müßts einen recht fidelen Herrn haben.

ANTON Seine Gäst' sein fidel, aber er – keine Spur! Ich muß

Reißen: Rheumatismus.

jetzt nachschaun, ob s' kein' frischen Champagner brauchen. (*Geht in den Speisesalon, Mitte rechts, ab.*)

Dritte Szene

GLUTHAMMER; *dann* KATHI

GLUTHAMMER (*allein*) Die reichen Leut' haben halt doch ein göttliches Leben. Einen Teil vertrinken s', den andern Teil verschnabulieren s', a paar Teil' verschlafen s', den größten Teil verunterhalten s'! – Schad', ich hätt' zum Reichtum viel Anlag' g'habt; wenn sich so ein Millionär meiner ang'nommen hätt', hätt' mich ausg'bild't und hätt' mir mit der Zeit 's G'schäft übergeben – aus mir hätt' was werden können.

KATHI (*tritt zur Mitte links ein*) Da werd' ich den gnädigen Herrn finden, haben s' g'sagt. (*Gluthammer bemerkend.*) Das is ja – is's möglich!? – Meister Gluthammer –!?

GLUTHAMMER (*Kathi betrachtend und seine Ideen sammelnd*) Geduld – ich hab' noch nicht den rechten Schlüssel zum Schloß der Erinnerung.

KATHI Ich bin's – die Krautkopfische Kathi!

GLUTHAMMER Richtig – die Kathi! Na, was macht denn mein alter Freund Krautkopf?

KATHI Was wird er machen? Bös is er auf 'n Meister Gluthammer, daß er sich seit anderthalb Jahren nicht bei ihm sehen laßt, und da hat er recht! Pichelsdorf is doch nur vier Stund' weit von der Stadt.

GLUTHAMMER Ich bin ja nicht mehr in der Stadt. Aber wie kommt denn die Jungfer Kathi da her? G'wiß das Pachtgeld vom Freund Krautkopf dem gnädigen Herrn überbringen?

KATHI Muß denn ich nur Gäng' für 'n Herrn Vettern machen, kann denn ich nicht meine eig'nen Angelegenheiten haben?

GLUTHAMMER Freilich! Ich kenn' der Jungfer Kathi ihre Angelegenheiten nicht.

KATHI Um eine Zahlung handelt sich's aber doch, das hat der Meister erraten. Der gute gnädige Herr von Lips – er hat mich aus der Tauf' gehoben –

GLUTHAMMER Das kann so schwer nicht g'wesen sein –

KATHI Meine Mutter hat einmal gedient im Haus, wie noch der alte Lips, der Fabrikant, g'lebt hat. Wie dann der junge Herr die vielen Häuser und Landgüter gekauft hat – das Pachtgut vom Vetter Krautkopf war auch dabei – da haben ich und meine Mutter uns gar nicht mehr in seine Nähe getraut als noblen Herrn, aber – (*traurig*) vor drei Jahren – wie's uns gar so schlecht gangen is, die Weißnähterei wird zu schlecht bezahlt –

GLUTHAMMER Wie überhaupt die weiblichen Arbeiten; wenn man selbst Marchandmode war, kann man das am besten beurteil'n.

KATHI Das wohl, aber ein Schlossermeister wird da nicht viel davon verstehn.

GLUTHAMMER (*seufzend*) O, ich war auch Marchandmode!

KATHI Hör'n S' auf mit die G'spaß!

GLUTHAMMER Nein, 's is furchtbarer Ernst, ich war Marchandmode, im Verlauf der Begebenheiten wird dir das alles klar werden.

KATHI Da bin ich neugierig drauf.

GLUTHAMMER Erzähl' nur erst deine G'schicht' aus.

KATHI Die is schon so viel als aus. Wie's uns so schlecht gangen is und d' Mutter war krank, da bin ich zu meinem gnädigen Herrn Göden und hab' hundert Gulden z' leihen g'nommen; er hat mir's an der Stell' geben und hat g'lacht, wie ich vom Z'ruckzahlen g'red't hab'! Meiner Frau Mutter hab' ich aber noch auf 'n Tot'nbett versprechen müssen, recht fleißig und sparsam zu sein und auf die Schuld ja nicht zu vergessen; und das hab' ich auch g'halten. Ich bin nach der Frau Mutter ihr'n Tod zum Vetter Krautkopf kommen, da hab' ich gearbeitet und gearbeitet und gespart und gespart, und nach dritthalb Jahren waren die hundert Gulden erübrigt! Jetzt bin ich da, beim Herrn Göden Schulden zahl'n.

GLUTHAMMER Schulden zahl'n –?! An so was denk' ich gar nicht mehr.

KATHI Wie kann der Meister so reden als ordentlicher Handwerksmann und Meister?

GLUTHAMMER Meister? Ich bin ja seit fünf Monaten wieder G'sell' und nur mit Krebsaugen blick' ich auf meine Meisterschaft zuruck.

KATHI (*erstaunt und mitleidvoll*) Is's möglich!

Marchandmode: Putzmacher, Modewarenhändler (fz. »*marchand de modes*«).
Göden = Göd: Taufpate, Taufpatin.

GLUTHAMMER Wenn man Marchandmode war, is alles möglich.

KATHI Das is aber das Unbegreifliche –

GLUTHAMMER Im Verlauf der Begebenenheiten wird alles klar. Ich hab' mich verliebt – jetzt wird's bald zwei Jahr', in eine Putzerin, in eine reine, schneeblühweißgewasch'ne Seele.

KATHI (*mit gutmütiger Ironie*) Und aufs Waschen scheint der Herr große Stück' zu halten.

GLUTHAMMER Hab' es noch keinen Samstag unterlassen. Daß ich also weiter sag': sie hat mich ang'red't, ich soll ihr d' Marchandmoderei lernen lassen. Ich hab' sie also gleich in die Lehr' geb'n, und in kurzer Zeit hat sie alles in klein' Finger g'habt – was man nur von einer Mamsell wünschen kann – und so war sie Mamsell. Da stirbt die alte Marchandmode, 's Heirat'n is uns von Anfang schon in Kopf g'steckt – so hat sie mir zug'red't, ich soll ihr das G'schäft von der toten Madame kaufen. Um viertausend Gulden war's z' hab'n, d' Hälfte hab' ich gleich bar aus'zahlt, und so war die Meinige Madame, nur 's Heiraten hat noch g'fehlt zur vollständigen Glückseligkeit. Da – (*seufzt.*)

KATHI Sie wird doch nicht g'storben sein?

GLUTHAMMER Im Verlauf der Begebenheiten wird das alles klar. Die Hochzeit war bestimmt, 's Brautkleid war fertig, mein blauer Frack g'wend't, (*mit Schluchzen*) die Anginene begelt, d' Gäst' eing'laden – Person à zwei Gulden – (*beinahe in Tränen ausbrechend*) ohne Wein –

KATHI (*tröstend*) Na, g'scheit, Herr Gluthammer!

GLUTHAMMER Den Tag vor der Hochzeit geh' ich zu ihr, sie war aber nicht z' Haus.

KATHI War sie eine Freundin vom Spazier'ngehn?

GLUTHAMMER Im Verlauf der Begebenheiten wird das alles klar. Sie is von der Stund' an nicht mehr nach Haus kommen, ich hab' s' g'sucht, ich hab' s' g'meld't, ich hab' s' woll'n austrommeln lassen, aber 's derf nur a Feuerwerk aus'trommelt wer'n in der Stadt – mit *ein'* Wort, es war alles umsonst, ich war Strohwitiber, bin Strohwitiber geblieben, und das Stroh bring' ich auf *der* Welt nicht mehr aus 'n Kopf.

KATHI Mein Gott, man muß sich gar viel aus 'n Kopf schlagen.

GLUTHAMMER O, so was bleibt! Und dann die Folgen: 's

Mamsell: Gehilfin.
Anginene: anginen = aus Nankingstoff.

G'schäft war einmal kauft, zweitausend Gulden war ich drauf schuldig – denk' ich mir, zu was brauch' ich zwei G'werber, es is das g'scheiteste, ich verkauf' eins. Da hab' ich mein Schlosserg'werb' verkauft und bin Marchandmode blieben.

KATHI Das war aber auch ein Gedanken –

GLUTHAMMER Wär' kein schlechter Gedanken g'wesen, aber man war ungerecht gegen mich. Die Kundschaften haben g'sagt, ich hätt' keinen Geschmack, weil ich alles in Schwarz und Hochrot hab' arbeiten lassen. Nach vier Monat' war ich nix als eine zugrund'gegangene Marchandmode, und um meinen Gläubigern aus 'n G'sicht zu kommen, hab' ich müssen auf's Land als Schlosserg'sell gehn. Das is der vollständige Verlauf der Begebenheiten, wie sie sich nacheinander verloffen haben. O, meine Mathilde –!

KATHI Die Person war eine Undankbare, is gar nicht wert, daß sich der Herr Gluthammer kränkt um sie.

GLUTHAMMER Was!? Sie liebt mich! Sie is offenbar mit Gewalt fortgeschleppt worden, wird wo als Gefangene festgehalten und hat keinen andern Gedanken, als nur in meine Arme zurückzukehren.

KATHI Da g'hört sich ein starker Glauben dazu.

GLUTHAMMER O Gott! Wenn ich alles so g'wiß wüßt' –! Wenn ich den Räuber so g'wiß ausfindig z' machen wüßt' – Jungfer Kathi – (*nimmt sie bei der Hand*) dem ging's schlecht! – (*Ihre Hand heftig schüttelnd.*) Der wurd' auf schlosserisch in die Arbeit g'nommen –

KATHI Na, na –! Denk' der Herr nur, daß ich kein Rauber bin.

GLUTHAMMER Nehmen Sie's nicht übel, aber wenn ein Schlosser in die Aufwallung kommt –

Vierte Szene

ANTON; DIE VORIGEN

ANTON (*aus der Mitte rechts des Speisesalons kommend; die Türe bleibt offen*) Leuteln, machts, daß 's fortkommts, der Herr kommt gleich mit die Gäst' heraus.

KATHI Das is g'scheit, ich kann also da sprechen mit 'n gnädigen Herrn?

ANTON Beileib nicht! Das wär' jetzt höchst ungelegen!

KATHI So werd' ich halt draußen warten.

ANTON Geh' d' Jungfer in Garten spazieren!

GLUTHAMMER Meine Arbeit mach' ich halt später.

ANTON Freilich!

GLUTHAMMER Komm' die Kathi! Die Mathilde is verloren – (*nimmt sie beim Arm*) aber *ihn* werd' ich finden, den Mathildenschnipfer – (*grimmig*) und dann werden wir was erleben von einer nagelneuen Zermalmungsmethod' –

KATHI (*aufschreiend*) Ah, probierts die Methode, wo Ihr wollt, aber nicht an mein' Arm!

GLUTHAMMER Nehmen Sie's nicht übel, aber es gibt Momente, wo der ganze Schlosser in mir erwacht, und da merkt man keine Spur, daß ich jemals Marchandmode g'wesen bin. (*Geht mit Kathi durch die Glastüre links ab.*)

ANTON (*nach dem Speisesalon sehend, dessen Türe offen geblieben*) Da kommt der Herr – und das G'sicht, was er macht – ich geh'! (*Geht ebenfalls durch die Glastüre links ab.*)

Fünfte Szene

LIPS (*allein*)

LIPS (*tritt zur Mitte rechts während dem Ritornell des folgenden Liedes aus der Türe des Speisesalons auf*)

Lied

1.

Ich hab' vierzehn Anzüg', teils licht und teils dunkel,
Die Frack' und die Pantalon, alles von Gunkel,
Wer mich anschaut, dem kommet das g'wiß nicht in Sinn,
Daß ich trotz der Garderob' ein Zerrissener bin.
Mein Gemüt is zerrissen, da is alles zerstückt,
Und ein z'riss'nes Gemüt wird ein' nirgends geflickt.
Und doch – müßt' i erklär'n wem den Grund von mein' Schmerz,
So stundet ich da als wie 's Mandl beim Sterz;
Meiner Seel', 's is a fürchterlichs G'fühl,
Wenn man selber nicht weiß, was man will!

Mathildenschnipfer: schnipfen = mildes Wort für stehlen.
Gunkel: Name eines der elegantesten Wiener Schneider.
Dastehen wie's Mandel beim Sterz: ganz ratlos dastehen.

2.

Bald möcht' ich die Welt durchflieg'n, ohne zu rasten,
Bald is mir der Weg z' weit vom Bett bis zum Kasten;
Bald lad' ich mir Gäst' a paar Dutzend ins Haus,
Und wie s' da sein, so werfet ich s' gern alle h'naus.
Bald ekelt mich 's Leben an, nur 's Grab find' ich gut,
Gleich drauf möcht' ich so alt wer'n als der ewige Jud';
Bald hab' ich die Weiber alle bis daher satt,
Gleich drauf möcht' ich ein Türk' sein, der s' hundertweis' hat;
Meiner Seel', 's is a fürchterlichs G'fühl,
Wenn man selber nicht weiß', was man will!

Armut is ohne Zweifel das Schrecklichste. Mir dürft' einer zehn Millionen herlegen und sagen, ich soll arm sein dafür, ich nehmet s' nicht. Und was schaut anderseits beim Reichtum heraus? Auch wieder ein ödes, abgeschmacktes Leben. Langweile heißt die enorm horrible Göttin, die gerade die Reichen zu ihrem Priestertum verdammt, Palais heißt ihr Tempel, Salon ihr Opferaltar, das laute Gamezen und das unterdrückte Gähnen ganzer Gesellschaften ist der Choral und die stille Andacht, mit der man sie verehrt. – Wenn einem kleinen Buben nix fehlt und er is grantig, so gibt man ihm a paar Braker, und 's is gut. Vielleicht helfet das bei mir auch, aber bei einem Bub'n in meinem Alter müßten die Schläg' vom Schicksal ausgehn, und von da hab' ich nix zu riskier'n; meine Gelder liegen sicher, meine Häuser sind assekuriert, meine Realitäten sind nicht zum Stehlen – ich bin der einzige in meiner Familie, folglich kann mir kein teurer Angehöriger sterben, außer ich selber, und um mich werd' ich mir auch die Haar' nicht ausreißen, wenn ich einmal weg bin – für mich is also keine Hoffnung auf Aufrieglung, auf Impuls. – Jetzt hab' ich Tafel g'habt – wenn ich nur wüßt', wie ich bis zu der nächsten Tafel die Zeit verbring'! – Mit Liebesabenteuer? – Mit Spiel –? Das Spielen is nix für einen Reichen; wem 's Verlier'n nicht mehr weh tut, dem macht 's Gewinnen auch ka Freud'! – Abenteuer –? Da muß ich lachen! Für einen Reichen existieren keine

Kasten: Schrank.
Gámezen: gähnen.
Braker: Klopfer; Schläge auf das Gesäß als Strafe für Kinder.
Aufrieglung: Umstimmung.

Liebesabenteuer. Können wir wo einsteigen? Nein, sie machen uns so überall Tür und Tor auf! – Werden wir über a Stieg'n g'worfen? Nein, Stubenmädl und Bediente leuchten uns respektvoll hinab. Werden auf uns Sulteln gehetzt? Wird was hinabg'schütt't auf uns? Nein, Papa und Mama bitten uns, daß wir ihr Haus bald wieder beehren. – Und selbst die Eh'männer – sind auch meistens gute Leut'. Wie selten kommt eine Spanische-Rohr-Rache ins Spiel? Die korsische Blutrache liegt gar ganz in Talon. Wann hört man denn, daß ein Eh'mann einen Kugelstutzen nimmt und unsereinem nachschießt? Ja, anreden tun s' ein', daß man ihnen was vorschießt. (*Deutet Geldgeben.*) Das is die ganze Rache! Wo sollen da die Abenteuer herkommen? Man is und bleibt schon auf fade Alletagsgenüsse reduziert, die man mit Hilfe der Freundschaft hinunterwürgt. Das is noch das Schönste, über Mangel an Freunden darf sich der Reiche nicht beklagen. Freunde hab' ich und das, was für Freunde! Den warmen Anteil, den sie nehmen, wenn s' bei mir essen, das heiße Mitgefühl, wenn s' mit mir z'gleich einen Punschdusel kriegen, und die treue Anhänglichkeit! Ob einer zum Losbringen wär'! – Keine Möglichkeit! Ich bin wirklich ein beneidenswerter Kerl, nur schad', daß ich mich selber gar nicht beneid'! –

Sechste Szene

STIFLER, SPORNER, WIXER (*kommen aus der Mitte rechts*); DER VORIGE

STIFLER (*zu Lips*) Aber, Herr Bruder, sag' doch, was ist's mit dir? Die Gesellschaft wird immer lauter, du wirst immer stiller, alle Gesichter verklären sich, das deine verdüstert sich, endlich lassest du uns ganz in Stich –

WIXER Sein auch richtig alle ang'stochen!

STIFLER (*zu Lips*) Es herrscht eine allgemeine Bestürzung unter den Gästen, weil sie dich nicht sehn.

LIPS Sie sollen sich trösten, früher haben s' mich alle doppelt g'sehn, also gleicht sich das wieder aus.

WIXER Wenn s' sehn, du kommst nicht, so verlier'n sie sich halt

Sultel: Verkleinerung von »Sultan«, beliebter Hundename.
Ang'stochen: beschwipst.

schön stad, die Anhänglichkeit, die wir haben, die kann man nicht prätendieren von so gewöhnliche Tischfreund'.

LIPS Freilich!

WIXER Bist du lustig, ist's recht, bist du traurig, sind wir auch da und essen stumm in uns hinein, das heißt Ausdauer im Unglück!

STIFLER, SPORNER Auf uns kannst du zählen!

LIPS An euch drei hab' ich wirklich einen Terno g'macht.

STIFLER Komm, trink noch ein Glas Champagner mit uns!

LIPS Ich hab' keine Freud' mehr dran. Wie ich noch zwanzig Jahr' alt war, damals ja – aber jetzt!

STIFLER Ich finde jetzt alles am schönsten.

LIPS Ja, wenn man so jung is als wie du!

STIFLER Nu, gar so jung – ich bin wohl erst im Vierundfünfzigsten.

LIPS Ich aber schon im Achtunddreißigsten!

STIFLER Das schmeckt ja noch nach dem Flügelkleide!

LIPS Und doch schon Matthäi am letzten!

STIFLER Laß dir nichts träumen!

LIPS Eben die Träum' verraten mir's, daß es auf die Neig' geht, ich mein', die wachen Träum', die jeder Mensch hat. Bestehen diese Träum' in Hoffnungen, so is man jung, bestehen sie in Erinnerungen, so is man alt. Ich hoff' nix mehr und erinnere mich an vieles, ergo: alt, uralt, Greis, Tatl!

WIXER Du mußt dich zerstreuen.

LIPS Das is leicht g'sagt, aber mit was?

WIXER Wir begleiten dich, geh auf Reisen!

LIPS Um zu sehn, daß es überall so fad is als hier?

STIFLER Nein, er meint Naturgenuß, Alpen, Vulkane, Katarakte –

LIPS Sag' mir ein Land, wo ich was Neues seh'; wo der Wasserfall einen andern Brauser, der Waldbach einen andern Murmler, die Wiesenquelle einen andern Schlängler hat, als ich schon hundertmal g'sehn und gehört hab'! – Führ' mich auf einen Gletscher mit schwarzem Schnee und glühende Eiszapfen, segeln wir in einen Weltteil, wo das Waldesgrün lilafarb, wo die Morgenröte paperlgrün is! – Laßts mich aus', die Natur kränkelt auch an einer unerträglichen Stereotypigkeit.

Matthäi am letzten: zu Ende, aus.
Paperlgrün: Paperl = Papagei.

WIXER (*zu Sporner*) Gib ihm doch auch einen Rat, du Engländer ex propriis.

SPORNER Ich sage: Pferde, nichts als Pferde! (*Zu Lips.*) Halte dir zehn bis fünfzehn Stück Vollblut, verschreibe dir Jockeis, besuche alle Wettrennen, und du wirst ganz umgewandelt!

LIPS Am End' gar selbst zum Roß! Nein, Freund', ich reit' gern aus zur Bewegung, ich fahr' gern aus zur Bequemlichkeit, und meine Pferd' hab'n g'wiß nix Fiakrisches an sich – aber wie man alle seine Gedanken und Ideen bloß auf Rasse, Vollblütigkeit und Familienverhältnisse der Pferd' konzentrieren kann, dafür hab' ich keinen Sinn, so leer is weder mein Kopf noch mein Herz, daß ich Stallungen draus machen möcht' –

WIXER So mach' sonst verruckte G'schichten, begeh Narrenstreich', das is auch eine Unterhaltung.

SPORNER Und überdies englisch!

LIPS (*zu Sporner*) Freund, blamier' dich nicht, du kennst die Nation schlecht, die du so mühselig kopierst, wenn du glaubst, daß die Narrheit eine englische Erfindung is. An Narren fehlt's nirgends, aber es sind meist arme Narren, folglich red't man nicht von ihnen, und dann sind's Narren, die mit einer erbärmlichen Ängstlichkeit sich in den Nimbus der G'scheitheit einhüllen! Der Engländer hat das Geld, seine narrischen Ideen zu realisieren, und hat den Mut, seine Narrheit zur Schau zu tragen; darin liegt der Unterschied, von daher stammt das Renommée.

STIFLER Bruder, jetzt treff' ich das Rechte. Eins ist dir noch neu – der Eh'stand.

LIPS Eh'stand? Das is, glaub' ich, wenn man heirat't? Darüber existieren so viele Beschreibungen, so viele Sagen der Vorzeit und Memoiren der Gegenwart – was soll ich da Neues finden?

STIFLER Treffe nur eine originelle Wahl!

LIPS Eine originelle Wahl? Wie is das möglich? Wähl' ich vernünftig, so haben schon Hundert' so gewählt, und wähl' ich dumm, so haben schon Millionen Leut' so gewählt; aber wenn ich – ja, freilich – (*von einer Idee ergriffen*) ich hab's!

STIFLER *und* WIXER Was?

LIPS Die originelle Wahl! Ich wähle ohne Wahl, ich treffe eine Wahl, ohne zu wählen.

STIFLER Erkläre mir, o Örindur, diesen Zwiespalt der Natur!

Erkläre mir . . .: leicht verändertes Zitat aus dem Trauerspiel *Die Schuld* von Müllner.

LIPS (*mit festem Entschluß*) Das erste fremde Frauenzimmer, welches mir heut' begegnet, wird meine Frau!

STIFLER Bist du toll –? } *zugleich*
WIXER Laß nach –! }

LIPS Schön oder wild, gut oder bös, jung oder alt – alles eins – ich heirat' sie!

SPORNER Das ist echt englisch!

STIFLER Wenn aber – setzen wir den Fall –

LIPS (*in heiterer Stimmung*) Kein Aber, kein positus! Unbedingt die erste, die mir begegnet! Ich sag' euch, Freunde, ich g'spür' jetzt schon die heilsame Wirkung von diesem Entschluß, die Spannung, die Neugierd', wer wird die erste sein?

Siebente Szene

ANTON; DIE VORIGEN

ANTON (*zur Mitte links eintretend, meldend, zu Lips*) Die Frau von Schleyer wünscht ihre Aufwartung zu machen.

LIPS Schicksal, du hast gut pausiert, du fallst a tempo ein!

ANTON Sie hat g'sagt, sie möchte unbekannterweis' die Ehre haben.

STIFLER Wer ist sie denn, diese Unbekannte?

WIXER Sollt' mich wundern, wenn ich s' nit kenn'.

ANTON Sie hat heraußt ihre Sommerwohnung in der Feldgassen –

LIPS Das is egal, nur herein, sie is willkommen!

ANTON Sehr wohl! (*Geht nach der Türe Mitte links.*)

LIPS (*Anton nachrufend*) Halt, du mußt erst fragen, ob sie Witwe is.

ANTON Sehr wohl!

LIPS Wohlgemerkt, nur im Witwenfall wird sie vorgelassen.

ANTON Sehr wohl! (*Geht zur Mitte links ab.*)

Achte Szene

DIE VORIGEN *ohne* ANTON

LIPS (*in sehr aufgeregter Stimmung*) Brüderln, was sagt ihr dazu?

STIFLER Die Sache spielt sich ins Verhängnisvolle hinüber.

Positus: (lat.) gesetzt den (als Ausnahme zu betrachtenden) Fall.

LIPS (*nach dem Garten sehend*) Am End' – richtig – sie kommt – sie is also Witwe!

STIFLER Meiner Seele –!

LIPS Gehts jetzt, meine Freunde, laßt mich mit meiner Zukünftigen allein!

STIFLER Du wirst doch nicht des Teufels sein?

LIPS Vielleicht auch des Engels, das muß sich erst zeigen, aber der ihrige werd' ich auf alle Fäll'.

SPORNER Goddam!

WIXER (*zu Sporner*) Das is ein guter Rat.

STIFLER Promenieren wir ein wenig durch den Garten! (*Geht mit Sporner und Wixer durch die kleine Glastüre links nach dem Garten ab.*)

LIPS (*allein*) Das is Aufregung, so ein Moment reißt ei'm die Schlafhauben vom Kopf, das is Senf für das alltägliche Rindfleisch des Lebens.

Neunte Szene

ANTON, MADAME SCHLEYER, LIPS

ANTON (*tritt zur Mitte links, meldend, mit Madame Schleyer ein*) Die verwitwete Frau von Schleyer. (*Geht wieder in den Garten ab.*)

LIPS Unendlich erfreut –

MADAME SCHLEYER (*sehr elegant und auffallend gekleidet*) Herr von Lips entschuldigen –

LIPS Was verschafft mir das Vergnügen?

MADAME SCHLEYER Ich komm' als Ballgeberin – es wird sehr glänzend werden.

LIPS Der Glanz alles Glänzenden wird durch schwarze Unterlag' gehoben, drum sind immer die Bälle die glänzendsten, denen das Unglück den dunklen Grund abgibt, für welches dann der Glanz des Balles zum Strahl des Trostes wird. So wird auch ohne Zweifel Ihr Ball einen wohltätigen Zweck haben.

MADAME SCHLEYER Das heißt' – mein Ball hat allerdings einen wohltätigen Zweck, insofern das Vergnügen wohltätig auf den Menschen wirkt –

LIPS Aha, und insofern der Ballertrag wohltätig auf die Finanzen der Ballgeberin wirkt.

MADAME SCHLEYER Insofern es ferner eine Wohltat für die Leut' ist, die einem kreditiert haben, wenn sie zu ihrem Geld kommen.

LIPS Mit einem Wort, zu Ihrem Besten und zum Besten Ihrer Gläubiger wird der Ball gehalten; jetzt brauchen Sie nur noch die Gäste mit dem Ball zum besten zu halten, so is ein allgemeines Bestes erzweckt.

MADAME SCHLEYER Der Herr von Lips machen Spaß mit einer Witwe, die im Drang der Verhältnisse –

LIPS Haben Sie so viele Verhältnisse, daß ein förmlicher Andrang daraus entsteht?

MADAME SCHLEYER Mir hätt' nie die Idee kommen sollen, den Schleyer zu nehmen.

LIPS Was? Sie haben den Schleier nehmen wollen?

MADAME SCHLEYER Ich hab' ihn genommen, der Himmel hat mir 'n aber wieder genommen.

LIPS Ja so! Der selige Herr Gemahl hat Schleyer geheißen?

MADAME SCHLEYER Aufzuwarten!

LIPS Und hat Ihnen nichts hinterlassen?

MADAME SCHLEYER Nichts als das kleine Haus da heraußen, von dem ich die Hälfte an eine Sommerpartei verlass'. Jetzt hab'n mir die Gläubiger auf das Haus greifen wollen.

LIPS Fatal, vorm Feuer kann man ein Haus assekurieren lassen, aber an eine Assekuranzanstalt vor Gläubigern hat man noch immer nicht gedacht, und doch werden offenbar mehr Häuser den Gläubigern als den Flammen zum Raube.

MADAME SCHLEYER In der Desperation hab' ich den Entschluß gefaßt, einen Ball zu geben; denn das Haus, worin mein Mann g'storben is, lass' ich mir nicht entreißen.

LIPS Natürlich, so was is als Tempel süßer Erinnerung unschätzbar.

MADAME SCHLEYER Konträr, Herr von Lips, daß ich ihn in dem Haus los'worden bin, das is die unschätzbare Erinnerung.

LIPS Also unglückliche Ehe und wahrscheinlich ohne Delikatesse?

MADAME SCHLEYER O! Der Schleyer war kotzengrob.

LIPS Wer war denn der Herr Gemahl?

MADAME SCHLEYER Ein alter Streich- und Projektenmacher. Sie glauben nicht, wie der mich hinters Licht geführt hat. Herr von Lips müssen wissen, ich war in der Stadt bei der Handlung.

LIPS Bei was für einer Handlung?

MADAME SCHLEYER Putzhandlung.

LIPS Eine schöne Handlung, die durch Wechsel floriert, während so manche andre Handlung durch Wechsel falliert.

MADAME SCHLEYER Er is öfters in Equipage zu mir kommen – zu einer unerfahrnen Marchandmode gefahren kommen, is das sicherste Verfahren, ihr Herz in Gefahr zu bringen.

LIPS Mit einem Wort, Sie wurden geblendet, ohne weder Fink noch Belisar zu sein.

MADAME SCHLEYER Die Equipage war ausg'liehen – das Vermögen Schein – das heißt nicht etwa Wiener Währung –

LIPS Wir kommen aber ganz vom Ball ab.

MADAME SCHLEYER Hier hab' ich die Ehre, ein Billett – (*übergibt ihm ein Ballbillett*).

LIPS (*es besehend*) Der Preis is fünf Gulden –

MADAME SCHLEYER Der Drucker hat vergessen, draufzusetzen: »Ohne Beschränkung der Großmut«, was ich ihm doch so aufgeboten hab'.

LIPS »Standespersonen zahlen nach Belieben« wär' besser, denn das Prädikat »großmütig« reizt die allgemeine Eitelkeit weit weniger als der Titel »Standesperson«. Ich hab' nicht gewechselt, Madame Schleyer müssen schon gütigst diesen Hunderter annehmen.

MADAME SCHLEYER Herr von Lips – Ihre Großmut – Ihre – (*eilfertig*) ich verharre mit untertänigstem Dank die tiefergebenste Dienerin! (*Verneigt sich und geht rasch durch die Mitte links ab.*)

LIPS (*allein*) Mein Kompliment! Wie sich die tummelt, die muß einen Abscheu vor dem Herausgeben hab'n. (*Sich besinnend.*) Aber halt, ich vergess' ja ganz, daß sie meine Braut is. (*Eilt zur Türe und ruft ihr nach.*) Ich bitt', Madame – hab'n S' die Güte – auf ein' Augenblick – (*für sich*) sie kommt zurück.

MADAME SCHLEYER (*zurückkommend*) Herr von Lips haben gerufen? Ich hätte vielleicht herausgeben sollen –?

LIPS O nein, das war's nicht.

MADAME SCHLEYER Oder wünschen vielleicht noch ein Billett?

LIPS Nein, das ebensowenig. Für einen Ledigen is ein Billett ge-

Fink: Finken wurden geblendet, damit sie schöner sängen.
Belisar: Blendung unhistorisch, aber Stoff zeitgenössischer Theaterstücke.

nug, und selbst wenn ein Lediger die Ballgeberin heirat't, braucht er nur eins, denn die Ballgeberin hat ja freies Entree auf ihrem eig'nen Ball.

MADAME SCHLEYER Ich versteh' Ihnen nicht –

LIPS Werd' mich gleich ganz verständlich machen; ich hab' Ihnen auf einen Augenblick zurückgerufen, weil ich mich auf ewig mit Ihnen verbinden will.

MADAME SCHLEYER Fünf Gulden kommen aufs Ballbillett, fünfundneunzig auf den Spaß, den Sie sich machen, das kann man sich schon g'fallen lassen.

LIPS Ich mach' aber Ernst, und das is eigentlich der Hauptspaß –

MADAME SCHLEYER (*äußerst erstaunt*) Ich trau' mein' Ohren nicht –

LIPS Is es denn so wunderbar? Mir is der Schuß zum Heiraten kommen, und der Schuß trifft zufällig Sie. Besser als ein anderer Schuß, der bald mich selbst getroffen hätt'.

MADAME SCHLEYER Wie das!?

LIPS Sie müssen wissen, mein Inneres is zerrissen wie die Nachtwäsch' von einem Bettelmann – da hab' ich mich also unlängst erschießen wollen, und derweil ich so im Schuß ein Testament aufsetz' zugunsten meiner Freunde, is mir der Schuß zum Erschießen vergangen.

MADAME SCHLEYER So einen veränderlichen Herrn tät' auch 's Heiraten bald reuen.

LIPS Dafür is ja eben 's Heirat'n erfunden, daß's nix mehr nutzt, wenn's einem reut; wenn die Reue nicht wär', wär' ja die Liebe genug. Also jetzt in vollem Ernst: Ihre Antwort!

MADAME SCHLEYER (*für sich, in Freude und Ungewißheit schwankend*) Ich weiß nicht, träumt mir – oder –

LIPS Spielen Sie mir jetzt die Komödie vor, als ob nicht mein Reichtum, sondern meine liebenswürdige Persönlichkeit Ihren Entschluß bestimmet!

MADAME SCHLEYER Komödie würden Sie das nennen – wenn –?

LIPS Aha, Sie gehn schon drauf ein, das is recht. Wir Reichen verdienen's, daß man mit uns Komödie spielt, weil uns unsere Eitelkeit undankbar gegen den Reichtum macht. Glauben Sie denn, ein alter Millionist, wenn er aus einer G'sellschaft nach Haus kommt, knieet sich nieder vor seine Obligationen, küsset diese himmlischen Bilder und saget: »Euch nur verdank'

Schuß: Stimmung.

ich's, daß diese Frau auf mich gelächelt, diese Tochter mit mir kokettiert hat. Euch nur, ihr göttlichen Papiere, daß diese Cousine mich heiraten will!«? – Kein Gedanken! Er stellt sich voll Selbstgefühl vor 'n Spiegel, find't in seine Hühnertritt' interessante Markierungen und meint, er is ein höchst gefährlicher Mann. Mit Recht hat die Nemesis für diesen Undank an den Papieren den Reichen zum Papierltwerden verdammt. Also heraus jetzt mit dem Entschluß, meine Holde!

MADAME SCHLEYER (*sich zierend*) Aber, Herr von Lips, ich muß ja doch erst –

LIPS Ich versteh', vom Neinsagen keine Red', aber zum Jasagen finden Sie eine Bedenkzeit schicklich! Gut, wie Sie wünschen!

Zehnte Szene

KATHI; DIE VORIGEN

KATHI (*zur Mitte links eintretend*) Ah, da is ja der Herr Göd!

LIPS (*zu Kathi*) Wen sucht Sie?

KATHI Kenn S' mich denn nicht mehr, ich bin die Kathi, die Euer Gnad'n aus der Tauf' g'hoben haben.

LIPS (*sie erkennend*) Richtig, aber du bist g'wachsen seit der Zeit, das heißt, nicht seit der Tauf', sondern seit die drei Jahr' –

KATHI Wo ich 's letztemal bei Euer Gnaden war, wo Euer Gnaden Herr Göd so hilfreich –

LIPS Na, 's is schon gut, mein Kind, aber jetzt hab' ich hier – (*macht eine Bewegung, daß sie sich entfernen soll.*)

MADAME SCHLEYER Entfernen Sie sich doch, meine Gute, Sie sehen ja, daß Herr von Lips über und über beschäftigt is.

KATHI (*zu Lips*) Ich bin wegen der gewissen Schuld gekommen, die hundert Gulden, die Euer Gnaden Herr Göd meiner verstorbenen Mutter so großmütig geliehen haben –

LIPS Später, später – jetzt hab' ich durchaus keine Zeit. Geh nur, Kind, geh! (*Zu Madame Schleyer.*) Ich geb' Ihnen also Bedenkzeit, aber nicht mehr als eine Viertelstund'!

MADAME SCHLEYER Was kann man in einer Viertelstund' bedenken? Im Grund is eigentlich gar nichts zu bedenken – und der

Hühnertritt: Krähenfüße = Fältchen um die Augen.
Papierltwerden: zum besten gehalten werden.

Herr von Lips durchschauen ohnedies jede Ziererei – ich könnte also gleich –

LIPS Ich weiß, Sie könnten gleich Ja sagen, aber mir g'fallt das jetzt mit der Bedenkzeit, diese Spannung, ich bild' mir jetzt ein, ich bin in einer ängstlichen Erwartung – das unterhalt't mich. Sehn S', so muß sich der Mensch selber für ein' Narren halten. Glauben Sie mir, das is eine schöne und nicht so leichte Kunst. Um andere für einen Narr'n zu halten, braucht man nix als Leut', die einem an Dummheit übertreffen; um aber mit Vorsatz sich selbst für ein' Narren zu halten, muß man sich selbst an G'scheitheit übertreffen. Also in einer Viertelstund', Angebetete – ich werde die Sekunden zählen – das Blut drängt sich zum Herzen, das Hirn pulsiert – der Atem stockt! – In einer Viertelstunde – Leben oder Tod! (*Eilt in den Speisesalon Mitte rechts ab.*)

Elfte Szene

MADAME SCHLEYER, KATHI

MADAME SCHLEYER (*für sich*) Ich mach' da ein Glück! – Wenn er mir nur nicht mehr auskommt – ein verruckter Millionär is was G'fährliches bis nach der Kopulation.

KATHI (*für sich*) Ich wart' halt doch, bis er wiederkommt, das Geld will ich nicht wieder nach Hause tragen.

MADAME SCHLEYER (*sehr vornehm zu Kathi*) Der Herr von Lips is also Ihr Göd oder eigentlich Pate, wie wir Noblen uns ausdrücken.

KATHI (*schüchtern*) Ja, Euer Gnaden.

MADAME SCHLEYER Er hat das Geld nicht zurückverlangt, und du bringst es aus eig'nem Antrieb!?

KATHI Freilich, wenn man was schuldig is, muß man zahlen.

MADAME SCHLEYER (*für sich*) In dem Hause gehen lauter ungewöhnliche Sachen vor.

KATHI (*nach und nach mehr Mut fassend, nähert sich Madame Schleyer*) Euer Gnaden sind so herablassend, mit mir zu reden, werden mir also eine Frag' erlauben, 's is vielleicht eine dumme Frag' – (*etwas ängstlich*) hab' ich recht, mir is vor'-kommen, als wenn mein Herr Göd heiraten möcht'?

MADAME SCHLEYER Er projektiert so was dergleichen.

KATHI (*etwas betroffen*) Er heirat't? – Und wen will er denn heirat'n?

MADAME SCHLEYER (*stolz und kurz angebunden*) Mich!

KATHI (*ihre innere Bewegung verbergend*) Ihnen! – Nicht wahr, Sie haben ihn recht gern? Er is so gut – so ein herzensguter Herr – er verdient's, und ihm fehlt ja nix zu seinem Glück als ein treues Herz – o, Euer Gnaden werden ihn g'wiß recht glücklich machen.

MADAME SCHLEYER (*schroff*) Ich glaub' gar, Sie will mir Lektion geben, wie man einen Mann glücklich macht?

KATHI (*eingeschüchtert*) O, ich bitt', nur nicht bös' werden, wenn ich was Dalkets g'sagt hab'.

Zwölfte Szene

STIFLER; DIE VORIGEN

STIFLER (*zur kleinen Glastüre links eintretend*) Nun! Schon alles in Ordnung? – (*Lips suchend.*) Er is nicht da?

MADAME SCHLEYER (*sich rasch umwendend*) Wen suchen Sie?

STIFLER (*sie erkennend*) Was tausend! Sie sind's?

MADAME SCHLEYER (*angenehm überrascht*) Ah! Das ist wirklich unverhofft! Wie kommen Sie daher?

STIFLER Das muß ich Sie fragen, liebenswürdige und so plötzlich verschwundene Mathilde.

KATHI (*welcher der Name auffällt, für sich*) Mathilde?

MADAME SCHLEYER Mit mir haben sich wohl merkwürdige Schicksale zugetragen in die anderthalb Jahr', und das neueste Schicksal is das, daß ich seit fünf Minuten dem Herrn von Lips seine Braut bin.

STIFLER Das is allerdings merkwürdig.

MADAME SCHLEYER So einen Goldfisch zu fangen bei der Zeit, wo jede Gott dankt, die einen Hechten erwischt!

KATHI (*für sich*) Aber das is eine abscheuliche Frau! –

MADAME SCHLEYER Übrigens wird's gut sein, lieber Papa Stifler –

STIFLER Scharmant – Papa Stifler, so hat mich die aimable Mathilde Flinck immer genannt.

MADAME SCHLEYER Es wird aber gut sein, hier nichts von früheren Zeiten zu erwähnen.

STIFLER Natürlich! Wir sehen uns zum erstenmal. Es sind aber noch ein paar Ihrer ehemaligen Anbeter hier, die müssen wir avisieren; ein indiskretes Wort könnte viel – suchen wir sie im Garten auf! Die werden staunen!

MADAME SCHLEYER Ich muß aber in zehn Minuten wieder da sein.

STIFLER Das versteht sich, lassen Sie uns eilen! (*Bietet ihr den Arm.*)

MADAME SCHLEYER Einen Millionär, der die Sekunden zählt, darf man nicht eine Minute warten lassen.

(*Beide Seite links durch die kleine Glastüre ab.*)

Dreizehnte Szene

KATHI; *dann* GLUTHAMMER

(*Während dieser Szene wird es rückwärts und in den Kulissen zugleich sehr langsam Nacht.*)

KATHI (*allein*) Ich versteh' blutwenig vom Heiraten, aber daß so eine einen Mann glücklich macht, das glaub' ich mein Lebtag nit.

GLUTHAMMER (*links hereineilend*) Kathi! – Kathi! – Ich lass' mir's nicht nehmen, ich hab' was g'sehn.

KATHI Wer will Ihm was nehmen? Und was hat Er g'sehn?

GLUTHAMMER Ich hab' von weiten was g'sehn, was mich sehr nahe angeht, und das lass' ich mir nicht nehmen.

KATHI Er is ja ganz außer sich!

GLUTHAMMER Nit wahr? O, ich hab' wie ein Wütender mit allen vieren um mich geschlagen; der dumme Anton hat mir den Hammer wegg'nommen.

KATHI Das war recht g'scheit von ihm. Aber jetzt red' der Herr, über was is Er denn wütend worden?

GLUTHAMMER War nicht früher eine da?

KATHI Grad den Augenblick is eine fort'gangen.

GLUTHAMMER Jetzt schlag' die Kathi d' Händ' über 'n Kopf z'samm', diese eine war in der Entfernung deutlich die Meine.

KATHI Warum nit gar! Es war ja die Braut vom gnädigen Herrn.

GLUTHAMMER Kann's nicht glauben, der Anton hat mir offenbar einen falschen Nam' g'sagt.

KATHI Hier hat ein Herr mit ihr g'red't und hat s' Mathilde Flinck g'nennt.

GLUTHAMMER (*laut aufschreiend*) Mathilde Flinck –!? Flinck!? Mathilde!? Sie is's! Sie is's!!

KATHI Wer?

GLUTHAMMER (*außer sich*) Meine Geraubte! Hier halt't man sie gefangen, die treue Seele, hier hat sie zwei Jahre lang allen Rauberkünsten getrotzt! O Gott – o Gott!!

KATHI Die da war, hat sehr freundlich mit 'n Herrn vom Haus disk'riert.

GLUTHAMMER Aha! Das war, um den Rauber zu beschwichtigen. O Mathilde! Zur List nimmst du die Zuflucht!? Geduld, Engel, ich komm' dir mit Gewalt zu Hilf'! (*Rennt wütend zur Türe des Speisesalons Mitte rechts.*)

KATHI (*erschrocken ihn zurückhaltend*) Was will denn der Herr Gluthammer –!?

GLUTHAMMER (*grimmig*) Sein Leben will ich, nix als sein Rauberleben. Is denn nirgends ein Mordinstrument? Mein Hab und Gut für einen Taschenfeidl! Eine Million für a halbe Portion Gift! Ein Königreich, wenn mir ein Tandler a alte Guillotine verschafft!

KATHI Is Er rasend?

GLUTHAMMER Ja, rasend dumm, daß ich mich um ein Instrument alterier'; diese Fäust' sind Dietrich genug, um einem die Pforten der Ewigkeit aufzusperren.

KATHI Was? Ich sag' Ihm's, meinem Herrn Göden lass' ich nix g'schehn!

GLUTHAMMER (*mit zunehmendem Ungestüm*) Wo is er?

KATHI (*ängstlich*) Er is – er is in Garten gangen.

GLUTHAMMER (*außer sich vor Grimm*) Gut, dort will ich ihm zur Hochzeit gratulieren! (*Indem er wütend während der folgenden Worte alle Hiebe, Stiche, Stöße und Tritte pantomimisch ausdrückt.*) Glück – Freud' – Gesundheit – langs Leb'n – und alles Erdenkliche, was er sich selbst wünschen kann. Wart', Rauber!! (*Rennt wütend durch die Mitte links ab.*)

(*Es ist mittlerweile etwas dunkel geworden.*)

Taschenfeidl: Taschenmesser.

Vierzehnte Szene

KATHI; MADAME SCHLEYER, STIFLER, SPORNER, WIXER
(*treten Seite links durch die Glastüre ein*)

KATHI Gott, was hab' ich getan? Ich hab' mein' Herrn Göden verraten! Ich bin eine unglückselige Person –

STIFLER (*mit Mathilde, Sporner und Wixer zur kleinen Glastüre Seite links aus dem Garten eintretend*) Kommen Sie, liebenswürdige Mathilde, die Abendluft ist kühl.

WIXER Auf unsern Freund seine Braut müssen wir ja weiter nit schaun!

MADAME SCHLEYER Zu gütig, meine Herren!

KATHI (*welche erst ängstlich nach der Mitteltüre links gelaufen, läuft jetzt Mitte rechts an die Türe, welche in den Speisesalon führt, und ruft an der zugemachten Türe*) Herr Göd –! Lieber gnädiger Herr Göd!!

STIFLER Was macht denn das Geschöpf für einen heillosen Rumor?

KATHI Ach, meine Herren, ich muß mit mein' Herrn Göden sprechen, und das an der Stell'!

STIFLER Das geht jetzt nicht an!

MADAME SCHLEYER Geh, Kind, geh und komm ein andersmal!

KATHI O Madame, ich muß!

MADAME SCHLEYER (*ungeduldig und gebieterisch*) Ein andersmal, hab' ich gesagt! Und jetzt bitt' ich mir's aus – (*zeigt nach der Türe Mitte links*).

STIFLER (*zu Madame Schleyer*) Ärgern Sie sich nicht! –

KATHI (*eingeschüchtert, für sich, indem sie sich rückswärts nach der Türe zieht*) Der alte Bediente muß ihn warnen – den muß ich schaun, daß ich find'. (*Eilt in die Mitte links ab.*)

Fünfzehnte Szene

DIE VORIGEN *ohne* KATHI

STIFLER Wir bringen also heute noch der baldigen Gebieterin dieses Hauses ein Lebehoch.

MADAME SCHLEYER Meine Herren, Ihre Huldigung erfreut mich unendlich, und ich werde Ihnen stets eine freundliche Hauswirtin sein.

WIXER Wirtin, das is das echte Wort.

MADAME SCHLEYER Wir wollen einen kleinen, aber um so fröhlicheren Zirkel bilden.

WIXER Das is das Wahre. Klein muß a G'sellschaft sein, aber honett, nacher is's a Passion.

STIFLER Jetzt lassen wir aber Freund Lips nicht länger schmachten.

MADAME SCHLEYER Nicht wahr, die Viertelstund' is schon vorbei?

(Zwei Bediente treten, jeder mit zwei angezündeten Armleuchtern, zur Mitte links ein und stellen jeder einen davon auf den Tisch rechts und links. In den Kulissen Tag, im Hintergrunde bleibt es Nacht.)

STIFLER *(zu Madame Schleyer)* Erlauben Sie mir, daß ich ihm sein Glück verkünde. *(Er öffnet Mitte rechts die Türe nach dem Speisesalon, und man sieht Lips auf einem Diwan ausgestreckt liegen und schlafen.)* Er schlaft –!?

(Die zwei Bedienten, welche die beiden andern Armleuchter nach dem Speisezimmer tragen wollten, haben sich in dem Moment der Türe genähert, als Stifler selbst öffnete, so daß sie unwillkürlich den schlafenden Lips beleuchten.)

SPORNER *und* WIXER *(erstaunt)* Er schlaft –!?

MADAME SCHLEYER *(überrascht und ihren Ärger kaum bezwingend)* Er schlaft! – Das is etwas stark –

STIFLER Ohne Zweifel hat ihn infolge der Gemütsaufregung und der eingetretenen Dunkelheit ein leiser Schlummer überfallen.

(Lips schnarcht.)

MADAME SCHLEYER Das scheint schon mehr als ein Schlummer zu sein.

WIXER Was man sagt, ein Roßschlaf.

STIFLER *(zu den Bedienten)* Stellt nur die Lichter hinein!

(Die Bedienten stellen die Lichter in den Speisesalon.)

MADAME SCHLEYER Lassen S' mich jetzt allein, meine Herren, mit dem – *(halbleise)* Murmeltier.

STIFLER Gehn wir zu den übrigen ins Billardzimmer!

WIXER *(indem er mit Stifler und Sporner durch Mitte rechts in den Speisesalon nach rechts ab- und an dem schlafenden Lips vorübergeht, den Bedienten, welche die Lichter in den Speisesalon gestellt, zurufend)* G'schwind, Bediente, aufzünden beim Billard, eine à la guerre geht los.

(Die Bedienten folgen ihm.)

's is a Passion: es ist eine Lust.

Sechzehnte Szene

MADAME SCHLEYER, LIPS

MADAME SCHLEYER Die poltern an ihm vorbei, und er rührt sich nicht! – (*Dem schlafenden Lips nähertretend.*) Herr von Lips – (*Lips schnarcht sehr stark.*)

MADAME SCHLEYER (*erschrocken einen Schritt zurücktretend*) Nein, wie der schnarcht – wie mein Seliger – liebenswürdige Eigenschaft! (*Tritt ihm näher und ruft laut.*) Herr von Lips! Herr von Lips!

LIPS (*erwachend und aufspringend*) Was gibt's –? Ah, Madame, Sie sind's – entschuldigen!

MADAME SCHLEYER Sie schnarchen ja, daß einem die Haar' zu Berg stehn.

LIPS Da bitt' ich um Vergebung, das kommt vom Träumen, ich hab' g'rad so einen g'spaßigen Traum g'habt.

MADAME SCHLEYER Sonst is das nur bei beängstigenden Träumen der Fall, oder wenn die Trud –

LIPS Mir hat von Ihnen geträumt. Sie haben mich verschmäht, haben meine Hand ausgeschlagen.

MADAME SCHLEYER Und das is Ihnen gar so spaßig vorgekommen?

LIPS Im Traume kommt einem ja alles anders vor als in der Wirklichkeit.

MADAME SCHLEYER Träume bedeuten auch gewöhnlich das Konträre. Die Viertelstunde, die Sie mir gegeben, is vorüber und –

LIPS (*zerstreut*) Was für eine Viertelstund'?

MADAME SCHLEYER (*pikiert*) Na, die Bedenkzeit!

LIPS Ah, ja so, richtig – das hätt' ich bald verschlafen. Sie verschmähen mich also nicht?

MADAME SCHLEYER Beinahe hätten Sie's verdient; demungeachtet will ich diesmal –

LIPS (*im ruhigen, gleichgültigen Tone*) Gnade für Recht ergehen lassen, weil – etcetera, gut! Wir wollen also, weil mein Traum nicht ausgeht, weiter träumen, das heißt, von der Zukunft diskurier'n; das is auch ein Traum, der selten ausgeht. Is Ihnen nicht gefällig, Platz zu nehmen? (*Rückt einen Stuhl zurecht.*)

MADAME SCHLEYER (*für sich*) Is das eine Hindeutung, daß er mich sitzen lassen will?

Trud: ein Alp.

LIPS (*sich setzend, ohne in der Zerstreuung zu bemerken, daß Madame Schleyer sich nicht setzt*) Bis wann glauben Sie also, daß unsere Verlobung –?

MADAME SCHLEYER Hm! Da eben Gäste, folglich auch Zeugen anwesend sind, so meinet ich – heut' abends.

Siebzehnte Szene

GLUTHAMMER; DIE VORIGEN

GLUTHAMMER (*tritt, von beiden unbemerkt, zur Mitteltüre links ein und bleibt, im Hintergrunde lauschend, in heftiger Aufregung stehen, für sich*) Sie is's!! – Das Lamm steht vor dem Opferer.

LIPS Und bis wann meinen Sie die Hochzeit?

MADAME SCHLEYER Ich glaub', das wär' wohl an Ihnen, den Tag zu bestimmen.

GLUTHAMMER (*betroffen, für sich*) Was? Dem Lamm is's recht, wann's dem Opferer gefällig is.

LIPS So können wir also in sechs Wochen ein Paar sein.

MADAME SCHLEYER (*beleidigt*) Sechs Wochen?! – Ich glaub', wenn die Braut in einer Viertelstund' den Entschluß faßt, so könnt' der Bräutigam doch längstens in acht Tagen mit die Anstalten fertig sein.

GLUTHAMMER (*furchtbar enttäuscht*) Wie g'schieht mir denn? 's Lamm kann's nicht erwarten, bis's geopfert wird –!?

LIPS (*mit forcierter Laune*) Acht Tag', sagen Sie? Zu was? Das wär' traurig, wenn man einen Geniestreich nicht in vierundzwanzig Stund' zusamm'brächt'. Morgen muß die Hochzeit sein.

GLUTHAMMER (*vorstürzend*) Und heut' noch is die Leich'!

LIPS (*erstaunt*) Was will denn –?

MADAME SCHLEYER (*aufschreiend*) Ah! Der Gluthammer! (*Hält sich an einen Stuhl.*)

GLUTHAMMER Ja, Elende, der Gluthammer in der furchtbarsten Hitz'!

LIPS Und sie erstarret zu Eis!

GLUTHAMMER (*wütend zu Lips*) Mach' dein Testament, Glückzerstörer! Seligkeitsvernichter!

MADAME SCHLEYER Ich bin verloren! –

LIPS Für mich keineswegs. Glauben Sie, dieses schmutzige Verhältnis (*auf Gluthammer deutend*) schreckt mich ab? Glauben Sie denn, ich hab' Ihnen für eine reine Seele gehalten? Eine Narrheit will ich begehn, und ich sehe immer mehr und mehr, ich hätte keine würdigere Wahl treffen können. (*Schließt sie in seine Arme.*)

GLUTHAMMER (*grimmig*) Ha, dieser Anblick –!!

MADAME SCHLEYER (*zu Lips*) Rufen S' Ihre Bedienten!

LIPS Zu was? Ich krieg' selbst einen Gusto, eine alte Gymnastik regt sich in mir.

GLUTHAMMER (*sein Schurzfell aufrollend, zu Lips*) Heraus, wennst Courage hast!

LIPS (*zu Gluthammer*) Prahlhans, ich bin ein g'lernter Boxer. (*Zieht den Rock aus.*)

GLUTHAMMER (*die Fäuste ballend*) A solche Lektion hast aber sicher noch keine kriegt. (*Beide stürzen aufeinander los und ringen.*)

MADAME SCHLEYER (*während dem Kampf*) Aber Herr von Lips – geben Sie sich nicht ab – (*ängstlich*) zu Hilf'! Bediente!

GLUTHAMMER (*im Ringen zu Lips, den er gegen die Mitte links gedrängt*) Dir hilft kein Bedienter mehr!

LIPS (*indem er seine Kraft zusammennimmt*) Ich will dir zeigen, daß ich keinen brauch'. (*Drängt Gluthammer in die Mitte links zur Türe hinaus.*)

MADAME SCHLEYER (*ängstlich*) Is denn niemand da?

GLUTHAMMER (*Mitte links zurückkommend*) Ich bin wieder da!

LIPS Noch keine Ruh'? Na, wart' – Kerl, g'freut' dich! (*Stürzt ihm entgegen und beide kommen, indem sie ringen, in die Nähe der Balkontüre, die offensteht; unwillkürlich drängt einer den andern hinaus auf den Balkon. Beide stürzen während eines Schreckensrufes, indem sie sich umklammert halten, samt dem noch nicht festgemachten Eisengitter über den Balkon hinab.*)

MADAME SCHLEYER (*laut aufschreiend*) Ah –!! Er is des Todes! (*Stürzt zum Balkon.*) Himmel –! Ins Wasser! – Rettung! – Tod! Hilf'!

Achtzehnte Szene

MADAME SCHLEYER, STIFLER, SPORNER, WIXER, MEHRERE HERREN (*aus Mitte rechts*). ANTON, CHRISTIAN, JOSEF (*aus Mitte links*)

STIFLER (*mit den übrigen eilig und in ängstlicher Verwirrung aus der Türe des Speisesalons kommend*) 's ist nicht möglich!

WIXER Vom Billardzimmer hat man's deutlich g'sehn.

MADAME SCHLEYER In Abgrund g'stürzt, alle zwei –! (*Sinkt auf einen Stuhl links.*)

STIFLER Der Mörder mit?

WIXER Nur g'schwind, Schinakeln, Schiffleut'! (*Mitte links ab.*)

DIE HERREN Ja, Schiffleute! Stricke! Stangen! (*Eilen mit den Bedienten zur Mitte links ab.*)

Neunzehnte Szene

MADAME SCHLEYER, STIFLER, SPORNER

STIFLER Erholen Sie sich, schöne Frau!

MADAME SCHLEYER Das is zuviel! Vor zwei Minuten haben noch zwei Männer um mich g'rauft, und jetzt macht mich ein zweifacher Tod zur dreifachen Witib.

STIFLER Beruhigen Sie sich, Herr von Lips muß gerettet werden. (*Zu Sporner.*) Sie könnten sich auch ein wenig tätiger annehmen!

SPORNER (*ganz ruhig*) Goddam!

STIFLER Damit ist ihm nicht geholfen.

Zwanzigste Szene

WIXER (*mit mehreren Herren durch die Mitte links eintretend*); DIE VORIGEN

WIXER Beim Mondschein hat man einen Kopf ober'n Wasser g'sehn, sie rudern schon nach.

STIFLER Treten wir auf den Balkon.

DIE HERREN Von hier kann man's sehen.

(*Alle, auch Madame Schleyer, drängen sich auf den Balkon.*)

WIXER Dort – sehn S' –

Schinakel: Kahn.

ALLE Wo? Wo?
WIXER Dort! Sieht man nix mehr?
DIE HERREN Da ist keine Rettung!
STIFLER Offenbar Mord –!
WIXER Ein Glück für 'n Mörder, wann er auch ersoffen is.

Einundzwanzigste Szene

LIPS *und* DIE VORIGEN (*auf dem Balkon*)

LIPS (*ist, ohne von den Anwesenden, welche, um die Balkontüre gedrängt, ihre Blicke nach außen richten und folglich Lips den Rücken kehren, bemerkt zu werden, ganz durchnäßt zur Mitteltüre links eingetreten und hat die letzten auf dem Balkon geführten Reden gehört*) Schauderhaft, er is nicht ersoffen, der Mörder lebt – lebt fürs Kriminal –! (*Faßt sich verzweifelt mit beiden Händen an den Kopf.*)
DIE HERREN (*auf dem Balkon*) Tot ist tot!
LIPS (*in größter Angst*) Flucht! – Flucht! – Schleunige Flucht! – (*Eilt zur Seite links ab.*)

(*Im Orchester fällt passende Musik ein.*)

Der Vorhang fällt.

Zweiter Akt

Die Bühne stellt das Innere eines Wirtschaftsgebäudes und Getreidespeichers auf dem Pachthofe Krautkopfs vor. Rechts, links und in der Mitte des Fußbodens befinden sich drei praktikable Falltüren. Rechts führt eine Seitentüre nach dem Wohngebäude, links eine Seitentüre ins Freie. Im Hintergrunde in der Mitte ist ein großes Tor, welches zur Dreschtenne führt; im Hintergrunde derselben liegen Getreidegarben hoch aufgeschichtet, rechts im Vordergrunde stehen ein Tisch und zwei Stühle, links zwei Stühle.

Erste Szene

KRAUTKOPF, KATHI, ZWEI BAUERNKNECHTE

KRAUTKOPF (*zu den Knechten*) Is der Kleeacker schon g'mäht?

ERSTER KNECHT Das g'schieht heut'.

KRAUTKOPF Is 's Heu schon aufg'schobert?

ZWEITER KNECHT Das g'schieht heut'.

KRAUTKOPF (*ärgerlich*) Heut', heut', alles g'schieht heut'!

ERSTER KNECHT Wir können's auf morgen auch lassen.

KRAUTKOPF Ich werd' dich gleich umbringen; gestern, gestern hätt's schon soll'n g'schehn sein. Gedroschen muß auch werd'n – au weh, mein Kopf! – Auf alls soll man denken! – Die Drescher soll'n kommen, sonst bring' ich s' auch um.

ERSTER KNECHT Sie wer'n noch beim Fruhstuck sein. (*Die beiden Knechte gehen zur Seite links ab.*)

KRAUTKOPF (*zu Kathi*) Und du kommst wieder gar nicht von Fleck? Rühr' dich, lustig, lebendig!

KATHI (*welche traurig im Vordergrunde rechts gestanden*) Ich soll lebendig sein, und er – er is tot! (*Bricht in Tränen aus.*)

KRAUTKOPF Alles mit Maß, die Weinerei is z'viel! Wenn ein Göd stirbt, so weint man in der ersten Stund' und in der zweiten fragt man, ob er ei'm was vermacht hat, und is das nicht der Fall, so schimpft man in der dritten Stund' über ihn und in der vierten arbeit't man wieder darauf los wie vor und eh'.

KATHI Der Herr Vetter kann das Gefühl nicht haben, der Vetter hat ihn nicht kennt, hat ihn gar nie g'sehn, den guten Herrn, aber ich – (*weint*).

KRAUTKOPF Warum war er nie heraußt? Wann hätt' ich Zeit zu

Visitenmachen g'habt? Ich weiß eh' nicht, wo mir der Kopf steht.

DRITTER KNECHT (*tritt mit einer hochaufgetürmten Butten von Krauthäupteln Seite links ein*) Wo kommt denn das Kraut hin?

KRAUTKOPF (*eilig die Falltüre rechts öffnend*) Da in den Keller herunter! Leer' die Butten um!

(*Dritter Knecht stürzt die Butten um und läßt die Krauthäupteln in den Keller hinabrollen.*)

KRAUTKOPF So –

(*Der Knecht geht Seite links ab.*)

(*Vierter Knecht tritt Seite links ein mit einer Butten voll weißer Rüben.*)

KRAUTKOPF Was bringt denn der?

VIERTER KNECHT Ruben haben wir ausg'nommen.

(*Will die Butten in denselben Keller hinableeren.*)

KRAUTKOPF Halt! Nicht da herein! (*Eilt zur Falltüre links.*) Da g'hören die Ruben her! (*Indem er die Falltüre öffnet.*) An keine Ordnung g'wöhnt sich das Volk. – Kraut und Ruben werfeten s' untereinand' als wie Kraut und Ruben!

(*Vierter Knecht hat abgeleert, wie ihm befohlen, und geht Seite links ab.*)

KRAUTKOPF (*zu Kathi*) Und du, Kathi, schau nach wegen Fruhstuck – und jetzt soll ich noch wegen Robotausweis – und wenn extra heut' noch die Herrn mit 'n Herrn Justitiarius – auf was soll ich noch alles denken! Au weh, mein Kopf! (*Eilt in die Seitentüre rechts ab.*)

Zweite Szene

KATHI; *dann* LIPS

KATHI (*allein*) Manchen Augenblick is mir g'rad nicht anders, als ob die ganze Welt g'storben wär', und manchen Augenblick denk' ich mir wieder, es kann nicht sein, er muß leben, er muß wieder zum Vorschein kommen.

LIPS (*als Bauernknecht verkleidet, mit ängstlicher Vorsicht durch die Türe Seite links hereinkommend*) Kathi! Kathi!

KATHI (*zusammenfahrend*) Gott im Himmel –! Das war seine Stimm' –!

Krauthäupteln: Krautköpfe.

LIPS (*vortretend*) Es is mehr, es is der ganze Herr von Lips!

KATHI (*im höchsten Ausbruch der Freude*) Is's möglich! Ja – ja, er lebt! Mein Herr Göd is nicht ertrunken –!!

LIPS Nein, das Wasser hat mich verschont, ich scheine eine andere Bestimmung zu haben.

KATHI Gott – die Freud' –! Herr Vetter, der gnädige Herr als Bauer verkleid't –! Ich ruf's ganze Haus z'samm'!

LIPS Still, um alles in der Welt – ich bin ja kriminalisch!

KATHI Ah, gehn S' doch –!

LIPS Ja, ja, Kathi, in Ernst, was du da siehst, (*auf sich zeigend*) das is dem Kriminal verfallen.

KATHI Warum nicht gar! Weil a paar dumme Leut' aussprengen, Sie haben absichtlich –

LIPS 's waren Zeugen! Meine G'sellschaft hat 's Fenster aufg'rissen in Billardzimmer – in dem Augenblick, wie ich auf 'n Balkon zum Schlosser g'sagt hab': »Wart', Kerl, g'freu' dich!« – In dem »Wart', Kerl, g'freu' dich!« liegt scheinbar vorsätzlicher Mord, das »Wart', Kerl, g'freu' dich!« bricht mir 's G'nack und wird zum furchtbaren »Wart', Kerl, g'freu' dich!« für mich selbst.

KATHI Ich darf also dem Vetter Krautkopf nix sagen?

LIPS Keine Silb'n, ich bin ersoffen für die ganze Welt! Auf dem allgemeinen Glauben, daß ich bereits den Grundeln Magenbeschwerden verursach', gründet sich meine Existenz. 's fatalste is aber, mir is 's Geld aus'gangen, bei einer so unverhofften Wasserreis' steckt man nicht besonders was zu sich. Dieses Bauerng'wand war meine letzte Dépense.

KATHI Lieber Himmel, wenn ich nur die hundert Gulden noch hätt', die ich Ihnen schuldig war, aber ich hab' s' Ihrem alten Bedienten übergeben.

LIPS Da haben wir einen Beweis, was das für üble Folgen haben kann, wenn man zu voreilig is im Schuldenzahlen.

KATHI Ein Glück, daß Euer Gnaden so viel Freunde haben.

LIPS Freunde? Kind, ins Wasser g'fall'n bin ich eh schon, soll ich jetzt abbrennen auch noch wie jeder, der im Unglück auf Freunde baut?

KATHI Wer hat Ihnen denn gerettet?

LIPS Ich selbst war der edle Mann, dem ich so hoch verpflichtet bin; ich bin ans Land geschwommen, aber jetzt erst, seitdem

abbrennen: enttäuscht werden.

ich im Trocknen bin, fang' ich an unterzugehn. Ich hab' zwar drei Freunde, das sind treue Freund', die drei! Die werden viel für mich tun, das kann aber erst in einige Wochen g'schehn! Dann flücht' ich ins Ausland. Jetzt soll'n s' aber noch gar nix erfahren –

KATHI Also haben Sie doch Hoffnungen für die Zukunft?

LIPS Das wohl, aber die Zukunft is noch nicht da, und wie hinüberkommen in die Zukunft? Ohne Essen kommt man nicht durch die Gegenwart. Wenn ich jetzt das Geld hätt', was ich so oft auf ein einziges Garçondiner ausgegeben hab'! Heut' z' Mittag komm' ich auf den Punkt, wo ich jeden vierfüßigen Garçon um sein Diner beneiden werde.

KATHI (*die Hände ringend*) Mein Herr Göd in Not –! Nein, das kann, das derf nicht sein!

LIPS Ich hab' da heraußt so ein schönes Schloß, ich war schon jahrelang nicht da, weil's mir zu fad war. Wenn ich jetzt einbrechen könnt' in mein Schloß, wie ich mir alle wertvollen Gegenstände raubet –! Aber 's geht nicht, mein Inspektor tät' mich erwischen, mein eigener Amtmann liefert' mich ins Kriminal.

KATHI Gott, wenn ich jetzt eine Millionärin wär' –! Aber ich hab' nichts – gar nichts – 's is schrecklich! Was werden S' denn jetzt anfangen, mein lieber, guter gnädiger Herr?

LIPS Sag' deinem Vetter, du kennst mich, ich war Geschäftsführer bei deiner Mutter ihrem ehemaligen Miliweib, und leg' ein gutes Wort ein, daß er mich in Dienst nimmt.

KATHI Was? Euer Gnaden wollen dienen auf dem Grund und Boden, wo Sie Herr sind?

LIPS Red' nicht, Kathi, ich bin ja kriminalisch!

KATHI Aber bedenken S' doch – (*nach der Seitentüre rechts sehend*) der Vetter Krautkopf –

LIPS Jetzt, Kathi, red'!

Dritte Szene

KRAUTKOPF; DIE VORIGEN

KRAUTKOPF (*aus der Seitentüre rechts kommend*) Au weh, mein Kopf – g'schwind, Kathi, schau nach – (*Lips bemerkend*) wer is denn das?

KATHI Es is – (*für sich*) ich trau' mir's nicht zu sagen – (*stokkend*) es is –

LIPS Ein Knecht.

KATHI Er möcht' gern hier bei Ihnen, Herr Vetter, in Dienst.

KRAUTKOPF Mir sind die z'wider, die ich schon in Dienst hab', der ging' mir g'rad noch ab!

KATHI Sie haben ja vorgestern zwei fortgejagt.

KRAUTKOPF Richtig, hast recht. Man kann nicht auf alles denken –

KATHI Und der is so brav, so gut –

KRAUTKOPF Woher kennst du ihn denn?

KATHI Ich – ich kenn' ihn – (*stockend*) aus der Stadt.

KRAUTKOPF Aus der Stadt?

LIPS (*ganz bäurisch*) Ich hab' d' Mili einig'führt.

KRAUTKOPF Bei wem war Er denn?

LIPS (*grob*) Wo werd' ich denn g'wesen sein? Bei ein' Miliweib.

KRAUTKOPF (*über Lips' Ton aufgebracht*) Wie red't denn Er mit mir?

LIPS G'rad so, wie ich mit mein' Miliweib g'redt't hab'.

KATHI (*ihn leise zurechtweisend*) Aber, Euer Gnaden –

KRAUTKOPF (*zu Lips*) Möglich, daß 's Miliweib ihre Ursachen hat g'habt, ich vertrag' aber Seinen Ton nit – (*für sich*) und wo nur die Kerl'n wieder bleiben – (*ruft zur Seitentüre links hinaus*) he, Seppel, Martin!

LIPS (*zu Kathi*) Ich hab' glaubt, auf 'n Land is die Grobheit z' Haus, und nach dem Grad von Flegelei, der in der Stadt Mode is, hab' ich mir denkt, muß ich recht –

KATHI Ach nein, bei die Bauern halt't man doch auf Art!

KRAUTKOPF (*Lips messend*) Der Pursch schaut mir so ung'schickt aus. (*Laut zu Lips.*) Versteht Er was? Kann Er ordentlich akkern?

LIPS (*erschrocken*) Ackern –? Werden hier Menschen vor den Pflug gespannt –?

KRAUTKOPF Red' Er nicht so einfältig! Kann Er anbauen?

LIPS An'baut hab' ich wohl schon viel –

KRAUTKOPF Aber auch ordentlich, daß was aufgehn kann?

LIPS Bei mir is sehr viel auf'gangen.

KRAUTKOPF Aber noch kein Licht über d' Landwirtschaft.

Miliweib: Milchfrau.
anbauen: Geld ohne Ertrag ausgeben, vergeuden, etwas verlieren.

LIPS Ich war zehn Jahr' bei einem Miliweib.

KRAUTKOPF Also paßt er vermutlich mehr zum Vieh.

LIPS Soll das eine Kränkung für mich oder fürs Miliweib sein?

KRAUTKOPF Ich mein', ob Er Kenntnis für den Viehstand hat. Was habts denn für Küh' g'habt?

LIPS Eine Schweizer Kuh, die hat alle Tag' sechs Maß Obers gegeben.

KRAUTKOPF Warum nicht gar ein' Milirahm!

LIPS Für die g'wöhnliche Mili haben wir ordinäre Küh' g'habt.

KRAUTKOPF (*für sich*). Ich werd' nicht klug aus dem Menschen. (*Zu Lips.*) Habts ihr Stallfütterung g'habt? –

LIPS G'schlafen haben wir im Stall, aber gegessen in Zimmer.

KRAUTKOPF Wer red't denn von euch? Ich mein' die Küh'.

LIPS Die hab' ich alle Tag' auf die Wiesen begleit't.

KRAUTKOPF Schlechte Manipulation! Warum war die Milifrau gegen die Stallfütterung?

LIPS Vermutlich hat sie den Jodl nicht beleidigen wollen.

KRAUTKOPF Er is a Narr. Von die Schaf' und von die Ziegen wird Er wohl auch nicht zuviel verstehen?

LIPS Hm! Die Schaf', wenn s' fromm sein, gehn viele in einen Stall, und wenn's donnert, stecken s' die Köpf' z'samm'; sonst is an ihnen nichts Bemerkenswertes. Um die Geißböck' hab ich mich nie umg'schaut, die sind mir zu fad.

KRAUTKOPF Fad? Warum sollen g'rad die Geißböck' fad sein?

LIPS Daß s' b'ständig den nämlichen Witz anbringen mit 'n Schneider-Ausspotten, das heißt nix.

KATHI Nehmen S' ihn nur, Herr Vetter – was er nicht kann, wird er schon noch lernen.

LIPS Freilich, bedenken S' nur meine Jugend!

KRAUTKOPF Na, meintwegen, probieren will ich's mit Ihm, Er kann gleich beim Dreschen mithelfen, das wird Er doch können?

LIPS Lassen S' a Fruhstuck bringen, nach dem Sprichwort: »Der ißt wie ein Drescher« werd' ich Ihnen gleich zeigen, daß ich als solcher zu großen Erwartungen berechtige.

KRAUTKOPF Bei mir wird zuerst gearbeit't und nachher gegessen.

Obers: Sahne.
Milirahm: »Milchsahne«.
Jodl: Knecht, Geselle.

Vierte Szene

DREI KNECHTE; DIE VORIGEN

(*Die drei Knechte treten zur Türe links herein.*)

KRAUTKOPF Na, seids einmal da? G'schwind dazu g'schaut, sonst bring' ich euch um!

(*Die Knechte sind zur Tenne gegangen und fangen zu dreschen an.*)

KRAUTKOPF (*zu Lips, welcher zögert*) Is's Ihm g'fällig –?

LIPS Na, ich glaub's, das is ja sehr eine angenehme Beschäftigung. (*Geht zur Tenne und nimmt einen Dreschflegel zur Hand.*)

KATHI (*ängstlich für sich*) Wenn er's nur trifft, wie sich's g'hört!

KRAUTKOPF (*zu Lips*) Aber, Mensch, was treibt Er denn? Er nimmt ja den Flegel verkehrt.

LIPS Das derf man ja nur sagen, die größten Künstler haben schon manches vergriffen. (*Wendet den Dreschflegel um und drischt mit den übrigen, ohne sich in den taktmäßigen Schlag dieser Arbeit finden zu können.*)

KRAUTKOPF (*zu Kathi*) Du, mir scheint, mit dem wird's es nicht tun. (*Zu Lips.*) Nicht einmal g'schwind, einmal langsam! Das muß nach 'n Takt gehn.

LIPS (*indem er drischt, zu Krautkopf*) Die sollen mir nachgeben! Schreiben Sie ihnen ein colla parte vor! (*Trifft den einen Knecht mit dem Dreschflegel auf den Kopf.*)

ERSTER KNECHT (*schreit*) Ah! Der haut uns auf d' Köpf' –

ZWEITER *und* DRITTER KNECHT Zum Teufel hinein!

KRAUTKOPF (*ärgerlich zu Lips*) Aber Er haut ja die Leut' auf die Köpf', was is denn das?

LIPS (*nach vorne kommend*) Ich hab' halt in Gedanken leers Stroh gedroschen, das hab'n schon gar viele getan.

ERSTER KNECHT (*zu Krautkopf*) Der kann ja nicht dreschen. Schick' ihn der Herr Krautkopf lieber aufs Feld zum Aufladen hinaus.

KRAUTKOPF Was? Is noch nicht alles hereing'führt?

ERSTER KNECHT Freilich nit!

KRAUTKOPF Nit? Ich muß euch umbringen. Laufts nur gleich aufs Feld und helfts z'samm', daß noch alles hereinkommt vor 'n Regen.

Colla parte: (ital.) mit der Hauptstimme.

DIE DREI KNECHTE Schon recht, gleich! (*Gehen durch die Türe Seite links ab.*)

KRAUTKOPF Auf was ich alles z' denken – halt, das darf ich nit vergessen. – (*Lips, welcher den übrigen folgen will, nachrufend.*) He – hört Er nicht –? Dummkopf!

LIPS (*sich umwendend*) Was schaffen S'?

KRAUTKOPF Wenigstens versteht Er's doch gleich, wenn man Ihn bei sein' Nam' nennt.

LIPS Eigentlich heiß' ich Steffel.

KRAUTKOPF Er geht jetzt an der Stell' zum Herrn Justitiarius.

LIPS (*erschrocken*) Zu was für einen Arius?

KRAUTKOPF Zum Justitiarius, mach' Er die Ohren auf!

LIPS (*für sich*) Das Wort »Justiz« verursacht mir so ein halswehartiges Gruseln –

KRAUTKOPF Und sag' Er, ich lass' fragen, ob die Herren schon da sein und bis wann er mit ihnen herkommen wird.

LIPS (*stutzend*) Was denn für Herrn?

KRAUTKOPF Geht Ihn das was an? Tu' Er, was man Ihm schafft. (*Zu Kathi.*) Kathi! Führ' ihn bis ans Eck, da kannst ihm von weitem 's Amtshaus zeigen.

LIPS (*für sich*) Wenn s' mich erkenneten auf 'n Amt! (*Zu Krautkopf.*) Aber was es in Ihrem Stadl für einen Zug hat, (*nimmt ein Schnupftuch hervor*) die Türen, scheint mir, schließen so schlecht! (*Bindet sich mit dem Schnupftuche das Gesicht ein.*)

KRAUTKOPF Was wären denn das für Heiklichkeiten –?

LIPS Ich hab's Reißen – mein rechter Weisheitszahn is in einem elendigen Zustand. (*Zu Kathi.*) So, Kathi, jetzt gehn wir zum Justitiarius. (*Geht mit Kathi Seite links ab.*)

Fünfte Szene

KRAUTKOPF; *dann* GLUTHAMMER

KRAUTKOPF (*allein*) So ein Knecht is mir noch nicht vorgekommen. Das muß mir auch noch g'schehn, wo ich ohnedem – au weh, mein Kopf!

GLUTHAMMER (*steckt aus dem Getreideschober nur den Kopf heraus*) Krautkopf!

KRAUTKOPF (*sich umwendend und Gluthammers Gesicht erblikkend*) Was is das für ein Kopf –!?

GLUTHAMMER (*sich aus den Getreidegarben herauswühlend*) Der meinige –!

KRAUTKOPF (*staunend*) Gluthammer –!?

GLUTHAMMER Ein Kopf, den 's Gericht gleich beim Kopf nehmen wird – Brüderl, versteck' mich! (*Sinkt an Krautkopfs Brust.*)

KRAUTKOPF Ich hab' glaubt, du bist ersoffen!

GLUTHAMMER Nicht ich, der Herr von Lips.

KRAUTKOPF Ich hab' glaubt, alle zwei.

GLUTHAMMER 's Gericht weiß das besser, man forscht mir nach – in jedem Dorf hab' ich einen Wachter g'sehn. (*Aufschreiend.*) Ha, sie kommen – Rettung –! Verschluf –!

KRAUTKOPF (*erschrocken*) Wer –? Wo –? Es is ja nix!

GLUTHAMMER (*sich erholend*) Nein, es is nix – mir war nur so –

KRAUTKOPF Ich bin erschrocken, daß ich keinen Tropfen Blut gäbet.

GLUTHAMMER So erschreck' ich schon seit acht Täg! – Wie ich herausg'schwommen bin, bin ich ins Gebüsch gekrochen, die Lipsische Dienerschaft is an mir vorbei mit den Worten: »Er is tot, er is tot!« – Seitdem is das ganze Land mit Wachtern übersät – man forscht – man spürt – ich glaub' sogar, das Unglaublichste is geschehn –

KRAUTKOPF Was denn?

GLUTHAMMER Man hat einen Preis auf meinen Kopf gesetzt.

KRAUTKOPF Ah, 's Gericht wirft 's Geld nicht so hinaus. Aus welchem Grund sollten sie denn glauben, daß du mit Vorsatz –

GLUTHAMMER Ich bin Schlosser, ich muß verstehn, was ein unangenageltes Geländer is. (*Aufschreiend.*) Ha – da sind sie –! Stricke – Ketten! Zurück! Zurück! (*Umfaßt Krautkopf krampfhaft.*)

KRAUTKOPF (*erschrocken*) Wer –? Wo –?

GLUTHAMMER (*sich erholend*) Es is nix – mir war nur so –

KRAUTKOPF Ich krieg' völlig 's Herzklopfen – hörst, wenn du mich nochmal so erschreckst –

GLUTHAMMER Brüderl, du hast keinen Begriff, was das is, wenn man nix als Wachter in Kopf hat.

KRAUTKOPF Wo hast dich denn aufgehalten, was hast denn g'macht in die acht Täg?

GLUTHAMMER (*seufzend*) Ich hab' ein sehr freies Leben geführt, aber ganz ohne Wonne, der Wald war mein Nachtquartier, der Mond war meine Sonne – (*heftig zusammenfahrend*) ha –!!

KRAUTKOPF (*ebenfalls zusammenfahrend*) Was?

GLUTHAMMER (*aufatmend*) Nix! – Gestern abend bin ich in diese Gegend kommen, du warst nicht z' Haus, so hab' ich mich da in deinem Stadl ins Getreid' verkrochen, bin eing'schlafen, mir hat von nix als Gericht geträumt, man hat mich verhört, man hat die Bank bringen lassen – da hat mich 's Dreschen aufg'weckt.

KRAUTKOPF Und was soll denn jetzt g'schehn?

GLUTHAMMER Brüderl, versteck' mich!

KRAUTKOPF (*ängstlich*) Wenn aber –

GLUTHAMMER Und wenn's dein Tod wär', du bist mein Freund, du mußt mich verstecken!

KRAUTKOPF Wenn ich nur wüßt', wo – ich muß erst derweil – übermorgen wird gebacken – ich versteck' dich in die Backstub'n. Komm!

GLUTHAMMER Gut, schieb' mich in Backofen hinein! Wenn s' ihn auch heizen, ich rühr' mich nit. Alles eher, nur kein Gericht, nur kein – (*heftig aufschreiend*) ah!! Ha, dort – Schergen – Hochgericht – Rad!! (*Klammert sich in großer Angst an Krautkopf.*)

KRAUTKOPF (*sich von ihm losmachend*) Du bist ja narrisch. Wie kommt denn auf mein' Traidboden a Hochgericht –?

GLUTHAMMER (*vergeblich bemüht, sich zu sammeln*) Siehst es, diese Anwandlungen wandeln immer mit mir auf der Flucht. – Die Knie schnappen z'samm', (*matt*) ich schnapp' auf –! (*Sinkt.*)

KRAUTKOPF (*ihn im Zusammensinken auffangend*) So wart' nur, bis wir in der Backstuben sind.

GLUTHAMMER (*sehr matt*) Schlepp' mich, Brüderl – du bist mein Freund – du mußt mich schleppen.

KRAUTKOPF (*indem er mühsam Gluthammer in die Seitentüre rechts hineinzieht*) Das is a gute Kommission – ich weiß mich nicht aus – au weh, mein Kopf!

(*Beide Seite rechts ab; es wird nicht abgeräumt, Tisch und Stühle bleiben in der Verwandlung stehen, die Seitentüren bleiben in der Verwandlung ebenfalls stehen. Verwandlung fällt vor. Die Bühne stellt eine Stube in Krautkopfs Pachthof vor. Mitteltüre,*

Schnapp' auf: tue den letzten Atemzug.

Seitentüren, Tisch und Stühle von früher. Rechts changiert ein Kasten heraus, links im Hintergrunde ein Bett, welches mit Vorhängen ganz geschlossen ist, im Kasten ist eine große Flasche Wein, ein kälberner Schlegel, eine Laterne, Feuerzeug und Brot.)

Sechste Szene

KATHI (*allein*)

(*Aus Mitteltüre kommend, bringt Milch und Brot.*)

KATHI Da hab' ich ihm sein Frühstück gericht't, so gut als wir's halt haben auf 'n Land. (*Stellt das Mitgebrachte in einen Schrank rechts.*) Jetzt muß ich nur g'schwind hier, weil der Vetter Krautkopf g'schafft hat – mir geht alles so g'schwind von der Hand, ich leb' neu auf, weil mein Herr Göd nicht mehr tot is. Wenn ich ihm nur –

Siebente Szene

KRAUTKOPF; DIE VORIGE

KRAUTKOPF (*aus der Seitentüre links kommend und in dieselbe zurücksprechend*) Bleib nur ruhig, ich werd' dir gleich – (*bemerkt Kathi*) was machst denn du da?

KATHI Ich mach' Ordnung.

KRAUTKOPF Ich brauch' keine Ordnung. Hinaus, geh dem neuen Knecht entgegen, schau, wo er bleibt.

KATHI (*halb für sich*) O, das lass' ich mir nicht zweimal sagen. (*Geht zur Mitteltüre ab.*)

Achte Szene

KRAUTKOPF; *dann* GLUTHAMMER (*inner der Szene*)

KRAUTKOPF (*allein, indem er zu einem Schranke rechts geht*) Das is a Verlegenheit mit dem Gluthammer! Wenn er nur nicht mein Freund wär', ich werfet ihn für mein Leb'n gern hinaus, aber –

GLUTHAMMER (*von innen links*) Was z' essen, Freund! Was z' essen!

KRAUTKOPF Gleich, Brüderl, gleich! (*Hat aus dem Schranke eine Schüssel mit den Überresten eines Kalbsschlegels und ein Stück Brot genommen und eilt damit in die Seitentüre links ab, spricht dann inner der Szene*) So, da stopf' dir 's Maul! (*Aus der Türe herauskommend und noch zurücksprechend.*) Und verhalt dich still, bis ich wiederkomm'. (*Macht die Türe zu. Ängstlich, für sich.*) Wann das verraten wurd', daß ich mich untersteh' und einen Unterstandgeber mach' –

GLUTHAMMER (*von innen*) Was z' trinken, Brüderl! Was z' trinken!

KRAUTKOPF Gleich, Freund, gleich! Schrei nur nicht so! (*Eilt zum Schranke rechts, wie früher, und nimmt eine große Flasche Wein heraus.*) Macht der a Spektakel, als wenn er schon verdursten müßt'! (*Eilt in die Seitentüre links ab, spricht inner der Szene.*) Jetzt iß und trink und gibt mir einmal ein' Ruh'! (*Tritt wieder aus der Türe, in welche er noch zurückspricht.*) Meine Leute merken's ja sonst. (*Macht die Türe zu.*) Das is ein Kerl, mein Freund, so eine Einquartierung hat mir noch g'fehlt! – Was hab' ich denn jetzt –? Ich werd' ganz konfus.

GLUTHAMMER (*von innen*) Brüderl, ein Polster! Bring' mir ein Polster!

KRAUTKOPF (*die Hände zusammenschlagend*) Nein, was der alles braucht –! Gleich! (*Eilt zu seinem im Hintergrunde links stehenden Bette.*) Es is zum Fraiskriegen –! (*Nimmt ein Polster.*) Kann der nicht so auf der Ofenbank liegen? (*Eilt in die Seitentüre links ab, spricht inner der Szene.*) Da hast, mach' dich kommod! Wennst jetzt aber noch einen Muxer machst, (*tritt wieder aus der Türe*) meiner Seel', ich geh' aufs Gericht und geb' dich an. – (*Schließt die Türe ab.*) Ich glaub', wenn s' in einem Haus Drilling' kriegen, es is kein solches Spektakel. – Ich weiß wirklich nicht – au weh, mein Kopf! (*Geht zur Seitentüre rechts ab.*)

Neunte Szene

LIPS *und* KATHI

KATHI (*mit Lips durch die Mitte eintretend*) Ich kann mir's denken, daß Euer Gnaden müd' sind; wer g'wohnt is, in Equipagen z' fahr'n und nur auf Teppich' zu gehn –

Unterstandgeber: Amtssprache für Vermieter, Gastgeber.

LIPS Wenn ich nur die Dichter, die die Wiesen einen Blumenteppich, die den Rasen rasenderweise ein schwellendes grünes Sammetkissen nennen – wenn ich nur die a drei Stund' lang barfuß herumjagen könnt' in der so vielfältig und zugleich so einfältig angeverselten Landnatur – ich gebet was drum.

KATHI (*Milch und Brot aus dem Schrank rechts bringend und auf den Tisch rechts setzend*) Um so besser, hoff' ich, wird Ihnen 's Fruhstuck schmecken.

LIPS Was servierst du mir denn da?

KATHI Brot und Milch.

LIPS Kipfeln habts ihr nicht?

KATHI Das is unser schönstes Brot.

LIPS Und euer einziger Kaffee besteht in Milich? Wenigstens hat man keine Wallungen zu riskieren. Frische Beeren und kristallhelles Quellwasser ging' jetzt noch ab.

KATHI Ich wär' glücklich, wenn ich Euer Gnaden alle Leckerbissen der Erde vorsetzen könnt', aber –

LIPS Du liebe Kathi, du bist so eine liebe Kathi, daß mir dieses Fruhstück, von deiner Hand gereicht, zum allerleckersten Lekkerbissen wird.

KATHI Nein, nein, das Leben hier muß Ihnen schrecklich sein.

LIPS Na, so viel merk' ich wohl, daß's mir früher zu gut gangen is und daß nur diese Einförmigkeit des b'ständigen Gutgehens die Sehnsucht nach besonderer Gemütsaufregung in mir erzeugt hat. Jetzt geht's aber schon acht Tag' so, und acht Tag' Aufregung wäre genug Aufregerei; und jetzt hab' ich erst noch eine ganze aufgeregte Zukunft zu erwarten. Und dann is noch was – noch was –

KATHI (*teilnehmend*) Was denn? Sag'n S' mir alles, Herr Göd!

LIPS O du liebe Kathi, du kommst mir allweil lieber vor! (*Will sie ans Herz drücken.*)

KATHI Aber, Göd –

LIPS Gleich a Milich drauf, das kühlt. (*Frühstückt gierig und spricht währenddem weiter.*) Was mir außerdem is, das kannst du gar nicht beurteilen. Nicht wahr, du hast noch niemanden umgebracht?

KATHI Was fallt Ihnen nicht noch ein!

LIPS Na, wenn sich zum Beispiel einer aus Lieb' zu dir was angetan hätt', wärst du seine indirekte Mörderin, Todgeberin par distance.

KATHI Gott sei Dank, so eine grimmige Schönheit bin ich nicht.

LIPS O Kathi! Du weißt gar nicht, was du für eine liebe Kathi bist! (*Umfaßt sie.*)

KATHI (*sich losmachend*) O, gehn S' doch –

LIPS Gleich wieder a Milich drauf! (*Trinkt.*) So, jetzt bin ich wieder ein braves Bubi. – Daß ich dir also sag', ich hab' Visionen.

KATHI Die Krankheit kennen wir nicht auf 'n Land.

LIPS Das sind Phantasiegespinste, in den Hohlgängen des Gehirns erzeugt, die manchmal heraustreten aus uns, sich krampusartig aufstellen auf dem Niklomarkt der Einsamkeit – erloschne Augen rollen, leblose Zähne fletschen und mit drohender Knochenhand aufreiben zu modrigen Grabesohrfeigen, das is Vision.

KATHI Nein, was die Stadtleut' für Zuständ' haben –

LIPS Wenn's finster wird, seh' ich weiße Gestalten –

KATHI Wie is das möglich? Bei der Nacht sind ja alle Küh' schwarz.

LIPS Und 's is eigentlich eine Ochserei von mir, hab' ich ihn denn absichtlich ertränkt? Nein! Und doch allweil der schneeweiße Schlossergeist! – Du machst dir keine Vorstellung, wie schauerlich ein weißer Schlosser is.

KATHI So was müssen S' Ihnen aus 'n Sinn schlagen.

LIPS Selbst diese Milch erinnert mich – wenn s' nur a bisserl kaffeebraun wär' – aber weiß is mein Abscheu. (*Stoßt die Milchschüssel von sich, daß einiges davon auf den Tisch herausläuft.*)

Zehnte Szene

KRAUTKOPF; DIE VORIGEN

KRAUTKOPF (*welcher bei den letzten Worten aus der Seitentüre rechts getreten ist, mit einem Schreibzeug in der Hand*) Der pritschelt ja mein' ganzen Tisch an, was wär' denn das für a Art?

LIPS Ich hab' g'frühstückt.

Krampus: groteske Teufelsfigur, oft aus gedörrten Pflaumen.
Niklomarkt: auf dem zur Weihnachtszeit errichteten Niklo (= St. Nikolaus)-Markt werden Krampuse verkauft.
Aufreiben: den Arm zum Schlag erheben.
Pritschelt . . . an: spritzt, schüttet (aus Versehen) an.

KRAUTKOPF Das tun die Knecht' bei mir in Vorhaus. (*Zu Kathi.*) Ich glaub', du bist b'sessen, daß du den Purschen da herein –

KATHI Weil er Zahnweh hat.

KRAUTKOPF Na ja, wickel ihn lieber gar in Baumwoll' ein, den lieb'n Narr'n.

KATHI (*den Tisch abwischend*) Wird gleich wieder alles sauber sein.

KRAUTKOPF Weiter mit der Milchschüssel, da g'hört 's Tintenzeug her. (*Stellt das mitgebrachte Schreibzeug auf den Tisch.*)

LIPS Der Herr Justitiarius laßt sagen, die Herren sind schon da, und er wird gleich kommen mit ihnen.

KRAUTKOPF So? Komm, Kathi, wir gehn ihnen entgegen.

KATHI Wem denn?

KRAUTKOPF Den lachenden Erben des seligen Herrn von Lips.

LIPS (*erschrocken aufschreiend*) Des seligen –!?

KRAUTKOPF Na, was is? Was schreit Er denn?

LIPS Der Lipische Tod geht mir so z' Herzen, 's war so ein lieber, scharmanter Mann.

KATHI Ein herzensguter, vortrefflicher Herr!

LIPS 's is ewig schad' –

KRAUTKOPF Warum nit gar! Jetzt is halt um ein' Narr'n weniger auf der Welt – den Schaden kann die Welt verschmerzen.

LIPS Erlaub'n S' mir, er war –

KRAUTKOPF Halt' Er 's Maul, ich weiß's besser, was er war, er war ein Verruckter –

LIPS Er war ein Zerrissener –

KRAUTKOPF Nit wahr is's! Er war ein *ganzer* Dalk, darüber is nur *eine* Stimm'. Komm, Kathi – und Er (*zu Lips*) bleibt da zur Bedienung bei der Amtshandlung, wann die Herren was schaffen. (*Geht mit Kathi zur Mitteltüre ab.*)

Elfte Szene

LIPS (*allein*)

LIPS Der red't recht hübsch über mich, ich muß das alles anhören und tun dabei, als ob ich's gar nit wär'! Da braucht man schon eine Portion Verstellung. Übrigens is es nicht gar so arg; mein Trost is, es gibt Situationen, wo die Verstellung eine noch weit schwierigere Aufgabe ist –

Lied

1.

's betrügt ein' die Frau, 's wird ein' g'steckt von die Leut'.
»Ha, Elende, jetzt mach' zum Tod dich bereit!«
So möcht' man ihr donnern ins Ohr in der Hitz'
Und ihr antun zehn Gattungen Tod auf ein' Sitz.
Doch halt – lieber nachspionieren ohne G'säus,
Sonst lacht s' ein' noch aus, sagt, man hat kein' Beweis.
Jetzt kommt s' auf'putzt ins Zimmer. »Ich geh' in d' Visit',
's hat a Freundin mich eing'lad'n!« – »No ja; warum nit!
A Busserl, mein Herz, unterhalte dich nur!«
[: Sich so zu verstell'n, na, da g'hört was dazur.:]

2.

Man red't mit ein' Herrn, der kann nutzen und schad'n,
Mit dem sich z' verfeinden, das möcht' ich kein' rat'n,
Sein Benehmen is stolz, was er spricht, das is dumm,
Den ein' Esel zu heißen, man gäbet was drum! –
Doch halt – für den Esel müßt' teuer man büßen
Lieber legt man sich ihm untertänig zu Füßen:
»Euer Gnaden, Dero Weisheit und hoher Verstand
Geht mit Hochdero Edelsinn stets Hand in Hand,
Euer Gnad'n strahl'n als Musterbild uns allen vur!«
[: Sich so zu verstell'n, na, da g'hört was dazur.:]

3.

Ein Herr, der macht Musik, blast fleißig Fagott,
Seine Frau, die macht Vers', man möcht' krieg'n d' Schwer'not,
Der Sohn patzt in Öl. – »Leut', wo habts euer Hirn?«
Möcht' man ihnen gern sag'n, »ös tuts euch nur blamier'n!«
Doch halt – man is ja in die Tochter verliebt,
Und die kriegt a drei Häuser, wann 's Elternpaar stirbt,
Jetzt muß man dem Alten sein' Blaserei lob'n,
Der Frau sag'n: »Sie stehen auf dem Parnaß ganz ob'n«,
Dem Lackel: »Sie sein ein' Correggio-Natur« –
[: Sich so zu verstell'n, na, da g'hört was dazur.:]

4.

Man liebt eine Schwärmerin, jausent bei ihr,
Sie bringt ein' a Mili, und im Leib hat man Bier,
Dann kommt s' noch mit Erdbeer'n, die sie selber tut pflücken,

G'steckt: heimlich mitgeteilt.
G'säus: Lärm, Aufsehen.

Man möcht' ihr gern sag'n: »Kind, da krieg' i ja 's Zwicken!«
Doch halt – das zerstöret die Illusion,
Der Schwärmerin z' lieb muß man essen davon –
Und ausrufen während dem Schmerzenverbeißen:
»Ach, sieh dort die Taube, die Lämmer, die weißen,
O wie reizend der Abend auf der blumigen Flur!«
[: Sich so zu verstell'n, na, da g'hört was dazur.:]

5.

Ein' dramatischen Künstler wird mitg'spielt oft übel,
Und dann hat man Täg, wo man b'sonders sensibel,
Man feind't d' ganze Welt an, sich selber am meisten,
Nein, in dieser Stimmung, da kann ich nichts leisten –
Doch halt – glaubst denn, Dalk, daß das wen int'ressiert,
Ob ein Unrecht dich kränkt oder sonst was tuschiert?
's is simi, 's wird auf'zog'n, jetzt renn' auf die Szen'!
(*Im Thaddädl-Ton.*) »O jegerl, mein' Trudl, die is gar so schön,
Und i g'fall' ihr, ich bin ein kreuzlustiger Bur!«
[: Sich so zu verstell'n, na, da g'hört was dazur.:]

(*Seite rechts ab.*)

Zwölfte Szene

STIFLER, SPORNER, WIXER, JUSTITIARIUS, KRAUTKOPF, KATHI; *dann* LIPS (*kommen zur Mitteltüre herein*)

KRAUTKOPF (*im Eintreten zu den Herren*) Bitte untertänigst, meine niedrige Wohnung zu beehren.

STIFLER Wir werden Sie nicht lange inkommodieren.

JUSTITIARIUS Nach nunmehro gepflogener Besichtigung des Schlosses wolle es den verehrlichen pleno titulo Herren Erben des verewigten Herrn von Lips beliebsam sein, zur Beaugenscheinigung der Pachthöfe zu schreiten.

KRAUTKOPF He, Steffel!

LIPS (*das Gesicht mit dem Schnupftuch verbunden, aus der Seite rechts kommend, mit verstellter Stimme*) Was schaffen S'?

KRAUTKOPF Den Tisch in d' Mitte und noch a paar Sesseln herg'stellt!

(*Lips stellt die Stühle und den Tisch mit Hilfe des Krautkopf und der Kathi in die Mitte.*)

Simi: sieben
Thaddädl: »läppischer Mensch« (nach einem traditionellen Rollen-Typus).

WIXER Auf Ehr', so a Gut is nit übel.

SPORNER Goddam!

JUSTITIARIUS Pächter Krautkopf, Ihr könnt den morgen fälligen Pachtzins sogleich an die laut hier in Händen habenden Testamenti (*zieht eine Schrift hervor*) neuen Gutsherren Stifler, Sporner und Wixer pleno titulo erlegen. Lest hier den Paragraphum primum! (*Zeigt Krautkopf das Testament und legt es auf den Tisch.*)

WIXER (*zu Stifler und Sporner, ohne den ganz nahe stehenden Lips zu beachten*) Ich bin nit bös drüber, daß der Lips ersoffen is.

STIFLER Ich auch nicht, bei Gott!

SPORNER Sein Spleen war unerträglich.

STIFLER Die passendste Grabschrift für ihn wäre: »Er war zu dumm für diese Welt.«

WIXER 's is eigentlich a Schand' für uns, daß wir so einen Freund g'habt haben.

LIPS (*erstaunend, für sich*) Meine Ohren kriegen den Starrkrampf.

KATHI (*für sich*) Sind das auch Menschen –! (*Leise zu Lips.*) Und denen haben Sie Ihr Vermögen vermacht?

LIPS (*leise zu Kathi*) Alles; 's war an dem Tag, wie ich mich hab' erschießen woll'n.

KRAUTKOPF (*zu Lips*) Nimm Er doch 's Tüchel vom G'sicht!

LIPS (*zu Krautkopf*) Ich kann nicht, mein Weisheitszahn zeigt sich immer miserabliger.

STIFLER Also vorwärts! Sehen wir uns alles an! (*Will die Seitentüre links öffnen und findet selbe verschlossen.*) Oho –

KRAUTKOPF (*verlegen*) Ich werd' gleich den Schlüssel – wo hab' ich ihn denn nur hing'legt –? Wollten die gnädigen Herren indessen die Wirtschaftslokalitäten besehn? Kathi, führ' die Herren!

STIFLER Ja, ja, schönes Kind, führ' uns herum!

JUSTITIARIUS Wenn es den verehrlichen pleno titulo –

LIPS (*für sich*) Halunken!

JUSTITIARIUS Gefällig ist –

WIXER Gut, schaun wir die Lokalitäten an!

(*Stifler, Sporner, Wixer, Justitiarius und Kathi gehen zur Mitteltüre ab.*)

KRAUTKOPF (*nachrufend*) Ich werd' die untertänige Ehre haben, nachzufolgen! – (*Zu Lips.*) Was hat Er da Maulaffen feil?

LIPS (*zögernd*) Ich hab' nur –

KRAUTKOPF Marsch, begleit' Er die Herren!

(*Lips geht zur Mitteltüre ab.*)

KRAUTKOPF (*allein*) Wo steck' ich jetzt den Freund Gluthammer hin –? (*Indem er die Seitentüre links aufschließt.*) Wenn ich nochmal auf d' Welt komm' – alles – nur keinen Freund! (*Geht zur Seitentüre links ab.*)

Dreizehnte Szene

LIPS (*allein, zur Mitteltüre vorsichtig eintretend*)

LIPS Herr Krautkopf! Er is nicht da! G'scheit! Also so betrauern die Erben einen Dahingeschiedenen? Den möcht' ich sehen, dem da nicht der Gusto zum Sterben vergeht! – Ha – der Gedanke is Gold wert! – (*Er setzt sich an den Tisch und schreibt auf der anderen Seite des daselbst liegengebliebenen Testamentes.*) Über den Artikel sollt ihr euch wundern! Wart'ts, meine guten Freund', weil ihr gar so gute Freund' seids – muß ich euch eine kleine Überraschung machen. – So, den 19. Juni – am 20. bin ich ins Wasser g'fall'n, am 19. war ich noch Mann und Bürger. Punktum, aber keinen Streusand drauf! (*Er steht auf.*) Jetzt is mir um einige Zenten leichter ums Herz! (*Eilt durch die Mitteltüre ab.*)

Vierzehnte Szene

KRAUTKOPF, GLUTHAMMER

KRAUTKOPF (*aus der Seitentüre links tretend und in dieselbe zurücksprechend*) Wart' nur, ich mach' dir ein Licht. (*Indem er eine auf dem Schranke stehende Laterne und Feuerzeug nimmt und Licht macht*) Ich werd' den Augenblick –

GLUTHAMMER (*Weinflasche und Schlüssel in der Hand, das Polster unter dem Arm, kommt aus der Seitentüre links*) Aber du, Brüderl –

KRAUTKOPF Was bleibst denn nicht drin, wir müssen ja bei der drinnigen Türe hinaus in Stadl.

GLUTHAMMER Du mußt nit etwan glauben, daß ich den ganzen Tag auskomm' mit dem Lackerl Wein und dem bisserl Schlegel.

KRAUTKOPF Wirst schon mehr krieg'n, fürcht' dich nit!

GLUTHAMMER Für einen Freund is nix zuviel.

KRAUTKOPF Merk' auf jetzt, in mein' Getreid'stadl, wo ich dich g'funden hab', sind drei Falltüren; 's is alles eins, in welche du hinuntersteigst, denn die Türen von einem Keller in andern sind offen.

GLUTHAMMER Brüderl, das treff' ich nicht, du mußt mich begleiten.

KRAUTKOPF (*ärgerlich*) Ich soll ja aber – hörst, mit dir hab' ich viel Keierei!

GLUTHAMMER Was man für einen Freund tut, darf einem nie schwer ankommen. Und in deinem Keller wird's weiter keine Kälte haben! Du, ich nehm' mir noch was mit. (*Geht zu Krautkopfs Bett, nimmt Bettdecke, Schlafhaube und die noch übrigen zwei Pölster.*)

KRAUTKOPF (*wie oben*) Du nimmst mir ja mein ganz's Bett –!

GLUTHAMMER Mußt dich halt so behelfen.

KRAUTKOPF Der Kerl raubt mich förmlich aus.

GLUTHAMMER Für einen Freund derf ei'm 's Leben nicht z'viel sein.

KRAUTKOPF (*die Laterne, dann die Weinflasche und Schüssel, welche Gluthammer, als er die Betten nahm, auf den Tisch gesetzt, mitnehmend*) Jetzt schau, daß d' weiterkommst!

GLUTHAMMER (*im Abgehen*) Für so erhabene Gefühle hat halt mancher Mensch keinen Sinn! (*Mit Krautkopf zur Seitentüre links ab.*)

Fünfzehnte Szene

STIFLER, SPORNER, WIXER, JUSTITIARIUS, LIPS
(*treten zur Mitteltüre ein*)

STIFLER (*mit seinen Freunden in Streit*) Ich werde der Erbschaft wegen nicht zum Bauer werden, ich verkaufe das Gut.

SPORNER Und ich behalte es der Jagd wegen.

WIXER Da hab' ich, glaub' ich, auch was dreinz'reden; Eigenmächtigkeiten leid' ich nicht.

STIFLER Die Stimmenmehrheit entscheidet.

SPORNER Goddam!

WIXER Ich werd' euch gleich zeigen, daß meine Stimm' die ausgiebigste is!

STIFLER Du hast uns gar nichts zu zeigen, verstanden!

WIXER Mir wird's jetzt gleich a paar Grobheiten herauslassen.

STIFLER Du bist ein gemeiner Mensch!

JUSTITIARIUS Erlauben die pleno titulo Herren Erben –

WIXER (*aufgebracht*) Ei was –!

JUSTITIARIUS Wir wollen sehen, ob nicht vielleicht ein Paragraphus testamenti die in Rede stehende Causam litis entscheidet.

WIXER Mein'twegen, schaun S' nach, aber das sag' ich gleich –

Sechzehnte Szene

KRAUTKOPF; DIE VORIGEN

KRAUTKOPF (*zur Seite links eintretend*) Ich hab' schon den Schlüssel untertänigst gefunden.

JUSTITIARIUS (*hat im Testamente gelesen*) Hm, sonderbar – diesen Artikulum hab' ich doch früher gar nicht bemerkt –

KRAUTKOPF (*zu den drei Herren*) Wenn es den sämtlichen Euer Gnaden jetzt gefällig is –

JUSTITIARIUS (*kopfschüttelnd*) Hm! Hm!

STIFLER Was ist's, Herr Justitiarius?

WIXER Was bedeutet der juridische Humser?

JUSTITIARIUS Hier steht ja ein förmlicher Widerruf des Testamentes.

STIFLER, SPORNER, WIXER *und* KRAUTKOPF Widerruf –!?

JUSTITIARIUS Eigene Handschrift des Wohlseligen, unterzeichnet den neunzehnten Juni – alles richtig! (*Liest.*) »Da es möglich ist, daß ich morgen mein Grab in den Wellen finde, so erkläre ich hiermit obiges Testament für null und nichtig und ernenne zur Erbin meines sämtlichen Vermögens sowohl im Baren wie in Realitäten: meines Pächters Peter Krautkopf Nichte, Katharina Walter.«

KRAUTKOPF (*in größtem Staunen aufschreiend*) Die Kathi –!?

STIFLER, SPORNER, WIXER (*ebenso*) Was für eine Kathi –!??

KRAUTKOPF Die Kathi –!!

(*Allgemeine Gruppe des höchsten Erstaunens, Lips schleicht sich mit triumphierendem Lächeln nach dem Hintergrunde. Im Orchester fällt passende Musik ein.*)

Der Vorhang fällt.

Causam litis: (lat.) Streitsache.

Dritter Akt

Dieselbe Stube wie am Ende des vorigen Aktes

Erste Szene

STIFLER, SPORNER, WIXER, JUSTITIARIUS, KRAUTKOPF, LIPS (*im Hintergrunde*)

(*Beim Aufrollen des Vorhangs sind alle in derselben Gruppe des Erstaunens wie am Ende des vorigen Aktes.*)

STIFLER, SPORNER, WIXER, KRAUTKOPF Die Kathi –!!

SPORNER (*zum Justitiarius*) Und können wir da nicht prozessieren?

JUSTITIARIUS (*die Achseln zuckend*) Prozessieren wohl –

WIXER Aber g'winnen tät' am End' nur der Advokat dabei.

JUSTITIARIUS Der hier geschriebene Widerruf ist vollkommen rechtskräftig.

(*Alle verlassen den Tisch.*)

KRAUTKOPF Und der Herr Justitiarius is der Mann, der's versteht. Meine Kathi erbt universal.

STIFLER (*für sich*) Das Mädchen is hübsch, jetzt sogar schön – wenn es mir gelänge –

SPORNER (*für sich*) Wenn ich sie zu meiner Lady machte –

WIXER (*für sich*) Wann ich mich ansetz', g'hört d' Kathi und 's ganze Gerstel mein.

KRAUTKOPF (*für sich*) Schon viele Vettern haben ihre Muhmen geheirat't.

JUSTITIARIUS (*für sich*) Ich Dummkopf mußte gerade vergangenen Winter die dritte Frau nehmen!

KRAUTKOPF Der Kathi muß ich aber vor allem ihr Glück verkünden.

LIPS (*im Hintergrunde für sich*) Jetzt, feines Gehör, lausch' hinter dem groben Vorhang. (*Versteckt sich hinter Krautkopfs Bettvorhang.*)

KRAUTKOPF (*ist zur Seitentüre rechts gegangen und ruft hinein*) Kathi –!

Mich ansetz': mich beharrlich bewerbe.

Zweite Szene

KATHI; DIE VORIGEN

KATHI (*trägt einen Präsentierteller mit Weinflasche und Gläsern, tritt durch die Seitentüre rechts ein*) Da bin ich schon, Herr Vetter! (*Setzt das Mitgebrachte auf den Tisch.*)

STIFLER Reizendes Wesen!
SPORNER Schöne Miß!
WIXER Engel von ein' Schatz!
KRAUTKOPF Meine liebe Kathi! –
} *zugleich, indem sie sich scherwenzelnd um Kathi drängen*

KATHI (*auf den Wein zeigend*) Wann's den gnädigen Herrn beliebt –

STIFLER Von deiner Hand kredenzt, muß jeder Trank zum süßen Nektar werden.

KATHI Nektar? Da wachst keiner bei uns.

WIXER (*ihre Hand ergreifend*) Liebes Handerl das! (*Hält seine Hand zu der ihrigen.*) Was glaubst a so? Stund' gar nit übel z'samm' das Paar Händ'?

SPORNER (*sich ihr zärtlich nähernd*) Mistreß Kitty –!

WIXER (*Sporner wegdrängend*) Du wirst gleich ein Schupfer bis London krieg'n!

STIFLER (*zu Kathi*) Die elegantesten jungen Leute werden sich bemühn – ich zum Beispiel – man sieht mir's nicht an: ich bin fünfundvierzig! Die Vierzig sind das schönste Alter für den Ehemann.

KRAUTKOPF (*zu Kathi, kokettierend*) Ich bin noch schöner in die Vierzig, ich bin siebenundvierzig.

KATHI (*halb für sich*) Ich weiß gar nicht, was die Herrn alle woll'n? Sie schaun mich an mit ganz halbverdrehte Augen –

JUSTITIARIUS Sie wünschen samt und sonders die reizende pleno titulo Universalerbin des seligen Herrn von Lips zu eh'lichen.

KATHI (*verwundert*) Wer is Universalerbin?

KRAUTKOPF Du, meine Kathi, du!

JUSTITIARIUS (*auf das in Händen haltende Testament zeigend*) Unbestreitbare Heres ex asse, hier steht's geschrieben.

KATHI (*mit Entzücken*) Seine Erbin –?! – Ich – ich bin seine Erbin – Gott, diese Freud' –!!

Schupfer: Wurf.
Heres ex asse: (lat.) Gesamterbe.

KRAUTKOPF Ich g'freu' mich mit dir und will mich ewig mit dir g'freun, du mein Augapfel, du!

KATHI (*in freudigster Aufregung*) Wo ist denn der Steffel? – Ich muß mit 'n Steffel reden!

STIFLER, SPORNER, WIXER (*befremdet*) Steffel –!?

KRAUTKOPF (*ärgerlich*) Zu was mit 'n Steffel? Ich glaub' gar –

KATHI Wo is er? – Ich muß ihm's sagen!

KRAUTKOPF Ich glaub' gar – mir war schon früher so – du, ich wollt' dir's nicht raten, in den Purschen verliebt zu sein.

STIFLER, SPORNER, WIXER Wo ist der Steffel?

WIXER (*die Reitgerte schwingend*) Ich hab' ein Hausmittel, ihm die Lieb' z' vertreib'n.

KRAUTKOPF Wo steckt denn der Kerl?

KATHI (*ängstlich, für sich*) Wenn s' über ihn herfallen, erkennen sie ihn, und er is verloren –

STIFLER, SPORNER, WIXER Den Steffel aufgesucht! (*Wollen zur Mitteltüre links ab.*)

KATHI (*hat eine Idee erfaßt*) Halt – halt, meine Herrn!!

STIFLER, SPORNER, WIXER (*umkehrend*) Was ist's, Kathi?

KATHI Wer sagt Ihnen denn, daß ich in Steffel verliebt bin?

STIFLER Du willst ihm ja so eilig dein Glück verkünden.

KATHI Das hat ganz einen andern Grund! Muß man denn gleich in jeden Steffel verliebt sein, wenn man ihm was zu sagen hat?

STIFLER, SPORNER, WIXER Also nicht –?

KRAUTKOPF Steffelt sich nix in dein' Herzerl?

KATHI Könnt' mir nicht einfall'n. Is denn was Schöns an ihm?

STIFLER Die tölpelhafte Haltung!

KATHI Nicht wahr?

KRAUTKOPF Das Kopfhinunterstecken!

KATHI Keinen aufrichtigen Blick!

SPORNER Ein Maul wie ein Bulldogg!

WIXER Mir kommt er auch kralewatschet vor.

KATHI Das hab' ich alles auch bemerkt. Wie können Sie mir so einen Gusto zutrau'n?

STIFLER, SPORNER Verzeih, holdes Kind! } *zugleich*
WIXER Nur kein' Verschmach deßtwegen! }

KRAUTKOPF Ich hab' dir Unrecht getan.

KATHI (*beiseite*) Ich muß alles anwenden, daß sie mir nicht über

Kralewatschet: knieverdreht, wegen krummer Beine schwankend gehen.
Verschmach: Hauptwort zu »verschmähen«.

den armen Herrn kommen. (*Laut.*) Um Ihnen einen Beweis zu geben, kündig' ich Ihnen allerseits an, daß ich mir noch heut' meinen Zukünftigen wähl'.

STIFLER, SPORNER, WIXER Scharmant! (*Jeder für sich.*) Ich bin der Glückliche.

KRAUTKOPF (*zu Kathi*) Könntest du undankbar sein für alle Wohltaten –?

KATHI (*mit Beziehung*) Undankbar –? Das soll mir kein Mensch nachsag'n.

KRAUTKOPF (*zärtlich*) Also hab' ich Hoffnung?

KATHI (*für sich*) Der geniert mich am wenigsten und muß mir helfen, daß ich die andern los werd'! – (*Laut und etwas kokett zu Krautkopf.*) Ich will noch nix verraten – aber – 's hat stark den Anschein – man kann nicht wissen, Herr Vetter, was g'schieht. (*Läuft zur Mitteltüre ab.*)

KRAUTKOPF (*sich vor Freude mit beiden Händen am Kopf fassend*) Glücklichster aller Krautköpf' –!!

STIFLER, SPORNER, WIXER (*betroffen*) Was wär' das? Wär' nicht übel – Kathi! (*Eilen ihr nach, zur Mitteltüre ab.*)

JUSTITIARIUS (*für sich*) Bin neugierig, ob sie was ausrichten, die pleno titulo Herrn. (*Geht den Vorigen nach.*)

Dritte Szene

KRAUTKOPF; *dann* LIPS

KRAUTKOPF (*allein*) Wenn die mir s' umstimmeten – ich lass' 's Madl nicht mehr aus 'n Augen. (*Will mit großen Schritten zur Mitteltüre abeilen.*)

LIPS (*aus seinem Versteck hervorstürzend, hält Krautkopf am Rockschoß fest*) Halt! Nicht von der Stell'!

KRAUTKOPF (*erschrocken aufschreiend*) Ah! (*Steffel erkennend.*) Er is's!? Impertinenter Pursch, Er wird gleich was fangen.

LIPS (*durchaus in heftiger Aufregung*) Ich hab' schon was g'fangt, Sie kommen mir nicht mehr aus.

KRAUTKOPF Kecker Knecht –!

LIPS Wahnsinniger Herr!

KRAUTKOPF (*sich losmachen wollend*) Er untersteht sich, sich zu vergreifen?

LIPS Sie unterstehn sich, sich zu vereh'lichen?

KRAUTKOPF Ich sag' Ihm's in guten –

LIPS Ich sag' Ihnen's in bösen.

KRAUTKOPF Er wagt es, zu drohen?

LIPS Sie wagen es, zu lieben?

KRAUTKOPF Geht das Ihn was an?

LIPS Heiraten –? Greis, was ficht dich an?!

KRAUTKOPF Was Greis? Ich bin ein rüstiger Mann in besten Jahren.

LIPS (*grimmig*) Werden wir gleich sehn – gut für dich, wenn du rüstig bist! (*Streckt sich die Ärmel auf.*)

KRAUTKOPF (*ängstlich werdend, für sich*) Er is aus Lieb' rasend worden – ich muß andre Saiten aufziehn. – (*In freundlichem Tone, indem er die Türe zu gewinnen sucht.*) Aber, Steffel –!

LIPS (*ihm den Weg abschneidend*) Wart', Pachter, deine Seel' wird jetzt gleich ihren irdischen Pachthof verlassen.

KRAUTKOPF (*immer ängstlicher*) Steffel – gewissenloser Steffel, du willst meine Altersschwäche mißbrauchen –?

LIPS Aha, jetzt is er auf einmal alt und schwach! Warum, du rüstiges Bräutigamml du in die besten Jahre! Das Jahr ist dein schlechtestes, denn es enthalt't deinen Todestag!

KRAUTKOPF (*für sich*) Einem Narr'n muß man nachgeben – (*laut, in sehr begütigendem Tone*) sag' nur, Steffel, was d' willst?

LIPS (*gebieterisch*) Sie werden die Kathi nicht heiraten!

KRAUTKOPF (*sehr nachgiebig*) Mein'twegen, so heirat't s' ein andrer.

LIPS (*wie oben*) Die andern derfen s' auch nicht heiraten.

KRAUTKOPF Weißt was? Wirf s' hinaus, die andern.

LIPS Das is Ihr Geschäft, Sie sind Herr im Haus, drum befehl' ich Ihnen –

KRAUTKOPF Ich sag' den Herrn, du laßt sie hinauswerfen.

LIPS Auf meine Verantwortung!

KRAUTKOPF Siehst, ich tu' dir ja alles z'lieb'. (*Für sich.*) Der soll sich g'freun! (*Laut.*) Adieu! (*Geht zur Mitteltüre ab.*)

LIPS (*barsch*) Adieu! (*Für sich.*) Imponieren muß man dem Bauernvolk –

KRAUTKOPF (*den Kopf zur Türe hereinsteckend*) Schaffst vielleicht sonst noch was? Derfst es nur sagen!

LIPS (*sehr barsch*) Nein, sonst nix!

KRAUTKOPF (*den Hohn durchblicken lassend*) Siehst, Stefferl, ich bin ganz zu dein' Willen. (*Zieht den Kopf zurück.*)

Vierte Szene

LIPS (*allein*)

LIPS Ich glaub', der halt't mich für ein' Narr'n –? Egal; weit g'fehlt hat er auf kein' Fall, in meiner Lag' wär's G'scheitbleib'n ein Mirakel. Ich hab' zu viel Malheur mit meine Erben – so red't die Kathi über mich in dem Augenblick, wo ich ihr Allesvermacher bin? Tölpel, kralewatschet, Bulldogg – diese Bemerkungen hat sie auch gemacht, 's is zu arg! Meiner Seel', wenn ich nochmal stirb, so vermach' ich alles dem Taubstummeninstitut, diese Erben können mir doch nix nachreden. Ja, solche Leut' wie die Kathi und meine Erben muß's auch geben; es muß a Unterschied sein unter d' Menschen, das laßt sich die Welt nicht streitig machen; es is ja eine ihrer famosesten Eigenschaften, daß allerhand Leut' herumgehen auf ihr.

Lied

1.

Zwei hab'n miteinander gehabt einen Streit
Und hassen sich bitter seit dieser Zeit,
's red't keiner, 's schimpft keiner, doch lest man den Pick
Nach zwanzig Jahr'n noch ganz frisch in die giftigen Blick'! –
Zwei andere, die schimpfen sich Spitzbub', Filou,
Betrüger und Lump, Gott weiß, was noch dazu,
Jetzt zahlt ein Vermittler a Champagnerboutelli,
Beim zweiten Glas lächeln die Todfeind' schon seli,
Beim dritten schluchzt jeder: »Freund, ich hab' g'fehlt!« –
So gibt es halt allerhand Leut' auf der Welt.

2.

's hat einer von d' Güter sechstausend Guld'n Renten
Und extra ein Pack Metallique noch in Händen,
Er zahlt alls komptant, und doch sagt er zum Schneider:
»Hab'n S' die Güte, bis morgen machen S' mir den Rock weiter!«
Ein andrer, der grad aus 'n Schuldenarrest kummt,
Macht Spektakl im Gasthaus, daß alles verstummt,
Er wirft jedem Kellner die Teller an 'n Kopf,
Er beutelt den Schusterbub'n jedesmal den Schopf,

Pick: Groll.
Metallique: ein bekanntes Wertpapier.
Komptant: bar.
beutelt: schüttelt.

Und doch sieht der Wirt und der Schuster kein Geld! –
So gibt es halt allerhand Leut' auf der Welt.

3.

Ein Herr, der sieb'n Sprachen hat gründlich studiert,
Der Französisch als wie Deutsch sowohl schreibt als parliert,
Der setzt sich hinein ins französische Theater,
Sein Lächeln ist still und sein Beifall ein stader. –
Ein andrer, der, wenn er nit Deutsch zur Not kunnt',
Sich rein müßt' verleg'n drauf, zu bell'n wie a Hund,
Der tut, wie die Leut' über einen französischen Spaß lachen,
Der für ihn spanisch is, gleich einen Mordplärrer machen,
Schreit: »Très-bien!« und: »Charmant!«, wie von Wohlg'fall'n beseelt! –
So gibt es halt allerhand Leut' auf der Welt.

4.

's geht einer um neune aus 'n Wirtshaus. »Schau, schau,
Der traut sich nit, dasz'bleib'n«, sag'n d' Freund', »wegen der Frau!« –
»Der Frau zulieb' g'schieht's allerdings«, antwortet er,
Trotzdem aber weiß man, er is z' Haus der Herr. –
Ein andrer, der haut mit der Faust auf 'n Tisch:
»Wie die Meine an Mukser macht, kriegt sie glei Fisch,
Ich bin rein Tyrann!« – Jetzt versagt ihm die Stimm',
Im Spiegel hat er's g'sehn, 's steht sein Weib hinter ihm,
Drauf laßt sich beim Ohrwaschel heimführ'n der Held! –
So gibt es halt allerhand Leut' auf der Welt.

5.

Ein Mädl is fröhlich, ohne sich viel z' genieren,
Sie lacht mit, wenn d' Herren etwas Lustigs disk'rieren,
Unterstund' sich aber wer, sie nur z' nehmen beim Kinn,
Der derf schaun, daß er fortkommt, sonst hat er eine drin. –
A andre schlagt d' Aug'n allweil nieder – o Gott!
Wenn a Mann sie nur anschaut, so wird s' feuerrot,
Sie lacht nit, sie red't nit, sie flüstert nur scheuch,
Doch wie man ihr d' Hand drückt, erwidert sie's gleich
Und sagt verschämt: »Ja«, wenn man sie wohin bestellt! –
So gibt es halt allerhand Leut' auf der Welt.

Fisch: Schläge.
Ohrwaschel: Ohrmuschel, Ohr.

Verwandlung

Die Bühne stellt denselben Getreidespeicher vor wie im Anfang des zweiten Aktes. Es ist Abend. Das Mitteltor der Dreschtenne ist geschlossen, ein Rechen lehnt an demselben.

Fünfte Szene

KATHI (*allein*)

KATHI (*kommt mit einer Laterne aus der Seitentüre rechts*) Mein gnädiger Herr Göd is nirgends zu finden, und die Stadtherrn verfolgen mich überall. Da, hoff' ich doch, werd' ich Ruh' hab'n vor ihnen. (*Indem sie die Laterne auf den Tisch stellt, nach der Türe links sehend.*) Ich glaub' gar – (*freudig*) richtig, er is's –!!

Sechste Szene

LIPS; DIE VORIGE

LIPS (*zur Seitentüre links eintretend, für sich, ohne Kathi zu bemerken*) Dableiben mag ich nit und fort kann ich nit, das ist die schönste Lag' –

KATHI Herr Göd! Na endlich –!!

LIPS (*betroffen*) Du bist da –?

KATHI O, Herr Göd! Das war g'scheit von Ihnen, daß Sie Ihre habsüchtigen Freund' enterbt haben.

LIPS (*frostig*) Na, wann du's nur g'scheit find'st, das is ja sehr schmeichelhaft für mich.

KATHI (*ohne seinen veränderten Ton zu bemerken*) Jetzt muß ich Ihnen gleich meinen Plan anvertraun.

LIPS (*wie oben*) Hast recht, zieh mich ins Vertrauen, vertrau mir's halt an, daß der Vetter Krautkopf noch halbwegs ein Mann is, den man halb aus Neigung, halb aus Dankbarkeit für ein' ganzen nehmen kann, und weil halt – und da schon einmal – und etc.! Warum traust dich denn nit heraus mit 'n Vertraun?

KATHI (*befremdet*) Aber, Herr Göd, wer sagt Ihnen denn, daß ich den Vettern will? Ich betracht' den Vettern als einen Vater, weil ich keinen Vater, sondern nur einen Vetter hab'.

LIPS Also haben wir eine jugendliche Inklination? Nur anvertraut, schenk' mir das gar angenehme Vertraun! Unter welchem Militär steckt er, wo muß er los'kauft wer'n? Du bist Erbin, 's Vermögen is da! Oder is er desertiert, willst ihm nach? Heirat' mit Namensveränderung in der Schweiz, oder ohne Namensveränderung Vereinigung in die Vereinigten Staaten! 's geht alls, 's Vermögen is da!

KATHI Sie glauben also, ich bin in einen jungen lüftigen Purschen verliebt? (*Sieht Lips an und schüttelt verneinend den Kopf.*)

LIPS Also in kein' Alten und in kein' Jungen? Du hast aber doch g'sagt, du hast einen Plan.

KATHI O, einen Plan hab' ich freilich. Ich nehm' all Ihr bares Geld, verkauf' Ihre Häuser, Ihre Güter und petschier' das Ganze ein in einen großmächtigen Brief, den schick' ich Ihnen dann nach, daß's Ihnen recht gut geht in Ausland – das is mein Plan.

LIPS (*in freudiger Verwunderung*) Kathi –! Das wolltest du –!? Aber (*sich mäßigend*) wen heirat'st denn hernach?

KATHI Niemand.

LIPS Also g'fallt dir gar keiner !?

(*Kathi will sprechen, unterdrückt aber, was sie sagen wollte, und schweigt gedankenvoll.*)

LIPS Hat denn die ganze Welt ein Bulldoggmaul oder kommt dir unser ganzes G'schlecht kralewatschet vor?

KATHI Ich glaub' gar, Sie haben gehorcht, wie ich über Ihnen los'zogen hab'? Dann müssen S' aber auch g'merkt haben, daß das nur aus Besorgnis um Ihnen g'schehen is.

LIPS (*seinen Irrtum einsehend*) Ja – ja – ich hab's aber nicht g'merkt.

KATHI Müssen nicht bös sein, Herr Göd, Sie merken überhaupt vieles nit.

LIPS Eine Bemerkung möcht' ich für mein Leben gern machen, aber –

KATHI (*schalkhaft*) Welche denn zum Beispiel?

LIPS (*in freudiger Aufwallung*) Und ich bemerk' wirklich – ein klopfendes Herz – ein' verstohlnen Blick – einen wogenden – o Gott! Ich trau' mir 'n nicht aufz'lösen, diesen Rebus! (*Seine Bewegung unterdrückend.*) In meine Jahr' blamiert man sich zu leicht und verschmerzt Blamagen zu schwer. (*Man hört links die später Kommenden*). Was is denn das –!?

Siebente Szene

STIFLER, SPORNER, WIXER, DIE VORIGEN; *dann* JUSTITIARIUS, KNECHTE

STIFLER (*mit Sporner und Wixer rasch zur Seitentüre links eintretend*) Da is der freche Pursche –!

WIXER Der Pachter Krautkopf hat uns deine Post ausg'richt't.

JUSTITIARIUS (*hereineilend*) Mäßigung, meine Herrn!

WIXER (*zu Lips*) Jetzt wer'n wir dir eine Cachucha einstudier'n.

SPORNER Unsre Reitgerten sollen die Kastagnetten sein.

STIFLER (*auf Lips eindringend*) Infamer –! (*Erkennt ihn, als er ihn eben am Kragen fassen will, und ruft, ganz starr vor Erstaunen.*) Ha –!

WIXER (*der ebenfalls näher getreten*) Was is's? (*Erkennt Lips.*) Ha!

STIFLER Freund Lips –?!

SPORNER *und* WIXER Du lebst –!

LIPS Ja, ich leb', meine undankbaren, heuchlerischen, jämmerlichen Freund'!

STIFLER (*verlegen*) Verzeih –!

SPORNER *und* WIXER (*verlegen*) Wir konnten nicht wissen –

STIFLER Ein unbedachtes Wort –

JUSTITIARIUS (*erstaunt*) Lipsius redivivus! (*Ihm respektvoll nähertretend.*) Euer Gnaden erlauben, daß ich mich von Dero Identität überzeuge.

LIPS Lassen S' mich ung'schoren! Ich will von der Welt und ihren Faxen nix mehr wissen, ich zieh' mich zurück in eine stille, reizende Verborgenheit.

JUSTITIARIUS Still kann Dero Verborgenheit allerdings werden, aber reizend –? Quod nego.

LIPS Wie meinen Sie das?

JUSTITIARIUS Auf Hochdenenselben lastet die Inkulpation einer Schlosserersäufungs-Inzicht, weshalb ich mich Dero vielwerter Person versichern muß.

LIPS Sie unterstehn sich –!?

JUSTITIARIUS Ich handle amtlich nach höhernortiger Instruktion.

LIPS Mein Gegner is zufällig ertrunken, ich bin unschuldig.

Cachucha: spanischer Tanz der damals berühmten Tänzerin Fanny Elßler.
Redivivus: (lat.) zum Leben zurückgekehrt.
Quod nego: (lat.) das bestreite ich.

JUSTITIARIUS Diesfalls wird Ihnen eine Beweisführung obliegen, welche nach den absichtverratenden Worten des Testamentswiderrufes, die da lauten: »Da es möglich ist, daß ich morgen mein Grab in den Wellen finde –« sich einer bedeutenden Schwierigkeit erfreuen dürfte.

LIPS (*sich vor die Stirn schlagend*) Das hab' ich dumm g'macht – Kathi, ich bin verloren!

JUSTITIARIUS (*zum Tore hinausrufend*) Heda, Knechte! Leute! Famuli!

KATHI (*in großer Angst um Lips*) Gott, was tu' ich jetzt!?

JUSTITIARIUS (*zur Seitentüre gehend*) Diese Türe ist von innen zu verschließen. (*Sperrt selbe zu und steckt den Schlüssel zu sich.*) Die Bauern müssen von außen Wache halten.

KATHI (*leise zu Lips*) Sei'n S' ruhig, der Vetter Krautkopf muß Ihnen retten. (*Läuft zur Türe links ab.*)

JUSTITIARIUS (*zu Lips*) Hochdieselben werden gnädigst bemerken, daß jeder Fluchtversuch vergeblich wäre. Wir lassen den pleno titulo Gefangenen allein. (*Verneigt sich tief und geht mit Stifler, Sporner und Wixer durch die Seitentüre links ab; die Knechte folgen. Man hört die Türe links von innen schließen.*)

Achte Szene

LIPS (*allein, wie aus einem Traume erwachend*)

LIPS Wie g'schieht mir –? Ich war so selig – ich hab' gar nicht nach'zählt, im wievielten Himmel als ich war – aber nur einen Augenblick bin ich in Wolken g'schwebt, jetzt steh' ich wieder da mit der Aussicht auf jahrelanges Sitzen. – Der Abstand is zu groß – Paradies und Untersuchung, Kathi und Kerker – Liebe und Kriminal! Das is Eiswassersturz im russischen Dampfbad des Geistes. Mich beutelt was, und weil ich allein bin, so kann's nur das Fieber sein. – 's is Abend – Licht und Wärme geht dem Übeltäter immer zugleich aus; wie's dämmert, fangt das unheimliche Frösteln an. Die Seel' eines Verbrechers is eine Nachteulen, beim Tag is sie stumpfsinnig, aber wie's dunkel wird, flattert s' auf, und mit der Finsternis wachst die Klarheit ihrer Katzenaugen – in jedem Winkel eine bleiche Gestalt. (*Nachdem er sich unheimlich umgesehen, nach einer*

Famuli: (lat.) Gehilfen, Diener.

Ecke starrend.) Steht nicht dort –? Ja, er is's –!! Nein – nein – 's is nix als ein Rechen, und ich hab' glaubt, es is sein Geist, der mich zur Rechenschaft zieht. – Wenn die Leut' wüßten, was das heißt, einen Schlosser ertränken, es ließ's g'wiß jeder bleiben. Mir scheint gar, d' Latern' geht mir aus. (*Öffnet die Laterne und geht dabei über die Mitte der Bühne.*) Das ging' mir noch ab! – (*Stolpert über etwas.*) Stock an! – Was ist denn das? (*An den Boden leuchtend.*) Ein eiserner Ring –? Eisen, unheimliches Metall für den, der Anspruch auf Ketten hat! (*Untersuchend.*) Das is ja – (*am Ring ziehend*) richtig, eine Falltür' – da komm' ich in einen Keller hinab. – Da kann ich mich verstecken. – Alte Fässer – neue Erdäpfeln – vergebliche Durchforschung – Kathi um Mitternacht – vielleicht unterirdischer Gang – Rettung – Freiheit! Die ganze praktische Romantik liegt da vor meinem Blick –! (*Öffnet die Falltüre in der Mitte der Bühne.*) Da schaut's schauerlich aus – ah, was! Was sein muß, muß sein! (*Steigt mit der Laterne hinab, im Orchester beginnt dumpfe Musik.*)

Neunte Szene

GLUTHAMMER; DER VORIGE

LIPS (*unten, stößt einen durchdringenden Schrei aus*) Ah –!!

GLUTHAMMER (*unten, ebenfalls erschrocken aufschreiend*) Ah –!!

LIPS (*unten*) Höllengespenst –!

GLUTHAMMER (*unten*) Satanas –!

LIPS (*eilig mit der Laterne ganz verstört heraufkommend*) Zu Hilf'! Zu Hilf'! (*Schlägt die Falltüre hinter sich zu.*) Da drunt' – sein Geist – so deutlich hab' ich die Gestalt noch nie gesehn!

GLUTHAMMER (*die Falltüre von unten öffnend und heraufkommend. Nur bis an die Brust sichtbar; er ist in Krautkopfs Bettdecke eingehüllt und hat die Schlafhaube auf. In großer Angst*) Sein Geist verfolgt mich – Luft – Luft!

LIPS Der Schatten steigt herauf – hinab mit dir! (*Läuft mit dem Mute der Desperation auf die Falltüre zu und tritt dieselbe mit den Füßen nieder.*) Wart', Abgrund! Ich werd' dich lernen, Kobolde heraufschicken! – (*Schwer aufatmend.*) Haben wir auf der Oberfläche nicht so schon Schauerliches in Überfluß –?

Stock an: Ausruf beim Anrennen an eine Person oder ein Hindernis.

GLUTHAMMER (*erscheint wie früher, aber unter der Falltüre links*) Mich bringt die Angst um! –

LIPS (*entsetzt*) Dort wieder –!? Höllisches Gaukelspiel –! (*Eilt wie früher darauf los und tritt die Falltüre zu.*) Ich hab' ja nur einen umgebracht, (*kleinlaut werdend*) zu was diese gräßliche Multiplikation!?

GLUTHAMMER (*erscheint wie früher unter der Falltüre, aber in der Mitte der Bühne*) Ich muß herauf –

LIPS (*außer sich*) Hinab mit dir! Was tot is, g'hört unter die Erd'! (*Wirft sich mit ausgebreiteten Armen auf die Falltüre nieder, drückt dieselbe auf diese Art zu und Gluthammer wieder hinab.*) Der ganze Erdboden is unterminiert, die Schlosser schießen wie d' Spargel in d' Höh'! Das halt' aus, wer will! (*Will sich mühsam aufraffen.*) Meine Knie – meine Sinne – meine Kraft – ich bin tot! (*Sinkt wieder zusammen.*)

(*Man hört einen zahlreichen Jubelruf von innen: »Es lebe der gnädige Herr!«*)

(*Hier endet die Musikbegleitung.*)

LIPS (*auffahrend*) Was war das –!?

(*Ruf von innen: »Es lebe der gnädige Herr!!«*)

LIPS (*matt*) Ich soll leben!? – Dummköpf', ich hab' keine Zeit, ich bin grad mit 'n Tod beschäftigt! (*Rafft sich mühsam auf. Man hört die Türe Seite links öffnen.*)

Zehnte Szene

KRAUTKOPF, JUSTITIARIUS, STIFLER, SPORNER, WIXER, KATHI, MEHRERE BAUERN *kommen mit*; DER VORIGE *ohne* GLUTHAMMER

(*Alle eilen Seite links herein, der Justitiarius zuletzt.*)

KRAUTKOPF (*in freudiger Verwirrung*) Hab' ich ein' Kopf? Hab' ich kein'?! Hab' ich ein' gnädigen Herrn, hab' ich kein'?!

KATHI (*auf Lips zeigend*) Da is er!

JUSTITIARIUS (*zu Krautkopf*) Wie kann Er die Leute zu Vivatrufen alarmieren?

KRAUTKOPF (*ohne auf den Justitiarius zu hören*) Und ich verworfener Grobian – erlauben mir Euer Gnaden, Ihnen im zerknirschtesten Triumph aufs Schloß zu tragen.

JUSTITIARIUS (*zwischen Lips und Krautkopf tretend*) Halt! Ihre Gnaden gehören der Justiz.

KRAUTKOPF Er ist unschuldig, das werd' ich gleich beweisen.

JUSTITIARIUS Der Schlosser ist einmal tot!

Elfte Szene

GLUTHAMMER; DIE VORIGEN

GLUTHAMMER (*hat die Falltür rechts von unten aufgehoben und kommt herauf*) Wer hat Ihnen denn das gesagt? Der gnädige Herr ist tot!

KRAUTKOPF Wer hat dir denn das g'sagt? Der gnädige Herr lebt!

GLUTHAMMER Plausch' nicht! (*Zum Justitiarius.*) Nehmen S' mich, ich will lieber ein Gefangener als ein Lebendigbegrabener sein.

LIPS (*Gluthammer mit freudigem Staunen betrachtend*) Der Schlosser!? – Er is's wirklich –!? Er lebt!?

GLUTHAMMER (*ebenso*) Der gnädige Herr –!? Er is's richtig –!? Er is nicht tot!?

LIPS (*ihm freundlich die Hand reichend*) Nein, lieber Ermordeter!

GLUTHAMMER Ich auch nicht, Euer umgebrachten Gnaden!

JUSTITIARIUS Keiner is tot, dann hat auch keiner den andern umgebracht, der Kriminalfall zerfällt in nichts.

STIFLER (*sich Lips mit devoter Freundlichkeit nähernd*) Wirst du unsern Glückwunsch verschmähn –?

LIPS Im Gegenteil, ihr könnt sehr viel zu meinem Glück beitragen.

STIFLER, SPORNER, WIXER (*äußerst zuvorkommend*) O sag' nur, wie?

LIPS Wenn ihr euch an der Stell' zum Teufel packt!

JUSTITIARIUS Prosit!

(*Stifler, Sporner, Wixer ziehen sich betroffen zurück und entfernen sich Seite links.*)

LIPS (*zu Gluthammer*) Ich bin jetzt nicht mehr dein Nebenbuhler, nimm deine Witwe samt einer reichen Aussteuer von mir!

GLUTHAMMER Die Aussteuer nehm' ich und kauf' mir ein Schlosserg'werb', aber für d' Witwe dank' ich; mir is die ganze Mathildenlieb' vergangen.

Plausch' nicht: Entgegnung, wenn bloß eingebildete oder unwahre Dinge erzählt werden.

LIPS Und in mir is eine Kathilieb' erwacht. Jetzt seh' ich's erst, daß ich nicht bloß in der Einbildung, daß ich wirklich ein Zerrissener war. Die ganze eh'liche Hälfte hat mir g'fehlt, aber gottlob, jetzt hab' ich s' g'funden, wenn auch etwas spät. – Kathi! Hier steht dein Verlebter, Verliebter, Verlobter, hier steht meine Braut! (*Umarmt Kathi.*)

KRAUTKOPF Seine Braut! Schreits Vivat!

ALLE (*zusammen*) Vivat!!

Der Vorhung fällt.

Ende

Häuptling Abendwind
oder
Das greuliche Festmahl

Indianische Faschings-Burleske in einem Akt

Personenverzeichnis

ABENDWIND DER SANFTE, Häuptling der Groß-Lulu
ATALA, seine Tochter
BIBERHAHN DER HEFTIGE, Häuptling der Papatutu
ARTHUR, ein Fremdling
HO-GU, Koch bei Abendwind
ERSTER } GROSS-LULUERER
ZWEITER }

GROSS-LULUERER und PAPATUTUANER

Schauplatz: Eine der fernsten Inseln in Australien

Häuptling Abendwind wurde zum ersten Mal am 1. Februar 1862 aufgeführt. Nestroy spielte als Gast Abendwind, den Sanften.

Atala: nach dem »Naturkind« Atala in der gleichnamigen Erzählung (1801) des Romantikers Chateaubriand.
HO-GU: frz. *haut-goût*, stark gewürzter Geschmack, manchmal erzeugt, um störenden natürlichen Geschmack zu verdecken.

Die Bühne stellt eine Gegend mit australischer Vegetation vor. Links um einen Baumstrunk, der als Tisch dient, Rasenbänke. Rechts eine zwischen Bäumen befestigte Hängematte. Im Hintergrunde ein Käfig, in welchem sich ein weißer Bär eingeschlossen befindet.

Erste Szene

ABENDWIND, ATALA, HO-GU, MEHRERE WILDE
vom Stamme der Groß-Lulu
(*Man hört in der Ferne den Donner eines sich verziehenden Gewitters rollen.*)

ATALA (*eine in der Hängematte liegende Puppe schaukelnd*) Ach, Papa! Was war das für ein garstiges Wetter!

ABENDWIND Ich g'spür's schon seit drei Täg; d' Sandalen haben mich druckt, daß ich völlig krumm geh'.

ATALA Endlich scheint aber der Donner verstummen zu wollen.

ABENDWIND Die Sonn' tut wieder ihre Schuldigkeit. Ich hab' ihr aber auch durch die Priester meine Meinung kurios sagen lassen; für was brächt' ich ihr denn die schönsten Opfer? Na, aber sie scheint jetzt wieder ganz ordentlich scheinen zu wollen. (*Sich zu den Wilden wendend.*) Und nun einige Worte zu euch, ihr Großen meines Reiches, die ihr eigentlich die größten seid in meinem ganzen Reich. (*Eine Anrede beginnend.*) Meine Herrn! – (*Mit Mißvergnügen bemerkend, wie alle ihn bewegungslos anglotzen.*) Na, werd'ts euch verneigen, oder nit? (*Alle verneigen sich.*) Das is ja nix Kleins, wenn man zu die Wilden »meine Herrn« sagt. Lernts doch a Art; es is ja a Schand', wenn wir heut' oder morgen entdeckt werd'n; die benachbarten Inseln sein schon entdeckt; die Zivilisationsverbreiter kommen überall hin; wo's noch was Unentdeckts gibt, das stieren s' auf. Also, meine Herrn! Ich, Abendwind der Sanfte, befehle euch, als meinen Vasallen, daß ihr dem schneeblühweißen Bären, der dort in seinem Rohrpalast – (*den Schluß der Rede suchend*) was hab' ich denn eigentlich sagen wollen –?

ATALA (*für sich*) Wie sich der Papa plagt, bis er eine Rede zusamm'bringt!

Kurios: auf bemerkenswerte Weise, nachdrücklich.

ABENDWIND (*fortfahrend*) Dieser weiße Bär nämlich, der als Sohn der Sonn' mir Glück bringt und gewissermaßen mein Uraundl is – so will ich auch (*wieder den Faden der Rede verlierend*) Teuxel, jetzt weiß ich nicht, was ich will – (*fortfahrend*) da er gewissermaßen mein Uraundl is –

ATALA Papa, das sagst du jetzt schon zum zweitenmal – »gewissermaßen mein Uraundl is«.

ABENDWIND Geht's dich was an? Mit dem Madl hab' ich a G'frett! Solang deine Mutter g'lebt hat, hab' ich nicht g'schaut auf dich, und da hab' ich glaubt, ich hab' ein' Engel von einer Tochter; als Witiber aber muß ich schaun auf dich, und da seh' ich a Menge, was mir nicht recht is. Du bist jetzt sechzehn Jahr' –

ATALA Is dir das auch nicht recht, Papa? (*Geht an die Hängematte und schaukelt wieder ihre Puppe.*)

ABENDWIND O ja! Und da das wilde Jahr um a paar Monat' mehr hat als das zivilisierte, so bist du erwachsen genug, um ein festes Repроment zu ertragen. Is das schön, daß du mich da hofmeisterst vor meine Wilden?

ATALA Wegen denen sollt' ich mich genieren?

ABENDWIND Still! Und wirst hergehn, wenn ich dir gute Lehren gib?!

ATALA Da bin ich ja. (*Ist nähergetreten.*) Also –?

ABENDWIND (*böse werdend*) Das sag' ich dir, wenn du nicht bald anders wirst, so riskierst du, daß ich dir gelegentlich droh', daß ich dir vielleicht einmal was tu'. Ich bin zwar der Sanftmütige, aber ich hab' meine grantigen Stunden, und da kann ich so z'wider sein – und du bist jetzt einmal sechzehn Jahr', und drum –

ATALA Papa, das hast du jetzt auch schon zweimal gesagt.

ABENDWIND Zweimal sechzehn Jahr'? Warum nicht gar! Das verschweiget ich g'wiß. Ich bin eigentlich froh, daß du noch mit der Docken spielst, es gibt dir so einen jugendlichen Anstrich, und man verzeiht dir's eher, daß du so ein indianischer Schnabel bist.

ATALA Ach, Papa, ich möchte so gerne noch eine zweite Puppe haben.

Uraundl: Urahne.
Reproment: Tadel (fz. *réprimande*).
Docken: Puppe.

ABENDWIND Woher nehmen? Die is nur per Zufall in einem benachbarten Inselreich gestohlen und an mich verkauft worden; und Niklomarkt kann man auf einer unentdeckten Insel keinen prätendieren. Möglich, daß einmal – (*es donnert in der Ferne*).

ATALA Ach, es donnert noch immer.

ABENDWIND Das bedeut't weiter nix als ein Wetter, nix weiter als ein Wetter. In meiner Jugend haben uns die Götzenpriester g'lernt, das Donnern bedeut't, das s' im Himmel Kegel scheiben; unsere Gelehrten aber sagen, da müßte man auch dann und wann bei »Alle Neune« das Juchezen hören, da aber das nicht der Fall ist, so ist die alte Theorie durch den Fortschritt in der Wissenschaft geschlagen. – Jetzt aber zu den brennenden Fragen der Gegenwart. Is der Ho-Gu da, mein Koch?

HO-GU (*vortretend und sich tief verneigend*) Untertänigst, submissest, zu devotestem Befehl.

ABENDWIND Zu was dieser servile Kaschkanat? Solange du keine Speis' verdalkst, kannst du frei und offen zu deinem Herrscher sprechen. (*Zu den Groß-Luluerern sich wendend.*) Es is nämlich heute, meine Herrn, ein in politischer sowie in astrologischer Bedeutung gleich hochwichtiger Tag. Die Sonne tritt heut' in das Sternbild des Großen Bären, und am selben Tag erhalte ich den Besuch des benachbarten Inselbeherrschers, des großen Biberhahn, Häuptlings der Papatutus. In kalten Ländern könnte dieses Zusammentreffen Schnee bedeuten – in unserm Klima bedeutet es großartigen politischen Um- und Aufschwung. Biberhahn, genannt »der Heftige«, hat auch a wildes Königreich wie ich da; nur mit dem Unterschied, er is schon entdeckt worden und kommt schon seit längerer Zeit mit einem Volk in Berührung – ich weiß nicht gleich, wie's heißt – 's is a Volk, was eine schnoflete Sprach' red't und sich einbild't, an der Spitze der Zivilisation zu stehn – sie sind auch Erfinder der Diplomatie –

DIE WILDEN Zur Genesung!

ABENDWIND Danke! (*Lachend, für sich.*) Wir haben in unserer

Niklómarkt: Buden für Süßigkeiten und Spielzeug, die in der Woche vor St. Nikolaus (16. Dezember) aufgeschlagen werden.
Prätendieren: vorgeben; hier: annehmen.
Kaschkanat: Gemengsel.
Verdalkst: verdirbst (durch Ungeschicklichkeit oder Dummheit).
Schnee: »damit ist's Schnee« = daraus wird nichts.
Schnoflete: schnofeln = durch die Nase sprechen.

Sprache kein Wort, was auf »atzi« ausgeht, drum haben s' glaubt, ich hab' g'niest. Es sind übrigens recht manierliche, höfliche Wildlinge, meine wilden Höflinge. (*Laut.*) Mit diesem König Biberhahn also hab' ich eine Konferenz. Da gibt es Empfangsfeierlichkeiten, nachher plauschen wir a bissel, erst über dieses und jenes, nacher von allen möglichen, und eh' wir auf den eigentlichen Gegenstand kommen, sitzen wir beim Essen und denken an gar nix mehr; das heißt man Konferenz. (*Zum Koch sich wendend.*) Alsdann, Ho-Gu!

HO-GU Ich möchte nur untertänigst bemerken

ABENDWIND Daß in die Speis'- und Vorratskammern wenig oder gar nix zu bemerken is.

HO-GU Früchte lieben Euer Herrlichkeit nicht? –

ABENDWIND Nein! Mein Obstgarten is die Fleischbank. (*Zu dem Gefolge.*) Das is euere Sach'; warum schafft ihr kein Wildbret herbei? Für was habts denn die Pfitschipfeil'?

ERSTER GROSS-LULUERER Wir schießen fleißig, aber das Wild will sich nicht treffen lassen.

ABENDWIND Fisch' sind auch keine da.

ZWEITER GROSS-LULUERER Wir angeln fleißig, aber wir kriegen zu wenig.

ABENDWIND Ja, ja! Ös kriegts z' wenig Fisch'; dem kann abgeholfen werden. Zum Glück is bei uns Südseeinsulanern die Menschenfresserei en vogue.

HO-GU Es sind auch keine Gefangenen in Vorrat.

ABENDWIND (*zu dem Gefolge*): Wißts ihr, daß ich jetzt einen von euch abstechen lassen könnt'? Ihr seids Groß-Luluerer, g'hörts also alle mein, und es is nur zarte Schonung –

DIE WILDEN Gnade!

ABENDWIND Na ja, 's is schon gut. Aber bei der nächsten Nachlässigkeit spaziert gleich einer in die Kuchel. (*Zu einem mageren Wilden.*) Du warst schon vorg'merkt, aber der Koch hat g'sagt, du bist nicht geeignet; das hat dich gerettet. (*Für sich*): Ich bin zu sanft für das Volk; zu selten, daß ich einen friß. Aber heut' – mein großer Alliierter, der Biberhahn, is auch Menschenfreund, das heißt – er verspeist sie gern. – Ho-Gu!

HO-GU Herrlichkeit –

Pfitschipfeil': Spielzeug-Pfeile.
Fisch': Prügel.
En vogue: (frz.) modern, beliebt.

ABENDWIND Wenn vielleicht ein Paßloser hier herumgeht von einer fremden Insel –

HO-GU Meine Küchenjungen sollen nachforschen.

ABENDWIND Überhaupt, was du halt aus 'n Ausland find'st. (*Deutet pantomimisch das Abfangen.*)

HO-GU Sehr wohl, nur die Einheimischen werden g'schont.

ABENDWIND (*leiser, nachdem er ihm gewinkt, näherzutreten*): Entre nous – wir haben auch im Inland viele, die wegen ihrer Roheit ungenießbar sind, also brat't man s', man kann nix G'scheiters tun. Die Zubereitung – das verstehst du – richtet sich immer nach der Verschiedenheit des Naturells. Is einer zäh, muß er gebeizt werd'n; wennst ein' Aufgeblasenen erwischst, die sind nur zu vertragen, wenn s' in a rechte Soß kommen; und spicken, ordentlich spicken, is bei alle Naturen gut, weil es alle feiner und milder macht. Mit einem Wort: Sapienti pauca!

HO-GU Sehr wohl! (*Verneigt sich und geht rechts im Vordergrunde ab.*)

ABENDWIND (*zu dem Gefolge*): Und ihr folgt mir mit meinem weißen Glücksbären in den Tempel der Sonne, ich verlange ja weiter nichts von ihr als ein Bärenglück. (*Geht mit dem Gefolge nach rechts ab, zwei Groß-Luluerer haben den Käfig des Bären geöffnet und führen denselben Abendwind nach.*)

Zweite Szene

ATALA

ATALA (*allein*): Der Papa sagt immer, ich wär' unartig, während ich doch gewiß eine wohlerzogene Wilde bin. Er hält mich auch für dumm, weil ich so gern mit der Puppe spiele. Ich hör', in dem weit entfernten gebildeten Europa tun sie das auch, nur haben dort die erwachsenen Mädchen ganz andere Puppen, mit denen sie spielen. Ich aber bin mit dieser zufrieden; ich bilde mir ein, sie ist mein Kind, und wünsche nur, daß mir der Papa recht bald ein zweites kauft. (*Schaukelt die Puppe in der Hängematte.*)

Entre nous: (frz.) unter uns.
In a . . . Soß kommen: in Schwierigkeiten geraten.
Spicken: bestechen.
Sapienti pauca: (lat.) dem Weisen (genügt) auch Weniges.

Romanze

1.

Als süße Last,
Geliebtes Kind,
Trägt dich der Ast,
Schlaf ein geschwind!
Mein Kindchen schläft in süßer Stille,
Es ist gar müd',
Ich soll es wiegen, war sein Wille,
Und es geschieht.
Nun schlummert's unter Blumenhülle
In Ruh' und Fried'.
Ihm zirpt sein treuer Freund, die Grille,
Ein Schlummerlied.
Im süßen Traum,
Geliebtes Kind,
Wiegt dich der Baum,
Schlaf ein geschwind!

2.

Wozu wär' mir ein Gatte nötig?
Bin lieber frei;
Man sagt: nicht gut ist's, wenn man ledig,
Mir einerlei!
Mein Kind und ich in dieser Matte
Ruhn unser zwei;
Doch käm' dazu auch noch ein Gatte,
Reißt sie entzwei.
In süßen Traum,
Geliebtes Kind,
Wiegt dich der Baum,
Schlaf ein geschwind.

Dritte Szene

ATALA; *dazu* ARTHUR

ATALA (*allein, nach links in den Hintergrund sehend*) War mir's doch, als hörte ich dort Schritte.

ARTHUR (*tritt aus dem Hintergrunde links auf, ohne Atala zu bemerken. Er ist in eleganten Pariser Anzug gekleidet*) Ah, das war ja ein greuliches Unwetter! Auf diesem Meere, welches auf allen Landkarten als »Stiller Ozean« verzeichnet ist, untersteht sich der Sturm, so unverschämt zu wüten! Solche Lügen streuen die Geographen aus! Verdammter »Stiller Ozean«, der du einen der ersten Friseurs der Residenz verschlingen wolltest! Verwünschtes Inselnest! Zwar »Nest« kann man eigentlich nicht sagen, denn beim wiederkehrenden Sonnenschein nimmt sich das Ganze recht pittoresk, recht Jardin-des-Plantes-artig aus. Auch scheint hier ein gewaltiger Luxus zu herrschen. Hier haben sie die Klippen von Korallen, und wir Europäer wissen recht gut, wie teuer die Korallen sind. Und diese Palmen, diese Lianen! Wahre Prachtexemplare! So was kostet ein Heidengeld!

ATALA (*welche ihn bereits früher von der Seite neugierig gemustert*) Ah, das ist spaßig!

ARTHUR (*sie bemerkend, für sich*) Eine Wilde –? Charmant!

ATALA (*wie oben*) Was ist denn das?

ARTHUR (*für sich*) Statt: »Wer ist denn der?« sagte sie: »Was ist denn das?« Hier müssen die Männer sächlichen Geschlechtes sein. (*Sich galant ihr nähernd.*) Mein Fräulein –

ATALA (*sich artig verneigend*) Mein Herr –?

ARTHUR (*für sich*) Scheint sehr gebildet zu sein, diese Wilde. (*Sie genauer mit der Lorgnette betrachtend.*) Interessante Insulanerin, das! Ganz karaibischer Typus, vermischt mit otahaitischer Rass', das Haar gehört aber dem malaiischen Stamme an.

ATALA Erlauben Sie, das Haar gehört mir.

ARTHUR Ganz recht; warum kultivieren Sie es aber nicht besser? Das ist alles so wirre, so wild.

ATALA Ich bin ja eine Wilde.

ARTHUR Bei uns verwenden oft die Wildesten die meiste Sorgfalt auf die Frisur. Es scheint, daß man hierzuland gar nicht weiß, was man mit einem schönen Haarwuchs macht.

ATALA O ja! Man nimmt das Skalpiermesser und schneidet denselben samt der Kopfhaut herunter – so machen's unsere Krieger und tragen die Skalpe als Siegestrophäen an den Gürteln.

ARTHUR Daß einer dem andern die Haut über die Ohren zieht, kommt auch bei uns vor, dafür haben wir ein Heer von Wucherern; ebenso wird auch bei uns kein gutes Haar am lieben

Otahaitisch: tahitisch.

Nächsten gelassen, aber auch dieses Geschäft wird bei uns nicht von den Kriegern, sondern von dem zarteren Geschlecht besorgt.

ATALA (*erstaunt*) Nicht möglich –!?

ARTHUR Häufig werden auch unsere Männer durch die Frauen dahingebracht, daß sie sich eigenhändig die Haare ausreißen.

ATALA Merkwürdig!

ARTHUR Noch häufiger aber gehen den Herren die Haare von selber aus.

ATALA Wunderbar!

ARTHUR Da erscheint dann der Friseur, um sie eine Zeitlang mit Haarwuchspomaden in jeder Beziehung anzuschmieren und dann mit den reizendsten Perücken zu versehen. Und gar das weibliche Geschlecht, was wäre das ohne uns! Mein Fräulein, Sie haben noch keinen Begriff von dem hohen Beruf eines Friseurs.

Couplet und Duett

ARTHUR

Es schmückt mein Haupt kein Kronenschimmer,
Und keinen Szepter schwingt die Hand,
Doch mir beugt jeder Kopf sich immer,
Und wär' sein Herr von höchstem Stand.
Vernimm's respektvoll, schöne Wilde,
Mein Adel stammt von Samson her,
Ich führe einen Kamm im Schilde,
Ich bin Friseur!

Mit Schönheit, Geist und Rang und Titel
Nimmt mancher Weiberherzen ein;
Doch ich verschmähe solche Mittel,
Sie sind zu alt und zu gemein.
Ich kann ein Herz im Flug erjagen,
Für mich ist so was gar nicht schwer,
Ich darf zur Stolzesten nur sagen:
Ich bin Friseur!

ATALA

Ach, mein Papa hat recht im Grimm,
Mit meinem Geist steht's wirklich schlimm;
Mein Herr, all das, was ich vernommen,
Ist mir wie spanisch vorgekommen.

Anzuschmieren: (auch) zu betrügen.

ARTHUR

Wie? Was? Mein Lied prallt ab
An edler Dummheit Schilde?
Ein Mittel ich noch hab',
Das macht mir zahm die Wilde.
Versuchen wir's rasch mit der Kunst,
Gewiß erring' ich ihre Gunst.
Als ich – noch Kind – der Heimat mußt' entschweben,
Hat für mich unbekannten Vaters Hand
Die Spieluhr hier samt Kette mitgegeben
Dem, der mich führte aus dem Vaterland.
(Er zieht eine Uhr aus der Tasche.)
Die Sänge meiner Kindheit gibt sie wieder –
So sagt man mir – der Heimat süße Lieder.
(Er drückt an der Uhr, welche zu spielen beginnt.)

Ensemble

ATALA

Welch Melodie,
Welch herrlicher Klang!
Der Heimat Gesang,
Voll Harmonie!

ARTHUR

Ja, die Melodie,
Der uralte Sang,
Das helle Klingklang
Gewinnt mir sie!

(Arthur drückt aufs neue die Feder, läßt die Uhr spielen und tanzt nach deren Weise.)

ATALA *(nach beendigter Musik)* Ja, aber so schön das alles ist, gibt es mir doch noch immer keinen Aufschluß über Sie und den Zweck Ihres Herkommens.

ARTHUR Vieileicht mögen Sie dies folgender biographischer Skizze entnehmen: Mein Geburtsort sowie meine erste Wickelkindheit sind mir unbekannt. Meine Erinnerung geht wie bei allen ultragescheiten Kindern bis auf ein Alter von zwei Jahren zurück; da befand ich mich in einem Städtlein bei einem Manne, den ich lange für meinen Vater hielt und der, wenn er kein Mann gewesen wäre, für meine Amme hätte gelten können. Später, als ich acht Jahre alt war, schickte mich dieser zur

Ausbildung in die Residenz. Spezielle Hinneigung zum Höheren und Feineren ließ mich Haarkünstler werden, und schon als Lehrling wie später als Gehilfe wirkte ich erfolgreich in dieser Sphäre. Da, vor mehreren Wochen, kam meine männliche Bonne wieder und gab mir nebst dieser Familienuhr den mysteriösen Befehl, ich habe mich binnen drei Tagen reisefertig zu machen, Hafenstadt und Dampfschiff wurden mir nominell bezeichnet, ebenso die Inselgruppe in der Südsee, wo ich landen und alsbald nach meiner Hinkunft Auskunft über meine Herkunft erhalten sollte. Ich bin somit zur Mutmaßung berechtigt, daß mein geheimer Vater ein weitläufiger Farmer oder ein bedeutender Hinterwäldler oder ein verschlagener Schiffskapitän sei. Bereits in der Zone der Südseeinseln angelangt, überraschte uns heute vor Tagesanbruch ein Sturm, dessen mehrstündiges Wüten zum Resultat eines Schiffbruches führte. Dampfschiffe sollten doch wohl von so störenden Zufällen ausgenommen sein, wenigstens der »erste Platz«; aber nein – es ist zu indiskret! Kurz, der Schiffbruch ward gebrochen, und ich, als er brach, durch den Bruch so betäubt, daß ich mich nicht einmal bei der Welle bedanken konnte, die so freundlich war, mich ans Land zu werfen, während das Schiff mit Mann und Maus – eigentlich mit Männern und Mäusen, denn es waren beide Korporationen zahlreich vertreten – unterging. Das Schicksal, von welchem man sagt, daß es manchmal, wenn es gut aufgelegt ist, alles zum Besten leitet, ließ mich so lange bewußtlos in der Sonne liegen, bis ich gehörig getrocknet war, um anständig vor den hiesigen Bewohnern – respektive Bewohnerinnen – erscheinen zu können und ihnen Gelegenheit zu geben, die Pflichten der Gastfreundschaft aufs brillanteste zu üben.

ATALA Ach, das ist drollig! Sie gefallen mir.

ARTHUR Ist das Ihr Ernst? – (*Für sich*). Diese Wilde hat ein prächtiges Haar, dessen Urwüchsigkeit sich noch nie durch trügerische, falsche Zopfismen kompromittierte, und einen Teint von achtunggebietender Klarheit. – (*Laut.*) Mein wildes Fräulein, sollte meine Erzählung Eindruck auf Ihr Herz –? (*Innehaltend und horchend.*) Ha – was ist das –? Ist dies das Tiktak meiner Uhr oder kommt dies Tiktak aus meinem Herzen –? Ich höre und fühle offenbar zwei Tiktäke –!

ATALA Auch mir ist so, als wenn – ist es, weil ich zum erstenmal einen Friseur sehe, oder – bei mir kann es unmöglich Ihre Uhr sein, folglich verursacht mein Herz dieses Tiktak.

ARTHUR Wie!? Also dürft' ich mir mit insulanischen Hoffnungen schmeicheln? Kontinent, ich schreibe dir den Scheidebrief und bleibe hier!

ATALA Im Gegenteil! Gerade deshalb müssen Sie schleunigst fort. Sie kennen unser schreckliches Gesetz nicht! Wir haben viele schreckliche Gesetze, aber das ist das ärgste.

ARTHUR Ich bin eben angekommen –

ATALA Jede Insulanerin – das geht mich an – die einen Fremdling liebt – das geht Sie an — muß mit ihm zugleich und allsogleich sterben – das geht uns beide an.

ARTHUR (*lächelnd*) Nun ja! Meine Empfehlung an die Legislative, und es ist schon gut.

ATALA Wie? Sie sagen das so gelassen?

ARTHUR Derlei Gesetze kommen zu häufig in Komödien und Romanen vor und werden – wie meistens die schrecklichen Gesetze – schrecklich lau vollstreckt.

ATALA Bei uns stirbt man im Ernst, wenn man sterben muß.

ARTHUR Wäre ich ein Berliner, so würde ich sagen: »Bange machen jilt nicht!« Aber – (*erblickt die Hängematte*) halt –! Was seh' ich –!? Das sieht ja fast aus wie das, was man bei uns ein kleines Kind nennt.

ATALA Das ist mein Kind.

ARTHUR Also auch diese soziale Eventualität kommt nachgeäfferterweise hier zum Vorschein?!

ATALA Es ist eine Puppe von Pappendeckl und lackiert, wie gewöhnlich die Puppen sind.

ARTHUR (*aufatmend*) Ah, das ändert die Sache! Entschuldigen Sie, wenn mich ein wilder Verdacht zu indianischen Mutmaßungen verleitete; der Pappendeckl gibt dem Ganzen die unschuldvollste Basis. (*Beiseite.*) Man sollte nicht glauben, wie beruhigend der Pappendeckl auf das Gemüt wirkt.

ATALA Nun aber bitt' ich Sie, verbergen Sie sich, bis ich wieder Gelegenheit finde –

ARTHUR Die muß sich bald finden, denn der Sturm, das Inselklima – ich habe greulichen Appetit.

ATALA Was soll ich Ihnen zur Erquickung bringen?

ARTHUR Kakaobohnen wachsen wohl in dieser Zone?

ATALA O, im Überfluß!

ARTHUR Dann werdet ihr auch Schokolade haben? Bringen Sie mir solche, (*zärtlich*) mit Nachguß! Die Quantität soll mir zum Maßstab deiner Liebe dienen.

ATALA Wir bereiten sie mit Kokosmilch –

ARTHUR Gute, echte, kuhwarme Kokosmilch – charmant! Und was habt ihr zum Eintunken? Kipfeln, Stollen, Strizzeln?

ATALA Wir haben geröstete Frucht vom Brotbaum, auch Bananen.

ARTHUR Pfui, Bananen! Das muß schmecken, als ob man Erdäpfel in Kaffee eintunkte. Wie wär' es denn mit einem karaibischen Guglhupf?

ATALA (*befremdet*) Guglhupf –?

ARTHUR Ich habe in einem Strauch hier Weinberln entdeckt, welche mich meine Phantasie allsogleich, verschwistert mit Zibeben, im Innern eines Guglhupfs erblicken ließ.

ATALA Ich will keine rechtschaffene Wilde sein, wenn ich ein Wort verstehe. (*Ängstlich.*) Aber verbergen Sie sich, es ist die höchste Zeit!

ARTHUR Aber wo?

ATALA Gleich dort – (*nach links im Vordergrunde zeigend*) der Kaktus, die Lianen, die Calcedonia odorifera semperflorens mit ihren breiten Blättern decken Sie vollständig.

ARTHUR Also geht das hier auch, daß man sich hinter die Blätter steckt?

ATALA (*nach rechts horchend*) Horch –! Götter, es ist mein Vater –! Schnell fort!

ARTHUR Du willst's, ich füge mich, doch nur auf kurze Zeit. (*Geht links im Vordergrunde ab.*)

Vierte Szene

ATALA; *dazu* ABENDWIND

ABENDWIND (*von rechts auftretend*) Ach, so ein Malör war noch nicht da, solang die südliche Hemisphäre existiert! Meine Haus- und Hofehre kriegt einen Stoß, die politischen Folgen sind unausbleiblich!

Kipfeln: Hörnchen.
Strizzeln: Gebäck aus geflochtenem Teig.
Erdäpfel: Kartoffel.
Gugelhupf: Kuchen in bestimmter traditioneller Form.
Calcedonia . . .: ein von Nestroy erfundener Pflanzenname.

ATALA Du bist ja ganz außer dir, Papa, was ist denn geschehn?

ABENDWIND Das Jagdglück hat uns den Rücken gekehrt; es muß einer ein' Frosch im Sack haben, wir sind verkibitzt, rein verhext! Nicht ein Bissen z' kriegen, von dem man sagen könnt', daß er ein Leckerbissen is! Nix haben wir, kein Wildbret, kein' Fisch (*mehr für sich, indem er lamentierend sich unwillkürlich von Atala entfernt, so daß sie das Folgende nicht hört*) und nicht einen einzigen Gefangenen außer einem politischen; den kann ich nicht abstechen lassen, weil er so politisch war und ist echappiert.

ATALA 's ist wohl fatal, wenn man einen Gast erwartet und –

ABENDWIND Wenn er ankommt, der große Biberhahn, mein hocherlauchter Gleichgestellter, mit was wart' ich ihm auf?! Der wird sagen: »Das is a sauberer König, lad't ein' ein, und man kriegt nix.« Die Gastfreundschaft der Groß-Luluerer wird zum Bonmot, und die Allianz mit die Papatutuaner geht in die Brüch'.

Fünfte Szene

ARTHUR; DIE VORIGEN

ARTHUR (*von links, wo er abgegangen, zurückkommend*) Auf dreißig Schritt Distanz kam mir der Mann nicht fürchterlich vor und jetzt schon gar nicht.

ATALA (*erschrocken zu Arthur*) Sie wagen es –!? Da ist mein Papa –

ARTHUR Ganz recht, Ihr Papa, für den ich den Schwiegerpapa-Titel in petto habe.

ABENDWIND (*ohne Arthur zu bemerken, für sich*) Mit Kokosnuß, Pisang, Tunkabohnen und Arekafisolen kann ich meinen Alliierten nicht traktieren, das essen bei uns die armen Leut', und selber braten lassen kann ich mich auch nicht.

ARTHUR (*zu Atala*) Ich rede ihn an!

ATALA Jetzt ist alles aus!

ARTHUR Das werden wir erst sehen.

Verkibitzt: der Kibitz beim Kartenspiel soll schlechte Karten verursachen.
In petto habe: beabsichtige, vorbereite.

Terzett

ATALA (*zu Arthur*)
O Gott, nun rettet Sie nichts mehr.

ABENDWIND (*sich umdrehend und Arthur bemerkend*) Was gibt's? Wo kommt der Fremdling her?

ARTHUR (*mit Komplimenten*)
Geehrter Herr, ich hab' die Ehr'.

ABENDWIND
Ich heiße, Jüngling, dich willkommen
Und grüße dich!

ARTHUR
Daß Sie mich gastlich aufgenommen,
Beglücket mich!

ABENDWIND (*Arthur mit heimlichem Behagen musternd, für sich*)
Den brauch' ich nicht erst lang zu mästen,
Der wird gleich g'speist!

ARTHUR (*für sich*)
Ein nobler Wilder, der den Gästen
Viel Art erweist.

Ensemble

zugleich:

ATALA (*für sich*)
O welch Glück! Papa scheint zufrieden,
Er zürnet nicht, er lächelt bloß;
Es scheint, daß Arthur mir beschieden
Zum Gatten, ach, mein Glück ist groß.

ABENDWIND (*für sich*)
's is a Glück, jetzt bin ich zufrieden,
Zum Mittagmahl is der famos,
Mein Koch wird ihn teilweis' absieden,
Teils braten, teils in einer Soß.

ARTHUR
O welch Glück, ich bin zufrieden,
Diese Artigkeit ist famos,
Ein Mittagmahl ist mir beschieden,
Mein Appetit ist riesig groß.

(*Für sich.*)

Den werd' ich ganz für mich gewinnen.

ABENDWIND (*für sich*)

Der kommt zur Tafel sicherlich.
(Laut.)
Kann ich in etwas Ihnen dienen?

ARTHUR (*sehr erfreut*)
O, speisen Sie mich gastfreundlich!

ABENDWIND (*sehr freundlich*)
O, mit Vergnügen, das war mein Plan.

ARTHUR (*sehr artig*)
O, Sie charmanter, lieber Mann!

ATALA (*heimlich zu Arthur*)
Erbitten Sie mich doch zur Ehe.

ARTHUR (*heimlich zu Atala*)
Es scheint, er wünscht, daß dies geschehe.

ABENDWIND (*mit lüsternem Behagen für sich*)
Im Geist schon auf der Tafel sehe
Ich ihn, in Stücken groß und klein.

ATALA (*leise zu Arthur*)
Verlangen Sie mich doch zur Ehe.

ARTHUR (*leise zu Atala*)
Gleich nach Tisch um Ihre Hand ich flehe.

ABENDWIND (*für sich*)
Er scheint nicht zach und auch nicht zähe,
Das wird ein Schmaus ganz superfein!
(Untersucht Arthur Waden.)

(Pause.)

ARTHUR
Jetzt zwickt er mich, o Sitte ohnegleichen!
Gewiß ein Freundschaftszeichen!

ABENDWIND (*für sich*)
Daß ich den erwisch'
Das is ein Glück; den Leckerbissen
Wird Biberhahn zu schätzen wissen
An meinem Tisch.

ARTHUR
Ich hoffe, baldigst speist man doch?

ABENDWIND
Gedulden Sie ein wenig noch!

ARTHUR
Wie liefre ich jemals Beweise,

Daß wert solcher Gnade ich sei,
Sie geben so gütig mir Speise –

ABENDWIND (*für sich*)
Du selbst gibst mir zwei oder drei!

Ensemble da capo
(Nach dem Terzett.)

ABENDWIND (*nach rechts im Vordergrunde in die Sonne sehend*) Ah, dort steht er ja, der Mann quaestionis!

ARTHUR Wer?

ABENDWIND Mein Koch.

ARTHUR Wollen Sie ihn gefälligst rufen?

ABENDWIND (*freundlich und zuvorkommend*) Ach freilich. (*Ruft.*) Ho-Gu!

ARTHUR Ho-Gu, schon der Name spricht für seine Künstlerschaft.

ABENDWIND O, er wird sich bei Ihnen auszeichnen.

ARTHUR Zu gütig! (*Für sich.*) Hier bin ich versorgt und aufgehoben.

Sechste Szene

HO-GU; DIE VORIGEN

Ho-Gu tritt von rechts auf, Abendwind geht ihm entgegen und spricht, bedeutungsvoll auf Arthur zeigend, leise mit ihm.

ATALA (*noch immer über ihres Vaters Freundlichkeit staunend*) Sonderbar!

ARTHUR Nun, Atala, siehst du? Wer hatte recht?

ATALA Das hätt' ich nie gedacht.

ABENDWIND (*leise zu Ho-Gu*) Kopf mit Frikassee, Brust g'füllt.

HO-GU (*leise zu Abendwind*) Die Koteletts mit Seetrüffeln.

ABENDWIND (*wie oben*) Und hauptsächlich Beefsteaks! – (*Entzückt.*) Schau dir 'n an, den Jüngling, ob der nicht prächtige Beefsteaks verspricht!

HO-GU (*wie oben*) Ganz gewiß.

ABENDWIND (*wie oben*) A bisserl ein' Bananenschmarrn dazu

Der Mann quaestionis: der Mann »in Frage«, d. h. um den es geht.
Umurken: Gurken.
Bananenschmarrn: Schmarrn = Mehl- oder Kartoffelspeise.

und südpolische Umurken. Wenn wir nur auch das Geheimnis wüßten, wie man in jenen Ländern den Sardellenbutter macht.

HO-GU (*wie oben*) Wir haben wohl auch Sardellen –

ABENDWIND (*wie oben*) Aber bei uns geben s' keine Milich, wie also von die Viecher ein' Butter kriegen!?

ARTHUR (*sich Abendwind nähernd*) Haben Sie schon angeschafft wegen mir?

ABENDWIND (*zu Arthur*) Alles bis ins Detail.

ARTHUR Wenn man so grimmigen Appetit hat.

ABENDWIND O, das is ein Genuß!

ARTHUR Sie sollten aber auch dabei sein.

ABENDWIND Na ob ich dabei bin! Aber Sie müssen voraus –

ARTHUR Gut, also auf baldiges Wiedersehn.

ABENDWIND Sehr bald hab' ich das Pläsier! – (*Halblaut, beiseite.*) Aber in anderer, kurios verschiedener Gestalt.

ARTHUR Wie meinen Sie?

ABENDWIND Ich meine – eigentlich mein' ich gar nix. (*Leise zu Ho-Gu.*) Ho-Gu! 's Junge kommt in a Soß.

HO-GU Sehr wohl.

ABENDWIND (*zu Arthur*) Sie müssen mir's nicht übelnehmen, ich bin etwas Gourmand.

ARTHUR Recht haben Sie; wer's hat, kann's tun.

ABENDWIND Freut mich, daß Sie mit mir einverstanden sind. Belieben also mit diesem Herrn (*auf Ho-Gu zeigend*) zu spazieren.

ARTHUR Es gereicht mir zum besonderen Vergnügen.

HO-GU Mir auch. (*Geht mit Arthur ab.*)

ABENDWIND (*ihnen nachsehend, mit Beziehung auf Arthur für sich*) Auf sein Gollasch g'freu' ich mich. (*Den Koch zurückrufend.*) Ho-Gu!

HO-GU Befehlen –?

ABENDWIND Weh dir, wenn das Geringste anbrennt oder verdalkt wird.

ARTHUR (*zu Abendwind*) Sie sind zu gütig! (*Im Abgehen.*) Solches Übermaß von Gastfreundschaft hab' ich wirklich nicht erwartet. (*Geht unter gegenseitigen Komplimenten mit Ho-Gu rechts im Vordergrunde ab.*)

Verdalkt: durch Ungeschick oder Dummheit verdorben.
's Junge: die billigeren Fleischstücke, klein geschnitten.

Siebente Szene

ABENDWIND, ATALA; *dazu* BIBERHAHN, MEHRERE PAPATUTUANER

Ensemble

BIBERHAHN

Heil euch, ihr Groß-Lulu!
Denn eure edle Kraft
Und eure Gastfreundschaft,
Auf Erden sondergleichen,
Sie sind ein Friedenszeichen
Für die Papatutu!

ABENDWIND

Heil euch, Papatutu!
Ihr, deren edle Kraft
Beim Festmahl nie erschlafft,
Auch G'sundheit ohnegleichen
Trinkt ihr als Friedenszeichen
Für uns, die Groß-Lulu!

ATALA

Heil euch, Papatutu!
Denn eure edle Kraft
Und eure Gastfreundschaft,
Auf Erden sondergleichen,
Sie sind ein Friedenszeichen
Für uns, die Groß-Lulu!

(Nach dem Gesange.)

ABENDWIND Mich g'freut's, daß Sie mir die Ehr' geben.

BIBERHAHN Bitte, die Ehre is meinerseits.

ABENDWIND Und wie geht's Ihnen denn immer?

BIBERHAHN Dank' für die Nachfrag', und Ihnen?

ABENDWIND Na, es muß schon gleich gut sein, bis es wieder besser wird.

BIBERHAHN (*mit stolzem Selbstgefühl, beiseite*) Jetzt sollten uns die Zivilisierten hören.

ABENDWIND (*beiseite*) Gibt es einen gebildeteren Diskurs!? Ah, wir Wilde haben schon auch unsere Kultur.

BIBERHAHN (*beiseite und mit einem unheimlichen Seitenblick auf Abendwind*) Diese gentile Freundlichkeit von mir, während der furchtbarste Verdacht gegen ihn mein Inneres durchwühlt.

ABENDWIND (*beiseite und mit einem unheimlichen Seitenblick

auf Biberhahn) Ich führe Honig auf den Lippen, während ich den grimmigsten Argwohn in meinem Busen nähre.

BIBERHAHN (*laut*) Wir sehen uns zum erstenmal als Witiber wieder.

ABENDWIND Richtig, 's letztemal, da haben wir noch jeder a Frau g'habt. (*Den Seitenblick wiederholend.*) Ein Unbekannter hat mir sie geraubt.

BIBERHAHN (*dumpf beiseite und auf sich zeigend*) Ich kenne den Unbekannten – (*mit schlauem Seitenblick auf Abendwind*) er aber ahnet nichts. (*Laut.*) Auch meine ward heimlicherweise entführt.

ABENDWIND (*beiseite*) Durch meine Leute – (*mit schlauem Seitenblick auf Biberhahn*) doch er hat keinen Dunst davon.

BIBERHAHN In andern Ländern werden auch öfters Frauen entführt.

ABENDWIND O ja, das schon, aber –

BIBERHAHN (*mit heimlichem Ingrimm gegen Abendwind*) Hier in die Menschenfressergegenden werden sie gleich – (*drückt pantomimisch das Speisen aus*).

ABENDWIND Wenn sie nur entführt werden, die Weiber, so kommen s' nach einer Zeit wieder z'ruck und bitten und beschwören und weinen, und »sie sehn's jetzt erst ein« – und auf einmal hat man s' wieder! Wenn aber eine einmal gefressen is, da ist keine Hoffnung mehr.

BIBERHAHN (*mit Selbstüberwindung*) Lassen wir das! Diese Beziehungen sind zu delikat –

ABENDWIND (*für sich, indem er sich mit Behaglichkeit auf den Magen klopft*) Ach ja! Delikat war seine Selige.

BIBERHAHN (*für sich, indem er sich in behaglicher Erinnerung auf den Magen klopft*) Ich habe noch nichts Köstlicheres gespeist als die Abendwindin.

ABENDWIND (*laut zu Biberhahn*) Wir werden sentimental, und eigentlich wollten wir Regierungsgeschäfte –

BIBERHAHN Ganz recht, es betrifft die fremden Schiffe, auf denen ferne Völker, die sich »die Zivilisierten« nennen, daherschwimmen in mein Inselreich.

ABENDWIND Ich muß auch tagtäglich erwarten, daß meine paar Inseln entdeckt werden, nacher kommen s' mir auch übern Hals mit ihrer Kultur.

BIBERHAHN Mit ihrem Fortschritt, wie sie das Zeugs heißen.

ABENDWIND Ich hör', sie gehn völlig hausieren damit. Na, a bisserl ein' Fortschritt, da halt' ich mich nicht auf dagegen, aber wie s' mir z' dick kommen mit der Zivilisation, schmeiß' ich s' alle ins Miir.

BIBERHAHN Vor Jahren, wie die ersten gekommen sind, hab' ich anders gedacht; jetzt aber hab' ich einen Haß, einen Pick auf alles Gebildete, ich batze ihn aus, den Fortschritt! – Kultur, Fortschritt, Zivilisation, alles batz' ich aus.

ABENDWIND Ihre Sprach' soll nicht übel sein, und gelehrt und g'scheit.

BIBERHAHN Aber für uns nicht national.

ABENDWIND Nur fatal, daß sie auswärts kein Wort verstehn von uns.

BIBERHAHN Wenn einen kein Mensch versteht, das ist national.

ABENDWIND Im Ausland können wir mit unserer Sprach' nicht einmal betteln gehn, denn wenn wir auf Insulanisch zu einem sagen: »Bitt' gar schön um a bisserl was« – so glaubt der vielleicht, man hat ihn ein' Esel g'heißen oder sonst eine Grobheit g'sagt.

BIBERHAHN Alles eins! Ich leid' nix Fremdes mehr. Ich spekulier' auf eine Bartholomäusnacht; eh' ich das nicht durchsetz', schmeckt mir der beste Missetäter nicht mehr.

ABENDWIND Wann nur nacher a Ruh' is!

BIBERHAHN O, nur erst den Fortschritt ausgebatzt, dann –!

ABENDWIND Mein Gott, man will ja eh nix, als daß man seine paar Bananen und sein Stückel G'fangenen in Ruh' verzehren kann.

BIBERHAHN Freilich, wir sind ja gemütliche Leut'.

ABENDWIND Recht rare primitive Kerle!

BEIDE (*zugleich, aber jeder beiseite*) Nur dann und wann fressen wir einer dem anderen die Gattin weg.

BIBERHAHN (*zu Abendwind*) Doch jetzt nichts mehr von Geschäften! Führen Sie mir Ihre Tochter auf.

ABENDWIND Das kann sie gleich selber tun. (*Zu Atala.*) Geh, Töchterl, führ' dich auf, aber gut!

ATALA (*vortretend und Biberhahn begrüßend*) Ich hab' die Ehre – (*Die Wilden präsentieren mit ihren Keulen und Speeren.*)

BIBERHAHN Ah, freut mich! Und der werte Name?

Miir: Meer.
Batz' ich aus: beiz' ich aus, brenn' ich aus.

ATALA Atala.

ABENDWIND Ja, das is mein Atalalerl.

BIBERHAHN Die is eigentlich der Punkt, der ganz privat ausschaut, aber von unendlich politischer Tragweite is, in betreff unserer etwas gelockerten Allianz. (*Gibt seinem Gefolge einen Wink, worauf sich selbes entfernt.*)

ABENDWIND Sie soll der Gegenstand unseres Tischgespräches sein.

BIBERHAHN O, da muß ich deprezieren, ich muß nach Haus in mein Inselreich, sie warten mit 'n Essen auf mich.

ABENDWIND Wer wart't? Auf einen Witiber wart't niemand.

BIBERHAHN Jawohl!

ABENDWIND Ich bin ja selber einer! (*Seufzend.*) O, wie sie mir abgeht!

BIBERHAHN Es ist ein Hundeleben als Garçon. (*Beiseite, mit einem giftigen Blick auf Abendwind.*) Ich möcht' parieren, er hat die meinige – mein Trost is, daß ich die seinige –

ABENDWIND (*mit einem verstohlenen Blick der Schadenfreude auf Biberhahn, für sich*) Wenn er wüßte, daß ich – aber ich glaub' immer, er hat auch –

BEIDE (*zugleich, aber jeder für sich, indem einer den anderen triumphierend belächelt*) Was ein Indianer nicht weiß, das macht ihm nicht heiß.

ABENDWIND (*laut zu Biberhahn*) Nein, ich tu's nicht anders, Sie müssen bei mir speisen.

BIBERHAHN Aber das bitt' ich mir aus, daß Sie sich keine Unkösten machen wegen mir.

ABENDWIND Durchaus nicht.

BIBERHAHN Denn ich hab' ja meine abonnierte Kost.

ABENDWIND Bei mir wird zu Haus kocht. Ich bin nicht fürs Abonnieren, denn es wird alles kalt, wenn man's holen laßt.

BIBERHAHN (*einwilligend*) Na also –

(*Auf einen Wink Abendwinds wurden schon etwas früher die Speisen in umfangreichen, muschelförmigen Schüsseln aufgetragen.*)

ABENDWIND Bitte nur gleich Platz zu nehmen.

BIBERHAHN Damit ich Ihnen den Schlaf nicht austrag'. (*Setzt sich zu Tisch.*) Appetit is da; ich hab' müssen unterwegs auf jeder Insel eine Red' anhören –

ABENDWIND Da vergeht ei'm aber der Appetit.

BIBERHAHN Und selbst auch wieder a Red' halten –

Den Schlaf nicht austrag': durch Niedersetzen den Schlaf verkürzen.

ABENDWIND Da kriegt man ihn wieder. Das Redenhalten is eine alte indianische G'wohnheit, und ich hör', die Zivilisierten machen's uns nach.

BIBERHAHN Ich hasse alle Redner außer die unsrigen, denn die reden national.

ABENDWIND Mir sein die Redner g'spaßig. Erstens glaubt man nicht, daß einer fertig wird mit der Red' –

BIBERHAHN Das is langweilig.

ABENDWIND Und wann er fertig is, nacher glaubt er, jetzt hat er was g'sagt, das is der G'spaß. (*Mittlerweile wurden noch ein paar Schüsseln aufgetragen.*) Also ang'richt't is, greifen wir zu! (*Setzt sich Biberhahn gegenüber.*)

(*Atala steht zur Seite links in einiger Entfernung.*)

Ensemble

zugleich:

BIBERHAHN

Kolossal
Is das Mahl,
Man vergnügt sich sehr
Hier bei Tisch, auf Ehr'!

ABENDWIND

Sehr frugal
Is das Mahl,
Doch mich freut es sehr,
Daß S' mir geben die Ehr'!

ATALA

Sehr fatal
Ist das Mahl,
Mich verdrießt es sehr,
Mir wird 's Herz so schwer!

(*Beiseite.*)

Indes sie sich berauschen,
Seh' ich, was mein Arthur macht,
Will liebend ihn belauschen,
Schnell fort von hier, fein sacht!
O Unruh' im Herzen,
Ihr seligen Schmerzen,
Wer kann widerstehn?
Ich muß ihn ja sehn.

(*Ensemble wie oben, dann Atala nach rechts ab.*)

Achte Szene

DIE VORIGEN *ohne* ATALA

ABENDWIND
Zwar beim Essen wird ei'm d' Zeit nie lang,
Aber trotzdem bitt' ich, während sich die Speisen setzen,
Stimmen S' an den Papatutu-Kriegsgesang.

BIBERHAHN
Wohlan, ich spreiz' mich nicht, mögt Ihr Euch dran ergötzen!

Couplet

BIBERHAHN

1.

Guter Gatte sein,
Stets galant und fein,
Ohne Eifersucht,
Essen Fleisch und Frucht,
Lieben Fried' und Ruh'
Die Papatutu;
Doch nach altem Brauch
Fressen s' d' Feinde auch;
Das heißt leben frei,
So das Kriegsgeschrei
Der Papatutu!

2.

Meistens gar nichts tun,
Gleich drauf lange ruhn,
Nach der Ruh' zum Fraß
Nach dem Fraß ans Faß!
Nach dem Trinken ruhn,
Wieder gar nichts tun,
Und wenn das getan,
Fangt von vorn man an;
Das heißt leben frei,
So das Kriegsgeschrei
Der Papatutu!
(*Nach beendigter Musik.*)

ABENDWIND Das is ein charmanter Kriegsgesang.

BIBERHAHN Nicht zu leugnen; aber alles, was man zu oft hört, wird ei'm am End' z'wider. Drum haben diesen Kriegsgesang alle meine Untertanen einstudieren müssen; die singen ihn jetzt von früh bis auf d' Nacht, das is über ein Werkel, und ich hoff', daß wir auf diese Art die Europäer vertreib'n.

Neunte Szene

ATALA; DIE VORIGEN

ATALA (*von rechts zurückkehrend*) Das ist sonderbar – er ist verschwunden – er kann nur in die Wälder gegangen sein. Man hat, wie es scheint, meine Abwesenheit nicht bemerkt. (*Nähert sich wieder den Speisenden.*)

ABENDWIND (*zu Biberhahn*) Aber ich bitt', Sie lassen ja alles kalt werden.

BIBERHAHN Da haben Sie recht. Ich hab' neulich einen prächtigen kalten Verbrecher g'habt – hat mir nicht gut getan im Magen.

ABENDWIND Mit Essig und Öl sein s' nicht schlecht, und wann s' tüchtig zwiefelt werd'n –

BIBERHAHN Ich iß alles heiß, das is der Heißhunger. (*Ißt gierig.*)

ATALA (*für sich*) Ich werd' mich ins Gespräch mischen.

ABENDWIND (*zu Biberhahn*) Gach abbraten is 's g'sündeste, und nur nix Aufg'warmts – (*Atala bemerkend.*) Aber, Atala, das g'hört sich nicht, daß man den Leuten beim Essen so ins Maul schaut! Ein Mäderl muß artig sein, sonst is es ja ein unartiges Mäderl.

BIBERHAHN Lassen Sie s' gehn, sie is ja auch lieb zum Fressen.

ABENDWIND Ganz das Ebenbild ihrer Mutter.

BIBERHAHN Jawohl, ich habe die Ehre gehabt – (*dumpf beiseite*) sie zu fressen. (*Ißt noch gieriger.*)

ABENDWIND (*ihn von der Seite betrachtend, für sich*) Wie er hineinbampft in sich, als ob er sich betäuben wollte. – (*Laut.*) Aber was is denn das? Da liegt was in der Soß –! (*Zieht einen Frisierkamm aus der Schüssel.*) Das is ja ein Kampl –!

BIBERHAHN Richtig – (*ihn mit Wohlgefallen betrachtend*) ein ganz schöner elfenbeinerner Kamm.

ABENDWIND Ja, ja – aber in einer Speis' is das doch nicht nötig. Das is eine Nachlässigkeit beim Anrichten; es schaut halt niemand nach in der Kuchel, wie es bei ein' Witiber schon geht.

BIBERHAHN Sie haben früher gesagt: »Nur nichts Aufg'warmts!«

Werkel: Leierkasten.
Zwiefelt: mit Zwiebeln zubereitet; aber auch äußerst streng behandelt.
Gach: jäh, rasch.
Hineinbampft in sich: Essen in sich hineinstopft.

– Warum warmen Sie diese Erinnerung immer auf? (*Ißt noch gieriger als zuvor.*)

ABENDWIND Weil – weil – ich weiß eigentlich selber nicht –

ATALA (*welche Biberhahn mit Erstaunen zusah*) Ach, sehen Sie, Papa –

ABENDWIND (*beiseite, indem er ebenfalls Biberhahns Gierigkeit bewundert*) Wenn er die Meinige so wie ich die Seinige – dann soll ihm der Bissen im Hals stecken bleiben.

BIBERHAHN (*macht Bewegungen wie jemand, der ein zu großes Stück hinunterwürgt*)

ATALA Papa – er würgt so gewaltsam hinunter!

ABENDWIND (*ruhig*) Es druckt ihn was – (*beiseite*) sollte das etwa das Gewissen sein –?

ATALA (*ängstlich*) Er erstickt ja fast –!

ABENDWIND (*ruhig*) Er steht in der Götter Hand.

ATALA Uns Kinder hat man in solchen Fällen immer auf den Rücken geklopft.

ABENDWIND Das wäre gegen die Etikette, einen Beherrscher kann man nicht auf den Buckl klopfen.

ATALA (*ängstlicher*) Wo ist denn unser Hofdoktor?

ABENDWIND Der könnt' ihm allerdings einen Besenstiel verschreiben, um das Ganze abizustoßen.

BIBERHAHN (*aufatmend*) Es ist schon vorbei. (*Sich schnell erholend.*) Aber was es nur war? Es muß eine Art Gegenstand gewesen sein. Es war etwas ungeheuer Hartes und Rundes.

ABENDWIND Sie können von Glück reden, daß es nix Viereckigs war. Übrigens, mit einer guten Verdauung kann man viel –

BIBERHAHN Es ist mir auch etwas in den Zähnen steckengeblieben. (*Wendet sich ein wenig ab und zieht mittels eines Zahnstochers eine Uhrkette aus dem Munde.*)

ABENDWIND (*staunend*) Nein, was mein Koch heut' alles dazugenommen hat –!

BIBERHAHN Vermutlich als Gegensatz, daß das andere um so saftiger erscheint.

ABENDWIND Möglich, aber a Kampl, a Ketten, das sind keine Ingredienzen, das sind schon mehr Objekte, selbständige Substanzen.

BIBERHAHN Mir is schon wieder ganz wohl.

Abizustoßen: abi = hinunter.
Kampl: kleiner Kamm.

ABENDWIND Gratulier' Ihnen zu dem Magen.

BIBERHAHN Und somit wird der große Häuptling Biberhahn dem detto großen wie auch sanften Abendwind ungesäumt eine Eröffnung machen.

ATALA Da bin ich neugierig. (*Tritt etwas näher.*)

BIBERHAHN (*zu Abendwind*) Ihre Tochter is reizend –

ATALA Jetzt hab' ich geglaubt, ich werde etwas Neues hören. (*Tritt, in ihrer Erwartung getäuscht, etwas mehr zur Seite links.*)

ABENDWIND Ich schmeichle mir, nichts vernachlässigt zu haben.

BIBERHAHN Und da wir beide so glücklich in unserer Ehe waren – (*Beide blicken sich an und weinen.*)

BIBERHAHN (*in seiner Rede fortfahrend*) So wünschte ich, meinen Sohn, dessen Ankunft ich stündlich erwarte, ebenso glücklich zu sehen –

ABENDWIND (*zu Atala*) Tochter, werd' rot, 's is von ein' Mann die Red'.

ATALA Ist das etwas Neues?

ABENDWIND Wär' mir nicht lieb, wenn dir das nix Neu's wär'! (*Für sich.*) Die red't oft ein' Stiefel zusamm' in ihrer Unschuld, gar so ein' unschuldigen Stiefel.

BIBERHAHN (*zu Abendwind*) Mit einem Wort, ich ersuche Ihnen für ihn um die Hand Ihrer Tochter, während ich unter der Hand die ganze Tochter versteh'.

ABENDWIND (*leise zu Atala*) Tochter, vom Heiraten is die Red', jetzt sollst schon wieder rot werden, und bist es noch nicht 's erste Mal.

ATALA (*zu Abendwind*) Ich werde gelegentlich –

ABENDWIND (*zu Biberhahn*) Ich antworte auf Ihren geschätzten Antrag mit einem frischvonderleberwegigen unspomponadischen »Ja«. Melden Sie Ihrem Herrn Sohn unbekannterweis' meine Empfehlung und meine Gratulation, ich sage kühn »Gratulation«, denn mit der (*auf Atala zeigend*) muß jeder glücklich werd'n, ob's Ihr Sohn is oder ein anderer.

ATALA (*für sich*) Ein anderer –? Mein Arthur wäre so ein anderer –! (*Laut.*) Papa, Papa! Ich glaube, jetzt werd' ich rot.

ABENDWIND (*für sich*) 's Madl folgt, wann ich ihr was schaff', aber immer erst, wann's ihr g'legen is.

Stiefel: Unsinn.
Unspomponadischen: Spomponadel = Umständlichkeiten, Ziererei.

BIBERHAHN (*zu Abendwind*) Jetzt werden Sie gütigst erlauben, daß ich mein eigenes Fleisch und Blut a bisserl übern grünen Klee zum Lobhudeln anfang' und die Vorzüge und Eigenschaften meines Sohnes –

ABENDWIND (*zu Atala*) Atala, verlaß uns, geh hinaus aus dieser freien Gegend; deine Mutter is auch immer hinausgegangen, wenn von meine Eigenschaften die Red' war.

ATALA Ich geh' schon, Papa! – (*Für sich.*) Wenn ich nur wüßte, was aus Arthur geworden ist. (*Geht nach rechts ab.*)

Zehnte Szene

ABENDWIND, BIBERHAHN

BIBERHAHN Vor allem muß ich Ihnen sagen, daß mein Sohn Arthur heißt und daß seine Geburt mich um so mehr erfreute, als ich bei der Pechschwärze meiner Haare gar nicht hoffen konnte, je ein so lieblich lichtblondgeschneckeltes Söhnlein zu bekommen. Ein europäischer Schiffskapitän, der zu der Zeit gerad' einige Zeit auf meiner Insel war, gab mir den Rat, das Söhnlein in Europa erziehen zu lassen; bald darauf reiste er ab. Als das Söhnlein ein Jahr alt war, schickte ich es mit einem Mechanikus, der vom Schiff dieses Kapitäns zurückgeblieben war, fort in die Zivilisation hinaus. Dieser Mechanikus hat mir nebst andern ausgezeichneten Sachen auch eine Spieluhr angefertigt, und diese hab' ich ihm für meinen Sohn mitgegeben, damit ich ihn, weil er mir schon einmal nicht so gleichsieht, als er mir von Rechts wegen gleichsehen sollte, an dieser Spieluhr erkenne, wenn er als blonder Jüngling zurück in meine Arme kehrt.

ABENDWIND (*stutzend*) Blonder Jüngling –!? (*Für sich.*) Merkwürdig! Grad' wie der junge Fremde –! (*Laut.*) Und wird er national gekleidet sein, wenn er hier ankommt?

BIBERHAHN Nein, sondern stockeuropäisch in Frack –

ABENDWIND (*erschreckend*) Frack –!? (*Beiseite.*) So heißt man wahrscheinlich das Kulturg'wand.

BIBERHAHN Pantalon –

ABENDWIND (*mit steigendem Entsetzen*) Pantalon –!?

BIBERHAHN Stiefeln.

Geschneckeltes: gelocktes.

ABENDWIND (*wie oben*) Stiefeln –!? (*Beiseite.*) Ich fall' in eine indianische Fras!

BIBERHAHN Ich weiß das genau, weil mir sein Begleiter seine Photographie g'schickt hat. Da schaun Sie s' an. (*Zieht eine photographische Visitkarte hervor und gibt sie Abendwind.*)

Duett

ABENDWIND (*bei Anblick der Photographie ganz vernichtet*)
Uije! Uije! Uije!
Das prackt mich völlig nieder.

BIBERHAHN (*Abendwinds Ekstase für Übermaß von Wohlgefallen haltend*)
's G'sicht fesch und schlank die Glieder!

ABENDWIND (*sich mühsam etwas fassend*)
Also wirklich? Das is Ihr Herr Sohn?

BIBERHAHN
Der Erbe von mein' Inselthron.

ABENDWIND
Uije! Uije! Uije!
(*Sich mit beiden Händen den Kopf haltend.*)
Es wirbelt mir der Südseeplutzer –

BIBERHAHN
Was schaun Sie denn gar so verzwickt?

ABENDWIND (*für sich*)
Sein Sohn war jener Stutzer,
Von dem 'r a paar Pfund hat g'schlickt.

BIBERHAHN
Auf dem Weg, kaum zu bemessen,
Drohn ihm nicht nur Stürme bloß,
s' kann ihn auch ein Haifisch fressen,
Denn sein Rachen is gar groß.

ABENDWIND (*für sich*)
So nach mein' Privatermessen
Wird er rächen sich heillos,
Weil sein' Thronerb'n er hat g'fressen
Hier in einer sauern Soß.

BIBERHAHN
Doch bin ich nicht allein von Ängsten

Fras: Krampf, Konvulsion.
Prackt mich ... nieder: schlägt mich ... nieder.
Südseeplutzer: Plutzer = Kopf.

Um meinen Sohn Arthur erfüllt,
Mir is noch banger, fast am bängsten
Um meine Uhr, die Stückeln spielt.
Begleit'rin war sie ihm auf Reisen,
Sie ruft ihm jede Stunde zu
Die süßen nationalen Weisen,
Das Kriegslied der Papatutu.
Schad' wär', so wie um meinen Sohn,
Von dieser Uhr um jeden Ton;
Drum, Schicksal, wenn du nicht bist z'wider,
Gib mir den Sohn und d' Spieluhr wieder!

Ensemble da capo

ABENDWIND (*beiseite*)
Was sag' ich ihm? Wie rett' ich mich?
BIBERHAHN (*sich den Bauch frottierend*)
Mich druckt's im Magen fürchterlich.
ABENDWIND (*für sich, resignierend einen Entschluß fassend*)
Ich werd' ihn schön stad vorbereiten. (*Laut zu Biberhahn.*)
Wir sind Herrscher zwar mit Szepter und Kron',
Doch 's Schicksal hat zu g'wissen Zeiten
Auf unserein' grad' sein' Passion.
BIBERHAHN (*etwas unruhig werdend*)
Mir bleibt er schon z' lang aus, mein Sohn.
ABENDWIND
Das machet eigentlich noch nix,
Kommt er jetzt nicht, kommt vielleicht er später;
Doch am Horizont unsres Glücks
Da machen oft die Götter a Wetter.
BIBERHAHN (*mit wachsender Ungeduld*)
Mir bleibt er schon z' lang aus, mein Sohn!
ABENDWIND
Ungeduld steht nicht gut an,
Moderier'n Sie sich ein wenig!
Sich beherrschen dann und wann
Muß ein braver, g'scheiter König.
BIBERHAHN
Arthur, mein Sohn, o komm zu mir!
ABENDWIND (*dumpf und bedeutungsvoll*)
Ich glaub', er is schon hier.

Stad: ruhig.

BIBERHAHN
Warum nicht gar! Wo wäre er?

ABENDWIND
Auf Ehr',
Ganz nah' bei Ihnen, fürcht' ich schier.

BIBERHAHN
Wie heißt »ganz nah' bei mir«?

ABENDWIND
Viel näher wohl, als es Ihr Wille!

BIBERHAHN (*horchend*)
Halt – halt! Ich hör' da was in mir –
Horch! Horch! Ich bitt' Sie, sein S' stille!

(*Beide lauschen, man hört plötzlich die Spieluhr sechs Uhr schlagen, Biberhahn hält die Hand erschrocken auf seinen Magen.*)

ABENDWIND Sechse, soviel muß's jetzt sein.

BIBERHAHN Hab'n S' g'hört? Es schlagt die akkurate Stund' in mir – bei Ihnen hab' ich g'speist, und das Harte, was mir vorhin in Schlund – 's is klar, ich habe eine Repetieruhr g'schlickt!

ABENDWIND So was kommt doch selten unter a Speis.

BIBERHAHN Die Uhr muß dem g'hört haben, an dem wir uns hier auf gut karaibisch delektiert – halt – (*sich den Magen reibend*) da rodelt's jetzt – (*die Uhr fängt an, in ihm das Schlachtlied der Papatutus zu spielen.*) Million Element –! (*Nach dem Liede der Spieluhr.*) Das ist unser südpolischer Nationalgesang. Den spielt nur eine Uhr auf dieser Welt, und diese Uhr hat nur einer bei sich, und der is mein Sohn – und folglich, wo die Uhr is, da is auch er, die Uhr war in der Schüssel, und folglich – schauderhafte Gewißheit! – das Diner war mein Sohn!

ABENDWIND Man kann wohl nie wissen, was aus die Kinder wird –

BIBERHAHN (*grimmig*) Antwort! Direkte Antwort!

ABENDWIND Ich hab' nicht die Ehre gehabt, den Herrn Sohn zu kennen – und wann uns ein unterspickter Fremdling in die Händ' lauft –

BIBERHAHN (*wie oben*) Keine Umschweife! Zur Sache!

ABENDWIND (*auf die verschiedenen Schüsseln zeigend*) Die Speis' und die Speis' und diese auch, diese aber hingegen ebenfalls – das war alles Ihr Arthur, und es bleibt mir nix zu sagen übrig, als – ich wünsch', daß's wohl bekommt.

Rodelt: macht ein Geräusch.

BIBERHAHN (*desperat*) Mein Sohn, mein guter Arthur –! Das kann ich im strengsten Sinn des Wortes sagen –

ABENDWIND (*ihn tröstend*) Er ist im Schoße seiner Familie, folglich gut aufgehoben.

BIBERHAHN (*nachdem er sich wieder gefaßt, im Tone der Courtoisie*) Jetzt werden Sie aber entschuldigen – Sie sind selbst Indianer und werden wissen, was in solchen Fällen – ich werde müssen so frei sein, Rache zu nehmen an Ihnen.

ABENDWIND Ich kann es Ihnen nicht verbieten – aber –

BIBERHAHN (*ruft nach rechts in die Szene*) Heda! Gefolge, Krieger, Suite und Wilde! Was zu mir gehört! Ergreifet die Waffen, schwingt die Speere, Schleudern, Keulen und erhebts ein Rachegeschrei. (*Man hört in der Szene rechts im Hintergrunde die Wilden schreien.*)

PAPATUTUANER (*von innen*) Rache! Rache! Rache!

Elfte Szene

ATALA; DIE VORIGEN

ATALA (*von rechts aus dem Vordergrunde zurückkommend*) Er ist verschwunden, als hätte ihn das Meer verschlungen!

BIBERHAHN (*wild auflachend*) Das Meer!? Hahaha!

ATALA Und was bedeutet dieses Kriegsgeheul?

BIBERHAHN Mein Sohn! Mein Arthur!

ATALA (*freudig erstaunt*) Wie, Arthur Ihr Sohn –? Er, der Fremde, der uns zu Mittag die Ehre gab – Ihr Sohn?

Terzett

BIBERHAHN

Im blut'gen Tanze
Kriegt er sein' Tee,
Schwing' ich die Lanze,
Schreit 'r Ach und Weh!
Statt mich z' traktieren,
Mich z' delektieren,
Tut er als Speis'
Mein' Sohn mir servieren –
's is aus der Weis'!

Sein Tee: seine Strafe.
Aus der Weis': unglaublich, unerhört.

ABENDWIND

Drohend mit der Lanze
Will er Rache statt Kaffee,
Und es is doch 's Ganze
Nix als ein verdalkts Diner.
Ihn zu traktieren,
Mußt' ich studieren
Auf a gute Speis,
Sein' Arthur z' transchieren
Geschah nicht mit Fleiß.

ATALA

Schwingend die Lanze
Hoch in der Höh',
Im Waffentanze
Rufen sie Weh!
Wo mag er irren?
Das zu entwirren
Streb' ich mit Fleiß.
Ihn zurückführen –
Lohnender Preis!

BIBERHAHN

Den Gastfreund zu spießen, die Pflicht is fatal –
Doch räche ich mich nicht, das wär' ein Skandal!
(*Die Papatutuaner treten auf und schleppen Waffen herbei.*)

Ensemble da capo

ABENDWIND

Aushalten noch! Mir fallt was ein –
Muß es denn gleich gekämpfet sein?
(*Einen Augenblick nachsinnend.*)
Der Sohn der Sonne – holt ihn her geschwind!
Unser weißer Bär tut's prächtig als Orakel;
Vermieden sei das Kriegsspektakel!
Zeig'n wir, daß wir Wilde bess'rer Gattung sind!
Wenn er auch nix red't als Bär, so brummt er
Viel g'scheiter, als wenn uns'reins spricht,
Ich lass' ihn hol'n, unfehlbar kummt er,
Er orakle, und die Streitigkeit is g'schlicht't.

ABENDWIND (*spricht zu den Groß-Luluerern, welche mittlerweile herbeigekommen*) Für gewöhnlich tragt er ein' Maul-

Mit Fleiß: absichtlich.

korb, der Sonnenbär, den nehmt's ihm herab. (*Ein paar Groß-Luluerer gehen ab, dann spricht Abendwind für sich.*) Vielleicht schnappt er auf mein' königlichen Kollegen und beißt ihn z'samm' – das wäre das einfachste.

BIBERHAHN (*für sich*) Mir is nicht recht im Magen.

Zwölfte Szene

DER BÄR; DIE VORIGEN

Ensemble

BIBERHAHN, ABENDWIND, ATALA

Während des Ensembles wird der Bär von den Sonnenpriestern vorgeführt.

Erleucht' uns, o Bär,
Das dunkle Gehirne
Hier unter der Stirne,
Dir ist das nicht schwer.
O schauerliche Wonne,
Es naht der Sohn der Sonne!

(*Der Bär besinnt sich eine Weile schwankend, ob er Abendwind oder Biberhahn umarmen soll, endlich stürzt er brummend auf Atala los und küßt ihr die Hand.*)

ATALA (*erschreckt*) Papa, Papa! – Das garstige Tier!

ABENDWIND Freigeistin! Das is ja der heilige Bär!

ATALA (*dem Bären ausweichend*) Ein zudringliches Beest ist er –!

BIBERHAHN (*zu Abendwind*) Glauben S' nicht, daß er s' zerreißt?

ATALA Zurück! (*Stößt den Bären von sich, so daß dessen Kopf herabfällt.*)

ARTHUR (*welcher in der Bärenhaut steckt, sie umarmend*) Ich bin's!

ATALA (*mit Staunen*) Wie, er – mein Arthur, der Fremde – ein Bär!?

ABENDWIND (*aufs höchste erstaunt*) Der Fremdling –! Wunderbar! Sonderbar! (*Zu Biberhahn.*) Das is der Herr Sohn!

BIBERHAHN Wer!? Der Bär!? Das geht nicht zusamm'! Wir haben *den* gegessen mit der Uhr, und der mit der Uhr war mein Sohn; dieser ist noch nicht gegessen, folglich kann er auch mein Sohn nicht sein.

ABENDWIND Das is ein indianisches Labyrinth ohne Faden.

ARTHUR (*zu Abendwind*) Keineswegs, ich habe Ihren Koch bestochen, und statt meiner wurde der weiße Bär geschlachtet. Nun wissen Sie alles.

ABENDWIND Bestochen? Meinen Koch? Mit was? Und wie?

ARTHUR Ich hab' ihn frisiert, wie Sie hier sehen. (*Auf einen Wink Arthurs tritt Ho-Gu auf.*)

Dreizehnte Szene

HO-GU, MEHRERE GROSS-LULUERER; DIE VORIGEN

HO-GU (*tritt mit mehreren Groß-Luluerern, welche ihn alle mit wohlgefälliger Neugierde anstaunen, aus dem Vordergrunde rechts auf; er ist mit hohem Toupet à la Louis XIV. frisiert*) Erhabener Gebieter –! (*Verneigt sich vor Abendwind.*)

ABENDWIND (*von Bewunderung ergriffen*) Ah, das is eine Schönheit –!!

ARTHUR Gekräuselt, gelockt, gebrannt, tapiert!

ABENDWIND Da is es freilich schwer, zu widerstehn. (*Zu Biberhahn.*) Also nicht *Ihren* Sohn, den Sohn der Sonne haben wir gespeist.

ATALA (*zu Biberhahn*) Ja, ja, mein Arthur ist Ihr Sohn.

BIBERHAHN O, hören Sie auf! Ich glaube so was nicht so leicht. (*Man hört im Magen Biberhahns ein Viertel auf sieben Uhr schlagen und gleich drauf das Kriegslied der Papatutus spielen; er greift sich mit beiden Händen auf den Magen.*)

ARTHUR (*zu Biberhahn*) Was hör' ich –?! Meine Uhr! An der Stell' geben Sie mir sie zurück!

BIBERHAHN Geduld! Geduld! Sie is derweil versetzt in mir. Aber wenn das deine Uhr is, dann bist du ja mein Sohn, und ich bin dein Vater – Sohn! Arthur! (*Umarmt ihn.*)

ARTHUR Papa –!!

BIBERHAHN (*zu Abendwind, auf die Schüssel zeigend*) Aber Sie, das Tier war delikat!

ABENDWIND Ja, ein Sonnenbär, ein heiliger Bär –

BIBERHAHN Larifari! Ich parier', es schmeckt einer wie der an-

Tapiert: »toupiert«, aufgekräuselt.
Parier': wette.

dere, jedenfalls werd' ich von nun mich ganz auf das Bärenfleisch verlegen.

ABENDWIND (*leise zu ihm, mit Wichtigkeit*) Hätten Sie diesen Entschluß vor Jahren gefaßt, ich wär' kein Witiber geword'n.

BIBERHAHN (*betroffen*) Wie meinen Sie das?

ABENDWIND (*ihn an der Hand nach vorne führend, leise*) Sie werden mich verstehen, wenn ich Ihnen sage, vielleicht wären auch Sie kein Witiber, wenn ich stets nur Bärenfleisch –

BIBERHAHN (*leise*) O, meine Ahnung! (*Zu Abendwind.*) Wir haben beide gegenseitig –

ABENDWIND (*leise zu ihm*) Es war eine schauderhafte Reziprozität.

BIBERHAHN (*sich entschuldigend*) Karaibisches Naturell –

ABENDWIND Ein gacher Gusto, appetitus spurius.

BIBERHAHN Verzeihn wir uns als edle Männer! –

ABENDWIND Und die Erinnerung an die Affäre sei ausgelöscht!

(*Beide reichen sich feierlich und würdevoll die Hand.*)

ATALA (*zu Arthur*) Sie reichen sich die Hände –

ARTHUR (*zwischen Abendwind und Biberhahn tretend*) Also Einwilligung von beiden Seiten?

BIBERHAHN Is alles abgemacht!

ABENDWIND Sie sei die Ihrige.

ARTHUR Dann jubelt, ihr Völker der Inseln! Nach meinem künftigen Residenzwigwam führ' ich sie heim, die schöne Wilde als Braut!

Finale

ARTHUR

Glück, wie gut bist du,
Führst die Braut mir zu,
Die doch das Bijou
Aller Groß-Lulu.
Friede, Heil und Ruh'
Den Papatutu,
Jubelt immer zu:
Heil den Groß-Lulu
Und Papatutu,
Atala, und du,
Bist jetzt mein Bijou!

Appetitus spurius: ein »falscher«, krankhafter Appetit.
Schöne Wilde: (Wortspiel:) »wild«, auch = häßlich.

(Während die Groß-Luluerer sich zu beiden Seiten gruppieren, defilieren die Papatutuaner, Biberhahn und Arthur mit Atala an Abendwind vorüber.)

Der Vorhang fällt.

Bemerkungen und Quellen

Der böse Geist Lumpazivagabundus oder Das liederliche Kleeblatt

Die Handlung des *Lumpazivagabundus* geht auf die sentimentale erste Erzählung des Zyklus »Das große Los« in Karl Weisflogs Sammlung »Phantasiestücke und Historien« (1824 ff.) zurück. Der Wiener Volksdichter J. A. Gleich hatte sie in der Posse mit Gesang *»Schneider, Schlosser und Tischler«* dramatisiert; sie wurde am 30. Juli 1831 anonym im Theater in der Leopoldstadt aufgeführt. Der Text dieser Posse ist verlorengegangen.. Zwei Stücke Nestroys, die dem *Lumpazivagabundus* eng verwandt sind und sich zum großen Teil mit ihm und seiner Fortsetzung *Die Familien Zwirn, Knieriem und Leim* decken, sind zu seinen Lebzeiten nicht aufgeführt worden; *Genius, Schuster und Marqueur oder Die Pyramiden der Verzauberung,* Zauberposse in drei Aufzügen (1832), S.W.I., 419 ff., und *Der Feenball oder Tischler, Schneider und Schlosser,* Faschingsposse in drei Aufzügen (1833), S.W.I, 529 ff.

Lumpazivagabundus wurde eines der meistgespielten Stücke Nestroys, wohl vor allem dank der originellen, mit vollendeter Sprachmeisterschaft gestalteten Figur Knieriems. Die Zeitgenossen staunten über den neuen »Realismus« und erwarteten nun, Nestroy werde der Dichter echter »Volksstücke« werden, bestimmt, die alten »Possen« zu verdrängen. Vgl. S. X ff.

Die beiden Nachtwandler oder Das Notwendige und das Überflüssige

Nestroys Quelle für *Die beiden Nachtwandler* ist J. A. Gleichs »Maler Klex oder das Notwendige und das Nützliche«, ein »natürliches Zauberspiel mit Gesang in zwei Aufzügen«, das im Dezember 1819 am Leopoldstädter Theater aufgeführt wurde. Laut Rommel hatte Gleich Adrien de Sarrazins Märchen *»Le Nécessaire et le Superflu«*, Wiener Verhältnissen angepaßt, dramatisiert, aber J. F. Castellis auf Sarrazin zurückgehendes Singspiel »Aladin oder das Notwendige« mit einem ähnlichen Stoff nicht benutzt. Nestroy mag es gekannt haben; es wurde im Wiener Hofoperntheater im Jahre 1819 fünfmal (zwölfmal bis Ende 1823) aufgeführt.

Trotz seiner possenhaften Elemente ist *Die beiden Nachtwandler* wohl Nestroys zartestes Stück und im Charakter trotz der Abwesenheit jeder »Zauberei« ein echt märchenhaftes Zauberspiel. Stricks Auftrittslied ist das erste der später berühmt gewordenen Nestroyschen Berufscouplets mit anschließendem Monolog. Karl Kraus liebte das Stück und las es oft in seiner eigenen Bearbeitung vor. (*Das Notwendige und das Überflüssige,* Wien, 1920.)

Der Talisman

Den drei Akten des *Talisman* liegt eine im Frankreich von 1806 spielende dreiaktige Comédie-Vaudeville, *Bonaventure* von Dupeuty und F. de Courey (1840), zugrunde, Musterbeispiel der neuen von Dutzenden Liedern und Liedchen gefüllten Gattung, die als Vorläufer der Operette gelten kann.[1]

Obwohl Nestroy in die Handlung seiner Vorlage einige neue Rollen und eine große Anzahl neuer Dialogpartien und Szenen eingefügt hat, darunter die so überaus witzigen und bühnenwirksamen mit dem Bierversilberer Spund und die milieuhaften ersten drei Szenen, ist *Der Talisman* die am straffsten gebaute aller seiner Possen (mit Ausnahme der kurzen Ein- und Zweiakter), unübertrefflich auch in der Präzision und Geistigkeit des sich banal gebärdenden Dialogs und der Brillanz der drei Couplets. Zugleich ist sie wohl die witzigste unter den Komödien. Aber der gedankliche und sprachliche Witz der Reden des arbeitslosen Barbiergesellen überflutet nicht die Handlung wie in einigen anderen Stücken Nestroys, ja die Handlung selbst ist witzig. Sie dient, was sonst bei ihm nie der Fall ist, gleichnishaft einer These, doch ohne die Posse zu einem Thesenstück zu machen: Nämlich wie sehr das Schicksal des einzelnen von den Vorurteilen der Menge abhängig ist. Dies macht er auch durch witzige Situationen und symbolisch wirkende »Tableaux« sinnfällig.

»Die Sexualkomik der Schlußpointe stammt aus der Tradition der Hanswurstiade und Kasperliade«, bemerkt Rommel (S.W.X, S. 625). »In jedem dieser Stücke heiratete Hanswurst ... am Schluß und gab in anzüglichen Worten der Hoffnung auf ... Vaterfreuden Ausdruck«. Aber auf welche Weise und zu welchem Zweck Nestroy diese »Tradition« hier ausnahmsweise übernommen hat, darin zeigt sich beispielhaft sein sich ins dramatisch Wirksame übersetzender Intellekt: Ohne psychologisierendes oder soziologisches Getu, mit bloßem *common sense,* macht er aus dem lustigsten Schlußwort einer Komödie, das je geschrieben wurde, auch das überzeugendste Schlußwort der Demonstration seiner These, indem er den Ursprung des Übels aufdeckt. – Vgl. Bd. I, S. XXV f. dieser Ausgabe.

[1] Eine ungedruckte Wiener Dissertation von L. Tönz, Nestroys künstlerische Eigenständigkeit und Eigenart (1967), ausschließlich dem *Talisman* gewidmet, sucht im einzelnen zu zeigen, auf welche Weise Nestroy mittelmäßige Bühnenware seinen eigenen Ansprüchen und seiner Geistesart angepaßt hat. Vgl. auch Nestroy, *Der Talisman* von F. H. Mautner in B. von Wiese, Das Deutsche Drama, II (1958), S. 23–32.

Einen Jux will er sich machen

geht auf eine einaktige Farce von John Oxenford (1812–1877), *A Day Well Spent,* zurück, erstmals aufgeführt im English Opera House am 4. April 1834. Nestroys Stück verhält sich laut Rommel zu ihr wie »eine reife Durcharbeitung zu einer Skizze ... Das Tatsachenmaterial der Handlung ist gegeben, aber nur in den gröbsten Umrissen und ohne jede Rücksicht auf innere Motivierung der Handlung. Die Charaktere sind bei Oxenford durchwegs nur farblose ›Rollen‹, der Dialog dient nur der Weiterführung der Handlung«[1]. Die berühmte Scholzische Rolle Melchiors fehlt.

Die Posse war der größte oder zweitgrößte Erfolg Nestroys zu seinen Lebzeiten. (Sie wurde 161mal gespielt; *Lumpazivagabundus,* 9 Jahre älter, 259mal.) Nestroy »dürfte niemals früher noch so vielfache und stürmische Beweise von Anerkennung gefunden haben« hieß es nach der Erstaufführung im »Sammler« vom 12. März 1842. Schwankhafte und knappe, aber eindringliche Milieuschilderung vertragen sich hier ausgezeichnet innerhalb einer technischen Meisterleistung. Die Charaktere sind rasch umrissen, und rasch rollt faschinghaft fröhliches Geschehen ab, gebremst und überstürzt durch unvorhergesehene, geschickt herbeigeführte und noch geschickter aufgelöste Verwicklungen. Flucht und Verfolgung, Auftauchen der gefürchteten, Verschwinden der gesuchten Personen nehmen Wirkungen des frühen Films vorweg. In der leichten Tragikomik des lebenshungrigen philosophischen Kommis, der den Jux des Lebens erst vergeblich sucht und dann von ihm beinah überrannt wird, hat Nestroy die mit der Figur Schnoferls im *Mädl aus der Vorstadt* begonnene Linie zum »Natürlichen« und Versöhnlich-Humoristischen wiederaufgenommen. Seit der nach dem Zweiten Weltkrieg einsetzenden Nestroy-Renaissance, die im Satirischen und im Sprachwitz Nestroys wahres Wesen zu sehen begann, ist die Beliebtheit des *Jux* zugunsten angriffslustigerer Stücke zurückgegangen. Seine Qualitäten als äußerst unterhaltendes Theaterstück bekunden sich aber noch immer in den Bearbeitungen Thornton Wilders, *The Merchant of Yonkers* (1938) und *The Matchmaker* (1954), (die auch verfilmt wurden) und dem auf ihnen beruhenden Musical *Dolly,* einem unzerstörbaren Zugstück.

Der Zerrissene

Aus dem Theaterzettel des *Zerrissenen* erfuhren die Zuschauer: »Die Handlung ist dem Französischen (›*L'homme blasé*‹) nachgebildet.« Zuerst am 18. November 1843 am Théâtre du Vaudeville aufgeführt, hatte das Pariser Stück auch im Ausland Aufsehen erregt. Es konnte in Wien in deutscher Übersetzung am Abend der Premiere von Nestroys Umarbeitung im Josefstädter Theater gesehen werden, verschwand aber nach wenigen Aufführungen vom Spielplan.[1]

Der Zerrissene ist bis heute eines der meistgespielten Stücke Nestroys geblieben. Es ist mehr eine witzige Charakterstudie mit burlesken Zügen als eine Satire auf den »Weltschmerz« der Zeit, Thema einer Novelle von Alexander von Ungern-Sternberg mit dem Titel *Die Zerrissenen* (1832). Herr von Lips ist blasiert, weil es ihm zu gut geht; als er tödliche Furcht kennenlernt und einfache menschliche Güte, ist er kuriert. Seine aus Resignation erwachsende Ironie beschränkt sich auf seine Beziehungen zu den andern Personen des Stücks, stößt nicht als Satire aus seinem Umkreis hinaus, wie etwa die des Titus im *Talisman.* Die stärksten komischen Wirkungen entspringen aus der an Entsetzen streifenden Begegnung der beiden Totgeglaubten im Keller und der kontrastreichen Scholz-Rolle Gluthammers. Die inneren Gegensätze des *Zerrissenen* spiegeln sich in denen seiner Sprache; Ironie verhüllt sich im Doppelsinn der Reden Lipsens, verständlich nur ihm selbst, Kathi und den über die wahre Sachlage informierten Zuschauern.

[1] Vgl. S. W. XII, S. 618. Darüber, wie die wesentlichsten Unterschiede zwischen dem *Homme blasé* und dem *Zerrissenen* ein neues Stück machen, berichtet Rommel ebda. S. 619–624.

Häuptling Abendwind oder Das greuliche Festmahl

Vorlage für *Häuptling Abendwind* ist die Offenbach-Operette à Spectacle *Vent du Soir ou L'horrible festin,* Text von M. Ph. Gille. Sie wurde von einer Pariser Truppe im Sommer 1861 in Wien mehrmals aufgeführt.

In einer »Indianischen Faschings-Burleske in einem Akt« hat Nestroy ihr satirische Gestalt gegeben; Chateaubriands romantisches Naturkind Atala, hier parodistisch behandelt, ist nur ein Nebenbei. Die Satire richtet sich gegen den wachsenden, Nestroy verhaßten, Nationalismus in Europa, gegen Diplomaten und ihre Konferenzen – die letzten zwölf Jahre hatten reichlichen Anschauungsunterricht gegeben – und den Stolz auf unsere fadenscheinige heuchlerische Zivilisation im allgemeinen. Züge des »gemütlichen« Spießers Gundlhuber aus *Eine Wohnung ist zu vermieten* kehren hier wieder in der Figur des gerissenen Häuptlings Abendwind, und die beiden Menschenfresser-Monarchen parlieren miteinander in den konventionell-verbindlichen Phrasen eines Tischgesprächs. Nach fünf Vorstellungen verschwand die »Burleske« von der Bühne; die Satire blieb unbemerkt, die Menschenfresserei wurde als »unappetitlich« gerügt. Die Zeit des *black humour,* schon vorbereitet in *Höllenangst,* war noch nicht gekommen.

Zeittafel
zum Leben und Werk Nestroys

Nestroy gab seinen Stücken häufig Doppeltitel wie *Der böse Geist Lumpazivagabundus oder Das liederliche Kleeblatt.* Der zweite Titel ist hier nur angeführt, wenn er in späteren Bearbeitungen oder Aufführungen an die erste Stelle gesetzt wurde. – Die Untertitel sind stets die von Nestroy gewählten. Der Zusatz »m. G.« bedeutet »mit Gesang« und weist nach 1840 nur auf die Couplets und gelegentlichen kurzen Chöre hin. Die Jahreszahlen sind, wo nicht anders bemerkt, die der Uraufführung. Sie beruhen auf Angaben in der Gesamtausgabe und in der Wiener Dissertation (1964) von Johann Hüttner, Wiener Nestroy-Aufführungen vom Tode des Autors bis zum Ende des Zweiten Weltkrieges.

1801 7. Dezember: Geboren in Wien als Sohn des Hof- und Gerichtsadvokaten Johann Nestroy.

1810–1816 Besuch des Gymnasiums.

1817–1822 Student, seit 1820 der Rechte, an der Wiener Universität.

1818 Tritt als Baß-Solist in Händels *Timotheus* (= ›Alexander's Feast‹) auf.

1822 Debüt als Sarastro und Engagement am k. k. Hoftheater nächst dem Kärntnertor.

1823 Heiratet Wilhelmine Nespiesni. Engagement in Amsterdam.

1824 Übernimmt, obwohl hauptsächlich Opernsänger, einige Sprechrollen.

1825 Oktober: Engagement in Brünn.

1826 oder früher: *Prinz Friedrich,* Romantisches Trauerspiel (aufgeführt erst 1841).

1826 Brünner Engagement wegen Extemporierens von der Polizei aufgelöst. Engagement in Graz und Preßburg. Viele Sprechrollen, aber Opernpartien überwiegen noch.

1827 Gattin verläßt Nestroy. – Sprechrollen überwiegen.
Erstes Dialektstück: *Der Zettelträger Papp,* Komische Kleinigkeit.
Groteske Darstellung des Invaliden Sansquartier in L. Angelys »Zwölf Mädchen in Uniform«.

1828–1834 Nestroy schreibt für sich selbst vielfach burleske, manchmal satirisch-groteske »Zauberpossen« und Parodien. Innerhalb dieses Rahmens nimmt allmählich die Lokalposse überhand.

1828 Beginn der Lebensgemeinschaft mit der Sängerin Marie Weiler.
Die Verbannung aus dem Zauberreiche, Zauberspiel m. G.

1829 Wiener Gastspiel am Theater in der Josefstadt.
Der Einsilbige, Posse (verloren).
Der Tod am Hochzeitstage, Zauberspiel. Wiener Uraufführung.

1830 *Der unzusammenhängende Zusammenhang.* Quodlibet (verloren).

1831 *Magische Eilwagenreise durch die Komödienwelt,* Schaugemälde. (Quodlibet nebst einem Vorspiel)
Zwei Schüssel voll Faschingskrapfen, Quodlibet (verloren).

Zweites Wiener Gastspiel am Theater in der Josefstadt. Engagement an Direktor Carls Theater an der Wien als Komiker und Bühnendichter. Wenzel Scholz wird der leiblich und temperamenthaft gegensätzliche Partner Nestroys in allen seinen Stücken bis 1857.

1832 *Der gefühlvolle Kerkermeister,* Parodie m. G.
Nagerl und Handschuh, Parodie m. G.
Humoristische Eilwagenreise durch die Theaterwelt, Quodlibet nebst einem Vorspiel *Der Theaterdiener, die Benefizvorstellung und das Quodlibet.*
Zampa, der Tagdieb, Parodie m. G.
Der konfuse Zauberer, Originalzauberspiel.
Die Zauberreise in die Ritterzeit, Originalzauberspiel.
Genius, Schuster und Marqueur, Zauberposse (nicht aufgeführt).

1833 *Der Feenball,* Faschingsposse (nicht aufgeführt. Vorstufe zu *Lumpazivagabundus).*
Der Zauberer Februar, Lokales Zauberspiel m. G. (verloren).
Der böse Geist Lumpazivagabundus, Zauberposse m. G.
Robert der Teuxel. Parodierende Zauberposse.
Tritsch-Tratsch, Posse m. G.

1834 Der Zauberer *Sulphurelektrimagnetikophosphoratus,* Zauberspiel m. G.
Müller, Kohlenbrenner und Sesseltrager oder Die Träume von Schale und Kern, Zauberspiel.
Das Verlobungsfest im Feenreiche, Zauberspiel (nicht aufgeführt; Vorstufe zu) *Die Gleichheit der Jahre,* Lokalposse.
Die Familien Zwirn, Knieriem und Leim, Zauberspiel.
Es ist das letzte Stück Nestroys mit einem Zauberrahmen mit Ausnahme der Parodie *Der Kobold* (1838). Auch *Der gutmütige Teufel* (1851) gehört trotz der Bezeichnung »Zauberspiel« nicht in diese Kategorie.
Die Fahrt mit dem Dampfwagen, Vorspiel zu einem Quodlibet.

1835 *Weder Lorbeerbaum noch Bettelstab,* Parodierende Posse m. G.
Eulenspiegel, Posse m. G.
Zu ebener Erde und erster Stock, Lokalposse.
Das Stück erregt Erwartungen auf Wandlung vom Possenhaften zum »Volksstück«.

1836–1845 Nestroy steigert die Form der Posse zu stark ausgesprochener, manchmal satirischer, manchmal rein spielerischer Eigenart. Seine Sprachkunst gewinnt gelegentlich Eigenleben.

1836 *Der Treulose,* Dramatisches Gemälde. (Versuch eines Übergangs zum »Lebensbild«.)
Die beiden Nachtwandler oder Das Notwendige und das Überflüssige, Posse m. G.
Der Affe und der Bräutigam, Posse m. G. (für einen Tiermimiker).

1837 *Eine Wohnung ist zu vermieten . . .,* Posse m. G.
Moppels Abenteuer im Viertel unter dem Wienerwald, in Neuseeland und Marokko, Posse m. G.
Das Haus der Temperamente, Posse.

1838 *Glück, Mißbrauch und Rückkehr*, Posse (auf dem Theaterzettel »Lustspiel«).
Gastspiel in Ungarn.
Der Kobold oder Staberl im Feendienste, Parodierende Zauberposse.
Gegen Torheit gibt es kein Mittel, Lustiges Trauerspiel m. G.
1839 Erstes Auftreten im Theater in der Leopoldstadt, das nun auch, neben dem Theater an der Wien, Direktor Carl untersteht. Von nun an häufig ausgedehnte Gastspiele in Österreich (im folgenden nicht mehr ausdrücklich erwähnt).
Die verhängnisvolle Faschingsnacht, Posse m. G.
1840 *Der Färber und sein Zwillingsbruder*, Posse m. G.
Der Erbschleicher, Posse m. G.
Die zusammengestoppelte Komödie, Komisches Quodlibet m. G.
Der Talisman, Posse m. G.
1841 *Das Mädl aus der Vorstadt*, Posse.
Rudolph, Prinz von Korsika, Romantisches Trauerspiel. (Geschrieben als *Prinz Friedrich* in den zwanziger Jahren.)
Gastspiel in Hamburg.
1842 *Einen Jux will er sich machen*, Posse m. G.
Die Ereignisse im Gasthofe. Komische Szenenreihe.
Die Papiere des Teufels, Posse m. G. und einem Vorspiel.
1843 *Liebesgeschichten und Heiratssachen*, Posse m. G.
Das Quodlibet verschiedener Jahrhunderte, nebst Vorspiel,
Die dramatischen Zimmerherrn.
Nur Ruhe, Posse m. G.
Gastspiel in Breslau.
1844 *Eisenbahnheiraten*, Posse m. G.
Hinüber-Herüber, Intermezzo.
Der Zerrissene, Posse m. G.
Gastspiele in Berlin und Frankfurt.
1845 Ehescheidung.
Die beiden Herrn Söhne, Posse m. G.
Das Gewürzkrämerkleeblatt, Posse m. G.
Unverhofft, Posse m. G.
Direktor Carls Ensemble spielt seit 1. Mai nur mehr am Theater in der Leopoldstadt, nicht mehr im Theater an der Wien.
Gastspiel in Berlin und München.
1846 *Der Unbedeutende*, Posse m. G.
1846–1852 Beeindruckt vom *Unbedeutenden*, spornen die Kritiker Nestroy an, sich dem erzieherischen – ernsten oder humoristischen – »Volksstück« und einem »gemäßigten« Realismus zuzuwenden. Nestroy pendelt zwischen dieser Form und der echten Posse. Die politischen Vorgänge der Zeit sind gedanklich und sprachlich häufig in beiden Typen reflektiert.
Zwei ewige Juden für einen, Burleske m. G.
1847 *Der Schützling*, Posse m. G.
Gastspiele in Berlin, Hamburg, Frankfurt, Mainz, Wiesbaden und anderen deutschen Städten.

Umbau des Leopoldstädter Theaters, Wiedereröffnung als »Carl-Theater« mit:
Die Schlimmen Buben in der Schule, Burleske m. G.
1848 *Martha,* Parodierende Posse m. G.
13. März: Erfolgreiche Revolution in Wien.
14. März: Aufhebung der Zensur.
Mai: *Die Anverwandten,* Posse m. G.
Juli: *Freiheit in Krähwinkel,* Posse m. G.
Oktober: neue Aufstände.
1. November: Kapitulation Wiens vor der kaiserlichen Armee.
11. November: Wiedereinführung der Zensur.
1849 *Lady und Schneider,* Posse m. G.
Judith und Holofernes, Travestie m. G.
Höllenangst, Posse m. G.
Der alte Mann mit der jungen Frau, Volksstück m. G. (nicht aufgeführt).
1850 *Sie sollen ihn nicht haben,* Posse m. G.
Karikaturen-Charivari mit Heiratszweck, Posse m. G.
Alles will den Propheten sehen, Posse m. G.
Verwickelte Geschichte, Posse m. G.
Alle vier Stücke dieses Jahres sind Durchfälle.
1851 *Mein Freund,* Posse m. G.
Der gutmütige Teufel, Zauberspiel m. G. und Tanz.
1852 *Kampl,* Posse m. G. Von der zeitgenössischen Kritik als echtes »Volksstück« und Höhepunkt von Nestroys Schaffen und Menschlichkeit betrachtet.
1853–1862 Rückkehr zur reinen Posse, oft vereint mit sprachlicher Virtuosität. Einfluß typischer Vaudeville-Handlungen und der Offenbachschen Operette.
1853 *Heimliches Geld, heimliche Liebe,* Posse m. G.
Sensationelles Gastspiel in Berlin.
1854 *Theaterg'schichten durch Liebe, Intrige, Geld und Dummheit,* Posse m. G. (Satire auf Theater und Theaternarren).
Theaterdirektor Carl stirbt. Nestroy wird Pächter und Direktor des Carl-Theaters.
1855 *Nur keck,* Posse m. G. (nicht aufgeführt bis 1943).
1856 Mehrere Monate währendes Zerwürfnis mit Marie Weiler.
Dezember: Sie übernimmt die Verwaltung des Carl-Theaters.
1857 *Umsonst,* Posse m. G. und Tanz.
Scholz stirbt.
Tannhäuser, Zukunftsposse mit vergangener Musik und gegenwärtigen Gruppierungen. Musikalisch-dramatische Parodie.
1857/58 *Zeitvertreib,* Posse (nicht aufgeführt bis 1923).
1858 Ausgedehnte Reisen. – Erste Offenbach-Operette auf der Wiener Bühne.
1859 *Lohengrin.* Musikalisch-dramatische Parodie.
1860 Oktober: Gibt Tätigkeit als Direktor und Schauspieler des Carl-Theater auf. Übersiedlung nach Graz.
1861 Gastspiele im Wiener Theater am Franz-Josephs-Quai.

1862 *Frühere Verhältnisse,* Posse m. G.
Häuptling Abendwind. Indianische Faschingsburleske.
29. April: Letztes Auftreten als Schauspieler.
25. Mai: Nestroy stirbt.
2. Juni: Begräbnis in Wien unter massenhafter Beteiligung des Volkes.

Zu dieser Ausgabe

insel taschenbuch 1742: Johann Nestroy, Komödien. Der Text folgt der Ausgabe Johann Nestroy, Komödien. Ausgabe in drei Bänden. Herausgegeben von Franz H. Mautner.
Der böse Geist Lumpazivagabundus oder Das liederliche Kleeblatt: Band I, S. 191–250; *Die beiden Nachtwandler oder Das Notwendige und das Überflüssige:* Band I, S. 427–491; *Der Talisman:* Band II, S. 275–354; *Einen Jux will er sich machen:* Band II, S. 435–519; *Der Zerrissene:* Band II, S. 599–664; *Häuptling Abendwind oder Das greuliche Festmahl:* Band III, S. 509-546.
Umschlagabbildung: Nestroy als Bertram. Aquarell von Johann Christian Schoeller aus dem Jahre 1845. Historisches Museum der Stadt Wien (109.292, vorm. Sammlung Dr. Fritz Brukner).

Anthologien
im insel taschenbuch

Alle Jahre wieder. Ein Weihnachtsbuch mit Geschichten, Liedern und Bildern. Ausgewählt von Gottfried Natalis. it 1362

Alt-Prager Geschichten. Gesammelt von Peter Demetz. Mit Illustrationen von Hugo Steiner-Prag. it 613

Alt-Wiener Geschichten. Gesammelt von Joseph Peter Strelka. Mit sechs farbigen Abbildungen. it 784

Bäume. Das Insel-Buch der Bäume. Gedichte und Prosa. Ausgewählt und herausgegeben von Gottfried Honnefelder. Mit sechzehn Farbtafeln. it 1041

Briefe berühmter Frauen. Von Liselotte von der Pfalz bis Rosa Luxemburg. Herausgegeben von Claudia Schmölders. it 1505

Das Buch der Liebe. Gedichte und Lieder, ausgewählt von Elisabeth Borchers. it 82

Das Frühlingsbuch. Gedichte und Prosa. Herausgegeben von Hans Bender und Nikolaus Wolters. it 914

Geschichten aus dem alten Prag. Sippurim. Herausgegeben, mit Anmerkungen und mit einem Nachwort versehen von Peter Demetz. it 1519

Geschichten vom Sport. Gesammelt und in Form gebracht von Bernd Goldmann und Bernhard Schwank. it 1535

Glück. Erkundigungen, eingeholt von Gottfried Honnefelder. it 1459

Das Herbstbuch. Gedichte und Prosa. Herausgegeben von Hans Bender. it 657

Ich wollt in Liedern oft Dich preisen. Gedichte an den Lebensgefährten. Herausgegeben von Cordula Gerhard. it 1552

Die Insel-Weihnachtskassette. Das Weihnachtsbuch. Das Weihnachtsbuch für Kinder. Das Weihnachtsbuch der Lieder. 3 Bde. in Kassette. it 45/156/157

Das Katzenbuch. Von Katzen und ihren Freunden. Geschichten, Gedichte, Bilder. Gesammelt von Hans Bender und Hans Georg Schwark. it 567

Kurz vor Mitternacht. Sechs Variationen über ein Thema von Machado de Assis. Herausgegeben von Ray-Güde Martin. it 1654

Liebe Mutter. Eine Sammlung von Elisabeth Borchers. it 230

Liebe und Eros. Spurensuche für Liebende. Zusammengestellt und mit einem Vorwort versehen von Bernhard Kytzler. it 1613

Liebe und Tod in Wien. Geschichten aus einer Stadt. Herausgegeben von Jean Gyory. it 815

»Matrosen sind der Liebe Schwingen«. Homosexuelle Poesie von der Antike bis zur Gegenwart. Herausgegeben von Joachim Campe. it 1599

163/1/3.95